JEFFERY DEAVER

Der Insektensammler

Buch

Im Paquenoke-Sumpf in North Carolina wurde ein junges Mädchen entführt. Der Tat verdächtigt wird der »Insektensammler«, der 16-jährige Garret Hanlon – ein sonderbarer Einzelgänger, der sich wie besessen mit Ungeziefer beschäftigt. Davon ahnen Lincoln Rhyme, der geniale Ermittler aus New York, und seine Assistentin Amelia Sachs jedoch noch nichts, als sie in die Gegend eintreffen. Rhyme, seit einem Dienstunfall fast vollständig gelähmt, soll sich in einer Spezialklinik vor Ort einer riskanten Operation unterziehen. Als der Sheriff von Tanner's Corner von Rhymes Anwesenheit erfährt, bezieht er ihn sofort in den Entführungsfall mit ein. Rhymes analytischer Verstand, seine akribische Spurensuche und seine legendären Erfolge bei der Festsetzung von Gewaltverbrechern sollen helfen, das Schlimmste zu verhindern. Tatsächlich gelingt es Rhyme schon nach kurzer Zeit, den Jungen in den undurchdringlichen Sümpfen aufzustöbern, ihn in die Enge zu treiben und schließlich zu verhaften. Dooch über den Aufenthaltsort seiner Geisel schweigt sich Garett beharrlich aus. Dann geschieht das Unfassbare: Amelia wechselt die Fronten, schlägt sich auf die Seite des Jungen und flieht mit ihm zurück in die Sümpfe. Und Lincoln Rhyme sieht sich auf einmal dem intelligentesten Gegner gegenüber, mit dem er je konfrontiert war ...

Autor

Jeffery Deaver gilt als einer der weltweit besten Autoren intelligenter psychologischer Thriller. Seit seinem ersten großen Erfolg als Schriftsteller hat er sich aus seinem Beruf als Rechtsanwalt zurückgezogen und lebt nun abwechselnd in Virginia und Kalifornien. Seine Bücher wurden in 12 Sprachen übersetzt und haben ihm bereits zahlreiche renomierte Auszeichnungen eingebracht.

Liste der lieferbaren Titel

Schule des Schweigens. Roman (43458) – Die Saat des Bösen. Roman (43715) – Die Tränen des Teufels. Roman (45036) – Lautloses Duell. Roman (45145) – Feuerzeit. Roman (35823)

Die Lincoln-Rhyme-Romane:

Die Assistentin. Roman (41644) [auch als Roman zum Film: »Der Knochenjäger (43459)] – Letzter Tanz. Roman (41650) – Das Gesicht des Drachen. Roman (0160, Blanvalet HC)

Jeffery Deaver

Der Insekten-sammler

Roman

Deutsch von Hans-Peter Kraft

BLANVALET

Die englische Originalausgabe erschien unter dem Titel
»The Empty Chair«
bei Simon & Schuster, Inc., New York.

Umwelthinweis:
Alle bedruckten Materialien dieses Taschenbuches sind
chlorfrei und umweltschonend.

Der Blanvalet Verlag ist ein Unternehmen der Verlagsgruppe
Random House.

Einmalige Taschenbuchausgabe November 2004

Umschlaggestaltung: Design Team München
Umschlagfoto: ZEFA/Mark Tomalty
Druck: GGP Media GmbH, Pößneck
Verlagsnummer: 36206
UH · Herstellung: wag
Printed in Germany
ISBN 3-442-36206-7
www.blanvalet-verlag.de

Für Deborah Schneider –
die beste Agentin
und Freundin

Dem Gehirn, und nur dem Gehirn allein,
entspringen unsere Freuden und Wonnen,
das Lachen und die Späße, desgleichen unsere
Sorgen, der Schmerz, der Kummer und die
Tränen… Das Hirn ist überdies der Sitz von
Wahnsinn und Delirium, von Ängsten und
Schrecken, welche uns bei Tage oder des
Nachts befallen…

Hippokrates

PAQUENOKE COUNTY,

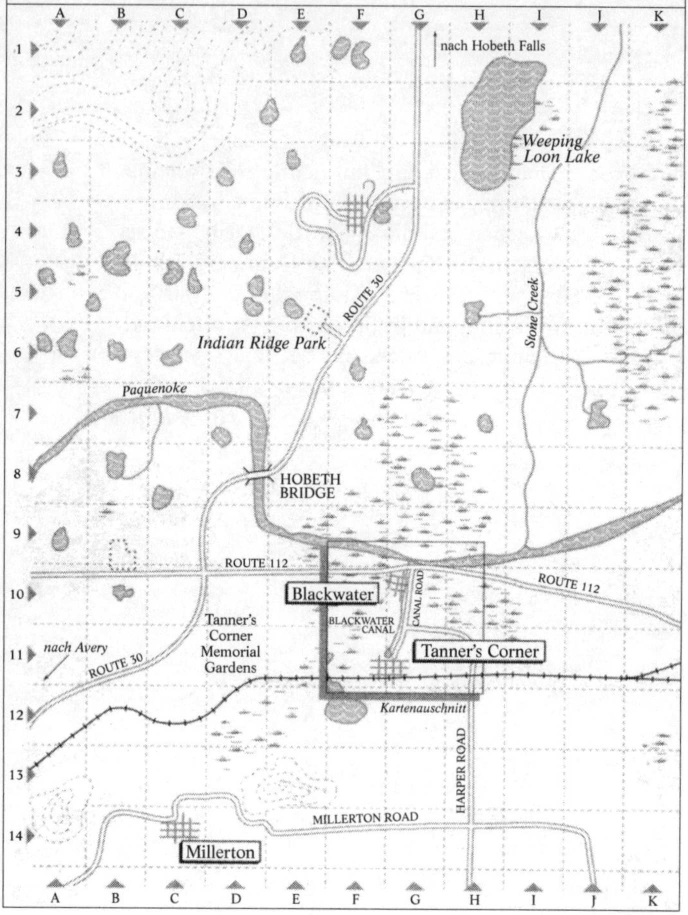

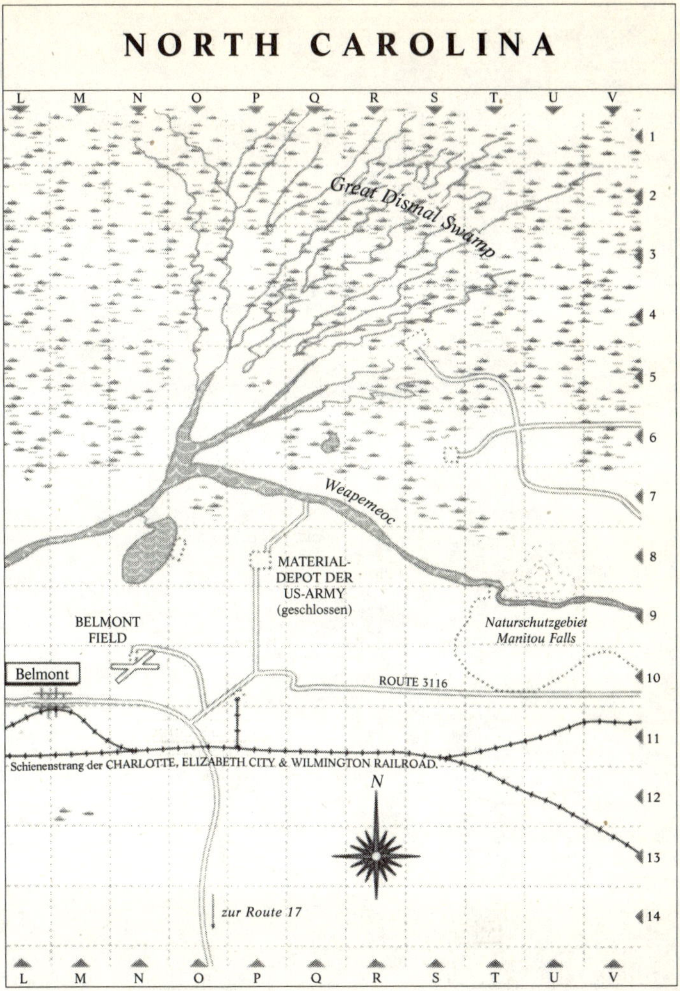
NORTH CAROLINA
L M N O P Q R S T U V
1 2 3 4 5 6 7 8 9 10 11 12 13 14
Great Dismal Swamp
Weapemeoc
MATERIAL-
DEPOT DER
US-ARMY
(geschlossen)
BELMONT
FIELD
Naturschutzgebiet
Manitou Falls
Belmont
ROUTE 3116
Schienenstrang der CHARLOTTE, ELIZABETH CITY & WILMINGTON RAILROAD
N
zur Route 17

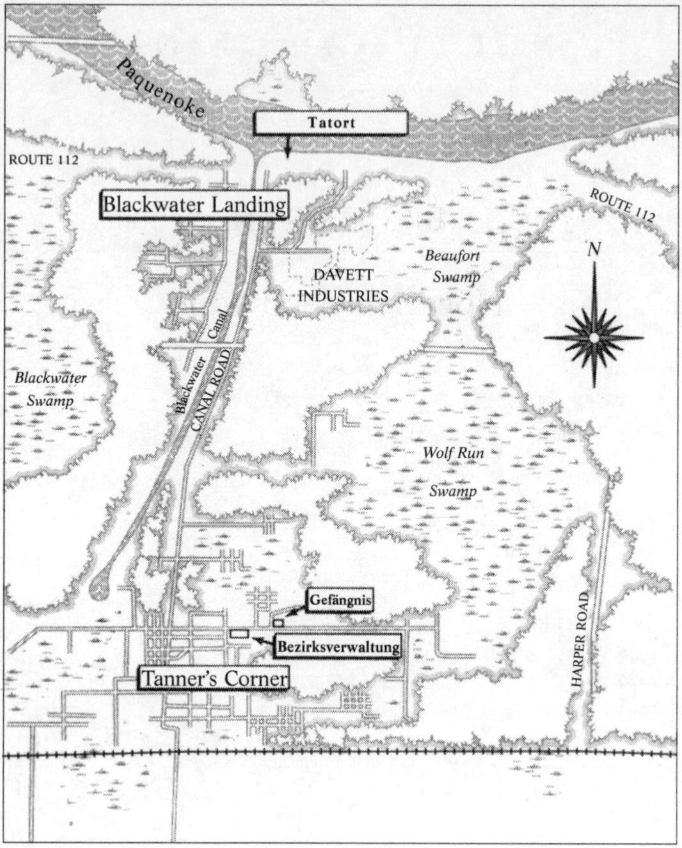

Paquenoke
Tatort
ROUTE 112
Blackwater Landing
ROUTE 112
N
DAVETT
INDUSTRIES
Beaufort
Swamp
Canal
Blackwater
CANAL ROAD
Blackwater
Swamp
Wolf Run
Swamp
Gefängnis
Bezirksverwaltung
Tanner's Corner
HARPER ROAD

ERSTER TEIL

Nördlich des Paquo

... Eins

Sie kam hierher, um Blumen an der Stelle niederzulegen, wo der Junge getötet und das Mädchen entführt worden war.

Sie kam hierher, weil sie eine dickliche junge Frau mit narbigem Gesicht war und nicht viele Freunde hatte.

Sie kam her, weil man es von ihr erwartete.

Sie kam, weil sie es wollte.

Schwitzend und schwerfällig lief die sechsundzwanzigjährige Lydia Johansson auf dem unbefestigten Bankett der Route 112 entlang, an der sie ihren Honda Accord geparkt hatte, und stieg dann vorsichtig die Böschung zu dem sumpfigen Ufer hinab, wo der Blackwater Canal in die trüben Fluten des Paquenoke mündete.

Sie kam hierher, weil sie dachte, es gehöre sich so.

Sie kam her, obwohl sie Angst hatte.

Die Sonne war erst vor kurzem aufgegangen, aber seit Jahren war es in North Carolina im August nicht mehr so heiß gewesen, und Lydia hatte ihre weiße Schwesterntracht schon fast durchgeschwitzt, als sie auf die von Weiden, Tupelo- und breitblättrigen Lorbeerbäumen umstandene Lichtung am Flussufer zuging. Mühelos fand sie die gesuchte Stelle – das gelbe Absperrband der Polizei stach sofort ins Auge.

Frühmorgendliche Geräusche. Haubentaucher; ein Tier, das ganz in der Nähe im dichten Unterholz herumstöberte; der heiße Wind, der durch Schilf und Sumpfgras strich.

Herrgott, ich fürchte mich, dachte sie. Nur zu deutlich standen ihr all die grusligen Szenen aus den Romanen von Stephen King und Dean Koontz vor Augen, die sie spätabends mit ihrem Bettgefährten las – einem Becher Eiscreme.

Wieder raschelte es im Unterholz. Sie zögerte, blickte sich um. Dann ging sie weiter.

»He.« Eine Männerstimme. Ganz in der Nähe.

Lydia keuchte und fuhr herum. Fast hatte sie die Blumen fallen lassen. »Hast du mich erschreckt, Jesse.«

»Tut mir Leid.« Jesse Corn stand hinter einer Trauerweide nahe der abgesperrten Lichtung. Lydia bemerkte, dass sie beide wie gebannt auf das Gleiche starrten: den weiß schimmernden Umriss einer Gestalt am Boden, dort, wo man die Leiche des Jungen gefunden hatte. Rund um die Stelle, wo der Kopf eingezeichnet war, befand sich ein dunkler Fleck – altes Blut, wie sie als Krankenschwester sofort erkannte.

»Hier ist es also passiert«, flüsterte sie.

»So isses.« Jesse wischte sich über die Stirn und strich eine herabhängende blonde Haarsträhne zurück. Seine Uniform – die beigefarbene Kluft der Polizei des Paquenoke County – war staubig und zerknittert. Dunkle Schweißflecken breiteten sich unter den Armen aus. Er war dreißig und auf eine jungenhafte Art süß. »Seit wann bist du schon hier?«, fragte sie.

»Weiß ich nicht genau. Seit fünf etwa.«

»Ich hab ein anderes Auto gesehen«, sagte sie. »Droben an der Straße. Ist Jim hier?«

»Nö. Ed Schaeffer. Er is auf der andern Seite vom Fluss.« Jesse deutete mit dem Kopf auf die Blumen. »Die sind hübsch.«

Lydia zögerte einen Moment, dann blickte sie auf die Margeriten, die sie in der Hand hatte. »Zwei neunundvierzig. Hab sie gestern Abend besorgt. Weil ich nicht gewusst habe, ob so früh schon jemand auf hat. Na ja, Dell's vielleicht, aber dort gibt's keine Blumen.« Wieso fing sie an, dummes Zeug zu faseln? Wieder blickte sie sich um. »Keine Spur von Mary Beth?«

Jesse schüttelte den Kopf. »Nicht die geringste.«

»Von ihm auch nicht, soll das vermutlich heißen.«

»Von ihm auch nicht.« Jesse schaute auf seine Uhr. Dann hinaus auf das dunkle Wasser, den dichten Schilfgürtel, das undurchdringliche Gras, den verfaulenden Bootssteg.

Lydia fand es nicht sehr beruhigend, dass ein Bezirks-Deputy, der einen schweren Revolver trug, anscheinend genauso nervös war wie sie selbst. Jesse stieg den mit Gras überwucherten Hang zur Straße hinauf. Er hielt inne, warf einen weiteren Blick auf die Blumen. »Nur zwo neunundneunzig?«

»Zwei neunundvierzig. Bei Food Lion.«

»Das is günstig«, sagte der junge Polizist, während er mit zusammengekniffenen Augen auf das dichte Meer aus Gras blickte.

Er wandte sich wieder der Böschung zu. »Ich bin droben beim Streifenwagen.«

Lydia Johansson ging näher zum Tatort. Sie stellte sich Jesus vor und die Engel, und sie betete ein paar Minuten. Sie betete für die Seele von Billy Stail, der erst gestern Morgen an ebendieser Stelle von seiner sterblichen Hülle erlöst worden war. Sie betete darum, dass das Leid, das Tanner's Corner heimgesucht hatte, bald vorübergehen möge.

Sie betete auch für sich.

Wieder drangen Geräusche aus dem Unterholz. Ein Knacken, Geraschel.

Inzwischen war es heller, aber auch bei Sonnenschein wirkte Blackwater Landing nicht viel freundlicher. Der Fluss war hier ziemlich tief, gesäumt von modrigen schwarzen Weiden und dicken Zedern und Zypressen – einige waren abgestorben, andere noch nicht, aber alle mit Moos und den würgenden Ranken der Kupoubohne überwuchert. Im Nordosten, nicht weit von hier, lag der Great Dismal Swamp, und wie alle Expfadfinderinnen im Paquenoke County kannte sie sämtliche alten Sagen um dieses Sumpfgebiet: die Geschichte von der Frau vom See, dem Eisenbahner ohne Kopf … Aber nicht diese Gestalten waren es, die ihr zu schaffen machten; hier, in Blackwater Landing, ging ebenfalls ein Gespenst um – der Junge, der Mary Beth McConnell entführt hatte.

Lydia öffnete ihre Handtasche und zündete sich mit zittrigen Händen eine Zigarette an. Beruhigte sich etwas und spazierte am Ufer entlang. Blieb neben einem Streifen aus hohem Schilf und Rohrkolben stehen, die sich im sengenden Wind bogen.

Sie hörte, wie oben an der Straße ein Auto angelassen wurde. Jesse fuhr doch nicht etwa ab? Beunruhigt blickte Lydia die Böschung hinauf, sah aber, dass der Wagen nicht wegfuhr. Vermutlich lässt er bloß die Klimaanlage laufen, dachte sie. Als sie sich wieder dem Wasser zuwandte, fiel ihr auf, dass die Rohrkolben und das Schilf immer noch wogten, sich bogen, raschelten.

Als ob dort jemand wäre, der sich auf das gelbe Absperrband zubewegte und sich dabei dicht am Boden hielt.

Aber nein, natürlich nicht. Es ist nur der Wind, sagte sie sich. Und andächtig legte sie die Blumen in die Gabel einer knorrigen schwarzen Weide unweit des grausigen Umrisses der Leiche und der Blutlache, die so schwarz war wie das Wasser des Flusses. Wieder setzte sie zu einem Gebet an.

Auf der anderen Seite des Paquenoke lehnte sich Deputy Ed Schaeffer an eine Eiche und achtete nicht auf die Stechmücken, die seine bloßen Arme umschwirrten. Er ging in die Hocke und suchte den Waldboden erneut nach Spuren des Jungen ab.

Er musste sich an einem Ast abstützen; ihm war schwindlig vor Erschöpfung. Wie die meisten Deputys seiner Dienststelle war er seit fast vierundzwanzig Stunden auf den Beinen und suchte nach Mary Beth McConnell und dem Jungen, der sie entführt hatte. Aber während die anderen heimgefahren waren, um sich zu duschen, etwas zu essen und ein paar Stunden zu schlafen, war Ed vor Ort geblieben. Er war der älteste Deputy des Bezirks und der massigste obendrein (einundfünfzig Jahre alt und einhundertzwanzig Kilogramm schwer, größtenteils überflüssiges Fett), aber Müdigkeit, Hunger und steife Glieder hinderten ihn nicht daran, weiter Ausschau nach dem Mädchen zu halten.

Wieder musterte der Deputy den Boden.

Er drückte auf die Sendetaste seines Funkgeräts. »Jesse, ich bin's. Bist du da?«

»Schieß los.«

»Hier sind Fußspuren«, flüsterte er. »Sie sind frisch. Höchstens eine Stunde alt.«

»Meinst du, die sind von ihm?«

»Von wem denn sonst? So früh am Morgen, auf dieser Seite des Paquo?«

»Sieht so aus, als hättest du Recht gehabt«, sagte Jesse Corn. »Ich wollt's ja erst nicht glauben, aber du hast vielleicht doch den Nagel auf den Kopf getroffen.«

Ed war der Meinung gewesen, dass der Junge hierher zurückkommen werde. Nicht wegen des altbekannten Klischees, wonach der Täter stets zum Tatort zurückkehrt, sondern weil Blackwater Landing seit jeher sein Jagdrevier und er in den letzten Jahren immer hierher gekommen war, wenn er in Schwierigkeiten gewesen war.

Ed schaute sich um, ängstlich jetzt, da die Erschöpfung und die

Beschwerden verflogen waren. Mit bangem Blick betrachtete er das heillose Gewirr von Blättern, Ranken und Ästen rundum. Herrgott, dachte der Deputy, der Junge ist hier irgendwo. Er sprach wieder in das Funkgerät. »Die Spur führt scheint's in deine Richtung, aber ganz sicher bin ich mir nicht. Er ist hauptsächlich auf dem Laub gelaufen. Sperr die Augen auf. Ich schau nach, woher er gekommen ist.«

Mit knackenden Knien richtete Ed sich auf und folgte den Fußspuren des Jungen so leise, wie es bei seinem Gewicht ging, in die Richtung, aus der sie kamen – tiefer in den Wald hinein, weg vom Fluss.

Nach rund dreißig Metern sah er, dass sie zu einem alten Unterstand führten – einer grauen Hütte, groß genug für drei bis vier Jäger. Die Schießscharten waren dunkel, der Verschlag wirkte leer und verlassen. Okay, dachte er. Okay … Vermutlich ist er nicht da drin. Aber trotzdem.

Schwer atmend zog Ed Schaeffer seine Waffe, was er seit fast anderthalb Jahren nicht mehr getan hatte. Er hielt den Revolver mit schweißnasser Hand und rückte vor, ließ den Blick fortwährend vom Unterstand zum Boden wandern, bedachte jeden Schritt und achtete darauf, dass er sich so lautlos wie möglich näherte.

Hat der Junge eine Schusswaffe?, fragte er sich, als ihm klar wurde, dass er hier so ungedeckt war wie ein Soldat auf freiem Feld. Er stellte sich vor, dass in den Schießscharten da vorn jeden Moment ein Gewehrlauf auftauchen könnte, der auf ihn gerichtet war. Es wurde ihm mulmig zu Mute. Tief geduckt rannte er die letzten fünf Meter, bis er neben der Hütte war. Er drückte sich an das verwitterte Holz, rang mühsam nach Atem und lauschte eine ganze Weile. Drinnen war nichts zu hören, nur das leise Summen von irgendwelchen Insekten.

Okay, sagte er sich. Schau dich um.

Ed raffte sich auf, ehe ihn der Mut verließ, und blickte durch eine Schießscharte.

Niemand da.

Dann schielte er auf den Boden. Er grinste über das ganze Gesicht, als er sah, was dort lag. »Jesse«, rief er aufgeregt in sein Funkgerät.

»Was is?«

»Ich bin bei einem Unterstand, etwa fünfhundert Meter nördlich vom Fluss. Ich glaub, der Junge hat hier übernachtet. Da drin liegen ein paar leere Lebensmittelpackungen und Wasserflaschen. Außerdem eine Rolle Klebeband. Und rat mal, was noch? Eine Landkarte.«

»Eine Karte?«

»Genau. Anscheinend von der Gegend hier. Vielleicht finden wir dadurch raus, wo er Mary Beth hingebracht hat. Was hältst du davon?«

Aber Ed Schaeffer erfuhr nicht mehr, was sein Kollege zu diesem Fahndungserfolg zu sagen hatte. Der Schrei einer Frau schrillte durch den Wald, und Jesse Corns Funkgerät verstummte.

Lydia Johansson torkelte zurück und schrie erneut auf, als der Junge aus dem hohen Schilf sprang und sie mit grobem Griff an den Armen packte.

»Ach du lieber Gott, bitte tu mir nichts!«, bettelte sie.

»Halt's Maul«, fauchte er sie leise an, schaute sich hektisch um, warf ihr einen bösen Blick zu. Er war groß und schlaksig, wie fast alle Jungs in diesen kleinen Städten in Carolina, und er war stark. Seine Haut war rot und verquollen – allem Anschein nach war er in Giftsumach geraten –, und die kurzen stoppeligen Haare sahen aus, als hätte er sie selbst geschnitten.

»Ich hab bloß Blumen hergebracht… das ist alles! Ich hab nicht –«

»Schscht«, murmelte der Junge.

Aber gleichzeitig grub er seine langen, schmutzigen Nägel schmerzhaft in ihren Arm, und Lydia schrie erneut auf. Wütend presste er ihr die Hand auf den Mund. Sie spürte, wie er sich an sie drückte, nahm den säuerlich abgestandenen Schweißgeruch wahr, den er ausströmte.

Sie wandte den Kopf ab. »Du tust mir weh!«, sagte sie mit weinerlicher Stimme.

»Halt den Mund!« Seine Stimme schnappte über, und Speicheltropfen flogen ihr ins Gesicht. Er schüttelte sie wütend wie einen ungehorsamen Hund. Er verlor bei dem Gerangel einen seiner Turnschuhe, aber er achtete nicht darauf, sondern hielt ihr wieder den Mund zu, bis sie sich nicht mehr wehrte.

»Lydia? Wo bist du?«, rief Jesse Corn oben von der Straße aus.

»Schscht«, warnte der Junge sie erneut und sah sie mit weit aufgerissenen Augen und irrem Blick an. »Wenn du schreist, tu ich dir richtig weh. Verstanden? *Hast du verstanden?*« Er griff in seine Hosentasche und zeigte ihr ein Messer.

Sie nickte.

Er zog sie zum Fluss.

Nein, nicht dorthin. Bitte nicht, flehte sie ihren Schutzengel an. Lass nicht zu, dass er mich dort hinbringt.

Nördlich des Paquo …

Lydia blickte zurück und sah Jesse Corn, der knapp hundert Meter weiter hinten am Straßenrand stand, mit einer Hand die Augen vor der tief stehenden Sonne abschirmte und Ausschau hielt. »Lydia?«, rief er.

Der Junge zerrte sie weiter. »Herrgott, komm schon!«

»Hey!«, schrie Jesse, als er sie endlich sah, und lief die Böschung hinab.

Aber sie waren bereits am Flussufer, wo der Junge einen kleinen Kahn unter Schilf und Gras versteckt hatte. Er schubste Lydia in das Boot und stieß ab, legte sich in die Riemen und ruderte zum anderen Ufer. Er legte an und zerrte sie heraus. Dann schleifte er sie in den Wald.

»Wo willst du hin?«, flüsterte sie.

»Zu Mary Beth. Ich bring dich zu ihr.«

»Wieso?«, wisperte Lydia schluchzend. »Wieso mich?«

Aber er sagte nichts mehr, schnipste nur geistesabwesend mit den Fingernägeln und zog sie mit sich.

»Ed«, meldete sich Jesse Corn über Funk. Er klang verzweifelt. »Er hat Lydia. Er ist mir entwischt.«

»Er hat *was*?« Keuchend vor Anstrengung, blieb Ed Schaeffer stehen. Er war in Richtung Fluss gerannt, als er den Schrei gehört hatte.

»Lydia Johansson. Sie hat er jetzt auch.«

»Scheiße«, grummelte der schwergewichtige Deputy, der normalerweise ebenso selten fluchte, wie er die Schusswaffe zog. »Warum macht er das?«

»Er spinnt«, sagte Jesse. »Deswegen. Er is über den Fluss und in deine Richtung unterwegs.«

»Okay.« Ed dachte einen Moment lang nach. »Er kommt vermutlich hierher zurück, um das Zeug aus dem Unterstand zu holen. Ich versteck mich drin und schnapp ihn mir, wenn er reinkommt. Hat er eine Knarre?«

»Konnte ich nicht sehen.«

Ed seufzte. »Okay, na schön… Komm rüber, so schnell du kannst. Sag auch Jim Bescheid.«

»Schon passiert.«

Ed ließ die Sendetaste los und blickte durch das Unterholz in Richtung Fluss. Nirgendwo eine Spur von dem Jungen und seinem neuen Opfer. Keuchend rannte Ed zurück zum Unterstand und trat gegen die Tür. Krachend flog sie nach innen auf, und Ed stürmte hinein und kauerte sich vor die Schießscharte.

Er war so aufgeregt und angespannt, so damit beschäftigt, wie er sich den Jungen schnappen wollte, wenn er herkam, dass er zuerst gar nicht auf die zwei, drei kleinen, gelbschwarzen Tupfen achtete, die vor seinem Gesicht hin und her schossen. Oder auf das Kribbeln, das am Nacken einsetzte und sich am Rückgrat entlang nach unten ausbreitete.

Doch dann schlug das Kribbeln in grellen, glühenden Schmerz um, auf den Schultern, entlang der Arme und darunter. »O Gott«, schrie er, sprang hoch und starrte entsetzt auf die schwärmenden Insekten – wild gewordene Hornissen –, die über ihn herfielen. Panisch versuchte er sie abzustreifen, aber damit reizte er die Tiere nur noch mehr. Sie stachen ihn in die Unterarme, in die Hände, in die Fingerspitzen. Er schrie gellend. Es war der schlimmste Schmerz, den er je erlebt hatte – schlimmer als ein Beinbruch, schlimmer als die Verbrennungen, die er sich seinerzeit zugezogen hatte, als er die schmiedeeiserne Pfanne vom Herd genommen hatte, ohne zu bemerken, dass Jane die Kochplatte angelassen hatte.

Dann wurde es dunkel in dem Unterstand, als eine Wolke Hornissen aus dem großen grauen Nest in der Ecke schwärmte, das durch die auffliegende Tür zerquetscht worden war. Zu Hunderten fielen sie über ihn her. Sie hängten sich in seine Haare, ließen sich auf seinen Armen nieder, in seinen Ohren, krabbelten unter sein Hemd und in die Hosenbeine, als ob sie wüssten, dass es sinnlos war, durch die Kleidung zu stechen, und die bloße Haut suchten. Er stürmte zur Tür, riss das kurzärmlige Uniformhemd herunter und sah voller Entsetzen, dass sich Massen von glänzenden Leibern an seine Brust, seinen Bauch klammerten. Er versuchte gar nicht mehr, sie abzustreifen, sondern rannte einfach los, in den Wald hinein.

»Jesse, Jesse, Jesse!«, schrie er, bis ihm klar wurde, dass er nur ein Flüstern hervorbrachte, dass seine Kehle wegen der Stiche an seinem Hals wie zugeschnürt war.

Lauf, sagte er sich. Lauf zum Fluss.

Und er rannte los. Er rannte so schnell, wie er in seinem ganzen Leben noch nicht gerannt war, brach mit weit ausholenden Schritten durch den Wald. Weiter... lauf weiter, befahl er sich. Bleib nicht stehen. Häng die Mistviecher ab. Denk an deine Frau, denk an die Zwillinge. Weiter, weiter, weiter... Jetzt umschwärmten ihn deutlich weniger Insekten, aber immer noch hingen dreißig oder vierzig von den Biestern an ihm, und er sah, wie sie die gelbschwarzen Hinterleiber krümmten, um ihn erneut zu stechen.

In drei Minuten bin ich am Fluss. Ich springe ins Wasser. Ersäufe sie. Ich komme durch... Lauf! Achte nicht auf die Schmerzen... die Schmerzen... Wie können so kleine Tiere so große Schmerzen verursachen? Ach, tut das weh...

Er rannte wie ein Vollblutpferd, brach durchs Unterholz, das dunstig und verschwommen an seinen tränennassen Augen vorüberhuschte.

Er –

Aber Moment mal, Moment. Was war da los? Ed Schaeffer blickte nach unten und stellte fest, dass er überhaupt nicht rannte. Er stand nicht einmal aufrecht. Er lag am Boden, nur knapp zehn Meter von dem Unterstand entfernt, und trat hilflos mit den Beinen um sich.

Er tastete nach seinem Funkgerät, und obwohl sein Daumen durch das Gift zu doppelter Größe angeschwollen war, schaffte er es, die Sendetaste zu drücken. Doch dann griffen die Krämpfe, die in seinen Beinen eingesetzt hatten, auf den Körper, den Hals und die Arme über, und er ließ das Walkie-Talkie fallen. Einen

Moment lang hörte er Jesse Corns Stimme aus dem Lautsprecher, und als sie abbrach, vernahm er nur noch das durchdringende Summen der Hornissen, das allmählich abschwoll, leiser wurde und schließlich verstummte.

... Zwei

Nur Gott konnte ihn heilen. Und Gott ließ sich nicht dazu herab.

Nicht dass es darauf angekommen wäre, denn Lincoln Rhyme war eher den Wissenschaften denn der Theologie zugetan, und daher hatte er sich nicht nach Lourdes, Turin oder in das Missionszelt eines eifernden Wunderheilers begeben, sondern hierher, in diese Klinik in North Carolina, wo er zumindest einen Teil seiner Bewegungsfähigkeit wiederzuerlangen hoffte.

Jetzt fuhr Rhyme mit seinem motorisierten Storm-Arrow-Rollstuhl, rot wie eine rassige Corvette, von der Hebebühne des Kleinbusses, in dem er, sein Betreuer und Amelia Sachs soeben fünfhundert Meilen zurückgelegt hatten – von Manhattan bis hierher. Mit der Strohhalmsteuerung, die zwischen seinen gutgeformten Lippen steckte, wendete er das Gefährt gekonnt, rollte auf den Gehsteig und auf den Eingang des Neurologischen Forschungsinstituts am Klinikum der University of North Carolina in Avery zu.

Thom zog die Hebebühne des glänzend schwarzen Chrysler Grand Rollx ein, eines eigens für den Transport des Rollstuhls ausgerüsteten Kleinbusses.

»Stell ihn auf einem Behindertenparkplatz ab«, rief Rhyme und lachte.

Amelia Sachs wandte sich mit hochgezogener Augenbraue an Thom. »Gut gelaunt«, sagte der. »Nutz es aus. Das hält nicht lange an.«

»Ich habe es gehört«, rief Rhyme.

Der Betreuer fuhr weg, und Sachs ging zu Rhyme. Sie hatte ihr Handy am Ohr, hing in der Warteschleife einer hiesigen Mietwagenfirma. Thom würde sich nächste Woche vermutlich vorwiegend in Rhymes Krankenzimmer aufhalten, und Sachs wollte über ihre Zeit frei verfügen können, vielleicht ein bisschen die Gegend erkunden. Außerdem stand sie auf Sportwagen, nicht auf Kleinbusse, und hatte aus Prinzip nichts für Fahrzeuge übrig, die nicht mal hundert Meilen pro Stunde schafften.

Sachs hing schon seit fünf Minuten in der Leitung, und schließlich unterbrach sie wütend die Verbindung. »Das Warten würde mir ja nichts ausmachen, aber die Dudelmusik ist furchtbar. Ich probier's später noch mal.« Sie schaute auf ihre Uhr. »Erst halb elf. Aber diese Hitze ist zu krass. Ich meine, *viel* zu krass.« Manhattan ist im August nicht unbedingt der angenehmste aller Orte, aber es liegt viel weiter nördlich als North Carolina, und als sie gestern aus der großen Stadt via Holland Tunnel Richtung Süden aufgebrochen waren, hatte die Temperatur bei knapp über zwanzig Grad gelegen, und die Luft war salztrocken gewesen.

Rhyme schenkte der Hitze keinerlei Beachtung. Er hatte einzig und allein seine Operation im Sinn. Gehorsam schwang die automatische Tür vor ihnen auf (das hier, vermutete er, musste das Tiffany's unter den behindertengerechten Einrichtungen sein), und sie begaben sich in den kühlen Korridor. Während Sachs nach dem Weg fragte, blickte sich Rhyme im Foyer um. Er bemerkte ein halbes Dutzend dicht an dicht stehender Rollstühle, alle eingestaubt. Er fragte sich, was aus den Benutzern geworden war. Vielleicht war die Behandlung so erfolgreich gewesen, dass sie ihre Gefährte ausrangiert hatten und auf Gehhilfen und Krücken umgestiegen waren. Vielleicht hatte sich bei einigen der Zustand so weit verschlechtert, dass sie ans Bett gefesselt oder auf motorisierte Rollstühle angewiesen waren.

Vielleicht waren ein paar gestorben.

»Hier lang«, sagte Sachs und und wies auf das andere Ende des Foyers. Thom stieß beim Fahrstuhl zu ihnen (breite Doppeltür, Handläufe, die Knöpfe knapp einen Meter über dem Boden), und ein paar Minuten später fanden sie die gesuchte Zimmerflucht. Rhyme rollte zur Tür und bemerkte die Freisprechanlage. »Sesam, öffne dich«, sagte er mit Bassstimme, und die Tür tat sich auf.

»Das kriegen wir hier öfter zu hören«, bemerkte die kesse Sekretärin, als sie eintraten. »Sie müssen Mr. Rhyme sein. Ich sag der Frau Doktor, dass Sie da sind.«

Dr. Cheryl Weaver war eine schlanke, elegante Mittvierzigerin. Rhyme fiel sofort auf, dass ihre Augen flink und ihre Hände kräftig waren, wie es sich für einen Chirurgen gehörte. Ihre Nägel waren kurz geschnitten und nicht lackiert. Sie erhob sich von ihrem

Schreibtisch, lächelte und schüttelte Sachs und Thom die Hand, nickte ihrem Patienten zu. »Lincoln.«

»Doktor.« Rhyme musterte die zahllosen Buchrücken auf den Regalen. Dann die -zig Zeugnisse und Diplome – alle von guten Universitäten und anerkannten Institutionen, doch das verwunderte ihn nicht weiter. Nach monatelangen Recherchen war er zu der Überzeugung gelangt, dass die Universitätsklinik von Avery eines der besten Krankenhäuser der Welt war. Die Onkologie und die Immunologie zählten zu den bestausgelasteten Abteilungen ihrer Art im ganzen Land, und Dr. Weavers neurologisches Institut galt bei der Erforschung und Behandlung von Rückenmarksverletzungen als wegweisend.

»Ich freue mich, Sie endlich kennen zu lernen«, sagte die Ärztin. Unter ihrer Hand lag ein fast zehn Zentimeter dicker brauner Aktenordner. Der meine, mutmaßte Rhyme. (Und er fragte sich unwillkürlich, was in dieser Akte unter dem Stichwort »Prognose« eingetragen war – »viel versprechend«, »schlecht«, »hoffnungslos«?) »Lincoln, wir haben uns ja schon ein paarmal am Telefon unterhalten. Aber ich möchte die Sache noch einmal gründlich mit Ihnen durchgehen. Uns beiden zuliebe.«

Rhyme nickte kurz und knapp. Er war durchaus bereit, gewisse Formalitäten über sich ergehen zu lassen, hatte aber keine Lust auf irgendwelche rechtlichen Absicherungen. Und genau danach klang dies hier.

»Bestimmt haben Sie die Veröffentlichungen über unser Institut gelesen. Und daher wissen Sie auch, dass wir uns hier an der Erprobung neuer Methoden zur Regeneration und Rekonstruktion des Rückenmarks versuchen. Aber ich muss erneut betonen, dass dies noch rein experimentell ist.«

»Das ist mir bewusst.«

»Die meisten Querschnittsgelähmten, die ich bislang behandelt habe, verstanden mehr von Neurologie als jeder praktische Arzt. Und ich wette, Sie sind da keine Ausnahme.«

»Wenn man wissenschaftlich ein bisschen bewandert ist«, sagte Rhyme abschätzig, »weiß man auch medizinisch halbwegs Bescheid.« Und er bedachte sie mit seinem typischen Achselzucken, einer Geste, die Dr. Weaver offensichtlich zur Kenntnis nahm und sich für die Krankenakte notierte.

»Nun gut«, fuhr sie fort, »entschuldigen Sie, wenn ich das eine oder andere wiederhole, was Sie bereits wissen, aber Sie müssen sich darüber im Klaren sein, was sich mit dieser Methode bewerkstelligen lässt und was nicht.«

»Bitte«, sagte Rhyme. »Nur zu.«

»Wir an diesem Institut konzentrieren uns ganz auf die betroffene Stelle. Wir setzen die herkömmliche Operationsmethode zur Druckentlastung ein, um die Knochenstruktur des Rückenwirbels zu rekonstruieren und die geschädigte Stelle zu schützen. Dann injizieren wir zweierlei in die betroffene Stelle. Einerseits peripheres Nervengewebe des Patienten. Zum anderen Frischzellen aus dem zentralen Nervensystem von gewissen Embryonen, die –«

»Ah, da kommt der Hai ins Spiel«, sagte Rhyme.

»Ganz recht. Der Blauhai, ja.«

»Lincoln hat uns davon berichtet«, sagte Sachs. »Wieso vom Hai?«

»Aus immunologischen Gründen, wegen der Verträglichkeit mit menschlichem Gewebe. Außerdem«, fügte die Ärztin lachend hinzu, »ist es ein verdammt großer Fisch, sodass wir aus einem eine ganze Menge Embryonalgewebe gewinnen können.«

»Wieso Embryonen?«, fragte Sachs.

»Weil sich das zentrale Nervensystem von Erwachsenen auf natürliche Weise nicht mehr regeneriert«, grummelte Rhyme, unwirsch ob der Unterbrechung. »Es versteht sich doch von selbst, dass das Nervensystem eines Babys wachsen muss.«

»Genau. Danach, neben dem Eingriff zur Druckentlastung und der Gewebeverpflanzung, kommt noch etwas – und eben darüber sind wir so begeistert: Wir haben ein paar neue Medikamente entwickelt, die die Aussichten auf eine Regeneration unserer Meinung nach entscheidend verbessern könnten.«

»Gibt es Risiken?«, fragte Sachs.

Rhyme schaute zu ihr in der Hoffnung, ihrem Blick zu begegnen. *Er* kannte die Risiken. *Er* hatte seine Entscheidung getroffen. Er wollte nicht, dass *sie* seine Ärztin ausfragte. Aber Sachs war ganz und gar auf Dr. Weaver konzentriert. Rhyme kannte ihre Miene – so sah sie aus, wenn sie ein Tatortfoto musterte.

»Natürlich gibt es Risiken. Die Medikamente an sich sind nicht besonders gefährlich. Aber bei jedem C4-Querschnittsgelähmten kommt es zu einer Beeinträchtigung der Lungentätigkeit. Sie werden nicht mehr künstlich beatmet, aber durch das Anästhetikum besteht die Gefahr einer respiratorischen Insuffizienz. Der Stress bei dem Eingriff könnte zu einer Dysregulation des autonomen Nervensystems führen, mit der Folge, dass der Blutdruck gefährlich ansteigt – damit sind Sie sicher vertraut –, was wiederum zu einem Schlaganfall oder zu einem anderen zerebralen Ereignis führen könnte. Außerdem besteht die Gefahr eines Operationstraumas an der betroffenen Stelle – Sie haben derzeit keine Zysten und keine Shunts, aber durch die Operation und die daraus resultierende Flüssigkeitsbildung könnte der Druck zunehmen und zusätzliche Schädigungen verursachen.«

»Soll heißen, sein Zustand könnte sich verschlechtern?«, fragte Sachs.

Dr. Weaver nickte und schaute auf die Akte, offensichtlich, um ihr Gedächtnis aufzufrischen, obwohl sie den Ordner nicht aufschlug. Sie blickte auf. »Lincoln kann einen Lumbricalis bewegen – den Ringfinger der linken Hand –, und er beherrscht seine Hals- und Schultermuskulatur. All das oder manches davon könnte verloren gehen. Und die Fähigkeit, aus eigener Kraft zu atmen.«

Sachs blieb völlig ruhig. »Aha«, sagte sie schließlich, und es klang wie ein angespanntes Aufseufzen.

Die Ärztin blickte Rhyme unverwandt an. »Und diese Risiken müssen Sie gegen das abwägen, was Sie sich von dem Eingriff versprechen – Sie werden nicht in der Lage sein, wieder zu gehen, falls Sie sich das erhoffen sollten. Derartige Eingriffe haben bei Rückenmarksverletzungen im lumbalen und thorakalen Bereich einige begrenzte Erfolge erbracht – bei Brust- und Lendenwirbelverletzungen also, die weitaus tiefer liegen und weit weniger schwer sind als Ihre. Bei zervikalen Schäden zeitigten sie nur geringen Erfolg und bei einem C4-Trauma überhaupt keinen.«

»Ich bin eine Spielernatur«, sagte er rasch. Sachs warf ihm einen bedrückten Blick zu. Denn sie wusste, dass Rhyme überhaupt kein Spieler war. Er war ein Wissenschaftler, der sein Leben nach messbaren, nachweislich belegten Prinzipien ausrichtete. »Ich möchte mich operieren lassen«, fügte er schlicht hinzu.

Dr. Weaver nickte, wirkte weder erfreut noch verstimmt ob seiner Entscheidung. »Sie müssen etliche Untersuchungen über sich ergehen lassen, die mehrere Stunden in Anspruch nehmen werden. Der Eingriff ist für übermorgen angesetzt. Ich habe etwa tausend Formulare und Fragebogen für Sie. Ich bin gleich mit dem Papierkram zurück.«

Sachs erhob sich und verließ hinter der Ärztin das Zimmer. Rhyme hört sie sagen: »Doktor, ich habe eine …« Dann fiel die Tür ins Schloss.

»Verschwörung«, grummelte Rhyme Thom zu. »Meuterei in den eigenen Reihen.«

»Sie macht sich Sorgen um dich.«

»Sorgen? Diese Frau fährt hundertfünfzig Meilen die Stunde und spielt in der South Bronx die Revolverheldin. *Ich* bekomme schließlich Babyfischzellen gespritzt.«

»Du weißt genau, was ich sagen will.«

Rhyme warf unwirsch den Kopf zurück. Sein Blick wanderte zu einer Ecke von Dr. Weavers Zimmer, wo eine Wirbelsäule – eine echte vermutlich – auf einem Metallständer ruhte. Sie wirkte viel zu zerbrechlich für den komplizierten menschlichen Körper, den sie einst getragen hatte.

Die Tür ging auf, und Sachs trat in das Büro. Jemand kam hinter ihr herein, aber es war nicht Dr. Weaver. Der Mann war groß und schlank, abgesehen von einem leichten Bauchansatz, und trug die braune Uniform eines Bezirkssheriffs. »Du hast Besuch«, sagte Sachs mit ernster Miene.

Als er Rhyme sah, nahm der Mann seinen breitkrempigen Hut ab und nickte. Er ließ den Blick kurz über Rhymes Körper wandern, wie die meisten Menschen, die ihm zum ersten Mal begegneten, sah dann aber sofort zu der Wirbelsäule auf dem Stativ hinter Dr. Weavers Schreibtisch. Dann wieder zu Rhyme. »Mr. Rhyme. Ich bin Jim Bell. Roland Bells Cousin. Er hat mir erzählt, dass Sie hierher kommen, und deshalb bin ich von Tanner's Corner herübergefahren.«

Roland war beim New York Police Department und hatte mit Rhyme mehrere Fälle bearbeitet. Derzeit war er der Partner von Lon Sellitto, einem Kriminalpolizisten, den Rhyme seit Jahren kannte. Roland hatte Rhyme die Namen einiger Verwandter genannt, die er anrufen sollte, falls er Besuch haben wollte, während er zur Operation in North Carolina weilte. Jim Bell war, wie Rhyme sich erinnerte, einer von ihnen. »Freut mich, Sie kennen zu lernen«, sagte Rhyme geistesabwesend, während er am Sheriff vorbei zur Tür blickte, durch die Dr. Weaver, sein gnädiger Engel, zurückkehren musste.

Bell schenkte ihm ein grimmiges Lächeln. »Ehrlich gesagt, Sir, ich weiß nicht, ob Sie lange dieser Meinung sein werden.«

... Drei

Es gab eine gewisse Ähnlichkeit, wie Rhyme feststellen konnte, als er den Besucher genauer betrachtete.

Die gleiche schlanke Gestalt, die langen Hände und das schüttere Haar, die gleiche umgängliche Art wie sein Cousin Roland in New York. Dieser Bell hier wirkte bräuner und markiger. Vermutlich ging er oft zum Angeln und auf die Jagd. Ein Stetson hätte ihm besser gestanden als der Sheriffhut. Bell nahm auf einem Stuhl neben Thom Platz.

»Wir haben ein Problem, Mr. Rhyme.«

»Nennen Sie mich Lincoln. Bitte.«

»Nur zu«, sagte Sachs zu Bell. »Erzählen Sie ihm, was Sie mir erzählt haben.«

Rhyme warf Sachs einen kühlen Blick zu. Sie hatte diesen Mann vor drei Minuten kennen gelernt, und schon standen sie auf vertrautem Fuß miteinander.

»Ich bin Sheriff des Paquenoke County. Das liegt etwa zwanzig Meilen östlich von hier. Wir haben da einen Fall am Hals, und ich musste an etwas denken, was mir mein Cousin erzählt hat – er spricht in den höchsten Tönen von Ihnen, Sir ...«

Rhyme nickte unwirsch, damit er fortfuhr, und dachte: Wo, zum Teufel, ist meine Ärztin? Wie viele Formulare muss sie denn noch hervorwühlen? Ist sie auch an dieser Verschwörung beteiligt?

»Jedenfalls, dieser Fall ... Ich dachte, ich schau mal vorbei und frag Sie, ob Sie ein bisschen Zeit für uns erübrigen könnten.«

Rhyme lachte, doch er klang nicht im mindesten amüsiert. »Ich stehe kurz vor einer Operation.«

»Oh, ich weiß schon. Ich möchte Ihnen da auf keinen Fall dazwischenfunken. Ich dachte bloß an ein paar Stunden ... Wir brauchen keine große Hilfe, hoffe ich jedenfalls. Sehen Sie, mein Cousin Rol hat mir ein paar Dinge erzählt, die Sie bei Ihren Ermittlungen oben im Norden gemacht haben. Wir haben in unserem Polizeilabor eine gewisse Grundausstattung, aber der Großteil der forensischen Arbeit hier in der Gegend läuft über Elizabeth City – dort sitzt die nächste Dienststelle der Staatspolizei – oder Raleigh. Dauert wochenlang, bis wir von dort ein Ergebnis bekommen. Wir haben aber nicht wochenlang Zeit. Nur ein paar Stunden. Bestenfalls.«

»Wozu?«

»Um zwei Mädchen zu finden, die entführt worden sind.«

»Für Entführungen ist der Bund zuständig«, bedeutete ihm Rhyme. »Rufen Sie das FBI an.«

»Ich weiß nicht mal mehr, wann wir zum letzten Mal einen Bundesagenten im Bezirk hatten, von den Jungs vom ATF mal abgesehn, die gegen die Schwarzbrenner vorgehen. Bis jemand vom FBI hier runterkommt und mit der Suche anfängt, sind die Mädchen tot.«

»Erzählen Sie uns, was passiert ist«, sagte Sachs. Sie hatte ihre interessierte Miene aufgesetzt, wie Rhyme spöttisch – und voller Missvergnügen – festellte.

»Gestern wurde einer von unseren Oberschülern ermordet und eine Studentin entführt«, sagte Bell. »Heute Morgen ist der Täter zurückgekommen und hat noch ein Mädel gekidnappt.« Rhyme bemerkte, dass der Mann dunkelrot anlief. »Er hat eine Falle gelegt, und einer meiner Deputys wurde schwer verletzt. Er liegt hier im Klinikum, im Koma.«

Rhyme sah, dass Sachs aufgehört hatte, mit den Fingernägeln in ihren Haaren herumzuwühlen und sich die Kopfhaut zu kratzen, und Bell ihre ganze Aufmerksamkeit widmete. Nun ja, vielleicht steckten sie nicht unter einer Decke, aber Rhyme wusste genau, warum ihr so viel an einem Fall gelegen war, für den sie keine Zeit hatten. Und der Grund dafür passte ihm überhaupt nicht. »Amelia«, setzte er an und warf einen kühlen Blick zu der Uhr an der Wand von Dr. Weavers Büro.

»Wieso nicht, Rhyme? Was kann es schon schaden?« Sie zog die langen roten Haare von ihrer Schulter, auf die sie wie ein Wasserfall wogten.

Bell warf noch einen Blick auf die Wirbelsäule in der Ecke. »Wir sind eine kleine Dienststelle, Sir. Wir haben getan, was wir konnten – meine sämtlichen Deputys und ein paar andere Leute waren die ganze Nacht unterwegs, aber wir konnten ihn oder Mary Beth einfach nicht finden. Wir glauben, dass Ed – der Deputy, der im Koma liegt – eine Karte gesehen hat, auf der womöglich eingezeichnet ist, wohin der Junge gegangen sein könnte. Aber die Ärzte wissen nicht, wann und ob er wieder zu sich kommt.« Mit beschwörendem Blick wandte er sich wieder an Rhyme. »Wir wären Ihnen sehr zu Dank verpflichtet, wenn Sie mal einen Blick auf die Spuren werfen würden, die wir gefunden haben, und uns einen Anhaltspunkt geben könnten, wo der Junge abgeblieben ist. Wir wissen nicht mehr weiter. Ich brauche unbedingt Unterstützung.«

Doch Rhyme verstand gar nichts. Ein Kriminalist ist dazu da, Spuren und Beweismittel auszuwerten, den Ermittlern dabei zu helfen, einen Verdächtigen zu überführen, und dann beim Prozess gegen ihn auszusagen. »Sie wissen, wer der Täter ist, Sie wissen, wo er wohnt. Ihr Staatsanwalt hat einen absolut wasserdichten Fall an der Hand.« Selbst wenn sie bei der Untersuchung des Tatorts gepatzt hatten – und Kleinstadtpolizisten war diesbezüglich allerhand zuzutrauen –, sollten jede Menge Beweise vorliegen, die für eine Verurteilung ausreichen müssten.

»Nein, nein – wegen dem Prozess machen wir uns keine Sorgen, Mr. Rhyme. Es geht darum, dass wir sie *finden*, bevor er die Mädchen umbringt. Oder zumindest Lydia, Mary Beth ist womöglich schon tot. Sehen Sie, als die Sache passierte, hab ich im Handbuch der Staatspolizei über die Ermittlungen bei Kapitalverbrechen nachgeblättert. Dort heißt es, dass man bei einer Entführung mit sexuellem Hintergrund normalerweise vierundzwanzig Stunden Zeit hat, um das Opfer zu finden – danach betrachtet es der Kidnapper nicht mehr als menschliches Wesen und zögert nicht, es zu töten.«

»Sie haben ihn als Jungen bezeichnet«, sagte Sachs. »Wie alt ist er?«

»Sechzehn.«

»Ein Jugendlicher also.«

»Rein rechtlich«, sagte Bell. »Aber er hat mehr auf dem Kerbholz als die meisten unserer erwachsenen Taugenichtse.«

»Haben Sie seine Angehörigen überprüft?«, fragte sie, als wäre es bereits beschlossene Sache, dass sie und Rhyme den Fall übernahmen.

»Die Eltern sind tot. Er hat Pflegeeltern. Wir sind bei ihnen gewesen und haben sein Zimmer durchsucht. Haben weder geheime Falltüren noch Tagebücher oder so gefunden.«

Ist doch nie der Fall, dachte Rhyme, der sich sehnlichst wünschte, dass dieser Mann mitsamt seinem Anliegen wieder in diesen Bezirk mit dem unaussprechlichen Namen abschwirren möge.

»Ich glaube, wir sollten das machen, Rhyme«, sagte Sachs.

»Sachs, die Operation …«

»Zwei Opfer in zwei Tagen?«, sagte sie. »Es könnte sich um einen Serientäter handeln.« Serientäter sind wie Süchtige. Um ihr steigendes Verlangen nach Gewalt zu befriedigen, begehen sie in immer kürzerem Zeitabstand immer schwerere Taten.

Bell nickte. »Ganz genau. Und es gibt da ein paar Sachen, die ich noch gar nicht erwähnt habe. In den letzten zwei Jahren gab es im Paquenoke County drei weitere Todesfälle, dazu einen fragwürdigen Selbstmord, der sich erst vor ein paar Tagen ereignet hat. Wir glauben, dass der Junge womöglich hinter all dem steckt. Wir haben bloß nicht genug Beweise gefunden, um ihn einzusperren.«

Ich habe diese Fälle ja auch nicht bearbeitet, oder?, dachte Rhyme, ehe er sich darauf besann, dass der Stolz die Todsünde war, die ihn vermutlich ins Verderben stürzen würde.

Wider Willen stellte er fest, dass er bereits angebissen hatte, dass ihn dieser Fall faszinierte, weil er so rätselhaft war. Wenn er seither, nach dem Unfall, nicht den Verstand verloren hatte – wenn er sich nicht mehr nach Sterbehelfern vom Schlage eines Jack Kevorkian umtat –, dann nur wegen geistiger Herausforderungen dieser Art.

»Die Operation ist doch erst übermorgen«, setzte Sachs nach. »Und bis dahin musst du nur ein paar Untersuchungen durchführen lassen.«

Ach, Sachs, deine Hintergedanken sind offensichtlich …

Aber ihr Einwand war nicht schlecht. Bis zu dem Eingriff musste er viel Zeit totschlagen. Und all das vor einer Operation – was wiederum hieß, dass er ohne achtzehn Jahre alten Scotch auskommen musste. Was sollte ein Querschnittsgelähmter in einer Kleinstadt in North Carolina überhaupt anstellen? Lincoln Rhymes größter Feind waren nicht die Krämpfe, die Phantomschmerzen oder die Dysregulationen, die jedem Rückenmarkspatienten zusetzten – es war die Langeweile.

»Meinetwegen einen Tag«, sagte Rhyme schließlich. »Solange die Operation nicht verzögert wird. Ich stehe wegen dieses Eingriffs schon seit vierzehn Monaten auf der Warteliste.«

»Einverstanden, Sir«, sagte Bell. Er wirkte sichtlich erleichtert.

Aber Thom schüttelte den Kopf. »Hör mal, Lincoln, wir sind nicht hier, um zu arbeiten. Wir sind hier, damit du dich operieren lässt, und danach reisen wir wieder ab. Ich habe nicht annähernd die Geräte, die ich brauche, wenn du arbeiten willst.«

»Wir sind in einer *Klinik*, Thom. Es würde mich nicht wundern, wenn der *Großteil* dessen, was du brauchst, vorhanden ist. Wir sprechen mit Dr. Weaver. Sie hilft uns bestimmt gern.«

Der Betreuer, wie üblich tadellos gekleidet, mit weißem Hemd, gebügelter brauner Hose und Schlips, sagte: »Damit das klar ist – ich halte davon überhaupt nichts.«

Doch Lincoln Rhyme ging es wie jedem Jäger, auch wenn er sich nicht bewegen konnte – sobald er sich dazu entschlossen hatte, einer Beute nachzustellen, konnte ihn nichts mehr davon abhalten. Ohne auf Thom zu achten, begann er Jim Bell auszufragen. »Wie lange ist er schon auf der Flucht?«

»Erst seit zwei Stunden«, antwortete Bell. »Ich lasse von einem Deputy die Beweisstücke rüberbringen, die wir gefunden haben, und dazu vielleicht noch eine Karte von der Gegend. Ich hab gedacht...«

Aber Bell verstummte, als Rhyme den Kopf schüttelte und die Stirn runzelte. Sachs musste sich ein Grinsen verkneifen. Sie wusste, was jetzt kam.

»Nein«, sagte Rhyme entschieden. »Wir kommen zu Ihnen. Sie müssen uns irgendwo bei sich unterbringen. Wie heißt die Stadt noch mal?«

»Äh, Tanner's Corner.«

»Bringen Sie uns irgendwo unter, wo wir arbeiten können. Außerdem brauche ich einen Assistenten... Haben Sie in Ihrer Dienststelle ein Labor?«

»Bei uns?«, fragte der Sheriff verdutzt. »Wohl kaum.«

»Na schön, wir stellen Ihnen eine Liste mit den Geräten auf, die wir benötigen. Sie können sich die Sachen von der Staatspolizei ausborgen.« Rhyme blickte zur Uhr. »In einer halben Stunde können wir da sein. Stimmt's, Thom?«

»Lincoln …«

»Stimmt's?«

»In einer halben Stunde«, murmelte Thom schicksalsergeben. *Wer* war hier schlecht gelaunt?

»Hol die Formulare von Dr. Weaver. Nimm sie mit. Du kannst sie ausfüllen, während Sachs und ich arbeiten.«

»Okay, okay.«

Sachs stellte eine Liste mit der technischen Grundausstattung für ein Kriminallabor zusammen. Sie hielt sie hoch, damit Rhyme sie lesen konnte. Er nickte. »Füge einen Dichtegradienten dazu. Ansonsten ist sie in Ordnung.«

Sie schrieb das Gerät auf die Liste und reichte sie Bell. Er las sie, nickte unsicher. »Das lässt sich sicher machen. Aber ich will wirklich nicht, dass Sie sich zu viel Mühe –«

»Jim, ich hoffe, ich kann offen mit Ihnen sprechen.«

»Klar.«

»Es bringt überhaupt nichts«, sagte Rhyme mit gesenkter Stimme, »wenn wir uns nur ein paar wenige Spuren vornehmen. Wenn die Sache laufen soll, müssen Amelia und ich die Fahndung leiten. Und zwar in vollem Umfang. Sagen Sie mir ganz offen, ob wir damit irgendjemandem ins Gehege kommen.«

»Ich sorge dafür, dass es nicht der Fall sein wird«, sagte Bell.

»Gut. Und jetzt sollten Sie sich lieber um die Geräte kümmern. Wir müssen uns *ranhalten*.«

Und Sheriff Bell stand einen Moment lang da und nickte, den Hut in der einen Hand, Sachs' Liste in der anderen, ehe er sich zur Tür begab. Rhyme meinte sich zu entsinnen, dass Cousin Roland, ein Mann, der viele typische Redensarten aus dem Süden parat hatten, einen Ausdruck gebrauchte, der bestens zu der Miene des Sheriffs passte. Rhyme konnte sich nicht mehr an den genauen Wortlaut erinnern, aber es hatte mit einem Bären zu tun, den man am Schwanz gepackt hatte.

»Ach, noch eins«, sagte Sachs an Bell gewandt. Er blieb in der Tür stehen und drehte sich um. »Der Täter? Wie heißt er?«

»Garrett Hanlon. Aber in Tanner's Corner wird er nur der Insektensammler genannt.«

Das Paquenoke County ist ein kleiner Bezirk im Nordosten von North Carolina. Tanner's Corner, die größte Stadt, liegt etwa in der Mitte des Bezirks und ist von etlichen kleineren, noch nicht eingemeindeten Wohn- und Gewerbegebieten umgeben, darunter auch Blackwater Landing, das ein paar Meilen nördlich des Verwaltungssitzes unmittelbar an den Fluss Paquenoke – von den meisten Einheimischen nur Paquo genannt – angrenzt.

Südlich des Flusses befindet sich der Großteil der Wohn- und Einkaufsgegenden des Bezirks. Die Landschaft dort ist geprägt von Mooren, lichten Wäldern, Feldern und Teichen. Fast alle Einwohner leben in diesem Teil. Nördlich des Paquo wiederum ist das Land trügerisch. Der Great Dismal Swamp hat Wohnwagenparks und Häuser sowie die wenigen Mühlen und Fabriken auf dieser Seite des Flusses verschlungen. Wo sich einst Felder und Teiche befunden hatten, erstreckten sich nun verzweigte Sumpfgebiete, und die Wälder, zumeist uralt, waren undurchdringlich, es sei denn, man hatte Glück und fand einen Pfad. Niemand lebt auf dieser Seite des Flusses, von Schwarzbrennern, Drogenbrauern und ein paar verrückten Sumpfbewohnern einmal abgesehen. Selbst Jäger meiden für gewöhnlich die Gegend, seit Tal Harper vor zwei Jahren von wilden Schweinen angefallen und, obwohl er das halbe Rudel erschossen hatte, verspeist worden war, ehe ihm jemand zu Hilfe kommen konnte.

Wie die meisten Menschen im Bezirk begab sich Lydia Johansson nur selten auf die Nordseite des Paquo, und wenn, dann entfernte sie sich nicht allzu weit von der nächsten Siedlung. Umso verzweifelter war sie nun, da ihr bewusst wurde, dass sie beim Überqueren des Flusses die Grenze zu einem Gebiet überschritten hatte, aus dem sie womöglich nie mehr zurückkehrte – eine Grenze nicht nur in geographischer Hinsicht, sondern auch im übertragenen Sinn.

Natürlich war sie entsetzt, weil sie von dieser Kreatur verschleppt wurde – ihr graute vor den Blicken, mit denen er sie musterte, vor seiner Berührung, und sie hatte panische Angst davor, einen Hitzschlag zu erleiden oder von einer Schlange gebissen zu werden –, aber am schlimmsten waren die Gedanken an das, was sie auf der Südseite des Flusses zurückgelassen hatte: all die kleinen Annehmlichkeiten ihres Lebens, so bescheiden sie auch sein mochten, die wenigen Freunde und Kolleginnen in der Klinik, die Ärzte, mit denen sie vergebens flirtete, die Pizzapartys, die *Seinfeld*-Wiederholungen im Fernsehen, ihre Horrorromane, Eiscreme, die Kinder ihrer Schwester. Selbst die düsteren Seiten ihres Daseins kamen ihr jetzt geradezu verlockend vor – der ewige Kampf mit den Pfunden, die mühseligen Versuche, das Rauchen aufzugeben, die einsamen Nächte, das endlose Warten auf einen Anruf von dem Mann, mit dem sie sich gelegentlich traf (sie bezeichnete ihn als ihren »Freund«, doch sie wusste, dass dies lediglich Wunschdenken war)... Selbst danach sehnte sie sich jetzt, weil es einfach etwas Vertrautes war.

Aber hier gab es nichts, weder Trost noch Annehmlichkeiten.

Sie musste an den schrecklichen Anblick bei dem Jägerunterstand denken – wie Deputy Ed Schaeffer bewusstlos dagelegen hatte, Arme und Gesicht durch die Hornissenstiche bis zur Unkenntlichkeit angeschwollen. »Er hätte ihnen nichts tun sollen«, hatte Garrett gemurmelt. »Hornissen greifen nur an, wenn ihr Nest in Gefahr ist. Es war *seine* Schuld.« Langsam war er hineingegangen, ohne dass ihn die Insekten behelligten, und hatte ein paar Sachen geholt. Er hatte ihr die Hände mit Klebeband vor dem Körper gefesselt und sie dann in den Wald geführt, durch den sie jetzt schon etliche Meilen marschierten.

Der Junge stellte sich sonderbar an, zerrte sie mal in diese Richtung, mal in jene. Er redete mit sich selbst. Er kratzte an den roten Flecken in seinem Gesicht. Einmal blieb er an einem Tümpel stehen und glotzte in das Wasser. Er wartete, bis irgendein Käfer oder eine Spinne davongehuscht war, tauchte dann das Gesicht hinein und benetzte die gereizte Haut. Er schaute auf seine Füße, zog dann den verbliebenen Schuh aus und schleuderte ihn weg. Anschließend hetzte er sie weiter durch die heiße Morgenluft.

Sie warf einen Blick auf die Karte, die aus seiner Hosentasche ragte. »Wo gehen wir hin?«, fragte sie.

»Halt den Mund. Okay?«

Zehn Minuten später befahl er ihr, die Schuhe auszuziehen, und führte sie durch einen seichten, verschmutzten Wasserlauf. Auf der anderen Seite musste sie sich hinsetzen. Er hockte sich vor sie hin, schaute auf ihre Beine und ihr Dekolleté und trocknete ihr mit einem Packen Kleenex, die er aus seiner Hosentasche geholt hatte, die Füße ab. Sie ekelte sich vor seiner Berührung genauso, wie sie sich damals geekelt hatte, als sie zum ersten Mal in der Pathologie der Klinik eine Gewebeprobe von einer Leiche entnehmen musste. Er zog ihr die weißen Schuhe wieder an, band die Schnürsenkel, hielt ihre Wade eine Idee länger fest als nötig. Dann zog er die Karte zu Rate und führte sie wieder in den Wald.

Schnipste mit den Nägeln, kratzte sich an der Backe…

Nach und nach wurde die Moorlandschaft immer undurchdringlicher und das Wasser dunkler und tiefer. Sie vermutete, dass sie zum Great Dismal Swamp marschierten, hatte allerdings keine Ahnung, wieso. Gerade als es so aussah, als gäbe es zwischen den verlandeten Tümpeln und Wasserläufen kein Durchkommen mehr, führte sie Garrett in einen Kiefernwald, in dem es zu Lydias Erleichterung weitaus kühler war als draußen im Sumpfgelände.

Wieder leitete er sie einen Pfad entlang, bis sie auf einen steilen Hang stießen. Nach oben hin ragten Felsen auf.

»Da komm ich nicht rauf«, sagte sie und versuchte so trotzig wie möglich zu klingen. »Nicht mit gefesselten Händen. Ich rutsche ab.«

»Quatsch«, versetzte er wütend, als ob sie keine Ahnung hätte. »Du hast deine Schwesternschuhe an. Mit denen hast du guten Halt. Schau mich an. Ich bin barfuß, und irgendwie komm ich da trotzdem rauf. Schau dir meine Füße an, schau!« Er hielt ihr die Sohlen hin. Sie waren gelb und schwielig. »Na los, beweg dich, kletter da rauf. Aber geh nicht weiter, wenn du oben bist. Hast du gehört? He, hast du mich verstanden?« Wieder dieses Zischeln, wieder landete ein Speicheltropfen auf ihrer Wange. Es kam ihr so vor, als ob er wie Säure auf ihrer Haut brannte.

Herrgott, wie ich dich hasse, dachte sie.

Lydia fing an zu klettern. Auf halber Höhe hielt sie inne, schaute zurück. Garrett ließ sie nicht aus den Augen, schnipste mit den Fingernägeln. Glotzte auf ihre Beine, die in weißen Strümpfen steckten, strich sich mit der Zunge über die Schneidezähne. Dann schaute er höher, unter ihren Rock.

Lydia kletterte weiter. Hörte seine zischenden Atemzüge, als er hinter ihr hochstieg.

Oben befand sich eine Lichtung, von der ein Pfad in ein dichtes Kieferngehölz führte. Sie ging darauf zu, in den Schatten.

»Hey!«, rief Garrett. »Hast du nicht gehört? Ich hab gesagt, du sollst nicht weitergehen!«

»Ich will doch gar nicht abhauen!«, schrie sie. »Es ist heiß. Ich will bloß aus der Sonne.«

Er deutete nach vorn, auf den Boden. Fünf Meter weiter lag eine Schicht Kiefernzweige mitten auf dem Pfad. »Du hättest reinfallen können«, krächzte er. »Du hättest alles kaputtmachen können.«

Lydia schaute genau hin. Die Kiefernzweige bedeckten eine breite Grube.

»Was ist das?«

»Eine Fallgrube.«

»Was ist da drin?«

»Du weißt schon – eine Überraschung für alle, die hinter uns her sind.« Er sagte es voller Stolz, grinsend, als ob ihm etwas ganz Schlaues eingefallen wäre.

»Aber da könnte *sonst wer* reinfallen!«

»Quatsch«, versetzte er. »Wir sind nördlich vom Paquo. Hier kommen nur die Leute vorbei, die hinter uns her sind. Und die haben es verdient, wenn ihnen was passiert. Los, weiter geht's.« Wieder das Zischeln. Er packte sie an den Handgelenken und führte sie um die Grube herum.

»Du brauchst mich nicht so fest zu halten!«, protestierte sie.

Garrett warf ihr einen kurzen Blick zu und lockerte seinen Griff etwas – doch die sanftere Berührung erwies sich als weitaus unangenehmer: Er strich mit dem Mittelfinger über ihr Handgelenk, was sie an eine fette Zecke erinnerte, die über ihre Haut kroch und eine Stelle suchte, an der sie sich festsaugen konnte.

... Vier

Der Rollx-Bus fuhr an einem Friedhof vorbei, den Tanner's Corner Memorial Gardens. Dort fand gerade eine Beerdigung statt, und Rhyme, Sachs und Thom betrachteten den Trauerzug.

»Schaut euch den Sarg an«, sagte Sachs.

Er war klein, ein Kindersarg. Nur wenige Trauergäste, lauter Erwachsene, begleiteten ihn. Etwa zwanzig Personen. Rhyme fragte sich, weshalb die Anteilnahme so gering war. Er blickte über die Grabstätte hinweg auf die sanft gewellten Hügel des Friedhofs, die dunstverhangenen Wälder und das Marschland dahinter, die sich meilenweit erstreckten, bis zum blauen Horizont. »Der Friedhof ist nicht schlecht«, sagte er. »Hätte nichts dagegen, an so einem Ort beerdigt zu werden.«

Sachs, die mit bedrückter Miene auf die Trauergemeinde schaute, warf ihm einen kühlen Blick zu – offenbar wollte sie angesichts der bevorstehenden Operation nichts über Tod und Sterblichkeit hören.

Dann lenkte Thom, der Jim Bells Streifenwagen folgte, den Bus um eine scharfe Kurve und beschleunigte, sobald die Straße wieder geradeaus führte. Der Friedhof verschwand hinter ihnen.

Tanner's Corner lag, wie Bell ihnen versichert hatte, zwanzig Meilen vom Klinikum in Avery entfernt. Auf dem Willkommensschild wurde dem Besucher mitgeteilt, dass die Stadt 3018 Einwohner zählte, was durchaus der Wahrheit entsprechen mochte, doch an diesem heißen Augustmorgen war auf der Main Street nur ein winziger Prozentsatz davon zu sehen. Der staubige Ort wirkte wie eine Geisterstadt. Ein älteres Paar saß auf einer Bank und blickte auf die verlassene Straße. Rhyme entdeckte zwei Männer, die kränklich und ausgezehrt aussahen – offenbar die hiesigen Gemeindesäufer. Der eine saß auf dem Bordstein, den grindigen Kopf in die Hände gestützt, und suchte vermutlich seinen Kater loszuwerden. Der andere hockte an einen Baum gelehnt da und glotzte mit tief eingesunkenen Augen, die selbst von weitem gelbsüchtig wirkten, auf den glänzenden Kleinbus. Eine magere Frau wischte träge das Fenster des Drugstores. Ansonsten sah Rhyme niemanden.

»Friedlich«, stellte Thom fest.

»So kann man es auch ausdrücken«, sagte Sachs, der in dieser Einöde offensichtlich ebenso unwohl war wie Rhyme.

Die Main Street war eine schmucklose Straße, gesäumt von alten Häusern und zwei kleinen Einkaufszentren. Rhyme bemerkte einen Supermarkt, zwei Drugstores, zwei Bars, einen Imbiss, ein Damenbekleidungsgeschäft, eine Versicherungsagentur und eine Videothek mit Süßwarenladen und Nagelstudio. Das hiesige Autohaus, A-OK Car Dealership hieß es, war zwischen einer Bank und einem Unternehmen für Bootszubehör eingequetscht. Überall wurden Köder feilgeboten. Auf einer Reklametafel wurde für ein McDonald's geworben, das sieben Meilen entfernt an der Route 17 lag, eine andere zeigte das sonnenverblichene Abbild der aus dem Bürgerkrieg stammenden Schiffe *Monitor* und *Merriack*. »Besuchen Sie das Ironclad-Museum«. Zweiundzwanzig Meilen musste man fahren, wenn man sich die Panzerschiffe ansehen wollte.

Während Rhyme all diese Eindrücke aus dem Alltag einer Kleinstadt in sich aufnahm, wurde ihm schmerzlich bewusst, wie verloren er hier als Kriminalist war. In New York konnte er jederzeit und mit Erfolg Spuren auswerten, weil er dort schon seit vielen Jahren lebte – er kannte die Stadt in- und auswendig, war ihre Straßen entlanggegangen, hatte sich mit ihrer Geschichte, ihrer Flora und Fauna befasst. Aber hier, in Tanner's Corner und Umgebung, wusste er nicht das Geringste über die Beschaffenheit des Bodens, der Luft, des Wassers, hatte keine Ahnung von den Gewohnheiten der Einwohner, wusste nicht, welche Autos sie fuhren, in welchen Häusern sie wohnten, bei welchen Unternehmen sie beschäftigt waren, welche Begierden sie antrieben.

Rhyme musste daran denken, wie er einmal als frisch gebackener Polizist für einen älteren Kripomann beim NYPD gearbeitet hatte. »Kann mir jemand sagen«, hatte der Mann von seinen Untergebenen wissen wollen, »was die Redewendung ›Wie ein Fisch auf dem Trockenen‹ bedeutet?«

»Das bedeutet so viel wie nicht in seinem Element sein«, hatte Jungpolizist Rhyme gesagt. »Verwirrt sein.«

»Also, was passiert denn, wenn ein Fisch auf dem Trockenen landet?«, hatte der ergraute alte Cop ihn angefahren. »Der ist nicht verwirrt. Der geht *drauf.* Eine ungewohnte Umgebung ist das Gefährlichste, was es für einen Ermittler gibt. Merken Sie sich das.«

Thom parkte den Kleinbus und senkte die Hebebühne mit dem Rollstuhl ab. Rhyme blies in die Strohhalmsteuerung des Storm Arrow und rollte auf die steile Rampe am Gebäude der Bezirksverwaltung zu, die man zweifellos mehr oder weniger widerwillig angebaut hatte, nachdem das Behindertenschutzgesetz in Kraft getreten war.

Drei Männer in Arbeitskleidung und mit Klappmesserscheiden am Gürtel kamen aus der Seitentür der Sheriff-Dienststelle neben der Rampe. Sie gingen auf einen burgunderroten Chevrolet Suburban zu.

Der Dürrste der drei stupste den Größten an, einen Hünen mit Pferdeschwanz und Bart, und deutete mit dem Kopf auf Rhyme. Dann musterten sie alle drei – fast wie auf Kommando – Sachs' Figur. Der Große betrachtete Thom, dessen gepflegte Frisur, die schmächtige Statur, die makellose Kleidung und den goldenen Ohrring. Ohne eine Miene zu verziehen, flüsterte er dem Dritten im Bunde, der aussah wie ein gut situierter Geschäftsmann aus dem Süden der USA, etwas zu. Der zuckte die Achseln. Dann verloren sie das Interesse an den Besuchern und stiegen in den Chevy.

Wie ein Fisch auf dem Trockenen…

Bell, der neben Rhymes Rollstuhl herlief, bemerkte dessen Blick.

»Das ist Rich Culbeau, der Große. Und seine Kumpel. Sean O'Sarian – der dürre Kerl – und Harris Tomel. Culbeau is nicht halb so schlimm, wie er aussieht. Er markiert gern den wilden Mann, aber normalerweise macht er keinen Ärger.«

O'Sarian wandte sich auf dem Beifahrersitz um – aber Rhyme wusste nicht, ob er zu Thom, Sachs oder ihm blickte.

Der Sheriff trabte vor ihnen die Rampe hinauf. Er mühte sich mit der behindertengerechten Treppe ab. Das Schloss war überstrichen worden.

»Hier gibt's nicht viele Krüppel«, stellte Thom fest. Dann wandte er sich an Rhyme. »Wie geht's dir?«

»Bestens.«

»Du siehst aber nicht so aus. Du wirkst blass. Sobald wir drin sind, messe ich deinen Blutdruck.«

Sie kamen in das Gebäude. Etwa um 1950 errichtet, schätzte Rhyme. Im üblichen Amtsgrün gestrichen; Fingerfarbenbilder, offenbar von Grundschülern gemalt, zierten die Flure, dazu Fotos von Tanner's Corner im Lauf seiner Geschichte sowie rund ein halbes Dutzend öffentliche Stellenausschreibungen.

»Geht das in Ordnung?«, fragte Bell, als er eine Tür aufstieß. »Wir benutzen das als Asservatenkammer, aber wir räumen das Zeug raus und schaffen es runter in den Keller.«

Ein gutes Dutzend Kartons säumten die Wände. Ein Polizist karrte gerade mühsam einen großen Toshiba-Fernseher aus dem Raum. Ein anderer schleppte zwei Kisten mit Saftflaschen weg, in denen sich eine klare Flüssigkeit befand. Rhyme betrachtete sie, und Bell lachte. »Das fasst in etwa die kriminellen Aktivitäten in Tanner's Corner zusammen: Diebstahl von elektronischen Geräten und Schwarzbrennerei.«

»Das ist Schnaps?«, fragte Sachs.

»Ganz recht. Höchstens einen Monat alt.«

»Ocean Spray?«, fragte Rhyme spöttisch, als er die Etiketten auf den Flaschen sah.

»Die sind bei den Schwarzbrennern beliebt – wegen dem breiten Hals. Trinken Sie Schnaps?«

»Nur Scotch.«

»Bleiben Sie dabei.« Bell nickte zu den Flaschen hin, die der Polizist aus der Tür schleppte. »Der Bundesregierung und dem Staat Carolina geht's nur um die Steuern. Wir machen uns um die Leute Sorgen. Die Sorte da ist gar nicht übel. Aber Schwarzgebrannter wird oft mit Formaldehyd verschnitten, mit Lackverdünner und Flüssigdünger. Hier bei uns gehen jedes Jahr zwei, drei Menschen an vergiftetem Fusel drauf.«

»Wieso eigentlich Schwarzgebrannter?«, fragte Thom.

»Weil er für gewöhnlich in finsterer Nacht gebrannt wird, damit kein Steuerfahnder es mitbekommt.«

»Aha«, sagte der junge Mann, der, wie Rhyme wusste, eher einen guten St. Emilion, einen Pomerol oder einen weißen Burgunder schätzte.

Rhyme sah sich in dem Zimmer um. »Wir brauchen mehr Steckdosen.« Er nickte zu dem einzigen Anschluss an der Wand.

»Wir können ein paar Kabel verlegen«, sagte Bell. »Ich setze jemand darauf an.«

Er schickte einen Deputy mit dem entsprechenden Auftrag los und berichtete dann, dass er beim Labor der Staatspolizei in Elizabeth City angerufen und dringend um die Bereitstellung der von Rhyme gewünschten Ausrüstung ersucht habe. Die Geräte müssten in einer Stunde eintreffen. Für hiesige Verhältnisse war das blitzschnell gegangen, dessen war sich Rhyme bewusst, und einmal mehr spürte er, wie dringlich dieser Fall war.

Bei einer Entführung mit sexuellem Hintergrund hat man normalerweise vierundzwanzig Stunden Zeit, um das Opfer zu finden – danach betrachtet es der Kidnapper nicht mehr als menschliches Wesen und zögert nicht, es zu töten.

Der Deputy kehrte mit zwei dicken Verlängerungskabeln samt Mehrfachsteckdosen zurück. Er klebte sie am Boden fest.

»Die reichen«, sagte Rhyme. »Wie viele Leute haben Sie auf den Fall angesetzt?«, fragte er dann.

»Drei leitende und acht einfache Deputys. Dazu haben wir zwei Mann in der Funk- und Telefonzentrale und fünf Schreibkräfte. Normalerweise müssen wir uns die mit dem Planungs- und Bauamt teilen – was für uns ein wunder Punkt ist –, aber wegen der Entführung und weil Sie hergekommen sind, kriegen wir jeden, den wir brauchen. Der Vorstand der Bezirksverwaltung steht dahinter. Ich habe schon mit ihm gesprochen.«

Rhyme blickte zur Wand hoch. Runzelte die Stirn.

»Was gibt's?«

»Er braucht eine Schiefertafel«, erklärte Thom.

»Ich habe an eine *Karte* von der Gegend gedacht. Aber ja, eine Schiefertafel möchte ich auch haben. Eine große.«

»Wird geregelt«, sagte Bell. Rhyme und Sachs lächelten sich zu. Das war einer der Lieblingsausdrücke von Cousin Roland.

»Könnten Sie mir danach Ihre leitenden Leute herschicken? Zu einem kurzen Meinungsaustausch.«

»Und eine Klimaanlage«, sagte Thom. »Hier drin muss es kühler werden.«

»Mal sehn, was wir tun können«, sagte Bell leichthin. Vermutlich verstand er nicht recht, weshalb den Nordlichtern die Temperatur so wichtig war.

»Diese Hitze tut ihm nicht gut«, schob der Betreuer energisch nach.

»Mach dir darum keine Sorgen«, sagte Rhyme.

Thom wandte sich mit hochgezogener Augenbraue an Bell. »Wir müssen das Zimmer abkühlen«, stellte er gelassen fest. »Sonst bringe ich ihn ins Hotel zurück.«

»Thom«, sagte Rhyme warnend.

»Ich fürchte, uns bleibt nichts anderes übrig«, erwiderte der Betreuer.

»Kein Problem«, sagte Bell. »Ich kümmere mich drum.« Er ging zur Tür und rief hinaus in den Flur: »Steve, komm mal einen Moment her.«

Ein junger Mann mit kurz geschnittenen Haaren, der eine Deputy-Uniform trug, kam herein. »Mein Schwager Steve Farr.« Er war der größte Deputy, den sie bislang zu Gesicht bekommen hatten – er maß gut und gern zwei Meter –, und hatte runde, ulkig abstehende Ohren. Er wirkte nur leicht betreten, als er Rhyme sah, und verzog den breiten Mund im nächsten Moment zu einem lässigen Lächeln, das von Selbstvertrauen und Tüchtigkeit kündete. Bell erteilte ihm den Auftrag, eine Klimaanlage für das Labor zu beschaffen.

»Bin schon unterwegs, Jim.« Er zupfte an seinem Ohrläppchen, machte auf dem Absatz kehrt wie ein Soldat und verschwand wieder im Flur.

Eine Frau streckte den Kopf durch die Tür. »Jim, Sue McConnell ist auf Leitung drei. Sie ist völlig außer sich.«

»Okay. Ich rede mit ihr. Komme gleich.« Bell wandte sich an Rhyme. »Die Mutter von Mary Beth«, erklärte er. »Arme Frau… Hat erst vor einem Jahr ihren Mann durch Krebs verloren, und jetzt passiert so was. Ich sag Ihnen eins«, fügte er hinzu und schüttelte den Kopf, »ich hab selbst zwei Kinder, und ich kann mir gut vorstellen, was sie –«

»Jim, könnten wir vielleicht die Karte beschaffen«, unterbrach ihn Rhyme. »Und die Schiefertafel aufstellen.«

Bell zwinkerte unsicher, als er den forschen Unterton bemerkte. »Klar doch, Lincoln. Und noch was. Wenn wir hier im Süden euch zu betulich sind, zu langsam für euch Yankees, dann müsst ihr uns Dampf machen, ja?«

»Oh, ganz bestimmt, Jim.«

Einer von dreien.

Einer von Jim Bells drei leitenden Deputys schien sich zu freuen, Rhyme und Sachs kennen zu lernen. Nun ja, zumindest Sachs. Die beiden anderen nickten kurz und förmlich und wünschten sich offenbar, das komische Pärchen wäre in New York geblieben.

Der Umgängliche war ein etwa dreißigjähriger, verschlafen wirkender Deputy namens Jesse Corn. Er war an diesem Morgen am Tatort gewesen und gab voller Schuldbewusstsein zu, dass Garrett vor seinen Augen mit Lydia, dem zweiten Opfer, entkommen war. Als Jesse endlich über den Fluss gesetzt hatte, war Ed Schaeffer von den Hornissen schon halb tot gestochen worden.

Kühl und zugeknöpft gab sich hingegen Mason Germain, ein kleiner Mann Anfang vierzig. Dunkle Augen, angegraute Schläfen, eine tadellose, wenn auch fast ein wenig unnatürlich wirkende Haltung. Seine Haare waren so stramm zurückgestrichen, dass man die Zahnspuren des Kammes erkennen konnte. Er trug ein aufdringliches Aftershave – ein billiger, moschusartiger Geruch. Mit einem knappen, steifen Nicken begrüßte er Rhyme und Sachs, und Rhyme glaubte ihm anzusehen, wie froh er war, dass der Kriminalist gelähmt war – so brauchte er ihm nicht die Hand zu geben. Sachs wurde als Frau nur mit einem herablassenden »Miss« bedacht.

Lucy Kerr, die dritte im Bunde der leitenden Deputys, war nicht minder reserviert als Mason. Sie war groß – nur eine Idee kleiner als die hoch aufgeschossene Sachs. Gepflegt und sportlich wirkend, mit einem langen, hübschen Gesicht. Masons Uniform war zerknittert und fleckig, Lucys hingegen war tadellos gebügelt. Die blonden Haare waren am Hinterkopf zu einem straffen Zopf geflochten. Man konnte sie sich leicht als Model für Sport- und Freizeitbekleidung vorstellen – in Stiefeln, Jeans und Daunenweste.

Rhyme wusste sehr wohl, dass der kühle Empfang, den sie ihnen bereiteten, eine natürliche Reaktion darauf war, dass sich fremde Polizisten in ihre Angelegenheiten einmischten (zudem ein Krüppel und eine Frau – und Nordstaatler überdies). Aber ihm lag nichts daran, sie für sich einzunehmen. Der Kidnapper dürfte von Minute zu Minute schwerer zu finden sein. Und außerdem hatte er einen Operationstermin vor sich, den er auf keinen Fall verpassen wollte.

Ein kräftig gebauter Mann – der einzige schwarze Deputy, den Rhyme bislang zu Gesicht bekommen hatte – rollte eine große Schiefertafel herein und faltete eine Landkarte vom Paquenoke County auf.

»Mach sie da oben fest, Trey.« Bell deutete auf die Wand. Rhyme betrachtete die Karte. Sie war gut, sehr genau und übersichtlich.

»Und nun«, sagte Rhyme, »erzählen Sie mir, was vorgefallen ist. Fangen Sie beim ersten Opfer an.«

»Mary Beth McConnell«, erwiderte Bell. »Sie ist dreiundzwanzig. Studiert an der Universität drüben in Avery.«

»Weiter. Was ist gestern passiert?«

»Also«, sagte Mason, »es war noch ziemlich früh. Mary Beth war –«

»Könnten Sie etwas genauer sein?«, fragte Rhyme. »Was die Zeit angeht?«

»Na ja, wir wissen es nicht genau«, entgegnete Mason kühl. »Weil nämlich keine Uhren stehen geblieben sind, so wie auf der *Titanic*, wissen Sie.«

»Muss aber vor acht gewesen sein«, wandte Jesse Corn ein. »Billy – der Junge, der umgebracht wurde – war zum Joggen unterwegs, und vom Tatort aus ist es eine halbe Stunde zu ihm nach Hause. Er hat ein Seminar in der Sommerschule gemacht und hätte um halb neun zurück sein müssen, wenn er sich noch duschen wollte, bevor er zum Unterricht geht.«

Gut, dachte Rhyme und nickte. »Weiter.«

Mason übernahm. »Mary Beth war mit einem Forschungsprojekt beschäftigt; sie hat in Blackwater Landing alte indianische Gebrauchsgegenstände ausgegraben.«

»Was ist das, eine Stadt?«, fragte Sachs.

»Nein, bloß eine nicht eingemeindete Siedlung am Fluss. Vielleicht drei Dutzend Häuser, eine Fabrik. Kein Laden, nichts. Hauptsächlich Wald und Sumpf.«

Rhyme bemerkte die Zahlen und Ziffern am Rand der Karte. »Wo denn?«, fragte er. »Zeigen Sie's mir.«

Mason deutete auf Planquadrat G-10. »Unserer Ansicht nach kommt Garrett vorbei und schnappt sich Mary Beth. Er will sie vergewaltigen, aber Billy Stail ist da draußen beim Joggen, sieht sie von der Straße aus und will dazwischengehen. Aber Garrett schnappt sich eine Schaufel und bringt Billy um. Schlägt ihm den Schädel ein. Dann greift er sich Mary Beth und verschwindet.« Masons Mund war verkniffen. »Billy war ein guter Kerl. Tüchtig. Ging regelmäßig zur Kirche. Letzte Saison, als es im Spiel gegen die Albermarle High School unentschieden stand, hat er zwei Minuten vor Schluss einen Pass abgefangen und ist durchgelaufen –«

»Er war sicher ein feiner Junge«, sagte Rhyme ungeduldig. »Garrett und Mary Beth, sind die zu Fuß unterwegs?«

»Genau«, antwortete Lucy. »Garrett fährt kein Auto. Hat nicht mal einen Führerschein. Weil seine Eltern bei einem Autounfall umgekommen sind, glaube ich.«

»Was für Spuren haben Sie gefunden?«

»Oh, wir haben die Mordwaffe«, sagte Mason stolz. »Die Schaufel. Sind auch ganz behutsam damit umgegangen. Haben Handschuhe getragen. Und wir haben den Dienstweg vermerkt, wie im Lehrbuch.«

Rhyme wartete. »Was haben Sie sonst noch gefunden?«, fragte er schließlich.

»Na ja, Fußabdrücke.« Mason blickte zu Jesse, worauf dieser sagte: »Ach ja, richtig, ich hab sie fotografiert.«

»Ist das *alles*?«, fragte Sachs.

Lucy nickte, wenn auch mit verkniffenem Mund angesichts der leise anklingenden Kritik.

Rhyme bohrte nach: »Haben Sie den Tatort nicht untersucht?«

»Doch, natürlich«, sagte Jesse. »Mehr war da eben nicht.«

Nicht mehr? An einem Tatort, an dem ein Mensch umgebracht und ein anderer entführt worden war, musste es so viele Spuren geben, dass man einen Film darüber drehen konnte, wer was wem angetan hatte, und vermutlich konnte man sogar noch feststellen, was sämtliche Beteiligten in den letzten vierundzwanzig Stunden getrieben hatten. Anscheinend hatten sie es hier mit zweierlei Übeln zu tun: dem Insektensammler und der Unfähigkeit der hiesigen Ordnungshüter. Rhyme schnappte Sachs' Blick auf und sah, dass sie das Gleiche dachte.

»Wer hat die Untersuchung durchgeführt?«, fragte Rhyme.

»Ich«, sagte Mason. »Ich war zuerst da. Ich war in der Nähe, als die Meldung einging.«

»Und wann war das?«

»Halb zehn. Ein LKW-Fahrer hat Billys Leiche von der Straße aus gesehen und über Notruf Bescheid gegeben.«

Und der Junge war vor acht Uhr umgebracht worden. Rhyme gefiel das ganz und gar nicht. Mindestens anderthalb Stunden war der Tatort nicht gesichert gewesen. Eine lange Zeit, in der allerhand Spuren beseitigt oder hinzugefügt worden sein konnten. Der Junge hätte das Mädchen vergewaltigen und umbringen, den Leichnam verstecken und danach zurückkehren können, um etliche Spuren zu entfernen und andere zu legen, damit die Ermittler in die Irre geführt wurden. »Haben Sie ihn persönlich untersucht?«, fragte Rhyme Mason.

»Beim ersten Mal. Danach waren drei, vier Mann da draußen. Die haben sich die Gegend ganz genau vorgenommen.«

Und haben nur die Mordwaffe gefunden? Herr im Himmel... Von dem Schaden gar nicht zu sprechen, den vier Cops, die sich mit Tatortarbeit nicht auskannten, vermutlich angerichtet hatten.

»Darf ich fragen«, sagte Sachs, »woher Sie wissen, dass Garrett der Täter ist?«

»Ich hab ihn *gesehen*«, antwortete Jesse Corn. »Als er sich heute früh Lydia geschnappt hat.«

»Oh«, sagte Bell. »Die Fingerabdrücke – wir haben sie auf der Schaufel gefunden.«

Rhyme nickte. »Und seine Fingerabdrücke waren wegen der früheren Festnahmen in der Kartei?«

»Richtig.«

»Und nun berichten Sie mir von *heute* Morgen«, sagte Rhyme.

Jesse sprang ein. »Es war früh. Kurz nach Sonnenaufgang. Ed Schaeffer und ich wollten den Tatort im Auge behalten, für den Fall, dass Garrett zurückkommt. Ed war auf der Nordseite vom Fluss, ich im Süden. Lydia kam vorbei und wollte ein paar Blumen niederlegen. Ich hab sie allein gelassen und bin zurück zum Auto. Hätte ich wohl lieber nicht machen sollen. Im nächsten Moment schreit sie laut los, und ich sehe, wie die zwei über den Paquo weglaufen. Die waren weg, eh ich das Boot oder was anderes zum

Übersetzen gefunden habe. Ed hat sich über Funk nicht gemeldet. Ich hab mir Sorgen um ihn gemacht, und als ich endlich drüben war, hab ich ihn gefunden, fast zu Tode gestochen. Garrett hatte eine Falle aufgebaut.«

»Wir glauben, dass Ed weiß, wo der Junge Mary Beth hingeschafft hat«, sagte Bell. »Er hat in dem Unterstand, in dem sich Garrett versteckt hat, eine Karte entdeckt. Aber er verlor das Bewusstsein, bevor er uns sagen konnte, was er auf der Karte gesehen hat, und Garrett muss sie mitgenommen haben, nachdem er Lydia gekidnappt hat. Wir haben sie nicht gefunden.«

»Wie geht es dem Deputy?«, fragte Sachs.

»Hat durch die Stiche einen Schock erlitten. Keiner weiß, ob er durchhält. Und wenn ja, ob er sich an irgendwas erinnern kann, wenn er wieder zu sich kommt.«

Dann sind wir also auf Spuren angewiesen, dachte Rhyme. Was er ohnehin vorzog, jedenfalls jedem Zeugen. »Wie steht's mit dem Tatort von heute Morgen?«

»Wir haben das hier gefunden.« Jesse öffnete einen Aktenkoffer und holte einen Plastikbeutel mit einem Turnschuh heraus. »Garrett hat ihn verloren, als er sich Lydia geschnappt hat. Sonst nichts.«

Am gestrigen Tatort eine Schaufel, heute einen Schuh ... Mehr nicht. Missmutig musterte Rhyme den einzelnen Turnschuh.

»Stellen Sie ihn da drüben hin.« Er nickte zu einem Tisch hin. »Berichten Sie mir von den anderen Todesfällen, bei denen man Garrett verdächtigte.«

»Alle in und um Blackwater Landing«, sagte Bell. »Zwei der Opfer sind im Kanal ertrunken. Alles hat darauf hingedeutet, dass sie hineingefallen sind und sich den Kopf angeschlagen haben. Aber der Gerichtsmediziner hat gesagt, es wäre möglich, dass man ihnen vorsätzlich einen Schlag auf den Kopf versetzt und sie dann gestoßen hat. Garrett wurde kurz vor ihrem Tod in der Nähe ihrer Häuser gesehen. Letztes Jahr ist dann jemand zu Tode gestochen worden. Von Hornissen. Genau wie Ed. Wir wissen, dass Garrett dahinter steckt.«

Bell wollte fortfahren, doch Mason unterbrach ihn. »Eine junge Frau, Anfang zwanzig – genau wie Mary Beth. Sehr hübsch, brav und gläubig. Ist auf der Veranda hinter ihrem Haus eingenickt.

Garrett hat ein Hornissennest auf sie geworfen. Hundertsiebenunddreißig Mal ist sie gestochen worden und hat einen Herzanfall erlitten.«

»Ich habe die Meldung entgegengenommen«, sagte Lucy Kerr. »War ein schlimmer Anblick, was ihr da zugestoßen ist. Sie ist langsam gestorben und unter großen Schmerzen.«

»Oh, und die Beerdigung, an der wir unterwegs vorbeigekommen sind«, sagte Bell. »Das war Todd Wilkes. Er war acht. Selbstmord.«

»O nein«, murmelte Sachs. »Wieso?«

»Na ja, er war ziemlich krank«, erklärte Jesse Corn. »War mehr im Krankenhaus als daheim. Hat ihn schwer mitgenommen. Aber da war noch mehr – vor ein paar Wochen wurde Garrett dabei beobachtet, wie er Todd angeschrien hat. Hat ihm echt die Hölle heiß gemacht. Wir glauben, dass Garrett ihn ständig schikaniert und eingeschüchtert hat, bis der Kleine durchgedreht ist.«

»Motiv?«, fragte Sachs.

»Der ist ein Psychopath, das ist sein Motiv«, versetzte Mason. »Die Leute machen sich über ihn lustig, und er zieht los und nimmt sie sich vor. So einfach ist das.«

»Schizophren?«

»Nach Ansicht der Schulpsychologen nicht«, sagte Lucy. »Antisoziale Persönlichkeitsstruktur, so nennen sie das. Er hat einen hohen IQ. Hatte fast lauter Einser im Zeugnis – bis er vor zwei Jahren angefangen hat, die Schule zu schwänzen.«

»Haben Sie ein Bild von ihm?«, fragte Sachs.

Der Sheriff schlug einen Aktenordner auf. »Hier ist das erkennungsdienstliche Foto, das nach dem Anschlag mit dem Hornissennest aufgenommen wurde.«

Auf dem Bild war ein schmächtiger Junge mit Bürstenschnitt, dichten, zusammengewachsenen Augenbrauen und tief liegenden Augen zu sehen. Er hatte einen Ausschlag an der Wange.

»Hier ist noch eins.« Bell entfaltete einen Zeitungsausschnitt. Auf dem Foto saß eine vierköpfige Familie an einem Picknicktisch. Die Bildunterschrift lautete: »Die Hanlons beim alljährlichen Feiertagspicknick von Tanner's Corner, eine Woche vor dem tragischen Verkehrsunfall auf der Route 112, bei dem Stuart (39), Sandra (37) und ihre Tochter Kaye (10) ums Leben kamen.

Daneben Garrett (11), der zum Zeitpunkt des Unfalls nicht im Wagen saß.«

»Kann ich den Bericht vom gestrigen Tatort sehen?«, fragte Rhyme.

Bell schlug einen Ordner auf, und Thom nahm ihn entgegen. Rhyme hatte kein Umblättergerät dabei, daher war er auf die Hilfe seines Betreuers angewiesen.

»Kannst du ihn etwas ruhiger halten?«

Thom seufzte.

Doch Rhyme war gereizt. Die Tatortarbeit war schlampig. Auf den Polaroidfotos waren etliche Fußabdrücke zu sehen, aber man hatte kein Lineal danebengelegt, durch das man die Größe hätte erkennen können. Außerdem war keiner der Abdrücke mit nummerierten Karten versehen worden, um kenntlich zu machen, dass sie von verschiedenen Personen stammten.

Sachs bemerkte es ebenfalls, schüttelte den Kopf und wies darauf hin.

»Machen Sie das immer?«, fragte Lucy etwas defensiv. »Karten hinlegen?«

»Selbstverständlich«, erwiderte Sachs. »Das ist die übliche Vorgehensweise.«

Rhyme vertiefte sich wieder in den Bericht. Er enthielt nur eine oberflächliche Beschreibung der Örtlichkeit und der Position, in der sich Billys Leiche befunden hatte. Rhyme sah, dass die Umrisse mit Sprühfarbe eingezeichnet worden waren – ein berüchtigtes Mittel, das Spuren vernichtete und einen Tatort allgemein beeinträchtigte.

Keinerlei Bodenproben waren gesichert worden, weder am Fundort der Leiche noch an der Stelle, an der es offensichtlich zu einer Rangelei zwischen Billy, Mary Beth und Garrett gekommen war. Und Rhyme sah Zigarettenkippen am Boden liegen – die zahlreiche Hinweise hätten liefern können –, aber keine war eingesammelt worden.

»Weiter.«

Thom blätterte um.

Der Fingerabdruckbericht war unwesentlich besser. Die Schaufel wies vier vollständige und siebzehn Teilabdrücke auf, die alle eindeutig Garrett und Billy zugeordnet worden waren. Die meisten waren latent, ein paar, die sich an einem Schmutzfleck am Stiel befanden, aber auch mit bloßem Auge zu erkennen, ohne dass sie mit Hilfe von Chemikalien oder Polilight sichtbar gemacht werden mussten. Dennoch war Mason bei der Tatortarbeit unvorsichtig gewesen – die Abdrücke seiner Latexhandschuhe an der Schaufel überlagerten die des Mörders. Rhyme hätte jeden Techniker, der derart unachtsam mit Spuren umging, auf der Stelle gefeuert, aber da es so viele verwertbare Abdrücke gab, kam es in diesem Fall wohl nicht unbedingt darauf an.

Die Ausrüstung musste in Bälde eintreffen. »Ich brauche einen Labortechniker, der mir bei der Auswertung und an den Geräten zu Hand geht«, sagte Rhyme zu Bell. »Am liebsten wäre mir ein Polizist, aber die Hauptsache ist, dass er oder sie wissenschaftlich bewandert ist. Und sich hier in der Gegend auskennt. Ein Einheimischer also.«

Masons Daumen kreiste über dem geriffelten Hahn seines Revolvers. »Wir können bestimmt jemanden auftreiben, aber ich dachte, Sie wären der Fachmann. Ich meine, deswegen ziehen wir Sie doch hinzu, oder?«

»Sie ziehen mich unter anderem deshalb hinzu, weil ich *weiß*, wann ich Hilfe brauche.« Er schaute zu Bell. »Fällt Ihnen jemand ein?«

Lucy Kerr antwortete ihm. »Der Sohn meiner Schwester – Benny –, der studiert Naturwissenschaften an der University of North Carolina. Macht sein Diplom.«

»Klug?«

»Sehr gescheit. Er ist bloß ... na ja, ein bisschen ruhig.«

»Ich brauche ihn nicht der Ansprache wegen.«

»Ich ruf ihn an.«

»Gut«, sagte Rhyme. »Nun möchte ich, dass Amelia den Tatort in Blackwater und das Zimmer des Jungen untersucht.«

»Aber«, sagte Mason und deutete auf den Bericht, »das haben wir doch schon gemacht. Genau und gründlich.«

»Ich möchte, dass sie beides noch einmal untersucht«, beharrte Rhyme kurz angebunden. Dann wandte er sich an Jesse. »Sie kennen die Gegend. Könnten Sie sie begleiten?«

»Klar. Gern sogar.«

Sachs warf ihm einen schiefen Blick zu. Aber Rhyme wusste um den Wert eines Flirts. Sachs brauchte Unterstützung – und zwar jede Menge. Rhyme hielt Lucy oder Mason für nicht so hilfreich wie den bereits in Amelia vernarrten Jesse Corn.

»Ich möchte, dass Amelia eine Handfeuerwaffe bekommt«, sagte Rhyme.

»Jesse ist bei uns für Ausrüstung und Material zuständig«, erwiderte Bell. »Er kann eine hübsche Smith & Wesson für sie organisieren.«

»Kann ich bestimmt.«

»Geben Sie mir auch ein Paar Handschellen«, sagte Sachs.

»Klar doch.«

Bell bemerkte, dass Mason mit finsterer Miene auf die Karte starrte.

»Was ist denn?«, fragte der Sheriff.

»Willst du wirklich meine Meinung hören?«, fragte der kleine Mann.

»Ich hab doch gefragt, nicht wahr?«

»Du kannst machen, was du für richtig hältst, Jim«, sagte Mason mit gepresster Stimme, »aber meiner Meinung nach haben wir keine Zeit für weitere Durchsuchungen. Das Gebiet da draußen ist riesengroß. Wir müssen hinter dem Jungen her, und zwar so schnell wie möglich.«

Doch es war Lincoln Rhyme, der darauf einging. Den Blick auf die Karte gerichtet, auf Planquadrat G-10, Blackwater Landing, den Ort, an dem Lydia Johansson zum letzten Mal lebend gesehen worden war, sagte er: »Wir haben nicht genügend Zeit für Schnellschüsse.«

... Fünf

»Wir wollten ihn haben«, flüsterte der Mann vorsichtig, so als könnte er ein Unheil heraufbeschwören, wenn er zu laut spräche. Unbehaglich blickte er sich in dem staubigen Vorgarten um, in dem ein radloser, auf Betonblöcken gelagerter Pickup stand. »Wir haben bei der Familienbetreuung angerufen und uns gezielt nach Garrett erkundigt. Weil wir von ihm gehört hatten und er uns Leid tat. Aber er hat von Anfang an nichts als Schwierigkeiten gemacht. Er war ganz anders als unsere anderen Kinder. Wir haben unser Bestes getan, aber, das kann ich Ihnen sagen, ich glaube, er sieht das nicht so. Und wir haben Angst. Große Angst.«

Er stand auf der verwitterten vorderen Veranda seines Hauses im Norden von Tanner's Corner und sprach mit Amelia Sachs und Jesse Corn. Amelia war nur zu Garretts Pflegeeltern gegangen, um sein Zimmer zu durchsuchen, doch trotz aller Eile ließ sie Hal Babbage erzählen, weil sie hoffte, dadurch ein bisschen mehr über Garrett Hanlon zu erfahren. Amelia Sachs teilte nicht ganz Rhymes Ansicht, wonach Spuren der einzige Schlüssel zum Aufspüren eines Straftäters waren.

Doch alles, was bei diesem Gespräch herauskam, war die Erkenntnis, dass Garretts Pflegeeltern tatsächlich befürchteten, dass er zurückkehren und ihnen oder den anderen Kindern etwas antun könnte. Seine Frau, die neben Hal auf der Veranda stand, war fett und hatte lockige rostrote Haare. Sie trug ein fleckiges T-Shirt mit der Aufschrift MY BOOTS TAP TO WKRT, ein Werbegeschenk von einem Country-&-Western-Sender. Margaret Babbage schaute sich ebenso wie ihr Mann immer wieder im Garten um und ließ den Blick zum angrenzenden Wald schweifen – sie hielt Ausschau nach Garrett, wie Sachs vermutete.

»Nicht dass wir ihm irgendwas getan hätten«, fuhr der Mann fort. »Ich hab ihn nie geschlagen – das darf man inzwischen ja nicht mehr –, aber ich war ihm gegenüber immer bestimmt und hab dafür gesorgt, dass er spurt. Zum Beispiel essen wir immer pünktlich. Da besteh ich drauf. Nur Garrett war nie rechtzeitig da.

Zwischen den Mahlzeiten schließ ich das Essen weg, sodass er oft nichts bekommen hat. Und manchmal hab ich ihn samstags zum Bibelkreis für Vater und Sohn mitgenommen, und das hat ihn *geärgert*. Er ist bloß dagesessen und hat kein Wort gesagt. War mir peinlich, das sag ich Ihnen. Und ich hab ihm ständig zugesetzt, dass er den Schweinestall in seinem Zimmer aufräumen soll.« Er stockte, hin- und hergerissen zwischen Angst und Ärger. »Lauter Dinge, die man den Kindern beibringen muss. Aber ich *weiß*, dass er mich deswegen hasst.«

Die Frau steuerte ihren Standpunkt bei. »Wir waren anständig zu ihm. Aber da denkt er bestimmt nicht dran. Der denkt bloß an die paar Mal, wo wir streng waren.« Ihre Stimme bebte. »Und er überlegt sich, wie er sich rächen kann.«

»Ich sag nur eines: Wir wehren uns«, sagte Garretts Pflegevater drohend, an Jesse Corn gewandt. Er deutete mit dem Kopf auf einen Haufen Nägel und einen rostigen Hammer, die auf der Veranda lagen. »Wir nageln die Fenster zu, aber wenn er trotzdem einbricht… dann wehren wir uns. Die Kinder kennen sich aus. Die wissen, wo die Schrotflinte ist. Ich hab ihnen beigebracht, wie man damit umgeht.«

Hatte er sie etwa aufgefordert, auf Garrett zu schießen? Sachs war schockiert. Sie hatte mehrere Kinder im Haus gesehen, die durch die Fliegendrahtfenster nach draußen spähten. Sie wirkten kaum älter als zehn.

»Hal«, sagte Jesse Corn streng, bevor Sachs zu Wort kam. »Unternimm nichts auf eigene Faust. Ruf uns an, wenn du Garrett siehst. Und pass auf, dass die Kleinen die Schusswaffen nicht anrühren. Komm schon, das weißt du doch ganz genau.«

»Wir machen unsere Übungen«, sagte Hal abwehrend. »Jeden Dienstagabend nach dem Essen. Die wissen, wie man mit 'ner Waffe umgeht.« Er kniff die Augen zusammen, als er etwas im Garten sah, und wirkte einen Moment lang angespannt.

»Ich würde mir gern mal sein Zimmer ansehen«, sagte Sachs.

Er zuckte die Achseln. »Bitte sehr. Aber ohne mich. Ich geh da nicht rein. Zeig's ihnen, Mags.« Er nahm den Hammer und eine Hand voll Nägel. Sachs bemerkte den Pistolengriff, der aus seinem Hosenbund ragte. Er schlug etliche Nägel in einen Fensterrahmen.

»Jesse«, bestimmte Sachs, »Sie gehen nach hinten und überprüfen sein Fenster. Sehen Sie nach, ob er irgendwelche Fallen angebracht hat.«

»Da sehen Sie gar nichts«, erklärte die Mutter. »Er hat sie schwarz angestrichen.«

Angestrichen?

Sachs ließ sich nicht beirren. »Dann sichern Sie einfach den Zugang zum Fenster. Ich will keine unliebsamen Überraschungen erleben. Achten Sie darauf, dass Sie nicht ins Schussfeld geraten, und bleiben Sie in Deckung.«

»Klar doch. In Deckung bleiben. Wird gemacht.« Er nickte begeistert, was ihr wiederum verriet, dass er taktisch nicht die geringste Erfahrung hatte. Er verschwand um die Hausecke.

»Hier lang geht's zu seinem Zimmer«, sagte die Frau zu Sachs.

Sachs folgte Garretts Pflegemutter durch einen schummrigen Hausflur voller Wäsche und Schuhe, dazu stapelweise Illustrierte. *Family Circle, Christian Life, Guns & Ammo, Field and Stream, Reader's Digest.*

An jeder Tür, an der sie vorbeikamen, kribbelte ihr Nacken, worauf sie sich jedes Mal nach links und rechts umsah und über den kreuz und quer geriffelten Eichenholzgriff ihres Revolvers strich. Die Tür zum Zimmer des Jungen war verschlossen.

Garrett hat ein Hornissennest auf sie geworfen. Hundertsiebenunddreißig Mal ist sie gestochen worden.

»Haben Sie wirklich Angst, dass er zurückkommen könnte?«

Die Frau überlegte einen Moment lang. »Garrett ist 'n schwieriger Junge«, sagte sie dann. »Die Leute verstehen ihn nicht, aber mir liegt er mehr als Hal. Ich weiß nicht, ob er zurückkommt, aber wenn, dann nicht im Guten. Garrett kann ganz schön austeilen, da kennt der nichts. In der Schule haben ein paar Jungs immer wieder seinen Spind aufgebrochen und irgendwelche Nachrichten, schmutzige Unterwäsche und so Zeug reingelegt. Nichts Schlimmes, nur zum Spaß. Aber Garrett hat eine Art Käfig gebastelt, der aufgeht, wenn jemand den Spind nicht richtig aufmacht. Hat eine Spinne reingesetzt. Als sie das nächste Mal die Tür aufgebrochen haben, hat die Spinne einen der Jungs ins Gesicht gebissen. Beinahe wäre er blind geworden ... Ja, ich hab Angst, dass er zurückkommt.«

Sie standen vor einer Schlafzimmertür. Am Türblatt hing ein

handgefertigtes Schild. LEBENSGEFAHR. EINTRITT VERBOTEN. Darunter war eine ungelenke Tuschezeichnung einer drohend aussehenden Wespe geheftet.

Es gab keine Klimaanlage, und Sachs stellte fest, dass ihre Hände schwitzten. Sie wischte sie an ihrer Jeans ab.

Sachs schaltete das Motorola-Funkgerät ein und setzte die Kopfhörer auf, die sie sich in der Fernsprechzentrale der Sheriff-Dienststelle geliehen hatten. Es dauerte einen Moment, bis sie die Frequenz fand, die Steve Farr ihr zugeteilt hatte. Der Empfang war schlecht.

»Rhyme?«

»Ja, Sachs. Ich habe schon gewartet. Wo bist du gewesen?«

Sie wollte ihm nicht erklären, dass sie ein paar Minuten darauf verwendet hatte, mehr über den geistigen und seelischen Zustand von Garrett Hanlon zu erfahren. »Hat eine Zeit lang gedauert, bis wir hier waren«, sagte sie nur.

»Und, was haben wir vorliegen?«, fragte Rhyme.

»Ich bin gerade dabei reinzugehen.«

Sie winkte Margaret zu, dass sie sich wieder ins Wohnzimmer begeben sollte, trat dann die Tür ein und sprang zurück, drückte sich flach an die Wand. Kein Ton drang aus dem schummrigen Zimmer.

Hundertsiebenunddreißig Mal ist sie gestochen worden…

Okay. Revolver raus. Und los. Sie stürmte hinein.

»Herrgott.« Sachs ging in die Hocke, in Schusshaltung. Den Finger entschlossen am Abzug, genau auf Druckpunkt, richtete sie die Waffe mit ruhiger Hand auf die Gestalt unmittelbar vor ihr.

»Sachs?«, rief Rhyme. »Was ist los?«

»Moment«, flüsterte sie und schaltete die Deckenlampe ein. Der Lauf der Waffe zielte auf ein Poster mit dem Monster aus dem Film *Alien*.

Mit der linken Hand riss sie die Kleiderschranktür auf. Leer.

»Alles klar, Rhyme. Muss allerdings gestehen, dass mir sein Wandschmuck ganz und gar nicht gefällt.«

Erst dann nahm sie den Gestank wahr. Ungewaschene Kleidung, Körpergeruch. Und irgendetwas anderes…

»Puh«, murmelte sie.

»Sachs? Was ist los?« Rhyme klang ungeduldig.

»Hier stinkt's.«

»Gut. Du kennst meine Regel.«

»Zuerst immer auf den Geruch am Tatort achten. Ich wünschte, ich hätt's nicht getan.«

»Ich wollte noch aufräumen.« Mrs. Babbage war hinter Sachs hereingetappt. »Hätte ich machen sollen, bevor Sie hergekommen sind. Aber ich hab mich gefürchtet reinzugehn. Außerdem kriegt man Stinktier schwer raus, es sei denn, man wäscht das Zeug in Tomatensaft. Hal hält das aber für reine Geldverschwendung.«

Das war es also. Dieser Geruch nach verbranntem Gummi, der die Ausdünstungen der Schmutzwäsche überlagerte, das war Stinktiersekret. Garretts Mutter stand mit krampfhaft gefalteten Händen da und sah aus, als wollte sie jeden Moment in Tränen ausbrechen. »Der ist bestimmt stocksauer, dass Sie die Tür aufgebrochen haben«, flüsterte sie.

»Ich muss mich hier ein bisschen allein umsehen«, sagte Sachs zu ihr. Sie komplimentierte die Frau hinaus und schloss die Tür.

»Die Zeit verrinnt, Sachs«, blaffte Rhyme.

»Bin ja schon dabei«, erwiderte sie und blickte sich um. Angewidert von dem grauen, fleckigen Laken, den Bergen schmutziger Kleidung, den mit Speiseresten verklebten Geschirrstapeln, den Zellophantüten mit den letzten zerkrümelten Überresten alter Kartoffel- und Tortillachips. Die ganze Bude hier machte sie kribblig. Sie stellte fest, dass sie die Finger in die Kopfhaut gegraben hatte und sich zwanghaft kratzte. Hörte auf, kratzte dann weiter. Sie fragte sich, weshalb sie so wütend war. Vielleicht, weil diese Schlamperei hier darauf hindeutete, dass sich die Pflegeeltern genau genommen einen Dreck aus dem Jungen gemacht hatten und diese Verwahrlosung dazu beigetragen hatte, dass er zum Killer und Kidnapper geworden war.

Sachs sah sich rasch im Zimmer um und bemerkte etliche Schmutzstreifen sowie Finger- und Fußabdrücke am Fensterbrett. Allem Anschein nach war er öfter durchs Fenster ein- und ausgegangen als durch die Tür. Wurden die Kinder etwa über Nacht eingesperrt?

Sie wandte sich der Wand zu, die dem Bett gegenüber lag, und kniff die Augen zusammen. Sie spürte, wie ein Schauder sie überlief. »Wir haben's hier mit einem Sammler zu tun, Rhyme.«

Sie betrachtete die großen Glasgefäße – gut ein Dutzend Terrarien, an deren Boden Wasserpfützen standen, um die sich dicht an dicht Insekten tummelten. Auf den schlampig beschrifteten Etiketten war die jeweilige Art angegeben: *Rückenschwimmer… Silberspinne.* Auf einem Tisch in der Nähe lag eine angeschlagene Lupe. Daneben stand ein alter Bürostuhl, der aussah, als hätte ihn der Junge vom Sperrmüll geholt.

»Ich weiß, warum er Insektensammler genannt wird«, sagte Sachs. Dann berichtete sie ihm von den Gefäßen. Sie schauderte vor Ekel, als eine Horde kleiner feuchter Käfer über die Wand des einen Glases wimmelte.

»Ah, das ist gut für uns.«

»Wieso?«

»Weil das ein seltenes Hobby ist. Wenn er auf Tennis oder Münzensammeln stünde, wäre es weitaus schwerer, seinen Aufenthaltsort festzustellen. Nun nehmen wir uns die Örtlichkeit vor.« Er sprach mit schmeichelndem Tonfall, klang geradezu fröhlich. Sie wusste, dass er sich vorstellte, er persönlich schreite den Bereich ab – wie er das Untersuchen eines schachbrettartig in einzelne Sektoren unterteilten Tatorts bezeichnete – und bediente sich dabei ihrer Augen und Beine. Als Leiter der IRD – der für Tatortarbeit und forensische Untersuchungen zuständigen Abteilung der New Yorker Polizei – hatte Lincoln Rhyme bei Tötungsdelikten häufig höchstpersönlich die Ermittlungen am Tatort übernommen und dabei für gewöhnlich mehr Dienststunden geleistet als weitaus jüngere Kollegen. Sie wusste, dass ihm das Abschreiten eines Tatorts mehr als alles andere fehlte, auf das er seit dem Unfall verzichten musste.

»Wie sieht der Tatortkoffer aus?«, fragte Rhyme. Jesse Corn hatte in der Ausrüstungskammer der Sheriff-Dienststelle einen für sie besorgt.

Sachs öffnete den staubigen Metallaktenkoffer. Er enthielt nicht einmal ein Zehntel der Ausrüstung, die sie aus New York gewohnt war, aber das Wichtigste war zumindest dabei: Pinzette, Taschenlampe, Latexhandschuhe und Beweismitteltüten. »Schmalspurausstattung«, sagte sie.

»Wir sind hier wie ein Fisch auf dem Trockenen, Sachs.«

»Da sind wir einer Meinung, Rhyme.« Sie zog die Handschuhe

an und blickte sich im Raum um. Garretts Schlafzimmer war ein so genannter sekundärer Tatort – nicht die Stelle, an der sich die eigentliche Straftat ereignet hat, sondern der Ort, an der sie beispielsweise geplant wurde oder an den der Täter flüchtete und sich nach der Tat versteckte. Von Rhyme hatte sie schon vor langer Zeit gelernt, dass diese Orte oftmals ergiebiger waren als der eigentliche Tatort, weil Straftäter hier für gewöhnlich sorgloser waren, Handschuhe und Kleidung abstreiften und Waffen oder Beweismaterial hinterließen.

Sie fing mit der Untersuchung an, schritt das Zimmer systematisch ab – in einer Richtung hin, dann parallel dazu zurück, wie beim Rasenmähen, Schritt für Schritt, um schließlich den ganzen Bereich noch einmal lotrecht zu durchmessen.

»Rede mit mir, Sachs, rede mit mir.«

»Es ist eine gruslige Höhle, Rhyme.«

»Gruslig«, grummelte er. »Was, zum Teufel, ist ›gruslig‹?«

Lincoln Rhyme konnte unpräzise Beschreibungen nicht ausstehen. Er legte Wert auf handfeste – genaue – Angaben: kalt, matschig, blau, grün, scharf. Rhyme beschwerte sich sogar, wenn sie etwas als »groß« oder »klein« bezeichnete. (»Zentimeter- oder Millimeterangaben, Sachs, sonst brauchst du mir gar nicht davon zu berichten.« Wenn Sachs einen Tatort untersuchte, war sie mit einer Glock 10 ausgerüstet, mit Latexhandschuhen und einem Maßband, wie es auch Bauarbeiter benutzten.)

Tja, dachte sie, ich grusle mich aber. Hat das denn gar nichts zu sagen?

»Er hat Poster aufgehängt. Von den *Alien*-Filmen. Und von *Starship Troopers* – große Käfer, die Menschen anfallen. Ein paar davon hat er selbst gemalt. Sie sind scheußlich. Der ganze Raum ist verdreckt. Speisereste, ein Haufen Bücher, Klamotten, die Viecher in den Gläsern. Viel mehr ist da nicht.«

»Ist die Kleidung schmutzig?«

»Ja. Hier zum Beispiel – eine Hose, voller Flecken. Die muss er oft angehabt haben – da sind bestimmt tonnenweise Spuren drin. Und alle mit Aufschlägen. Gut für uns – die meisten Jungs in seinem Alter tragen nur Jeans.« Sie steckte sie in eine Plastiktüte für die Beweismittel.

»Hemden?«

»Nur T-Shirts«, sagte sie. »Alle ohne Taschen.« Kriminalisten mögen Hosenaufschläge und Taschen; dort verfangen sich allerlei wertvolle Hinweise. »Ich habe hier zwei Notizhefte, Rhyme. Aber Jim Bell und die anderen Deputys haben sie sich bestimmt schon angesehen.«

»Stell keinerlei Vermutungen über die Tatortarbeit unserer Kollegen an«, sagte Rhyme trocken.

»Schon klar.«

Sie blätterte darin herum. »Das sind keine Tagebücher. Karten sind auch nicht drin. Kein Wort über eine Entführung… bloß Zeichnungen von Insekten… Bilder von den Tieren, die er in den Terrarien hier hält.«

»Keine Mädchen oder junge Frauen? Mit sado-sexuellem Hintergrund?«

»Nein.«

»Nimm sie mit. Was ist mit den Büchern?«

»Etwa um die hundert Stück. Schulbücher, Bücher über Tiere, Insekten… Moment – hier hab ich was – ein Jahrbuch von der Tanner's Corner High School. Sechs Jahre alt.«

Rhyme stellte jemandem, der bei ihm im Zimmer war, eine Frage. Dann meldete er sich wieder. »Jim sagt, Lydia ist sechsundzwanzig. Sie ist seit acht Jahren aus der Schule. Aber schlag mal unter McConnell nach.«

Sachs blätterte zum Buchstaben M.

»Jawohl. Mary Beths Foto wurde mit irgendeiner scharfen Klinge herausgetrennt. Das passt zum typischen Spannerverhalten.«

»Täterprofile interessieren uns nicht. Uns interessieren Spuren. Zu den anderen Büchern – denen auf dem Regal. Welche hat er am häufigsten gelesen?«

»Woher soll ich –«

»Am Schmutz der Seiten«, versetzte er unwirsch. »Fang mit denen an, die dem Bett am nächsten stehen. Nimm vier oder fünf mit.«

Sie suchte vier heraus, deren Seiten am stärksten abgegriffen waren. *Handbuch für Entomologen, Leitfaden zur Bestimmung der Insekten in North Carolina, Wasserinsekten von Nordamerika, Die Welt im Kleinen.*

»Ich habe sie, Rhyme. Da sind allerhand angestrichene Stellen drin. Ein paar mit Sternchen versehen.«

»Gut. Bring sie mit. Aber in dem Zimmer muss es noch etwas Eindeutigeres geben.«

»Ich finde aber nichts.«

»Such weiter, Sachs. Er ist sechzehn Jahre alt. Du kennst dich doch mit jugendlichen Straftätern aus. Für einen Teenager ist das eigene Zimmer der Mittelpunkt seines Universums. Versetz dich in einen Sechzehnjährigen hinein. Wo würde er etwas verstecken?«

Sie schaute unter der Matratze nach, in und unter den Schreibtischschubladen, im Kleiderschrank, unter den schmuddeligen Kissen. Dann leuchtete sie mit der Taschenlampe zwischen Bett und Wand. »Hier ist irgendwas, Rhyme…«

»Was?«

Sie fand eine Unmenge zusammengeknüllter Kleenex-Tücher, eine Flasche Vaseline-Hautpflegelotion. Sie untersuchte ein Kleenex. Bei den Flecken handelte es sich offenbar um getrocknete Samenspuren.

»Papiertücher unter dem Bett. Der Junge war tüchtig mit der rechten Hand.«

»Er ist sechzehn«, sagte Rhyme. »Alles andere wäre unnatürlich. Tüte eins ein. Vielleicht brauchen wir ein paar DNS-Spuren.«

Unter dem Bett fand Sachs noch mehr. Einen billigen Bilderrahmen, auf den er mit ungelenker Hand Insekten gemalt hatte – Ameisen, Hornissen und Käfer. Das aus dem Jahrbuch ausgeschnittene Foto von Mary Beth McConnell war darin eingespannt. Außerdem befand sich hier ein Album mit einem Dutzend weiterer Bilder von Mary Beth. Es waren Schnappschüsse. Auf den meisten war eine junge Frau zu sehen, die sich offenbar auf einem Universitätsgelände befand oder die Straße einer Kleinstadt entlangging. Auf zweien war sie im Bikini an einem Gewässer abgebildet. In beiden Fällen bückte sie sich, und die Kamera war auf ihren Busenansatz gerichtet. Sachs berichtete Rhyme von ihrem Fund.

»Sein Traummädchen«, murmelte Rhyme. »Mach weiter.«

»Meiner Meinung nach sollten wir das hier eintüten und uns den eigentlichen Tatort vornehmen.«

»In ein, zwei Minuten, Sachs. Denk dran – es war deine Idee, hier den guten Samariter zu spielen, nicht meine.«

Sie zitterte vor Wut. »Was willst du denn noch?«, fragte sie hitzig. »Soll ich alles einstäuben und nach Fingerabdrücken absuchen? Sämtliche Haare aufsaugen?«

»Natürlich nicht. Wir sind ja nicht auf Beweise für die Staatsanwaltschaft aus – das weißt du sehr wohl. Wir brauchen lediglich etwas, was uns einen Hinweis darauf gibt, wohin er die Mädchen gebracht haben könnte. Er wird sie nicht nach Hause zurückbringen. Er hat irgendwo ein Lager, das er für sie gebaut hat. Und dort war er auch vorher schon – um alles vorzubereiten. Das hier riecht nach einem sehr systematischen Straftäter, so jung und schrullig er auch sein mag. Und wenn die Mädchen tot sein sollten, hat er garantiert hübsche Gräber für sie ausgesucht.«

Trotz der langen Zeit, die sie schon zusammenarbeiteten, hatte Sachs nach wie vor ihre liebe Not mit Rhymes Kaltschnäuzigkeit. Sie wusste, dass dies zum Dasein eines Ermittlers gehörte – man muss Abstand wahren, damit einem das ganze Grauen eines Verbrechens nicht zu nahe geht –, aber sie tat sich schwer damit. Vielleicht deshalb, weil sie erkannt hatte, dass auch sie zu dieser kühlen Haltung fähig war, dieser dumpfen Teilnahmslosigkeit, auf die ein wahrhaft guter Kriminalist beim Untersuchen eines Tatorts wie auf Knopfdruck umschalten muss, einer Distanziertheit, die, wie Sachs manchmal befürchtete, ihre Gefühle eines Tages endgültig abtöten könnten.

Hübsche Gräber…

Lincoln Rhyme, der immer einen ganz besonders verführerischen Tonfall anschlug, wenn er sich einen Tatort vorstellte, meldete sich wieder bei ihr. »Nur zu, Sachs, versetz dich in ihn hinein. *Werde* zu Garrett Hanlon. Was denkst du? Wie sieht dein Leben aus? Was machst du in jeder einzelnen Minute, die du in dem kleinen Zimmer zubringst? Was sind deine allergeheimsten Gedanken?«

Die besten Kriminalisten, hatte Rhyme sie gelehrt, waren wie begabte Romanciers, die sich in ihre Figuren hineinversetzen und in einer fremden Welt aufgehen konnten.

Einmal mehr sah sie sich in dem Zimmer um. Ich bin sechzehn. Ich bin ein schwieriger Junge, ein Waisenkind, die Jungs in der Schule hacken auf mir herum, ich bin sechzehn, ich bin sechzehn, ich bin –

Ein Gedanke kam ihr. Sie sprach ihn aus, ehe er ihr wieder entfiel.

»Rhyme, weißt du, was komisch ist?«

»Erzähl's mir, Sachs«, sagte er leise, ermutigend.

»Er ist ein Teenager, stimmt's? Na ja, ich muss gerade an Tommy Briscoe denken – mit dem bin ich gegangen, als *ich* sechzehn war. Weißt du, womit der sämtliche Wände seines Zimmers bepflastert hatte?«

»Zu meiner Zeit war das dieses verdammte Farrah-Fawcett-Poster.«

»Genau das ist es. Garrett hat nicht ein einziges Starfoto, nicht ein einziges *Playboy*- oder *Penthouse*-Poster. Keine Leuchtbilder, keine Pokémon-Karten, keine Spielsachen. Weder Alanis noch Celine. Keinerlei Bilder von Rockmusikern... Und, he, stell dir vor – weder Videorecorder noch Fernseher, Stereoanlage oder Radio. Kein Nintendo. Mein Gott, der ist sechzehn und hat nicht mal einen Computer.« Ihr Patenkind war zwölf, und in deren Mädchenzimmer sah es aus wie in einem Elektroladen.

»Vielleicht liegt's am Geld – der Pflegeeltern.«

»Verflucht, Rhyme, wenn ich in seinem Alter wäre und Musik hören möchte, würde ich mir ein Radio *bauen*. Teenager lassen sich doch durch nichts aufhalten. Aber auf so was ist er einfach nicht scharf.«

»Ausgezeichnet, Sachs.«

Vielleicht, dachte sie, aber was hatte das zu bedeuten? Eine Feststellung zu treffen ist für einen forensischen Wissenschaftler nur die halbe Miete – viel wichtiger ist die andere Hälfte: einen halbwegs verwertbaren Schluss aus dieser Feststellung zu ziehen.

»Sachs –«

»Schsch.«

Sie bemühte sich, ihr eigenes Ich hintanzustellen – die Polizistin aus Brooklyn, die auf flotte Fahrzeuge von General Motors stand, das ehemalige Model der Agentur Chantelle an der Madison Avenue, die Frau, die meisterhaft mit der Pistole umzugehen wusste, die ihr glattes rotes Haar lang und ihre Fingernägel kurz trug, damit sie durch ihre dumme Angewohnheit, sich die Haut aufzukratzen, ihre ansonsten makellose Haut nicht noch mehr verunstaltete, sich nicht noch weitere Wundmale zufügte, die von ihrer inneren Anspannung kündeten.

Diese Person versuchte sie nun abzustreifen und sich in einen schwierigen, abstoßenden Sechzehnjährigen zu verwandeln. In jemanden, der sich Frauen gewaltsam besorgen musste oder wollte. Der morden musste oder morden wollte.

Was empfindest du?

»Ich mach mir nichts aus den üblichen Freizeitvergnügungen, aus Musik, Fernsehen, Computer. Ich mach mir nichts aus dem üblichen Geschlechtsverhalten«, sagte sie mehr zu sich selbst. »Ich mach mir nichts aus normalen Beziehungen. Die Menschen sind wie Insekten – etwas, was man einsperrt. Genau genommen mache ich mir bloß was aus meinen Insekten. Die sind mein einziger Trost und meine Zuflucht. Das Einzige, was mir Freude macht.« Sie ging dabei vor den Gläsern auf und ab. Dann blickte sie zu Boden. »Die Spuren vom Stuhl!«

»Was?«

»Garretts Stuhl ... er hat Rollen. Er steht vor den Insektengläsern. Der rollt die ganze Zeit nur hin und her, starrt sie an und zeichnet sie. Verdammt, wahrscheinlich spricht er sogar mit ihnen. Diese Viecher sind sein Ein und Alles.« Doch die Spuren endeten vor dem letzten Glas in der Reihe – dem größten, das etwas abseits der anderen stand. Es enthielt Wespen. Die kleinen gelbschwarzen Leiber schwirrten aufgebracht hin und her, als wären sie sich des Eindringlings bewusst.

Sie ging zu dem Glas, betrachtete es vorsichtig. »Hier steht ein Glas voller Wespen«, sagte sie zu Rhyme. »Ich glaube, das ist sein Safe.«

»Warum?«

»Es steht ein Stück von den anderen Gläsern entfernt. Er schaut es nicht an – das kann ich anhand der Spuren vom Stuhl erkennen. Und außerdem ist in allen andern Gläsern Wasser – sie enthalten Schwimmgeziefer. Nur in dem hier sind Fluginsekten. Eine klasse Idee, Rhyme – wer greift da schon rein? Und am Boden liegt ein ganzer Haufen Papierfetzen. Ich glaube, er hat da drin irgendwas versteckt.«

»Schau rein und sieh nach.«

Sie öffnete die Tür und bat Mrs. Babbage um ein Paar Lederhandschuhe. Sachs stand vor dem Gefäß, als sie sie brachte, und starrte hinein.

»Sie rühren das doch nicht an, oder?«, flüsterte sie ängstlich.

»Doch.«

»O je, da dreht Garrett durch. Der brüllt jeden an, der sein Wespenglas anfasst.«

»Mrs. Babbage, Garrett ist ein flüchtiger Straftäter. Hier geht es nicht darum, ob er irgendwen anbrüllt.«

»Aber wenn er sich herschleicht und sieht, dass Sie da dran waren… ich meine… Das könnte ihm den Rest geben.« Wieder drohte sie in Tränen auszubrechen.

»Wir finden ihn, bevor er zurückkommt«, sagte Sachs im Brustton der Überzeugung. »Keine Sorge.«

Sachs zog die Handschuhe an und wickelte sich ein Kopfkissen um den bloßen Arm. Langsam hob sie den Drahtdeckel hoch und griff hinein. Zwei Wespen landeten auf dem Handschuh, flogen aber gleich wieder weg. Die übrigen scherten sich nicht um den Eindringling. Sie achtete darauf, dass sie dem Nest nicht zu nahe kam.

Hundertsiebenunddreißig Mal ist sie gestochen worden…

Sie musste nur ein paar Zentimeter tief tasten, bis sie auf den Plastikbeutel stieß.

»Ich hab's.« Sie zog es heraus. Eine Wespe entkam und verschwand irgendwo im Haus, bevor sie den Drahtdeckel wieder auflegen konnte.

Sie zog die Lederhandschuhe aus, ließ aber die aus Latex an. Öffnete dann die Tüte und kippte den Inhalt auf das Bett. Eine Rolle Angelschnur, ziemlich dünn. Ein paar Geldscheine – etwa hundert Dollar – und vier Eisenhower-Silberdollar. Ein weiterer Bilderrahmen – diesmal mit dem Foto aus der Zeitung, auf dem Garrett und seine Familie eine Woche vor dem Unfall abgebildet waren, bei dem seine Eltern und seine Schwester ums Leben kamen. Ein alter, zerschrammter Schlüssel an einer kurzen Kette – wie ein Autoschlüssel, obwohl sich am Griff kein Firmenzeichen befand, nur eine kurze Seriennummer. Sie berichtete Rhyme davon.

»Gut, Sachs. Ausgezeichnet. Ich weiß nicht, was das zu bedeuten hat, aber es ist ein erster Ansatz. Und nun nimmst du dir den eigentlichen Tatort vor. Blackwater Landing.«

Sachs hielt inne und blickte sich um. Die Wespe war mittlerweile wieder zurückgekehrt und versuchte, wieder in das Glas zu gelangen. Sie fragte sich, welche Kunde sie ihren Artgenossen wohl übermitteln mochte.

»Ich kann nicht mehr«, sagte Lydia zu Garrett. »Ich kann nicht so schnell laufen«, keuchte sie. Der Schweiß strömte ihr über das Gesicht. Ihre Tracht war klatschnass.

»Still«, herrschte er sie wütend an. »Ich muss horchen. Kann ich aber nicht, wenn du die ganze Zeit quasselst.«

Auf was horcht er?, fragte sie sich.

Wieder zog er die Karte zu Rate und führte sie einen anderen Pfad entlang. Sie befanden sich immer noch tief im Kiefernwald, wo sie vor der Sonne geschützt waren, dennoch fühlte sie sich benommen und erkannte an sich erste Anzeichen eines drohenden Hitzschlags.

Er warf ihr einen kurzen Blick zu, glotzte auf ihre Brüste.

Schnipste mit den Fingernägeln.

Diese aberwitzige Hitze.

»Bitte«, flüsterte sie weinerlich. »Ich schaff das nicht! Bitte!«

»Still! Ich sag's nicht noch mal.«

Ein Schwarm Gnitzen tanzte um ihr Gesicht. Sie spie aus, als ihr beim Einatmen eine oder zwei in den Mund gerieten. Herrgott, war das hier ekelhaft – mitten im Wald. Lydia Johansson war nicht gern in freier Natur. Die meisten Menschen mochten die Wälder, sie waren gern in ihren Swimmingpools, in ihren Gärten. Sie hingegen war dann glücklich und zufrieden, wenn sie vier Wände um sich hatte – in ihrem Beruf, bei einem Glas Margarita mit anderen ledigen Freundinnen im TGI Friday, bei Horrorbüchern vor dem Fernseher, beim Bummel durch die riesigen Einkaufszentren, oder wenn sie gelegentlich eine Nacht mit ihrem Freund verbrachte.

All das spielte sich drinnen ab, ausnahmslos.

Draußen – das erinnerte sie immer an die Gartenfeste, die ihre verheirateten Freundinnen veranstalteten, an Familienfeten, bei denen alle einträchtig um den Swimmingpool saßen, derweil die Kinder mit aufblasbarem Gummispielzeug herumtobten, an Picknicks, an schlanke Frauen in Badeanzügen und Tangas.

Draußen – das erinnerte Lydia an das Leben, das sie sich wünschte, das ihr aber nicht vergönnt war, an ihre Einsamkeit.

Er führte sie einen weiteren Pfad entlang, heraus aus dem Wald. Mit einem Mal wichen die Bäume links und rechts zurück, und vor ihnen tat sich eine riesige Grube auf. Es war ein alter Steinbruch. Blaugrünes Wasser stand in dem Loch. So weit sie sich erinnern konnte, waren hier früher die Kinder schwimmen gegangen, bevor der Sumpf alles Land nördlich des Paquo zurückerobert hatte und die Gegend hier zu gefährlich wurde.

»Na los«, sagte Garrett und deutete mit dem Kopf nach unten.

»Nein. Ich will nicht. Ich hab Angst.«

»Mir doch scheißegal, was du willst«, versetzte er. »Komm schon!«

Er packte ihre mit Klebeband gefesselten Hände und führte sie einen steilen Pfad hinab bis zu einem Felsvorsprung. Dort zog Garrett sein T-Shirt aus und spritzte sich Wasser auf die gereizte Haut. Er kratzte und zupfte an den Pusteln, musterte seine Fingernägel. Ekelhaft. Er blickte zu ihr auf. »Willst du auch mal? Tut gut. Du kannst dich ausziehen, wenn du magst. Schwimmen gehn.«

Sie schüttelte energisch den Kopf, graute sich schon beim bloßen Gedanken daran, nackt vor ihm zu stehen. Dann setzte sie sich an den Rand der Grube und benetzte Gesicht und Arme.

»Trink es bloß nicht. Ich hab das hier mit.«

Er zog einen staubigen Saatgutsack hinter einem Felsbrocken hervor, wo er ihn erst unlängst versteckt haben musste. Er holte eine Wasserflasche heraus und ein paar Käsecracker mit Erdnussbutter. Er aß eine Tüte Cracker und trank die halbe Flasche aus. Den Rest bot er ihr an.

Angewidert schüttelte sie den Kopf.

»He, ich hab weder Aids noch sonst was, falls dir das zu schaffen macht. Du musst was trinken.«

Lydia achtete gar nicht auf die Flasche, die er ihr hinhielt. Sie beugte sich hinab zu dem Wasser im Steinbruch und trank einen tiefen Schluck. Es schmeckte salzig und metallisch. Ekelhaft. Sie musste würgen, hätte sich fast übergeben.

»Herrgott, ich hab's dir doch gesagt«, schnauzte Garrett. Wieder bot er ihr die Flasche an. »Da ist lauter Dreck drin. Stell dich doch nicht so blöd an.« Er warf ihr die Flasche zu. Sie fing sie auf, wenn auch unbeholfen, weil ihre Hände gefesselt waren, und trank sie aus.

Das Wasser erfrischte sie augenblicklich. Sie beruhigte sich ein bisschen. »Wo ist Mary Beth?«, fragte sie. »Was hast du mit ihr angestellt?«

»Sie ist drüben am Meer. In 'nem alten Banker-Haus.«

Lydia wusste, was er meinte. Als »Banker« bezeichnete man in Carolina jemanden, der auf den Outer Banks lebte, den kleinen, der Küste vorgelagerten Inseln draußen im Atlantik. Dort also war Mary Beth. Jetzt begriff sie auch, warum sie nach Osten marschierten – in Richtung Sumpf, wo es keine Häuser und kaum einen Unterschlupf gab. Vermutlich hatte er irgendwo ein Boot versteckt, mit dem er sie durch den Sumpf zum Intracoastal Waterway bringen wollte, von dort aus nach Elizabeth City und dann durch den Albemarle-Sund hinaus zu den Inseln.

»Mir gefällt's dort«, fuhr er fort. »Ist richtig gut. Magst du das Meer?« Er klang irgendwie komisch – fast gesprächig – und wirkte beinahe normal. Einen Moment lang hatte sie kaum noch Angst. Doch dann wurde er wieder stocksteif und horchte auf irgendwas, hielt den Finger an den Mund, damit sie ja kein Wort sagte, runzelte wütend die Stirn. Seine dunkle Seite hatte wieder die Oberhand gewonnen. Schließlich schüttelte er den Kopf, so als hätte er festgestellt, dass ihnen keinerlei Gefahr drohte. Er rieb sich mit dem Handrücken über das Gesicht, kratzte an den Pusteln. »Los geht's.« Er deutete mit dem Kopf den steilen Pfad hinauf, zum Rand des Steinbruchs. »Es ist nicht mehr weit.«

»Bis zu den Outer Banks sind wir mindestens einen Tag lang unterwegs. Wenn nicht noch mehr.«

»Ach, verflucht, heute kommen wir da doch nicht mehr hin.« Er lachte, so als hätte sie wieder irgendeine dumme Bemerkung von sich gegeben. »Wir verstecken uns hier in der Nähe und lassen die Arschlöcher, die uns suchen, einfach vorbeimarschieren. Wir bleiben über Nacht da.« Er wandte den Blick von ihr ab.

»Über Nacht?«, flüsterte sie beklommen.

Doch Garrett sagte nichts mehr. Er stieß sie vor sich her, den ganzen steilen Pfad hinauf, bis zum Rand des Steinbruchs, und dann auf den Kiefernwald zu, der dahinter lag.

... Sechs

Was reizt uns an diesen Stätten des Todes?

Amelia Sachs hatte sich diese Frage schon oft, an dutzenden von Tatorten gestellt, die sie untersucht hatte, und sie stellte sie sich auch jetzt, als sie auf dem Bankett der Route 112 in Blackwater Landing stand und zum Paquenoke hinabblickte.

Hier, an diesem Ort, war der junge Billy Stail eines grausamen Todes gestorben; hier waren zwei junge Frauen entführt worden, hier hatte sich das Leben eines tüchtigen Deputys für immer verändert, war vielleicht zerstört worden, nachdem er von hunderten Hornissen angegriffen worden war. Selbst im grellen Sonnenschein wirkte Blackwater Landing düster und bedrohlich.

Sorgfältig musterte sie die Umgebung. Hier, am Tatort, führte ein steiler, mit Müll übersäter Hang vom Bankett der Route 112 hinab zum schlammigen Flussufer. Unten, wo der Boden eben wurde, standen Weiden und Zypressen, dazwischen dichtes, hohes Gras. Ein alter, morscher Bootssteg ragte rund zehn Meter weit in den Fluss hinaus und versackte dann im Wasser.

In der unmittelbaren Umgebung befanden sich keine Häuser, doch Sachs hatte unweit des Flusses eine Reihe großer Neubauten im Kolonialstil bemerkt. Die Häuser hatten offensichtlich viel Geld gekostet, aber Sachs fiel auf, dass selbst dieses Wohngebiet von Blackwater Landing, wie auch Tanner's Corner selbst, unheimlich und verlassen wirkte. Es dauerte einen Moment, bis ihr klar wurde, weshalb – es gab keine Kinder, die in den Gärten spielten, obwohl Sommerferien waren. Keine aufblasbaren Planschbecken, keine Fahrräder, keine Spaziergänger. Das erinnerte sie wieder an die Trauergemeinde, an der sie vor ein paar Stunden vorbeigefahren waren – und an den Kindersarg –, und sie musste sich dazu zwingen, nicht an diesen bedrückenden Anblick zu denken und sich ihrer Aufgabe zu widmen.

Den Tatort untersuchen. Gelbes Absperrband umgab die beiden Areale. In dem näher am Wasser gelegenen Bereich stand eine Weide, vor der mehrere Blumensträuße lagen – hier hatte Garrett

Lydia entführt. Beim anderen handelte es sich um eine staubige, von Bäumen umgebene Lichtung, auf der der Junge gestern Billy Stail getötet und Mary Beth gekidnappt hatte. Mitten in diesem Areal waren etliche flache Löcher ausgehoben – dort hatte sie nach Pfeilspitzen und anderen Überresten aus alter Zeit gegraben. Rund fünf Meter vom Mittelpunkt entfernt befand sich der mit Sprayfarbe angefertigte Umriss, der die Stelle kennzeichnete, an der Billys Leiche gelegen hatte.

Sprayfarbe?, dachte sie missmutig. Die Deputys hier hatten offensichtlich keine Erfahrung im Umgang mit einem Mordfall.

Ein Wagen der Sheriff-Dienststelle hielt auf dem Bankett, und Lucy Kerr stieg aus. Das hat mir gerade noch gefehlt – noch mehr Köche. Die Polizistin bedachte Sachs mit einem kühlen Nicken. »Irgendwas Brauchbares im Haus gefunden?«

»Ein paar Sachen.« Sachs, die nicht näher darauf einging, deutete mit dem Kopf zur Böschung.

Rhymes Stimme drang aus ihrem Kopfhörer. »Ist der Tatort so schlimm zertrampelt, wie er auf den Fotos aussieht?«

»Als ob eine Herde Rinder durchgezogen wäre. Das müssen mindestens zwanzig Fußabdrücke sein.«

»Mist«, grummelte Rhyme.

Lucy hatte Sachs' Bemerkung gehört, sagte aber nichts, sondern schaute weiter auf das dunkle Wasser an der Einmündung des Kanals in den Fluss.

»Ist das das Boot, mit dem er abgehauen ist?«, fragte Sachs. Sie blickte zu einem Kahn, der am schlammigen Ufersaum lag.

»Da drüben, ja«, sagte Jesse Corn. »Ist nicht seines. Er hat's ein Stück flussaufwärts geklaut. Wollen Sie's untersuchen?«

»Später. Nun denn, aus welcher Richtung ist er vermutlich *nicht* gekommen? Gestern, meine ich. Als er Billy umgebracht hat.«

»Vermutlich nicht?« Jesse deutete nach Osten. »In der Richtung ist gar nichts. Bloß Sumpf und Schilf. Dort kann man nicht mal mit einem Boot anlegen. Er ist also entweder über die Route 112 gekommen und hier die Böschung runter. Oder rübergerudert, wegen dem Boot, meine ich.«

Sie öffnete den Tatortkoffer und wandte sich an Jesse. »Ich brauche eine Probe von der Erde hier.«

»Eine Probe?«

»Zum Vergleich – eine Bodenprobe, Sie wissen schon.«

»Bloß von der Erde hier?«

»Genau.«

»Klar«, sagte er. »Warum?«, fragte er dann.

»Wenn wir Erdreich finden, das nicht mit dem übereinstimmt, was hier von Natur aus vorkommt, könnte es möglicherweise von dem Ort stammen, zu dem Garrett die Mädchen gebracht hat.«

»Es könnte aber auch aus Lydias Garten stammen«, sagte Lucy, »oder von Mary Beths Hof oder von den Schuhen irgendwelcher Kids, die vor zwei Tagen hier angeln gewesen sind.«

»Könnte sein«, sagte Sachs geduldig. »Aber wir müssen es trotzdem tun.« Sie reichte Jesse eine Plastiktüte. Er stolzierte davon, froh darüber, dass er sich nützlich machen konnte. Sachs stieg den Hang hinab. Sie hielt inne, öffnete wieder den Tatortkoffer. Keine Gummiringe. Sie bemerkte, dass Lucy Kerr ihren Zopf mit ein paar Haargummis zusammengerafft hatte. »Leihen Sie mir die?«, fragte sie. »Die Haargummis?«

Der weibliche Deputy zögerte kurz, streifte sie dann ab. Sachs zog sie über ihre Schuhe. »Damit ich weiß, welche Fußabdrücke von mir stammen.«

Als ob es bei dem Murks noch darauf ankäme, dachte sie.

Sie betrat den Tatort.

»Sachs, was hast du gefunden?«, fragte Rhyme. Der Empfang war eher noch schlechter als zuvor.

»Ich kann den Tathergang nicht genau rekonstruieren«, sagte sie, während sie den Boden musterte. »Viel zu viele Fußabdrücke. Hier müssen in den letzten vierundzwanzig Stunden mindestens acht bis zehn verschiedene Leute durchgelaufen sein. Aber ich habe in etwa eine Ahnung, was passiert ist – Mary Beth hat hier gekniet. Von Westen her – in der Richtung liegt der Kanal – führen Abdrücke von Männerschuhen zu ihr hin. Die stammen von Garrett. Ich kann mich noch genau an das Profil des Schuhs erinnern, den Jesse gefunden hat. Ich kann auch erkennen, wo Mary Beth aufgestanden und zurückgewichen ist. Eine weitere Fußspur, ebenfalls Männerschuhe, führt von Süden aus zu dieser Stelle. Das war Billy. Er ist die Böschung heruntergekommen. Er läuft schnell – hauptsächlich auf Zehen und Ballen. Er rennt also. Garrett geht auf ihn zu. Sie rangeln miteinander. Billy weicht zu einer Weide zurück. Garrett läuft ihm nach. Wieder kommt's zu einer Rangelei.« Sachs musterte den weißen Umriss von Billys Leiche. »Als Garrett zum ersten Mal mit der Schaufel zuschlägt, erwischt er Billy am Kopf. Er fällt hin. Da lebt er noch. Aber dann trifft Garrett ihn am Hals, als er schon am Boden liegt. Das hat ihm den Rest gegeben.«

Jesse lachte verblüfft und starrte den Umriss an, als sähe er dort etwas völlig anderes. »Woher wollen Sie das wissen?«

»Die Blutspuren«, sagte sie geistesabwesend. »Hier sind ein paar kleine Tropfen.« Sie deutete auf den Boden. »So sehen Blutspritzer aus einer Fallhöhe von etwa einem Meter achtzig aus – die stammen von Billys Kopf. Aber diese großen Spritz- und Abrinnspuren – die von einer durchtrennten Halsschlagader stammen müssen – sind erst entstanden, als er bereits am Boden lag ... Okay, Rhyme, ich fange mit der Untersuchung an.«

Nach der Schachbrettmethode vorgehen. Schritt für Schritt. Den Blick zu Boden gerichtet, auf Erde und Gras, auf die knorrige Borke der Eichen und Weiden, hinauf zu den überhängenden Zweigen. (»Ein Tatort ist dreidimensional, Sachs«, mahnte Rhyme sie immer wieder.)

»Sind die Zigarettenkippen noch da?«, fragte Rhyme.

»Hab sie.« Sie wandte sich an Lucy. »Die Zigarettenkippen da«, sagte sie und nickte zum Boden. »Wieso wurden die nicht eingesammelt?«

»Ach«, sprang Jesse ein, »die sind bloß von Nathan.«

»Von wem?«

»Nathan Groomer. Einer unserer Deputys. Er hat schon ein paarmal versucht aufzuhören, schafft's aber einfach nicht.«

Sachs seufzte, verzichtete aber darauf, ihm klar zu machen, dass ein Polizist, der an einem Tatort rauchte, augenblicklich vom Dienst suspendiert werden sollte. Sorgfältig suchte sie den Boden ab, doch die Mühe war vergebens. So weit sie sehen konnte, waren sämtliche Fasern, Papierfetzen oder andere Spuren entfernt oder vom Wind verweht worden. Sie ging zu der Stelle, an der heute Morgen die andere junge Frau entführt worden war, duckte sich unter dem Absperrband hindurch und schritt den Tatort rund um die Weide ab. Hin und her, immer weiter, obwohl ihr vor lauter Hitze schon schwindlig war. »Rhyme, hier ist nicht viel ... aber ... Moment. Ich habe was.« Sie hatte etwas Weißes gesehen, dicht am Wasser. Sie ging hinunter und hob vorsichtig ein zusammengeknülltes Kleenex auf. Ihre Knie tobten – eine Folge der Arthritis, die sie seit Jahren plagte. Lieber hinter einem Täter herrennen als Kniebeugen machen, dachte sie. »Kleenex. Sieht genauso aus wie die, die ich bei ihm zu Hause gefunden habe, Rhyme. Nur dass an dem hier Blut ist. Ziemlich viel sogar.«

»Meinen Sie, Garrett hat es weggeworfen?«, fragte Lucy.

Sachs musterte es. »Das weiß ich nicht. Ich kann lediglich feststellen, dass es nicht über Nacht hier gelegen hat. Dazu ist es nicht feucht genug. Der Morgentau hätte es viel mehr aufgeweicht.«

»Ausgezeichnet, Sachs. Wo hast du das gelernt? Ich habe das, so weit ich mich entsinnen kann, niemals erwähnt.«

»Doch, das hast du«, sagte sie geistesabwesend. »In deinem Lehrbuch. Kapitel zwölf. Papier.«

Sachs ging hinunter ans Wasser und untersuchte das kleine Boot. Sie fand nichts. »Jesse, können Sie mich rüberrudern?«, fragte sie dann.

Selbstverständlich war er mit Freuden dazu bereit. Und sie fragte sich, wie lange es noch dauern mochte, bis er sie zum ersten Mal zu einer Tasse Kaffee einlud. Lucy stieg ebenfalls ins Boot, ohne auf eine Einladung zu warten, und sie legten ab. Alle drei ruderten schweigend über den Fluss, dessen Strömung erstaunlich stark war.

Am anderen Ufer entdeckte Sachs Fußabdrücke im Schlamm. Von Lydia – das schmale Rillenprofil deutete auf Schwesternschuhe hin. Und Garretts Spuren – auf der einen Seite barfuß, auf der anderen ein Turnschuh, dessen Profil sie bereits kannte. Sie folgte ihnen in den Wald. Sie führten zu dem Jagdunterstand, in dem Ed Schaeffer von den Hornissen gestochen worden war. Bestürzt blieb Sachs stehen.

Was, zum Teufel, war denn hier passiert?

»Herrgott, Rhyme, hier sieht's aus, als hätte jemand gefegt.«

Kriminelle verwenden häufig Besen oder sogar Laubgebläse, um Spuren an einem Tatort zu vernichten oder unbrauchbar zu machen.

Doch Jesse Corn sagte: »Ach, das war der Hubschrauber.«

»Der Hubschrauber?«, fragte Sachs verständnislos.

»Tja, na ja, vom Rettungsdienst – die haben Ed Schaeffer weggebracht.«

»Aber der Abwind vom Rotor hat sämtliche Spuren ruiniert«, sagte Sachs. »Man schafft den Verletzten vom Tatort weg, bevor der Hubschrauber landet – das ist die übliche Vorgehensweise.«

»Die übliche Vorgehensweise?«, fragte Lucy Kerr spitz. »Tut mir Leid, aber wir haben uns Sorgen um Ed gemacht. Wollten ihm das Leben retten, wissen Sie?«

Sachs ging nicht darauf ein. Langsam, damit sie die Hornissen nicht aufscheuchte, die um ihr zerstörtes Nest schwirrten, schob sie sich in die Hütte. Doch sämtliche Karten und andere Hinweise, die Deputy Schaeffer hier gesehen haben mochte, waren inzwischen weg, und der Erdboden war durch den Wind vom Hubschrauber so durcheinander gewirbelt, dass es sinnlos war, eine Probe zu nehmen.

»Gehen wir zurück«, sagte Sachs zu Lucy und Jesse.

Sie wollten gerade zum Ufer zurückkehren, als hinter ihnen ein lautes Knacken ertönte und ein hünenhafter Mann durch das dichte Gestrüpp brach, das rund um eine Reihe düsterer Weiden wucherte, und auf sie zugetrottet kam.

Jesse Corn griff zur Waffe, doch noch ehe er sie aus dem Holster brachte, hatte Sachs ihren geborgten Smittie gezogen, den Hahn gespannt, Finger am Abzug, und das Korn auf die Brust des Fremden gerichtet. Er erstarrte, hob die Hände und zwinkerte verdutzt.

Er hatte einen Bart, war groß und kräftig, trug einen Zopf. Jeans, graues T-Shirt, derbe Baumwollweste. Stiefel. Irgendwie kam er ihr bekannt vor.

Wo hatte sie ihn schon mal gesehen?

Erst als Jesse den Namen aussprach, fiel es ihr wieder ein. »Rich.«

Einer der drei Männer, die sie heute Morgen vor der Bezirksverwaltung gesehen hatten. Rich Culbeau – sie hatte sich den Namen gemerkt, weil er so ungewöhnlich war. Und Sachs erinnerte sich daran, mit welch anzüglichem Grinsen er und seine Freunde ihre Figur begutachtet hatten, und an die verächtlichen Blicke, die sie Thom zugeworfen hatten. Sie hielt den Revolver eine Idee länger im Anschlag als üblich. Langsam richtete sie die Waffe zu Boden, setzte den Hahn zurück und steckte sie wieder ins Holster.

»'tschuldigung«, sagte Culbeau. »Ich wollte niemanden erschrecken. Hey, Jesse.«

»Das hier ist ein Tatort«, sagte Sachs.

Rhymes Stimme drang aus ihrem Kopfhörer. »Wer ist dort?«

Sie wandte sich ab. »Eine von den Gestalten, die uns heute Morgen über den Weg gelaufen sind. Die aussehen wie die Typen in *Flussfahrt*«, flüsterte sie in das Mikrofon.

»Wir haben hier zu tun, Rich«, sagte Lucy. »Komm uns nicht in die Quere.«

»Tu ich schon nicht«, sagte er, während sein Blick zum Wald schweifte. »Aber ich hab das gleiche Recht, mir den Tausender zu verdienen, wie jeder andere auch. Ich will mich hier nur umschauen, und ihr könnt mich nicht daran hindern.«

»Was für ein Tausender?«

»Verflucht«, fauchte sie in das Mikrofon. »Es gibt eine Belohnung, Rhyme.«

»O nein. Das hat uns gerade noch gefehlt.«

Nichts ist schlimmer als Souvenir- und Kopfgeldjäger, die am Tatort herumpfuschen und die Ermittlungen behindern.

»Mary Beths Mutter hat sie ausgesetzt«, erklärte Culbeau. »Die Frau hat ein bisschen Geld, und ich geh jede Wette ein, dass sie zweitausend bietet, wenn das Mädchen bis Sonnenuntergang nicht zurück ist. Wenn nicht mehr.« Dann schaute er Sachs an. »Ich will keinen Stunk machen, Miss. Aber Sie sind nicht von hier, und Sie starren mich an, als würden Sie mich für 'nen Verbrecher halten – ich hab gehört, wie Sie in Ihr neumodisches Mikrofunkgerät da irgendwas von wegen *Flussfahrt* gemurmelt haben. Mir hat das Buch übrigens besser gefallen als der Film. Haben Sie's mal gelesen? Na ja, ist ja egal. Aber geben Sie nicht zu viel auf Äußerlichkeiten. Jesse, erzähl ihr, wer die Kleine gerettet hat, die sich letztes Jahr im Great Dismal verlaufen hat. Wo alle schon geglaubt haben, dass sie den Schlangen und den Schnaken zum Opfer gefallen wäre, und der ganze Bezirk außer sich war.«

»Rich und Harris Tomel haben sie gefunden«, sagte Jesse. »Nachdem sie drei Tage lang im Sumpf rumgeirrt ist. Sie wäre umgekommen, wenn die beiden nicht gewesen wären.«

»Hauptsächlich ja ich«, grummelte Culbeau. »Harris macht sich nicht gern die Stiefel dreckig.«

»Das haben Sie gut gemacht«, sagte Sachs steif. »Ich möchte nur nicht, dass Sie irgendwelchen Flurschaden anrichten, der uns die Suche nach den Mädchen erschwert.«

»Das mach ich bestimmt nicht. Deswegen müssen Sie nicht gleich so heftig werden.« Culbeau drehte sich um und trottete davon.

»Heftig?«, fragte Sachs.

»Na ja, das heißt so viel wie sauer.«

Sie meldete sich bei Rhyme und berichtete ihm von der Begegnung.

Er legte keinen Wert darauf. »Wir haben keine Zeit, uns um die Befindlichkeiten der Einheimischen zu kümmern, Sachs. Wir müssen eine Spur finden. Und zwar schnell. Schaff deine Funde schleunigst hierher.«

»Was ist dem alles zuzutrauen?«, fragte Sachs, als sie in dem Boot saßen und wieder zur Einmündung des Kanals übersetzten.

»Culbeau?«, erwiderte Lucy. »Der ist vor allem faul. Kifft und säuft zu viel, aber er hat noch nie Schlimmeres angestellt, als jemandem eins aufs Maul zu hauen. Wir denken, dass er irgendwo immer noch eine Destille hat, und ich kann mir beim besten Willen nicht vorstellen, dass er sich davon allzu weit entfernt.«

»Was machen er und seine beiden Kumpel?«

»Ach, die haben Sie auch gesehen?«, sagte Jesse. »Na ja, Sean – das ist der Dürre – und Rich haben keinen festen Job. Sie schlagen sich halt so durch und machen mal dies, mal das. Harris Tomel war auf dem College – zwei Jahre immerhin. Er ist der Geschäftsmann, versucht immer, irgendwas auf die Beine zu stellen, irgendwas einzufädeln. Hat aber meines Wissens nie geklappt. Aber alle drei haben Geld, und das heißt, dass sie schwarz Schnaps brennen.«

»Schwarzbrenner? Und Sie nehmen sie nicht fest?«

Jesse überlegte einen Moment lang. »Hier bei uns«, sagte er dann, »legt man sich manchmal mit jemandem an. Ab und zu lässt man's aber auch sein.«

Eine Einstellung, die, wie Sachs wusste, weit verbreitet und keineswegs nur bezeichnend für die Ordnungshüter im Süden der Vereinigten Staaten war.

Sie legten am Südufer des Flusses an, neben den beiden Tatorten, und Sachs stieg aus dem Boot, ehe ihr Jesse die Hand reichen konnte, was er nichtsdestotrotz tat.

Plötzlich tauchte etwas Dunkles auf, riesengroß. Ein schwarzer Frachtkahn, gut fünfzehn Meter lang, der durch den Kanal tuckerte und an ihnen vorbei den Fluss ansteuerte. DAVETT INDUSTRIES stand an der Bordwand.

»Was ist das?«, fragte Sachs.

»Eine Fabrik am Stadtrand«, antwortete Lucy. »Die schaffen ihr Frachtgut per Schiff auf dem Intracoastal Waterway quer durch den Sumpf nach Norfolk. Asphalt, Dachpappe und dergleichen.«

Rhyme hatte über Funk mitgehört. »Wir müssen uns erkundigen, ob zu dem Zeitpunkt, als sich der Mord ereignete, ein Schiff vorbeigekommen ist«, sagte er. »Und uns die Namen der Besatzungsmitglieder besorgen.«

»Schon erledigt«, sagte Lucy, als Sachs sie darauf ansprach. »Jim und ich haben das zuallererst gemacht.« Sie klang schnippisch. »Kam aber nichts dabei raus. Und nur zu Ihrer Information – wir haben auch alle Pendler in der Stadt befragt, die normalerweise um diese Zeit auf der Canal Road und der Route 112 zur Arbeit fahren. Hat nichts gebracht.«

»Eine gute Idee«, sagte Sachs.

»Bloß die übliche Vorgehensweise«, erwiderte Lucy kaltschnäuzig und stolzierte zu ihrem Wagen wie das unscheinbare Mauerblümchen, das der Klassenschönsten endlich einmal die Meinung gesagt hat.

... Sieben

»Er wird gar nichts tun, solange Sie keine Klimaanlage hier hereinschaffen.«

»Thom, dazu haben wir keine Zeit«, stieß Rhyme hervor. Dann erklärte er den Arbeitern, wo sie die Geräte hinstellen sollten, die von der Staatspolizei geliefert worden waren.

»Steve ist unterwegs und versucht eine aufzutreiben«, sagte Bell. »Ist aber nicht ganz so leicht, wie ich dachte.«

»Ich brauche keine.«

»Ich mache mir Sorgen wegen der Dysregulation«, erklärte Thom geduldig.

»Ich kann mich nicht daran erinnern, schon mal irgendwo gehört zu haben, dass Hitze schlecht für den Blutdruck ist, Thom«, sagte Rhyme. »Hast du das irgendwo gelesen? *Ich* habe es nicht gelesen. Vielleicht kannst du mir zeigen, wo du es gelesen hast.«

»Ich kann auf deinen Spott verzichten, Lincoln.«

»Ach, ich bin also spöttisch?«

»Hitze führt zu Gewebeschwellungen«, sagte der Betreuer zu Bell. »Schwellungen führen zu Reizungen und erhöhtem Blutdruck. Und *das* kann zu einer Dysregulation führen. Was ihn umbringen kann. Wir brauchen eine Klimaanlage. So einfach ist das.«

Thom war der einzige von Rhymes Pflegern, der es mehr als nur ein paar Monate im Dienst des Ermittlers ausgehalten hatte. Die anderen hatten entweder von sich aus gekündigt oder waren vorzeitig gefeuert worden.

»Schließen Sie ihn an«, befahl Rhyme einem Deputy, der einen zerschrammten Gaschromatographen in die Ecke rollte.

»Nein.« Thom verschränkte die Arme und baute sich vor dem Verlängerungskabel auf. Der Deputy sah die Miene des Betreuers und hielt betreten inne. Offenbar war er nicht bereit, sich mit dem hartnäckigen jungen Mann anzulegen. »Wenn die Klimaanlage hier steht und läuft... *dann* schließen wir ihn an.«

»Herr im Himmel.« Rhyme verzog das Gesicht. Eine der schlimmsten Begleiterscheinungen im Leben eines Querschnittsgelähmten ist die Unfähigkeit, Dampf abzulassen. Nach seinem Unfall hatte Rhyme rasch erkannt, dass sich durch eine simple Betätigung wie Auf- und Abgehen oder die Fäuste ballen – vom Werfen schwerer Gegenstände (einem Lieblingszeitvertreib von Rhymes Exgemahlin Blaine) gar nicht zu sprechen – Wut abbauen lässt. »Wenn ich mich *aufrege*, könnte ich Krämpfe oder Muskelverhärtungen bekommen«, versetzte Rhyme gereizt.

»Aber weder das eine noch das andere bringt dich um – eine Dysregulation hingegen sehr wohl.« Thom sagte dies mit einer aufgesetzten Fröhlichkeit, die Rhyme nur noch mehr erzürnte.

»Lassen Sie mir fünf Minuten Zeit«, wandte Bell zaghaft ein. Er verschwand, und die Polizisten rollten weitere Apparaturen herein. Der Chromatograph wurde vorerst nicht angeschlossen.

Lyncoln Rhyme betrachtete die Geräte. Fragte sich, wie es wohl wäre, wenn er tatsächlich wieder die Finger um einen Gegenstand schließen könnte. Mit dem Ringfinger der linken Hand konnte er tasten und sogar leichten Druck fühlen. Aber etwas anfassen, die Beschaffenheit spüren, das Gewicht, die Temperatur ... all das war unvorstellbar.

Terry Dobyns, der Therapeut des NYPD, der Mann, der an Rhymes Bett gesessen hatte, als er zu sich gekommen war, nachdem er infolge eines Unfalls an einem Tatort eine Querschnittslähmung erlitten hatte, eine Lähmung aller vier Gliedmaßen, hatte dem Kriminalbeamten die zu erwartenden Stufen eines Leidenswegs erklärt. Er hatte Rhyme versichert, dass er sie alle durchmachen – und überleben – werde. Doch der Arzt hatte ihm nicht gesagt, dass bestimmte Stufen klammheimlich wiederkehren. Dass man sie mit sich herumschleppt wie ein schlafendes Virus und sie jederzeit ausbrechen können.

Im Laufe der letzten Jahre hatte er wiederholt Phasen der Verzweiflung und des Trotzes erlebt.

Jetzt fraß die Wut an ihm. Ah, hier waren zwei junge Mädchen entführt worden, und ein Mörder ging um. Wie gern würde er zum Tatort rasen, ihn abschreiten, undefinierbare Spuren sammeln, sie durch die gepolsterten Okulare eines Stereomikroskops betrachten, die Tasten der Computer und der anderen Instrumente betätigen, auf- und ablaufen, während er seine Schlüsse zog.

Er wollte sich an die Arbeit begeben, ohne sich Sorgen machen zu müssen, dass ihn die verfluchte Hitze umbringen könnte. Wieder dachte er an Dr. Weavers Zauberhände, an die Operation.

»Du bist so still«, sagte Thom vorsichtig. »Was heckst du aus?«

»Ich hecke gar nichts aus. Würdest du bitte den Gaschromatographen anschließen und einschalten? Es dauert eine Weile, bis er warm läuft.«

Thom zögerte, dann ging er zu dem Gerät und setzte es in Betrieb. Die übrigen Apparaturen baute er auf einem Glasfibertisch auf.

Steve Farr kam in das Büro und schleppte eine riesige Carrier-Klimaanlage herein. Der Deputy war offenbar nicht nur groß, sondern auch stark – lediglich seine rot angelaufenen abstehenden Ohren verrieten, dass er sich anstrengen musste.

»Hab ich beim Planungsamt geklaut. Die mögen wir nicht besonders.«

Bell half Farr, das Gerät am Fenster aufzubauen, und kurz darauf blies es kühle Luft ins Zimmer.

Eine Gestalt tauchte in der Tür auf – genau genommen füllte sie den Durchgang aus. Ein Mann, etwa Mitte zwanzig. Breite Schultern, gewölbte Stirn. Gut einen Meter fünfundneunzig groß, nahezu drei Zentner schwer. Einen bangen Moment lang dachte Rhyme, es handle sich um einen Verwandten von Garrett, der ihnen drohen wollte. Doch dann sagte der Mann verlegen und mit hoher Stimme: »Ich bin Ben.«

Die drei Männer starrten ihn an, während er betreten zu Rhymes Rollstuhl und auf dessen Beine blickte.

»Kann ich Ihnen helfen?«, sagte Bell.

»Na ja, ich suche einen Mr. Bell.«

»Ich bin Sheriff Bell.«

Noch immer betrachtete er verlegen Rhymes Beine. Er wandte rasch den Blick ab, räusperte sich dann und schluckte. »Oh, na ja, also, ich bin Lucy Kerrs Neffe?« Es klang eher nach einer Frage als nach einer Vorstellung.

»Ah, mein forensischer Assistent!«, sagte Rhyme. »Ausgezeichnet! Gerade zur rechten Zeit.«

Wieder ein Blick auf die Beine, auf den Rollstuhl. »Tante Lucy hat nicht gesagt ...«

Was kommt jetzt?, fragte sich Rhyme.

»... hat nichts von Forensik gesagt«, murmelte er. »Ich bin bloß Student, Doktorand an der UNC in Avery. Ähm, was meinen Sie mit ›gerade zur rechten Zeit‹, Sir?« Die Frage war an Rhyme gerichtet, doch Ben schaute den Sheriff an.

»Ich meine damit: Gehen Sie rüber zu dem Tisch da. Ich erwarte jeden Moment Proben, und Sie müssen mir bei der Untersuchung helfen.«

»Proben ... Okay. Um was für Fische handelt es sich?«, fragte er Bell.

»Fische?«, entgegnete Rhyme. »Fische?«

»Es ist so, Sir«, erklärte der junge Mann leise, den Blick nach wie vor auf Bell geheftet, »dass ich gern aushelfe, aber ich muss Ihnen sagen, dass meine Erfahrung ziemlich begrenzt ist.«

»Hier geht es nicht um Fische. Hier geht es um Proben von einem *Tatort*. Was haben Sie denn gedacht?«

»Tatort? Na ja, ich weiß nicht«, erklärte Ben dem Sheriff.

»Sie können ruhig mit *mir* sprechen«, wies Rhyme ihn zurecht.

Der Mann lief feuerrot an und riss die Augen auf. Sein Kopf schien förmlich zu zittern, als er sich dazu zwang, Rhyme anzublicken. »Ich wollte bloß ... ich meine, er ist der Sheriff.«

»Aber Lincoln schmeißt hier den Laden«, sagte Bell. »Er ist ein forensischer Wissenschaftler aus New York. Er hilft uns hier.«

»Klar.« Die Augen auf den Rollstuhl gerichtet, auf Rhymes Beine, auf die Strohhalmsteuerung. Wieder zu Boden, wo es sicherer war.

Rhyme stellte fest, dass er den Mann hasste, der hier so tat, als ob er eine Jahrmarktsmonstrosität der absonderlichsten Art wäre.

Und teilweise hasste er auch Amelia Sachs – weil sie dieses ganze Ablenkungsmanöver eingefädelt und ihn von seinen Haifischzellen und Dr. Weavers Händen weggelotst hatte.

»Na ja, Sir –«

»Lincoln tut's auch.«

»Die Sache ist die, dass ich auf Meeressoziozoologie spezialisiert bin.«

»Was ist das?«, fragte Rhyme unwirsch.

»Im Wesentlichen geht es dabei um das Verhalten von Meerestieren.«

Na klasse, dachte Rhyme. Ich kriege nicht nur einen Kerl, der eine Krüppelphobie hat, sondern obendrein auch noch Fischpsychologe ist. »Nun ja, das spielt keine Rolle. Sie sind Wissenschaftler. Prinzipien sind Prinzipien. Protokolle sind Protokolle. Haben Sie schon mal einen Gaschromatographen bedient?«

»Ja, Sir.«

»Und Stereo- und Vergleichsmikroskope?«

Ein bestätigendes Nicken, wenn auch nicht so nachdrücklich, wie Rhyme es sich gewünscht hätte. »Aber« – er schaute einen Moment lang zu Bell, wandte sich dann gehorsam wieder Rhyme zu – »Tante Lucy hat mich bloß gebeten, kurz vorbeizuschauen. Ich hab nicht gewusst, dass sie gemeint hat, ich soll Ihnen bei einem Fall helfen … Ich bin mir wirklich nicht sicher … ich meine, ich habe Vorlesungen –«

»Ben, Sie *müssen* uns helfen«, sagte Rhyme barsch.

»Garrett Hanlon«, erklärte der Sheriff.

Es dauerte einen Moment, bis bei ihm der Groschen fiel. »Oh, der Junge aus Blackwater Landing.«

Der Sheriff berichtete ihm von den Entführungen und dem Hornissenangriff auf Ed Schaeffer.

»Herrje, das mit Ed tut mir Leid«, sagte Ben. »Ich hab ihn bei Tante Lucy mal kennen gelernt und –«

»Daher brauchen wir Sie«, sagte Rhyme, der das Gespräch wieder in die rechte Bahn lenken wollte.

»Wir haben keinen Schimmer, wohin er mit Lydia gegangen ist«, fuhr der Sheriff fort. »Und wir haben so gut wie keine Zeit mehr, wenn wir die Frauen retten wollen. Und, na ja, wie Sie ja sehen – Mr. Rhyme braucht jemand, der ihm hilft.«

»Na ja …« Ein kurzer Blick in Rhymes Richtung, aber nicht auf ihn. »Ich hab bald eine Prüfung. Ich bin noch in der Ausbildung und so. Wie schon gesagt.«

»Wir haben wirklich keine andere Wahl, Ben«, sagte Rhyme geduldig. »Garrett hat drei Stunden Vorsprung, und er könnte jederzeit eines der Opfer töten – wenn er's nicht bereits getan hat.«

Der Student blickte sich um Beistand heischend in dem staubigen Zimmer um, fand aber keinen. »Ich glaub, ich kann eine Weile bleiben, Sir.«

»Besten Dank«, sagte Rhyme. Er saugte an der Strohhalmsteuerung und kurvte zu dem Tisch herum, auf dem die Geräte standen. Er hielt an und betrachtete sie. Dann blickte er zu Ben. »Nun denn, wenn Sie noch kurz meinen Katheter wechseln, können wir anfangen.«

Der große Mann wirkte zutiefst erschüttert. Flüsterte: »Ich soll Ihnen…«

»Das war ein Scherz«, sagte Thom.

Aber Ben lächelte nicht. Er nickte nur verlegen, schritt anmutig wie ein Bison zu dem Chromatographen und musterte die Schalttafel.

Sachs trabte in das provisorische Labor in der Bezirksverwaltung, neben sich Jesse Corn, der mühelos ihr Tempo mithielt.

Kurz darauf stieß auch Lucy Kerr zu ihnen, die es gemächlicher angehen ließ. Sie begrüßte ihren Neffen Ben und stellte ihn Sachs und Jesse vor. Sachs hielt ein Bündel Plastikbeutel hoch. »Das sind die Spuren, die ich in Garretts Zimmer sichergestellt habe«, sagte sie, dann hielt sie weitere Tüten hoch. »Die hier stammen aus Blackwater Landing – vom eigentlichen Tatort.«

Rhyme blickte auf die Beutel, aber er tat dies mit einem gewissen Missmut. Nicht nur, weil das sehr wenige handfeste Spuren waren, sondern auch, weil ihm wieder ein Gedanke zu schaffen machte, der ihm schon früher gekommen war: Er musste die Hinweise auswerten, ohne dass er das umliegende Gebiet näher kannte.

Wie ein Fisch auf dem Trockenen…

Er hatte eine Idee.

»Ben, wie lange wohnen Sie schon hier?«, fragte der Kriminalist.

»Mein ganzes Leben, Sir.«

»Gut. Wie lautet die allgemeine Bezeichnung für diesen Teil des Staates?«

Er räusperte sich. »Die nördliche Küstenebene, glaub ich.«

»Haben Sie Freunde, die Geologen sind und sich in dieser Gegend auskennen? Kartografen? Naturkundler?«

»Nein. Die sind alle Meeresbiologen.«

»Rhyme«, sagte Sachs, »als wir in Blackwater Landing waren, habe ich doch diesen Frachtkahn gesehen, erinnerst du dich? Er hat Asphalt oder Dachpappe von einer Fabrik hier in der Nähe transportiert.«

»Henry Davetts Firma«, erklärte Lucy.

»Wäre es möglich, dass dort ein Geologe beschäftigt ist?«, fragte Sachs.

»Keine Ahnung«, sagte Bell. »Aber Davett, der ist Ingenieur und lebt seit Jahren hier. Vermutlich kennt er das Land ziemlich gut.«

»Rufen Sie ihn an, ja?«

»Mach ich.« Bell verschwand. Kurz darauf kehrte er zurück. »Ich hab Davett erwischt. Er beschäftigt keinen Geologen, aber er hat gesagt, er kann uns womöglich weiterhelfen. Er kommt in 'ner halben Stunde vorbei.« Dann wandte sich der Sheriff an Rhyme. »Also, Lincoln, wie wollen Sie die Verfolgungsjagd aufziehen?«, fragte er.

»Ich bleibe hier, mit Ihnen und Ben. Wir nehmen uns die Spuren vor. Ich möchte, dass sich ein kleiner Suchtrupp rüber nach Blackwater Landing begibt – dorthin, wo Jesse Garrett und die beiden Mädchen verschwinden sah. Ich lotse den Trupp so gut ich kann, je nachdem, was die Spuren ergeben.«

»Wer soll dem Trupp angehören?«

»Sachs hat die Leitung«, sagte Rhyme. »Lucy ist ebenfalls dabei.«

Bell nickte, und Rhyme stellte fest, dass Lucy angesichts dieser Rangordnung keinerlei Regung zeigte.

»Ich melde mich freiwillig«, sagte Jesse Corn rasch.

Bell schaute zu Rhyme auf, worauf dieser nickte. »Vielleicht noch einen Vierten«, sagte er dann.

»Vier Leute? Ist das *alles*?«, fragte Bell stirnrunzelnd. »Verdammt, ich könnte Dutzende von Freiwilligen aufbieten.«

»Nein, in diesem Fall gilt: je weniger, desto besser.«

»Wer ist der Vierte?«, fragte Lucy. »Mason Germain?«

Rhyme blickte zur Tür, sah aber niemanden draußen stehen. Er senkte die Stimme. »Was ist mit Mason los? Er hat doch irgendeine Vorgeschichte. Ich mag keine Polizisten mit einer Vorgeschichte. Ich mag unbeschriebene Blätter.«

Bell zuckte die Achseln. »Der Mann hatte ein schweres Leben. Er ist nördlich vom Paquo aufgewachsen – auf der falschen Seite. Der Vater hat ein, zwei Mal versucht, was aufzuziehen, hat dann mit der Schwarzbrennerei angefangen, und als ihn die Steuerfahndung festnahm, hat er sich umgebracht. Mason hat sich von ganz unten emporgearbeitet. Hier in der Gegend gibt's ein Sprichwort – zu arm für Farbe, zu stolz für Weißes. Genau das trifft auf Mason zu. Er beschwert sich ständig, dass er zurückgesetzt wird, nicht das kriegt, was er will. Er ist ein ehrgeiziger Mann, und das in einer Stadt, wo einem Ehrgeiz nichts nützt.«

»Und er hat Garrett auf dem Kieker«, stellte Rhyme fest.

»Genau.«

»Warum?«

»Mason hat richtig darum gebettelt, dass er die Ermittlungen in dem Fall leiten darf, von dem ich Ihnen erzählt hab – das Mädchen, das in Blackwater zu Tode gestochen wurde. Meg Blanchard. Um die Wahrheit zu sagen – ich glaube, das Opfer hatte, Sie wissen schon, irgendeine Verbindung zu Mason. Vielleicht sind sie miteinander gegangen. Vielleicht war's irgendwas anderes – ich weiß es nicht. Jedenfalls wollte er Garrett unbedingt drankriegen. Aber er hat ihm einfach nichts nachweisen können. Als dann der alte Sheriff in Ruhestand ging, hat ihm der Bezirksverwaltungsausschuss genau das vorgehalten. Ich hab den Posten gekriegt, nicht er – obwohl er älter ist und mehr Dienstjahre hat als ich.«

Rhyme schüttelte den Kopf. »Wir können bei diesem Unternehmen keine solchen Hitzköpfe gebrauchen. Suchen Sie jemand anderen aus.«

»Ned Spoto?«, schlug Lucy vor.

Bell zuckte die Achseln. »Ein guter Mann. Klar. Kann gut schießen, macht es aber nicht, es sei denn, es muss unbedingt sein.«

»Aber sorgen Sie dafür, dass sich Mason aus der Sache raushält.«

»Wird ihm bestimmt nicht schmecken.«

»Das steht überhaupt nicht zur Debatte«, sagte Rhyme. »Suchen Sie irgendeine andere Beschäftigung für ihn. Irgendetwas, was wichtig klingt.«

»Ich schau mal, was sich machen lässt«, sagte Bell skeptisch.

Steve Farr sah zur Tür herein. »Hab grade im Krankenhaus angerufen«, teilte er mit. »Eds Zustand ist nach wie vor kritisch.«

»Hat er was gesagt? Wegen der Karte, die er gesehen hat?«

»Kein Wort. Ist immer noch bewusstlos.«

Rhyme wandte sich an Sachs. »Okay… Legt los. Geht nach Blackwater Landing, dorthin, wo die Spur endet, und wartet, bis ihr etwas von mir hört.«

Lucy blickte unsicher auf die Beweismitteltüten. »Glauben Sie wirklich, dass Sie die Mädchen auf diese Weise finden?«

»Ich weiß es«, antwortete Rhyme forsch.

»Kommt mir ein bisschen zu sehr wie Zauberei vor«, sagte sie zweifelnd.

Rhyme lachte. »Oh, genau das ist es auch. Taschenspielertricks, Kaninchen aus dem Hut ziehen. Aber denken Sie daran, dass Illusion auf… auf *was* beruht, Ben?«

Der große Mann räusperte sich, lief rot an und schüttelte den Kopf. »Ähm, ich weiß nicht recht, was Sie meinen, Sir.«

»Illusion beruht auf *Wissenschaft*. So ist das.« Ein Blick zu Sachs. »Ich melde mich, sobald ich etwas finde.«

Die beiden Frauen und Jesse Corn verließen die Asservatenkammer.

Und nun, da die kostbaren Spuren vor ihm aufgereiht, die vertrauten Geräte warm gelaufen und die internen Angelegenheiten bereinigt waren, ließ Lincoln Rhyme den Kopf an die Nackenstütze des Rollstuhls sinken und starrte auf die Beutel, die Sachs ihm gebracht hatte – bereit, sich mit aller Macht dorthin zu versetzen, wohin seine Beine ihn nicht tragen konnten, etwas zu ertasten, was er mit seinen Händen nicht fühlen konnte.

... Acht

Die Deputys redeten untereinander.

Mason Germain, der mit verschränkten Armen unmittelbar neben der Tür lehnte, die vom Flur aus zu den Räumen der Deputys führte, konnte gerade noch ihre Stimmen hören.

»Wieso hocken wir bloß rum und unternehmen nichts?«

»Nein, nein ... Hast du es nicht gehört? Jim hat einen Suchtrupp losgeschickt.«

»Ach ja? Nein, hab ich nicht gehört.«

Gottverdammt, dachte Mason, der auch nichts davon gehört hatte.

»Lucy, Ned und Jesse. Und diese Polizistin aus Washington.«

»Nö, aus New York. Hast du ihre Haare gesehen?«

»Ihre Haare sind mir egal. Aber Mary Beth und Lydia sind mir nicht egal.«

»Mir auch nicht. Ich wollte bloß sagen ...«

Mason verkrampfte sich. Nur vier Leute waren auf den Insektensammler angesetzt? War Bell verrückt geworden?

Er stürmte den Korridor entlang zum Büro des Sheriffs und wäre beinahe mit Bell zusammengestoßen, als dieser aus der Asservatenkammer kam – wo der komische Kauz, der Kerl mit dem Rollstuhl, untergebracht war. Bell blinzelte den leitenden Deputy verdutzt an.

»He, Mason ... Ich hab dich schon gesucht.«

Aber nicht allzu gründlich, wie's scheint.

»Ich möchte, dass du rüber zu Rich Culbeau fährst.«

»Zu Culbeau? Wozu?«

»Sue McConnell hat eine Belohnung auf Mary Beth ausgesetzt, und er will sie sich holen. Wir können ihn bei der Suche nicht gebrauchen. Ich möchte, dass du ein Auge auf ihn hast. Wenn er nicht da ist, wartest du bei ihm daheim, bis er wieder aufkreuzt.«

Mason ging nicht auf diesen unsinnigen Auftrag ein. »Du hast Lucy auf Garrett angesetzt. Und mir kein Wort gesagt.«

Bell musterte den Deputy von oben bis unten. »Sie und noch

zwei Mann gehen rüber nach Blackwater Landing und schauen, ob sie sich auf seine Spur setzen können.«

»Dir muss doch klar sein, dass ich bei dem Suchtrupp mit wollte.«

»Ich kann nicht jeden losschicken. Culbeau war heute schon mal drüben in Blackwater Landing. Ich kann nicht zulassen, dass er die Sache vermasselt.«

»Komm schon, Jim. Verarsch mich nicht.«

Bell seufzte. »Na schön. Die Wahrheit? Weil du nun mal eine Wut auf den Jungen hast, Mason, hab ich beschlossen, dich nicht mit loszuschicken. Ich will nicht, dass Fehler gemacht werden. Hier stehen Menschenleben auf dem Spiel. Wir müssen ihn kriegen, und zwar schnell.«

»Genau das hab ich vor, Jim. Das weißt du doch ganz genau. Seit drei Jahren bin ich hinter dem Bengel her. Ich begreif nicht, dass du mich übergehst und den Fall dem Krüppel da drin –«

»He, das reicht.«

»Komm schon. Ich kenn mich in Blackwater Landing zehn Mal so gut aus wie Lucy. Ich hab da mal gewohnt. Erinnerst du dich?«

Bell senkte die Stimme. »Du bist *zu* scharf auf ihn, Mason. Das könnte sich auf dein Urteilsvermögen auswirken.«

»Ist das auf *deinem* Mist gewachsen? Oder kommt das von *ihm*?« Ein Nicken zu dem Zimmer hin, in dem Mason jetzt das Gewinsel des Rollstuhls hörte. Es ging ihm auf die Nerven – genau wie ein Zahnarztbohrer. Dass Bell diesen Krüppel darum gebeten hatte, ihnen zu helfen, könnte ihnen allerhand Ärger einbrocken – Mason durfte gar nicht daran denken.

»Aber es stimmt. Alle Welt weiß, wie du zu Garrett stehst.«

»Und alle Welt ist zufällig meiner Meinung.«

»Na ja, es bleibt bei dem, was ich gesagt habe. Damit musst du leben.«

Der Deputy lachte verbittert auf. »Und deshalb soll ich jetzt einen behämmerten Schwarzbrenner hüten.«

Bell schaute an Mason vorbei, winkte einem anderen Deputy zu. »He, Frank …«

Der große, untersetzte Polizist kam auf die beiden Männer zugetrottet.

»Frank, du gehst mit Mason rüber zu Rich Culbeau.«

»Einen Strafbefehl zustellen? Was hat er denn diesmal angestellt?«

»Nein, kein Papierkram. Mason sagt dir Bescheid. Wenn Culbeau nicht daheim ist, wartet ihr auf ihn. Und sorgt dafür, dass er und seine Kumpel dem Suchtrupp nicht in die Quere kommen. Ist das klar, Mason?«

Der Deputy antwortete nicht. Er drehte sich einfach um und ließ seinen Chef stehen, der ihm hinterher rief: »So ist es für alle das Beste.«

Glaube ich nicht, dachte Mason.

»Mason…«

Doch der Mann ging wortlos in den Dienstraum der Deputys. Frank folgte ihm einen Moment später. Mason grüßte die Männer in Uniform nicht, die dort beisammenstanden und über den Insektensammler redeten, über die hübsche Mary Beth und über Billy Stails unglaublichen Konter über 92 Yards. Er ging in sein Büro und fischte einen Schlüssel aus der Hosentasche. Er schloss seinen Schreibtisch auf und holte einen Schnelllader heraus, schob sechs .357er Patronen hinein. Er steckte ihn in das Lederfutteral und hakte es an seinen Gürtel. Er trat in die Tür seines Büros. Seine Stimme übertönte das Gespräch in dem Raum, während er Nathan Groomer zuwinkte – einem rotblonden Deputy um die Fünfunddreißig. »Groomer, ich muss mal mit Culbeau reden. Du kommst mit.«

»Also«, sagte Frank zögerlich, den Hut in der Hand, den er aus seinem Zimmer geholt hatte. »Ich hab gedacht, Jim will, dass *ich* mitkomme.«

»Ich will Nathan«, sagte Mason.

»Rich Culbeau?«, fragte Nathan. »Er und ich sind wie Feuer und Wasser. Ich hab ihn drei Mal wegen Alkohol am Steuer aufgegriffen, und beim letzten Mal hab ich ihn ein bisschen hart rangenommen. Ich würde Frank mitnehmen.«

»Genau«, pflichtete Frank ihm bei. »Culbeaus Cousin arbeitet mit dem Vater meiner Frau zusammen. Er denkt, ich gehöre zur Familie. Auf mich wird er hören.«

Mason warf Nathan einen kalten Blick zu. »Ich will dich.«

Frank versuchte es noch mal. »Aber Jim hat gesagt –«

»Und zwar auf der Stelle.«

»Komm schon, Mason«, sagte Nathan mit schriller Stimme. »Kein Grund, mich so anzufahren.«

Mason betrachtete einen kunstvoll geschnitzten Lockköder – eine Stockente – auf Nathans Schreibtisch. Sein neuestes Werk. Der Mann kann was, dachte er. »Bist du so weit?«, sagte er dann zu dem Deputy.

Nathan seufzte und stand auf.

»Und was soll ich Jim sagen?«, fragte Frank.

Ohne etwas zu erwidern, ging Mason mit Nathan aus dem Büro und steuerte seinen Streifenwagen an. Sie stiegen ein. Mason spürte die sengende Hitze, ließ den Motor an und stellte die Klimaanlage auf volle Leistung.

Nachdem sie angeschnallt waren, wie es gemäß dem Spruch, der seitlich auf dem Streifenwagen prangte, von allen verantwortungsbewussten Bürgern verlangt wurde, sagte Mason: »Und nun hör zu. Ich –«

»Ach, komm schon, Mason, stell dich nicht so an. Ich hab dir bloß sagen wollen, was vernünftiger wäre. Ich meine, letztes Jahr haben Frank und Culbeau –«

»Halt's Maul und hör zu.«

»Okay, ich hör zu. Glaub nicht, dass du so reden musst … Okay. Ich hör zu. Was hat Culbeau diesmal angestellt?«

Doch Mason antwortete ihm nicht. »Wo ist dein Ruger?«, fragte er.

»Mein Jagdgewehr? Das M77?«

»Ganz recht.«

»In meinem Laster. Daheim.«

»Hast du das Hitech-Zielfernrohr aufmontiert?«

»Selbstverständlich.«

»Dann gehen wir's holen.«

Sie fuhren vom Parkplatz, und sobald sie auf der Main Street waren, schaltete Mason das rot-blaue Blinklicht auf dem Dach des Wagens ein, nicht aber die Sirene. Er raste aus der Stadt.

Nathan stopfte sich einen Pfriem Red Indian in die Backe, was er nicht durfte, wenn Jim in der Nähe war, aber Mason störte sich nicht daran. »Das Ruger … Aha. Deshalb hast du mich dabeihaben wollen. Nicht Frank.«

»Ganz recht.«

Nathan Groomer war der beste Gewehrschütze in der Dienststelle, einer der besten im ganzen Paquenoke County. Mason hatte gesehen, wie er aus achthundert Metern Entfernung einen Zehnender erlegt hatte.

»Und wenn ich das Gewehr geholt habe, fahren wir zu Culbeaus Haus?«

»Nein.«

»Wohin dann?«

»Wir gehen auf die Jagd.«

»Hübsche Häuser hier«, stellte Amelia Sachs fest.

Sie und Lucy Kerr fuhren auf der Canal Road in Richtung Norden, zurück nach Blackwater Landing. Jesse Corn und Ned Spoto, ein stämmiger Deputy etwa Ende dreißig, folgten ihnen in einem zweiten Streifenwagen.

Lucy warf einen Blick auf die Anwesen oberhalb des Kanals – die schmucken Neubauten im Kolonialstil, die Sachs schon früher bemerkt hatte –, sagte aber nichts.

Wieder fiel Sachs auf, wie einsam und verlassen die Häuser und die Gärten wirkten – nirgendwo Kinder. Genau wie auf den Straßen von Tanner's Corner.

Kinder, dachte sie wieder.

Lassen wir das lieber, sagte sie sich dann.

Lucy bog auf die Route 112 ab und steuerte aufs Bankett – wo sie erst vor einer halben Stunde gewesen waren, oben auf der Anhöhe über den Tatorten. Jesse Corns Streifenwagen hielt hinter ihnen. Zu viert gingen sie die Böschung zum Fluss hinab und stiegen in den Kahn. Jesse setzte sich wieder auf die Ruderbank. »Nördlich des Paquo, Mann«, grummelte er mit einem so unheilvollen Unterton, dass Sachs es zunächst für einen Scherz hielt. Doch dann bemerkte sie, dass weder er noch einer der anderen lächelte. Auf der anderen Seite des Flusses stiegen sie aus, folgten Garretts und Lydias Fußabdrücken zu dem Jagdunterstand, in dem Ed Schaeffer von den Hornissen gestochen worden war, und etwa fünfzehn Meter weiter in den Wald hinein, wo sich die Spur verlor.

Auf Sachs' Anweisung hin schwärmten sie aus, rückten in immer größer werdenden Kreisen vor und hielten Ausschau nach irgendwelchen Hinweisen darauf, in welche Richtung Garrett verschwunden war. Sie fanden nichts und kehrten zu der Stelle zurück, wo die Fußspuren endeten.

»Kennst du den Pfad?«, sagte Lucy zu Jesse. »Den, auf dem die Drogenbrüder abgehauen sind, nachdem Frank Sturgis sie letztes Jahr aufgespürt hat?«

Er nickte. »Liegt etwa fünfzig Meter weiter nördlich«, sagte er zu Sachs. »Hier lang.« Er deutete in die Richtung. »Garrett kennt ihn wahrscheinlich, und außerdem ist es hier weit und breit der beste Weg durch Wald und Sumpf.«

»Sehen wir nach«, sagte Ned.

Sachs überlegte, wie sie sich bei der Meinungsverschiedenheit, die sich hier anbahnte, verhalten sollte, und kam zu dem Schluss, dass es nur eine Möglichkeit gab: Sie musste da durch. Mit allzu viel Rücksicht erreichte sie gar nichts, nicht gegen alle drei (und Jesse Corn stand ihrer Ansicht nach nur insofern auf ihrer Seite, als er in sie verknallt war). »Wir sollten hier bleiben, bis wir etwas von Rhyme hören.«

Jesse rang sich ein knappes Lächeln ab, hatte aber sichtlich an dem Interessenkonflikt zu kauen.

Lucy schüttelte den Kopf. »Garrett *muss* den Pfad genommen haben.«

»Wir wissen es nicht mit Sicherheit«, sagte Sachs.

»Hier in der Gegend ist es schon ein bisschen unwegsam«, warf Jesse ein.

»Lauter Ravennagras, Aronspilze und Bergstechpalmen«, sagte Ned. »Dazu massenhaft Schlingpflanzen. Wenn man sich nicht an den Pfad hält, kommt man hier nirgendwo flott voran.«

»Wir müssen warten«, beharrte Sachs, die an einen Abschnitt aus *Spurenlehre* denken musste, Lincoln Rhymes Handbuch für Kriminalistik:

Im Großen und Ganzen scheitert die Fahndung nach einem Tatverdächtigen oftmals daran, dass man dem Drang nachgibt, schnell zu handeln und rasch zuzugreifen, während eine sorgfältige Untersuchung der vorhandenen Spuren klare Hinweise erbringt, die einen buchstäblich vor die Tür des Verdächtigen führen, und eine Festnahme bei weitaus weniger

Aufwand und Gefahr für Leib und Leben aller Beteiligten ermöglicht.

»Jemand, der aus der Großstadt kommt, kann sich gar keine rechte Vorstellung von den Wäldern hier machen«, sagte Lucy Kerr. »Wenn man einmal den Pfad verlässt, kommt man bloß noch halb so schnell voran. Er muss sich daran gehalten haben.«

»Er könnte doch auch zum Fluss zurückgegangen sein«, wandte Sachs ein. »Vielleicht hatte er weiter oben oder weiter unten noch ein Boot liegen.«

»Das stimmt«, sagte Jesse, womit er sich einen finsteren Blick von Lucy einhandelte.

Eine Zeit lang schwiegen sie alle vier, standen reglos da und schwitzten in der gnadenlosen Hitze, während die Gnitzen über sie herfielen.

»Wir warten«, sagte Sachs schließlich.

Nachdem das geregelt war, setzte sie sich auf den ihrer Überzeugung nach unbequemsten Felsblock im ganzen Wald und tat so, als beobachtete sie einen Specht, der wie wild auf eine hohe Eiche vor ihnen einhämmerte.

... Neun

»Zuerst der eigentliche Tatort«, rief Rhyme Ben zu. »Blackwater.« Er deutete mit dem Kopf auf die Beweismittel auf dem Glasfibertisch. »Zuerst nehmen wir uns Garretts Turnschuh vor. Den er verloren hat, als er sich Lydia schnappte.«

Ben ergriff ihn, öffnete den Plastikbeutel, wollte hineingreifen.

»Handschuhe!«, rief Rhyme. »Tragen Sie stets Latexhandschuhe, wenn Sie mit Spuren hantieren.«

»Wegen der Fingerabdrücke?«, fragte der Student, während er sie schleunigst anzog.

»Das ist ein Grund. Trugspuren sind der andere. Wir wollen doch unterscheiden können, wo *Sie* gewesen sind und wo sich der Täter aufgehalten hat.«

»Klar. Richtig.« Ben nickte energisch, als hätte er Angst, diese Regel zu vergessen. Er schüttelte den Schuh heraus, spähte hinein. »Sieht so aus, als ob da Kies oder etwas Ähnliches drin ist.«

»Himmel, ich habe vergessen, Amelia um eine sterile Unterlage zu bitten.« Rhyme blickte sich um. »Sehen Sie die Illustrierte da? *People?*«

Ben nahm sie zur Hand, schüttelte den Kopf. »Die ist drei Wochen alt.«

»Mir geht's nicht um den neuesten Klatsch über das Liebesleben von Leonardo DiCaprio«, grummelte Rhyme. »Reißen Sie die beiliegenden Abokarten heraus… Finden Sie die nicht widerlich? Aber wir können sie gut gebrauchen – sie sind sauber und steril, frisch aus der Druckpresse, und eignen sich daher für unsere Zwecke hervorragend als Unterlage, wenn auch im Kleinstformat.«

Ben folgte den Anweisungen und kippte den Schmutz und die Steine auf die Abonnementskarte.

»Legen Sie eine Probe davon unters Mikroskop und lassen Sie mich einen Blick darauf werfen.« Rhyme rollte zur Tischkante, doch das Okular war ein paar Zentimeter zu hoch. »Verdammt.«

Ben verstand. »Vielleicht könnte ich es einfach halten, sodass Sie reinsehen können.«

Rhyme lachte leise auf. »Das wiegt fast fünfzehn Kilo. Nein, wir müssen eine –«

Doch der Zoologe hob das Gerät mit seinen massigen Armen hoch und hielt es ganz ruhig. Rhyme konnte natürlich die Schärfe nicht regeln, aber er erkannte so viel, dass er in etwa eine Ahnung hatte, worum es sich handelte. »Kalksteinsplitter und -staub. Könnte das aus Blackwater Landing stammen?«

»Ähm«, sagte Ben bedächtig und kratzte sich die Haarstoppeln auf dem mächtigen Schädel. »Eher nicht. Dort gibt's hauptsächlich Schlamm und so.«

»Geben Sie eine Probe in den Chromatographen. Ich will wissen, was sonst noch darin enthalten ist.«

Ben schob die Probe hinein und startete das Gerät.

Die Chromatographie ist der Traum eines jeden Kriminalisten. Mit der entsprechenden Apparatur, kurz nach der Jahrhundertwende von einem russischen Botaniker erfunden, aber bis in die Dreißigerjahre kaum zum Einsatz gelangt, lässt sich die chemische Zusammensetzung von Stoffgemischen – Lebensmittel zum Beispiel, aber auch Blut und anderes mehr – aufschlüsseln und der Anteil der einzelnen Substanzen ermitteln, aus denen sie bestehen. Es gibt verschiedene Anwendungsmöglichkeiten, doch am meisten verbreitet ist die Gaschromatographie, die in der forensischen Wissenschaft zum Einsatz kommt und bei der, simpel ausgedrückt, Proben der gesicherten Spuren verbrannt werden. Dabei entstehen Dämpfe, die von dem Gerät in ihre einzelnen Bestandteile zerlegt werden, sodass man genau feststellen kann, was alles in der Probe enthalten ist. In der Kriminalistik wird die Chromatographie hauptsächlich in Verbindung mit der Massenspektrometrie verwendet, wodurch sich selbst kleinste Mengen einer Substanz erkennen und bestimmen lassen.

Mit dem Gaschromatographen lassen sich aber nur Stoffe untersuchen, die bei relativ niedrigen Temperaturen Dämpfe absondern – also verbrennen. Kalkstein indes ist hitzebeständig. Doch Rhyme ging es nicht um das Gestein; er wollte wissen, welche Stoffe an dem Kies hafteten und im Schmutz enthalten waren. Dadurch konnte er möglicherweise feststellen, an welchen Orten sich Garrett aufgehalten hatte.

»Es wird eine Weile dauern«, sagte Rhyme. »Nehmen wir uns

unterdessen schon mal den Schmutz in Garretts Schuhsohlen vor. Ich sag Ihnen was, Ben, ich mag Schuhsohlen mit Profil. Für Autoreifen gilt das gleiche. Es ist wie ein Schwamm. Merken Sie sich das.«

»Ja, Sir. Mach ich, Sir.«

»Kratzen Sie ein bisschen davon raus, und dann wollen wir mal sehen, ob es ebenfalls aus Blackwater Landing stammt oder von irgendwo anders.«

Ben schabte den Schmutz auf eine weitere Abokarte, die er Rhyme hinhielt, worauf der sie sorgfältig musterte. Als forensischer Wissenschaftler wusste er um die Bedeutung von Schmutz. Er haftet an der Kleidung, er hinterlässt Spuren, die nicht minder leicht zu verfolgen sind wie die Brotkrumen von Hänsel und Gretel und anhand derer sich eindeutig feststellen lässt, ob sich der Täter am Tatort aufgehalten hat. Erde hat unterschiedliche Farbtöne, ungefähr elfhundert sind bekannt, und wenn man im Umfeld eines Verdächtigen eine Erdspur findet, die farblich mit den am Tatort genommenen Bodenproben übereinstimmt, kann man guten Gewissens davon ausgehen, dass er vermutlich dort gewesen ist. Wenn überdies die Zusammensetzung der Erde übereinstimmt, lässt sich der Verdacht noch untermauern. Locard, der große französische Kriminalist, hat einen Lehrsatz geprägt, ein nach ihm benanntes Prinzip, wonach zwischen Täter, Opfer und Tatort stets eine Übertragung von Spuren stattfindet. Rhyme wiederum hatte festgestellt, dass es neben Blut – bei Gewalt- und Tötungsdelikten – vor allem Schmutzspuren waren, die am häufigsten übertragen wurden.

Doch damit hat man noch kein Beweismittel in der Hand, da Schmutz schließlich allgegenwärtig ist. Eine Schmutzspur, die vom Täter stammen könnte, gewinnt erst dann kriminalistische Bedeutung, wenn sie sich von dem am Tatort natürlich vorkommenden Schmutz unterscheidet.

Der erste Schritt bei der Auswertung einer Schmutzspur ist daher ein Vergleich der Erde am Tatort – eines Musters – mit einer Probe, die nach Meinung des Kriminalisten vom Täter stammt.

Rhyme erklärte das Ben, worauf der einen Beutel Erde, den Sachs mit *Bodenprobe – Blackwater Landing*, dazu das Datum und die genaue Zeit, beschriftet hatte. Des Weiteren befand sich darauf ein handschriftlicher Vermerk, der nicht von Sachs stammte. *Eingesammelt von Deputy J. Corn.* Rhyme konnte sich lebhaft vorstellen, wie der junge Deputy auf Amelias Geheiß hin eilfertig davongetrabt war. Ben kippte etwas Erde auf eine dritte Abokarte. Er legte sie neben den Schmutz, den er aus dem Profil von Garretts Schuh gekratzt hatte. »Wie vergleichen wir sie?«, fragte der junge Mann, während er die Geräte musterte.

»Mit dem bloßen Auge.«

»Aber –«

»Schauen Sie sie einfach an. Stellen Sie fest, ob die unbekannte Probe einen anderen Farbton hat als die bekannte.«

»Wie mach ich das?«

Rhyme zwang sich dazu, die Ruhe zu behalten. »Sie *schauen* sie einfach an.«

Ben starrte auf das eine Häufchen, dann auf das andere.

Wieder zurück. Noch mal.

Und dann noch einmal.

Komm schon, komm schon… *so* schwer ist das doch nicht. Mühsam wahrte Rhyme die Geduld. Kaum etwas fiel ihm so schwer.

»Was sehen Sie?«, fragte Rhyme. »Unterscheiden sich die beiden Proben voneinander?«

»Na ja, das kann ich nicht genau sagen, Sir. Ich glaube, die eine ist heller.«

»Untersuchen Sie sie mit dem Vergleichsmikroskop.«

Ben legte die Proben unter das Gerät und schaute durch die Okulare. »Ich bin mir nicht sicher. Ich meine… womöglich gibt's da schon einen Unterschied.«

»Lassen Sie mal sehen.«

Einmal mehr hielten die mächtigen Arme das große Mikroskop so ruhig, dass Rhyme durch die Okulare spähen konnte. »Eindeutig anders als das Muster«, sagte er. »Heller gefärbt. Und sie enthält mehr Kristalle. Mehr Granit und Mergel und auch andere Pflanzenreste. Die ist also nicht aus Blackwater Landing… Wenn wir Glück haben, stammt sie von seinem Schlupfwinkel.«

Ein leichtes Lächeln huschte über Bens Gesicht, das erste, so weit Rhyme sich erinnern konnte.

»Was?«

»Ach, na ja, so bezeichnen wir die Höhlen, in denen Muränen

hausen…« Das Lächeln verschwand, als Rhymes Blick ihm verriet, dass dies weder der Zeitpunkt noch der richtige Ort für Anekdoten war.

»Wenn die Ergebnisse der chromatographischen Untersuchung des Kalksteins vorliegen«, sagte Rhyme, »geben Sie den Schmutz von den Schuhsohlen in das Gerät.«

»Ja, Sir.«

Kurz darauf tauchte auf dem Bildschirm des an den Gaschromatographen und das Massenspektrometer angeschlossenen Computers eine Reihe von Zackenlinien auf. Dann öffnete sich ein Fenster, und der Ermittler steuerte seinen Rollstuhl näher heran. Er rammte einen Tisch, worauf der Storm Arrow nach links ausbrach und Rhyme durchgerüttelt wurde. »Mist.«

Ben riss erschrocken die Augen auf. »Alles in Ordnung, Sir?«

»Ja, ja«, grummelte Rhyme. »Was hat der verfluchte Tisch hier zu suchen? Wir brauchen ihn nicht.«

»Ich schaff ihn aus dem Weg«, stieß Ben hervor, packte den schweren Tisch mit einer Hand, als wäre er aus Balsaholz, und verstaute ihn in der Ecke. »Tut mir Leid, ich hätte dran denken sollen.«

Rhyme musterte den Bildschirm, ohne auf die zerknirschten Beteuerungen einzugehen. »Erhebliche Mengen an Nitraten, Phosphaten und Ammoniak.«

Das war sehr beunruhigend, aber Rhyme sagte noch nichts. Er wollte sehen, welche Substanzen in dem Schmutz enthalten waren, den Ben aus den Sohlen gekratzt hatte. Und kurz darauf standen auch diese Ergebnisse auf dem Bildschirm.

Rhyme seufzte. »Wieder Nitrate, wieder Ammoniak – eine ganze Menge. Wieder in hoher Konzentration. Außerdem weitere Phosphate. Waschmittel ebenfalls. Und noch etwas anderes… Was, zum Teufel, ist das?«

»Wo?«, fragte Ben und beugte sich über den Bildschirm.

»Ganz unten. Laut Datenbank handelt es sich um Camphen. Schon mal gehört?«

»Nein, Sir.«

»Nun, Garrett ist da durchgelaufen, was immer es auch sein mag.« Er blickte auf die Beweismitteltüte. »Nun denn, was haben wir sonst noch? Das weiße Papiertuch, das Sachs gefunden hat…«

Ben ergriff die Tüte und hielt sie Rhyme hin. An dem Papiertuch befand sich eine Menge Blut. Er warf einen Blick auf das andere Papiertuch – das Kleenex, das Sachs in Garretts Zimmer gefunden hatte. »Sind die identisch?«

»Sieht so aus«, sagte Ben. »Beide weiß, beide die gleiche Größe.«

»Geben Sie sie Jim Bell«, sagte Rhyme. »Sagen Sie ihm, ich brauche eine DNA-Analyse. Die Schmalspurvariante.«

»Die, ähm ... was ist das, Sir?«

»Der simple DNA-Test, die Polymerase-Kettenreaktion. Wir haben keine Zeit für die RFPL-Methode – das ist die Eins-zu-sechs-Milliarden-Version. Ich will bloß wissen, ob es sich um Billy Stails Blut handelt oder ob es von jemand anderem stammt. Sehen Sie zu, dass jemand Proben von Billy Stails Leiche und von Mary Beth und Lydia beschafft.«

»Proben? Von was?«

Rhyme musste sich zwingen, damit er die Geduld behielt. »Von genetischem Material. Irgendwelches Gewebe von Billys Leiche. Bei den Frauen dürften Haare am einfachsten zu beschaffen sein – Hauptsache, die Wurzel hängt daran. Ein Deputy soll eine Haarbürste oder einen Kamm aus Mary Beths und Lydias Badezimmer besorgen und ins gleiche Labor bringen, das auch das Kleenex untersucht.«

Der Mann nahm den Beutel und verließ das Zimmer. Einen Moment später kehrte er zurück. »In ein, zwei Stunden haben sie's. Sie wollen es rüber zum Klinikum in Avery schicken, nicht zur Staatspolizei. Deputy Bell, ich meine, *Sheriff* Bell hält das für einfacher.«

»Eine Stunde?«, brummte Rhyme und verzog das Gesicht. »Viel zu lange.«

Unwillkürlich fragte er sich, ob es von dieser Verzögerung abhängen könnte, ob der Insektensammler Lydia oder Mary Beth umbrachte.

Ben ließ die massigen Arme hängen. »Ähm, ich könnte sie zurückrufen. Ich habe ihnen gesagt, wie wichtig es ist, aber ... Soll ich's machen?«

»Ist schon gut, Ben. Wir machen hier weiter. Thom, du bist mit den Tabellen dran.« Der Betreuer schrieb auf die Schiefertafel, was Rhyme ihm diktierte.

FUNDE AM EIGENTLICHEN TATORT –
BLACKWATER LANDING
Kleenex mit Blutspuren
Kalksteinstaub
Nitrate
Phosphat
Ammoniak
Waschmittel
Camphen

Rhyme starrte darauf. Mehr Fragen als Antworten…

Wie ein Fisch auf dem Trockenen…

Sein Blick fiel auf das Häufchen Schmutz, das Ben aus den Schuhen des Jungen gekratzt hatte. Dann kam ihm ein Gedanke. »Jim!«, rief er mit dröhnender Stimme und erschreckte sowohl Thom als auch Ben. »Jim! Wo, zum Teufel, steckt er? Jim!«

»Was gibt's?« Aufgeregt kam der Sheriff ins Zimmer gestürmt. »Stimmt was nicht?«

»Wie viele Leute arbeiten in diesem Gebäude?«

»Weiß ich nicht. Um die zwanzig.«

»Und sie kommen aus dem ganzen Bezirk?«

»Nicht nur das. Ein paar fahren sogar aus Pasquotank, Albemarle und Chowan an.«

»Ich möchte, dass sie alle hierher kommen.«

»Was?«

»Jeder in diesem Gebäude. Ich möchte Erdproben von ihren Schuhen haben… Moment: Und von den Fußmatten aus ihren Wagen.«

»Erde…«

»Erde! Schmutz! Lehm! Sie wissen schon. Und zwar sofort!«

Bell verzog sich. »Das Gestell da«, sagte Rhyme zu Ben. »Dort drüben.«

Der Zoologe trottete zu dem Tisch, auf dem ein langes Gestell mit einer Reihe von Reagenzgläsern stand.

»Das ist ein Dichtegradient. Damit lässt sich das spezifische Gewicht von Stoffen wie zum Beispiel Schmutz feststellen.«

Er nickte. »Davon hab ich schon gehört. Hab aber noch nie einen benutzt.«

»Ist ganz einfach. Diese Flaschen da –« Rhyme blickte zu zwei dunklen Glasflaschen. Auf dem Etikett der einen stand Tetra, auf der anderen Äthanol. »Sie müssen sie so mischen, wie ich's Ihnen erkläre, und damit die Reagenzgläser fast bis oben füllen.«

»Okay. Was kommt dabei raus?«

»Fangen Sie schon mal mit dem Mischen an. Ich erklär's Ihnen, wenn wir durch sind.«

Ben mischte die Chemikalien gemäß Rhymes Anweisungen und füllte die Röhrchen abwechselnd mit den unterschiedlich gefärbten Flüssigkeiten – dem Äthanol und dem Tetrabromäthan.

»Geben Sie ein bisschen Erde von Garretts Schuhen in das linke Röhrchen. Die Erde wird aufgespalten, und wir erhalten dadurch einen Befund. Wir bekommen noch die Proben von den Angestellten hier, die in verschiedenen Gegenden des Bezirks wohnen. Wenn eine davon mit Garretts Probe übereinstimmt, dann heißt das, dass der Schmutz an seinen Schuhen irgendwo aus der Nähe stammen könnte.«

Bell traf mit den ersten Angestellten ein, und Rhyme erklärte, was er vorhatte. Der Sheriff grinste bewundernd. »Hervorragende Idee, Lincoln. Cousin Roland hat schon gewusst, warum er Loblieder auf Sie anstimmt.«

Sie brauchten eine halbe Stunde, doch der Aufwand war vergebens. Keine der Proben, die von den Bediensteten im Gebäude abgegeben wurden, stimmte mit dem Schmutz von Garretts Schuhen überein. Rhyme schaute finster drein, als sich die letzte Bodenprobe im Reagenzglas absetzte.

»Verdammt.«

»Einen Versuch war's wert«, sagte Bell.

Kostbare Zeit hatten sie verschwendet.

»Soll ich die Proben wegschmeißen?«, fragte Ben.

»Nein. Werfen Sie niemals Ihre Muster weg, ohne sie zu dokumentieren«, sagte er mit ätzendem Unterton. Dann besann er sich. Er durfte nicht so barsch zu dem jungen Mann sein, immerhin war er nur dank familiärer Fürsprache hier. »Thom, hilf uns mal. Sachs hat um eine Polaroidkamera von der Staatspolizei gebeten, sie muss hier irgendwo sein. Such sie und mach Nahaufnahmen von den Reagenzgläsern. Notier die Namen des Angestellten, von dem die jeweilige Probe stammt, auf der Rückseite der Bilder.«

Der Betreuer fand die Kamera und machte sich ans Werk.

»Und nun untersuchen wir die Sachen, die Sachs im Haus von Garretts Pflegeeltern gefunden hat. Die Hose in dem Beutel da – sehen Sie nach, ob sich irgendetwas in den Aufschlägen befindet.«

Ben öffnete vorsichtig den Plastikbeutel und überprüfte die Hose. »Ja, Sir, ein paar Kiefernnadeln.«

»Gut. Sind sie abgefallen oder wurden sie abgerissen?«

»Abgerissen, wie's ausschaut.«

»Ausgezeichnet. Das heißt, dass er irgendetwas damit *gemacht* hat. Er hat sie mit einer bestimmten Absicht abgerissen. Und diese Absicht *könnte* etwas mit dem Verbrechen zu tun haben. Wir wissen nicht, worum es sich handelt, aber ich würde meinen, es geht um Tarnung.«

»Hier riecht's nach Stinktier«, sagte Ben und schnupperte an der Kleidung.

»Das hat Sachs auch gesagt«, erwiderte Rhyme. »Nützt uns aber nichts. Noch nicht jedenfalls.«

»Warum nicht?«, fragte der Zoologe.

»Weil sich der Aufenthaltsort eines wilden Tieres nicht feststellen lässt. Ein *gefangenes* Stinktier würde uns weiterhelfen, ein frei lebendes nicht. Sehen wir uns die Spuren an der Kleidung an. Schneiden Sie zwei, drei Stücke Stoff aus der Hose und geben Sie sie in den Chromatographen.«

Während sie auf die Ergebnisse warteten, untersuchte Rhyme die übrigen Spuren aus dem Zimmer des Jungen. »Zeig mir mal das Notizheft, Thom.« Der Betreuer tat, wie geheißen, und blätterte für Rhyme um. Es enthielt nur schlechte Zeichnungen von Insekten. Er schüttelte den Kopf. Nichts Verwertbares.

»Die anderen Bücher?« Rhyme nickte zu den vier gebundenen Büchern hin, die Sachs im Zimmer des Jungen sichergestellt hatte. Eines – *Die Welt im Kleinen* – war so oft gelesen worden, dass es fast auseinander fiel. Rhyme bemerkte, dass etliche Abschnitte eingekreist, unterstrichen oder mit Sternchen versehen waren. Aber keine dieser Stellen enthielt einen Hinweis darauf, wo sich der Junge aufgehalten haben könnte. Allem Anschein nach handelte es sich um populärwissenschaftliche Aussagen über Insekten. Er befahl Thom, sie wieder beiseite zu legen.

Dann schaute sich Rhyme die Gegenstände an, die Garrett in dem Wespenglas versteckt hatte: Geld, Bilder von Mary Beth und seiner Familie. Der alte Schlüssel. Die Angelschnur.

Bei dem Geld handelte es sich um einen zusammengeknüllten Haufen von Fünfern und Zehnern sowie um einige Silberdollar. Rhyme bemerkte keinerlei Notizen am Rand der Scheine (wo Kriminelle gern Nachrichten oder Pläne niederschreiben – belastende Anweisungen an Mittäter wird man rasch los, indem man etwas kauft und den Schein damit wieder in Umlauf bringt). Rhyme hatte Ben das Geld mit dem Polilight – einer alternativen Lichtquelle – untersuchen lassen und dabei festgestellt, dass sowohl die Scheine als auch die Silberdollar mindestens hundert unvollständige Fingerabdrücke aufwiesen, zu viele, um daraus einen verwertbaren Hinweis abzuleiten. Weder an dem Bilderrahmen noch an der Angelschnur befand sich ein Preisschild, und daher gab es keine Möglichkeit, die Geschäfte ausfindig zu machen, die Garrett aufgesucht haben könnte.

»Die Angelegenheit hält allenfalls drei Pfund aus«, stellte Rhyme fest, während er die Rolle musterte. »Die ist dünn, nicht wahr, Ben?«

»Damit kann man kaum einen Sonnenfisch fangen, Sir.«

Auf dem Computerbildschirm wurde angezeigt, was die Untersuchung der an der Hose des Jungen gefundenen Spuren ergeben hatte. Rhyme las sie laut vor: »Kerosin, noch mehr Ammoniak, noch mehr Nitrate und wieder dieses Camphen. Eine weitere Tabelle, Thom, wenn du so freundlich wärst.«

Er diktierte.

FUNDE AM SEKUNDÄREN TATORT –
GARRETTS ZIMMER
Stinktiersekret
Abgerissene Kiefernnadeln
Zeichnungen von Insekten
Bilder von Mary Beth und Familienfoto
Bücher über Insekten
Angelschnur
Geld
Unbekannter Schlüssel

Kerosin
Ammoniak
Nitrate
Camphen

Rhyme starrte auf die Tabellen. »Thom«, sagte er schließlich, »ruf Mel Cooper an.«

Der Betreuer griff zum Telefon und wählte aus dem Gedächtnis.

Cooper, der bei der forensischen Abteilung des NYPD arbeitete, wog vermutlich nur halb so viel wie Ben. Er wirkte wie ein schüchterner Gerichtsschreiber, war aber einer der besten Kriminaltechniker im ganzen Land.

»Kannst du den Lautsprecher einschalten, Thom?«

Der Betreuer drückte die Taste, und einen Moment später ertönte Coopers sanfter Tenor. »Hallo, Lincoln. Etwas sagt mir, dass du nicht in der Klinik bist.«

»Wie bist du denn darauf gekommen, Mel?«

»Dazu gehört nicht viel kriminalistischer Spürsinn. Die Anrufkennung lautet Bezirksverwaltung des Paquenoke County. Schiebst du die Operation hinaus?«

»Nein. Ich helfe bloß bei einem Fall hier aus. Hör zu, Mel, ich habe nicht viel Zeit, und ich brauche eine Auskunft über einen Stoff namens Camphen. Schon mal was davon gehört?«

»Nein, aber bleib dran. Ich gehe mal in die Datenbank.«

Rhyme hörte hektisches Tastenklicken. Cooper war außerdem der schnellste Tipper, dem Rhyme je begegnet war.

»Okay, da hätten wir's... interessant...«

»Ich brauche nichts *Interessantes*, Mel. Ich brauche Fakten.«

»Es ist ein Terpen – ein Kohlenwasserstoff. Wird aus Pflanzen gewonnen. War früher in Pestiziden enthalten, wurde aber Anfang der achtziger Jahre verboten. Verwendet wurde es hauptsächlich Ende des neunzehnten Jahrhunderts als Brennstoff für Lampen. War seinerzeit das Allermodernste – hat den Walfischtran verdrängt. Damals so alltäglich wie Erdgas. Versuchst du einen unbekannten Verdächtigen dingfest zu machen?«

»Er ist kein Unbekannter, Mel. Er ist *bestens* bekannt. Wir können ihn bloß nicht finden. Alte Lampen? Eine Camphenspur könnte also möglicherweise darauf hindeuten, dass er sich in irgendeinem Gebäude oder einer Anlage aufhält, die im neunzehnten Jahrhundert errichtet wurde.«

»Wahrscheinlich. Aber es gibt noch eine andere Möglichkeit. Hier steht, dass Camphen derzeit nur noch für Duftstoffe verwendet wird.«

»Was für welche?«

»Parfüms, Aftershaves und Kosmetika hauptsächlich.«

Rhyme dachte darüber nach. »Wie hoch ist der prozentuelle Anteil von Camphen an einem Parfüm?«, fragte er.

»Nur gering. Ein paar Promille.«

Rhyme hatte seinen Mitarbeitern immer erklärt, dass man beim Auswerten der Spuren keine Angst vor kühnen Schlussfolgerungen haben dürfte. Dennoch war er sich schmerzlich bewusst, dass die beiden Frauen möglicherweise nur mehr kurze Zeit zu leben hatten, daher meinte er, dass ihre Mittel und Möglichkeiten ihnen erlaubten, nur einem dieser Hinweise nachzugehen.

»Diesmal müssen wir alles auf eine Karte setzen«, teilte er mit. »Wir nehmen an, dass das Camphen von alten Laternen stammt, nicht von Parfüms, und gehen dementsprechend vor. Nun denn, Mel, ich schicke dir eine Fotokopie von einem Schlüssel. Du musst für mich die Herkunft feststellen.«

»Mit Leichtigkeit. Von einem Auto?«

»Ich weiß es nicht.«

»Ein Hausschlüssel?«

»Weiß ich nicht.«

»Jüngeren Datums?«

»Keine Ahnung.«

»Ist vielleicht doch nicht so leicht, wie ich dachte«, sagte Cooper schwankend. »Aber schaff ihn her, dann sehe ich zu, was ich machen kann.«

Als sie aufgelegt hatten, befahl Rhyme Ben, beide Seiten des Schlüssels zu fotokopieren und an Cooper zu faxen. Dann versuchte er Sachs über Funk zu erreichen. Es funktionierte nicht. Er rief sie mit seinem Handy an.

»Hallo?«

»Ich bin's, Sachs.«

»Geht das Funkgerät nicht?«, fragte sie.

»Kein Empfang.«

»Wo sollen wir hin, Rhyme? Wir sind auf der andern Seite des Flusses, aber wir haben die Spur verloren. Und um offen zu sein« – sie flüsterte jetzt –, »die Einheimischen geben keine Ruhe. Lucy möchte mir am liebsten den Kopf abreißen.«

»Ich habe die Untersuchungen im Wesentlichen abgeschlossen, aber ich weiß nicht, was ich mit all den Ergebnissen anfangen soll – ich warte auf den Mann von der Fabrik. Diesen Henry Davett. Er müsste jeden Moment hiersein. Aber hör zu, Sachs, ich muss dir noch etwas sagen. Ich habe an Garretts Kleidung und an dem Schuh, den er verloren hat, eindeutig Spuren von Ammoniak und Nitraten gefunden.«

»Eine Bombe?«, fragte sie mit dumpfem Unterton, der ihre Bestürzung verriet.

»Sieht so aus. Und die Angelschnur, die du gefunden hast, ist zu dünn für einen halbwegs schweren Fisch. Meiner Meinung nach benutzt er sie als Stolperdraht, mit dem der Sprengsatz ausgelöst wird. Geht langsam. Achtet auf Fallen. Wenn ihr auf irgendetwas stoßt, das wie ein Hinweis aussieht, dann denkt daran, dass es manipuliert sein könnte.«

»Wird gemacht, Rhyme.«

»Rührt euch nicht von der Stelle. Ich hoffe, ich habe bald ein paar Hinweise für euch.«

Garrett und Lydia hatten weitere drei, vier Meilen zurückgelegt.

Die Sonne stand jetzt hoch am Himmel. Es musste etwa zwölf Uhr mittags sein, und die Luft kochte förmlich. Das Wasser, das Lydia im Steinbruch aus der Flasche getrunken hatte, hatte nicht lange vorgehalten, und sie war halb ohnmächtig vor Hitze und Durst.

»Wir sind bald da«, sagte Garrett, als ob er es gespürt hätte. »Dort ist es kühler. Und ich hab mehr Wasser.«

Das Gelände hier war offen. Lichte Wälder, Moore. Keine Häuser, keine Straßen. Es gab viele alte Pfade, die sich in allerlei Richtungen verzweigten. Das reinste Labyrinth – nahezu ausgeschlossen, dass irgendein Suchtrupp feststellen konnte, welchen Weg sie eingeschlagen hatten.

Garrett deutete mit dem Kopf auf einen der schmalen Pfade – auf der rechten Seite Felsen, auf der linken ging es fünf, sechs

Meter steil nach unten. Sie liefen etwa eine halbe Meile weit auf diesem Weg, dann blieb er stehen. Er blickte zurück.

Nachdem er sich davon überzeugt hatte, dass niemand in der Nähe war, verschwand er im Unterholz und kehrte kurz darauf mit einer Nylonschnur zurück – sie sah aus wie eine dünne Angelschnur –, die er quer über den Pfad spannte, knapp über dem Boden. Sie war so gut wie nicht zu sehen. Er band sie an einem Stock fest, der wiederum eine fünfzehn bis zwanzig Liter fassende Ballonflasche abstützte, in der sich eine milchige Flüssigkeit befand. Ein paar Tropfen waren ausgelaufen, und der Geruch stieg ihr sofort in die Nase – Ammoniak. Sie war entsetzt. Ist das etwa eine Bombe?, fragte sie sich. Als Krankenschwester auf der Notaufnahme hatte sie etliche Teenager behandelt, die sich beim Bau von selbst gebastelten Sprengkörpern verletzt hatten. Sie konnte sich noch genau an die schwarz verfärbte Haut erinnern, die durch den Explosionsdruck aufgeplatzt war.

»Das kannst du nicht machen«, flüsterte sie.

»Behalt deinen Mist für dich.« Er schnipste mit den Fingernägeln. »Ich mach hier noch fertig, dann sind wir gleich daheim.«

Daheim?

Benommen starrte Lydia auf die große Flasche, während er sie mit Zweigen tarnte.

Einmal mehr zog Garrett sie weiter den Pfad entlang. Trotz der Hitze ging er jetzt schneller, sodass sie nur mühsam mithalten konnte. Garrett kam ihr immer schmutziger vor, mit Staub bedeckt und voller Laub. Es war, als ob er sich mit jedem Schritt, den sie sich von der Zivilisation entfernten, immer mehr in ein Insekt verwandelte. Sie musste an eine Geschichte denken, die sie in der Schule mal lesen sollte, aber nie bis zu Ende geschafft hatte.

»Da droben.« Garrett deutete mit dem Kopf auf einen Hügel. »Dort kommen wir unter. Morgen früh geht's dann zum Meer.«

Ihre Tracht war mit Schweiß durchtränkt. Die beiden obersten Knöpfe der weißen Bluse standen offen, sodass der weiße BH zu sehen war. Der Junge glotzte ständig auf ihre prall gerundeten Brüste. Aber es störte sie kaum – sie wollte bloß noch irgendwo unterkommen, wo es kühl und schattig war, irgendwo drinnen, egal, wohin er sie brachte.

Eine Viertelstunde später stießen sie auf eine Lichtung. Vor ihnen stand eine alte Wassermühle, umgeben von Schilf, Rohrkolben und hohem Gras. Sie lag an einem Bachlauf, der weitestgehend dem Sumpf anheim gefallen war. Ein Teil der Mühle war abgebrannt. Inmitten der Ruinen ragte ein rußiger Kamin auf – ein so genanntes »Sherman-Monument«, wie so etwas hier zu Lande hieß, in Anlehnung an den Unionsgeneral William Tecumseh Sherman, der im Bürgerkrieg auf seinem berüchtigten Marsch zum Meer sämtliche Häuser und Höfe hatte niederbrennen lassen, sodass hinter ihm nur mehr ein Wald aus schwarzen Schornsteinen aufragte.

Garrett führte sie zum vorderen Teil der Mühle, dem Bereich, der von dem Brand nicht in Mitleidenschaft gezogen worden war. Er stieß sie durch den Eingang, schlug die schwere Eichentür zu und legte den Riegel vor. Er stand eine Zeit lang da und lauschte. Nachdem er offensichtlich davon überzeugt war, dass ihnen niemand folgte, reichte er ihr eine Wasserflasche. Sie musste sich zusammennehmen, damit sie sie nicht in einem Zug austrank. Sie nahm einen Mund voll, kostete ihn aus, ließ ihn auf ihrem ausgedörrten Gaumen prickeln, schluckte ihn dann langsam.

Als sie ihren Durst gestillt hatte, nahm er ihr die Flasche weg, befreite ihre Hände und fesselte sie wieder mit Klebeband, diesmal auf dem Rücken. »Muss das sein?«, fragte sie wütend.

Er verdrehte die Augen, als hätte sie ihm eine blöde Frage gestellt. Dann drückte er sie zu Boden. »Hock dich hin, und halt endlich den Mund.« Garrett setzte sich an die Wand gegenüber. Lydia reckte den Kopf in Richtung Fenster und lauschte. Horchte, ob sie irgendwo Hubschrauber hörte, Sumpfboote oder die bellenden Hunde eines Suchtrupps. Doch sie vernahm nur Garretts Atemzüge, und in ihrer Verzweiflung kam es ihr so vor, als hätte Gott selbst sie im Stich gelassen.

... Zehn

Eine Gestalt tauchte in der Tür auf, begleitet von Jim Bell.

Der Mann war etwa Mitte fünfzig, hatte schütteres Haar und ein rundliches, aber markantes Gesicht. Er hatte einen blauen Blazer über dem Arm hängen und trug ein weißes Hemd, das tadellos gebügelt und ordentlich gestärkt war, doch unter den Armen zeichneten sich dunkle Schweißflecken ab. Die gestreifte Krawatte wurde von einer Klammer gehalten.

Rhyme hatte zunächst gemeint, es handle sich um Henry Davett, doch sein Sehvermögen zählte zu den wenigen Fähigkeiten, die den Unfall unbeschadet überstanden hatten – um sein Augenlicht war es bestens bestellt –, sodass er aus drei Metern Entfernung die Gravur auf der Krawattenklammer des Mannes lesen konnte: WSJD.

William? Walter? Wayne?

Rhyme hatte keine Ahnung, wer das sein könnte.

Der Mann schaute ihn an, kniff kurz die Augen zusammen, als wollte er ihn abschätzen, und nickte dann. »Henry«, sagte Jim Bell, »darf ich vorstellen: Lincoln Rhyme.«

Kein Monogramm also. Es war doch Davett. Rhyme nickte dem Mann zu und dachte sich, dass die Krawattenklammer vermutlich von seinem Vater stammte. William Seth Jonathan Davett.

Davett trat in das Zimmer. Warf einen raschen Blick auf die Geräte.

»Ah, Sie kennen sich mit Chromatographie aus?«, fragte Rhyme, als er den kurzen Kennerblick bemerkte.

»In meiner Forschungs- und Entwicklungsabteilung stehen zwei davon. Aber der hier ...« Er schüttelte den Kopf. »So was wird gar nicht mehr hergestellt. Warum benutzen Sie den?«

»Die staatlichen Mittel, Henry«, sagte Bell.

»Ich schick euch einen vorbei.«

»Nicht nötig.«

»Das Ding ist Schrott«, sagte der Mann schroff. »Ich stell euch in zwanzig Minuten einen neuen hin.«

»Das *Untersuchen* der Spuren ist nicht weiter schwierig«, sagte Rhyme. »Das Auswerten hingegen schon. Deshalb benötige ich Ihre Hilfe. Das ist Ben Kerr, mein Assistent.«

Sie schüttelten sich die Hand. Ben wirkte sichtlich erleichtert darüber, dass noch ein kerngesunder Mensch zu ihnen gestoßen war.

»Setzen Sie sich, Henry«, sagte Bell und rollte einen Bürostuhl zu ihm hin. Der Mann nahm Platz, beugte sich etwas nach vorn und strich sorgfältig seinen Schlips glatt. Rhyme nahm die Handbewegung wahr, die Haltung, die kleinen Augen, den selbstbewussten Blick, und dachte: umgänglich, klug… und ein knallharter Geschäftsmann.

Wieder fragte er sich, was das WSJD zu bedeuten hatte. Er war sich nicht sicher, ob er das Rätsel gelöst hatte.

»Hier geht's um die Frauen, die entführt worden sind, richtig?«

Bell nickte. »Niemand traut es sich offen auszusprechen, aber insgeheim« – er blickte zu Rhyme und Ben – »gehen wir davon aus, dass Garrett Mary Beth womöglich schon vergewaltigt und umgebracht und ihre Leiche irgendwo verscharrt hat.«

Vierundzwanzig Stunden…

»Aber wir hoffen, dass wir wenigstens Lydia noch retten können«, fuhr der Sheriff fort. »Außerdem müssen wir verhindern, dass sich Garrett noch jemand anderen schnappt.«

»Und was ist mit Billy?«, versetzte der Industrielle aufgebracht. »Das ist so ein Jammer. Ich habe gehört, dass er Mary Beth retten wollte, wie es sich für einen guten Samariter gehört, und dabei selber umgekommen ist.«

»Garrett hat ihm mit einer Schaufel den Schädel eingeschlagen. Kein schöner Anblick.«

»Die Zeit drängt also. Was kann ich tun?« Davett wandte sich an Rhyme. »Sie haben etwas von Auswerten gesagt.«

»Wir haben ein paar Hinweise darauf, wo Garrett sich aufgehalten haben könnte und wohin er Lydia möglicherweise bringt. Ich habe gehört, dass Sie die Gegend hier ziemlich gut kennen und uns möglicherweise weiterhelfen könnten.«

Davett nickte. »Ich kenne mich in dem Landstrich sehr gut aus. Ich habe Geologie studiert und bin außerdem Chemiker. Und ich bin hier in Tanner's Corner quasi aufgewachsen und weiß daher einigermaßen Bescheid im Paquenoke County.«

Rhyme nickte zu den Spurenchecklisten hin. »Fällt Ihnen dazu irgendetwas ein? Wir versuchen anhand dieser Hinweise festzustellen, wo er sich aufhalten könnte.«

Davett setzte seine Brille auf, legte den Kopf zurück und blickte zu der Schiefertafel auf.

FUNDE AM EIGENTLICHEN TATORT –
BLACKWATER LANDING
Kleenex mit Blutspuren
Kalksteinstaub
Nitrate
Phosphat
Ammoniak
Waschmittel
Camphen

FUNDE IM SEKUNDÄREN TATORT –
GARRETTS ZIMMER
Stinktiersekret
Abgerissene Kiefernnadeln
Zeichnungen von Insekten
Bilder von Mary Beth und Familienfoto
Bücher über Insekten
Angelschnur
Geld
Unbekannter Schlüssel
Kerosin
Ammoniak
Nitrate
Camphen

Davett musterte die Liste von oben bis unten, kniff mehrmals die Augen zusammen. Runzelte kurz die Stirn. »Nitrate und Ammoniak? Sie sind sich doch darüber im Klaren, was das sein könnte?«

Rhyme nickte. »Meiner Meinung nach hat er irgendwo Sprengkörper gelegt, um den Suchtrupp aufzuhalten. Ich habe den Leuten schon Bescheid gesagt.«

Davett verzog das Gesicht und wandte sich wieder der Tabelle zu. »Das Camphen… ich glaube, das hat man in alten Laternen verwendet. So ähnlich wie Petroleum.«

»Ganz recht. Deshalb nehmen wir an, dass der Ort, an den er Mary Beth gebracht hat, alt ist. Ein Gebäude aus dem neunzehnten Jahrhundert.«

»Hier in der Gegend muss es tausende von alten Häusern, Scheunen und Schuppen geben… Was noch? Kalksteinstaub… Das grenzt die Sache auch nicht weiter ein. Es gibt ein mächtiges Kalksteinmassiv, das sich durchs ganze Paquenoke County zieht. Hat früher mal viel Geld abgeworfen.« Er erhob sich und fuhr mit dem Finger quer über die Karte, vom südlichen Rand des Great Dismal Swamp nach Südwesten, von Planquadrat L-4 bis C-14. »Entlang dieser Linie findet man überall Kalkstein. Das nützt Ihnen nicht viel. Aber« – er trat zurück, verschränkte die Arme – »das Phosphat hilft uns weiter. North Carolina ist ein bedeutender Phosphatproduzent, aber es wird nicht hier in der Gegend gewonnen. Es kommt weiter südlich vor. Daher würde ich sagen – und das Waschmittel deutet ebenfalls darauf hin –, dass er mit industriell verschmutztem Wasser in Berührung gekommen ist.«

»Teufel noch mal«, sagte Jim Bell, »das heißt doch bloß, dass er im Paquenoke gewesen ist.«

»Nein«, versetzte Davett, »der Paquo ist so sauber wie Brunnenwasser. Er ist dunkel, aber er wird vom Dismal Swamp und vom Lake Drummond gespeist.«

»Oh, das Zauberwasser«, sagte der Sheriff.

»Was ist das?«, fragte Rhyme.

Davett erklärte es. »Ein paar von uns Alteingesessenen bezeichnen das Wasser aus dem Great Dismal Swamp als Zauberwasser. Es ist voller Gerbsäure, die von den modernden Zypressen und Wacholderbäumen stammt. Die Säure tötet die Bakterien ab, sodass es lange frisch bleibt – vor der Erfindung des Kühlschranks hat man es als Trinkwasser auf Segelschiffen benutzt. Die Leute haben früher gedacht, es hätte Wunderkräfte.«

»Also«, sagte Rhyme, den die hiesigen Sagen und Legenden herzlich wenig interessierten, solange sie ihm kriminalistisch nicht weiterhalfen, »wenn es nicht aus dem Paquenoke ist, wo könnte das Phosphat dann herstammen?«

Davett schaute Bell an. »Wo hat er denn das zweite Mädchen entführt?«

»An der gleichen Stelle wie Mary Beth. In Blackwater Landing.« Bell deutete auf die Karte und fuhr mit dem Finger nach Norden, zu Planquadrat H-9. »Hat den Fluss überquert, ist zu einem Jagdunterstand etwa hier gegangen und dann eine halbe Meile nach Norden marschiert. Dann hat der Suchtrupp die Spur verloren. Die warten auf weitere Anweisungen von uns.«

»Ach, dann gibt's gar keinen Zweifel«, sagte Davett mit ermutigender Zuversicht. Der Geschäftsmann fuhr mit dem Finger gen Osten. »Er hat den Stone Creek durchquert. Hier. Seht ihr? Ein paar von den Wasserfällen dort sehen aus wie Bierschaum, so viel Waschmittel und Phosphate sind im Wasser. Er entspringt in der Nähe von Hobeth Falls droben im Norden, und dort fallen tonnenweise Abwässer an. Die verstehen dort nicht das Geringste von Stadtplanung und Stadtentwicklung.«

»Gut«, sagte Rhyme. »Nun denn, irgendeine Ahnung, wohin er sich gewandt haben könnte, nachdem er den Bachlauf überquert hat?«

Davett zog erneut die Tabelle zu Rate. »Wenn Sie Kiefernnadeln gefunden haben, würde ich auf die Richtung tippen.« Er deutete auf die Planquadrate I-5 und J-8. »In North Carolina gibt's überall Kiefern, aber hier in der Gegend bestehen die meisten Wälder aus Eichen, alten Zedern, Zypressen und Tupelobäumen. Der einzige große Kiefernwald, den ich kenne, liegt im Nordosten. Hier. In Richtung Great Dismal.« Davett starrte einen Moment lang auf die Tabelle, schüttelte den Kopf. »Ansonsten fällt mir dazu leider nichts ein. Wie viele Suchtrupps sind unterwegs?«

»Einer«, sagte Rhyme.

»Was?« Davett wandte sich mit gerunzelter Stirn an ihn. »Bloß einer? Das soll wohl ein Witz sein.«

»Nein«, sagte Bell abwehrend, so als werde er ins Kreuzverhör genommen.

»Na ja, und wie stark ist er?«

»Vier Deputys«, erwiderte Bell.

Davett schaute ihn verächtlich an. »Das ist Wahnsinn.« Er wedelte zur Karte hin. »Das sind hunderte von Quadratmeilen. Ihr habt's mit Garrett Hanlon zu tun ... dem Insektenjungen. Der *lebt* praktisch nördlich des Paquo. Der kann euch in null Komma nichts ausmanövrieren.«

Der Sheriff räusperte sich. »Mr. Rhyme hält es für besser, wenn wir nicht zu viele Leute einsetzen.«

»In so einer Situation könnt ihr gar nicht genug Leute einsetzen«, sagte Davett zu Rhyme. »Sie sollten fünfzig Mann aufbieten, ihnen Gewehre geben und die Gegend abkämmen, bis Sie ihn gefunden haben. Sie stellen das vollkommen falsch an.«

Rhyme bemerkte, dass Ben Davetts Vortrag mit betretener Miene verfolgte. Der Student war natürlich der Meinung, dass man mit Samthandschuhen vorgehen müsse, wenn man schon mit einem Krüppel stritt. Rhyme indessen blieb ruhig. »Eine große Menschenjagd könnte Garrett dazu veranlassen, dass er Lydia umbringt und dann untertaucht.«

»Nein«, versetzte Davett mit Nachdruck, »er kriegt Angst und lässt sie laufen. Bei mir in der Fabrik sind derzeit fünfundvierzig Leute auf Schicht. Na ja, ein Dutzend Frauen sind darunter. Die können wir nicht einspannen. Aber die Männer ... Lassen Sie mich machen. Wir besorgen uns ein paar Schusswaffen. Suchen die Gegend um den Stone Creek ab.«

Rhyme konnte sich lebhaft vorstellen, was dreißig oder vierzig Amateurkopfgeldjäger bei einer solchen Suchaktion anrichten würden. Er schüttelte den Kopf. »Nein, wir machen weiter wie gehabt.«

Sie gingen auf Blickkontakt, und einen Moment lang herrschte drückende Stille. Davett zuckte die Achseln und wandte zuerst den Blick ab, aber nicht etwa, weil er einsah, dass Rhyme Recht haben könnte. Ganz im Gegenteil – es war ein entschiedener Protest, eine Warnung, dass Rhyme und Bell auf eigene Gefahr handelten, wenn sie seinen Rat missachteten.

»Henry«, sagte Bell, »ich hab zugestimmt, dass Mr. Rhyme die Sache leitet. Wir sind ihm ziemlich dankbar.«

Die Bemerkung des Sheriffs war zumindest teilweise an Rhyme persönlich gerichtet – eine indirekte Entschuldigung für Davetts Verhalten.

Rhyme hingegen war begeistert ob der unverblümten Art, mit der ihm Davett begegnete. Es war ein erschreckendes Eingeständnis, aber Rhyme, der normalerweise überhaupt nicht an Vorzeichen glaubte, hatte das Gefühl, dass der Auftritt dieses Mannes eine Art Omen war – dass die Operation gut verlaufen und sich sein Zustand etwas bessern würde. Dieses Gefühl rührte von der kleinen Konfrontation, die sich soeben zugetragen hatte – bei der ihm dieser ausgebuffte Geschäftsmann in die Augen geschaut und ihm gesagt hatte, dass er einen schweren Fehler beging. Davett hatte Rhymes Zustand gar nicht bemerkt – er nahm lediglich Rhymes Verhalten wahr, seine Entscheidung, seine Einstellung. Sein lädierter Leib war für Davett nicht von Belang. Dr. Weavers Zauberhände würden ihn einen Schritt weiterbringen, sodass ihn mehr Menschen auf diese Art und Weise behandeln würden.

»Ich bete für die beiden Mädels«, sagte Davett. Dann wandte er sich an Rhyme. »Und für Sie bete ich auch, Sir.« Er ließ den Blick eine Idee länger auf ihm ruhen, als es bei einem Abschied üblich war, und Rhyme spürte, dass dieses letzte Versprechen ernst gemeint war – und wörtlich. Dann ging der Geschäftsmann hinaus.

»Henry ist ’n bisschen rechthaberisch«, sagte Bell, als Davett weg war.

»Und er vertritt hier seine eigenen Belange, stimmt’s?«, fragte Rhyme.

»Das Mädchen, das letztes Jahr durch die Hornissen umkam, Meg Blanchard …«

Hundertsiebenunddreißig Mal ist sie gestochen worden. Rhyme nickte.

»Sie hat in Henrys Firma gearbeitet«, fuhr Bell fort. »Ging in dieselbe Kirche, der er und seine Familie angehören. Er ist nicht anders als die meisten Leute hier – glaubt, die Stadt wär ohne Garrett Hanlon besser dran. Er meint bloß oft, dass *seine* Handlungsweise die einzig richtige ist.«

Kirche… Gebet… Mit einem Mal wurde Rhyme etwas klar. »Davetts Krawattenklammer«, sagte er zu Bell. »Steht das J für Jesus?«

Bell lachte. »Genau. Oh, Henry kann einen Konkurrenten aus dem Geschäft drängen, ohne mit der Wimper zu zucken, aber er ist Laienprediger. Geht ungefähr dreimal die Woche in die Kirche. Das ist einer der Gründe, weshalb er eine Armee hinter Garrett herschicken will – weil er denkt, der Junge wär ein Heide.«

Rhyme kam immer noch nicht darauf, was die übrigen Initialen bedeuteten. »Ich geb’s auf. Was ist mit den anderen Buchstaben?«

»Das heißt: ›Was sagt Jesus dazu?‹ Das fragen sich alle guten Christen hier in der Gegend, wenn sie vor einer schweren Entscheidung stehen. Ich für meinen Teil hab keine Ahnung, was er in so einem Fall sagen würde. Aber ich sag Ihnen, was *ich* machen würde: Lucy und Ihre Freundin anrufen und sie auf Garretts Fährte setzen.«

»Stone Creek?«, sagte Jesse Corn, nachdem Sachs Rhymes Nachricht an den Suchtrupp weitergeleitet hatte. Der Deputy deutete nach vorn. »Eine Meile in die Richtung.«

Er marschierte durch das Unterholz, gefolgt von Lucy und Amelia. Ned Spoto, der mit blassen Augen unruhig die Umgebung absuchte, bildete die Nachhut.

Fünf Minuten später verließen sie das Dickicht und stießen auf einen ausgetretenen Pfad. Jesse winkte sie weiter, nach rechts – in Richtung Osten.

»Ist das der Pfad?«, fragte Sachs Lucy. »Der, den er Ihrer Meinung nach genommen hat?«

»Genau«, entgegnete Lucy.

»Sie hatten Recht«, sagte Sachs leise, nur für ihre Ohren bestimmt. »Aber wir mussten trotzdem warten.«

»Nein, *Sie* mussten zeigen, wer das Sagen hat«, erwiderte Lucy schroff.

Völlig richtig, dachte Sachs. »Aber jetzt wissen wir, dass möglicherweise eine Bombe auf dem Weg liegt«, fügte sie hinzu. »Das haben wir vorher nicht gewusst.«

»Ich hätte sowieso auf Fallen geachtet.« Lucy verstummte und folgte weiter dem Pfad, die Augen auf den Boden gerichtet, als wollte sie beweisen, dass sie tatsächlich darauf geachtet hätte.

Nach zehn Minuten kamen sie zum Stone Creek, einem mit milchig schäumendem Abwasser verseuchten Bach. Am Ufer entdeckten sie zweierlei Fußspuren – Abdrücke von Laufschuhen, zierlich, aber tief, vermutlich von einer korpulenten Frau hinterlassen. Zweifellos von Lydia. Und die Abdrücke von bloßen Männerfüßen. Garrett hatte offenbar den anderen Schuh weggeworfen.

»Wir überqueren ihn hier«, sagte Jesse. »Ich kenn den Kiefernwald, den Mr. Rhyme erwähnt hat. Das hier ist der kürzeste Weg dorthin.«

Sachs ging auf den Wasserlauf zu.

»Stopp!«, rief Jesse plötzlich.

Sie erstarrte, griff zum Revolver, ging in die Hocke. »Was ist los?«, fragte sie. Lucy und Ned, die auf ihre Reaktion hin laut loskicherten, saßen auf Felsbrocken und zogen Schuhe und Socken aus.

»Wenn Ihre Socken nass werden und Sie weiterlaufen«, sagte Lucy, »brauchen Sie, bevor Sie noch hundert Meter weit gekommen sind, eine ganze Packung Pflaster. Vor lauter Blasen.«

»Sie verstehen nicht viel vom Wandern, was?«, fragte Ned die Polizistin.

Jesse Corn lachte gereizt auf. »Weil sie in der *Großstadt* lebt, Ned. Ich geh auch nicht davon aus, dass du dich mit U-Bahnen und Wolkenkratzern auskennst.«

Sachs, die sich weder um die Rüge noch um die ritterliche Fürsprache scherte, zog ihre halbhohen Stiefel und die schwarzen Socken aus und krempelte ihre Jeans hoch.

Sie wateten durch die Strömung. Das Wasser war eiskalt und fühlte sich wunderbar an. Sie bedauerte es regelrecht, als der kurze Marsch durch den Bach vorüber war.

Auf der anderen Seite warteten sie ein paar Minuten, bis ihre Füße trocken waren, und zogen dann wieder Socken und Schuhe an. Dann suchten sie das Ufer ab, bis sie erneut auf die Fußspuren stießen. Der Trupp folgte der Fährte in den Wald, doch als der Boden trockener und das Unterholz immer undurchdringlicher wurde, verloren sie die Spur.

»Zu den Kiefern geht's in die Richtung«, sagte Jesse. Er deutete nach Nordosten. »Höchstwahrscheinlich sind sie geradeaus da durch.«

Sie hielten sich in etwa an diese Vorgabe, während sie weitere zwanzig Minuten marschierten, einer hinter dem anderen, und den Boden nach Stolperdrähten absuchten. Dann machten die Eichen, die Stechpalmen und das Riedgras Wacholder und Schierlingsgewächsen Platz. Etwa eine Viertelmeile vor ihnen zeichnete sich der breite Saum eines riesigen Kiefernwaldes ab. Aber nirgendwo war mehr eine Spur des Kidnappers und seines Opfers zu sehen – keinerlei Hinweis darauf, wo sie in den Wald eingedrungen waren.

»Viel zu groß«, murmelte Lucy. »Wie sollen wir da drin die Fährte finden?«

»Schwärmen wir aus«, schlug Ned vor. Auch er blickte betroffen auf die dichte Vegetation vor ihnen. »Wenn er hier eine Bombe gelegt hat, wird sie verflixt schwer zu finden sein.«

Sie wollten sich gerade verteilen, als Sachs den Kopf hob. »Moment. Bleibt hier«, befahl sie und bahnte sich langsam einen Weg durch das Unterholz, die Augen zu Boden gerichtet, Ausschau nach Fallen haltend. Nur fünfzehn Meter weiter, zwischen einstmals blühenden Bäumen, die jetzt kahl und von modernden Blütenblättern umgeben waren, entdeckte sie in der staubigen Erde Lydias und Garretts Fußspur. Sie zog sich zu einem Pfad hin, der in den Wald führte.

»Hier lang sind sie gegangen!«, rief sie. »Haltet euch an meine Fußabdrücke. Ich habe auf Fallen geachtet.«

Kurz darauf stießen die drei Deputys zu ihr.

»Wie haben Sie die gefunden?«, fragte der verknallte Jesse Corn.

»Wonach riecht es hier?«, entgegnete sie.

»Nach Stinktier«, sagte Ned.

»Garrett hatte Stinktiersekret an der Hose, die ich bei ihm zu Hause gefunden habe. Ich dachte mir, dass er hier schon mal vorbeigekommen ist. Ich bin einfach dem Geruch nachgegangen.«

Jesse lachte. »Nicht schlecht für ein Großstadtmädel, was?«, sagte er zu Ned.

Ned verdrehte die Augen, dann zogen sie den Pfad entlang, auf den Waldrand zu.

Mehrmals kamen sie auf diesem Weg durch große, kahle Areale – sämtliche Bäume und Sträucher waren abgestorben. Sachs war unruhig, als sie diese öden Flecken überquerten – der Suchtrupp war hier völlig ungeschützt. Mitten auf der zweiten Lichtung, kurz nachdem sie ein weiteres Mal fürchterlich erschrocken war, weil irgendein Tier, ein Vogel vielleicht, in dem Gestrüpp geraschelt hatte, das rund um das blanke Erdreich wucherte, zückte sie ihr Handy.

»Rhyme, bist du da?«

»Was gibt es? Irgendwas gefunden?«

»Wir haben die Spur wieder entdeckt. Aber sag mal – gibt es irgendwelche Hinweise darauf, dass Garrett mit Schusswaffen hantiert hat?«

»Nein«, antwortete er. »Warum?«

»In den Wäldern hier gibt's ein paar große, kahle Stellen – saurer Regen oder irgendwelche anderen Schadstoffe haben sämtliche Pflanzen vernichtet. Wir haben *null* Deckung. Eignet sich hervorragend für einen Hinterhalt.«

»So weit ich sehen kann, deutet nichts auf Schusswaffen hin. Wir haben die Nitrate, aber wenn die von Munition stammen, hätten wir verbrannte Pulverpartikel, Reinigungsmittel, Fett, Kordit und Knallquecksilber gefunden. Es liegt aber nichts dergleichen vor.«

»Was bloß bedeutet, dass er seit einiger Zeit keine Waffe mehr abgefeuert hat«, sagte sie.

»Stimmt.«

Sie unterbrach die Verbindung.

Wieder marschierten sie etliche Meilen weiter, eingehüllt von einem terpentinartigen Duft, vorsichtiger jetzt, beinahe schreckhaft, und schauten sich immer wieder um. Benommen von der Hitze, eingelullt vom ewigen Summen der Insekten, hielten sie sich weiter an den Pfad, den Garrett und Lydia entlanggegangen sein mussten, obwohl ihre Fußspuren nicht mehr zu sehen waren. Sachs fragte sich, ob sie die Stelle verpasst –

»Stopp!«, schrie Lucy Kerr. Sie kniete nieder. Ned und Jesse rührten sich nicht vom Fleck. Sachs hatte im Bruchteil einer Sekunde die Waffe gezogen. Dann bemerkte sie, was Lucy gemeint hatte – ein silbrig schimmernder Draht zog sich quer über den Pfad.

»Mann«, sagte Ned, »wie hast du den denn gesehen? Der ist ja überhaupt nicht zu erkennen.«

Lucy ging nicht darauf ein. Sie kroch an dem Gestrüpp entlang zum Wegesrand. Zog vorsichtig die Zweige beiseite. Das heiße, dürre Laub raschelte, als sie Blatt für Blatt aufhob.

»Soll ich den Bombenentschärfungstrupp aus Elizabeth City holen?«, fragte Jesse.

»Schhhh«, zischte Lucy.

Vorsichtig, Millimeter um Millimeter, schob die Polizistin das Laub beiseite.

Sachs hielt den Atem an. Sie war erst unlängst Opfer eines Bombenanschlags gewesen. Sie hatte keine ernsthaften Verletzungen erlitten, konnte sich aber noch genau daran erinnern, wie sie in diesem Moment völlig überrollt worden war von dem Donnerschlag, der Hitze, der Druckwelle und den Trümmern. Sie wollte das nicht noch einmal mitmachen. Außerdem wusste sie, dass viele selbst gebastelte Bomben, Rohrbomben vor allem, mit kleinen Kügelchen gefüllt waren – mitunter auch mit Messing- oder Kupfermünzen –, die eine mörderische Splitterwirkung entfalten konnten. War Garrett so was zuzutrauen? Sie dachte an das Foto von ihm: die trüben, tief liegenden Augen. Sie dachte an die Gläser voller Insekten. An die Frau in Blackwater Landing – zu Tode gestochen. Dachte an Ed Schaeffer, der im Koma lag, von Hornissen vergiftet. Ja, dachte sie, Garrett würde hundertprozentig die hinterhältigsten Fallen legen, die ihm einfielen.

Sie zuckte zusammen, als Lucy das letzte Laub von dem Haufen strich.

Die Polizistin seufzte und ging in die Hocke. »Eine Spinne«, murmelte sie.

Sachs bemerkte es ebenfalls. Es war überhaupt keine Angelschnur, bloß ein langer Spinnfaden.

Sie richteten sich wieder auf.

»Eine Spinne«, sagte Ned und lachte auf. Jesse gluckste ebenfalls vor sich hin.

Aber es klang gekünstelt, und Sachs bemerkte sehr wohl, wie vorsichtig jeder über den glitzernden Faden stieg, als sie weiter den Pfad entlangwanderten.

Lincoln Rhyme hatte den Kopf zurückgelegt und musterte mit zusammengekniffenen Augen die Schiefertafel.

FUNDE AM SEKUNDÄREN TATORT –
GARRETTS ZIMMER
Stinktiersekret
Abgerissene Kiefernnadeln
Zeichnungen von Insekten
Bilder von Mary Beth und Familienfoto
Bücher über Insekten

Angelschnur
Geld
Unbekannter Schlüssel
Kerosin
Ammoniak
Nitrate
Camphen

Er seufzte ungehalten auf und kam sich völlig hilflos vor. Mit diesen Spuren konnte er nicht das Geringste anfangen.

Er konzentrierte sich auf die fünfte Zeile von oben: *Bücher über Insekten.*

Dann warf er einen kurzen Blick zu Ben. »Also. Sie sind doch Student, nicht wahr?«

»Ganz recht, Sir.«

»Und Sie lesen bestimmt ziemlich viel.«

»Damit bin ich die meiste Zeit beschäftigt – wenn ich nicht draußen unterwegs bin.«

Rhyme betrachtete die Rücken der Bücher, die Amelia aus Garretts Zimmer mitgebracht hatte. »Was verraten uns die Lieblingsbücher eines Menschen über die betreffende Person?«, fragte er versonnen. »Vom Offensichtlichen einmal abgesehen – dass man sich für das Thema interessiert, um das es in dem Buch geht, meine ich.«

»Wie das?«

»Nun ja, wenn jemand hauptsächlich Ratgeber liest, dann verrät uns das etwas über diese Person. Liest er vor allem Romane, verrät uns das wiederum etwas anderes. Bei Garretts Büchern handelt es sich ausschließlich um Sachbücher, um Naturführer. Was entnehmen Sie dem?«

»Keine Ahnung, Sir.« Der Hüne warf einen kurzen Blick auf Rhymes Beine – unwillkürlich, so jedenfalls kam es ihm vor – und wandte sich dann der Spurentabelle zu. »Ich kenn mich mit Menschen nicht besonders aus«, murmelte er. »Mit Tieren komm ich besser klar. Die sind viel umgänglicher, berechenbarer, verlässlicher als Menschen. Und auch viel schlauer.« Dann wurde ihm klar, dass er ins Plaudern geraten war, worauf er puterrot anlief und verstummte.

Rhyme warf einen Blick auf die Bücher. »Thom, würdest du mir bitte das Umblättergerät bringen?« Mit dieser Apparatur ließ sich, wenn sie an das elektronische Steuerpult angeschlossen war, das Rhyme mit seinem linken Ringfinger bedienen konnte, mittels eines Gummiarms ein Buch umblättern. »Es ist im Bus, nicht wahr?«

»Ich glaube schon.«

»Du hast es doch hoffentlich eingepackt. Ich habe dir *gesagt*, dass du es einpacken sollst.«

»Ich habe bereits gesagt, dass ich *glaube*, es mitgenommen zu haben«, erwiderte der Betreuer ungerührt. »Ich schau mal nach.« Er verließ das Zimmer.

Und auch viel schlauer…

Kurz darauf kehrte Thom mit dem Umblättergerät zurück.

»Ben«, rief Rhyme lauthals. »Das oberste Buch da?«

»Das da?«, fragte der Hüne und starrte auf die Bücher. Es war der *Leitfaden zur Bestimmung der Insekten in North Carolina*.

»Legen Sie es in das Gerät.« Er bemühte sich um einen umgänglicheren Tonfall. »Wenn Sie bitte so freundlich wären.«

Der Betreuer zeigte Ben, wie er das Buch einspannen musste, dann stöpselte er die diversen Kabel an dem elektronischen Steuerpult unter Rhymes linker Hand an.

Er las die erste Seite, entdeckte nichts Wesentliches. Dann befahl er seinem Ringfinger, sich zu rühren. Er meinte förmlich zu spüren, wie sein Hirn den Befehl weitergab, wie sich der Impuls durch den einzig verbliebenen Nervenstrang in seinem Rückgrat wand, an Millionen toter Artgenossen vorbei, durch seinen Arm weitergeleitet wurde, bis in die Hand.

Der Finger zuckte einen halben Zentimeter nach vorn.

Der Gummiarm glitt zur Seite. Blätterte um.

... Elf

Sie zogen weiter den Pfad entlang, mitten durch den Wald, in der Nase den öligen Geruch nach Kiefernharz und den süßen Duft einer Pflanze, an der sie vorbeikamen. Eine herzblättrige Weinrebe war es, wie Lucy erkannte.

Als sie nach vorn auf den Pfad schaute, auf Stolperdrähte achtete, wurde ihr mit einem Mal bewusst, dass sie schon seit einer ganzen Weile keine Fußspuren von Garrett und Lydia mehr gesehen hatten. Sie schlug zu, als ihr irgendwas über den Hals krabbelte, und stellte fest, dass es nur ein Schweißtropfen war, der ihr in den Kragen rann. Lucy kam sich schmutzig vor. Manchmal – abends vor allem und an ihren freien Tagen – war sie gern draußen, in ihrem Garten. Sobald sie nach dem Dienst heimkam, zog sie die Shorts mit dem verblichenen Karomuster an, ein T-Shirt und die marineblauen Turnschuhe, die aus allen Nähten platzten, und arbeitete auf dem Grundstück rund um das hellgrüne Haus im Kolonialstil, das Bud ihr bei der Scheidung so bereitwillig überschrieben hatte, vermutlich aus schlechtem Gewissen. Dort zog Lucy ihren Rittersporn und den gelben Frauenschuh, allerlei weitere heimische Orchideenarten und orangefarbene Lilien. Sie bettete sie in Erde ein, band die Kletterpflanzen an den Spalieren hoch, goss sie und flüsterte ihnen ermutigend zu, als spräche sie mit den Kindern, die Buddy und sie – davon war sie felsenfest überzeugt – eines Tages gehabt hätten.

Manchmal, wenn sie dienstlich im Landesinneren unterwegs war, einen Strafbefehl zustellte oder sich erkundigte, wieso jemand einen Honda oder Toyota in seiner Garage versteckte, der eigentlich jemand anderem gehörte, entdeckte Lucy eine junge Pflanze, die sie, nachdem die polizeiliche Arbeit erledigt war, ausgrub und wie ein Findelkind mit nach Hause nahm. Auf diese Weise war sie an ihr Salomonssiegel geraten. Und auch an einen Virginischen Aronstab. Und einen prachtvollen Bastard-Indigo, der unter ihrer Obhut fast zwei Meter hoch gewachsen war.

Jetzt schweifte ihr Blick über die Gewächse, an denen sie auf ihrer Verfolgungsjagd vorbeikamen: ein Holunderstrauch, eine Bergstechpalme, Ravennagras. Sie sah eine hübsche Nachtkerze, dann einige Rohrkolben und Wildreis – größer als jedes Mitglied des Suchtrupps und mit messerscharfen Blättern. Und hier war eine Squawwurzel, eine Schmarotzerpflanze. Lucy kannte sie auch unter einem anderen Namen: Krebswurzel. Sie warf einen Blick darauf und wandte sich dann wieder der Spur zu.

Der Pfad führte zu einem steilen Hang – eine Reihe von Felsen, etwa fünf Meter hoch. Lucy kletterte mühelos hinauf, aber oben blieb sie stehen. Nein, dachte sie, hier stimmt was nicht.

Neben ihr stieg Amelia Sachs auf das Plateau, hielt inne. Kurz darauf tauchten Jesse und Ned auf. Jesse atmete schwer, doch Ned, ein Schwimmer und Naturmensch, schaffte den Hang spielend.

»Was ist los?«, fragte Amelia, als sie Lucys gerunzelte Stirn bemerkte.

»Das ist einfach unsinnig. Dass Garrett sich in diese Richtung hält.«

»Wir sind dem Pfad gefolgt, genau wie Mr. Rhyme es uns befohlen hat«, sagte Jesse. »Es ist das einzige Kieferngehölz, auf das wir gestoßen sind. Garretts Spuren haben in diese Richtung geführt.«

»Haben sie auch. Aber wir haben sie schon seit einer ganzen Weile nicht mehr gesehen.«

»Wieso glauben Sie nicht, dass er hier vorbeigekommen ist?«, fragte Amelia.

»Sehen Sie mal, was hier wächst.« Sie deutete nach vorn. »Immer mehr Sumpfpflanzen. Und nun, da wir auf dieser Anhöhe sind, können wir das Gelände besser erkennen – es wird ganz schon moorig. Komm schon, denk mal nach, Jesse. Wo kommt Garrett denn da hin? Wir halten genau auf den Great Dismal zu.«

»Was ist der Great Dismal?«, fragte Amelia.

»Ein riesiger Sumpf, der größte an der ganzen Ostküste«, erklärte Ned.

»Dort gibt's nirgendwo Schutz, keine Häuser, keine Straßen«, fuhr Lucy fort. »Er könnte sich allenfalls nach Virginia durchschlagen, aber das dauert Tage.«

»Und um diese Jahreszeit«, fügte Ned Spoto hinzu, »kann man sich noch so mit Insektenschutzmittel einschmieren, man wird trotzdem bei lebendigem Leib aufgefressen. Von den Schlangen gar nicht zu sprechen.«

»Gibt's hier in der Gegend irgendwas, wo sie sich verstecken könnten? Höhlen? Häuser?« Sachs blickte sich um.

»Höhlen nicht«, sagte Ned. »Ein paar alte Gebäude vielleicht. Aber die Sache ist die, dass sich der Grundwasserspiegel verändert hat. Der Sumpf breitet sich in diese Richtung aus, und eine Menge alter Häuser und Hütten sind schon versunken. Lucy hat Recht. Wenn Garrett in die Richtung gegangen ist, kommt er nicht weit.«

»Ich glaube, wir sollten umkehren«, sagte Lucy.

Sie dachte, Amelia würde sie wegen dieses Vorschlags angiften, doch die Frau holte nur ihr Handy heraus und telefonierte. »Wir sind in dem Kiefernwald, Rhyme«, sagte sie. »Einen Pfad gibt's auch, aber wir haben keinen Hinweis darauf gefunden, dass Garrett hier vorbeigekommen ist. Lucy sagt, es wäre Unsinn, wenn er sich in diese Richtung hält. Sie sagt, nordöstlich von hier liegt hauptsächlich Sumpfland. Er kann dort nirgendwo hin.«

»Ich glaube, er hat sich Richtung Westen gehalten«, sagte Lucy. »Oder nach Süden, über den Fluss zurück.«

»So könnte er nach Millerton gelangen«, warf Jesse ein.

Lucy nickte. »Zwei, drei große Fabriken in der Gegend dort wurden dichtgemacht, als die Unternehmen den Betrieb nach Mexiko verlagert haben. Die Banken haben vielen Grundbesitzern die Hypotheken gekündigt. Dort gibt's zig leer stehende Häuser, in denen er sich verstecken könnte.«

»Oder nach Südosten«, schlug Jesse vor. »Dort würde ich hingehen – der Route 112 folgen oder den Bahngleisen. In der Richtung gibt's ebenfalls einen Haufen alter Häuser und Scheunen.«

Amelia berichtete dies Rhyme.

Was für ein seltsamer Mann, dachte Lucy unterdessen – so schrecklich vom Leben geschlagen und doch so unglaublich selbstbewusst.

Die Polizistin aus New York hörte zu und unterbrach dann die Verbindung. »Lincoln sagt, wir sollen weitergehen. Die Spuren deuten nicht darauf hin, dass er eine andere Richtung eingeschlagen hat.«

»Als ob's im Westen und im Süden keine Kiefern gäbe«, versetzte Lucy.

Doch der Rotschopf schüttelte den Kopf. »Es wäre zwar möglich, aber die Spuren geben nichts dergleichen her. Wir gehen weiter.«

Ned und Jesse blickten von einer Frau zur anderen. Lucy warf einen kurzen Blick auf Jesse und erkannte, wie lächerlich verschossen er war – von ihm war offensichtlich nicht mit Beistand zu rechnen. Sie stellte sich auf die Hinterbeine. »Nein. Ich bin der Meinung, dass wir zurückgehen und nachschauen sollten, ob wir die Stelle finden, wo er vom Pfad abgebogen ist.«

Amelia senkte den Kopf und sah Lucy in die Augen. »Ich will Ihnen mal was sagen … Wir können Jim Bell anrufen, wenn Sie wollen.«

Ein Wink mit dem Zaunpfahl – immerhin hatte Jim erklärt, dass Rhyme die Untersuchung leite, und der hatte Amelia die Verantwortung für den Suchtrupp übertragen. Der reinste Wahnsinn – ein Mann und eine Frau, die vermutlich noch nie zuvor in diesem Staat gewesen waren, die keine Ahnung von den Menschen und den örtlichen Gegebenheiten hatten, wollten den Einheimischen vorschreiben, wie sie ihre Arbeit machen sollten.

Doch Lucy war sich darüber im Klaren, dass sie einen Beruf ausübte, in dem man wie beim Militär den Befehlen eines Vorgesetzten Folge leisten musste. »Na schön«, grummelte sie wütend. »Aber der Form halber möchte ich bekannt geben, dass ich dagegen bin, in dieser Richtung weiterzugehen. Es ist Unsinn.« Sie wandte sich um und lief den Pfad entlang, sodass die anderen zurückfielen. Ihre Schritte wurden leiser, als sie über einen dicken Teppich aus Kiefernnadeln ging, der den Pfad bedeckte.

Amelias Telefon klingelte, worauf sie langsamer wurde, um den Anruf entgegen zu nehmen.

Lucy marschierte forschen Schrittes über das dichte Bett aus Nadeln und versuchte ihre Wut zu bezähmen. Nie und nimmer war Garrett Hanlon hier entlanggegangen. Es war Zeitverschwendung. Sie brauchten Hunde. Sie hätten in Elizabeth City anrufen und die Hubschrauber der Staatspolizei anfordern sollen. Sie hätten –

Plötzlich drehte sich alles vor ihren Augen, und sie fiel vornüber, stieß einen kurzen Schrei aus – und streckte die Arme aus, um sich abzufangen. »Herrgott!«

Lucy stürzte so schwer, dass ihr die Luft wegblieb. Kiefernnadeln stachen ihr in die Hände.

»Nicht bewegen«, sagte Amelia Sachs und rappelte sich wieder auf, nachdem sie die Polizistin zu Fall gebracht hatte.

»Was, zum Teufel, soll das?«, japste Lucy, deren Hände vom Aufprall brannten.

»Nicht *bewegen*! Ned und Jesse, das gilt auch für euch.«

Ned und Jesse erstarrten, griffen zu ihren Waffen, schauten sich um, wussten nicht, was los war.

Amelia, die kurz zusammenzuckte, als sie wieder aufstand, trat vorsichtig von den Kiefernnadeln weg, suchte sich im Wald einen langen Stock und hob ihn auf. Langsam schob sie sich nach vorn, stach mit dem Stock in den Boden.

Einen halben Meter vor Lucy, dort, wo sie gerade hatte hintreten wollen, verschwand der Stock in einem Haufen Kiefernzweigen. »Eine Falle.«

»Aber hier war kein Stolperdraht«, sagte Lucy. »Ich hab aufgepasst.«

Vorsichtig räumte Amelia die Zweige und die Nadeln weg. Sie lagen auf einem Netz aus Angelschnur und bedeckten eine etwa einen halben Meter tiefe Grube.

»Er hat die Angelschnur nicht als Stolperdraht benutzt«, sagte Ned. »Er hat sie für das hier gebraucht – eine Fallgrube. Lucy, du wärst beinahe reingetreten.«

»Und was ist drin?«, fragte Jesse. »Eine Bombe?«

»Geben Sie mir Ihre Taschenlampe«, sagte Amelia zu ihm. Er reichte sie ihr. Sie richtete den Strahl in das Loch und fuhr zurück.

»Was ist los?«, fragte Lucy.

»Keine Bombe«, erwiderte Amelia. »Ein Hornissennest.«

Ned schaute hinein. »Herrgott, so ein Mistkerl…«

Vorsichtig hob Amelia die übrigen Zweige weg und legte das ganze Loch mitsamt dem Nest frei, das etwa so groß wie ein Fußball war.

»Mann«, murmelte Ned und schloss die Augen. Sicher malte er sich aus, wie es gewesen wäre, wenn hunderte stechwütiger Hornissen über sie hergefallen wären.

Lucy rieb sich die Hände – sie brannten immer noch. Dann stand sie auf. »Woher haben Sie das gewusst?«

»Hab ich nicht. Der Anruf eben kam von Lincoln. Er hat in Garretts Büchern gelesen. Dort war ein Absatz unterstrichen, in dem es um die Larve der Ameisenjungfer geht, den so genannten Ameisenlöwen. Er gräbt sich ein Loch, und wenn seine Beute reinfällt, beißt er sie tot. Garrett hat den Absatz eingekreist, und die Tinte war erst ein paar Tage alt. Rhyme musste an die abgerissenen Kiefernnadeln und die Angelschnur denken. Ihm ist eingefallen, dass der Junge möglicherweise eine Fallgrube ausgehoben haben könnte, und er hat mir gesagt, ich soll auf Kiefernzweige achten, die auf dem Pfad liegen.«

»Los, wir räuchern das Nest aus«, schlug Jesse vor.

»Nein«, sagte Amelia.

»Aber es ist gefährlich.«

Lucy pflichtete ihrer Kollegin bei. »Ein Feuer würde uns verraten, und Garrett wüsste dann, wo wir sind. Wir lassen die Grube einfach offen, damit sie jeder sieht. Wir können ja hinterher zurückkommen und uns darum kümmern. Hier kommt sowieso kaum jemand vorbei.«

Amelia nickte. Sie nahm ihr Telefon zur Hand. »Wir haben sie gefunden, Rhyme. Niemand wurde verletzt. Es war keine Bombe – er hat ein Hornissennest reingelegt... Okay. Wir passen auf... Lies das Buch weiter. Sag uns Bescheid, wenn du noch auf irgendwas stößt.«

Sie setzten sich wieder in Bewegung und zogen eine weitere Viertelmeile den Pfad entlang, ehe es Lucy über sich brachte, Sachs anzusprechen. »Danke. Sie hatten Recht. Er ist hier vorbeigekommen. Ich habe mich geirrt.« Sie zögerte einen Moment lang und fügte dann hinzu: »Jim hat eine gute Wahl getroffen – als er Sie aus New York hergeholt hat. Ich war erst gar nicht begeistert davon, aber solange was dabei rauskommt, hab ich nichts dagegen einzuwenden.«

Amelia runzelte die Stirn. »Uns hergeholt? Was meinen Sie damit?«

»Damit Sie uns helfen.«

»Das hat er doch gar nicht gemacht.«

»Nein?«, fragte Lucy.

»Nein, wir waren im Klinikum drüben in Avery. Lincoln will sich dort operieren lassen. Jim hat gehört, dass wir hierher wollten, und ist heute Morgen vorbeigekommen, um uns zu fragen, ob wir uns ein paar Spuren ansehen könnten.«

Langes Schweigen. Dann lachte Lucy erleichtert auf. »Und ich dachte, er hat nach der Entführung gestern Geld beim Bezirk locker gemacht, um euch einfliegen zu lassen.«

Amelia schüttelte den Kopf. »Die Operation findet erst übermorgen statt. Wir hatten ein bisschen Freizeit. Das ist alles.«

»Dieser Kerl – Jim. Er hat kein Wort drüber verloren. Der kann manchmal so was von zugeknöpft sein.«

»Haben Sie etwa gedacht, er hat Ihnen den Fall nicht zugetraut?«

»Ja, ich glaube, genau das hab ich gedacht.«

»Jims Cousin arbeitet in New York mit uns zusammen. Er hat Jim erzählt, dass wir auf zwei, drei Wochen hierher kommen.«

»Moment, meinen Sie etwa Roland?«, fragte Lucy. »Klar, den kenn ich. Hab auch seine Frau gekannt, als sie noch gelebt hat. Seine Jungs sind reizend.«

»Sie waren vor nicht allzu langer Zeit bei mir zum Grillen«, sagte Amelia.

Lucy lachte erneut auf. »Ich glaube, ich war ein bisschen überspannt… So, Sie waren also drüben in Avery? Im Klinikum?«

»Ja, genau.«

»Dort arbeitet Lydia Johansson. Sie ist dort Schwester, müssen Sie wissen.«

»Ach so.«

Dutzende Erinnerungen schossen Lucy Kerr durch den Kopf. Manche waren wohl tuend, andere so grässlich wie der Hornissenschwarm, den sie um ein Haar aufgescheucht hätte. Sie war sich nicht darüber im Klaren, ob sie Amelia Sachs davon erzählen wollte oder nicht. Schließlich rang sie sich zu einer Erklärung durch. »Deswegen will ich sie ja unbedingt retten. Ich war vor ein paar Jahren gesundheitlich nicht ganz auf dem Posten, und Lydia war eine meiner Schwestern. Sie ist ein tüchtiges Mädchen. Herzensgut.«

»Wir werden sie retten«, erwiderte Amelia, und sie sagte es in einem Tonfall, den Lucy manchmal – nicht oft, aber manchmal – auch an sich wahrgenommen hatte. Ein Tonfall, der keinen Zweifel ließ.

Sie gingen jetzt langsamer. Die Falle hatte sie alle aufgeschreckt. Und die Hitze war einfach mörderisch.

»Bei dieser Operation, die Ihrem Freund bevorsteht«, sagte Lydia zu Amelia, »geht's dabei um seinen … Zustand?«

»Ja.«

»Was gucken Sie so?«, fragte Lucy, als sie Sachs' finstere Miene bemerkte.

»Vermutlich bringt es gar nichts.«

»Warum tut er's dann?«

»Es besteht die Möglichkeit, dass es etwas nützen könnte«, erklärte Amelia. »Eine geringe Chance. Die Behandlung ist noch in der Erprobungsphase. Bislang ist noch bei niemandem, der eine Verletzung dieser Art erlitten hat – und eine so schwere dazu –, eine Besserung eingetreten.«

»Und Sie wollen nicht, dass er sich operieren läßt?«

»Nein, ich will's nicht.«

»Wieso nicht?«

Amelia zögerte. »Weil er dabei umkommen könnte. Oder sein Zustand sich noch verschlimmert.«

»Haben Sie mit ihm darüber geredet?«

»Ja.«

»Aber es hat nichts genützt«, sagte Lucy.

»Nicht das Geringste.«

Lucy nickte. »Er ist ein bisschen störrisch, oder?«

»Das ist ziemlich milde ausgedrückt«, sagte Amelia.

Ein Knacken ertönte neben ihnen im Unterholz, und bis Lucy die Hand an der Waffe hatte, zielte Sachs bereits mitten auf die Brust eines wilden Truthahns. Alle vier Mitglieder des Suchtrupps lächelten, doch ihre Heiterkeit war nur von kurzer Dauer, und hinterher waren sie noch nervöser und angespannter.

Nachdem die Waffen wieder weggesteckt waren, marschierten sie weiter, die Augen auf den Pfad gerichtet, und im Augenblick war keinem nach einem Gespräch zu Mute.

Die Leute legten allerlei sonderbare Verhaltensweisen an den Tag, was den Umgang mit Rhymes Gebrechen anging.

Manche versuchten es auf die scherzhafte Tour, nassforsch. Krüppelwitze, ohne Gnade und Erbarmen.

Manche, wie zum Beispiel Henry Davett, scherten sich überhaupt nicht um seinen Zustand.

Die Mehrzahl benahm sich genauso wie Ben – sie taten so, als wäre er nicht da, und hofften darauf, dass sie sich bei der erstbesten Gelegenheit absetzen konnten.

Diese Reaktion hasste Rhyme am allermeisten – sie erinnerte ihn immer wieder daran, wie absonderlich er war. Aber er hatte keine Zeit, sich mit der Einstellung des ihm zugeteilten Assistenten auseinander zu setzen. Garrett führte Lydia immer tiefer in die Wildnis. Und Mary Beth war möglicherweise dem Tode nah, sei es aus Wassermangel, durch Ersticken oder weil sie eine Verletzung erlitten hatte.

Jim Bell kam in das Zimmer. »Es gibt womöglich eine gute Nachricht aus dem Krankenhaus. Ed Schaeffer hat irgendwas zu einer Schwester gesagt. Hat danach gleich wieder das Bewusstsein verloren, aber ich halte es für ein gutes Zeichen.«

»Was hat er gesagt?«, fragte Rhyme. »Irgendetwas über die Karte, die er gesehen hat?«

»Sie sagt, es hat so ähnlich geklungen wie ›wichtig‹. Danach wie ›oliv‹.« Bell ging zur Karte. Deutete auf eine Stelle im Südosten von Tanner's Corner. »Dort ist ein Neubaugebiet. Die Straßen sind nach Pflanzen und Früchten und so weiter benannt. Eine davon heißt Olive Street. Aber das liegt weit im Süden vom Stone Creek. Soll ich Lucy und Amelia Bescheid sagen, damit sie's überprüfen? Meiner Meinung nach sollten wir das tun.«

Ah, der ewige Konflikt, dachte Rhyme – soll man Spuren trauen oder Zeugenaussagen? Wenn er einen Fehlgriff tat, könnten Lydia oder Mary Beth sterben. »Sie sollen bleiben, wo sie sind, nördlich des Flusses.«

»Sind Sie sicher?«, fragte Bell zweifelnd.

»Ja.«

»Na gut«, sagte Bell.

Das Telefon klingelte, und mit einem entschlossenen Stoß seines linken Ringfingers nahm Rhyme das Gespräch entgegen.

Sachs' Stimme schallte aus dem Kopfhörer. »Wir wissen nicht mehr weiter, Rhyme. Hier sind vier, fünf Pfade, die alle in verschiedene Richtungen führen, und wir haben keine Ahnung, welchen Garrett eingeschlagen haben könnte.«

»Ich kann dir nichts mehr bieten, Sachs. Wir sehen zu, dass wir weitere Spuren auswerten können.«

»In den Büchern war nichts mehr?«

»Nichts Verwertbares. Aber es ist schon erstaunlich – für einen Sechzehnjährigen sind sie ziemlich schwere Lektüre. Er ist schlauer, als ich angenommen habe. Wo genau seid ihr, Sachs?« Rhyme blickte auf. »Ben! Gehen Sie zur Karte, bitte.«

Der Zoologe begab sich zur Wand und baute sich breit und massig daneben auf.

Sachs erkundigte sich bei jemandem. Dann meldete sie sich wieder. »Etwa vier Meilen nordöstlich der Stelle, wo wir den Stone Creek überquert haben, fast auf den Punkt genau.«

Rhyme teilte es Ben mit, worauf der die Hand auf die Karte legte. Planquadrat J-7.

Unmittelbar neben Bens Finger befand sich eine nicht näher gekennzeichnete L-förmige Markierung. »Ben, haben Sie eine Ahnung, was das sein könnte?«

»Ich glaube, das ist der alte Steinbruch.«

»Ach herrje«, knurrte Rhyme und schüttelte unwirsch den Kopf.

»Was ist?«, fragte Ben, als befürchtete er, er hätte wieder irgendetwas falsch gemacht.

»Warum, zum Teufel, hat mir niemand gesagt, dass es dort einen Steinbruch gibt?«

Bens ohnehin schon fleischiges Gesicht wirkte noch praller als zuvor – er nahm den Vorwurf persönlich. »Ich hab wirklich nicht … «

Doch Rhyme hörte gar nicht hin. An diesem Lapsus war er ganz allein schuld. Jemand *hatte* ihn auf den Steinbruch hingewiesen – Henry Davett, als er gesagt hatte, dass man in dieser Gegend mit Kalkstein einst viel Geld verdient hatte. Und wie gewinnt man Kalkstein in großen Mengen? Er hätte sich sofort nach einem Steinbruch erkundigen müssen, sobald er das gehört hatte. Und die Nitrate deuteten auch nicht auf eine Rohrbombe hin, sondern sie stammten von den Sprengungen – derlei Rückstände ließen sich noch Jahre später feststellen.

»Nicht weit von euch entfernt liegt ein aufgelassener Steinbruch«, teilte er Sachs per Telefon mit. »Richtung Südwesten.«

Kurzes Schweigen. Getuschel. Dann meldete sie sich wieder. »Jesse kennt ihn.«

»Garrett war dort. Ich weiß nicht, ob er noch da ist. Passt also gut auf. Und denkt dran: Selbst wenn er keine Bombe legt, stellt er möglicherweise Fallen. Melde dich, wenn ihr irgendetwas findet.«

Nun, da Lydia der Welt draußen nicht mehr ausgeliefert war, ihr Hitze und Erschöpfung nicht mehr zusetzten, wurde ihr klar, dass sie sich mit dem Innenraum konfrontieren musste. Und das war genauso schrecklich.

Ihr Entführer lief eine Zeit lang auf und ab, schaute aus dem Fenster, ging dann in die Hocke, schnipste mit den Fingernägeln, murmelte irgendwas vor sich hin, musterte sie von oben bis unten und lief dann wieder auf und ab. Einmal warf Garrett einen Blick auf den Boden und hob irgendetwas auf. Er steckte es in den Mund, kaute gierig darauf herum. Sie fragte sich, ob es ein Insekt war, und beim bloßen Gedanken daran wurde ihr schlecht.

Sie befand sich allem Anschein nach im ehemaligen Büro der Mühle. Von hier aus hatte sie freien Blick auf einen Flur, teilweise vom Feuer in Mitleidenschaft gezogen, der zu einer Reihe weiterer Räume führte – vermutlich zum Getreidelager und zum Mahlraum. Die gleißende Nachmittagssonne fiel durch die ausgeglühten Wände und das Dach.

Irgendetwas Orangefarbenes fiel ihr auf. Sie kniff die Augen zusammen und sah, dass es Dorito-Tüten waren. Dazu Cape-Cod-Kartoffelchips. Reese's Erdnussbutterkonfekt. Und noch mehr Planters-Cracker mit Erdnussbutter und Käse, die er schon in dem Steinbruch in sich hineingestopft hatte. Limo und Deer-Park-Wasser. Sie hatte sie nicht bemerkt, als sie in der Mühle angekommen waren.

Wozu die ganzen Nahrungsmittel? Wie lange wollte er hier mit ihr bleiben? Bloß eine Nacht, hatte Garrett gesagt, aber der Proviant hier reichte für einen ganzen Monat. Wollte er sie hier etwa länger festhalten?

»Geht's Mary Beth gut?«, fragte Lydia. »Oder hast du ihr was angetan?«

»Weil ich ihr ja was antun würde«, sagte er spöttisch. »Wohl kaum.« Lydia wandte sich ab und musterte die Sonnenstrahlen, die in den ausgebrannten Flur fielen. Da drüben quietschte und knarrte irgendetwas – vermutlich der Mühlstein.

»Ich hab sie nur aus einem einzigen Grund weggebracht«, fuhr Garrett fort. »Weil ich dafür sorgen wollte, dass ihr nichts passiert. Sie wollte aus Tanner's Corner fort. Sie ist gern am Strand. Herrgott noch mal, wer nicht? Lieber dort als in dem stinkigen Kaff.« Er schnipste jetzt schneller mit den Nägeln, lauter. Er war aufgeregt und nervös. Riss mit seinen riesigen Händen eine Tüte Chips auf. Stopfte etliche Hände voll in sich hinein, mampfte darauf herum, dass ihm die Brösel aus dem Mund fielen. Er trank eine ganze Dose Cola in einem Zug aus. Machte sich wieder über die Chips her.

»Die Hütte hier ist vor zwei Jahren abgebrannt«, sagte er. »Ich weiß nicht, wer's war. Magst du das Geräusch? Das Wasserrad? Ich find's ziemlich klasse. Das Rad dreht sich dauern rundrum. Erinnert mich irgendwie an ein Lied, das mein Vater daheim gesungen hat. ›Es klappert die Mühle am rauschenden Bach…‹« Er stopfte sich eine weitere Hand voll Chips in den Mund und sagte irgendetwas. Einen Moment lang konnte sie ihn nicht verstehen. Er schluckte. » – oft hier. Hocke nachts da und horch auf die Zikaden und die Fettquappen – du weißt schon, die Ochsenfrösche. Wenn ich zum Meer unterwegs bin – so wie jetzt –, bleib ich hier immer über Nacht. Bei Nacht gefällt's dir hier bestimmt.« Er verstummte und beugte sich plötzlich zu ihr. Sie starrte weiter den Boden an, traute sich nicht aufzublicken, aber sie spürte, dass er sie von oben bis unten musterte. Dann sprang er unverhofft auf und ging unmittelbar neben ihr in die Hocke.

Lydia zuckte zusammen, als ihr sein Körpergeruch in die Nase stieg. Sie wartete darauf, dass er ihre Brust betastete, ihr zwischen die Beine griff.

Aber allem Anschein nach hatte er nichts dergleichen mit ihr vor. Garrett schob einen Stein beiseite und holte etwas darunter hervor.

»Ein Tausendfüßler.« Er lächelte. Das Tier war lang und gelblich grün, und ihr wurde schon beim bloßen Anblick schlecht.

»Fühlen sich gut an. Ich mag sie.« Er ließ ihn über Hand und Unterarm laufen. »Es sind keine Insekten«, erklärte er ihr. »Sie sind Verwandte. Sie können gefährlich werden, wenn man ihnen was tun will. Ihr Biss tut ziemlich weh. Die Indianer hier in der Gegend haben sie früher zermahlen und das Gift auf ihre Pfeilspitzen gestrichen. Wenn ein Tausendfüßler erschrickt, sondert er Gift ab und verduftet. Sein Feind kriecht durch die Dämpfe und stirbt. Ziemlich irre, was?«

Danach schwieg Garrett und widmete sich dem Tausendfüßler, musterte ihn, wie Lydia ihre Nichte und ihren Neffen ansah – zärtlich, voller Freude, fast liebevoll.

Lydia graute sich immer mehr. Sie wusste, dass sie Ruhe bewahren sollte, wusste, dass sie sich Garrett nicht widersetzen, sondern ihn einfach gewähren lassen sollte. Aber als sie dieses widerliche Vieh über seinen Arm krabbeln sah, seine Fingernägel schnipsen hörte, die fleckige Haut betrachtete und die feuchten roten Augen, die Krümel an seinem Kinn, packte sie die helle Panik.

Und über Ekel und Angst hinweg meinte Lydia eine leise Stimme zu hören, drängend. »Ja, ja, ja!« Das konnte nur ihr Schutzengel sein.

Ja, ja, ja!

Sie rollte sich auf den Rücken. Garrett blickte verwundert auf, lächelte, so als genieße er das Kribbeln auf seiner Haut. Und Lydia keilte mit beiden Füßen aus, so fest sie konnte. Sie hatte kräftige Beine, denn drüben in der Klinik war sie acht Stunden am Tag auf den Füßen, und das bei ihrem Gewicht. Er torkelte zurück, als ihn der Tritt traf. Prallte mit dem Kopf gegen die Wand und sank benommen zu Boden. Dann schrie er gellend auf und fasste sich an den Arm – anscheinend hatte ihn der Tausendfüßler gebissen.

Ja!, dachte Lydia triumphierend, während sie sich herumwälzte. Sie rappelte sich auf und rannte blindlings auf den Mahlraum am anderen Ende des Ganges zu.

... Zwölf

Nach Jesse Corns Schätzung waren sie fast bei dem Steinbruch.

»Etwa fünf Minuten noch«, teilte er Sachs mit. Dann warf er ihr zweimal einen kurzen Blick zu, und nachdem er stillschweigend mit sich zu Rate gegangen war, sagte er: »Wissen Sie, ich wollte Sie was fragen ... Als Sie Ihre Waffe gezogen haben, wie der Truthahn aus dem Gebüsch kam. Na ja, und in Blackwater Landing, als uns Rich Culbeau überrascht hat ... Das war ... also, das war schon was. Sie verstehen was vom Bleiverlöten, wie's ausschaut.«

Dank Roland Bell wusste sie, dass dieser Südstaatenausdruck so viel wie »Schießen« bedeutete.

»Eines meiner Hobbys«, sagte sie.

»Echt wahr!«

»Leichter als rennen«, sagte sie. »Billiger als ein Fitnessclub.«

»Sind Sie bei einem Verein?«

Sachs nickte. »Dem North Shore Pistol Club auf Long Island.«

»Na so was!«, sagte er mit geradezu erschreckender Begeisterung. »Machen Sie mit bei NRA-Bullseye-Wettkämpfen?«

»Ja.«

»Das ist auch mein Sport! Na ja, Tontauben natürlich auch. Aber Faustfeuerwaffen sind meine Spezialität.«

Ihre auch, aber das behielt sie lieber für sich, damit der entzückte Jesse Corn nicht noch mehr Gemeinsamkeiten fand.

»Laden Sie Ihre Munition selber?«, fragte er.

»Hmm. Nun ja, die .38er und die .45er. Die Randfeuerpatronen natürlich nicht. Die Blasen aus den Kugeln rauszukriegen – das ist das Schwierigste.«

»Holla, Sie wollen mir doch nicht etwa erzählen, dass Sie Ihre Kugeln selber gießen?«

»Doch«, erwiderte sie und musste daran denken, wie oft am Sonntagmorgen der einzigartige Duft von geschmolzenem Blei durch ihre Wohnung waberte, während es anderswo nach Waffeln und Schinken roch.

»Das mach ich nicht«, sagte er entschuldigend. »Ich kauf mir meine Wettkampfmunition.«

Sie gingen ein paar Minuten lang schweigend weiter, hatten alle den Blick zu Boden gerichtet und achteten auf weitere Fallgruben.

»Also«, sagte Jesse Corn, schenkte ihr ein schüchternes Grinsen und strich sich die blonden Haare aus der nassen Stirn. »Ich zeig Ihnen mal meine… « Sachs schaute ihn mit spöttisch fragendem Blick an, worauf er fortfuhr: »Ich meine, was war Ihr bestes Ergebnis? Beim Bullseye-Turnier?« Als sie zögerte, setzte er ermutigend nach. »Kommen Sie, Sie können's mir ruhig verraten. Ist doch bloß Sport… und außerdem nehm ich schon seit zehn Jahren an Wettkämpfen teil. Ich hab Ihnen also was voraus.«

»Zweitausendsiebenhundert«, sagte Sachs.

Jesse nickte. »Richtig, genau den Wettbewerb mein ich – Drei-Pistolen-Stellungskampf, maximal neunhundert Punkte pro Waffe. Was ist Ihre Bestmarke?«

»Nein, das ist mein Ergebnis«, sagte sie und zuckte zusammen, als ein stechender Schmerz durch ihre arthritischen Knie fuhr. »Zweitausendsiebenhundert.«

Jesse betrachtete sie eingehend, um festzustellen, ob sie sich über ihn lustig machte. Als sie weder grinste noch losprustete, lachte er kurz auf. »Aber das ist die Höchstzahl.«

»Oh, die schaffe ich auch nicht bei jedem Wettkampf. Aber Sie haben mich nach meinem besten Ergebnis gefragt.«

»Aber…« Er schaute sie mit großen Augen an. »Ich bin noch nie jemandem begegnet, der zweitausendsiebenhundert Punkte schießt.«

»Jetzt schon«, sagte Ned laut lachend. »Und nimm's nicht zu schwer, Jesse – ist doch bloß Sport.«

»Zweitausendsiebenhundert…« Der junge Deputy schüttelte den Kopf.

Sachs war inzwischen der Ansicht, dass sie hätte lügen sollen. Jetzt, da er um ihre Schießkünste wusste, war Jesse Corn anscheinend endgültig in sie verliebt.

»Sagen Sie mal, wenn das hier vorbei ist«, begann er schüchtern, »und Sie ein bisschen Freizeit haben, dann könnten wir zwei, Sie und ich, vielleicht mal auf den Schießstand gehen, ein bisschen Blei verballern.«

Lieber eine Schachtel .38er Winchester spezial, dachte Sachs, als eine Tasse Kaffee und dazu eine Litanei, wie schwer es ist, in Tanner's Corner eine Frau kennen zu lernen.

»Mal sehen, wie es sich ergibt.«

»Das ist eine Einladung«, sagte er und sprach damit das Wort aus, dem zu entrinnen sie vergebens gehofft hatte.

»Dort«, sagte Lucy. »Schaut.« Sie blieben am Waldrand stehen und sahen den Steinbruch vor sich.

Sachs winkte ihnen zu, dass sie sich ducken sollten. Verflucht, tat das weh. Sie nahm täglich Condroitin und Glucosamin ein, aber diese Feuchtigkeit und Hitze hier in Carolina – das war Gift für ihre armen Gelenke. Sie musterte die riesige Grube – zweihundert Meter im Durchmesser und locker dreißig Meter tief. Die Wände waren gelb, wie alte Knochen, und fielen steil zu dem grünen, brackigen Wasser ab, das sauer roch. Sämtliche Pflanzen im Umkreis von zwanzig Metern waren abgestorben.

»Haltet euch vom Wasser fern«, warnte Lucy flüsternd. »Es ist schlecht. Früher sind die Kinder hier immer schwimmen gegangen. Kurz nachdem er stillgelegt wurde. Mein Neffe hat das auch mal gemacht – Bens kleiner Bruder. Aber ich hab ihm die Fotos gezeigt, die der Leichenbeschauer von Kevin Dobbs gemacht hat, nachdem er hier ertrunken ist und eine Woche im Wasser gelegen hat. Der ist nie wieder hierher gegangen.«

»Ich glaube, Dr. Spock empfiehlt diese Methode«, sagte Sachs. Lucy lachte.

Sachs, du denkst schon wieder an Kinder.

Nicht jetzt, jetzt nicht...

Ihr Telefon vibrierte. Sie hatte den Klingelton abgestellt, als sie sich dem Steinbruch näherten. Sie meldete sich. Ein Knistern, dann Rhymes Stimme. »Sachs. Wo bist du?«

»Am Rand des Steinbruchs«, flüsterte sie.

»Irgendeine Spur von ihm?«

»Wir sind gerade angekommen. Noch nichts. Wir fangen gleich mit der Suche an. Sämtliche Gebäude sind abgerissen worden, und ich sehe nichts, wo er sich verstecken könnte. Aber es gibt zig Stellen, wo er Fallen gelegt haben könnte.«

»Sachs ... «

»Was gibt's, Rhyme?« Sein ernster Tonfall ließ sie erschaudern.

»Ich muss dir etwas mitteilen. Ich habe vom Klinikum gerade die Ergebnisse des DNA-Tests und der serologischen Untersuchung bekommen. Von den Spuren auf dem Taschentuch, das du heute Morgen am Tatort gefunden hast.«

»Und?«

»Der Samen stammt eindeutig von Garrett. Und das Blut – das ist von Mary Beth.«

»Er hat sie vergewaltigt«, flüsterte Sachs.

»Sei vorsichtig, Sachs, aber halte dich ran. Ich glaube, Lydia bleibt nicht mehr viel Zeit.«

Sie versteckte sich in einem dunklen, schmutzigen Gelass, in dem vor langer Zeit Getreide gelagert worden war.

Die Hände auf den Rücken gefesselt, immer noch benommen von der Hitze und dem Wassermangel, war Lydia Johansson den hellen Korridor entlanggetorkelt, fort von Garrett, der sich am Boden krümmte, und unter dem Mahlraum auf dieses Versteck gestoßen. Als sie hineingeschlüpft und die Tür geschlossen hatte, waren ihr zig Mäuse um die Füße gewuselt, sodass sie ihre ganze Willenskraft aufbieten musste, um nicht laut loszuschreien.

Jetzt horchte sie, ob Garretts Schritte das langsame Knirschen des Mühlrads übertönten.

Sie war in heller Panik und bedauerte bereits, dass sie die Flucht gewagt hatte. Aber es gab kein Zurück. Sie hatte Garrett wehgetan, und jetzt würde er ihr ebenfalls wehtun, wenn er sie fand. Wenn nicht noch Schlimmeres. Ihr blieb nichts anderes übrig, als die Flucht zu versuchen.

Nein, sagte sie sich entschieden, so darfst du gar nicht denken. In einem ihrer Bücher stand, dass es so was wie »versuchen« nicht gab. Entweder man machte etwas, oder man ließ es sein. Sie wollte nicht die Flucht *versuchen*. Sie wollte flüchten. Sie musste bloß dran glauben.

Lydia blickte durch eine Ritze in der Tür des Gelasses und spitzte die Ohren. Sie hörte ihn in einem der Räume ganz in der Nähe, hörte, wie er vor sich hin grummelte, die Türen zu allerlei Kammern und Verschlägen aufriss. Sie hatte gehofft, dass er dachte, sie wäre durch die eingestürzte Wand des ausgebrannten Flurs ins Freie gelaufen, doch offenbar wusste er, dass sie noch da war, sonst würde er nicht so gründlich suchen. Sie durfte nicht mehr länger in dem Lagerraum bleiben. Hier würde er sie finden. Sie warf einen Blick durch die Ritze in der Tür, und als sie ihn nicht sah, huschte sie aus dem Gelass und rannte in einen angrenzenden Raum, lief mit ihren weißen Schwesternschuhen so leise wie möglich. Aus diesem Zimmer gab es nur einen Ausweg – die Treppe, die in den ersten Stock emporführte. Keuchend und um Atem ringend, schleppte sie sich hinauf, konnte sich mit den Händen nicht abstützen und stieß fortwährend gegen die Wand oder das schmiedeeiserne Geländer.

Sie hörte seine Stimme im Flur widerhallen. »Wegen dir hat er mich gebissen!«, schrie er. »Au, tut das weh.«

Ich wünschte, er hätte dich ins Auge oder in den Unterleib gebissen, dachte sie und mühte sich die Treppe hinauf. Scheißkerl, Scheißkerl, Scheißkerl!

Sie hörte, wie er im Zimmer unter ihr Türen aufriss. Hörte sein dumpfes Stöhnen. Bildete sich ein, das Schnipp-Schnipp seiner Nägel zu hören.

Wieder packte sie die Panik. Ihr wurde übel.

Über der Treppe befand sich ein großer Raum mit einer Reihe von Fenstern, durch die der abgebrannte Teil der Mühle zu sehen war. Dort war eine Tür, die nicht verschlossen war, und sie stieß sie auf, trat in den eigentlichen Mahlraum – in der Mitte standen zwei große Mühlsteine. Der hölzerne Antrieb war verrottet; das Geräusch, das sie gehört hatte, stammte nicht von den Steinen, sondern vom Wasserrad, das von dem umgeleiteten Bach angetrieben wurde. Es drehte sich noch langsam. Rostbraunes Wasser spritzte von den Schaufeln und ergoss sich in eine tiefe, schmale Grube, eine Art Brunnen. Lydia konnte den Grund nicht sehen. Das Wasser musste irgendwo weiter unten in den Bach zurückfließen.

»Stopp!«, schrie Garrett.

Erschrocken fuhr sie auf, als sie seine wütende Stimme hörte. Er stand in der Tür. Seine roten Augen waren weit aufgerissen, und er hielt sich den Arm, auf dem sich ein großer schwarzgelber Fleck abzeichnete. »Wegen dir hat er mich gebissen«, murmelte er und starrte sie gehässig an. »Er ist tot. Wegen dir hab ich ihn tot gemacht! Das wollte ich nicht, aber wegen dir ist es passiert! Verzieh dich nach unten, ich muss dir jetzt die Beine fesseln.«

Er kam auf sie zu.

Sie schaute auf sein knochiges Gesicht, die zusammengekniffenen Brauen, die riesigen Hände, die wütenden Augen. Eine ganze Flut von Bildern ging ihr durch den Kopf: einer ihrer Krebspatienten, der langsam dem Tod entgegendämmerte. Mary Beth McConnell, die irgendwo eingesperrt war. Der Junge, der wie besessen seine Chips mampfte. Der krabbelnde Tausendfüßler. Die schnipsenden Fingernägel. Die Außenwelt. Die langen, einsamen Nächte, in denen sie verzweifelt auf einen Anruf ihres Freundes wartete. Die Blumen, die sie nach Blackwater Landing gebracht hatte, obwohl sie es eigentlich nicht gewollt hatte …

All das war zu viel für sie.

»Warte«, sagte Lydia ruhig, fast gelassen.

Er zwinkerte. Blieb stehen.

Sie lächelte ihn an – wie sie einen sterbenskranken Patienten anlächeln würde – , und mit einem Stoßgebet, einem letzten Gruß an ihren Freund, stürzte sich Lydia, deren Hände immer noch auf den Rücken gefesselt waren, kopfüber in die schmale Grube voller dunklem Wasser.

Das Fadenkreuz des Hitech-Zielfernrohrs ruhte auf der Schulter der rothaarigen Polizistin.

Das sind vielleicht Haare, dachte Mason Germain.

Er und Nathan Groomer befanden sich auf einer Anhöhe über dem ehemaligen Steinbruch der Anderson Rock Products. Etwa hundert Meter von dem Suchtrupp entfernt.

Nathan sprach endlich den Gedanken aus, der ihm schon seit einer halben Stunde durch den Kopf ging. »Das hat überhaupt nichts mit Rich Culbeau zu tun.«

»Nein, hat es nicht. Nicht direkt.«

»Was soll das heißen: ›Nicht direkt‹?«

»Culbeau ist irgendwo hier draußen. Mit Sean O'Sarian.«

»*Der* ist ja zweimal so gruslig wie Culbeau.«

»Da widersprech ich dir nicht«, sagte Mason. »Und Harris Tomel ist auch dabei. Aber darum geht's nicht.«

Nathan schaute zu den anderen Deputys und dem Rotschopf.

»Vermutlich nicht. Warum zielst du mit *meinem* Gewehr auf Lucy Kerr?«

Einen Moment später gab Mason ihm das Ruger M77 zurück. »Weil ich meinen Feldstecher nicht dabei habe«, sagte er. »Und außerdem hab ich nicht auf Lucy gezielt.«

Sie marschierten den Kamm entlang. Mason dachte an den Rotschopf. An die hübsche Mary Beth McConnell. Und an Lydia. Und er dachte, dass das Leben manchmal einfach nicht so lief, wie man wollte. Mason Germain wusste zum Beispiel, dass er es mittlerweile weiter als nur bis zum leitenden Deputy gebracht haben müsste. Er wusste, dass er den Antrag auf Beförderung anders hätte angehen müssen. So wie er es auch anders hätte angehen müssen, als Kelley ihn vor fünf Jahren wegen diesem Lastwagenfahrer verlassen hatte, und überhaupt hätte er ihre ganze Ehe schon *vorher* anders angehen müssen.

Und auch als er zum ersten Mal mit Garrett Hanlon zu tun gehabt hatte, hätte er den Fall anders angehen müssen. Den Fall, als Meg Blanchard beim Aufwachen feststellen musste, dass Hornissen über ihre Brust, das Gesicht und die Arme wimmelten… Hundertsiebenunddreißig Stiche und ein grässlich langsamer Tod.

Jetzt musste er für diese falschen Entscheidungen büßen. Sein Leben war nichts als eine Abfolge ereignisloser Tage, an denen er vor sich hin grübelte, auf der Veranda saß und zu viel trank, nicht mal die Kraft aufbrachte, sein Boot zu Wasser zu lassen und im Paquo auf Barsche zu gehen. Verzweifelt überlegte er, wie er etwas zurechtbiegen konnte, was sich vermutlich nicht mehr zurechtbiegen ließ. Er –

»Willst du mir jetzt verraten, was wir hier machen?«, fragte Nathan.

»Wir halten Ausschau nach Culbeau.«

»Aber du hast doch grade gesagt…« Nathan verstummte. Als Mason nichts sagte, seufzte der Deputy laut auf. »Culbeaus Haus, bei dem wir eigentlich sein sollten, liegt sechs, sieben Meilen weit weg, und wir sind hier nördlich vom Paquo, ich mit meinem Jagdgewehr, und du kriegst den Mund nicht auf.«

»Ich meine damit, falls Jim fragt, haben wir hier draußen Ausschau nach Culbeau gehalten«, sagte Mason.

»Und was machen wir in Wirklichkeit…?«

Nathan Groomer konnte mit seinem Ruger aus fünfhundert Metern Entfernung Bäume stutzen. Er konnte einen angetrunkenen Fahrer in drei Minuten dazu überreden, dass er aus dem Auto stieg. Er konnte Lockenten schnitzen, für die Sammler fünfhundert Scheine pro Stück hinlegen würden, wenn er sich jemals darum bemühen wollte, sie zu verkaufen. Aber viel weiter reichten seine Fähigkeiten und sein Verstand nicht.

»Wir kaufen uns den Jungen«, sagte Mason.

»Garrett?«

»Jawohl, Garrett. Wen sonst? *Die* scheuchen ihn für uns auf.« Er nickte zu dem Rotschopf und den anderen Deputys hin. »Und *wir* kaufen ihn uns.«

»Was meinst du mit ›kaufen‹?«

»Du erschießt ihn, Nathan. Du schießt ihn mausetot.«

»Erschießen?«

»Jawoll«, sagte Mason.

»Moment mal. Ich lass mir doch von dir nicht die Laufbahn versauen, bloß weil du scharf auf den Jungen bist.«

»Du hast keine Laufbahn«, versetzte Mason. »Du hast einen *Posten*. Und wenn du den behalten willst, machst du, was ich dir sage. Hör mal – ich hab mit ihm geredet. Mit Garrett. Bei den anderen Ermittlungen, als es um diese Todesfälle ging.«

»Aha. Tatsächlich? Hab ich mir doch gedacht, klar.«

»Und weißt du, was er mir gesagt hat?«

»Nein. Was?«

Mason überlegte, ob es halbwegs glaubwürdig klang. Dann dachte er an Nathans hingebungsvollen Hundeblick, wenn er Stunde um Stunde dasaß und den Rücken einer Kiefernholzente zurechtschmirgelte, selig und selbstvergessen. »Garrett hat gesagt«, fuhr er fort, »dass er, wenn's sein muss, jeden Bullen umbringt, der ihn aufhalten will.«

»Das hat er gesagt? Der Junge?«

»Ja. Hat mir dabei in die Augen geschaut. Und er hat auch gesagt, dass er sich auch jeden anderen schnappt, der ihm in die Quere kommt.«

»Der Mistkerl. Hast du das Jim erzählt?«

»Klar. Meinst du etwa nicht? Aber er hat das überhaupt nicht zur Kenntnis genommen. Ich mag Jim Bell. Das weißt du. Aber im Grunde macht er sich doch mehr Gedanken drüber, wie er auf seinem Posten weiter die ruhige Kugel schieben kann, als dass er seine Aufgaben wahrnimmt.«

Der Deputy nickte, und Mason war, teilweise zumindest, selbst erstaunt, dass Nathan ihm das so einfach abkaufte und gar nicht auf den Gedanken kam, es könnte womöglich andere Gründe dafür geben, warum er *so scharf auf den Jungen war*.

Der Scharfschütze dachte einen Moment lang nach. »Hat Garrett eine Schusswaffe?«

»Ich weiß es nicht, Nathan. Aber sag mir eins: Wie schwer ist es, sich in North Carolina eine Knarre zu beschaffen? Fällt einem da nicht immer der alte Reklamespruch ein: ›Leicht und locker‹?«

»Wahrhaftig.«

»Schau, Lucy und Jesse – und auch Jim –, die können den Bengel bei weitem nicht so gut verstehen wie ich.«

»Verstehen?«

»Ja, die verstehen nicht, wie *gefährlich* er ist, meine ich«, sagte Mason.

»Aha.«

»Er hat bislang drei Menschen umgebracht, vermutlich auch Todd Wilkes. Hat dem Jungen wahrscheinlich die Schlinge um den Hals gelegt. Oder ihn zumindest so eingeschüchtert, dass er sich selbst umgebracht hat. Was genau so viel wie Mord ist. Und das Mädchen, das totgestochen wurde – Meg. Hast du die Bilder gesehen, nachdem die Hornissen über sie hergefallen sind – wie ihr Gesicht ausgesehen hat? Und denk mal an Ed Schaeffer. Wir zwei, du und ich, wir waren erst letzte Woche mit ihm einen trinken. Jetzt liegt er im Krankenhaus und kommt womöglich nie wieder zu sich.«

»Aber ich kann doch nicht einfach jemand hinterrücks abknallen, Mase.«

Aber Mason Germain ließ jetzt nicht mehr locker. »Du *weißt* doch, was vor Gericht passiert. Er ist sechzehn. Die sagen: ›Armer Kerl. Beide Eltern tot. Bringen wir ihn in einem Heim unter.‹ Ein halbes oder ein Jahr später kommt er dann wieder raus, und alles fängt von vorne an. Er bringt wieder jemand um, der gerade zur Kirche will, noch ein Mädchen, das niemand was zu Leide getan hat.«

»Aber –«

»Keine Sorge, Nathan. Wir tun Tanner's Corner einen Gefallen.«

»Darauf will ich doch gar nicht raus. Die Sache ist bloß die – wenn wir ihn erschießen, finden wir Mary Beth nie und nimmer. Nur er weiß, wo sie steckt.«

Mason lachte säuerlich. »Mary Beth? Meinst du etwa, die lebt noch? Niemals. Garrett hat sie vergewaltigt und umgebracht und wahrscheinlich irgendwo verscharrt. Um die brauchen wir uns nicht mehr zu kümmern. Wir müssen dafür sorgen, dass so was nicht noch mal passiert. Ist das klar?«

Nathan sagte nichts, doch das laute Schnappen der Kupfermantelgeschosse, die er in das Magazin seines Gewehrs drückte, war beredt genug.

ZWEITER TEIL

Die weiße Hindin

... Dreizehn

Draußen vor dem Fenster hing ein großes Hornissennest.

Erschöpft lehnte Mary Beth MacConnell den Kopf an die schmutzige Glasscheibe ihres Kerkers und starrte es an.

Dieses Nest, dieses graue, feuchte, ekelhafte Nest, flößte ihr mehr als alles andere an diesem grässlichen Ort ein Gefühl der Hoffnungslosigkeit, der Verlorenheit ein.

Mehr als die Gitterstäbe, die Garrett so sorgfältig an den Fenstern angebracht hatte, mehr als die dicke, mit drei schweren Schlössern gesicherte Eichentür. Mehr als die Gedanken an den schrecklichen Fußmarsch von Blackwater Landing hierher, begleitet von dem Insektensammler.

Das Hornissennest sah aus wie ein Kegel, dessen Spitze nach Osten gerichtet war. Es hing an einem gegabelten Ast, den Garrett neben dem Fenster aufgestellt hatte. In dem Nest mussten hunderte der glänzenden schwarzgelben Insekten hausen, die durch das Loch an der Unterseite ein- und ausschwärmten.

Garrett war weg gewesen, als sie heute Morgen aufgewacht war, und nachdem sie eine Stunde lang im Bett gelegen hatte – matt und von Übelkeit geplagt nach dem heftigen Schlag, den sie gestern Abend auf den Kopf erhalten hatten –, war Mary Beth mit wackligen Beinen aufgestanden und hatte aus dem Fenster geblickt. Das Erste, was sie bemerkt hatte, war das Nest am hinteren Fenster gewesen, vor dem Schlafzimmer.

Die Hornissen hatten das Nest nicht dort hingebaut – Garrett hatte es eigenhändig vor dem Fenster angebracht. Zunächst hatte sie nicht begriffen, weshalb. Doch dann wurde ihr voll Verzweiflung klar: Ihr Entführer hatte es als Siegeszeichen hinterlassen.

Mary Beth McConnell kannte sich in Geschichte aus. Sie wusste Bescheid über Kriege und Schlachten, kannte die Gepflogenheiten, wenn ein Heer ein anderes besiegte. Flaggen und Standarten dienten nicht nur als Kennzeichen der eigenen Seite – sie sollten die Unterlegenen daran erinnern, wer jetzt die Herrschaft inne hatte.

Und Garrett hatte gesiegt.

Na ja, er hatte eine *Schlacht* gewonnen – der Ausgang des Krieges war noch nicht entschieden.

Mary Beth betastete die Schramme an ihrem Kopf. Bei dem fürchterlichen Schlag, den sie an der Schläfe erhalten hatte, war ein Stück Haut abgeschürft worden. Sie konnte nur hoffen, dass sich die Wunde nicht entzündete.

Sie holte einen Gummiring aus ihrem Rucksack und band ihre langen dunkelbraunen Haare zu einem Pferdeschwanz. Schweiß rann ihr über den Hals, und brennender Durst quälte sie. Sie bekam kaum Luft in den geschlossenen Räumen, in denen sich die Hitze staute, und überlegte, ob sie ihr dickes Jeanshemd ausziehen sollte – wegen der Schlangen und Spinnen trug sie immer langärmlige Sachen, wenn sie Ausgrabungen im Unterholz oder im hohen Gras durchführte. Doch trotz der Hitze beschloss sie, das Hemd anzubehalten. Sie wusste nicht, wann ihr Bewacher zurückkehren würde – sie trug nur einen rosa Spitzen-BH darunter, und auf *diesem* Gebiet bedurfte Garrett wahrlich keiner Ermutigung.

Mary Beth warf einen letzten Blick auf das Nest und trat vom Fenster zurück. Dann lief sie wieder einmal durch alle drei Zimmer der Hütte und suchte vergebens nach einem Schlupfloch. Es war ein massives Gebäude, ziemlich alt. Dicke Wände – von Hand behauene Stämme, die mit massiven Brettern vernagelt waren. Vor dem vorderen Fenster erstreckte sich eine hohe Wiese bis zu einem etwa hundert Meter entfernten Wald. Ansonsten war die Hütte von kräftigen Bäumen umgeben. Wenn sie aus dem hinteren Fenster schaute – dem Fenster mit dem Hornissennest –, konnte sie zwischen den Stämmen hindurch das glitzernde Wasser des Weihers sehen, an dessen Ufer sie gestern auf dem Weg hierher entlanggelaufen waren.

Die Räume selbst waren klein, aber erstaunlich sauber. Das Wohnzimmer war mit einem langen, braun-goldenen Sofa ausgestattet, einem billigen Esstisch mit etlichen alten Stühlen und einem zweiten Tisch, auf dem dutzende mit Maschendraht abgedeckte Saftflaschen standen, in denen er die Insekten hielt, die er sammelte. Ein zweites Zimmer enthielt eine Matratze und eine Kommode. Der dritte Raum war leer, abgesehen von mehreren halb vollen Dosen mit brauner Farbe, die in der Ecke standen – allem Anschein nach hatte Garrett die Außenwände der Hütte unlängst gestrichen. Es war eine dunkle und bedrückende Farbe, und sie begriff nicht, weshalb er sie gewählt hatte – bis ihr klar wurde, dass sie denselben Ton hatte wie die Borke der Bäume rund um die Hütte. Ein Tarnanstrich. Und wieder wurde ihr etwas bewusst, was ihr bereits gestern aufgefallen war – der Junge war weitaus gewiefter und gefährlicher, als sie gedacht hatte.

Im Wohnzimmer waren massenhaft Lebensmittel gestapelt – Fertignahrung und reihenweise Obst- und Gemüsekonserven der Marke Farmer John. Ein treuherziger Farmer lächelte ihr von den Etiketten entgegen, ein Bild, das ebenso altbacken wirkte wie eine Backpulverreklame aus den Fünfzigerjahren. Verzweifelt suchte sie in der ganzen Hütte nach Wasser oder Limo – irgendetwas zu trinken –, fand aber nichts. Die Obst- und Gemüsekonserven waren in Saft eingelegt, aber es gab nirgendwo einen Öffner oder irgendein anderes Gerät, mit dem man sie hätte aufmachen können. Sie hatte zwar ihren Rucksack dabei, doch die Werkzeuge, die sie für ihre Ausgrabungen brauchte, hatte sie in Blackwater Landing zurückgelassen. Sie nahm eine Dose und schlug sie an die Tischkante, damit sie aufplatzte, doch das Blech hielt stand.

Unter der Hütte befand sich ein Kartoffelkeller, zu dem man vom Wohnraum aus durch eine im Boden eingelassene Tür gelangte. Sie warf einen kurzen Blick hinunter und erschauderte vor Ekel. Gestern Abend – nachdem Garrett ein Zeit lang weg gewesen war –, hatte Mary Beth ihren ganzen Mut zusammengenommen und war über die wacklige Treppe hinab in das niedrige Gelass gestiegen, um dort nach einem Ausweg aus der Hütte zu suchen. Doch dort gab es keine Tür – nur dutzende alter Kartons, Gläser und Tüten.

Sie hatte nicht gehört, wie Garrett zurückkehrte, und plötzlich war er die Treppe heruntergestürmt und auf sie zugekommen. Sie hatte geschrien und zu fliehen versucht, und danach konnte sie sich an nichts mehr erinnern. Als sie wieder zu sich gekommen war, hatte sie am blanken Boden gelegen, Blut war auf ihre Brust getropft und hatte ihre Haare verklebt, und Garrett, der nach ungewaschenem Halbwüchsigen roch, war langsam auf sie zugekommen, hatte die Arme um sie geschlungen und wie gebannt auf ihre

Brüste geblickt. Er hatte sie aufgehoben, und sie hatte seinen steifen Penis gespürt, als er sie behutsam die Treppe hinaufgetragen hatte, ohne sich um ihre Einwände zu kümmern…

Nein!, sagte sie sich jetzt. Denk nicht daran.

Auch nicht an den Schmerz. Oder die Angst.

Und wo war Garrett jetzt?

So sehr sie sich gestern auch vor ihm gegraut hatte, als er in der Hütte herumgetappt war – jetzt hatte sie fast genauso viel Angst davor, dass er sie vergessen haben könnte. Beziehungsweise bei einem Unfall umkommen oder von den Deputys, die nach ihr suchten, erschossen werden könnte. Dann würde sie hier verdursten. Mary Beth McConnell musste an ein Projekt denken, an dem sie und ihr Tutor teilgenommen hatten: die Öffnung eines Grabes aus dem 19. Jahrhundert, finanziert von der North Carolina State History Society, weil man anhand eines DNA-Tests feststellen wollte, ob es sich bei dem darin liegenden Leichnam um einen Nachkommen von Sir Francis Drake handelte, wie eine hiesige Legende behauptete. Als der Sargdeckel abgenommen worden war, hatten sie zu ihrem Entsetzen festgestellt, dass die knöchernen Arme des Toten nach oben gestreckt waren und sich Kratzspuren an der Unterseite des Deckels befanden. Der Mann war lebendig begraben worden.

Diese Hütte würde ihr Sarg sein. Und niemand –

Was war das? Sie schaute aus dem vorderen Fenster und meinte am fernen Waldrand eine Bewegung gesehen zu haben. Es könnte ein Mann sein, so weit sie das durch das Gestrüpp und die Blätter erkennen konnte. Da er allem Anschein nach dunkle Kleidung und einen breitkrempigen Hut trug, aber auch wegen seiner selbstbewussten Haltung und Gangart, dachte sie: Er sieht aus wie ein Missionar in der Wildnis.

Aber Moment mal… War dort wirklich jemand? Oder narrte sie nur das Sonnenlicht auf den Bäumen? Sie wusste es nicht genau.

»Hier!«, schrie sie. Doch das Fenster war zugenagelt, und selbst wenn es offen gewesen wäre, hätte er sie aus dieser Entfernung vermutlich nicht hören können, denn ihr Hals war so trocken, dass sie nur einen kläglichen Laut hervorbrachte.

Sie nahm sich ihren Rucksack vor, hoffte, dass die Pfeife noch drin war, die ihre überängstliche Mutter ihr zum eigenen Schutz gekauft hatte. Mary Beth hatte sich darüber lustig gemacht – eine Trillerpfeife zum Abschrecken von Sittenstrolchen, und das in Tanner's Corner? –, doch jetzt suchte sie verzweifelt danach.

Aber die Pfeife war weg. Vielleicht hatte Garrett sie gefunden und an sich genommen, als sie auf der blutigen Matratze die Besinnung verloren hatte. Na ja, sie musste trotzdem um Hilfe schreien – so laut sie nur konnte, trotz ihrer ausgedörrten Kehle. Mary Beth ergriff eine der Insektenflaschen und wollte sie durchs Fenster werfen. Sie holte weit aus, wie ein Handballer, der in der letzten Minute zum alles entscheidenden Siebenmeter antritt. Dann senkte sie die Hand. Nein! Der Missionar war weg. Dort, wo er gewesen war, standen nur ein dunkler Weidenstamm, Gras und ein Lorbeerbaum, der sich im heißen Wind wiegte.

Vielleicht war das alles, was sie gesehen hatte.

Vielleicht war da überhaupt niemand gewesen.

Mary Beth – verängstigt, wie sie war, von Durst und Hitze geplagt – vermochte kaum noch zwischen Wirklichkeit und Einbildung zu unterscheiden, und all die schaurigen Sagen, die sie über diesen Landstrich von North Carolina gelesen hatte, kamen ihr immer glaubwürdiger vor. Vielleicht war der Missionar nur eine dieser Fantasiegestalten, so wie die Frau vom Drummond Lake.

Wie die anderen Geister des Great Dismal Swamp.

Wie die weiße Hindin aus der indianischen Sage – eine Geschichte, die ihr auf geradezu unheimliche Art immer vertrauter vorkam.

Von bohrenden Kopfschmerzen gequält, benommen von der Hitze, legte sich Mary Beth auf das muffige Sofa und schloss die Augen. Ab und zu warf sie einen Blick zu den Hornissen, sah, wie sie anschwebten und in das graue Nest einflogen, das Siegeszeichen ihres Peinigers.

Lydia spürte den Boden des Gewässers unter ihren Füßen und stieß sich nach oben ab.

Würgend und Wasser spuckend tauchte sie in einem sumpfigen Tümpel rund fünfzehn Meter unterhalb der Mühle auf. Da ihre Hände nach wie vor auf den Rücken gefesselt waren, musste sie mit aller Kraft Wasser treten. Sie zuckte vor Schmerz zusammen: Offenbar hatte sie sich an der hölzernen Schaufel des Wasserrades den Knöchel geprellt oder gebrochen, als sie in den Mühlbach gesprungen war. Aber das Wasser war hier rund zwei Meter tief, und wenn sie nicht mit den Füßen ruderte, musste sie ertrinken.

Ihr Knöchel tat unheimlich weh, doch Lydia bot ihre ganze Willenskraft auf. Sie atmete Luft ein, rollte sich auf den Rücken und stellte fest, dass sie sich über Wasser halten und treiben lassen, mit dem heilen Fuß sogar in Richtung Ufer rudern konnte.

Sie war kaum anderthalb Meter vorangekommen, als ihr etwas Kaltes, Glitschiges über den Nacken glitt, sich um ihren Kopf und das eine Ohr ringelte, sich zu ihrem Gesicht vorschob. Eine Schlange!, dachte sie voller Entsetzen. Und sie hatte wieder die Szene in der Notaufnahme vor Augen, als vor einem Monat ein Mann eingeliefert wurde, der von einer Wassermokassinschlange gebissen worden war – außer sich vor Schmerz, den Arm angeschwollen, fast doppelt so dick wie normal. Sie fuhr herum, und der zuckende Schlangenleib glitt über ihren Mund. Sie schrie auf. Und prompt ging sie unter, weil sie keine Luft mehr in der Lunge hatte, und schluckte Wasser. Spürte die Schlange nicht mehr. Wo ist sie bloß geblieben? dachte sie panisch. Ein Biss ins Gesicht konnte sie das Augenlicht kosten. Und wenn eine Halsschlagader getroffen wurde, war sie dem Tod geweiht.

Wo? War sie über ihr? Gereizt und giftig?

Bitte, bitte, hilf mir, dachte sie.

Und möglicherweise hatte der Schutzengel ihr Flehen erhört. Denn als sie wieder auftauchte, war das Tier nirgendwo zu sehen. Schließlich konnte sie den sumpfigen Boden unter den Füßen spüren – sie trug nur mehr Strümpfe, denn die Schuhe hatte sie bei dem Sprung in die Tiefe verloren. Sie gönnte sich eine kurze Pause, atmete tief durch, versuchte sich zu beruhigen. Langsam watete sie zum Ufer, rutschte auf dem schlammigen, steil ansteigenden, mit modrigen Ästen und glitschigem Laub übersäten Boden immer wieder zurück, kaum dass sie sich zwei Schritte vorangekämpft hatte. Achte auf den Carolina-Lehm, ermahnte sie sich – da kommst du nicht mehr raus, der ist wie Treibsand.

Sie wollte gerade aus dem Wasser steigen, als ein Schuss fiel, ein lauter Knall, ganz in der Nähe.

Herrgott, Garrett hat eine Waffe! Er schießt auf mich!

Sie ließ sich zurückfallen und tiefer sinken. Blieb so lange unten, wie sie konnte, aber schließlich musste sie doch auftauchen. Prustend und nach Atem ringend, reckte sie den Kopf und sah gerade noch, wie ein Biber mit dem Schwanz aufs Wasser schlug, hörte ein zweites Mal den trockenen Knall. Dann schwamm das Tier auf seinen Damm zu – ein mächtiges Bauwerk, gut fünfzig Meter breit. Sie hätte am liebsten laut aufgelacht, weil sie sich so ins Bockshorn hatte jagen lassen, doch sie beherrschte sich.

Dann schleppte sich Lydia ins Schilf und sank zu Boden, wälzte sich würgend auf die Seite und spie einen Schwall Wasser aus. Fünf Minuten später war sie halbwegs wieder bei Atem. Sie setzte sich auf und schaute sich um.

Garrett war nirgendwo zu sehen. Sie versuchte auf die Beine zu kommen. Wollte ihre Hände befreien, doch das Klebeband gab nicht nach, obwohl es durchweicht war. Von hier aus konnte sie den ausgeglühten Kamin der Mühle sehen. Sie orientierte sich daran und überlegte, in welche Richtung sie sich halten musste, um zu dem Pfad zu gelangen, der zum Südufer des Paquo zurückführte, nach Hause. Weit konnte er nicht entfernt sein; sie war nach dem Sprung in den Bach nur ein kurzes Stück von der Mühle abgetrieben worden.

Aber Lydia konnte sich nicht von der Stelle rühren.

Sie war wie gelähmt vor Angst, vor Hoffnungslosigkeit.

Dann dachte sie an ihre Lieblingssendung im Fernsehen – *Mein Freund, der Engel* –, und dabei fiel ihr wieder ein, wie sie das letzte Mal vor dem Apparat gesessen und sich die Serie angeguckt hatte. Die Folge war gerade zu Ende gewesen, als unverhofft die Haustür aufging und ihr Freund mit einem Sechserpack Bier aufgetaucht war. Er ließ sich so gut wie nie unangemeldet bei ihr blicken, und sie war außer sich Freude gewesen. Zwei großartige Stunden hatten sie miteinander verbracht. Sie kam zu dem Schluss, dass ihr Schutzengel ihr diese Erinnerung geschickt hatte, zum Zeichen, dass es auch dann noch Hoffnung gab, wenn man überhaupt nicht mehr damit rechnete.

Lydia klammerte sich an diesen Gedanken, rappelte sich mühsam auf und lief durch das Schilf und das Sumpfgras. Ganz in der Nähe hörte sie einen heiseren Laut. Ein dumpfes Grollen. Sie wusste, dass es hier, nördlich des Paquo, Luchse gab. Bären und wilde Schweine ebenfalls. Doch obwohl ihr selbst beim Humpeln jeder Schritt wehtat, marschierte sie zuversichtlich Richtung Pfad, so als wäre sie im Dienst, machte ihre Runden, verteilte Tabletten, gab den neuesten Klatsch weiter und heiterte die ihr anvertrauten Patienten auf.

Jesse Corn fand einen Sack.

»Hier! Schaut her. Ich hab da was. Einen Körnersack.«

Sachs stieg den felsigen Hang am Rand des Steinbruchs zu der Stelle hinab, wo der Deputy stand und auf etwas deutete, das auf einem flachen, beim Sprengen stehen gebliebenen Kalksteinsims stand. Sie konnte die Spuren der Bohrer erkennen, mit denen man die Löcher für das Dynamit in das stumpfe Gestein getrieben hatte. Kein Wunder, dass Rhyme so viel Nitrat gefunden hatte – das hier war der reinste Sprengplatz.

Sie ging zu Jesse. Er stand vor einem alten Rupfensack. »Rhyme, kannst du mich hören?«, rief Sachs in ihr Telefon.

»Schieß los. Es rauscht und knistert etwas, aber ich kann dich gerade noch verstehen.«

»Wir haben hier einen Sack«, berichtete sie ihm. Dann wandte sie sich an Jesse. »Wie haben Sie ihn genannt?«

»Körnersack. Man kann auch Getreidesack dazu sagen.«

»Ein alter Getreidesack«, erklärte sie Rhyme. »Sieht so aus, als ob da irgendwas drin ist.«

»Hat Garrett ihn zurückgelassen?«, fragte Rhyme.

Sie musterte den Boden. Bis zu der Stelle, wo die Felswand aufragte. »Das sind eindeutig Garretts und Lydias Fußabdrücke. Sie führen einen Hang hinauf, zum Rand des Steinbruchs.«

»Nichts wie hinterher«, sagte Jesse.

»Noch nicht«, sagte Sachs. »Wir müssen den Sack untersuchen.«

»Beschreibe ihn«, befahl Rhyme.

»Sackleinen. Alt. Etwa einen halben mal einen Meter groß. Viel ist da nicht drin. Er ist zu. Nicht zugebunden, bloß zusammengedreht.«

»Öffne ihn vorsichtig, denk an die Fallen.«

Sachs zog einen Zipfel herunter, spähte hinein.

»Alles klar, Rhyme.«

Lucy und Ned kamen den Pfad herunter, worauf sie alle vier um den Sack standen, als handelte es sich um den Leichnam eines Ertrunkenen, den man aus dem Steinbruch gezogen hatte.

»Was ist drin?«

Sachs zog ihre Latexhandschuhe an, die wegen der Sonne sehr weich waren. Sofort fingen ihre Hände an zu schwitzen und vor Hitze zu kribbeln.

»Leere Wasserflaschen. Marke Deer Park. Keinerlei Preisschilder oder Warenaufkleber. Zwei leere Packungen Planters-Cracker mit Erdnussbutter und Käse. Ebenfalls ohne jeden Aufkleber. Willst du die Strichcode-Ziffer wissen, um festzustellen, wann und wohin sie ausgeliefert wurden?«

»Wenn wir eine Woche Zeit hätten, vielleicht«, grummelte Rhyme. »Nein, schenk es dir. Mehr Einzelheiten über den Sack«, befahl er.

»Ein kleiner Aufdruck ist drauf. Aber er ist zu verblichen, als dass man ihn lesen könnte. Kann den irgendwer erkennen?«, fragte sie die anderen.

Niemand konnte die Buchstaben lesen.

»Irgendeine Ahnung, was ursprünglich drin war?«, fragte Rhyme.

Sie hob den Sack auf und roch daran. »Muffig. Muss ziemlich lange irgendwo rumgelegen haben. Kann nicht feststellen, was drin war.« Sachs kehrte den Sack um und schlug mit der flachen Hand darauf. Ein paar alte, verschrumpelte Maiskörner fielen heraus.

»Mais, Rhyme.«

»Gibt's dort in der Gegend irgendwelche Farmen?«, fragte Rhyme.

Sachs gab die Frage an die anderen Mitglieder des Suchtrupps weiter.

»Milchwirtschaft ja, Maisanbau nicht«, sagte Lucy und schaute zu Ned und Jesse, die nur nickten.

»Aber Milchkühe werden mit Mais gefüttert«, sagte Jesse.

»Klar«, sagte Ned. »Vermutlich stammt er von irgendeiner Futtermittel- und Saatguthandlung. Oder einem Lagerhaus.«

»Hast du gehört, Rhyme?«

»Futtermittel und Saatgut. Richtig. Ich setze Ben und Jim Bell darauf an. Sonst noch was, Sachs?«

Sie blickte auf ihre Hände. Sie waren schwarz. Sie drehte den Sack um. »Sieht so aus, als ob ein Brandfleck an dem Sack ist. Er ist nicht versengt, aber er stand irgendwo, wo es gebrannt hat.«

»Irgendeine Ahnung, was das gewesen sein könnte?«

»Hier sind Holzkohlebrösel, wie's aussieht. Daher nehme ich an, es muss irgendwas aus Holz gewesen sein.«

»Na schön«, sagte er. »Das kommt auf die Liste.«

Sie warf einen Blick auf Garretts und Lydias Fußspuren. »Wir nehmen die Verfolgung wieder auf«, teilte sie Rhyme mit.

»Ich melde mich, wenn ich etwas Neues für euch habe.«

Sachs wandte sich an ihre Begleiter. »Wir gehen weiter rauf.« Sie blickte nach oben, spürte den stechenden Schmerz in ihren Knien. »Beim Runterklettern ist mir das nicht so hoch vorgekommen«, murmelte sie.

»Ach, das ist doch immer so – beim Aufstieg kommt einem ein Berg doppelt so hoch vor wie beim Abstieg«, sagte Jesse Corn, wie üblich um keinen schlauen Spruch verlegen, während er ihr höflich den Vortritt auf dem schmalen Pfad ließ.

... Vierzehn

Lincoln Rhyme betrachtete die jüngste Spurentabelle, ohne auf die schwarzgrüne Fliege zu achten, die dicht an ihm vorbeischwirrte.

FUNDE AM SEKUNDÄREN TATORT –
STEINBRUCH
Alter Getreidesack – Aufdruck unleserlich
Mais – Futtermittel und Saatgut?
Brandflecken auf dem Sack
Deer-Park-Wasser
Planters-Käsecracker

Je ungewöhnlicher eine Spur, desto besser ist sie. Nichts konnte Rhyme an einem Tatort mehr begeistern als ein Fund, den er nicht einzuordnen wusste. Denn das bedeutete, dass es sich um etwas Außergewöhnliches handelte, was nur von einer begrenzten Anzahl von Bezugsquellen stammen konnte, und wenn er feststellen konnte, *was* es war, konnte er auch herausfinden, woher es kam.

Aber diese Sachen – die Spuren, die Sachs in dem Steinbruch gefunden hatte – waren ganz und gar nichts Ungewöhnliches. Wenn der Aufdruck auf dem Sack leserlich gewesen wäre, hätte man vielleicht feststellen können, woher er stammte. War er aber nicht. Wenn die Wasserflaschen und die Crackertüten mit Preisschildern ausgezeichnet gewesen wären, hätte man feststellen können, aus welchem Laden sie stammten, und möglicherweise hätte sich ein Verkäufer an Garrett erinnern und ihnen vielleicht einen Hinweis auf seinen Aufenthaltsort geben können. Waren sie aber nicht. Und das verkohlte Holz? Das konnte von jedem x-beliebigen Grill stammen. Wertlos.

Mit dem Mais ließ sich möglicherweise etwas anfangen – Jim Bell und Steve Farr hingen derzeit am Telefon und riefen sämtliche Futtermittel- und Saatguthändler an –, doch Rhyme bezweifelte, dass irgendeiner mehr dazu sagen konnte als »Jawohl. Wir verkaufen Mais. In alten Getreidesäcken. So wie alle.«

Verflucht! Er hatte keinerlei Gespür für die Gegend. Er bräuchte Wochen – Monate –, um sich hier halbwegs auszukennen.

Aber natürlich hatte er weder wochen- noch monatelang Zeit.

Sein Blick schweifte von einer Tabelle zur anderen, kaum minder schnell als die Fliege.

FUNDE AM EIGENTLICHEN TATORT –
BLACKWATER LANDING
Kleenex mit Blutspuren
Kalksteinstaub
Nitrate
Phosphat
Ammoniak
Waschmittel
Camphen

Das gab nichts weiter her.

Widmen wir uns wieder den Insektenbüchern, entschied er.

»Ben, das Buch da – *Die Welt im Kleinen.* Ich möchte einen Blick hineinwerfen.«

»Ja, Sir«, sagte der junge Mann geistesabwesend, die Augen auf die Spurentabelle geheftet. Er ergriff es und hielt es Rhyme hin.

Einen Moment lang hing das Buch über der Brust des Ermittlers in der Luft. Rhyme warf Ben einen schiefen Blick zu, der ihn seinerseits anschaute, dann zusammenzuckte und zurückwich, als ihm klar wurde, dass er einem Mann etwas hinhielt, was der ohne göttlichen Beistand nicht in die Hand nehmen konnte.

»O je. Mr. Rhyme … schauen Sie«, stieß Ben aus und lief feuerrot an, »es tut mir Leid. Ich hab nicht daran gedacht, Sir. Mann, das war blöd. Ich wollte wirklich –«

»Ben«, sagte Rhyme ruhig, »halten Sie die Schnauze.«

Der Hüne zwinkerte erschrocken. Schluckte. Senkte das Buch, das er in seinen mächtigen Pranken hielt. »Es war ein Versehen, Sir. Ich hab doch gesagt, dass –«

»Schnauze.«

Ben tat, wie ihm geheißen: Er machte den Mund zu. Hilfe suchend blickte er sich um, doch nirgendwo war Beistand in Sicht.

Thom stand schweigend an der Wand, die Arme verschränkt, und dachte nicht daran, den Friedensstifter zu spielen.

»Ich habe es satt, von Ihnen ständig wie ein rohes Ei behandelt zu werden«, fuhr Rhyme mit tief grollender Stimme fort. »Hören Sie endlich auf mit Ihrer verfluchten Katzbuckelei!«

»Katzbuckelei? Ich wollte doch bloß anständig zu jemandem sein, der... Ich meine –«

»Nein, wollten Sie nicht. Sie überlegen ständig, wie Sie sich abwenden können, ohne mir in die Augen schauen zu müssen und ohne dass Ihr zart besaitetes Gemüt aus dem Gleichgewicht gerät.«

Der breitschultrige junge Mann stand stocksteif da. »Also, Sir, das finde ich jetzt aber wirklich ungerecht!«

»Quatsch. Wird höchste Zeit, dass ich die Samthandschuhe ausziehe...« Rhyme lachte bissig. »Wie gefällt Ihnen *diese* Metapher? Ich und die Handschuhe ausziehen? Allzu schnell schaffe ich so was nicht, was?... Wie finden Sie *diesen* Krüppelwitz?«

Ben wollte unbedingt weg – die Flucht ergreifen –, doch seine kräftigen Beine waren wie angewurzelt.

»Ich habe keine ansteckende Krankheit«, blaffte Rhyme. »Meinen Sie etwa, Sie könnten sich was holen? So funktioniert das nicht. Sie laufen hier herum und tun so, als müsste man *Sie* in einem Rollstuhl wegkarren, weil Sie die Luft hier einatmen. Verflucht, Sie haben ja sogar Angst, dass es Ihnen genauso ergehen könnte wie mir, wenn Sie mich nur anschauen!«

»Das ist nicht wahr!«

»Nein? Ich glaube schon... Wieso jage ich Ihnen eigentlich so einen Heidenschreck ein?«

»Tun Sie nicht«, knurrte Ben. »Überhaupt nicht!«

»O doch«, wetterte Rhyme. »Ihnen *graut* richtig davor, mit mir in einem Zimmer zu sein. Sie sind ein verfluchter Feigling.«

Der Hüne beugte sich vor, Speicheltropfen flogen von seinen Lippen, sein Kinn bebte. »Sie können mich mal, Rhyme!«, schrie er. Einen Moment lang war er sprachlos vor Wut. Dann fuhr er fort. »Ich komm hierher, weil ich meiner Tante einen Gefallen tun will. Es wirft meine ganze Planung über den Haufen, und ich kriege keinen Pfennig dafür! Ich hör mir an, wie Sie hier die Leute rumkommandieren und sich aufführen wie eine beschissene Primadonna. Ich meine, verflucht noch mal, ich weiß nicht, wo Sie herkommen, Mister…« Er verstummte und schaute mit zusammengekniffenen Augen auf Rhyme, der laut loslachte.

»Was ist los?«, blaffte Ben. »Was, zum Teufel, gibt's da zu lachen?«

»Sehen Sie, wie einfach das ist?«, fragte Rhyme, der jetzt kicherte. Thom konnte sich mit Mühe das Grinsen verkneifen.

Schwer atmend richtete Ben sich auf und wischte sich den Mund ab. Wütend, wachsam. Er schüttelte den Kopf. »Was meinen Sie damit? Was ist einfach?«

»Mir in die Augen zu schauen und mir zu sagen, dass ich ein Arsch bin«, fuhr Rhyme ruhig und gelassen fort. »Ben, ich bin ein Mensch wie jeder andere auch. Ich kann es nicht leiden, wenn mich die Leute behandeln wie eine Porzellanpuppe. Und ich weiß ganz genau, dass Sie auch nicht ständig das Gefühl haben wollen, Sie könnten mir was antun.«

»Sie haben mich reingelegt. Sie haben das alles bloß gesagt, um mich auf die Palme zu bringen.«

»Sagen wir mal so: um zu Ihnen durchzudringen.« Rhyme war sich nicht sicher, ob aus Ben jemals ein Henry Davett werden würde – ein Mann, der sich nur um das Wesentliche, den Geist eines Menschen scherte und das Drumherum gar nicht wahrnahm. Aber er hatte es zumindest geschafft, dem Studenten einen Anstoß zu geben, einen Schubs, der ihn ein paar Schritte weiterbrachte, vielleicht sogar zur Vernunft.

»Ich sollte durch die Tür dort gehen und nie mehr zurückkommen.«

»Eine Menge Menschen würden das tun, Ben. Aber ich brauche Sie. Sie sind gut. Sie haben ein Gespür für die Forensik. Nun denn, kommen Sie. Das Eis ist gebrochen. Machen wir uns wieder an die Arbeit.«

Ben spannte *Die Welt im Kleinen* in das Umblättergerät. Dabei warf er Rhyme einen kurzen Blick zu und fragte: »Es gibt also wirklich Menschen, die Ihnen in die Augen sehen und Sie einen Mistkerl nennen?«

Rhyme, der auf den Umschlag des Buches starrte, überließ Thom die Antwort. »Oh, sicher«, sagte der. »Natürlich erst, nachdem sie ihn kennen gelernt haben.«

Lydia war nach wie vor nur dreißig Meter von der Mühle entfernt.

Sie lief, so rasch sie konnte, auf den Pfad zu, der sie in die Freiheit führen würde, doch ihr schmerzender Knöchel behinderte sie beim Gehen. Außerdem kam sie nur langsam voran – um sich leise durchs Unterholz fortzubewegen, braucht man beide Hände. Sie aber konnte kaum das Gleichgewicht halten, so wie manche Hirngeschädigten, mit denen sie in der Klinik zu tun hatte, konnte nur von einer Lichtung zur nächsten torkeln und machte weitaus mehr Lärm, als sie wollte.

In weitem Bogen umging sie die Vorderseite der Mühle. Hielt inne. Keine Spur von Garrett. Kein Ton, abgesehen vom Rauschen des umgeleiteten Wasserlaufs, der sich in den rotbraunen Sumpf ergoss.

Fünf Schritte weiter, zehn.

Komm schon, Schutzengel, dachte sie. Bleib noch ein bisschen bei mir. Steh mir bei. Bitte. Bloß noch ein paar Minuten, dann haben wir's hinter uns.

Mann, o Mann, tut das weh. Sie fragte sich, ob der Knochen angeknackst war. Ihr Knöchel war angeschwollen, und sie wusste, dass sie ihn schonen musste, wenn er gebrochen war, sonst würde alles noch viel schlimmer werden. Die Haut verfärbte sich ebenfalls dunkel – das hieß, dass Blutgefäße geplatzt waren. Sie könnte sich eine Blutvergiftung zuziehen. Wundbrand sogar. Dann musste amputiert werden. Was würde ihr Freund dazu sagen? Vermutlich würde er sie verlassen. Ihre Beziehung war bestenfalls eher locker – zumindest von seiner Seite aus. Außerdem wusste sie von ihrer Arbeit in der Onkologie, wie rasch sich die Menschen von einem Patienten abwandten, sobald er irgendwelche Gliedmaßen verlor.

Sie blieb stehen und lauschte, blickte sich um. Hatte Garrett die Flucht ergriffen? Hatte er sie aufgegeben und sich zu den Outer Banks abgesetzt, zu Mary Beth?

Lydia schleppte sich weiter auf den Pfad zu, der zum Steinbruch zurückführte. Sobald sie darauf stieß, musste sie noch vorsichtiger sein – wegen der Ammoniakfalle. Sie wusste nicht mehr genau, wo er sie aufgebaut hatte.

Wieder dreißig Schritte … und da war er – der Pfad, der nach Hause führte.

Sie hielt erneut inne, lauschte. Nichts. Sie bemerkte eine dunkle Schlange, die friedlich auf einem alten Zedernstumpf lag und sich sonnte. Mach's gut, dachte sie. Ich gehe nach Hause.

Lydia marschierte los.

Und dann schoss die Hand des Insektensammlers unter einem dichten Lorbeerbaum hervor und schlang sich um ihren heilen Knöchel. Da sie ohnehin nicht sicher auf den Beinen stand und überdies ihre Hände nicht gebrauchen konnte, blieb Lydia nichts anderes übrig, als sich auf die Seite zu drehen, so gut es ging, und mit ihrem kräftigen Hintern die Wucht des Aufpralls abzufangen. Die Schlange wachte durch ihren Schrei auf und verschwand.

Garrett stieg über sie, das Gesicht rot vor Wut, und drückte sie zu Boden. Er musste schon seit einer Viertelstunde auf der Lauer gelegen haben. Still und ohne die geringste Bewegung, bis sie in Reichweite war. Wie eine Spinne, die auf ihr Opfer wartet.

»Bitte«, stieß sie aus, atemlos vor Schreck und entsetzt darüber, dass ihr Schutzengel sie im Stich gelassen hatte. »Tu mir nichts –«

»Still«, fauchte er flüsternd und blickte sich um. »Ich hab die Schnauze voll von dir.« Grob zog er sie auf die Beine. Er hätte sie am Arm fassen oder auf den Rücken wälzen und ihr dann aufhelfen können. Tat er aber nicht; er schlang von hinten den Arm um sie, fasste ihr über die Brüste und hob sie hoch. Sie ekelte sich, als sie seinen straffen Leib spürte, der sich an ihrem Rücken und am Hintern rieb. Nach einer halben Ewigkeit, so jedenfalls kam es ihr vor, ließ er sie endlich los, schlang aber seine knochigen Finger um ihren Arm und zog sie hinter sich her Richtung Mühle, ohne sich um ihr Schluchzen zu kümmern. Er hielt nur einmal kurz inne, um einen langen Zug Ameisen zu mustern, die winzige Eier quer über den Pfad schleppten. »Tu ihnen nichts«, murmelte er. Und passte genau auf, wohin sie trat.

Mit einem Ton, der Rhyme immer an das Schleifen eines Schlachtermessers erinnerte, schlug das Umblättergerät eine weitere Seite von *Die Welt im Kleinen* auf, Garretts Lieblingsbuch, den abgegriffenen Kanten nach zu urteilen.

Insekten sind zu erstaunlichen Leistungen in der Kunst des Überlebens fähig. Der Birkenspanner zum Beispiel ist von

Natur aus weiß, doch im britischen Industriegebiet rund um Manchester verfärbte sich diese Art und wurde schwarz, um sich an den Ruß auf den vormals weißen Bäumen anzupassen, wodurch sie weniger auffiel und besser vor ihren Feinden geschützt war.

Rhyme tippte mit seinem getreuen linken Ringfinger die elektrische Steuerung an und blätterte ein paar Seiten weiter – wieder das Zischen, wie ein Wetzstein auf einer Stahlklinge. Er las die Stellen, die Garrett angestrichen hatte. Der Absatz über den Ameisenlöwen hatte den Suchtrupp vor einer der Fallen des Jungen bewahrt, und Rhyme wollte sehen, ob sich den Büchern noch weitere Hinweise entnehmen ließen. Ben Kerr, seines Zeichens Fischpsychologe, hatte ihm erklärt, dass tierisches Verhalten dem Menschen oftmals als Vorbild dient – vor allem, wenn es ums Überleben geht.

Gottesanbeterinnen reiben ihren Hinterleib an den Flügeln und erzeugen dadurch unheimliche Töne, die jeden Räuber verwirren. Fangheuschrecken verspeisen übrigens jedes Lebewesen, das kleiner ist als sie, Vögel und Säugetiere inbegriffen…

Durch den Mistkäfer, so nimmt man an, kamen die Menschen einst auf die Idee, die zur Erfindung des Rades führte.

Ein Naturforscher namens Réaumur stellte im achtzehnten Jahrhundert fest, dass Wespen ihre papierartigen Nester aus Holzfasern und Speichel bauen. Dadurch kam er auf die Idee, man könnte Papier auch aus Pflanzenfasern herstellen statt aus den bis dahin üblichen Hadern…

Aber ergaben sich daraus irgendwelche Erkenntnisse für diesen Fall? Stand da *irgendetwas*, was Rhyme bei der Suche nach zwei Menschen helfen konnte, die irgendwo in diesem hunderte von Quadratmeilen umfassenden Wald- und Sumpfgebiet steckten?

Der Geruchssinn spielt bei Insekten eine wichtige Rolle. Sie benutzen ihn zu vielerlei Zwecken. Zur Orientierung, zur Ver-

ständigung, zur Warnung. Wenn eine Ameise eine Nahrungsquelle findet, hinterlässt sie auf dem Rückweg zum Bau eine Duftspur, indem sie ab und zu mit dem Hinterleib den Boden berührt. Andere Ameisen, die auf diese Spur stoßen, können sie zu dieser Nahrungsquelle zurückverfolgen. Sie wissen sogar, in welche Richtung sie sich halten müssen, denn die Duftmarken sind tropfenförmig; die spitz zulaufende Seite deutet wie ein Richtungspfeil zu der Nahrungsquelle hin. Darüber hinaus benutzen Insekten Duftstoffe, um sich vor Feinden zu warnen. Da Insekten ein einziges Molekül eines Duftstoffes selbst über große Entfernungen hinweg wahrnehmen können, werden sie nur selten von Feinden überrascht…

Sheriff Jim Bell kam flotten Schrittes in das Zimmer. Auf seinem gequälten Gesicht stand ein Lächeln. »Hab gerade mit einer Schwester drüben im Krankenhaus gesprochen. Bei Ed tut sich was. Schaut so aus, als ob er aus dem Koma aufwacht und irgendwas sagt. Seine Ärzte wollen in ein paar Minuten anrufen. Hoffentlich erfahren wir dann, was er mit ›oliv‹ meint, und ob er auf der Karte in dem Jagdunterstand irgendwas Bestimmtes gesehen hat.«

Trotz aller Vorbehalte gegenüber Augenzeugen stellte Rhyme fest, dass er froh wäre, wenn ihm jemand einen Hinweis geben könnte. Die Unsicherheit, das Gefühl der Hilflosigkeit setzten ihm mächtig zu.

Bell ging langsam auf und ab, blickte jedes Mal erwartungsvoll zur Tür, wenn draußen Schritte nahten.

Lincoln Rhyme reckte sich einmal mehr und drückte den Kopf an die Nackenstütze des Rollstuhls. Warf einen Blick auf die Spurentabellen, auf die Karte, dann wieder auf das Buch. Und die ganze Zeit über schoss die grünschwarze Schmeißfliege kreuz und quer durchs Zimmer herum, verzweifelt und orientierungslos – genau wie er.

Unmittelbar neben ihnen huschte ein Tier über den Pfad und verschwand.

»Was war das?«, fragte Sachs und deutete mit dem Kopf hinterher. Das Tier hatte ausgesehen wie eine Kreuzung aus einem großen Hund und einem Straßenkater.

»Ein Graufuchs«, sagte Jesse. »Sieht man nicht allzu oft. Aber normalerweise bin ich auch so gut wie nie nördlich vom Paquo unterwegs.«

Sie rückten langsam vor, versuchten der kaum noch sichtbaren Spur zu folgen, die Garrett hinterlassen hatte, wobei sie ständig auf Fallgruben achteten, sich fortwährend umblickten, damit sie nicht in einen Hinterhalt gerieten.

Sachs hatte einmal mehr dieses ungute Gefühl, das sie schon seit heute Morgen verfolgte, als sie an dem Friedhof vorbeigefahren waren, auf dem gerade das Kind beerdigt wurde. Der lichte Kiefernwald lag längst hinter ihnen, und jetzt befanden sie sich wahrhaftig in der Wildnis. Die Bäume ringsum sahen so aus, wie man sich einen tropischen Dschungel vorstellt. Als sie sich erkundigte, erklärte ihr Lucy, das seien Tupelobäume, uralte Zypressen und Zedern. Schlingpflanzen und bärtige Moose hingen herab und dämpften jeden Ton, so wie dichter Nebel, und verstärkten das Gefühl, eingeschlossen zu sein. Überall wucherten Pilze, Schwämme und Flechten, rundum lauerten Sumpflöcher. Fäulnis- und Modergeruch hing in der Luft.

Sachs schaute auf den fest getretenen Boden. »Hier gibt's weit und breit keine Stadt«, sagte sie zu Jesse. »Von wem stammen diese Pfade?«

Er zuckte die Achseln. »Hauptsächlich von Haderlumpen.«

»Was heißt das?«, fragte sie. Ihr fiel ein, dass Rich Culbeau den gleichen Ausdruck auch einmal gebraucht hatte.

»Ach, wissen Sie, jemand, der seine Schulden nicht bezahlt. Genau genommen heißt das so viel wie Gesocks. Schwarzbrenner, Taugenichtse, Sumpfvolk, Rauschgiftmischer.«

Ned Spoto trank einen Schluck Wasser. »Manchmal ruft jemand bei uns an«, sagt er. »Sagt, da und dort hat er Schüsse gehört, irgendwelche Schreie, Hilferufe, merkwürdige Lichter, so als ob jemand Blinkzeichen gibt. Und dergleichen mehr. Aber wenn wir ausrücken, finden wir nichts … Weder Leiche noch Täter, keinen Betroffenen und schon gar keinen Zeugen. Manchmal finden wir eine Blutspur, aber die führt nirgendwo hin. Wir kümmern uns darum – müssen wir ja –, aber niemand aus unserer Dienststelle geht allein in diese Gegend.«

»Hier draußen kriegt man eine andere Einstellung«, sagte Jesse.

»Man hat das Gefühl – so komisch das vielleicht klingt –, als ob alles ganz anders ist, verkommener. Ich nehm lieber zwei zugedröhnte Kids fest, die schwer bewaffnet einen Supermarkt überfallen, als dass ich hierher fahre. Dort gelten wenigstens gewisse Regeln. Man weiß, was man zu erwarten hat. Hier draußen ...« Er zuckte mit den Achseln.

Lucy nickte. »Das stimmt. Und nördlich des Paquo hält sich *niemand* mehr an die Regeln. Hier heißt es bloß noch, die oder wir. Hier kann's passieren, dass man jemand niederschießt, ohne ihm auch nur seine Rechte vorzulesen, und das geht völlig in Ordnung. Schwer zu erklären.«

Sachs gefiel dieses ungute Geraune ganz und gar nicht. Wenn die drei Deputys nicht so ernst und nervös gewirkt hätten, hätte sie gedacht, sie wollten dem Mädchen aus der Großstadt lediglich Angst einjagen.

Schließlich blieben sie an einer Stelle stehen, an der drei verschiedene Wege weiterführten. Sie liefen jeden etwa fünfzehn Meter weit ab, fanden aber keinerlei Spuren von Garrett und Lydia. Sie kehrten zur Abzweigung zurück.

Rhymes Worte gingen ihr durch den Kopf. *Sei vorsichtig, Sachs, aber halte dich ran. Ich glaube, Lydia bleibt nicht mehr viel Zeit.*

Halte dich ran ...

Aber sie hatte nicht die geringste Ahnung, wie sie sich ranhalten sollte. Sie wusste ja nicht mal, wie es weiterging, und auf diesem ausgetrampelten Pfad konnte kein Mensch, nicht einmal Lincoln Rhyme feststellen, welche Richtung die Gesuchten eingeschlagen hatten.

Dann klingelte ihr Handy, und sowohl Lucy als auch Jesse Corn schauten sie erwartungsvoll an, so als hofften sie wie Sachs, dass Rhyme ihnen einen Anhaltspunkt geben könnte, in welche Richtung sie sich wenden sollten.

Sachs meldete sich, hörte eine Zeit lang zu und nickte dann. Beendete das Gespräch. Sie atmete tief durch und schaute die drei Deputys an.

»Was gibt's?«, fragte Jesse Corn.

»Lincoln und Jim haben gerade eine Nachricht aus dem Krankenhaus bekommen. Es geht um Ed Schaeffer. Offenbar ist er kurz aufgewacht und hat gesagt: ›Ich liebe meine Kinder.‹ Und dann ist er gestorben... Er hat zuvor irgendwas gesagt, was wie ›oliv‹ klang, sodass sie dachten, er meint vielleicht eine Olive Street, aber allem Anschein nach wollte er bloß ›ich liebe‹ sagen. Das ist alles, so Leid es mir tut.«

»Ach herrje«, murmelte Ned.

Lucy senkte den Kopf, und Jesse legte ihr den Arm um die Schulter. »Was machen wir jetzt?«, fragte er.

Lucy blickte auf. Sachs sah, dass ihr Tränen in den Augen standen. »Wir schnappen uns den Jungen, was denn sonst«, sagte sie grimmig und entschlossen. »Wir nehmen den Pfad, der uns am wahrscheinlichsten vorkommt, und folgen ihm, bis wir ihn finden. Und zwar schleunigst. Ist Ihnen das Recht?«, fragte sie Sachs, die nichts dagegen hatte, dass ihre Kollegin vorübergehend das Kommando übernahm.

»Selbstverständlich.«

... Fünfzehn

Lydia kannte diesen Blick. Hatte ihn schon zigmal bei Männern gesehen.

Verlangend. Sehnsüchtig. Gierig.

Herausfordernd manchmal, ohne dass derjenige wirklich etwas von einem wollte. Mitunter aber auch wie eine unbeholfene Liebeserklärung.

Ein zu dick geratenes Mädchen war sie, mit dünnen, strähnigen Haaren und einem vernarbten Gesicht, weil sie in jungen Jahren so viele Pickel gehabt hatte, und sie glaubte, dass sie den Männern nicht viel zu bieten hätte. Aber sie wusste auch, dass sie eines von ihr wollten, ein paar Jahre lang zumindest, und sie hatte schon vor langer Zeit begriffen, dass sie die wenige Macht, die sie besaß, ausnützen musste, um halbwegs im Leben klar zu kommen. Und daher befand sich Lydia Johansson nun auf einer Spielwiese, die ihr bestens vertraut war.

Sie waren wieder in der Mühle, in dem dunklen Büro, und Garrett war über sie gebeugt, sodass sie durch die kurzen Stoppelhaare den Schweiß auf seiner Kopfhaut glitzern sah. Sein erigierter Penis zeichnete sich unter der Hose ab.

Sein Blick glitt über ihre Brust, dorthin, wo ihre nasse, durchsichtige Tracht beim Sturz in den Mühlgraben aufgeplatzt (oder war er das gewesen, als er sie auf dem Weg gepackt hatte?) und der Träger ihres BHs zerrissen war (oder hatte er ihn zerfetzt?).

Lydia rückte von ihm ab, zuckte vor Schmerz zusammen, als sie ihren Knöchel belastete. Drückte sich an die Wand, während sie breitbeinig dasaß und die Augen des Jungen musterte, den *Blick* sah, mit dem er sie anglotzte. Ekelhaft, als kröche eine Spinne über ihre Haut.

Und dennoch dachte sie: Soll ich ihn ranlassen?

Er war jung. Er würde auf der Stelle kommen, und dann hätte sie es hinter sich. Vielleicht schlief er danach ein, und sie konnte sein Messer suchen und ihre Hände befreien. Dann könnte sie *ihn* bewusstlos schlagen und fesseln.

Aber diese roten, knochigen Hände, das verschwollene Gesicht unmittelbar neben ihrer Wange, der widerliche Atem und sein Körpergeruch...Wie sollte sie das fertig bringen? Lydia schloss einen Moment lang die Augen. Sprach ein kurzes Gebet, das ihr so kraftlos vorkam wie ihr blassblauer Lidschatten. Ja oder nein?

Doch weit und breit war kein Engel, der die Stimme erhob und ihr bei dieser Entscheidung beistand.

Sie musste ihn lediglich anlächeln. Er wäre im Nu in ihr. Oder sie nahm ihn in den Mund... Es hätte überhaupt nichts zu bedeuten.

Besorg's mir schnell, und danach schauen wir uns einen Film an... Ein Scherz zwischen ihrem Freund und ihr. Manchmal empfing sie ihn in dem roten Body, den sie sich von Sears hatte schicken lassen, schlang ihm die Arme um die Schultern und flüsterte ihm diese Worte zu.

Wenn du es machst, dachte sie, kannst du vielleicht fliehen.

Aber ich kann nicht!

Garretts Blick ruhte auf ihr. Wanderte über ihren Körper. Sein Schwanz konnte ihr nicht mehr Gewalt antun als diese roten Augen. Herrgott, er war nicht bloß ein Insekt – er wirkte wie eine der Schreckgestalten aus ihren Horrorbüchern, wie etwas, was sich ein Dean Koontz oder Stephen King ausgedacht haben könnte.

Schnipste mit den Fingernägeln.

Jetzt musterte er ihre Beine, die rund und stramm waren – das Beste, was sie ihrer Meinung nach zu bieten hatte.

»Wieso flennst du?«, herrschte Garrett sie an. »Du bist selber Schuld, dass du dir wehgetan hast. Du hättest nicht wegrennen sollen. Lass mich mal sehn.« Er deutete mit dem Kopf auf ihren geschwollenen Knöchel.

»Ist schon gut«, sagte Lydia rasch, doch dann, beinahe unwillkürlich, hielt sie ihm ihren Fuß hin.

»Ein paar Arschlöcher haben mich letztes Jahr den Hang hinter der Mobil-Tankstelle runtergeschubst«, sagte er. »Hab mir den Knöchel verknackst. Der hat genauso ausgesehen. Hat saumäßig wehgetan.«

Bring's hinter dich, sagte sie sich. Umso eher bist du wieder daheim.

Besorg's mir schnell...

Nein!

Aber sie wich nicht zurück, als Garrett sich vor ihr hinsetzte. Er nahm ihr Bein. Mit seinen langen Fingern – Gott, waren die riesig – griff er um ihre Wade, dann um den Knöchel. Er zitterte. Blickte auf die Löcher in ihrer weißen Strumpfhose, aus denen das rosige Fleisch quoll. Er untersuchte ihren Fuß.

»Aufgeschlagen ist er nicht. Aber total blau. Was könnte das bloß sein?«

»Vielleicht ist er gebrochen.«

Er antwortete nicht, hatte offenbar auch kein Mitleid. Als ob es ihm gleichgültig wäre, dass sie Schmerzen hatte. Als ob er nicht begreifen könnte, dass ein menschliches Wesen leiden konnte. Er schützte nur Besorgnis vor, damit er sie betasten konnte.

Sie streckte ihr Bein weiter aus, hob es mühsam und mit zitternden Muskeln ein Stück an. Ihr Fuß berührte Garretts Unterleib.

Er senkte die Augenlider. Sein Atem ging rasch.

Lydia schluckte.

Er bewegte ihren Fuß und strich damit über seinen Penis, den sie durch den feuchten Stoff spüren konnte. Er war so hart wie die Schaufel des Wasserrads, gegen die sie bei ihrem Fluchtversuch geprallt war.

Garretts Hand glitt an ihrem Bein empor. Seine Nägel verhakten sich in ihrer Strumpfhose.

Nein...

Ja...

Dann erstarrte er.

Er legte den Kopf zurück und schnupperte. Atmete tief ein. Ein zweites Mal.

Lydia schnüffelte ebenfalls. Ein säuerlicher Geruch. Es dauerte einen Moment, bis sie erkannte, was es war. Ammoniak.

»Mist«, flüsterte er und riss erschrocken die Augen auf. »Wie sind die so schnell hierher gekommen?«

»Was?«, fragte sie.

Er sprang auf. »Die Falle! Sie haben sie ausgelöst! Die sind in zehn Minuten hier! Wie, zum Teufel, sind die so schnell hergekommen?« Er beugte sich zu ihr herab. Noch nie hatte sie jemand mit einem derart wütenden, hasserfüllten Blick angesehen. »Hast du irgendwas auf dem Weg hinterlassen? Eine Nachricht vielleicht?«

Sie schreckte zurück, überzeugt, dass er sie umbringen würde. Er schien völlig außer sich zu sein. »Nein! Ich schwör's! Bestimmt nicht.«

Garrett kam auf sie zu. Lydia wich zurück, doch er lief rasch an ihr vorbei. Er war wie von Sinnen, zerriss den Stoff, als er sein Hemd und die Hose auszog, die Unterwäsche, die Socken. Sie starrte auf seinen hageren Leib, seinen stattlichen Penis, der nur leicht erschlafft war. Nackt stürmte er in die andere Ecke des Zimmers. Dort lagen ein paar zusammengefaltete Kleidungsstücke auf dem Boden. Er zog sie an. Schuhe ebenfalls.

Lydia reckte den Kopf und sah aus dem Fenster, durch das der Chemikaliengeruch drang. Diese Falle war also keine Bombe gewesen – er hatte das Ammoniak als Waffe benutzt. Es hatte sich über den Suchtrupp ergossen und alle, die davon getroffen worden waren, verätzt und geblendet.

»Ich muss zu Mary Beth«, fuhr Garrett flüsternd fort.

»Ich kann nicht laufen«, sagte Lydia schluchzend. »Was hast du mit mir vor?«

Er zog ein Klappmesser aus der Hosentasche. Ließ es mit einem lauten Klicken aufschnappen. Drehte sich zu ihr um.

»Nein, nein, bitte ...«

»Du bist verletzt. So kannst du nicht mit mir mithalten.«

Lydia starrte auf die Klinge. Sie war fleckig und schartig. Ihr Atem ging flach und keuchend.

Garrett kam näher, und Lydia fing an zu schreien.

Wie sind sie so schnell hierher gekommen?, fragte sich Garrett Hanlon wieder und wieder, als er durch die Tür der Mühle stürmte und zu dem Wasserlauf rannte. Wie so oft verspürte er die panische Angst, die ihm schier die Luft abschnürte und in seiner Brust brannte wie der Giftsumach auf seiner Haut.

Seine Feinde waren innerhalb von ein paar Stunden von Blackwater Landing zur Mühle gelangt. Er konnte es nicht fassen – er hatte gedacht, sie würden mindestens einen Tag brauchen, vielleicht sogar zwei, bis sie seine Spur fanden. Er blickte zu dem Pfad, der vom Steinbruch hierher führte. Sie waren nirgendwo in

Sicht. Er wandte sich in die entgegengesetzte Richtung und lief langsam einen anderen Weg entlang – der hier führte vom Steinbruch weg, den Bach entlang, fort von der Mühle.

Er schnipste mit den Nägeln, fragte sich immer wieder: Wie, wie haben sie das bloß geschafft?

Ruhig, sagte er sich. Er hatte jede Menge Zeit. Die Polizisten rückten vermutlich langsam vor, behutsam wie ein Mistkäfer, der seine Kugel hinter sich herrollt, weil sie weitere Fallen befürchteten, nachdem die Ammoniakflasche auf den Felsen zerplatzt war. In ein paar Minuten war er im Sumpf, und dorthin konnten sie ihm nicht folgen. Nicht mal mit Hunden. In acht Stunden konnte er bei Mary Beth sein. Er –

Dann blieb Garrett stehen.

Neben dem Pfad lag eine leere Plastikflasche. Sie sah aus, als hätte sie jemand weggeworfen. Er schnupperte, hob die Flasche auf, roch hinein. Ammoniak!

Ein Bild ging ihm durch den Kopf – eine Fliege, die sich in einem Spinnennetz verfangen hat.

Mist!, dachte er. Sie haben mich ausgetrickst!

Eine barsche Frauenstimme ertönte. »Stehen bleiben, Garrett.« Eine hübsche rothaarige Frau in Jeans und schwarzem T-Shirt trat aus dem Gebüsch. Sie hatte eine Pistole, die genau auf seine Brust gerichtet war. Ihr Blick wanderte zu dem Messer, dann wieder zu seinem Gesicht.

»Er ist hier drüben«, rief die Frau. »Ich habe ihn.« Dann senkte sie die Stimme und schaute Garrett in die Augen. »Mach, was ich dir sage, dann passiert dir nichts. Ich möchte, dass du das Messer wegwirfst und dich auf den Boden legst. Gesicht nach unten.«

Doch der Junge legte sich nicht hin.

Er stand nur reglos da, ließ geknickt die Schultern hängen und schnipste krampfhaft mit Daumen- und Zeigefingernagel der linken Hand. Er wirkte völlig verängstigt und verzweifelt.

Amelia Sachs warf erneut einen Blick auf das fleckige Messer, das er fest in der Hand hielt. Sie hatte den Smith & Wesson weiterhin auf Garretts Brust gerichtet.

Ihre Augen brannten von dem Ammoniak und vom Schweiß. Sie wischte sich mit dem Ärmel über das Gesicht.

»Garrett…« Sie sprach ruhig. »Leg dich hin. Niemand wird dir was tun, wenn du machst, was wir dir sagen.«

In der Ferne hörte sie Schreie. »Ich hab Lydia«, rief Ned Spoto. »Sie ist unversehrt. Mary Beth ist nicht hier.«

»Wo, Amelia?«, rief Lucy.

»Auf dem Pfad zu dem Bach«, schrie Sachs. »Wirf das Messer weg, Garrett. Auf den Boden. Dann legst du dich hin.«

Er starrte sie argwöhnisch an. Hatte rote Flecken auf der Haut, feuchte Augen.

»Komm schon, Garrett. Wir sind zu viert. Du kannst nicht entkommen.«

»Wie?«, fragte er. »Wie habt ihr mich gefunden?« Er klang wie ein Kind, viel jünger als die meisten Sechzehnjährigen.

Sie verriet ihm nicht, dass es natürlich Lincoln Rhyme gewesen war, durch den sie die Ammoniakfalle und die Mühle gefunden hatten. Gerade als sie von der Wegkreuzung aus den mittleren Pfad entlanggehen wollten, hatte sich Rhyme bei ihr gemeldet. »Einer der Futtermittel- und Saatguthändler, mit denen Jim Bell gesprochen hat, sagte, dass Mais hier in der Gegend so gut wie nicht verfüttert wird. Er sagte, die Körner stammen vermutlich von einer Mühle, und Jim kennt eine, die leer steht und letztes Jahr abgebrannt ist. Das würde die Brandflecken erklären.«

Bell hatte das Telefon übernommen und dem Suchtrupp erklärt, wie man zu der Mühle gelangen konnte. Dann hatte sich Rhyme zurückgemeldet und hinzugefügt: »Mir ist auch etwas zu dem Ammoniak eingefallen.«

Rhyme hatte Garretts Bücher gelesen und war auf eine unterstrichene Stelle gestoßen, in der die Rede davon war, dass Insekten Duftstoffe benutzen, um sich gegenseitig vor Feinden zu warnen. Da in den herkömmlichen Sprengstoffen, wie sie in dem Steinbruch verwendet wurden, kein Ammoniak enthalten war, war er zu dem Schluss gelangt, dass Garrett die Chemikalie möglicherweise für eine Falle verwendet und mit der Angelschnur einen Stolperdraht gespannt hatte. Wenn die Verfolger sie auslösten, wurde das Ammoniak vergossen, und der Junge konnte riechen, dass sie ihm auf den Fersen waren, und sich rechtzeitig absetzen.

Nachdem sie die Falle gefunden hatten, war Sachs auf die Idee gekommen, eine von Neds Wasserflaschen mit Ammoniak zu füllen, leise die Mühle zu umstellen und die Chemikalie draußen auf dem Boden auszuschütten – um den Jungen aufzuscheuchen.

Und sie hatten ihn aufgescheucht.

Aber ihre Anweisungen befolgte er immer noch nicht. Garrett blickte sich um und musterte dann ihr Gesicht, als wollte er feststellen, ob sie wirklich auf ihn schießen würde.

Er kratzte an einer Pustel in seinem Gesicht und wischte sich den Schweiß ab, fasste das Messer fester und schaute gehetzt und voller Verzweiflung nach links und rechts.

Damit er nicht erschrak und davonlief – oder sie angriff –, versuchte Sachs wie eine Mutter zu klingen, die ihrem Kind gut zuredet. »Garrett, tu, was ich dir gesagt habe. Alles wird gut. Mach einfach, was ich von dir verlange. Bitte.«

»Kommst du zum Schuss? Dann mach es«, flüsterte Mason Germain.

Mason und Nathan Groomer befanden sich auf der Kuppe eines kahlen Hügels, rund hundert Meter von der Lichtung entfernt, wo der zickige Rotschopf aus New York den Jungen gestellt hatte.

Mason stand aufrecht da. Nathan lag bäuchlings auf dem heißen Boden. Er hatte das Ruger auf ein Paar niedrige Felsen gestützt und konzentrierte sich darauf, ruhig und gleichmäßig zu atmen, wie es sich für einen Jäger gehört, bevor er auf einen Hirsch, eine Wildgans oder auch einen Menschen schießt.

»Mach schon«, drängte Mason. »Es geht kein Wind. Du hast freie Sicht. Schieß schon!«

»Mason, der Junge tut überhaupt nix.«

Sie sahen, wie Lucy Kerr und Jesse Corn, die ihre Waffen ebenfalls auf den Jungen gerichtet hatten, auf die Lichtung kamen und zu Sachs stießen. »Alle halten ihn in Schach«, fuhr Nathan fort, »und er hat bloß ein Messer. Ein mickriges kleines Messer. Sieht so aus, als ob er aufgibt.«

»Der gibt *nicht* auf«, versetzte Mason Germain, der ungeduldig von einem Fuß auf den anderen trat. »Ich hab's dir doch gesagt – der tut bloß so. Sobald sie nicht mehr auf der Hut sind, bringt er einen von ihnen um. Dir macht das wohl gar nichts aus, dass Ed

Schaeffer tot ist?« Steve Farr hatte vor einer halben Stunde angerufen und ihnen die traurige Nachricht überbracht.

»Na hör mal, Mason. Ich bin darüber genauso erschüttert wie die anderen. Aber mit den Einsatzregeln hat das nicht das Geringste zu tun. Außerdem: Lucy und Jesse sind keine zwei Meter von ihm entfernt.«

»Hast du etwa Angst, dass du sie triffst? Scheiße, auf die Entfernung triffst du doch einen Zehner, Nathan. Keiner kann besser schießen als du. Mach schon. Drück ab.«

»Ich –«

Mason beobachtete das sonderbare Treiben auf der Lichtung. Der Rotschopf senkte die Waffe und trat einen Schritt vor. Garrett hatte nach wie vor das Messer in der Hand. Drehte den Kopf hin und her.

Die Frau ging einen weiteren Schritt auf ihn zu.

Ach, dich können wir gerade noch gebrauchen, du Miststück.

»Steht sie dir im Schussfeld?«

»Nein. Aber ich meine«, sagte Nathan, »wir sollten eigentlich gar nicht hiersein.«

»Darum geht's jetzt nicht«, zischte Mason. »Wir *sind* nun mal hier. Ich hab den Auftrag, den Suchtrupp zu decken, und ich befehle dir hiermit zu schießen. Hast du schon entsichert?«

»Ja, hab ich.«

»Dann schieß.«

Das Ziel erfassen.

Mason sah, wie der Lauf des Ruger zur Ruhe kam, als Nathan förmlich mit der Waffe verschmolz. Mason hatte das schon öfter gesehen – wenn er mit Freunden, die weit bessere Schützen waren als er, auf die Jagd ging. Es war etwas Unheimliches, das er nicht ganz begriff. Man wird eins mit der Waffe, unmittelbar bevor sich der Schuss löst, fast wie von selbst.

Mason wartete auf den donnernden Knall des langen Gewehrs.

Kein Windhauch. Ein deutliches Ziel. Freies Schussfeld.

Schieß, los, schieß schon! befahl er stillschweigend.

Doch statt eines Gewehrschusses hörte er einen Seufzer. Nathan senkte den Kopf. »Ich kann nicht.«

»Gib mir die Scheißknarre.«

»Nein, Mason. Komm schon.«

Doch der Scharfschütze verstummte, als er die Miene und den Blick des leitenden Deputy sah, reichte ihm die Waffe und rollte sich zur Seite.

»Wie viele sind im Magazin?«, blaffte Mason ihn an.

»Ich –«

»Wieviel Schuss sind im Magazin?«, fragte Mason, als er sich auf den Bauch legte und die gleiche Stellung einnahm wie kurz zuvor sein Kollege.

»Fünf. Aber, und das ist nicht persönlich gemeint, Mason, du bist nicht gerade der beste Schütze, und da stehen drei Unschuldige im Schussfeld, und wenn du…« Er verstummte. Brachte den Satz nicht zu Ende, weil er wusste, worauf es hinauslaufen würde, und er nichts damit zu tun haben wollte.

Schon wahr, er war nicht unbedingt der beste Schütze, das wusste Mason sehr wohl. Aber er hatte auch schon gut hundert Stück Rotwild erlegt. Und auf dem Schießstand der Staatspolizei in Raleigh hatte er hervorragende Ergebnisse erzielt. Außerdem ging es überhaupt nicht darum, ob er gut schießen konnte oder nicht – Mason wusste nur, dass der Insektensammler sterben musste, und zwar auf der Stelle.

Auch er versuchte so ruhig wie möglich zu atmen, krümmte den Finger um den geriffelten Abzug. Und stellte fest, dass Nathan gelogen hatte – er hatte das Gewehr gar nicht entsichert. Wütend legte Mason den Hebel um und konzentrierte sich wieder aufs Ein- und Ausatmen.

Einmal, zweimal.

Er hatte das Gesicht des Jungen genau im Fadenkreuz.

Der Rotschopf ging wieder auf Garrett zu, und einen Moment lang hatte er ihre Schulter im Visier.

Herr im Himmel, du machst es mir schwer, gute Frau. Sie war kurz außer Sicht. Dann tauchte wieder ihr Hals mitten im Zielfernrohr auf. Sie schwenkte nach links, blieb aber immer noch im Fadenkreuz.

Einatmen, ausatmen.

Mason achtete nicht darauf, dass seine Hände stärker zitterten, als sie eigentlich sollten – er konzentrierte sich auf das fleckige Gesicht, nahm es ins Visier.

Senkte das Zielfernrohr, bis das Fadenkreuz auf Garretts Brust stand.

Einmal mehr geriet ihm die rothaarige Polizistin ins Schussfeld. Dann verzog sie sich wieder.

Er wusste, dass er ruhig und sacht abdrücken musste. Aber wie schon so oft in seinem Leben packte ihn die Wut, und er hatte sich nicht mehr in der Hand. Ruckartig riss er den Abzug durch.

... Sechzehn

Hinter Garrett spritzte die Erde auf, und er fasste sich an das Ohr, an dem die Kugel vorbeigezischt war. Auch Sachs hatte sie wahrgenommen.

Im nächsten Moment hallte ein Gewehrschuss auf der Lichtung wider.

Sachs fuhr herum. Lucy oder Jesse konnten den Schuss nicht abgegeben haben – dem Knall nach zu schließen, der erst kurz nach dem Einschlag zu vernehmen war, musste er etwa hundert Meter weiter hinten abgefeuert worden sein. Die Deputys schauten ebenfalls nach hinten, hatten die Waffen erhoben und versuchten den Schützen auszumachen.

Sachs, die in die Hocke gegangen war, warf einen Blick auf Garretts Gesicht und sah seine Augen – sah, wie entsetzt und durcheinander er war. Einen Moment lang, nur für den Bruchteil einer Sekunde, war er kein Mörder mehr, der einem anderen Jungen den Schädel eingeschlagen hatte, und auch kein Sexualverbrecher, der Mary Beth verletzt und vergewaltigt hatte. Er war nur noch ein verängstigter Junge, der vor sich hin wimmerte. »Nein, nein!«

»Wer ist das?«, rief Lucy Kerr. »Culbeau?« Sie gingen in einem Gebüsch in Deckung.

»Runter mit Ihnen, Amelia«, rief Jesse. »Wir wissen nicht, wer auf uns schießt. Könnte auch ein Freund von Garrett sein.«

Aber Sachs war anderer Ansicht. Die Kugel hatte Garrett gegolten. Sie suchte die umliegenden Hügel ab, hielt Ausschau nach dem Heckenschützen.

Wieder pfiff eine Kugel vorbei. Diesmal ging sie weiter daneben.

»Heiliger Strohsack«, rief Jesse Corn und verschluckte sich beinahe an dem offenbar ungewohnten Fluch. »Schaut doch, da droben – das ist *Mason*! Und Nathan Groomer. Auf der Kuppe dort.«

»*Germain* ist das?«, fragte Lucy giftig und kniff die Augen zusammen. Wütend drückte sie auf die Sendetaste ihres Walkie-

Talkies und schrie: »Mason, was, zum Teufel, machst du da? Bist du da? Kannst du mich empfangen?... Zentrale. Bitte kommen, Zentrale. Verdammt noch mal, ich komm nicht durch.«

Sachs zückte ihr Handy und rief Rhyme an. Im nächsten Moment meldete er sich. Hohl drang seine Stimme aus dem Hörer. »Sachs, habt ihr –?«

»Wir haben ihn, Rhyme. Aber dieser Deputy, Mason Germain heißt er, der ist auf einem Hügel in der Nähe und schießt auf den Jungen. Wir können ihn über Funk nicht erreichen.«

»Nein, Sachs, nein! Er *darf* ihn nicht töten. Ich habe das Blut auf dem Taschentuch untersuchen lassen – dem Zersetzungsgrad nach zu schließen, war Mary Beth gestern Abend noch am Leben! Wenn Garrett stirbt, finden wir sie niemals.«

Sie rief es Lucy zu, doch die konnte Mason nach wie vor nicht über Funk erreichen.

Ein weiterer Schuss. Ein Stein zerbarst in tausend Splitter.

»Aufhören!«, schluchzte Garrett. »Nein, nein...Ich hab Angst. Er soll aufhören!«

»Frag Bell, ob Mason ein Handy hat«, sagte Sachs zu Rhyme. »Wenn ja, soll er ihn anrufen und ihm sagen, dass er aufhören muss.«

»Wird gemacht, Sachs...«

Rhyme unterbrach die Verbindung.

Wenn Garrett stirbt, finden wir sie niemals.

Amelia Sachs überlegte einen Moment, warf dann kurz entschlossen die Waffe hinter sich zu Boden, ging auf Garrett zu und blieb unmittelbar vor ihm stehen, nur einen Schritt von ihm entfernt, genau in Masons Schussfeld. Dachte: Vielleicht hat Mason inzwischen schon abgedrückt, und die Kugel erwischt mich von hinten, noch ehe ich den Schuss höre.

Sie hielt die Luft an. Bildete sich ein, sie könnte die Kugel hören, die auf sie zugeflogen kam.

Eine Sekunde verstrich. Kein Schuss.

»Garrett, du musst das Messer hinlegen.«

»Ihr wollt mich umbringen! Ihr habt mich reingelegt!«

Sie fragte sich, ob er sie angreifen würde – aus Wut oder aus Angst. »Nein. Wir haben damit nichts zu tun. Schau, ich stehe vor dir. Ich decke dich. Er schießt nicht noch mal.«

Garrett musterte ihr Gesicht. Seine Augen zuckten.

Sie fragte sich, ob Mason nur darauf wartete, dass sie ein Stück zur Seite ging, damit er den Jungen wieder ins Visier nehmen konnte. Offensichtlich war er ein ziemlich schlechter Schütze, und sie meinte regelrecht zu spüren, wie eine Kugel ihr Rückgrat zerschmetterte.

Ach, Rhyme, dachte sie, du willst dich hier operieren lassen, damit du ein bisschen mehr mit mir mithalten kannst – aber vielleicht geht's mir morgen schon genauso wie dir…

Jesse Corn rannte den Hang hinauf, quer durch das Gestrüpp, winkte und schrie: »Mason, hör auf zu schießen! Hör auf!«

Garrett musterte Sachs nach wie vor. Dann warf er das Messer weg und schnipste krampfhaft mit den Fingernägeln.

Als Lucy angestürmt kam und Garrett Handschellen anlegte, drehte sich Sachs zu dem Hügel um, von dem Mason geschossen hatte. Sie sah ihn dort stehen, das Telefon am Ohr. Er schaute genau zu ihr her, steckte dann das Telefon in die Hosentasche und kam den Hang herab.

»Was, zum Teufel, haben Sie sich dabei gedacht?«, fauchte Sachs Mason an. Sie ging auf ihn zu und baute sich unmittelbar vor ihm auf, und sie war fast drei Zentimeter größer als er.

»Ich hab Ihnen den Arsch gerettet, junge Frau«, erwiderte Mason barsch. »Haben Sie nicht gemerkt, dass er 'ne Waffe hatte?«

»Mason«, sagte Jesse Corn, der den Streit zu schlichten versuchte, »sie wollte die Situation doch bloß entschärfen. Sie hatte ihn schon so weit, dass er aufgibt.«

Doch Amelia Sachs brauchte keinen brüderlichen Beistand. »Ich weiß, wie man jemanden festnimmt«, sagte sie. »Ich mache das schon seit Jahren. *Sie* sind derjenige, der uns hier in Gefahr gebracht hat. Sie hätten jederzeit einen von uns treffen können.«

»Ach, Quatsch.« Mason beugte sich zu ihr, und sie roch das aufdringliche Aftershave, das er sich anscheinend kübelweise über den Kopf geschüttet hatte.

Sie rückte ein Stück von ihm ab, bis sie aus der Duftwolke war. »Wenn Sie Garrett getötet hätten«, sagte sie, »würde Mary Beth möglicherweise irgendwo verhungern oder ersticken.«

»Die ist längst tot«, versetzte Mason. »Er hat das Mädchen irgendwo verscharrt, wo wir die Leiche niemals finden.«

»Lincoln hat die Ergebnisse der Blutuntersuchung vorliegen«, konterte Sachs. »Gestern Abend war sie noch am Leben.«

Er stutzte einen Moment lang. »Gestern Abend ist lang her«, grummelte er.

»Komm schon, Mason«, sagte Jesse. »Ist doch alles gut ausgegangen.«

Aber er wollte sich nicht abregen. Er riss die Arme hoch und schlug sich auf die Schenkel, schaute Sachs in die Augen und sagte: »Scheiße noch mal, wenn ich wenigstens wüsste, wozu wir euch hier überhaupt brauchen.«

»Mason«, ging Lucy Kerr dazwischen, »Schluss jetzt. Wenn Mr. Rhyme und Amelia nicht gewesen wären, hätten wir Lydia niemals gefunden. Wir sind ihnen zu Dank verpflichtet. Lass locker.«

»*Sie* ist doch diejenige, die nicht locker lässt.«

»Wenn jemand haarscharf an mir vorbeischießt, erwarte ich von demjenigen eine Begründung, und zwar eine ziemlich gute«, sagte Sachs in aller Ruhe. »Und ich habe nicht das geringste Verständnis dafür, dass Sie den Jungen umlegen wollten, bloß weil *Sie* ihm nie etwas nachweisen konnten.«

»Wie ich meine Arbeit tue, geht Sie überhaupt nichts an. Ich –«

»Okay, machen wir hier Schluss«, sagte Lucy, »und dann nichts wie zurück zur Dienststelle. Wir gehen nach wie vor davon aus, dass Mary Beth *nicht* tot ist und wir sie finden müssen.«

»Hey«, rief Jesse Corn. »Da kommt der Hubschrauber.«

Ein Helikopter vom Klinikum landete auf einer Lichtung nahe der Mühle, und die Sanitäter trugen Lydia auf einer Bahre heraus. Sie hatte einen leichten Hitzschlag erlitten und sich den Knöchel schwer verstaucht. Sie war zuerst völlig aufgelöst gewesen – Garrett war mit einem Messer auf sie losgegangen, und sie zitterte immer noch am ganzen Leib, obwohl er, wie sich herausgestellt hatte, nur ein Stück Klebeband abschneiden wollte, um sie zu knebeln. Schließlich beruhigte sie sich einigermaßen und berichtete ihnen, dass Mary Beth nicht in der Nähe der Mühle war. Garrett habe sie irgendwo am Meer versteckt, auf den Outer Banks. Sie wusste nicht genau, wo. Lucy und Mason hatten versucht, Garrett zum Reden zu bewegen, doch er blieb stumm, saß nur da, die Hände auf den Rücken gefesselt, und starrte verstockt zu Boden.

Lucy wandte sich an Mason. »Du, Nathan und Jesse bringt Garrett rüber zur Easedale Road. Ich sorge dafür, dass Jim einen Wagen dorthin schickt. Zur Abzweigung am Possum Creek. Amelia möchte die Mühle durchsuchen. Ich helf ihr dabei. Schickt uns in etwa einer halben Stunde noch einen Wagen rüber an die Easedale.«

Sachs hätte Masons Blick auch noch länger standgehalten, wenn er es denn unbedingt darauf ankommen lassen wollte. Aber er wandte sich Garrett zu und musterte den Jungen von oben bis unten, wie ein Wachmann, der einen zum Tode verurteilten Häftling betrachtet. Mason nickte Nathan zu. »Packen wir's. Sitzen die Handschellen fest, Jesse?«

»Klar sitzen die fest«, sagte Jesse.

Sachs war froh, dass Jesse sie begleitete, damit Mason nicht auf dumme Gedanken kam. Sie hatte allerhand Geschichten über Häftlinge gehört, die von den begleitenden Polizisten wegen eines »Fluchtversuchs« verprügelt worden waren. Gelegentlich kamen sie dabei zu Tode.

Mason packte Garrett grob am Arm und zog ihn auf die Beine. Der Junge warf Sachs einen hoffnungslosen Blick zu. Dann führte Mason ihn den Pfad entlang.

»Behalten Sie Mason im Auge«, sagte Sachs zu Jesse Corn. »Möglicherweise brauchen wir jede Unterstützung, die Garrett uns geben kann, wenn wir Mary Beth finden wollen. Und wenn er zu viel Angst hat oder zu sauer ist, erfahren wir gar nichts von ihm.«

»Ich sorge dafür, Amelia.« Ein kurzer Blick in ihre Richtung. »Das war ganz schön mutig, was Sie da gemacht haben. Sich vor ihn hinzustellen. Ich hätte das nicht gemacht.«

»Tja«, sagte sie kurz angebunden, weil ihr nicht nach noch mehr Bewunderung war. »Manchmal handelt man einfach, ohne nachzudenken.«

Er nickte strahlend, so als wollte er diesen Ausdruck in seine gesammelten Sprüche aufnehmen. »Ach, was ich noch fragen wollte – haben Sie eigentlich einen Spitznamen?«

»Eigentlich nicht.«

»Gut. ›Amelia‹ gefällt mir auch.«

Einen Moment lang dachte sie, er würde sie küssen, um die Festnahme gebührend zu feiern. Dann lief er hinter Mason, Nathan und Garrett her.

Mann, o Mann, dachte Amelia Sachs gereizt, als sie sah, wie Jesse sich umdrehte und ihr fröhlich zuwinkte: Einer der Deputys will mich erschießen, und der andere möchte am liebsten gleich das Aufgebot bestellen und das Festmahl auffahren lassen.

Sorgfältig suchte Sachs die Mühle ab – konzentrierte sich vor allem auf den Raum, in dem Garrett Lydia gefangen gehalten hatte. Sie lief auf und ab, Schritt für Schritt.

Sie wusste, dass es hier einige Hinweise darauf geben musste, wo Mary Beth McConnell festgehalten wurde. Doch manchmal sind die Anhaltspunkte, anhand derer sich feststellen lässt, wo ein Täter gewesen ist, so schwach, dass sie kaum auffallen, und als Sachs den Raum abschritt, fand sie nichts Verwertbares – nur Schmutz, ein paar Gebrauchsgegenstände und verkohltes Holz von den Wänden, die beim Brand der Mühle eingestürzt waren, dazu Nahrungsmittel, Wasser, leere Verpackungen und das Klebeband (alles ohne Preisschild und Aufkleber). Sie entdeckte die Karte, auf die der arme Ed Schaeffer einen Blick geworfen hatte. Garretts Weg zur Mühle war darauf eingezeichnet, aber darüber hinaus enthielt sie keine Hinweise.

Dennoch suchte sie alles zweimal ab. Dann noch einmal. Sie machte das zum einen, weil Rhyme es ihr so beigebracht hatte, zum anderen aber auch, weil es ihre Art war. (Könnte es sein, fragte sie sich, dass es sich teilweise auch um eine Verzögerungstaktik handelt? Um Rhymes Termin bei Dr. Weaver so lange wie möglich hinauszuschieben?)

Dann hörte sie Lucys lauten Ruf. »Ich hab was.«

Sachs hatte vorgeschlagen, dass die Polizistin den Mahlraum durchsuchen sollte. Dorthin, so hatte Lydia berichtet, war sie vor Garrett geflohen, und Sachs hatte sich gedacht, dass Garrett bei der Rangelei, die dort stattgefunden hatte, möglicherweise etwas aus der Tasche gefallen sein könnte. Sie hatte ihrer Kollegin einen Schnellkursus in Tatortarbeit erteilt und ihr erklärt, worauf sie achten musste und wie man mit Spuren umging.

»Schauen Sie«, sagte Lucy aufgeregt, als sie einen Pappkarton zu Sachs schleppte. »Der war hinter dem Mühlstein versteckt.«

Ein Paar alter Schuhe befand sich darin, ferner eine wasserdichte Jacke, ein Kompass und eine Karte von der Küste von North Carolina. Außerdem entdeckte Sachs in den Schuhen und in den Falzstellen der Karte feinen weißen Sand.

Lucy wollte die Karte aufklappen.

»Nein«, sagte Sachs. »Da könnten weitere Spuren drin sein. Wir warten, bis wir wieder bei Lincoln sind.«

»Aber er könnte doch die Stelle eingezeichnet haben, wo er sie hingeschafft hat.«

»Schon möglich. Aber darum können wir uns auch noch kümmern, wenn wir wieder im Labor sind. Wenn wir jetzt eine Spur vernichten, ist sie für immer verloren.« Dann fuhr sie fort: »Sie suchen weiter die Mühle ab. Ich möchte mich auf dem Pfad umsehen, den er entlanggegangen ist, als wir ihn geschnappt haben. Er führt zum Wasser. Vielleicht hat er dort ein Boot versteckt. Möglicherweise liegt dort eine weitere Karte oder irgendwas anderes.«

Sachs verließ die Mühle und marschierte in Richtung Bachlauf. Als sie an der Anhöhe vorbeikam, von der Mason geschossen hatte, und um die nächste Wegbiegung gehen wollte, stieß sie auf zwei Männer, die sie anstarrten. Sie hatten Gewehre dabei.

O nein. Nicht die beiden.

»Na, so was«, sagte Rich Culbeau und verscheuchte eine Fliege, die auf seiner sonnenverbrannten Stirn gelandet war. Er warf den Kopf zurück, sodass sein dichter, glänzender Zopf wie ein Pferdeschwanz herumflog.

»Tausend Dank, Ma'am«, sagte der andere mit einem spöttischen Unterton.

Sachs fiel sein Name wieder ein: Harris Tomel – derjenige, der wie ein Geschäftsmann wirkte, während Culbeau eher wie ein Biker aussah.

»Keine Belohnung für uns«, fuhr Tomel fort. »Und dafür den ganzen Tag draußen in der Hitze.«

»Hat euch der Junge gesagt, wo Mary Beth ist?«, sagte Culbeau.

»Darüber müssen Sie mit Sheriff Bell reden«, erwiderte Sachs.

»Hab ja bloß gedacht, er hat vielleicht was gesagt.«

Dann fragte sie sich: Wie haben sie die Mühle gefunden? Sie könnten dem Suchtrupp gefolgt sein, aber vielleicht hatten sie auch einen Tipp bekommen – von Mason Germain möglicherweise, der sich von ihnen ein bisschen Unterstützung bei seinem privaten Rachefeldzug versprochen hatte.

»Ich hatte Recht«, fuhr Culbeau fort.

»Inwiefern?«, fragte Sachs.

»Sue McConnell hat die Belohnung auf zwotausend aufgestockt.« Er zuckte die Achseln.

»So nah und doch so fern«, fügte Tomel hinzu.

»Entschuldigt mich. Aber ich bin beschäftigt.« Sachs wollte an ihnen vorbeigehen, fragte sich gerade, wo der Dritte im Bund war. Der dürre –

Ein kurzes Rascheln hinter ihr, und sie spürte, wie ihr Revolver aus dem Holster gezogen wurde. Sie fuhr herum, ging in die Hocke und sah die Waffe gerade noch in der Hand des spindeldürren, sommersprossigen Sean O'Sarian verschwinden, der von ihr wegtänzelte und grinste wie der Klassenkasper.

Culbeau schüttelte den Kopf. »Sean, lass das.«

Sie streckte die Hand aus. »Geben Sie das zurück.«

»Bloß mal anschauen. Prima Knarre. Harris hier sammelt Waffen. Das is 'ne hübsche, findest du nicht, Harris?«

Tomel sagte nichts. Er seufzte nur und wischte sich den Schweiß von der Stirn.

»Sie handeln sich Ärger ein«, sagte Sachs.

»Gib ihn ihr wieder, Sean«, sagte Culbeau. »Es ist zu heiß für deine Faxen.«

Er tat so, als wollte er ihr die Waffe überreichen, mit dem Griff nach vorn, doch dann grinste er und zog die Hand zurück. »He, Süße, wo genau kommst du her? Aus New York, hab ich gehört. Wie ist es denn dort?«

»Hör auf, mit der verdammten Knarre rumzualbern«, grummelte Culbeau. »Das Geld ist futsch. Finden wir uns damit ab und gehen zurück in die Stadt.«

»Geben Sie mir sofort meine Waffe wieder«, sagte Sachs.

Doch O'Sarian tänzelte herum, zielte auf die Bäume, als wäre er ein Zehnjähriger, der Räuber und Gendarm spielt. »Peng, peng…«

»Okay, vergessen Sie es.« Sachs zuckte die Achseln. »Gehört mir sowieso nicht. Wenn Sie mit dem Spielen fertig sind, liefern Sie ihn einfach bei der Sheriff-Dienststelle ab.« Sie wandte sich ab und wollte an O'Sarian vorbeigehen.

»Hey«, sagte er und runzelte enttäuscht die Stirn, weil sie nicht mehr mit ihm spielen wollte. »Wollen Sie nicht –«

Sachs stieß auf seine rechte Seite vor, duckte sich und war im nächsten Moment hinter ihm, schlang ihm den Arm um den Hals und nahm ihn in den Halbnelson. Innerhalb einer Sekunde hatte sie das Taschenmesser gezückt, die Klinge aufgeklappt und drückte ihm nun die Spitze unter das Kinn.

»Herrgott, was, zum Teufel, machen Sie da?«, rief er, dann wurde ihm klar, dass er mit der Kehle an die Messerspitze stieß. Er hielt den Mund.

»Okay, okay«, sagte Culbeau und hob die Hände. »Machen wir kein –«

»Legt die Waffen weg«, befahl Sachs. »Alle drei.«

»*Ich* hab nichts gemacht«, protestierte Culbeau.

»Hören Sie, Miss«, sagte Tomel, um einen milden Tonfall bemüht, »wir wollten keinen Stunk machen. Unser Freund hier ist –«

Die Messerspitze stach in das stoppelige Kinn.

»Ahh, macht schon, macht es!«, sagte O'Sarian verzweifelt, mit zusammengebissenen Zähnen. »Legt die Knarren weg.«

Culbeau ließ sein Gewehr zu Boden sinken. Tomel ebenfalls.

Angewidert von O'Sarians säuerlichem Körpergeruch, fuhr Sachs mit der Hand an seinem Arm entlang und ergriff ihre Waffe. Er ließ sie los. Sie trat zurück, schubste O'Sarian weg und richtete den Revolver auf ihn.

»Ich hab doch bloß einen Jux gemacht«, sagte O'Sarian. »Mach ich immer. Ich blödel rum. Ich hab doch gar nichts vor. Sagt ihr, dass ich bloß rumblödel –«

»Was geht hier vor?«, fragte Lucy Kerr, die den Pfad entlangkam, die Hand am Griff ihrer Waffe.

Culbeau schüttelte den Kopf. »Sean hat mal wieder das Arschloch gespielt.«

»Was ihn eines Tages noch umbringen wird«, sagte Lucy.

Sachs klappte mit einer Hand das Messer zusammen und steckte es wieder in die Tasche.

»Schaut her, ich bin verletzt. Ich blute!« O'Sarian hielt einen roten Zeigefinger hoch.

»Verdammt«, sagte Tomel beeindruckt, doch Sachs wusste nicht, worauf er sich bezog.

Lucy schaute Sachs an. »Wollen Sie irgendwas unternehmen?«

»Mich unter die Dusche stellen«, entgegnete sie.

Culbeau lachte.

»Wir dürfen unsere Zeit nicht mit denen verschwenden«, fügte Sachs hinzu.

Die Polizistin nickte den Männern zu. »Das hier ist ein Tatort. Eure Belohnung kriegt ihr nicht.« Sie deutete mit dem Kopf auf die Gewehre. »Wenn ihr auf die Jagd gehen wollt, müsst ihr woanders hin.«

»Ach, weil man um die Jahreszeit ja schießen kann«, sagte O'Sarian spöttisch, als wollte er Lucy unter die Nase reiben, wie dumm diese Bemerkung gewesen war. »Ich meine, ach ver-*flucht*.«

»Dann geht in die Stadt zurück – bevor ihr euer Leben noch mehr verpfuscht, als ihr's ohnehin schon getan habt.«

Die Männer hoben ihre Gewehre auf. Culbeau beugte sich zu O'Sarian und flüsterte ihm wütend etwas ins Ohr. O'Sarian zuckte die Achseln und grinste. Einen Moment lang dachte Sachs, Culbeau würde ihn schlagen. Doch dann beruhigte sich der große Mann und wandte sich wieder an Lucy. »Habt ihr Mary Beth gefunden?«

»Noch nicht. Aber wir haben Garrett, und der wird uns verraten, wo sie ist.«

»Ich wünschte, wir hätten die Belohnung gekriegt«, sagte Culbeau, »aber ich bin froh, dass er gefasst ist. Der Junge macht nichts als Ärger.«

»Haben Sie in der Mühle noch irgendwas gefunden?«, fragte Sachs, als sie weg waren.

»Nein. Ich dachte, ich komm her und helf Ihnen bei der Suche nach dem Boot.«

»Eins habe ich vergessen«, sagte Sachs, als sie ihren Weg fortsetzten. »Wir sollten jemand zu der Falle schicken – dem Hornissennest. Er soll sie beseitigen und das Loch auffüllen.«

»Ach, Jim hat Trey Williams, einen von unseren Deputys, mit einer Dose Paral und einer Schaufel hingeschickt. Aber da waren gar keine Hornissen drin. Es war ein altes Nest.«

»Verlassen?«

»Genau.«

Dann war es also überhaupt keine Falle gewesen, nur ein Trick, um sie aufzuhalten. Und auch durch die Ammoniakflasche, dachte Sachs, sollte niemand zu Schaden kommen. Garrett hätte sie so aufstellen können, dass sich der Inhalt über die Verfolger ergoss. Wenn sie die Angelschnur nicht vorher entdeckt hätten, sondern darüber gestolpert wären, wäre die Flasche rund fünf Meter tief auf die Felsen unterhalb des Pfades gefallen, und der Ammoniakgeruch hätte Garrett gewarnt, aber niemand wäre zu Schaden gekommen.

Einmal mehr sah sie Garretts weit aufgerissene Augen vor sich, den verängstigten Blick.

Ich hab Angst. Er soll aufhören!

Sachs wurde bewusst, dass Lucy mit ihr redete.

»Wie bitte?«

»Wo haben Sie denn gelernt, wie man mit dem Krötenstecher umgeht?«, sagte die Polizistin. »Dem Messer?«

»Beim Training in der Wildnis.«

»In der Wildnis? Wo?«

»Brooklyn«, erwiderte Sachs.

Warten.

Mary Beth McConnell stand neben dem schlierigen Fenster. Sie war benommen und zugleich gereizt – von der drückenden Hitze in ihrem Kerker und dem brennenden Durst. Im ganzen Haus hatte sie nicht einen Tropfen zu trinken gefunden. Wenn sie aus dem hinteren Fenster der Hütte blickte, an dem Hornissennest vorbei, konnte sie die leeren Wasserflaschen auf dem Abfallhaufen sehen. Wie zum Hohn lagen sie da, und schon beim bloßen Anblick wurde sie noch durstiger. Sie wusste, dass sie diese Hitze allenfalls noch ein, zwei Tage durchstehen würde, wenn sie nichts zu trinken bekam.

Wo bist du? Wo?, fragte sie im Stillen den Missionar.

Wenn dort überhaupt ein Mann gewesen war – wenn er nicht nur eine Ausgeburt ihrer Fantasie gewesen war, eine Fata Morgana.

Sie lehnte sich an die heiße Hüttenwand. Meinte in Ohnmacht

zu fallen. Versuchte zu schlucken, doch ihr Mund war wie ausgedörrt. Sie hatte das Gefühl, als legte sich die Luft um ihr Gesicht, stickig wie heiße Wolle.

Dann dachte sie wütend: Ach, Garrett ... ich habe gewusst, dass du Ärger machst. Ein altes Sprichwort fiel ihr ein – keine gute Tat bleibt ungestraft.

Ich hätte ihm niemals helfen dürfen ... Aber was hätte ich denn *tun* sollen? Ich konnte ihn doch nicht diesen Jungs von der High School überlassen! Sie sah sie wieder alle vier vor sich, wie sie auf Garrett geblickt hatten, der am Boden lag, nachdem er letztes Jahr an der Maple Street das Bewusstsein verloren hatte. Ein großer, feixender Junge, ein Freund von Billy Stail, der mit ihm in der Football-Mannschaft spielte, hatte seine Guess-Jeans aufgezogen und wollte auf Garrett urinieren. Sie war zu ihnen hingestürmt, hatte ihnen die Hölle heiß gemacht, sich das Handy von einem der Jungen geschnappt und den Krankenwagen gerufen.

Ich *musste* es tun, selbstverständlich.

Aber kaum dass ich ihn gerettet hatte, war ich sein ...

Am Anfang, kurz nach dem Vorfall, hatte sich Mary Beth noch darüber amüsiert, dass er ihr nachstieg wie ein schüchterner Verehrer. Sie zu Hause anrief und ihr Sachen erzählte, die er in den Nachrichten gehört hatte, ihr Geschenke hinterließ (aber *was* für Geschenke: ein glitzernder grüner Käfer in einem kleinen Käfig, unbeholfene Zeichnungen von Spinnen und Hundertfüßlern, eine Libelle, die an einem Faden hing – eine lebende!).

Doch dann fiel ihr auf, dass er ein bisschen zu oft in ihrer Nähe war. Sie hörte Schritte hinter sich, wenn sie spätabends vom Auto zum Haus lief. Sah eine Gestalt unter den Bäumen in der Nähe ihres Hauses in Blackwater Landing stehen. Hörte seine hohe, unheimliche Stimme, als er irgendwelche Worte ausstieß, die sie nicht verstehen konnte, mit sich selbst redete oder vor sich hin sang. Sobald er sie auf der Main Street entdeckte, kam er schnurstracks auf sie zu, quatschte sie voll, stahl ihr die Zeit, ging ihr immer mehr auf den Geist. Glotzte – sowohl verschämt als auch sehnsüchtig – auf ihren Busen, die Beine, die Haare.

»Mary Beth, Mary Beth ... hast du gewusst, dass ein Spinnennetz, wenn man es irgendwie um die ganze Welt spannen würde, nicht mal dreißig Gramm wiegt ... Hey, Mary Beth, weißt du, dass

ein Spinnennetz ungefähr fünf Mal so fest ist wie Stahl? Und viel elastischer als Nylon? Manche Netze sind richtig klasse – die sind wie Hängematten. Die Fliegen legen sich rein und wachen nie mehr auf.«

(Mir hätte auffallen müssen, dachte sie jetzt, dass es bei seinem Gerede immer wieder um Spinnen und räuberische Insekten ging.)

Und so hatte sie allmählich ihre Gewohnheiten geändert, damit sie ihm nicht ständig über den Weg lief, hatte sich neue Geschäfte gesucht, in denen sie einkaufen ging, einen anderen Heimweg, andere Strecken, auf denen sie mit ihrem Mountainbike ausfuhr.

Doch dann geschah etwas, was all ihre Bemühungen, sich von Garrett Hanlon fern zu halten, durchkreuzte – Mary Beth machte eine Entdeckung. Und das ausgerechnet am Ufer des Paquenoke, im Herzen von Blackwater Landing – an einer Stelle, die der Junge zu seinem persönlichen Lehen erkoren hatte. Doch die Entdeckung war so wichtig, dass nicht einmal eine Bande Schwarzbrenner, geschweige denn ein dürrer Knabe mit einem Insektenfimmel sie von dort hätte fern halten können.

Mary Beth wusste nicht, wieso Geschichte sie so faszinierte. Aber es war schon seit jeher so gewesen. Sie konnte sich noch daran erinnern, wie sie als kleines Mädchen in Williamsburg gewesen war, wo es noch genauso aussah wie zur Kolonialzeit. Von Tanner's Corner aus war man mit dem Auto in zwei Stunden dort, und die Familie war oft hingefahren. Mary Beth hatte sich die Straßen in der Nähe der Stadt gemerkt, damit sie Bescheid wusste, wenn sie fast am Ziel waren. Sie hatte dann die Augen geschlossen, und sobald ihr Vater den Buick geparkt hatte, musste ihre Mutter sie an der Hand in den Park führen, wo sie dann die Augen aufmachte und so tun konnte, als wäre sie tatsächlich im Amerika der Kolonialzeit.

Das gleiche Hochgefühl – nur hundert Mal stärker – hatte sie letzte Woche erfasst, als sie in Blackwater Landing am Ufer des Paquenoke entlanggelaufen war, den Blick zu Boden gerichtet, und etwas bemerkt hatte, was halb im sumpfigen Erdreich vergraben war. Sie hatte sich hingekniet und den Lehm beiseite geschoben, so vorsichtig wie ein Chirurg, der ein schlagendes Herz freilegt. Und jawohl, da waren sie: Überreste aus alter Zeit – der

Beweis, den die dreiundzwanzig Jahre alte Mary Beth McConnell verzweifelt gesucht hatte. Der Fund, mit dem sie ihre Theorie beweisen konnte – und durch den die amerikanische Geschichte neu geschrieben werden musste.

Mary Beth McConnell hatte wie fast jeder, der in North Carolina aufgewachsen ist – und nahezu jedes Schulkind in Amerika –, im Geschichtsunterricht die verschollene Kolonie von Roanoke durchgenommen. Die Siedlung war Ende des 16. Jahrhunderts von englischen Kolonisten gegründet worden, die auf Roanoke gelandet waren, einer zwischen dem Festland von North Carolina und den Outer Banks gelegenen Insel. Zunächst herrschte Eintracht zwischen den Siedlern und den Ureinwohnern, doch dann verschlechterten sich die Beziehungen. Da der Winter vor der Tür stand und den Kolonisten die Nahrungsmittel und andere Vorräte ausgingen, segelte John White, der Gründer der Kolonie, nach England, um Nachschub zu beschaffen. Doch als er nach Roanoke zurückkehrte, waren die Kolonisten – über hundert Männer, Frauen und Kinder – verschwunden.

Der einzige Hinweis auf ihren Verbleib war das Wort »Croatoan«, das unweit der Siedlung in die Rinde eines Baumes geritzt worden war. Das war der indianische Name für Hatteras, eine etwa fünfzig Meilen südlich von Roanoke gelegene Insel. Die meisten Historiker nahmen an, dass die Kolonisten umgekommen waren, als sie übers Meer nach Hatteras fuhren, oder getötet wurden, als sie dort ankamen, doch es gab keinerlei Beweise dafür, dass sie dort jemals gelandet waren.

Mary Beth war mehrmals auf Roanoke gewesen und hatte sich das nach den tatsächlichen Begebenheiten inszenierte Historienspiel angesehen, das dort in einem kleinen Theater aufgeführt wurde. Das Stück hatte sie bewegt – aber auch erschauern lassen. Doch sie dachte nicht weiter über die Geschichte nach, bis sie älter war und an der University of North Carolina in Avery studierte, wo sie sich eingehend mit der verschollenen Kolonie beschäftigte. Ein Aspekt dieser Geschichte, der bezüglich des Schicksals der Kolonisten ungeklärte Fragen aufwarf, betraf ein Mädchen namens Virginia Dare und die Sage von der weißen Hindin.

Es war eine Geschichte, die Mary Beth McConnell – ein Einzelkind, ein Freigeist und ziemlich zielstrebig – durchaus nachvollziehen konnte. Virginia Dare war das erste englische Kind, das in Amerika zur Welt kam. Sie war die Enkelin von Gouverneur White und eine der verschollenen Kolonisten. Vermutlich, so stand es in den Geschichtsbüchern, war sie mit den anderen auf dem Weg nach oder auf Hatteras selbst umgekommen. Doch als Mary Beth weiter nachforschte, fand sie heraus, dass unter den Briten, die sich kurz nach dem Verschwinden der Kolonisten am östlichen Küstensaum niederließen, allmählich die ersten Sagen über die verschollene Kolonie entstanden.

Einer dieser Legenden zufolge waren die Kolonisten nicht umgekommen, sondern hatten noch eine Zeit lang unter den einheimischen Stämmen gelebt. Virginia Dare wuchs zu einer wunderschönen jungen Frau heran – blond und hellhäutig, willensstark und selbständig. Ein Medizinmann verliebte sich in sie, doch sie wies ihn ab, worauf sie wenig später verschwand. Der Medizinmann behauptete, er habe ihr nichts zu Leide getan, aber weil sie seine Liebe nicht erwiderte, habe er sie in eine weiße Hirschkuh verwandelt.

Natürlich glaubte ihm niemand, aber bald darauf sahen die Menschen in der Gegend eine prächtige weiße Hirschkuh, der allem Anschein nach sämtliche Tiere des Waldes folgten. Aus Furcht vor den offenbar übernatürlichen Kräften der Hirschkuh traten die Stammesmitglieder zum Wettstreit an, um ihrer habhaft zu werden.

Ein junger Krieger vermochte sie aufzuspüren und schoss aus schier aussichtsloser Entfernung einen Pfeil mit einer silbernen Spitze auf sie ab. Er durchbohrte ihre Brust, und als sie sterbend am Boden lag, blickte sie mit erschreckend menschlichen Augen zu dem Jäger auf.

»Wer seid Ihr?«, stammelte er.

»Virginia Dare«, wisperte die Hirschkuh und starb.

Mary Beth hatte den Entschluss gefasst, sich tiefer mit der Geschichte von der weißen Hindin zu befassen. Tage und Nächte lang saß sie in den Archiven der UNC in Chapel Hill und an der Duke University, las alte Tagebücher und Aufzeichnungen aus dem sechzehnten und siebzehnten Jahrhundert und fand eine ganze Reihe von Hinweisen auf »weiße Hirsche« und geheimnisvolle »weiße Tiere«, die im Nordosten von North Carolina umgingen. Doch weder auf Roanoke noch auf Hatteras wurden sie jemals gesichtet. Gesehen hatte man sie indes an »den Gestaden des schwarzen Wassers, dorten der Schlangenfluss vom Großen Sumpf aus gen Westen fließt«.

Mary Beth wusste um die Bedeutung von Sagen, wusste, dass selbst die fantastischsten Geschichten oftmals einen wahren Kern enthielten. Womöglich, so folgerte sie, hatten die verschollenen Kolonisten aus Angst vor einem Angriff der einheimischen Stämme das Wort »Croatoan« hinterlassen, um ihre Feinde in die Irre zu führen, und sich nicht nach Süden, sondern nach Westen abgesetzt und an den Ufern des Paquenoke angesiedelt, der sich – jawohl! – in zahllosen Windungen dahinschlängelte: in der Nähe von Tanner's Corner, an der Stelle, die heute Blackwater Landing hieß, benannt nach dem schwarzen Wasser, das aus dem Sumpf strömte. Dort waren sie immer zahlreicher und mächtiger geworden, bis die Indianer, die sich durch sie bedroht fühlten, über sie herfielen und ausnahmslos töteten. Und Virginia Dare, so hatte Mary Beth die Sage ihrerseits gedeutet, war möglicherweise eine der letzten Überlebenden gewesen, die bis zum bitteren Ende gekämpft hatte.

Na ja, das war jedenfalls ihre Meinung, aber Mary Beth hatte keinerlei Beweise gefunden, die diese Theorie hätten untermauern können. Tagelang hatte sie mit alten Karten die Gegend rund um Blackwater Landing durchstreift und sich überlegt, wo genau die Kolonisten gelandet sein könnten, wo sie ihre Siedlung gebaut haben könnten. Letzte Woche dann, als sie am Ufer des Paquo entlanggelaufen war, hatte sie endlich einen Hinweis auf die verschollene Kolonie gefunden.

Sie musste daran denken, wie entsetzt ihre Mutter gewesen war, als sie ihr erzählt hatte, dass sie in Blackwater Landing Ausgrabungen durchführen wollte.

»Doch nicht *dort*«, hatte die pummelige Frau gezetert, so als wäre sie selbst in Gefahr. »Dort bringt der Insektenjunge die Leute um. Er wird dich finden, er wird dir was antun.«

»Mutter«, hatte sie unwirsch entgegnet, »du benimmst dich genauso unvernünftig wie die Arschlöcher in der Schule, die ihn ständig ärgern.«

»Du hast schon wieder dieses Wort benutzt. Ich habe dich ausdrücklich darum gebeten, es nicht zu tun. Das A-Wort.«

»Mama, komm schon – du klingst ja wie eine Kanzelschwalbe.« Sie meinte damit jene Gemeindemitglieder, die stets in der vordersten Kirchenbank saßen und sich Sorgen um ihre Moral machten – oder, was ihnen eher zuzutrauen war, um die Moral ihrer Mitmenschen.

»Schon der Name ist gruselig«, murmelte Sue McConnell. »Blackwater.«

Und Mary hatte ihr erklärt, dass es in North Carolina dutzende von Gewässern namens Blackwater gab. Jeder Fluss, der aus dem Sumpfland strömte, wurde als schwarzes Wasser bezeichnet, weil er von den Ablagerungen vermodernder Pflanzen dunkel gefärbt war. Und der Paquenoke wurde vom Great Dismal Swamp und den umliegenden Mooren gespeist.

Doch ihre Mutter hatte sich nicht beruhigen lassen. »Bitte, geh nicht dorthin, mein Schatz.« Dann hatte sie ihrerseits einen Pfeil mit silberner Spitze abgeschossen. »Wenn dir irgendwas passiert, jetzt, wo dein Vater nicht mehr da ist, hätte ich niemanden mehr … Ich stünde allein da. Ich wüsste überhaupt nicht, was ich machen sollte. Das willst du doch nicht.«

Doch Mary Beth, vom Forschergeist getrieben, der Entdecker und Wissenschaftler seit jeher beflügelte, hatte ihre Bürsten, ihre Sammelgläser und -tüten und einen Spaten eingepackt und war gestern Morgen in der feuchten, drückenden Hitze losgezogen, um ihre Ausgrabungen fortzusetzen.

Und was war passiert? Sie war von dem Insektensammler überfallen und entführt worden. Ihre Mutter hatte Recht behalten.

Nun, da sie in dieser heißen, ekelhaften Hütte saß, von Schmerzen und Übelkeit geplagt, halb von Sinnen vor Durst, musste sie an ihre Mutter denken. Nachdem ihr Mann vom Krebs dahingerafft worden war, war ihr ganzes Leben aus den Fugen geraten. Sie hatte alles aufgegeben, ihre Freunde, die ehrenamtliche Mitarbeit im Krankenhaus, hatte jeglichen Lebensmut verloren und versuchte nicht einmal mehr den Anschein von Normalität zu wahren. Mary Beth hatte die Rolle des Familienoberhaupts übernehmen müssen, während ihre Mutter sich treiben ließ, tagtäglich vor dem Fernseher saß und sich von Fertigkost ernährte.

Aufgedunsen, teilnahmslos und hilfsbedürftig wie ein kleines Kind.

Doch Mary Beth hatte von ihrem Vater gelernt – im Leben wie auch durch seinen qualvollen Tod –, dass man dem Weg folgen muss, den das Schicksal weist, und sich von niemandem davon abbringen lassen darf. Mary Beth hatte ihre Ausbildung nicht abgebrochen, als ihre Mutter sie darum gebeten hatte, und sich keinen Job in ihrer Nähe besorgt. Sie hatte sorgfältig abwägen müssen: hier die Bedürfnisse ihrer Mutter, die auf Unterstützung angewiesen war, dort ihre eigenen – der Wunsch, ihr Diplom zu machen und sich dann, wenn sie ihr Studium abgeschlossen hatte, ernsthaft der Forschung zu widmen, der Erkundung der amerikanischen Anthropologie. Wenn sich zufällig etwas in der Nähe ergeben sollte, na schön. Aber wenn sie auf den Spuren der amerikanischen Ureinwohner nach Santa Fé, zu Eskimo-Ausgrabungen nach Alaska oder zur Erkundung afroamerikanischer Geschichte nach Manhattan musste, war sie auch dazu bereit. Sie war stets für ihre Mutter da, aber sie musste auch an ihr eigenes Leben denken.

Und ausgerechnet jetzt, da sie eigentlich in Blackwater Landing weitere Beweise ausgraben und sammeln, sich mit ihrem Tutor besprechen und ihre Themenvorschläge abfassen und ihre Funde untersuchen sollte, saß sie im Liebesnest eines ausgerasteten Teenagers fest.

Wieder befiel sie tiefe Hoffnungslosigkeit.

Tränen stiegen ihr in die Augen.

Doch sie unterdrückte sie.

Hör auf! Reiß dich zusammen. Benimm dich wie die Tochter deines *Vaters*, der Tag für Tag der Krankheit getrotzt, sich fortwährend gegen sie gewehrt hatte. Nicht wie deine Mutter.

Sei wie Virginia Dare, die die verschollenen Kolonisten zum letzten Widerstand um sich scharte.

Sei wie die weiße Hindin, die Königin sämtlicher Tiere des Waldes.

Und dann, als sie gerade an die Abbildung einer prachtvollen Hirschkuh dachte, die sie in einem Buch über Volks- und Heimatsagen in North Carolina gesehen hatte, meinte sie wieder eine Bewegung am Waldrand wahrzunehmen. Der Missionar kam unter den Bäumen hervor. Er hatte einen schweren Rucksack umhängen.

Er war *kein* Hirngespinst!

Mary Beth nahm eines von Garretts Gläsern, in dem ein Käfer saß, der wie ein Dinosaurier aussah, und schleuderte es gegen das Fenster. Es durchschlug die Scheibe und zerbarst an den Gitterstäben draußen.

»Helfen Sie mir!«, schrie sie, doch ihre Kehle war staubtrocken, sodass sie kaum einen Ton hervorbrachte. »Hilfe!«

Der Mann, keine hundert Meter von ihr entfernt, blieb stehen. Blickte sich um.

»Bitte! Helfen Sie mir!« Ein langer Klagelaut.

Er drehte sich um. Schaute dann in den Wald.

Sie holte tief Luft und wollte einen weiteren Schrei ausstoßen, doch ihr Hals war wie zugeschnürt. Sie würgte, spuckte etwas Blut.

Und der Missionar auf der anderen Seite der Wiese ging weiter. Kurz darauf war er wieder im Wald verschwunden.

Mary Beth ließ sich auf das muffige Sofa fallen und lehnte den Kopf erschöpft und hoffnungslos an die Wand. Plötzlich blickte sie auf – wieder hatte sie eine Bewegung wahrgenommen. Ganz in der Nähe – in der Hütte. Der Käfer, der aussah wie ein kleines Triceratops, hatte die Zerstörung seiner Behausung heil überstanden. Mary beobachtete ihn, als er zielstrebig an einem Haufen Scherben empormarschierte, ein Flügelpaar ausbreitete, dann ein zweites, das kaum merklich schwirrte, und sich vom Fenstersims aus in die Freiheit aufschwang.

... Siebzehn

»Wir haben ihn gefasst«, sagte Rhyme zu Jim Bell und seinem Schwager, Deputy Steve Farr. »Amelia und ich. Wie wir das vereinbart hatten. Jetzt müssen wir wieder nach Avery.«

»Na ja, Lincoln«, setzte Bell zaghaft an, »die Sache ist bloß die, dass Garrett nichts sagt. Er will uns nicht verraten, wo Mary Beth steckt.«

Ben, der neben dem Computerbildschirm stand, auf dem die Zackenmuster der chromatographischen Untersuchung aufleuchteten, wirkte unschlüssig. Seine anfängliche Zurückhaltung hatte sich gelegt, und fast schien es so, als bedauerte er, dass sein Auftrag zu Ende ging. Amelia Sachs war ebenfalls im Labor. Mason Germain nicht, was ihnen nur recht war – Rhyme war stinksauer darüber, dass Sachs durch seine Schüsse draußen bei der Mühle in Lebensgefahr geraten war. Bell hatte dem Deputy zornig befohlen, dass er sich vorerst aus dem Fall herauszuhalten habe.

»Ich weiß es zu würdigen«, erwiderte Rhyme abschätzig auf Bells unausgesprochene Bitte um weiteren Beistand, »aber sie befindet sich nicht in unmittelbarer Gefahr.« Lydia hatte ihnen berichtet, dass Mary Beth noch am Leben war und wo sie sich in etwa befand. Wenn man mit ein paar Suchtrupps die Outer Banks abkämmte, fand man sie vermutlich binnen weniger Tage. Und außerdem war Rhyme jetzt bereit für die Operation. Er klammerte sich jetzt tatsächlich an ein glückliches Vorzeichen, so abwegig es auch sein mochte – die Erinnerung daran, wie Henry Davett ihm Kontra gegeben hatte, an den ehernen Blick des Mannes. Beim Gedanken an den Geschäftsmann zog es ihn in die Klinik, wollte er die Untersuchungen so schnell wie möglich hinter sich bringen und sich unters Messer begeben. Er warf einen Blick zu Ben und wollte ihm gerade erklären, wie er die Instrumente einpacken sollte, als Sachs Bell zu Hilfe kam. »Wir haben in der Mühle ein paar Spuren gefunden. Das heißt, Lucy hat sie gefunden. Gute Spuren.«

»Wenn sie *gut* sind, kann auch jemand anders feststellen, wohin sie führen«, sagte Rhyme säuerlich.

»Sehen Sie, Lincoln«, versetzte Bell versöhnlich mit breitem Carolina-Akzent, »ich will Sie ja zu nichts drängen, aber Sie sind hier weit und breit der Einzige, der Erfahrung mit Schwerverbrechen hat. Mit so was können wir doch überhaupt nichts anfangen.« Er nickte zu dem Chromatographen hin. »Und mit Schmutzspuren oder Fußabdrücken auch nicht.«

Rhyme rieb den Kopf an der Nackenstütze des Storm Arrow, warf einen Blick zu Sachs und sah deren flehentliche Miene. Schließlich seufzte er. »Und Garrett sagt *überhaupt* nichts?«, fragte er schließlich.

»Reden tut er schon«, meinte Farr und zupfte sich am Ohr. »Aber er bestreitet, dass er Billy umgebracht hat, und er behauptet, dass er Mary Beth nur zu ihrer eigenen Sicherheit aus Blackwater Landing weggebracht hat. Das war's. Er will uns nicht sagen, wo sie ist.«

»Bei dieser Hitze könnte sie verdursten, Rhyme«, sagte Sachs.

»Oder verhungern«, wandte Farr ein.

Ach, um Himmels willen ...

»Thom«, blaffte Rhyme. »Ruf Dr. Weaver an. Sag ihr, dass wir hier noch etwas länger beschäftigt sind. Mit Betonung auf ›etwas‹.«

»Mehr verlangen wir gar nicht, Lincoln«, sagte Bell, der sichtlich erleichtert wirkte. »Ein, zwei Stunden. Wir werden es Ihnen auch bestimmt vergelten – wir ernennen Sie zum Ehrenbürger von Tanner's Corner«, sagte der Sheriff grinsend. »Wir übergeben Ihnen den goldenen Schlüssel zur Stadt.«

Umso leichter komme ich hier raus und kann schleunigst verschwinden, dachte Rhyme spöttisch. »Wo ist Lydia?«, fragte er Bell.

»Im Krankenhaus.«

»Was fehlt ihr?«

»Nichts Ernstes. Die wollen sie nur einen Tag zur Beobachtung dort behalten.«

»Was hat sie gesagt – *genau*?«, wollte Rhyme wissen.

»Dass Garrett ihr erzählt hat, er hätte Mary Beth nach Osten gebracht, ans Meer«, sagte Sachs. »Auf die Outer Banks. Außerdem hat er gesagt, dass er sie eigentlich gar nicht gekidnappt hat. Sie ist angeblich freiwillig mitgekommen. Er hätte nur auf sie aufgepasst, und sie wäre froh, dass er sie dort hingebracht hat. Außerdem hat Lydia mir erzählt, dass wir Garrett völlig überrascht haben. Er hat nicht erwartet, dass wir so schnell bei der Mühle wären. Als er das Ammoniak roch, ist er durchgedreht, hat sich umgezogen, sie geknebelt und ist rausgerannt.«

»Na schön ... Ben, wir müssen uns ein paar Sachen ansehen.«

Der Student nickte, zog seine Latexhandschuhe wieder an – ohne dass er ihn darauf hinweisen musste, wie Rhyme feststellte.

Rhyme erkundigte sich nach den in der Mühle gefundenen Nahrungsmitteln und dem Wasser. Ben hielt sie hoch. »Keine Preisschilder von bestimmten Geschäften«, stellte Rhyme fest. »Genau wie bei den anderen. Die nützen uns nichts. Mal sehen, ob an dem Klebeband etwas haften geblieben ist.«

Sachs und Ben beugten sich über die Rolle und untersuchten sie zehn Minuten lang mit einer Lupe. Sie zupften Holzpartikel ab, und Ben hielt einmal mehr das Mikroskop, damit Rhyme in das Okular schauen konnte. Doch durch die starke Vergrößerung wurde deutlich, dass es sich lediglich um Holz aus der Mühle handelte. »Nichts«, sagte sie.

Danach nahm sich Ben die Karte vor, auf der das Paquenoke County abgebildet war. Sie war mit Kreuzen und Pfeilen gekennzeichnet, die den Weg markierten, auf dem Garrett von Blackwater Landing zur Mühle gelangt war. Auch sie trug kein Preisschild. Und sie enthielt keinerlei Hinweis darauf, wohin der Junge von der Mühle aus gegangen war.

»Haben Sie ein ESDA?«, sagte Rhyme zu Bell.

»Ein was?«

»Ein elektrostatisches Druckspuren-Abbildungsgerät.«

»Ich weiß nicht mal, was das ist.«

»Damit erkennt man Eindruckspuren auf Papier. Falls Garrett die Karte als Unterlage benutzt hat, als er etwas aufgeschrieben hat, einen Ortsnamen oder eine Adresse, könnten wir es sehen.«

»Na ja, wir haben aber keines. Soll ich die Staatspolizei anrufen?«

»Nein. Ben, richten Sie eine Taschenlampe schräg auf die Karte. Sehen Sie nach, ob sich irgendwelche Eindruckspuren darauf befinden.«

Ben tat, wie geheißen, doch obwohl sie die Karte Zentimeter für Zentimeter absuchten, sahen sie keinerlei Schriftzeichen oder andere Markierungen.

Rhyme befahl Ben, die andere Karte zu untersuchen, diejenige, die Lucy in der Mühle gefunden hatte. »Sehen wir mal, ob wir im Falz irgendwelche Spuren finden. Sie ist zu groß für unsere Abokarten. Falten Sie sie über einer Zeitung auf.«

Sand rieselte heraus. Rhyme bemerkte sofort, dass es sich tatsächlich um Meeressand handelte, wie man ihn vermutlich auf den Outer Banks fand – die Körner waren lichtdurchlässig, nicht opak, wie es bei Sand aus dem Binnenland der Fall gewesen wäre.

»Geben Sie eine Probe in den Chromatographen. Mal sehen, ob es noch andere Spuren gibt, die uns weiterhelfen.«

Ben schaltete das laute Gerät ein.

Während sie auf die Ergebnisse warteten, breitete er die Karte auf dem Tisch aus. Bell, Ben und Rhyme untersuchten sie sorgfältig. Sie zeigte die Ostküste der Vereinigten Staaten ab Norfolk, Virginia, und die Schifffahrtsrouten durch die Hampton Road bis hinunter nach South Carolina. Sie schauten sich jeden Zentimeter an, doch Garrett hatte nirgendwo eine Markierung hinterlassen.

Natürlich nicht, dachte Rhyme. So leicht ist das nie. Auch diese Karte überprüften sie mit der Taschenlampe, fanden aber keinerlei Eindruckspuren.

Die Ergebnisse der chromatographischen Untersuchung leuchteten am Bildschirm auf. Rhyme warf einen kurzen Blick darauf. »Hilft uns nicht viel. Natriumchlorid – Kochsalz also –, dazu Jodid, organische Stoffe … Alles in Meerwasser enthalten. Aber kaum andere Spuren. Der genaue Ort, von dem der Sand stammen könnte, lässt sich damit nicht feststellen.« Rhyme nickte zu den Schuhen hin, die im gleichen Pappkarton gewesen waren wie die Karte. »Enthalten die irgendwelche anderen Spuren?«, fragte er Ben.

Der junge Mann untersuchte sie genau, band sie sogar auf – noch bevor ihn Rhyme darum gebeten hatte. Der Junge hat das Zeug zu einem guten Kriminalisten, dachte Rhyme. Er sollte sein Talent nicht auf neurotische Fische vergeuden.

Bei den Schuhen handelte es sich um alte Nikes – so herkömmlich, dass es unmöglich war, sie zu einem bestimmten Geschäft zurückzuverfolgen, wo Garrett sie möglicherweise gekauft haben könnte.

»Reste von trockenem Laub. Ahorn und Eiche. Wenn ich raten müsste.«

Rhyme nickte. »Noch irgendwas in dem Karton?«

»Nichts.«

Rhyme blickte zu den Spurentabellen auf. Sein Blick verweilte bei dem Camphen.

»Sachs, waren in der Mühle alte Lampen an den Wänden? Oder Laternen?«

»Nein«, antwortete Sachs. »Weder noch.«

»Bist du dir sicher«, hakte er unwirsch nach, »oder sind sie dir nur nicht aufgefallen?«

Sie verschränkte die Arme. »Der Boden bestand aus fünfundzwanzig Zentimeter breiten Kastanienholzdielen«, erwiderte sie ruhig. »Die Wände aus Putz und Lattenwerk. An der einen Wand befand sich ein mit blauer Farbe aufgesprühtes Graffiti: ›Josh und Brittany, auf immer in Liebe‹. Liebe mit L-I-B-E geschrieben. Ein Tisch im Shaker-Stil mit einem Riss in der Mitte und schwarz gestrichen. Drei Flaschen Deer-Park-Wasser, eine Packung Reese's Erdnussbutterkonfekt, fünf Tüten Doritos, zwei Tüten Cape-Cod-Kartoffelchips, sechs Dosen Pepsi, vier Dosen Coke, acht Packungen Planters-Käsecracker mit Erdnussbutter. Der Raum besaß zwei Fenster. Eines war zugenagelt. Am anderen war nur eine Scheibe ganz geblieben – die anderen waren eingeschlagen –, außerdem fehlten sämtliche Türknöpfe und Fensterriegel. An den Wänden befanden sich altmodische Lichtschalter. Und jawohl, ich bin mir sicher, dass es dort keine alten Lampen gab.

»Holla, die hat's Ihnen aber gezeigt, Lincoln«, sagte Ben lachend.

Da er nun mit im Bunde war, erntete er einen finsteren Blick von Rhyme. Der Kriminalist starrte einmal mehr auf die Spuren, dann schüttelte er den Kopf. »Tut mir Leid, Jim«, sagte er zu Bell. »Ich kann Ihnen allenfalls sagen, dass sie vermutlich in einem Haus unweit vom Meer festgehalten wird, aber – wenn das Laub aus der Nähe stammt – nicht am Strand. Eichen und Ahorn wachsen nicht auf Sand. Und es ist ein altes Haus – wegen der Camphenlampen. Aus dem neunzehnten Jahrhundert. Mit mehr kann ich nicht dienen, fürchte ich.«

Bell blickte auf die Karte von der Ostküste, schüttelte den Kopf. »Na ja, ich red noch mal mit Garrett, vielleicht ist er ja doch zur Mitarbeit bereit. Wenn nicht, ruf ich den Staatsanwalt an. Mal sehen, inwieweit wir ihm beim Strafantrag entgegenkommen können, wenn er auspackt. Schlimmstenfalls lass ich die Outer Banks absuchen. Eines sag ich Ihnen, Lincoln, Sie sind ein Lebensretter. Ich kann Ihnen gar nicht genug danken. Sind Sie noch eine Weile hier?«

»Nur so lange, um Ben zu zeigen, wie er die Geräte einpacken muss.«

Rhyme musste unwillkürlich an seinen Glücksbringer denken, an Henry Davett. Doch seine Freude darüber, dass die Aufgabe beendet war, wurde, wie er zu seiner Überraschung feststellte, dadurch getrübt, dass ihm die endgültige Lösung des Rätsels – Mary Beth zu finden – nicht geglückt war. Aber wie seine Exgemahlin immer zu sagen pflegte, wenn er um ein, zwei Uhr morgens die Wohnung verließ, um sich an einen Tatort zu begeben: Du kannst nicht die ganze Welt retten. »Ich wünsche Ihnen viel Glück, Jim.«

»Was dagegen, wenn ich mitkomme?«, sagte Sachs zu Bell. »Zu Garrett?«

»Nur zu«, meinte der Sheriff. Er schien irgendetwas hinzufügen zu wollen – möglicherweise etwas über die weibliche Ausstrahlung, die ihnen dabei helfen könnte, dem Jungen ein paar Auskünfte zu entlocken. Doch dann überlegte er es sich offenbar anders – klugerweise, wie Rhyme fand.

»Machen wir uns an die Arbeit, Ben«, sagte Rhyme. Er rollte zu dem Tisch, auf dem die Reagenzgläser des Dichtegradienten standen. »Und nun hören Sie genau zu. Die Instrumente sind für einen Kriminalisten das gleiche wie die Waffen für einen Offizier im Feld. Sie müssen richtig verpackt und verstaut werden. Sie müssen sie so behandeln, als ob ein Menschenleben davon abhängt, denn genauso ist es, glauben Sie mir. Hören Sie zu, Ben?«

»Ich höre zu.«

… Achtzehn

Das Gefängnis von Tanner's Corner war zwei Querstraßen von der Sheriff-Dienststelle entfernt.

Sachs und Bell gingen den glühend heißen Gehsteig entlang. Wieder fiel ihr auf, dass Tanner's Corner wie eine Geisterstadt wirkte. Die kränklich aussehenden Trunkenbolde hockten immer noch schweigend auf einer Bank im Stadtzentrum. Eine dürre, frisch frisierte Frau stellte ihren Mercedes in einer Reihe leerer Parkbuchten ab, stieg aus und ging in das Nagelstudio. Der protzige Wagen wirkte in dieser Kleinstadt völlig fehl am Platz. Ansonsten war niemand auf der Straße. Sachs fiel auf, dass ein halbes Dutzend Geschäfte eingegangen waren. Eines davon war ein Spielwarenladen gewesen. Eine Babypuppe, die einen von der Sonne verblichenen Strampelanzug trug, lag im Schaufenster. Wo, dachte sie einmal mehr, sind die ganzen Kinder?

Dann schaute sie über die Straße und sah ein Gesicht, das sie aus dem schummrigen Schankraum von Eddie's Bar beobachtete. Sie kniff die Augen zusammen. »Diese drei Typen«, sagte sie und deutete mit dem Kopf hin.

Bell blickte hinüber. »Culbeau und seine Kumpel?«

»Hmm. Das sind Tunichtgute. Sie haben mir meine Waffe abgenommen«, sagte Sachs. »Einer von ihnen jedenfalls. Dieser O'Sarian.«

Der Sheriff runzelte die Stirn. »Und dann?«

»Ich habe sie mir zurückgeholt«, antwortete sie kurz und knapp.

»Soll ich ihn mir vorknöpfen?«

»Nein. Ich dachte bloß, Sie sollten es wissen. Die sind sauer, weil sie die Belohnung nicht kriegen. Allerdings, wenn Sie mich fragen, steckt da noch mehr dahinter. Die haben es auf den Jungen abgesehen.«

»So wie jeder in der Stadt.«

»Aber nicht jeder in der Stadt läuft mit geladener Waffe in der Gegend herum.«

Bell lachte. »Na ja, nicht jeder«, sagte er.

»Außerdem wundere ich mich ein bisschen, dass sie zufällig bei der Mühle aufgekreuzt sind.«

Der Sheriff dachte einen Moment lang darüber nach. »Meinen Sie, Mason steckt dahinter?«

»Ja«, sagte Sachs.

»Ich wünschte, er hätte diese Woche Urlaub genommen. Aber das tut er bestimmt nicht. So, da wären wir. Macht nicht viel her, das Gefängnis, aber es erfüllt seinen Zweck.«

Sie gingen in das flache Gebäude aus Betonbausteinen. Die ächzende und keuchende Klimaanlage sorgte für eine angenehm kühle Raumtemperatur. Bell erklärte ihr, dass sie ihre Waffe im Schließfach hinterlegen sollte. Er tat das gleiche, worauf sie sich in den Vernehmungsraum begaben. Er schloss die Tür.

Garrett Hanlon, der einen blauen, vom Bezirk gestellten Overall trug, saß Jesse Corn an einem Glasfibertisch gegenüber. Der Deputy lächelte Sachs an, und sie erwiderte das Lächeln, wenn auch etwas weniger herzlich. Dann schaute sie den Jungen an und war wieder einmal betroffen darüber, wie bedrückt und verzweifelt er wirkte.

Ich hab Angst. Er soll aufhören!

In seinem Gesicht und an den Armen waren Striemen, die zuvor nicht da gewesen waren. »Was hast du dort auf der Haut?«, fragte sie.

Er blickte auf seinen Arm und rieb ihn betreten. »Giftsumach«, murmelte er.

»Du kennst deine Rechte, nicht wahr?«, sagte Bell freundlich. »Hat Deputy Kerr sie dir vorgelesen?«

»Ja.«

»Und du hast alles verstanden?«

»Ich glaub schon.«

»Ein Anwalt ist schon unterwegs. Mr. Fredericks. Er kommt von einer Besprechung in Elizabeth City und müsste bald hier sein. Du musst nichts sagen, bevor er da ist. Hast du das verstanden?«

Er nickte.

Sachs warf einen Blick auf den venezianischen Spiegel. Sie sah nur ihr Abbild, doch auf der anderen Seite saß jemand und beobachtete sie, nahm sie mit der Videokamera auf.

»Aber wir hoffen, dass du mit uns redest, Garrett«, fuhr Bell fort. »Wir müssen dich ein paar wichtige Sachen fragen. Zunächst mal: Stimmt es, dass Mary Beth am Leben ist?«

»Klar lebt sie noch.«

»Hast du sie vergewaltigt?«

»So was würde ich niemals tun«, sagte er, und einen Moment lang wirkte er eher entrüstet als elend.

»Aber du hast sie entführt«, sagte Bell.

»Eigentlich nicht.«

»*Eigentlich* nicht?«

»Sie hat irgendwie nicht kapiert, dass es in Blackwater Landing gefährlich ist. Ich musste sie wegschaffen, sie in Sicherheit bringen. Das ist alles. Ich hab sie gerettet. Irgendwie muss man manchmal dafür sorgen, dass jemand was macht, was er eigentlich nicht machen will. Zu seinem eigenen Besten. Und dann, Sie wissen schon, dann kapiert er's.«

»Sie ist irgendwo in der Nähe vom Strand, oder? Auf den Outer Banks, stimmt's?«

Er zwinkerte, kniff die roten Augen zusammen. Ihm war klar, dass sie die Karte gefunden und mit Lydia gesprochen hatten. Er blickte auf den Glasfibertisch und sagte nichts mehr.

»Wo genau steckt sie, Garrett?«

»Kann ich Ihnen nicht sagen.«

»Mein Sohn, du steckst schwer in der Klemme. Du musst dich auf eine Verurteilung wegen Mordes gefasst machen.«

»Ich hab Billy nicht umgebracht.«

»Woher weißt du dann, dass ich von Billy gesprochen habe?«, fragte Bell rasch. Jesse Corn, sichtlich beeindruckt von der Gerissenheit seines Chefs, zog die Augenbraue hoch und schaute zu Sachs.

Garrett schnipste mit den Fingernägeln. »Alle Welt weiß, dass Billy ermordet worden ist.« Gehetzt sah er sich im Zimmer um. Und blieb selbstverständlich bei Amelia Sachs hängen. Sie konnte seinen flehentlichen Blick nur einen Moment lang ertragen und musste sich dann abwenden.

»Wir haben deine Fingerabdrücke auf der Schaufel gefunden, mit der er umgebracht wurde.«

»Auf der Schaufel? Mit der er umgebracht wurde?«

»Ja.«

Er schien sich auf die vergangenen Ereignisse zu besinnen. »Ich weiß noch, dass ich sie am Boden hab liegen sehen. Ich hab sie dann wohl aufgehoben.«

»Warum?«

»Weiß ich nicht. Ich hab nicht nachgedacht. Mir war ganz anders, als ich Billy da liegen sah, wegen dem vielen Blut und so.«

»Und, hast du eine Ahnung, wer Billy dann umgebracht hat?«

»Dieser Mann. Mary Beth hat mir erzählt, dass sie dort irgendwie ein Projekt für die Uni macht, beim Fluss, und von da an hat Billy nicht mehr mit ihr geredet. Und dann ist der Mann aufgekreuzt. Er ist hinter Billy her, und sie haben sich gestritten und miteinander gekämpft, und dann hat der Kerl die Schaufel gepackt und Billy umgebracht. Da bin ich aufgetaucht, und er ist weggerannt.«

»Du hast ihn gesehen?«

»Ja, Sir.«

»Über was haben sie sich gestritten?«, fragte Bell misstrauisch.

»Über Drogen oder irgendwas, hat Mary Beth gesagt. Anscheinend hat Billy den Jungs in der Football-Mannschaft Drogen verkauft. Für die Muskeln oder so. Steroide?«

»Himmel«, sagte Jesse Corn und lachte säuerlich.

»Garrett«, mahnte Bell. »Billy hatte nichts mit Drogen zu tun. Ich hab ihn gekannt. Und uns ist nie was zu Ohren gekommen, dass auf der Schule Steroide genommen werden.«

»So weit ich weiß, hat Billy Stail dich oft aufgezogen«, sagte Jesse. »Billy und zwei andere Jungs aus der Mannschaft.«

Sachs fand das nicht richtig – dass zwei ausgewachsene Polizisten ihn so in die Zange nahmen.

»Die haben sich über dich lustig gemacht. Haben dich Käferknirps genannt. Einmal bist du auf Billy losgegangen, und er und seine Freunde haben dich mächtig verdroschen.«

»Kann ich mich nicht mehr dran erinnern.«

»Rektor Gilmore hat's uns erzählt«, sagte Bell. »Er musste den Wachdienst rufen.«

»Kann schon sein. Aber ich hab ihn nicht umgebracht.«

»Ed Schaeffer ist gestorben, weißt du. Er wurde von den Hornissen im Jagdunterstand zu Tode gestochen.«

»Das tut mir Leid. Aber es war nicht *meine* Schuld. Ich hab das Nest nicht dort hingebracht.«

»Das war keine Falle?«

»Nein, es war einfach da, in dem Jägerunterstand. Ich bin ständig dort hingegangen – hab sogar da geschlafen, und mich haben sie in Frieden gelassen. Hornissen stechen nur, wenn sie Angst haben oder wenn man ihnen was zu Leide tun will.«

»Na, dann erzähl uns mal von dem Mann, der, wie du sagst, Billy umgebracht hat«, sagte der Sheriff. »Hast du den schon mal hier in der Gegend gesehen?«

»Ja, Sir. Zwei, drei Mal in den letzten zwei Jahren. Ist immer bei Blackwater Landing durch den Wald gelaufen. Und einmal hab ich ihn in der Nähe der Schule gesehen.«

»Weiß, schwarz?«

»Weiß. Und er war ziemlich groß. Ungefähr so alt wie Mr. Babbage –«

»Mitte vierzig?«

»Ja, ich glaub schon. Blonde Haare. Und er hatte eine Latzhose an. Eine braune. Und ein weißes Hemd.«

»Aber auf der Schaufel waren bloß deine und Billys Fingerabdrücke«, wandte Bell ein. »Von niemandem sonst.«

»Ich glaube, er hatte Handschuhe an«, sagte Garrett.

»Warum sollte er um diese Jahreszeit Handschuhe tragen?«, fragte Jesse.

»Vielleicht, damit er *keine* Fingerabdrücke hinterlässt«, versetzte Garrett.

Sachs dachte an die Papillarleistenbilder an der Schaufel. Sie und Rhyme hatten sie nicht selbst sichergestellt. Manchmal ließen sich bei Lederhandschuhen Abdrücke der genarbten Oberfläche sichtbar machen. Baumwoll- und Stoffhandschuhe waren schwerer zu erkennen, obwohl sich Gewebefasern lösen und an den winzigen Splittern einer hölzernen Oberfläche, eines Werkzeuggriffes zum Beispiel, haften bleiben konnten.

»Na ja, es könnte so gewesen sein, wie du sagst, Garrett«, sagte Bell. »Aber wahrscheinlich kommt das hier keinem vor.«

»Billy war schon tot! Ich hab bloß die Schaufel aufgehoben und sie angeschaut. Das hätte ich nicht machen sollen. Aber ich hab's nun mal gemacht. Mehr ist nicht passiert. Ich wusste, dass

Mary Beth in Gefahr ist, deshalb hab ich sie in Sicherheit gebracht.« Er sagte das zu Sachs und schaute sie wieder mit flehendem Blick an.

»Kommen wir auf sie zurück«, sagte Bell. »Warum war sie in Gefahr?«

»Weil sie in Blackwater Landing war.« Wieder spielte er mit den Nägeln. Anders als ich, dachte Sachs. Ich grabe meine ins Fleisch, er schnipst die Nägel aneinander. Welche dumme Angewohnheit ist schlimmer?, fragte sie sich. Meine, entschied sie – sie richtet mehr Schaden an.

Wieder wandte er sich mit seinen feuchten, geröteten Augen an Sachs.

Hör auf! Ich halte diesen Blick nicht aus!, dachte sie und schaute weg.

»Und Todd Wilkes? Der Junge, der sich aufgehängt hat? Hast du ihm gedroht?«

»Nein!«

»Sein Bruder hat aber gesehen, wie du ihn letzte Woche angeschrien hast.«

»Er hat brennende Streichhölzer in einen Ameisenhaufen fallen lassen. So was ist beschissen und gemein, und ich hab ihm gesagt, er soll aufhören.«

»Und Lydia?«, sagte Bell. »Warum hast du *sie* entführt?«

»Um sie hab ich mir ebenfalls Sorgen gemacht.«

»Weil sie in Blackwater Landing war?«

»Genau.«

»Du hast sie vergewaltigen wollen, stimmt's?«

»Nein!« Garrett fing an zu weinen. »Ich wollte ihr nichts tun. Und auch sonst niemandem! Und ich hab Billy nicht umgebracht! Alle wollen mich bloß immer dazu bringen, dass ich sage, ich hab was gemacht, was ich gar nicht gemacht habe!«

Bell holte ein Taschentuch heraus und reichte es dem Jungen.

Die Tür flog auf, und Mason Germain kam herein. Vermutlich war er es gewesen, der sie durch den venezianischen Spiegel beobachtet hatte, und seiner Miene nach zu schließen, hatte er die Geduld verloren. Sachs roch sein aufdringliches Parfüm – mittlerweile verabscheute sie den süßlichen Duft.

»Mason –«, fing Bell an.

»Hör mal zu, mein Junge, du erzählst uns jetzt, wo das Mädchen is, und zwar sofort! Wenn du das nämlich nicht machst, kommst du nach Lancaster und bleibst dort, bis du vor Gericht gestellt wirst… Du hast doch bestimmt schon mal von Lancaster gehört, oder? Falls nicht, kann ich dir was –«

»In Ordnung, das reicht«, ertönte eine hohe Stimme im Befehlston.

Ein Knirps kam ins Zimmer stolziert – ein Mann, noch kleiner als Mason, mit messerscharf gestutzten Haaren, die mit viel Spray tadellos in Form gehalten wurden. Grauer Anzug, alle Knöpfe geschlossen, ein babyblaues Hemd und eine gestreifte Krawatte. Er trug Schuhe mit hohen Absätzen.

»Sag kein Wort mehr«, sagte er zu Garrett.

»Hallo, Cal«, murmelte Bell, der sich offenbar nicht gerade über den Besuch freute. Der Sheriff stellte Sachs Calvin Fredericks vor, Garretts Anwalt.

»Was, zum Teufel, fällt euch ein, meinen Mandanten zu vernehmen, ohne dass ich dabei bin?« Er nickte zu Mason hin. »Und was, zum Teufel, sollte dieser Quatsch von wegen Lancaster? Ich könnte *Sie* dafür einbuchten lassen, dass Sie so mit ihm reden.«

»Er weiß, wo das Mädel ist, Cal«, grummelte Mason. »Er will's uns nicht sagen. Er hat seine Rechte vorgelesen gekriegt. Er –«

»Ein sechzehnjähriger Junge? Also, ich hätte gute Lust, den Fall auf der Stelle platzen zu lassen und zeitig zu Abend zu essen.« Er wandte sich an Garrett. »He, junger Mann, wie geht's?«

»Mein Gesicht juckt.«

»Haben sie dir die chemische Keule verpasst?«

»Nein, Sir, einfach so.«

»Wir werden uns darum kümmern. Irgendeine Creme besorgen oder so. Also dann, ich bin dein Anwalt. Vom Staat bestellt. Du musst nichts bezahlen. Hat man dir deine Rechte vorgelesen? Dir erklärt, dass du nichts sagen musst?«

»Ja, Sir. Aber Sheriff Bell wollte mir ein paar Fragen stellen.«

»Na, das ist ja toll, Jim«, sagte er zu Bell. »Was haben Sie sich dabei gedacht? Mit vier Polizisten hier drin?«

»Wir haben an Mary Beth McConnell gedacht«, antwortete Mason. »Die er gekidnappt hat.«

»Angeblich.«

»Und vergewaltigt«, murmelte Mason.

»Hab ich nicht!«, schrie Garrett.

»Wir haben ein blutiges Taschentuch, das voll mit seinem Saft ist«, blaffte Mason.

»Nein, nein!«, rief der Junge, dessen Gesicht gefährlich rot anlief. »Mary Beth hat sich verletzt. Das war's. Sie hat sich den Kopf angeschlagen, und ich hab ihr das Blut mit einem Kleenex abgewischt, das ich in der Tasche hatte. Und was das andere angeht... manchmal fass ich mich, Sie wissen schon, fass ich mich halt an... Ich weiß, dass ich's nicht tun sollte. Ich weiß, dass es falsch ist. Aber ich kann nicht anders.«

»Schhh, Garrett«, sagte Fredericks, »du musst hier überhaupt nichts erklären.« Er wandte sich an Bell. »Also, das Verhör ist jetzt vorbei. Bringt ihn wieder in seine Zelle.«

Als Jesse Corn ihn hinausführte, blieb Garrett plötzlich stehen und wandte sich an Sachs. »Bitte, Sie müssen was für mich tun. Bitte! In meinem Zimmer daheim – ich hab da ein paar Gläser.«

»Mach schon, Jesse«, befahl Bell. »Schaff ihn raus.«

»Moment«, hörte Sachs sich sagen. Dann an Garrett gewandt: »Die Gläser? Mit deinen Insekten?«

Der Junge nickte. »Geben Sie ihnen Wasser? Oder lassen Sie sie wenigstens raus – nach draußen, damit sie irgendwie durchkommen. Mr. und Mrs. Babbage, die sorgen nicht dafür, dass sie am Leben bleiben. Bitte...«

Sie zögerte, spürte, dass alle den Blick auf sie gerichtet hatten. Dann nickte sie. »In Ordnung. Ich versprech's.«

Garrett schenkte ihr ein mattes Lächeln.

Bell warf Sachs einen unergründlichen Blick zu und nickte dann zur Tür, worauf Jesse den Jungen hinausführte. Der Anwalt wollte ihm folgen, doch Bell stieß ihm den Zeigefinger in die Brust. »Sie gehen nirgendwo hin, Cal. Wir setzen uns hier hin und warten, bis McGuire aufkreuzt.«

»Rühren Sie mich nicht an, Bell«, versetzte der Anwalt. Doch er setzte sich wie befohlen hin. »Herr im Himmel, wozu das ganze Tralala? Sie verhören einen Sechzehnjährigen, ohne –«

»Nun mal halblang, Cal. Ich war nicht auf ein Geständnis aus, er hat auch keines abgelegt, und wenn er eines abgelegt hätte, hätte ich's nicht verwertet. Wir haben mehr Beweise, als wir brauchen, um ihn für immer einzubuchten. Mir geht's doch bloß darum, dass wir Mary Beth finden. Sie ist irgendwo auf den Outer Banks, und dort jemand zu finden, ohne dass man einen Anhaltspunkt hat, wird verdammt haarig.«

»Kommt nicht in Frage. Er sagt kein Wort mehr.«

»Sie könnte verdursten, Cal, sie könnte verhungern, einen Hitzschlag erleiden, krank werden …«

Als der Anwalt nicht darauf einging, hakte der Sheriff nach. »Cal, der Junge ist eine Gefahr für die Allgemeinheit. Wir haben einen Haufen Anzeigen gegen ihn vorliegen –«

»Das hat mir meine Sekretärin unterwegs schon alles vorgelesen. Herrje, da geht's doch hauptsächlich ums Schuleschwänzen. Ach, und weil er angeblich gespannt haben soll – obwohl er, was schon ziemlich komisch ist, nicht mal auf dem Grundstück des Anzeigenerstatters war, sondern sich bloß draußen auf dem Gehsteig rumgetrieben hat.«

»Und das Hornissennest vor ein paar Jahren?«, sagte Mason aufgebracht. »Meg Blanchard?«

»Ihr habt ihn laufen lassen«, wandte der Anwalt genüsslich ein. »Nicht mal Anklage wurde erhoben.«

»Diesmal sieht's anders aus, Cal«, sagte Bell. »Wir haben Augenzeugen, wir haben handfeste Beweise, und jetzt ist auch noch Ed Schaeffer tot. Wir können mit dem Jungen so ziemlich alles anstellen, was wir wollen.«

Ein schlanker Mann in einem zerknitterten blauen Seersuckeranzug kam in den Vernehmungsraum. Schütteres graues Haar, ein zerfurchtes Gesicht, etwa fünfundfünfzig Jahre alt. Er warf einen Blick auf Amelia, nickte ihr flüchtig zu und wandte sich dann mit finsterer Miene an Fredericks. »Nach all dem, was ich bislang gehört habe, gehe ich davon aus, dass dies einer der leichtesten Fälle sein wird, die mir in den letzten Jahren untergekommen sind. Mord, Entführung, Notzucht und so weiter und so fort.«

Bell stellte Sachs Bryan McGuire vor, den Bezirksstaatsanwalt von Paquenoke County.

»Er ist sechzehn«, sagte Fredericks.

»Hier in diesem Staat gibt es keine Strafkammer«, versetzte der Staatsanwalt ungerührt, »die ihn nicht als Erwachsenen behandeln und für zweihundert Jahre hinter Gitter schicken würde.«

»Na dann mal los, McGuire«, sagte Fredericks ungeduldig. »Sie wollen mir ein Angebot machen. Die Töne kenn ich doch.«

McGuire nickte Bell zu, und Sachs schloss daraus, dass der Sheriff und der Bezirksstaatsanwalt schon vorher über dieses Thema gesprochen hatten.

»Selbstverständlich bieten wir Ihnen etwas an«, fuhr Bell fort. »Es besteht durchaus die Möglichkeit, dass das Mädel noch lebt, und wir möchten sie gern finden, bevor sie *nicht* mehr lebt.«

»Wir haben in diesem Fall so viele Anklagepunkte, Cal«, sagte McGuire, »dass Sie erstaunt sein werden, wie weit wir Ihnen entgegenkommen.«

»Lassen Sie mich staunen«, versetzte der streitbare Strafverteidiger.

»Ich könnte ihn wegen Freiheitsberaubung in Tateinheit mit fortgesetzter Nötigung und wegen zweifachen Mordes anklagen – zum einen an Billy Stail, zum anderen an dem Deputy, der gestorben ist. Jawohl, und trotzdem sind wir zu Zugeständnissen bereit. Vorausgesetzt allerdings, dass wir das Mädchen lebend finden.«

»Apropos Ed Schaeffer«, konterte der Anwalt. »Das war ein Unfall.«

»Verflucht noch mal, der Junge hat eine Falle gelegt«, fauchte Mason.

»Bei Billy gebe ich mich mit Totschlag zufrieden«, bot McGuire an, »und was den Deputy angeht, mit fahrlässiger Tötung.«

Fredericks ließ sich das kurz durch den Kopf gehen. »Mal sehen, was sich machen lässt.« Mit laut klackenden Absätzen verschwand er in Richtung Zellentrakt. Fünf Minuten später kehrte er ziemlich geknickt zurück.

»Was sagt er dazu?«, fragte Bell eher entmutigt, als er die Miene des Anwalts sah.

»Kein Glück.«

»Blockt er ab?«

»Total.«

»Wenn Sie was wissen, Cal«, grummelte Bell, »dann erzählen Sie's uns. Mir ist scheißegal, ob Sie als Anwalt an eine Schweigepflicht –«

»Nein, nein, Jim, wirklich wahr. Er sagt, er beschützt das Mädchen. Er sagt, dass sie dort gut aufgehoben ist und dass ihr nach diesem Kerl mit der braunen Latzhose und dem weißem Hemd Ausschau halten sollt.«

»Er kann uns nicht mal eine halbwegs gute Beschreibung geben«, sagte Bell. »Und selbst wenn, kommt er uns morgen schon wieder mit einer anderen daher, weil er das alles bloß erfunden hat.«

McGuire strich seine ohnehin glatten Haare zurück. Der Verteidiger benutzte Haarspray, wie Sachs riechen konnte. Der Anklagevertreter Frisiercreme. »Hören Sie, Cal, das ist Ihre Angelegenheit. Ich habe Ihnen ein Angebot gemacht. Wenn Sie uns verraten, wo das Mädchen steckt, und sie noch lebt, halte ich mich beim Strafantrag zurück. Wenn nicht, kommt's zum Prozess, und ich geh aufs Ganze. Der Junge kommt nie mehr aus dem Gefängnis raus. Das wissen wir doch beide.«

Einen Moment lang herrschte Schweigen.

»Mir ist da ein Gedanke gekommen«, sagte Fredericks.

»Aha«, versetzte McGuire skeptisch.

»Nein, hören Sie zu … Ich hatte vor einer Weile einen Fall in Albermarle – eine Frau, die behauptet hat, ihr Junge wäre von zu Hause weggelaufen. Aber irgendwas war an der Sache faul.«

»Der Fall *Williams*?«, fragte McGuire. »Meinen Sie die Schwarze?«

»Genau die.«

»Ich hab davon gehört. Haben Sie die Frau vertreten?«, fragte Bell.

»Exakt. Sie hat uns eine ziemlich wirre Geschichte aufgetischt, und außerdem war sie schon vorher wegen psychischer Störungen aufgefallen. Ich habe einen Psychologen drüben in Avery engagiert, weil ich wissen wollte, ob er sie überhaupt für zurechnungsfähig hielt. Er hat sie ein paar Mal untersucht. Und auf einmal hat sie den Mund aufgemacht und uns erzählt, was passiert ist.«

»Hypnose etwa – dieser Krampf, mit dem man angeblich dem Gedächtnis auf die Sprünge helfen kann?«, fragte McGuire.

»Nein, es war was anderes. Er bezeichnete es als Leere-Stuhl-Therapie. Ich weiß nicht genau, wie es funktioniert, aber er hat sie damit zum Reden gebracht. So als hätte sie bloß einen kleinen Anstoß gebraucht. Ich kann den Mann anrufen, ihn herkommen und mit Garrett reden lassen. Vielleicht kommt der Junge ja zur Vernunft … Aber« – jetzt war es der Anwalt, der Bell den Zeigefinger in die Brust stieß – »alles, worüber sie reden, ist vertraulich, und Sie erfahren nicht das Geringste, bevor sein amtlicher Vormund und ich damit einverstanden sind.«

Bell schnappte McGuires Blick auf und nickte. »Rufen Sie ihn an«, sagte der Staatsanwalt.

»Okay.« Fredericks ging zu dem Telefon in der anderen Ecke des Vernehmungsraums.

»Entschuldigen Sie«, sagte Sachs.

Der Anwalt drehte sich zu ihr um.

»Dieser Fall, bei dem Ihnen der Psychologe geholfen hat, der Fall *Williams*.«

»Ja?«

»Was ist mit dem Jungen passiert? Ist er weggelaufen?«

»Nö, die Mutter hat ihn umgebracht. Hat ihn in Maschendraht eingewickelt, einen Betonklotz drangehängt und im Teich hinter dem Haus ersäuft. He, Jim, wie komm ich nach draußen durch?«

Der Schrei war so laut, dass ihr Hals wie Feuer brannte und Mary Beth das Gefühl hatte, ihre Stimmbänder könnten einen dauerhaften Schaden davongetragen haben.

Der Missionar, der am Waldrand entlanglief, hielt inne. Er hatte seinen Rucksack über der einen Schulter hängen und einen Kanister in der Hand, so als wollte er Unkrautvertilgungsmittel versprühen. Er blickte sich um.

Bitte, bitte, bitte, dachte Mary Beth. Ohne auf den Schmerz zu achten, versuchte sie es erneut. »Hier drüben! Helfen Sie mir!«

Er schaute zu der Hütte. Wollte weggehen.

Sie holte tief Luft, dachte an Garrett Hanlons schnipsende Fingernägel, seine feuchten Augen, seine ständige Erektion, dachte daran, wie tapfer ihr Vater in den Tod gegangen war, an Virginia Dare … und sie schrie so laut wie nie zuvor.

Diesmal blieb der Missionar stehen, blickte wieder zu der Hütte. Er nahm seinen Hut ab, ließ Rucksack und Kanister zurück und kam auf sie zugerannt.

Danke … Sie fing an zu schluchzen. Oh, vielen Dank!

Er war schlank und braun gebrannt. Um die fünfzig, aber kräftig und vital. Eindeutig ein Naturbursche.

»Was ist los?«, rief er keuchend, als er nur mehr fünfzehn Meter entfernt war, und lief langsamer. »Fehlt Ihnen etwas?«

»Bitte!«, krächzte sie. Der Schmerz in ihrer Kehle war kaum zu ertragen. Wieder spie sie Blut.

Vorsichtig lief er zu dem zerbrochenen Fenster, betrachtete die Glasscherben am Boden.

»Brauchen Sie Hilfe?«

»Ich komme nicht raus. Jemand hat mich gekidnappt –«

»Gekidnappt?«

Mary Beth wischte sich das Gesicht ab, das nass war von den Tränen, die sie aus lauter Erleichterung vergoss, und vom Schweiß. »Von einem Schüler aus Tanner's Corner.«

»Moment… Ich hab davon gehört. Kam in den Nachrichten. *Sie* sind diejenige, die er entführt hat?«

»Genau.«

»Wo steckt er jetzt?«

Sie versuchte zu sprechen, doch ihre Kehle schmerzte zu sehr. Sie atmete tief durch. »Ich weiß es nicht«, erwiderte sie schließlich. »Er ist gestern Abend weggegangen. Bitte… haben Sie etwas Wasser?«

»In der Feldflasche, bei meinen Sachen. Ich hol sie.«

»Und rufen Sie die Polizei. Haben Sie ein Telefon?«

»Nicht dabei.« Er schüttelte den Kopf und verzog das Gesicht. »Ich arbeite im Auftrag des Bezirks.« Er deutete mit dem Kopf zu dem Rucksack und dem Kanister. »Wir vernichten Marihuana, wissen Sie, das die Halbstarken hier draußen anpflanzen. Die Bezirksverwaltung gibt uns Handys, aber ich nehm meines nie mit. Sind Sie schwer verletzt?« Er musterte ihren Kopf, das verkrustete Blut.

»Nicht weiter schlimm. Aber… Wasser. Ich brauche Wasser.«

Er trabte zurück zum Wald, und einen bangen Moment lang befürchtete sie, er könnte wieder weggehen. Aber er bückte sich, hob eine mit olivgrünem Stoff bezogene Feldflasche auf und kam zurückgerannt. Sie nahm sie mit zitternden Händen und zwang sich dazu, langsam zu trinken. Das Wasser war heiß und abgestanden, doch sie meinte noch nie etwas Köstlicheres getrunken zu haben.

»Ich seh zu, dass ich Sie raushole«, sagte der Mann. Er ging zur Tür. Kurz darauf hörte sie einen dumpfen Schlag, als er entweder mit dem Fuß gegen die Tür trat oder sie mit der Schulter aufzubrechen versuchte. Dann wieder. Noch zweimal. Er ergriff einen schweren Stein und schlug damit auf das Holz ein. Es nützte nichts. Er kehrte zu dem Fenster zurück. »Nichts zu machen.« Er wischte sich den Schweiß von der Stirn und musterte die Gitterstäbe am Fenster. »Mann, der hat hier ja ein richtiges Gefängnis gebaut. Auch mit einer Eisensäge dauert das Stunden. Okay, ich hol Hilfe. Wie heißen Sie?«

»Mary Beth McConnell.«

»Ich ruf die Polizei an, dann komm ich wieder und hol Sie raus.«

»Bitte beeilen Sie sich.«

»Ich hab einen Freund, der nicht weit weg wohnt. Ich ruf von dort aus den Notdienst an, und dann kommen wir zurück. Dieser Junge ... hat der eine Waffe?«

»Ich weiß es nicht. Ich habe keine gesehen. Aber ich weiß es nicht.«

»Halten Sie durch, Mary Beth. Das wird schon wieder. Normalerweise renn ich nicht, aber heute mach ich eine Ausnahme.« Er drehte sich um und wollte davonlaufen.

»Mister ... vielen Dank.«

Doch er ging nicht darauf ein. Er rannte durch das Schilf und das hohe Gras, machte nicht einmal Halt, um seine Sachen mitzunehmen. Mary Beth blieb am Fenster stehen und hielt die Feldflasche, als wiegte sie einen frisch geborenen Säugling im Arm.

... Neunzehn

Als Sachs aus dem Gefängnis kam, sah sie Lucy Kerr, die auf einer Parkbank vor einem Imbiss auf der anderen Straßenseite saß und Arizona-Eistee trank. Sie überquerte die Straße. Die beiden Frauen nickten einander zu.

Sachs bemerkte ein Schild an der Ladenfront: KALTES BIER. »Gibt's hier in Tanner's Corner irgendein Gesetz über den Umgang mit offenen Flaschen?«

»Ja«, sagte Lucy. »Und wir achten auch ziemlich genau darauf. Laut Gesetz muss eine Flasche, aus der man trinkt, immer offen sein.«

Es dauerte einen Moment, bis der Groschen fiel. Sachs lachte. »Möchten Sie was Stärkeres?«, fragte sie.

Lucy deutete mit dem Kopf auf ihren Eistee. »Das hier reicht mir.«

Sachs kam kurz darauf mit einem großen Styroporbecher voller Sam-Adams-Bier heraus, auf dem eine hohe Schaumkrone stand. Sie setzte sich neben die Polizistin und berichtete ihr von der Auseinandersetzung zwischen McGuire und Fredericks und von dem Psychologen.

»Hoffentlich haut das hin«, sagte Lucy. »Jim meint, dass es draußen auf den Outer Banks tausende alter Häuser gibt. Wir müssen ein bisschen genauer Bescheid wissen, wenn die Suche was bringen soll.«

Ein paar Minuten lang schwiegen sie. Ein einsamer Teenager ratterte unter großem Getöse auf einem Skateboard vorbei und verschwand. Sachs schilderte ihren Eindruck, dass es offenbar so gut wie keine Kinder in der Stadt gab.

»Stimmt», sagte Lucy. »Hab ich noch gar nicht drüber nachgedacht, aber hier gibt's wirklich nicht viele Kinder. Ich glaube, das liegt daran, dass die jungen Leute fast alle wegziehen, in die Städte, die näher an der Autobahn liegen und größer sind. In Tanner's Corner kommt man nicht weit, wenn man's zu was bringen will.«

»Haben Sie welche?«, fragte Sachs. »Kinder, meine ich.«

»Nein. Buddy und ich waren noch nicht so weit. Dann haben wir uns getrennt, und danach hab ich niemand mehr kennen gelernt. So sehr ich's auch bedaure, ehrlich gesagt. Aber ich habe keine Kinder.«

»Wie lange sind Sie schon geschieden?«

»Seit drei Jahren.«

Sachs wunderte sich, dass die Frau nicht wieder geheiratet hatte. Sie sah ziemlich gut aus – vor allem die Augen hatten es ihr angetan. Als sie in New York als Model gearbeitet hatte – bevor sie sich entschied, es ihrem Vater nachzutun und zur Polizei zu gehen –, hatte sie viel Zeit mit den so genannten Reichen und Schönen zugebracht. Aber der Blick dieser Leute war oftmals so leer und nichts sagend gewesen. Wenn jemand keine schönen Augen hat, so hatte Sachs festgestellt, ist es mit der ganzen Person nicht weit her.

»Ach, irgendwann werden Sie schon jemanden kennen lernen«, sagte Sachs zu Lucy. »Eine Familie gründen.«

»Ich habe meinen Beruf«, entgegnete Lucy rasch. »Man muss im Leben ja nicht alles haben, wissen Sie.«

Sachs hatte den Eindruck, dass hier etwas unausgesprochen blieb – etwas, was Lucy ihr mitteilen wollte. Sie überlegte, ob sie nachbohren sollte, und versuchte es dann mit einem indirekten Vorstoß. »Im Bezirk Paquenoke gibt's doch bestimmt tausende von Männern, die liebend gern mit Ihnen ausgehen würden.«

Lucy zögerte einen Moment. »Ich geh eigentlich so gut wie gar nicht weg«, sagte sie.

»Ehrlich?«

Wieder kurzes Schweigen. Sachs blickte die staubige, menschenleere Straße auf und ab. Der Skateboardfahrer war längst verschwunden. Lucy atmete durch, als wollte sie etwas sagen, trank stattdessen einen Schluck Eistee. Dann sagte sie unverhofft: »Ich habe Ihnen doch erzählt, dass ich vor ein paar Jahren gesundheitlich nicht ganz auf dem Posten war?«

Sachs nickte.

»Ich hatte Brustkrebs. War noch nicht weit fortgeschritten, aber die Ärzte haben gemeint, man sollte lieber gleich beidseitig amputieren. Und das haben sie gemacht.«

»Tut mir Leid«, sagte Sachs und runzelte die Stirn. »Haben Sie Chemotherapie gemacht?«

»Ja. Ich war eine Zeit lang kahl. Sah interessant aus.«

Sie trank wieder einen Schluck. »Das ist jetzt dreieinhalb Jahre her. Bislang ist alles bestens«, fuhr Lucy fort. »Hat mich ganz schön aus der Bahn geworfen, als das passiert ist. So was ist in meiner Familie noch nie vorgekommen. Meine Großmutter ist gesund und kräftig wie ein Pferd. Meine Mutter arbeitet nach wie vor fünf Tage die Woche in Mattamuskeet, im Naturschutzgebiet. Sie und mein Vater wandern dreimal im Jahr durch die Appalachen.«

»Können Sie wegen der Bestrahlungen keine Kinder mehr kriegen?«, fragte Sachs.

»O nein, man hat eine Bleischürze benutzt. Es ist bloß so... Ich glaube, ich hab einfach keine große Lust, mich mit jemand einzulassen. Sie wissen doch, wo ein Mann zuallererst hinfasst, wenn man sich zum ersten Mal richtig küsst...«

Was *das* anging, konnte Sachs ihr nicht widersprechen.

»Ich lerne einen netten Typen kennen, wir gehen zusammen einen Kaffee trinken oder irgendwas anderes, und nach zehn Minuten komm ich ins Grübeln und frag mich, was er wohl denken wird, wenn er's rausfindet. Und das Ende vom Lied ist, dass ich ihn nicht zurückrufe.«

»Dann haben Sie also jeden Gedanken an eine Familie aufgegeben?«, sagte Sachs.

»Vielleicht lerne ich, wenn ich älter bin, irgendwann mal einen Witwer mit ein, zwei erwachsenen Kindern kennen. Das wäre nett.«

Sie sagte es leichthin, aber Sachs hörte an ihrem Tonfall, dass sie sich das immer wieder einredete. Möglicherweise jeden Tag.

Lucy senkte den Kopf, seufzte. »Ich würde meinen Beruf sofort aufgeben, wenn ich dafür Kinder haben könnte. Aber im Leben läuft's nun mal nicht immer so, wie wir wollen.«

»Und Ihr Mann hat Sie nach der Operation verlassen? Wie war doch gleich sein Name?«

»Bud. Nicht *gleich* danach. Aber acht Monate später. Verflixt, ich kann's ihm nicht mal verübeln.«

»Wieso sagen Sie so was?«

»Was?«

»Dass Sie's ihm nicht verübeln können«, sagte Sachs.

»Ich kann's einfach nicht. Alles hat sich verändert, und letzten Endes bin auch ich ein ganz anderer Mensch geworden. Ich war nicht mehr die, die er geheiratet hat.«

Sachs sagte einen Moment lang gar nichts. »Lincoln ist auch anders«, wandte sie ein. »Anders als alle anderen Menschen.«

Lucy dachte darüber nach. »Dann seid ihr zwei also mehr als nur – wie Sie es nennen würden – Kollegen?«

»Stimmt«, sagte Sachs.

»Hab ich mir doch fast gedacht.« Dann lachte sie. »He, Sie als knallharte Polizistin aus der Großstadt … Wie stehen *Sie* denn zu Kindern?«

»Ich möchte welche. Paps – mein Vater – hat sich Enkel gewünscht. Er war auch Polizist. Hat sich gern vorgestellt, wie das wäre – drei Generationen im Polizeidienst. Hat immer gedacht, *People* bringt vielleicht irgendwann mal eine Geschichte über uns. Es war seine Lieblingsillustrierte.«

»War?«

»Er ist vor ein paar Jahren gestorben.«

»Im Dienst getötet?«

Sachs überlegte kurz. »Krebs«, antwortete sie schließlich.

Lucy schwieg einen Moment. Musterte Sachs von der Seite, schaute dann wieder zum Gefängnis. »Kann er Kinder zeugen? Lincoln?«

Die Schaumkrone auf dem Bierbecher hatte sich gesetzt, und Sachs nahm einen tiefen Zug. »Theoretisch ja.«

Und sie beschloss, Lucy nicht zu erzählen, dass sie heute Morgen im Neurologischen Forschungsinstitut in Avery deshalb hinter Dr. Weaver aus dem Zimmer gehuscht war, weil sie fragen wollte, ob die Operation Rhymes Zeugungsunfähigkeit beeinträchtigen könnte. Die Ärztin hatte dies verneint und ihr gerade den Eingriff erklären wollen, der notwendig sei, damit sie schwanger werden könnte. Doch just in dem Moment war Jim Bell aufgetaucht und hatte sie um Hilfe gebeten.

Und sie erzählte ihrer Kollegin auch nicht, dass Rhyme immer abwiegelte, sobald sie auf das Thema Kinder zu sprechen kamen, und dass sie nur raten konnte, weshalb er sich weigerte, auch nur darüber nachzudenken. Dafür konnte es natürlich alle möglichen Gründe geben – vielleicht hatte er Angst, dass ihn eine Familie bei der Ausübung seiner kriminalistischen Tätigkeit behindern könnte, die er wiederum brauchte, um nicht wahnsinnig zu werden. Oder weil er wusste, dass Querschnittsgelähmte, zumindest statistisch gesehen, eine geringere Lebenserwartung hatten als Nichtbehinderte. Vielleicht wollte er auch frei entscheiden können, falls er eines Tages aufwachte und zu dem Schluss kam, dass er genug hatte und nicht mehr leben wollte. Möglicherweise kam alles zusammen, gepaart mit der Ansicht, dass er und Sachs nicht gerade das wären,was man sich unter normalen Eltern vorstellte (obwohl sie sofort gekontert hätte: Und was genau *ist* heutzutage normal?).

»Ich hab mich immer gefragt, ob ich weiter arbeiten würde, wenn ich Kinder hätte«, sagte Lucy versonnen. »Wie steht's mit Ihnen?«

»Ich führe zwar eine Waffe, mache aber hauptsächlich Tatortarbeit. Auf riskante Sachen würde ich mich nicht mehr einlassen. Auch ein bisschen langsamer fahren müsste ich. Derzeit habe ich in meiner Garage in Brooklyn einen Damaro mit dreihundertsechzig PS stehen. Mit einem Kindersitz kann ich mir den beim besten Willen nicht vorstellen.« Sie lachte. »Ich nehme an, ich müsste lernen, wie man mit einem Volvo-Kombi mit Automatik umgeht. Vielleicht könnte ich Fahrstunden nehmen.«

»Ich sehe Sie förmlich vor mir, wie Sie mit quietschenden Reifen vom Parkplatz des Supermarkts abzischen.«

Danach breitete sich Schweigen aus, das Schweigen zweier Fremder, die sich ein paar Geheimnisse aus ihrem vertrackten Leben anvertraut haben und begreifen, dass sie nicht weiter gehen dürfen.

Lucy schaute auf ihre Uhr. »Ich muss zurück zur Dienststelle. Jim beim Telefonieren wegen der Suchaktion auf den Outer Banks helfen.« Sie schmiss die leere Flasche in den Abfall. Schüttelte den Kopf. »Ich muss ständig an Mary Beth denken. Ich frag mich immerzu, wo sie ist, ob ihr was fehlt, ob sie Angst hat.«

Amelia Sachs hingegen dachte in diesem Moment nicht an das Mädchen, sondern an Garrett Hanlon. Eben weil sie gerade über Kinder geredet hatten, stellte Sachs sich nun vor, wie ihr zumute wäre, wenn sie einen Sohn hätte, den man des Mordes und der

Entführung bezichtigte. Der damit rechnen musste, die Nacht im Gefängnis zu verbringen. Vielleicht hunderte von Nächten, wenn nicht gar tausende.

»Wollen Sie noch mal zurück?«, fragte Lucy kurz darauf.

»In ein, zwei Minuten.«

»Ich hoffe, wir sehen uns noch mal, bevor Sie aufbrechen.« Die Polizistin ging die Straße entlang.

Ein paar Minuten später schwang die Tür des Gefängnisses auf, und Mason Germain kam heraus. Sie hatte ihn noch kein einziges Mal lächeln sehen, und auch diesmal war er todernst. Er blickte sich auf der Straße um, bemerkte sie aber nicht. Eiligen Schrittes lief er über den rissigen Gehsteig in Richtung Verwaltungsgebäude und verschwand in einem der Häuser – einem Geschäft oder einer Bar.

Dann hielt ein Wagen auf der anderen Straßenseite, und zwei Männer stiegen aus. Der eine war Cal Fredericks, Garretts Anwalt, der andere ein korpulenter Mann, etwa Mitte vierzig. Er trug Hemd und Krawatte – der oberste Kragenknopf stand auf, und der schlampig gebundene Schlipsknoten war ein paar Zentimeter heruntergezogen. Er hatte die Hemdsärmel hochgekrempelt und ein marineblaues Sakko über dem Arm hängen. Die braune Hose war heillos zerknittert. Er wirkte gütig und verständnisvoll, fast wie ein Grundschullehrer. Sie gingen hinein.

Sachs warf den Becher in ein Ölfass vor dem Imbiss. Sie überquerte die leere Straße und folgte ihnen ins Gefängnis.

... Zwanzig

Cal Fredericks machte Sachs mit Dr. Elliott Penny bekannt.

»Oh, Sie arbeiten mit Lincoln Rhyme zusammen?«, fragte der Psychologe zu Sachs' Überraschung.

»Ganz recht.«

»Cal hat mir erzählt, dass man Garretts Festnahme hauptsächlich Ihnen beiden zu verdanken hat. Ist er hier? Lincoln, meine ich.«

»Er ist derzeit drüben in der Bezirksverwaltung. Vermutlich aber nicht mehr lange.«

»Wir haben einen gemeinsamen Freund. Ich würde gern kurz bei ihm vorbeischauen, wenn ich dazu komme.«

»Ein, zwei Stunden dürfte er noch da sein«, sagte Sachs. Sie wandte sich an Cal Fredericks. »Darf ich Sie etwas fragen?«

»Ja«, erwiderte der Verteidiger vorsichtig. Immerhin arbeitete Sachs, zumindest theoretisch, für die Gegenseite.

»Mason Germain hat vorhin mit Garrett im Gefängnis gesprochen. Er hat Lancaster erwähnt. Was ist das?«

»Die Strafanstalt für Schwerstkriminelle. Er wird nach dem Haftprüfungstermin dorthin überstellt. Bis zum Prozess sitzt er dann dort ein.«

»Ist das eine Jugendstrafanstalt?«

»Nein, nein. Für Erwachsene.«

»Aber er ist sechzehn«, sagte Sachs.

»Oh, McGuire wird ihn wie einen Erwachsenen behandeln – wenn wir uns nicht einig werden.«

»Wie schlimm ist es?«

»Was, Lancaster?« Der Anwalt zuckte mit den schmalen Schultern. »Er wird leiden. Daran führt kein Weg vorbei. Ich weiß nicht, wie schlimm. Aber leiden wird er auf jeden Fall. Ein Junge wie er steht in einer Strafanstalt für Schwerstkriminelle am untersten Ende der Hackordnung.«

»Kann er in Einzelhaft genommen werden?«

»Dort nicht. Alle Insassen sind im allgemeinen Vollzug. Im

Grunde ist es eine große Haftzelle. Wir können allenfalls hoffen, dass die Wachen auf ihn aufpassen.«

»Was ist mit einer Kaution?«

Fredericks lachte. »Kein Richter auf der Welt würde in so einem Fall Haftverschonung auf Kaution gewähren. Dafür ist die Fluchtgefahr viel zu groß.«

»Können wir irgendwas tun, damit er in eine andere Anstalt kommt? Lincoln hat Freunde in New York.«

»In New York?« Frederick schenkte ihr ein höfliches, aber nichtsdestoweniger schiefes Lächeln. »Ich glaube nicht, dass so was im Süden anerkannt wird. Vermutlich nicht mal westlich des Hudson.« Er nickte zu Dr. Penny. »Nein, wir können allenfalls darauf bauen, dass Garrett kooperiert, und dann zusehen, dass wir uns mit dem Staatsanwalt einigen.«

»Sollten seine Pflegeeltern nicht hiersein?«

»Eigentlich schon. Ich habe sie angerufen, aber Hal hat gesagt, der Junge muss allein zurechtkommen. Er wollte mich nicht mal mit Maggie reden lassen – seiner Mutter.«

»Aber Garrett kann allein keine Entscheidungen treffen«, sagte Sachs. »Er ist doch noch ein Junge.«

»Oh«, erklärte Fredericks, »bis zum Haftprüfungstermin, beziehungsweise bis wir uns mit der Staatsanwaltschaft geeinigt haben, wird ein Vormund für ihn bestellt werden, ein Prozesspfleger. Keine Sorge, man wird sich schon um ihn kümmern.«

Sachs wandte sich an den Psychologen. »Was haben Sie vor? Den Test mit dem leeren Stuhl?«

Dr. Penny warf einen Blick zu dem Anwalt, der ihm zunickte. »Es ist kein Test. Es handelt sich um einen Bereich der Gestalttherapie – eine Methode, mit deren Hilfe wir in relativ kurzer Zeit bestimmte Verhaltensweisen verstehen können. Ich möchte Garrett dazu bringen, dass er sich vorstellt, Mary Beth säße vor ihm, und ihn mit ihr reden lassen. Ihr erklären, warum er sie entführt hat. Ich hoffe ihm verständlich machen zu können, dass sie außer sich vor Angst ist und dass er etwas Unrechtes getan hat. Dass es zu ihrem Wohl wäre, wenn er uns verrät, wo sie ist.«

»Und das soll funktionieren?«

»Für einen derartigen Fall ist es eigentlich nicht vorgesehen, aber ich glaube, es könnte klappen.«

Der Anwalt warf einen Blick auf seine Uhr. »Sind Sie bereit, Doktor?«

Er nickte.

»Dann mal los.« Der Arzt und Fredericks begaben sich in den Vernehmungsraum.

Sachs blieb zurück, besorgte sich ein Glas Wasser aus dem Kühlschrank und trank es langsam. Als sich der Deputy am Empfangsschalter wieder in seine Zeitung vertiefte, schlüpfte Sachs flugs durch die Tür des Beobachtungsraums, in dem die Videokamera stand, mit der sämtliche Verhöre aufgezeichnet wurden. Niemand war in dem Zimmer. Sie zog die Tür zu, nahm Platz und blickte durch den venezianischen Spiegel in den Vernehmungsraum. Sie sah Garrett auf einem Stuhl mitten im Zimmer sitzen. Der Psychologe saß am Tisch, Cal Fredericks in einer Ecke mit verschränkten Armen, das eine Bein angezogen, sodass der Knöchel auf seinem Knie ruhte und der hohe Absatz seines Schuhs deutlich zu sehen war.

Gegenüber von Garrett stand ein vierter Stuhl, auf dem niemand saß.

Auf dem Tisch waren Cola-Dosen aufgereiht. Sie waren mit Kondenswasser beschlagen.

Über den billigen, krächzenden Lautsprecher konnte Sachs ihre Stimmen hören.

»Garrett, ich bin Dr. Penny. Wie geht's dir?«

Keine Antwort.

»Ziemlich warm hier drin, was?«

Garrett schwieg nach wie vor. Blickte zu Boden. Schnipste mit Daumen- und Zeigerfingernagel. Sachs konnte das Geräusch hören. Sie ertappte sich dabei, wie sie ihrerseits den Daumennagel in das Fleisch ihres Zeigefingers bohrte. Spürte die Feuchtigkeit, sah das Blut. Hör auf damit, hör auf, dachte sie und zwang sich, die Hände hängen zu lassen.

»Garrett, ich möchte dir helfen. Ich arbeite mit deinem Anwalt zusammen, mit Mr. Fredericks. Wir beide wollen, dass die Strafe für das, was nun mal geschehen ist, so gering wie möglich ausfällt. Wir können dir helfen, aber du musst uns ebenfalls entgegenkommen.«

»Der Doktor möchte mit dir reden, Garrett«, sagte Fredericks.

»Wir wollen ein paar Sachen herausfinden. Aber alles, was du sagst, bleibt unter uns. Ohne deine Erlaubnis werden wir niemandem etwas davon erzählen. Hast du das verstanden?«

Er nickte.

»Denk dran, Garrett«, sagte der Psychologe, »wir wollen dein Bestes. Wir stehen auf deiner Seite … Und nun möchte ich etwas ausprobieren.«

Sachs ließ den Jungen nicht aus den Augen. Er kratzte an einer Pustel. »Von mir aus«, sagte er.

»Siehst du den Stuhl da?«

Dr. Penny nickt zu dem Stuhl hin, und der Junge warf einen Blick darauf. »Ja.«

»Wir machen eine Art Rollenspiel. Du stellst dir vor, dass auf diesem Stuhl jemand sitzt, jemand, der sehr wichtig ist.«

»So ähnlich wie der Präsident?«

»Nein, ich meine jemand, der für dich wichtig ist. Jemand, den du persönlich kennst. Du sollst dir vorstellen, dass er hier vor dir sitzt. Ich möchte, dass du mit ihm redest. Und dass du vollkommen ehrlich zu ihm bist. Ihm alles erzählst, was du auf dem Herzen hast. Auch deine Geheimnisse. Sag ihm Bescheid, wenn du sauer auf ihn bist. Wenn du die Person liebst, sagst du es ihr. Wenn du sie magst – wenn es sich zum Beispiel um ein Mädchen handelt –, dann sag es ihr. Denk dran, dass du dir alles von der Seele reden kannst. Niemand wird dir irgendwas vorhalten.«

»Ich soll einfach mit dem Stuhl da reden?«, fragte Garrett den Psychologen. »Wieso?«

»Zum einen, damit dir nach all den schlimmen Sachen, die heute vorgefallen sind, wohler wird.«

»Meinen Sie etwa, weil ich mich habe erwischen lassen?«

Sachs lächelte.

Dr. Penny, der anscheinend ebenfalls lächeln musste, es aber unterdrückte, schob den leeren Stuhl ein Stück näher zu Garrett. »Und nun stellst du dir vor, dass dort jemand sitzt, der dir etwas bedeutet. Sagen wir mal, Mary Beth McConnell. Du möchtest ihr unbedingt etwas sagen, und jetzt hast du die Gelegenheit dazu. Etwas, was du ihr nie gesagt hast, weil es dir zu schwer gefallen ist. Etwas, was dir auf dem Herzen liegt. Nicht bloß irgendwelchen Quatsch.«

Garrett schaute sich nervös um, warf dann einen Blick auf seinen Anwalt, der ihm ermutigend zunickte. Der Junge atmete tief durch. »Okay, ich glaub, ich bin so weit.«

»Gut. Und nun stell dir vor, dass Mary Beth auf dem –«

»Aber mit *der* will ich nicht reden«, unterbrach ihn Garrett.

»Nein?«

Er schüttelte den Kopf. »Ich hab ihr doch schon alles gesagt.«

»Hast du ihr nicht doch noch etwas mitzuteilen?«

Er zögerte. »Weiß ich nicht… Vielleicht. Es ist bloß so… Ich möchte mir lieber vorstellen, dass jemand anders auf dem Stuhl sitzt. Könnten wir das irgendwie so machen?«

»Nun ja, bleiben wir vorerst mal bei Mary Beth. Du hast gesagt, dass du ihr vielleicht doch etwas sagen möchtest. Worum geht es? Möchtest du ihr vielleicht sagen, dass sie dich im Stich gelassen, dich verletzt hat? Dass du wütend auf sie bist? Dass du es ihr heimzahlen willst? Du kannst alles sagen, alles, was du möchtest. Nur zu.«

Garrett zuckte die Achseln. »Hm, wieso kann es nicht jemand anders sein?«

»Belassen wir's im Augenblick bei Mary Beth.«

Der Junge drehte sich plötzlich zu dem venezianischen Spiegel um, schaute genau dorthin, wo Sachs saß. Unwillkürlich lehnte sie sich zurück, obwohl sie wusste, dass er sie nicht sehen konnte.

»Nur zu«, ermunterte ihn der Psychologe.

Der Junge wandte sich wieder Dr. Penny zu. »Okay. Ich glaube, ich möchte ihr sagen, dass ich froh bin, dass sie in Sicherheit ist.«

Der Psychologe strahlte. »Gut, Garrett. Das ist doch ein Anfang. Sag ihr, dass du sie gerettet hast. Sag ihr, warum.« Er nickte zu dem Stuhl hin.

Garrett blickte unschlüssig auf den leeren Stuhl. Raffte sich dann auf. »Sie war in Blackwater Landing und –«

»Nein, denk dran, dass du mit Mary Beth sprichst. Stell dir vor, dass sie vor dir sitzt, auf diesem Stuhl.«

Er räusperte sich. »Du warst in Blackwater Landing. Dort ist es irgendwie viel zu gefährlich. In Blackwater Landing kann einem leicht was passieren, dort sind Leute umgekommen. Ich hab mir Sorgen um dich gemacht. Ich wollte nicht, dass dir der Mann mit der Latzhose was tut.«

»Der Mann mit der Latzhose?«, fragte Dr. Penny.

»Der Kerl, der Billy umgebracht hat.«

Der Psychologe wandte sich kurz von Garrett ab und warf dem Anwalt einen kurzen Blick zu, worauf dieser den Kopf schüttelte.

»Weißt du, Garrett, selbst wenn du meinst, dass du Mary Beth gerettet hast, könnte es doch sein, dass sie glaubt, du wärst wegen irgendwas sauer auf sie«, sagte Dr. Penny.

»Auf sie? Aber ich bin doch gar nicht sauer auf sie.«

»Na ja, du hast sie immerhin verschleppt.«

»Ich hab sie weggebracht, damit ihr nichts passiert.« Er erinnerte sich an die Spielregeln und wandte sich wieder dem leeren Stuhl zu. »Ich hab dich weggebracht, damit dir nichts passiert.«

»Ich habe trotzdem den Eindruck«, fuhr der Psychologe leise fort, »dass du noch etwas anderes sagen willst. Ich hatte vorhin das Gefühl – das du irgendwas auf dem Herzen hast, aber nicht recht raus willst damit.«

Sachs war es ebenfalls aufgefallen. Der Junge wirkte bedrückt, war aber zugleich auch fasziniert von dem Rollenspiel. Was ging ihm durch den Kopf? Offensichtlich wollte er irgendetwas loswerden. Aber was?

Garrett musterte seine langen, schmutzigen Fingernägel. »Na ja, schon möglich, dass ich noch was zu sagen hab.«

»Raus damit.«

»Das … das ist gar nicht so leicht.«

Cal Fredericks beugte sich vor, zückte Stift und Notizblock.

»Stell es dir vor … da sitzt Mary Beth«, sagte Dr. Penny leise. »Sie wartet. Sie will, dass du es aussprichst.«

»Wirklich?«, fragte Garrett. »Glauben Sie das wirklich?«

»Ja«, versicherte ihm der Psychologe. »Möchtest du ihr vielleicht sagen, wo sie sich befindet? Wohin du sie gebracht hast? Wie es dort ist? Vielleicht möchtest du ihr erklären, weshalb du sie gerade dorthin gebracht hast?«

»Nein«, erwiderte Garrett. »Dazu möchte ich überhaupt nichts sagen.«

»Was möchtest du dann sagen?«

»Ich –« Er brach ab. Schnipste mit den Fingernägeln.

»Ich weiß, dass es schwer ist.«

Sachs saß mittlerweile ebenfalls vornübergebeugt da. Komm

schon, dachte sie, komm schon, Garrett. Wir wollen dir doch bloß helfen. Komm uns ein Stück entgegen.

Ruhig, fast beschwörend fuhr Dr. Penny fort: »Nur zu, Garrett. Mary Beth sitzt vor dir, auf diesem Stuhl. Sie wartet. Sie will wissen, was du ihr sagen willst. Rede mit ihr.« Der Psychologe schob Garrett eine Dose Cola hin, worauf er ein paar Schlucke trank. Scheppernd schlugen die Handfesseln an das Blech, als er sie mit beiden Händen ergriff. Dr. Penny geduldete sich einen Moment. »Was möchtest du ihr wirklich sagen?«, fuhr er dann fort. »Worauf kommt es dir wirklich an? Ich sehe doch, dass du irgendwas loswerden willst. Ich weiß, dass du ihr was sagen willst. Und ich glaube, sie muss es erfahren.«

Der Psychologe rückte den leeren Stuhl näher heran. »Da ist sie, Garrett. Sie sitzt unmittelbar vor dir, schaut dich an. Was willst du ihr sagen? Erzähl ihr alles, was du dich bisher nicht zu sagen getraut hast. Jetzt hast du die Gelegenheit dazu. Nur zu.«

Wieder trank Garrett einen Schluck Cola. Sachs bemerkte, dass seine Hände zitterten. Was kommt jetzt?, fragte sie sich. Was will er sagen?

Die beiden Männer schraken jählings auf, als Garrett sich plötzlich zu dem leeren Stuhl vorbeugte und loslegte. »Ich mag dich sehr, Mary Beth, wirklich sehr. Und ... und ich glaube, ich liebe dich.« Er atmete tief durch, schnipste ein paar Mal mit den Fingernägeln, hielt sich an den Armlehnen seines Stuhls fest, lief feuerrot an und senkte den Kopf.

»Ist das alles, was du sagen wolltest?«, fragte der Psychologe.

Garrett nickte.

»Sonst noch was?«

»Ähm, nein.«

Diesmal wandte sich der Psychologe an den Anwalt, warf ihm einen kurzen Blick zu und schüttelte den Kopf.

»Mister«, setzte Garrett an. »Ich meine, Doktor ... Ich hab da eine Frage.«

»Nur zu, Garrett.«

»Okay – ich hab bei mir daheim ein Buch, das ich gern hätte. *Die Welt im Kleinen* heißt es. Könnte ich das vielleicht kriegen?«

»Mal sehen, was sich machen lässt«, sagte der Psychologe. Er schaute an Garrett vorbei zu Fredericks, der enttäuscht die Augen verdrehte. Die beiden Männer erhoben sich, schlüpften in ihre Sakkos.

»Das wär's vorerst, Garrett.«

Der Junge nickte.

Sachs stand rasch auf und ging hinaus in den Vorraum. Der Deputy am Empfang hatte nicht mitbekommen, dass sie gelauscht hatte.

Fredericks und der Psychologe kamen aus dem Vernehmungsraum. Kurz darauf wurde Garrett wieder in seine Zelle geführt.

Jim Bell kam hereingestürmt, und Fredericks stellte ihm Dr. Penny vor. »Irgendwas rausgekriegt?«, fragte der Sheriff.

Fredericks schüttelte den Kopf. »Nicht das Geringste.«

»Ich komm gerade vom Gericht«, sagte Bell grimmig. »Heute Abend um sechs ist Haftprüfungstermin, und danach geht's rüber nach Lancaster.«

»*Heute* Abend?«, sagte Sachs.

»Wir sollten ihn lieber fortschaffen. Hier in der Gegend gibt's ein paar Leute, die die Sache gern selber in die Hand nehmen möchten.«

»Ich kann's ja später noch mal versuchen«, sagte Dr. Penny. »Momentan ist er ziemlich erregt.«

»Klar ist der erregt«, versetzte Bell. »Wir haben ihn wegen Mord und Entführung festgenommen. Da wär ich auch erregt. Von mir aus können Sie in Lancaster machen, was Sie wollen, aber McGuire erhebt Anklage gegen ihn, und wir schaffen ihn vor Einbruch der Dunkelheit fort. Und übrigens, Cal, was ich Ihnen noch sagen wollte: McGuire plädiert auf Mord.«

Als Sachs in die Bezirksverwaltung kam, benahm sich Rhyme so unleidlich, wie sie erwartet hatte.

»Komm schon, Sachs, hilf dem armen Ben mit den Geräten, und danach brechen wir auf. Ich habe Dr. Weaver erklärt, dass ich noch *dieses Jahr* in die Klinik komme.«

Doch sie stand nur am Fenster und schaute hinaus. »Rhyme«, sagte sie schließlich.

Der Kriminalist blickte auf, kniff die Augen zusammen und musterte sie so, wie er eine Spur betrachtete, die er nicht identifizieren konnte. »Das gefällt mir nicht, Sachs.«

»Was?«

»Es gefällt mir überhaupt nicht. Nein, Ben, Sie müssen die Armatur abnehmen, bevor Sie es einpacken.«

»Armatur?« Ben mühte sich mit dem sperrigen Polilight ab, einer alternativen Lichtquelle, mit der Substanzen sichtbar gemacht werden, die sich mit bloßem Auge nicht erkennen lassen.

»Den Stab«, erklärte Sachs und übernahm das Verpacken des Geräts.

»Danke.« Ben fing an, die Computerkabel aufzurollen.

»Dein Gesichtsausdruck, Sachs. *Der* gefällt mir nicht. Dein Gesichtsausdruck und dein Tonfall.«

»Ben«, sagte sie, »könnten Sie uns ein paar Minuten allein lassen?«

»Nein, kann er nicht«, blaffte Rhyme. »Wir haben keine Zeit. Wir müssen die Sachen einpacken, und dann nichts wie weg.«

»Fünf Minuten«, sagte sie.

Ben sah von Rhyme zu Sachs, und weil Sachs ihn mit flehendem Blick ansah, nicht etwa wütend, machte sie das Rennen, und der Hüne ging hinaus.

Rhyme versuchte ihr den Wind aus den Segeln zu nehmen. »Sachs, wir haben alles getan, was wir konnten. Wir haben Lydia gerettet. Wir haben den Täter gefasst. Er wird auf das Angebot der Staatsanwaltschaft eingehen und verraten, wo Mary Beth ist.«

»Er wird nicht verraten, wo sie steckt.«

»Aber das ist nicht unsere Sache. Wir können nicht mehr –«

»Ich glaube nicht, dass er's getan hat.«

»Mary Beth umgebracht? Ganz meine Meinung. Die Blutspuren deuten darauf hin, dass sie vermutlich noch lebt, aber –«

»Ich meine, dass er Billy nicht umgebracht hat.«

Rhyme warf den Kopf zurück, um eine widerspenstige Haarsträhne, die ihn zur Raserei trieb, aus der Stirn zu schleudern. »Glaubst du etwa die Geschichte von dem Mann mit der braunen Latzhose, die Jim erwähnt hat?«

»Ja.«

»Sachs, er ist ein schwieriger Junge, und er tut dir Leid. *Mir* tut er auch Leid. Aber –«

»Damit hat das überhaupt nichts zu tun.«

»Da hast du ganz Recht«, versetzte er. »Das *Einzige*, worauf es ankommt, sind die Spuren. Und die Spuren zeigen, dass es den Mann mit Latzhose nicht gibt und dass Garrett schuldig ist.«

»Die Spuren *deuten* darauf hin, dass er schuldig ist, Rhyme. Sie beweisen es nicht. Spuren kann man ganz unterschiedlich auslegen. Außerdem habe ich meinerseits ebenfalls Hinweise.«

»Zum Beispiel?«

»Er hat mich darum gebeten, dass ich mich um seine Insekten kümmere.«

»Und?«

»Kommt dir das nicht ein bisschen komisch vor, dass sich ein kaltblütiger Mörder darum schert, was aus irgendwelchen gottverfluchten Insekten wird?«

»Das ist kein Hinweis, Sachs. Das ist seine Taktik. Psychologische Kriegsführung, mit der er uns weich kochen will. Denk daran, der Junge ist schlau. Hoher IQ, gute Noten. Und schau dir seine Lektüre an, ziemlich abgehobenes Zeug – er hat von den Insekten eine Menge gelernt. Und die zeichnen sich vor allem dadurch aus, dass sie keine Moral kennen, denen geht es nur ums Überleben. *Das* sind die Lektionen, die er gelernt hat. *Das* hat ihn von Kindesbeinen an geprägt. So traurig es ist, aber es ist nicht unsere Angelegenheit.«

»Du weißt doch, diese Falle, die Grube mit den Kiefernzweigen.«

Rhyme nickte.

»Sie war nur einen halben Meter tief. Und das Hornissennest drinnen war leer. Verlassen. Und die Ammoniakflasche war so aufgestellt, dass niemand zu Schaden kommen konnte. Die war bloß dazu da, um ihn zu warnen, wenn sich ein Suchtrupp der Mühle näherte.«

»Das sind keine stichhaltigen Beweise, Sachs. Wie das blutige Taschentuch zum Beispiel.«

»Er hat gesagt, er hat masturbiert. Und dass sich Mary Beth den Kopf angeschlagen hat und er das Blut abgewischt hat. Und überhaupt – wenn er sie vergewaltigt hat, wozu braucht er dann ein Taschentuch?«

»Um sich hinterher abzuwischen.«

»Das kommt aber in den mir bekannten Fallanalysen von Vergewaltigungen nie vor.«

Rhyme zitierte sich selbst – aus dem Vorwort seines Handbuches für Kriminalistik. »›Eine Fallanalyse ist ein *Anhaltspunkt.* Spuren sind –‹«

»›– das A und O‹«, beschloss sie das Zitat. »Na schön – am Tatort waren massenhaft Fußspuren. Ein paar davon könnten von dem Mann mit der Latzhose stammen.«

»An der Mordwaffe sind keine anderen Fingerabdrücke.«

»Er behauptet, dass der Mann Handschuhe getragen hat«, entgegnete sie.

»Aber Abdrücke, die auf genarbtes Leder hindeuten, gab es auch nicht.«

»Sie könnten aus Stoff gewesen sein. Lass mich die Sache überprüfen und –«

»›*Könnten, könnten …*‹ Komm schon, Sachs, das ist doch reine Spekulation.«

»Aber du hättest ihn hören sollen, als er über Mary Beth gesprochen hat. Er hat sich *Sorgen* um sie gemacht.«

»Er hat nur so getan. Wie lautet meine allererste Faustregel?«

»Du hast eine Menge allererste Faustregeln«, versetzte sie.

»Zeugen darf man nicht trauen«, fuhr er ungerührt fort.

»Er glaubt, er liebt sie, er sorgt sich um sie. Er ist wirklich der Meinung, dass er sie beschützt.«

Eine Männerstimme unterbrach sie. »Oh, er beschützt sie durchaus.« Sachs und Rhyme blickten zur Tür. Es war Dr. Elliott Penny. »Er beschützt sie vor ihm selbst.«

Sachs stellte ihn vor.

»Ich wollte Sie kennen lernen, Lincoln«, sagte Dr. Penny. »Mein Fachgebiet ist die forensische Psychologie. Bert Markham und ich waren letztes Jahr bei einem Treffen des Polizeiverbands, und er hat in den höchsten Tönen von Ihnen gesprochen.«

»Bert ist ein guter Freund von mir«, sagte Rhyme. »Wurde gerade zum Leiter der kriminaltechnischen Abteilung in Chicago ernannt.«

Dr. Penny deutete mit dem Kopf in Richtung Flur. »Garretts Anwalt spricht gerade mit dem Staatsanwalt, aber meiner Meinung nach sieht es für den Jungen gar nicht gut aus.«

»Was haben Sie denn damit gemeint – dass er sie vor ihm selbst schützen will?«, fragte Sachs schnippisch. »Etwa diesen Quatsch von wegen multipler Persönlichkeit?«

»Nein«, erwiderte der Arzt, ohne sich an ihrem bissigen Tonfall zu stören. »Es liegt eindeutig eine psychische oder emotionale Störung vor, aber um etwas derart Ausgefallenes wie eine multiple Persönlichkeitsstörung handelt es sich nicht. Garrett weiß *genau*, was er Mary Beth und Billy Stail angetan hat. Ich bin mir ziemlich sicher, dass er sie irgendwo versteckt hat, um sie von Blackwater Landing fern zu halten, wo er vermutlich im Laufe der letzten Jahre all die anderen Menschen getötet hat. Und – wie war doch der Name? – den kleinen Wilkes so eingeschüchtert hat, dass er sich das Leben nahm. Ich glaube, als er Billy tötete, hatte er auch vor, Mary Beth zu vergewaltigen und zu töten, doch der Teil von ihm, der sie – ich zitiere – *liebt*, ließ das nicht zu. Er brachte sie so schnell wie möglich von Blackwater Landing weg, damit er ihr nichts antun konnte. Ich glaube, er *hat* sie vergewaltigt, auch wenn es sich für ihn nicht um eine Vergewaltigung handelte, sondern lediglich um die Erfüllung dessen, was er als ihre – ich zitiere – *Beziehung* betrachtet. Für ihn ein ganz normaler Vorgang, wie in den Flitterwochen. Aber dennoch verlangte es ihn danach, sie zu töten, und daher kehrte er tags darauf nach Blackwater Landing zurück und besorgte sich ein Ersatzopfer – Lydia Johannson. Zweifellos wollte er sie an Stelle von Mary Beth ermorden.«

»Ich hoffe nur, Sie stellen Ihre Dienste der Verteidigung nicht in Rechnung«, sagte Sachs mit ätzendem Unterton. »Wenn das Ihr charakterliches Gutachten sein sollte.«

Dr. Penny schüttelte den Kopf. »So weit ich gehört habe, wandert der Junge auf Grund der vorliegenden Beweise auch ohne meine Aussage als sachverständiger Zeuge ins Gefängnis.«

»Ich glaube, auch die Sache mit der Entführung ist nicht so eindeutig, wie wir sie darstellen.«

Dr. Penny zuckte die Achseln. »Auf Grund meiner Berufserfahrung bin ich der Meinung, dass er es getan hat. Natürlich habe ich nicht alle erforderlichen Untersuchungen durchgeführt, aber sein Verhalten weist eindeutig dissoziale und soziopathische Züge auf – und ich beziehe mich dabei auf alle *drei* maßgeblichen diagnostischen Richtlinien. Die *Internationale Klassifikation der Geisteskrankheiten*, die *DSM-IV* und die *Überarbeitete Psychopathie-Checkliste*. Müsste ich die ganze Palette der Untersuchungsmethoden anwenden? Natürlich. Aber bei ihm haben wir es eindeutig mit einer gemütsarmen antisozialen beziehungsweise kriminellen Persönlichkeitsstruktur zu tun. Er besitzt einen hohen IQ, er geht gezielt und planmäßig vor, er handelt wohl überlegt, hält Rache für zulässig, zeigt keinerlei Reue… er ist eine ungemein gefährliche Person.«

»Sachs«, sagte Rhyme, »was soll das? Die Sache geht uns nichts mehr an.«

Sie achtete weder auf ihn noch auf den stechenden Blick, den er ihr zuwarf. »Aber, Doktor –«

Der Psychiater hob die Hand. »Darf ich *Ihnen* eine Frage stellen?«

»Was?«

»Haben Sie Kinder?«

Sie zögerte. »Nein«, erwiderte sie. »Wieso?«

»Sie empfinden verständlicherweise Mitleid mit ihm – ich glaube, das geht uns allen so, aber möglicherweise vermischt sich das bei Ihnen mit einem latent vorhandenen Mutterinstinkt.«

»Was soll das heißen?«

»Ich meine damit«, fuhr der Psychologe fort, »dass Sie möglicherweise, wenn Sie sich selbst Kinder wünschen, nicht in der Lage sind, Schuld oder Unschuld eines sechzehnjährigen Jungen objektiv einzuschätzen. Umso mehr, als es sich um ein Waisenkind handelt, das es sein Leben lang schwer gehabt hat.«

»Ich bin durchaus zu einer objektiven Haltung fähig«, versetzte sie. »Aber hier passt einfach so vieles nicht zusammen. Mir ist nicht klar, was Garrett für ein Motiv haben sollte. Er –«

»Motive sind das schwache Glied in einer Beweiskette, Sachs, das weißt du doch.«

»Ich kann keine weiteren Lehrsätze gebrauchen, Rhyme«, blaffte sie.

Der Kriminalist seufzte ungehalten und warf einen Blick auf die Uhr.

»Ich habe gehört, wie Sie sich bei Cal Fredericks nach Lancaster erkundigt haben«, fuhr Dr. Penny fort. »Und was den Jungen dort erwartet.«

Sie zog eine Augenbraue hoch.

»Nun ja, ich glaube, Sie könnten ihm helfen«, sagte der Doktor. »Seien Sie einfach eine Zeit lang für ihn da – das ist das Beste, was

Sie für ihn tun können. Der Bezirk wird einen Sozialarbeiter bestellen, der dem vom Gericht ernannten Vormund beisteht. Das muss natürlich von der entsprechenden Stelle bewilligt werden, aber ich bin davon überzeugt, dass sich das regeln lässt. Wäre sogar möglich, dass er sich Ihnen anvertraut, was Mary Beth angeht.«

Sie dachte gerade darüber nach, als Thom in der Tür auftauchte. »Der Wagen steht draußen, Lincoln.«

Rhyme warf einen letzten Blick auf die Karte und wandte sich dann in Richtung Tür. »›Noch einmal stürmt, noch einmal, liebe Freunde …‹«

Jim Bell kam in das Zimmer und legte seine Hand auf Rhymes gefühllosen Arm. »Wir stellen eine Suchaktion auf den Outer Banks auf die Beine. Wenn alles halbwegs gut läuft, haben wir sie in ein paar Tagen. Hören Sie, ich weiß gar nicht, wie ich Ihnen danken soll, Lincoln.«

Rhyme tat die Dankesbezeugung mit einem kurzen Kopfnicken ab und wünschte dem Sheriff viel Glück.

»Ich besuche Sie im Krankenhaus, Lincoln«, sagte Ben. »Ich bring einen Scotch mit. Wann dürfen Sie wieder Alkohol trinken?«

»Nicht früh genug.«

»Ich helfe Ben noch beim Aufräumen«, sagte Sachs.

»Wir bringen Sie rüber nach Avery«, versprach ihr Bell.

Sie nickte. »Danke. Ich komme bald nach, Rhyme.«

Doch Rhyme, der sich allem Anschein nach zumindest geistig schon aus Tanner's Corner verabschiedet hatte, sagte nichts. Sachs hörte nur das leiser werdende Winseln des Storm Arrow, als er über den Flur davonrollte.

Eine Viertelstunde später war der Großteil der Geräte weggepackt, und Sachs schickte Ben nach Hause, nachdem sie ihm für seine freiwillige Mitarbeit gedankt hatte.

Kaum war er weg, als sich Jesse Corn zu ihr gesellte. Sie fragte sich, ob er draußen auf dem Korridor gelauert hatte, bis er sie allein erwischte.

»Der stellt schon was dar, nicht?«, sagte Jesse. »Mr. Rhyme, mein ich.« Der Deputy stapelte Kartons übereinander, ohne dass es nötig gewesen wäre.

»So ist es«, sagte sie unverbindlich.

»Diese Operation, von der er geredet hat. Wird er dadurch wieder heil?«

Umbringen wird sie ihn. Verschlimmern wird sich alles. Danach wird er kein Mensch mehr sein.

»Nein.«

Sie dachte, Jesse würde fragen, wieso er sich dann darauf einließ. Doch der Deputy wartete mit einem weiteren Spruch auf. »Manchmal stellt man einfach fest, dass man *irgendwas* machen muss. Egal, wie aussichtslos es einem vorkommt.«

Sachs zuckte die Achseln, dachte: Genau, manchmal macht man das einfach.

Sie ließ das Schloss des Mikroskopkoffers zuschnappen und wickelte das letzte Stromkabel auf. Sie bemerkte den Stapel Bücher auf dem Tisch – sie hatte sie in Garretts Zimmer gefunden, als sie im Haus seiner Pflegeeltern gewesen war. Sie nahm *Die Welt im Kleinen* zur Hand, das Buch, um das der Junge Dr. Penny gebeten hatte. Sie schlug es auf. Blätterte es durch, las einen Absatz:

Es gibt 4500 bekannte Säugetierarten auf der Welt, aber rund 980 000 Insektenarten und schätzungsweise zwei, drei Millionen weitere, die noch nicht entdeckt sind. Die Vielfalt und die erstaunliche Anpassungsfähigkeit dieser Kreaturen kann man gar nicht genug bewundern. Der von dem Harvard-Professor Edward O. Wilson, einem Biologen und Entomologen, geprägte Begriff der »Biofilie« kommt einem dabei in den Sinn, mit dem er die Zuneigung meint, die Menschen für andere Lebewesen aufbringen. Es wäre gewiss nicht zu unserem Nachteil, wenn uns Insekten ebenso nahe stünden wie ein Hund, ein Rennpferd oder, ganz recht, andere Menschen.

Sie warf einen Blick auf den Flur, wo Cal Fredericks und Bryan McGuire immer noch verbissen ihren Rechtsstreit ausfochten. Garretts Anwalt war eindeutig ins Hintertreffen geraten.

Sachs schlug das Buch zu. Hörte in Gedanken wieder die Worte des Psychologen.

Seien Sie einfach eine Zeit lang für ihn da – das ist das Beste, was Sie für ihn tun können.

»Könnte sein«, sagte Jesse, »dass es ein bisschen hektisch wird, wenn wir noch auf den Schießstand gehen. Aber hätten Sie vielleicht Lust auf eine Tasse Kaffee?«

Sachs lachte leise vor sich hin. Nun war sie also doch noch zu einem Rendezvous eingeladen worden. »Lieber nicht. Ich will das Buch hier im Gefängnis vorbeibringen. Und danach muss ich rüber nach Avery, in die Klinik. Wie wär's, wenn wir das auf ein andermal verschieben?«

»Jederzeit.«

... Einundzwanzig

»Das ist kein Spiel«, sagte Rich Culbeau in Eddie's Bar, die eine Querstraße vom Gefängnis entfernt war.

»Ich mein doch gar nicht, dass es ein Spiel ist«, sagte Sean O'Sarian. »Ich hab doch nur *gelacht*. Ich meine, Scheiße, das war doch bloß ein Lachen. Ich hab mir die Werbung da angeschaut.« Er deutete mit dem Kopf auf den schmierigen Fernseher über dem Ständer mit den gesalzenen Erdnüssen. »Wo der Typ zum Flughafen will, und seine Karre –«

»Du machst das einfach zu oft. Du blödelst rum. Du passt nicht auf.«

»Na schön. Ich hör zu. Wir gehen hinten rein. Die Tür ist offen.«

»Genau das wollte ich fragen«, sagte Harris Tomel. »Die Hintertür vom Gefängnis ist nie offen. Sie ist immer abgesperrt, und außerdem ist sie von innen verriegelt.«

»Der Riegel wird nicht vorgelegt sein und die Tür *nicht* abgesperrt. Okay?«

»Wenn du's sagst«, erwiderte Tomel zweifelnd.

»Sie wird offen sein«, fuhr Culbeau fort. »Wir gehen rein. Der Schlüssel zu seiner Zelle wird auf dem Tisch liegen, dem kleinen aus Metall. Kennt ihr ihn?«

Selbstverständlich kannten sie den Tisch. Jeder, der schon mal eine Nacht im Gefängnis von Tanner's Corner verbracht hatte, hatte sich an diesem Tisch, der neben der Tür am Boden festgeschraubt war, das Schienbein angeschlagen, vor allem, wenn man besoffen war.

»Ja, mach weiter«, sagte O'Sarian, der jetzt aufmerkte.

»Wir schließen die Zelle auf und gehen rein. Ich verpass dem Balg 'ne Prise Pfefferspray. Stülp ihm einen Sack über – ich hab einen Körnersack, mit dem ich normalerweise die kleinen Katzen im Teich ersäufe, und den zieh ich ihm einfach über den Kopf und schaff ihn hinten raus. Da kann er schreien, so viel er will, aber keiner wird ihn hören. Harris, du wartest draußen mit dem Laster. Stoß rückwärts bis vor die Tür. Lass den Motor laufen.«

»Wo wollen wir ihn hinschaffen?«, fragte O'Sarian.

»Zu keinem von uns«, sagte Culbeau, der sich fragte, ob O'Sarian sich etwa einbildete, dass sie den entführten Häftling zu einem ihrer Häuser brachten. Was nämlich hieße, dass der dürre Kerl noch blöder war, als er dachte. »Zu der alten Werkstatt, bei den Bahngleisen.«

»Gut«, warf O'Sarian ein.

»Wir schaffen ihn da raus. Ich bring meinen Propanschweißbrenner mit. Und dann nehmen wir ihn uns vor. Dauert höchstens fünf Minuten, denk ich mir, dann erzählt er uns, wo Mary Beth ist.«

»Und dann machen wir…« O'Sarian verstummte.

»Was?«, schnauzte Culbeau. Dann flüsterte er: »Hast du irgendwas sagen wollen, was du vielleicht nicht in aller Öffentlichkeit laut aussprechen willst?«, flüsterte er dann.

»*Du* warst es doch, der eben gesagt hat, dass wir uns den Jungen mit dem Schweißbrenner vornehmen. Scheint mir nicht weniger schlimm als das, was ich fragen wollte – wegen hinterher.«

Da musste ihm Culbeau zustimmen, auch wenn er O'Sarian selbstverständlich nicht sagte, dass er womöglich Recht hatte. »Unfälle gibt's immer wieder«, erwiderte er stattdessen.

»So ist es«, pflichtete Tomel bei.

O'Sarian spielte mit dem Kronkorken einer Bierflasche, kratzte sich damit ein paar Schmutzkrümel unter den Nägeln hervor. Er wirkte missmutig.

»Was ist?«, fragte Culbeau.

»Das wird ganz schön haarig. Wär leichter gewesen, wenn wir uns den Jungen im Wald geschnappt hätten. Bei der Mühle.«

»Er *ist* aber nicht mehr im Wald bei der Mühle«, sagte Tomel.

O'Sarian zuckte die Achseln. »Hab mich bloß gefragt, ob's die Sache wert ist.«

»Willst du aussteigen?« Culbeau kratzte sich den Bart, überlegte, ob er ihn abrasieren sollte, weil es so heiß war – aber dann konnte man sein Dreifachkinn erst recht sehen. »Ich teil das Geld lieber durch zwei als durch drei.«

»Nö, du weißt doch, dass ich das nicht will. Alles bestens.« O'Sarians Blick wanderte wieder zum Fernseher. Dort lief jetzt ein Film, und er schüttelte den Kopf und glotzte mit großen Augen auf eine der Schauspielerinnen.

»Moment mal«, sagte Tomel und blickte aus dem Fenster. »Schaut euch das an.« Er deutete mit dem Kopf nach draußen.

Die rothaarige Polizistin aus New York, die so verdammt schnell mit dem Messer war, ging mit einem Buch in der Hand die Straße entlang.

»Sieht nicht schlecht aus, die Frau«, sagte Tomel. »Die könnte mir gefallen.«

Doch Culbeau musste an ihren kalten Blick denken und an die Messerspitze, die sie O'Sarian knallhart von unten ans Kinn gedrückt hatte. »Der Spaß ist den Aufriss nicht wert«, sagte er.

Der Rotschopf ging ins Gefängnis.

O'Sarian sah ihr ebenfalls hinterher. »Tja, das verhunzt uns die Sache ein bisschen.«

»Nein«, sagte Culbeau ruhig. »Überhaupt nicht. Harris, hol den Laster. Und lass den Motor laufen.«

»Aber was ist mit *ihr*?« fragte Tomel.

»Ich hab 'ne Menge Pfefferspray«, sagte Culbeau.

Deputy Nathan Groomer lehnte sich auf dem wackligen Stuhl im Vorraum des Gefängnisses zurück und nickte Sachs zu.

Jesse Corns Anhimmelei war ihr zusehends auf die Nerven gegangen, daher registrierte sie Nathans verhaltenes Lächeln mit Erleichterung. »Hallo, Miss.«

»Sie sind Nathan, stimmt's?«

»Ganz recht.«

»Das ist ja 'ne tolle Lockente.« Sachs blickte auf seinen Schreibtisch.

»Das alte Ding da?«, fragte er bescheiden.

»Was ist es denn?«

»Weibliche Stockente. Etwa ein Jahr alt. Die Ente. Nicht der Lockvogel.«

»Haben Sie die selber gemacht?«

»Ein Hobby von mir. Auf meinem Schreibtisch in der Zentrale hab ich noch zwei andere. Können Sie sich anschauen, wenn Sie möchten. Dachte, Sie wollen weg.«

»Mach ich auch bald. Wie geht's ihm?«

»Wem denn? Sheriff Bell?«

»Nein, ich meine Garrett.«

»Ach, keine Ahnung, Mason war vorhin noch mal bei ihm und hat mit ihm geredet. Wollte rauskriegen, wo das Mädchen steckt. Aber er hat nichts gesagt.«

»Ist Mason da hinten?«

»Nein, der ist wieder weg.«

»Was ist mit Sheriff Bell und Lucy?«

»Die sind alle weg. Drüben in der Bezirksverwaltung. Kann ich was für Sie tun?«

»Garrett wollte dieses Buch haben.« Sie hielt es hoch. »Kann ich ihm das geben?«

»Was ist es denn, eine Bibel?«

»Nein, ein Buch über Insekten.«

Nathan nahm es und untersuchte es sorgfältig – vermutlich nach Waffen. Dann gab er es zurück. »Ist mir unheimlich, dieser Junge. Wie jemand aus 'nem Horrorfilm. Sie sollten ihm lieber eine Bibel geben.«

»Ich glaube, das ist das Einzige, was ihn interessiert.«

»Da haben Sie vermutlich Recht. Stecken Sie Ihre Waffe in das Schließfach da, dann lass ich Sie rein.«

Sachs legte den Smith & Wesson hinein und ging zur Tür, doch Nathan schaute sie erwartungsvoll an. Sie zog eine Augenbraue hoch.

»Na ja, Miss, so weit ich weiß, haben Sie auch ein Messer.«

»Oh, klar. Hab ich vergessen.«

»Vorschrift ist Vorschrift, wissen Sie?«

Sie reichte ihm das Taschenmesser. Er legte es zu dem Revolver.

»Soll ich die Handschellen ebenfalls abgeben?« Sie griff zum Futteral.

»Nö. Damit kann man nicht viel Unsinn anstellen. Obwohl's ein Pfarrer von uns mal geschafft hat. Aber bloß, weil seine Frau zu früh heim gekommen ist und ihn erwischt hat, an den Bettpfosten gefesselt und Sally Ann Carlson auf ihm drauf. Kommen Sie, ich lass Sie rein.«

Rich Culbeau und Sean O'Sarian, der nervös neben ihm herumhampelte, standen neben einem verdorrten Fliederbusch auf der Rückseite des Gefängnisses.

Gras und Unkraut wucherten auf der Brache, die sich vor der

Hintertür erstreckte und voller Müll, alter Autoteile und ausrangierter Haushaltsgeräte lag. Dazwischen allerhand benützte Präservative.

Harris Tomel fuhr mit seinem funkelnden Ford F-250 vor und stieß zurück. Ein bisschen auffällig, dachte Culbeau – wäre besser gewesen, wenn er von der anderen Seite gekommen wäre, aber niemand war auf der Straße, und da der Imbiss geschlossen hatte, kam wahrscheinlich auch keiner hier vorbei. Wenigstens war der Laster neu und der Auspuff in Ordnung, sodass er keinen Krach machte.

»Wer ist vorn im Büro?«, fragte O'Sarian.

»Nathan Groomer.«

»Ist die Bullenbraut bei ihm?«

»Weiß ich nicht. Woher, zum Teufel, soll ich das wissen? Aber wenn sie da ist, hat sie ihre Knarre und das Messer, mit dem sie dich gekitzelt hat, bestimmt im Schließfach verstaut.«

»Meinst du nicht, dass Nathan sie hört, wenn sie schreit?«

Culbeau musste einmal mehr an die Augen des Rotschopfs und an die blitzende Messerklinge denken. »Wahrscheinlich schreit eher der Junge als die«, sagte er.

»Na ja, und was dann?«

»Wir stülpen ihm schleunigst den Sack über den Kopf. Hier.« Culbeau reichte O'Sarian eine rotweiße Dose mit Pfefferspray. »Ziel tief, weil er sich bestimmt duckt.«

»Bringt das was?... Ich meine, kriegen wir das nicht auch ab? Das Spray?«

»Nicht, wenn du's dir nicht selber ins Gesicht sprühst. Da kommt ein Strahl raus. Keine Wolke.«

»Wen von den beiden soll ich übernehmen?«

»Den Jungen.«

»Und wenn die Braut näher steht?«

»Die übernehm ich«, grummelte Culbeau.

»Aber –«

»Sie gehört mir.«

»Okay«, erwiderte O'Sarian.

Sie zogen den Kopf ein, als sie an einem schmutzigen Fenster auf der Rückseite des Gefängnisses vorbeigingen, und hielten vor der eisernen Tür inne. Culbeau stellte fest, dass sie einen Spalt offen stand. »Siehst du, sie ist nicht abgesperrt«, flüsterte er. Er hatte das Gefühl, dass er gegen O'Sarian gepunktet hatte. Fragte sich dann, warum er meinte, dass er so was überhaupt nötig hätte. »Also, wenn ich nicke, gehen wir so schnell wie möglich rein und sprühen sie beide voll – und dass du mir ja nicht zu sparsam mit dem Zeug umgehst.« Er reichte O'Sarian einen Jutesack. »Den ziehst du ihm dann über den Kopf.«

O'Sarian hielt die Spraydose bereit, nickte zu dem zweiten Sack hin, den Culbeau mit einem Mal in der Hand hatte. »Dann nehmen wir die Braut also auch mit?«

Culbeau seufzte. »Ja, Sean. Das machen wir«, sagte er genervt.

»Ach. Okay. Wollt ich bloß wissen.«

»Wenn wir sie im Sack haben, schleppen wir sie schleunigst raus. Lasst euch von nichts aufhalten.«

»Okay … Ach, was ich noch sagen wollte. Ich hab meinen Colt dabei.«

»Was?«

»Ich hab meinen Achtunddreißiger mitgenommen.« Er nickte zu seiner Hosentasche hin.

Culbeau schwieg einen Moment lang. »Gut«, sagte er dann. Entschlossen legte er die mächtige Pranke um den Türgriff.

... Zweiundzwanzig

Ist das der letzte Ausblick, der mir vergönnt ist?, fragte er sich.

Von seinem Krankenbett aus konnte Rhyme einen Park sehen, der auf dem Gelände des Universitätsklinikums in Avery angelegt worden war. Üppig wuchernde Bäume, Gehwege, die sich durch den satten grünen Rasen wanden, ein steinerner Springbrunnen – eine Kopie, wie ihm eine Schwester erklärt hatte, einem berühmten Original nachempfunden, das auf dem Campus der University of North Carolina in Chapel Hill stand.

Vom Schlafzimmer seines Stadthauses am Central Park West in Manhattan aus konnte Rhyme den Himmel und ein paar Gebäude an der Fifth Avenue sehen. Doch die Fenstersimse waren zu hoch über dem Boden, als dass er auf den Park schauen konnte, es sei denn, er ließ sich mitsamt seinem Bett direkt vor die Scheibe schieben. Dann konnte er auf das Gras und die Bäume hinabblicken.

Hier hingegen waren die Fenster deutlich tiefer, vermutlich weil man bereits beim Bau der Anlage an die Bedürfnisse behinderter und gelähmter Patienten gedacht hatte. Den Siechen und Lahmen wird hier sogar freier Ausblick gewährt, dachte er spöttisch.

Dann fragte er sich erneut, ob die Operation wohl erfolgreich verlaufen, ob er sie überhaupt überleben würde.

Lincoln war sich bewusst, dass es die Kleinigkeiten waren, die ihn zur Verzweiflung trieben, einfachste Handgriffe, zu denen er nicht in der Lage war.

Die Fahrt von New York nach North Carolina zum Beispiel war ein Unternehmen, auf das er sich seit langem vorbereitet hatte, das so sorgfältig geplant war, dass Rhyme sich keinerlei Gedanken wegen der Beschwerlichkeiten der Reise gemacht hatte. Als besonders unerträglich empfand er seine Behinderung, wenn er etwas nicht fertig brachte, was für einen gesunden Menschen ein Kinderspiel war, etwas, was er einfach macht, ohne auch nur einen Gedanken darauf zu verschwenden. Sich kratzen, wenn einem der Kopf juckt, die Zähne putzen, sich den Mund abwischen, eine Sprudelflasche aufschrauben, sich einen Stuhl ans Fenster ziehen und hinausschauen, den Spatzen zusehen, die im Garten ein Sandbad nehmen …

Einmal mehr staunte er über seine eigene Dummheit.

Die besten Neurologen im ganzen Land hatten sich seiner angenommen, und außerdem war er selbst Wissenschaftler. Er hatte sich in die entsprechende Literatur eingelesen, und ihm war klar, dass es so gut wie unmöglich war, eine Rückenmarksverletzung in Höhe des vierten Halswirbels zu kurieren. Dennoch war er fest entschlossen, sich von Cheryl Weaver operieren zu lassen – obwohl es durchaus sein könnte, dass diese idyllische Anlage draußen vor seinem Fenster, diese üppige Natur, die er von einem fremden Bett in einer fremden Stadt aus sehen konnte, der letzte Eindruck war, den er auf dieser Welt genießen durfte.

Natürlich gibt es Risiken.

Warum tat er sich dann so was an?

Oh, er hatte durchaus einen Grund dafür.

Doch der ansonsten so abgebrühte Kriminalist hatte seine liebe Mühe damit, sich diesen Grund einzugestehen, geschweige denn, dass er ihn laut auszusprechen wagte. Denn es ging keineswegs darum, dass er endlich wieder einen Tatort besichtigen und nach Spuren suchen wollte. Auch nicht darum, dass er wieder seine Zähne putzen und sich aufsetzen wollte. Nein, nein, es ging ausschließlich um Amelia Sachs.

Nun hatte er es sich endlich eingestanden – er hatte mittlerweile panische Angst, dass er sie verlieren könnte. Fortwährend hatte er darüber nachgegrübelt, dass sie früher oder später wieder jemanden wie Nick kennen lernen könnte – den schmucken Undercover-Mann, mit dem sie vor ein paar Jahren zusammen war. Vermutlich ließ sich das langfristig nicht vermeiden, hatte er sich gedacht, jedenfalls solange er kein Glied rühren konnte. Sie wollte Kinder. Sie wollte ein normales Leben führen. Und deshalb war Rhyme zu allem bereit, auch wenn es ihn das Leben kosten, auch wenn es ihm hinterher noch schlechter gehen sollte, solange zumindest die Hoffnung bestand, dass sich sein Zustand dadurch besserte.

Er war sich natürlich darüber im Klaren, dass er auch nach der Operation nicht mit Sachs die Fifth Avenue würde entlangflanieren können. Er durfte allenfalls auf eine geringfügige Verbesserung hoffen – einen kleinen Schritt, der ihn der Normalität näher brachte. Sachs näher brachte. Aber wenn er all seine Phantasie aufbot, konnte sich Rhyme durchaus vorstellen, wie er ihre Hand ergriff, sie drückte, ihre Haut spürte.

Eine Kleinigkeit normalerweise, aber für Rhyme ein schier unglaubliches Wunder.

Thom kam in das Zimmer. Zögerte kurz. »Wenn ich etwas bemerken dürfte«, sagte er dann.

»Ich will's nicht wissen. Wo ist Amelia?«

»Ich sag's dir trotzdem. Du hast seit fünf Tagen nichts mehr getrunken.«

»Ich weiß. Und es stinkt mir.«

»Du bereitest dich auf die Operation vor.«

»Anordnung der Ärztin«, sagte Rhyme gereizt.

»Seit wann scherst du dich um *so* was?«

Er zuckte die Achseln. »Die pumpen mich hier doch mit wer weiß was voll. Meiner Meinung nach sollte ich beim Alkohol ein bisschen kürzer treten.«

»Ist auch besser so. Aber du hast dem Ratschlag deiner Ärztin Folge geleistet. Ich bin stolz auf dich.«

»Ach, Stolz – der hilft einem auch nicht weiter.«

Doch Thom ließ sich nicht auf Rhymes Trübsinn ein. »Aber ich wollte dir etwas sagen«, fuhr er ungerührt fort.

»Was du sowieso tun wirst, ob ich es hören will oder nicht.«

»Ich habe viel darüber gelesen, Lincoln. Über die Behandlungsmethode.«

»Ach, wirklich? In deiner Freizeit, will ich doch hoffen.«

»Ich wollte dir nur sagen, wenn die Behandlung diesmal nichts bewirkt, kommen wir einfach noch mal hierher. Nächstes Jahr. In zwei Jahren. Oder in fünf. Dann wird sie sicher anschlagen.«

Rhyme nahm es gelassen auf, obwohl er sich wie betäubt vorkam, gefühllos, so wie seine Wirbelsäule. »Ich danke dir, Thom«, erwiderte er schließlich. »Na, wo bleibt denn die Ärztin? Ich habe mich hier einspannen lassen und diesen Leuten einen durchgeknallten Kidnapper eingefangen. Da sollte man doch ein gewisses Entgegenkommen erwarten dürfen.«

»Sie ist doch erst zehn Minuten zu spät dran, Lincoln«, sagte Thom. »Und außerdem haben wir den Termin heute schon zweimal verlegt.«

»Es sind schon fast zwanzig Minuten. Ah, da ist sie ja.«

Die Tür wurde aufgerissen, und Rhyme blickte auf, in der Erwartung, Dr. Weaver zu sehen. Doch es war nicht die Ärztin.

Sheriff Jim Bell stand in der Tür, das Gesicht voller Schweißperlen. Hinter ihm, draußen auf dem Flur, wartete sein Schwager, Steve Farr. Beide waren außer sich.

Rhyme dachte zunächst, dass sie Mary Beths Leiche gefunden hätten. Dass der Junge sie tatsächlich umgebracht hatte. Dann dachte er an Sachs, wie hart es sie ankäme, wenn sie erfuhr, dass der Junge sie zum Narren gehalten hatte.

Doch Bell hatte etwas ganz anderes auf dem Herzen. »Tut mir Leid, dass ich Sie damit behelligen muss, Lincoln.« Und Rhyme wusste sofort, dass es um etwas Persönliches ging, nicht um Garrett Hanlon oder Mary Beth McConnell. »Ich wollte Sie erst anrufen«, sagte der Sheriff. »Aber dann hab ich mir gedacht, ich sag's Ihnen lieber selber. Deswegen bin ich hier.«

»Was gibt's, Jim?«, fragte er.

»Es geht um Amelia.«

»Was?«, fragte Thom.

»Was ist mit ihr?«, Rhyme konnte natürlich seinen Herzschlag nicht fühlen, aber er spürte, wie ihm das Blut zu Kopfe stieg. »Was ist? Erzählen Sie's mir?«

»Rich Culbeau und seine Freunde sind am Gefängnis vorbeigekommen. Ich weiß nicht genau, was sie im Sinn hatten – vermutlich nichts Gutes –, aber jedenfalls haben sie Nathan gefunden, meinen Deputy, in Handschellen, vorne im Büro. Und die Zelle war leer.«

»Die Zelle?«

»Garretts Zelle«, fuhr Bell fort, als erklärte das alles.

Rhyme verstand noch immer nicht, worum es eigentlich ging. »Was –«

»Nathan hat gesagt, dass Ihre Amelia ihn mit vorgehaltener Waffe gefesselt und Garrett aus dem Gefängnis geholt hat«, sagte der Sheriff mit barscher Stimme. »Das ist Gefangenenbefreiung, ein schweres Verbrechen. Sie sind auf der Flucht, sie sind bewaffnet, und niemand hat eine Ahnung, wo sie sind.«

DRITTER TEIL

Harte Bandagen

... Dreiundzwanzig

Sie rannte.

Und zwar so rasch sie konnte. Die Schmerzen in ihren arthritischen Gelenken strahlten in den ganzen Körper aus. Sie war klatschnass geschwitzt und bereits benommen von der Hitze und dem Flüssigkeitsverlust.

Und immer noch war sie beim bloßen Gedanken an das, was sie getan hatte, wie gelähmt.

Das ist mehr als dumm, gute Frau...

Als Sachs in die Zelle gegangen war, um Garrett *Die Welt im Kleinen* zu geben, hatte sie die strahlende Miene des Jungen gesehen, als er das Buch in die Hand nahm. Ein, zwei Sekunden später hatte sie, fast wie unter Zwang, durch die Gitterstäbe gegriffen und ihn an der Schulter gefasst. Fahrig hatte er sich abgewandt. »Nein, sieh mich an«, hatte sie ihm befohlen. »Sieh her.«

Schließlich hatte er es getan. Sie hatte sein fleckiges Gesicht gemustert, den zuckenden Mund, die eingesunkenen Augen, die dichten Brauen. »Garrett, ich muss die Wahrheit wissen. Es bleibt unter uns. Sag mir eins – hast du Billy Stail umgebracht?«

»Ich schwöre, dass ich's nicht getan habe. Ich schwör's! Dieser Mann war's – der mit der braunen Latzhose. *Er* hat Billy umgebracht. Das ist die Wahrheit!«

»Die Tatumstände deuten aber auf was anderes hin, Garrett.«

»Aber man kann doch die gleiche Sache ganz verschieden sehen«, hatte er ruhig erwidert. »Zum Beispiel können wir das Gleiche anschauen wie eine Fliege, aber es sieht nicht genauso aus.«

»Was meinst du damit?«

»*Wir* sehen zum Beispiel die Bewegung – aber bloß wie eine Art Schatten –, wenn jemand mit der Hand eine Fliege erschlagen will. Aber die *Fliege* sieht mit ihren Augen, wie die Hand hundertmal in der Luft stehen bleibt. Wie ein Haufen Standfotos. Es ist die gleiche Hand, die gleiche Bewegung, aber die Fliege sieht das ganz anders als wir. Und auch die Farben... Wir schauen uns etwas an und stellen fest, dass es rot ist, aber manche Insekten sehen zig verschiedene Rottöne.«

Die Spuren deuten darauf hin, dass er schuldig ist, Rhyme. Sie beweisen es nicht. Spuren kann man ganz unterschiedlich auslegen.

»Und Lydia«, hatte Sachs nachgehakt und den Jungen noch fester gepackt. »Wieso hast du sie gekidnappt?«

»Ich hab doch schon allen gesagt, warum... Weil sie ebenfalls in Gefahr war. Blackwater Landing... ist ein gefährlicher Ort. Dort sterben die Leute. Menschen verschwinden. Ich wollte sie bloß beschützen.«

Natürlich ist es ein gefährlicher Ort, hatte sie gedacht. Aber ist es dort wegen *dir* gefährlich?

»Sie hat gesagt, dass du sie vergewaltigen wolltest«, hatte Sachs gesagt.

»Nein, nein, nein... Sie ist ins Wasser gesprungen, und ihre Tracht ist nass geworden und zerrissen. Ich hab sie gesehen, wissen Sie, aber bloß oben rum. Ihre Brust. Und da bin ich irgendwie... scharf geworden. Aber das ist alles.«

»Und Mary Beth. Hast du ihr etwas angetan, sie vergewaltigt?«

»Nein, nein, nein! Ich hab's Ihnen doch gesagt. Sie hat sich den Kopf angeschlagen, und ich hab sie mit dem Taschentuch abgewischt. So was würde ich nie tun, nicht mit Mary Beth.«

Sachs hatte ihn einen Moment lang betrachtet.

Blackwater Landing... ist ein gefährlicher Ort.

»Wenn ich dich hier raushole«, hatte sie schließlich gefragt, »bringst du mich dann zu Mary Beth?«

Garrett hatte die Stirn gerunzelt. »Wenn ich das mache, bringen Sie sie nach Tanner's Corner zurück. Dann passiert ihr vielleicht was.«

»Es ist die einzige Möglichkeit, Garrett. Ich hole dich hier raus, wenn du mich zu ihr bringst. Wir können dafür sorgen, dass sie in Sicherheit ist, Lincoln Rhyme und ich.«

»Das können Sie?«

»Ja. Wenn du nicht damit einverstanden bist, musst du lange Zeit ins Gefängnis. Und wenn Mary Beth wegen dir stirbt, ist das Mord – genau so, als ob du sie erschossen hättest. Und dann kommst du nie wieder raus.«

Er hatte aus dem Fenster geblickt. Anscheinend verfolgte er die Flugbahn eines Insekts. Sachs hatte es nicht sehen können. »In Ordnung.«

»Wie weit ist es zu ihr?«

»Zu Fuß brauchen wir acht bis zehn Stunden. Kommt ganz darauf an.«

»Worauf?«

»Wie viele hinter uns her sind und wie vorsichtig wir sein müssen.«

Garrett hatte dies viel zu schnell gesagt, und sein selbstsicherer Tonfall hatte Sachs beunruhigt – als ob er erwartet hätte, dass ihn jemand befreite oder ihm aus eigener Kraft die Flucht gelingen würde, als ob er sich bereits überlegt hätte, wie er die Verfolger abschütteln konnte.

»Warte hier«, hatte sie ihm befohlen und war nach vorn ins Büro gegangen. Sie hatte in das Schließfach gegriffen, ihren Revolver und das Messer herausgeholt und den Smith & Wesson trotz allem, was sie in der Ausbildung gelernt und verinnerlicht hatte, auf Nathan Groomer gerichtet.

»Tut mir Leid, ich mache das nicht gern«, hatte sie geflüstert. »Aber ich brauche den Schlüssel zu seiner Zelle, und danach drehen Sie sich um und legen die Hände auf den Rücken.«

Er hatte gezögert, sie mit großen Augen angeschaut, sich vielleicht überlegt, ob er zur Waffe greifen sollte. Oder – das wurde ihr jetzt klar – vermutlich überhaupt nichts gedacht. Sonst hätte er vielleicht instinktiv, aus einem Reflex heraus oder auch nur aus blanker Wut die Waffe gezogen.

»Das ist mehr als dumm, gute Frau«, hatte er gesagt.

»Den Schlüssel.«

Er hatte die Schublade aufgezogen und ihn auf den Schreibtisch geworfen. Er hatte die Hände auf den Rücken gelegt. Sie hatte ihn mit seinen eigenen Handschellen gefesselt und das Telefonkabel aus der Wand gerissen.

Dann hatte sie Garrett befreit, ihm ebenfalls Handschellen angelegt. Die Hintertür des Gefängnisses war allem Anschein nach offen, aber sie hatte gemeint, draußen Schritte und einen laufenden Automotor zu hören. Daher hatte sie sich für die vordere Tür entschieden. Sie waren unbehelligt entwischt.

Jetzt waren sie eine Meile vom Stadtzentrum entfernt, umgeben von Büschen und Bäumen. Der Junge führte sie einen kaum erkennbaren Pfad entlang. Die Kette an den Handschellen klirrte, als er in die Richtung deutete, die sie einschlagen mussten.

Aber, Rhyme, ich konnte doch nichts anderes tun, dachte sie. Verstehst du das? Ich hatte keine andere Wahl. Wenn es in der Strafanstalt in Lancaster so zuging, wie sie annahm, wäre er noch am ersten Tag zusammengeschlagen und vergewaltigt und vermutlich innerhalb einer Woche umgebracht worden. Außerdem wusste Sachs, dass dies die einzige Chance war, Mary Beth zu finden. Rhyme hatte, was die Spuren anging, alle Möglichkeiten ausgeschöpft, und Garretts trotziger Blick verriet ihr, dass er nicht zur Mithilfe bereit war.

(Nein, ich verwechsle keineswegs Muttergefühl und Besorgnis, Dr. Penny. Aber wenn Lincoln und ich einen Sohn hätten, das weiß ich ganz genau, dann wäre er ebenso beharrlich und stur wie wir, und falls uns etwas zustoßen sollte, würde ich darum beten, dass jemand genauso auf ihn aufpasst, wie ich auf Garrett aufpasse …)

Sie kamen flott voran. Sachs war überrascht, wie geschmeidig der Junge trotz seiner gefesselten Hände durch den Wald huschte. Er schien genau zu wissen, wohin er die Füße setzen musste, durch welche Pflanzen sie mühelos hindurchschlüpfen konnten und welche sie aufhielten. Wo der Boden zu weich war, als dass man darauf gehen konnte.

»Treten Sie nicht da hin«, sagte er streng. »Das ist Carolina-Lehm. Der hält Sie fest wie Leim.«

Eine halbe Stunde lang marschierten sie, bis der Boden matschig wurde und die Luft nach Methan und Moder roch. Schließlich kamen sie nicht mehr weiter – der Pfad endete in einem Morast –, und Garrett führte sie zu einer zweispurigen Asphaltstraße. Sie schoben sich durch das Gestrüpp neben dem Bankett.

Mehrere Autos fuhren gemächlich vorbei, ohne dass die Insassen die Flüchtigen wahrnahmen.

Sachs schaute ihnen neidisch hinterher. Erst seit zwanzig Minuten auf der Flucht, dachte sie, und schon krampft sich dein Herz zusammen, wenn du jemand siehst, der ein normales Leben führt – und beim Gedanken an die Wendung, die dein eigenes Leben genommen hat.

Das ist mehr als dumm, gute Frau.

»He da!«

Mary Beth McConnell fuhr hoch.

Wegen der Hitze und der stickigen Luft in der Hütte war sie auf dem muffigen Sofa eingeschlafen.

Wieder ein Ruf, ganz in der Nähe. »Miss, alles in Ordnung? Hallo? Mary Beth?«

Sie sprang hoch und lief rasch zu dem zerbrochenen Fenster. Sie war benommen, musste einen Moment lang den Kopf senken, sich an der Wand abstützen. Ihre Schläfe schmerzte fürchterlich. Zum Teufel mit dir, Garrett, dachte sie.

Der Schmerz ließ nach, sie konnte wieder klarer sehen. Und sie ging weiter zum Fenster.

Es war der Missionar. Er hatte seinen Freund dabei, einen großen Mann mit schütter werdendem Haar, der eine graue Hose und ein Arbeitshemd trug. Der Missionar hatte eine Axt in der Hand.

»Vielen Dank, vielen Dank«, flüsterte sie.

»Miss, ist alles in Ordnung?«

»Mir fehlt nichts. Er ist nicht zurückgekommen.« Ihr Hals war so rau, dass jeder Ton wehtat. Der Mann reichte ihr eine weitere Feldflasche voll Wasser, und sie trank sie in einem Zug aus.

»Ich habe die Polizei in der Stadt angerufen«, erklärte er ihr. »Die sind schon unterwegs. Müssten in zehn, fünfzehn Minuten hiersein. Aber so lange warten wir nicht. Wir holen Sie gleich raus, wir beide.«

»Ich weiß gar nicht, wie ich Ihnen danken soll.«

»Treten Sie ein Stück zurück. Ich hacke schon mein Leben lang Holz, und die Tür hier hab ich im Nu kurz und klein geschlagen. Das ist Tom. Er arbeitet ebenfalls für den Bezirk.«

»Hallo, Tom.«

»Hallo. Ist mit Ihrem Kopf alles in Ordnung?«, fragte er und runzelte die Stirn.

»Sieht schlimmer aus, als es ist«, sagte sie und fasste an den Schorf.

Dong, dong.

Die Axt grub sich in die Tür. Vom Fenster aus konnte sie sehen, wie das Blatt hochgerissen wurde und in der Sonne funkelte. Die Schneide glitzerte, was darauf hindeutete, dass sie sehr scharf war. Mary Beth hatte ihrem Vater immer beim Hacken des Feuerholzes für den Kamin geholfen. Sie konnte sich noch daran erinnern, wie gern sie ihm zugesehen hatte, wenn er die Schneide mit dem Wetzstein an seiner Schleifmaschine geschärft hatte – die hellen Funken waren in die Luft gestoben wie Feuerwerkskörper am vierten Juli.

»Was ist das für ’n Junge, der Sie entführt hat?«, fragte Tom. »Ein Perverser?«

Dong… dong.

»Er ist ein Schuljunge aus Tanner's Corner. Er ist sonderbar. Sehen Sie sich das Zeug an.« Sie deutete auf die Gläser mit den Insekten.

»Jesses«, sagte Tom, beugte sich zum Fenster und sah hinein.

Dong.

Dann ein lautes Knacken, als der Missionar einen langen Splitter aus der Tür hieb.

Dong.

Mary Beth blickte zur Tür. Garrett musste sie verstärkt haben. Möglicherweise hatte er zwei Türen übereinander genagelt. »Ich komm mir schon selber vor wie einer von den verdammten Käfern«, sagte sie zu Tom. »Er –« Mary Beth sah nur eine undeutliche Bewegung, als Tom urplötzlich mit dem linken Arm durchs Fenster griff und sie am Kragen packte. Er riss sie nach vorn, gegen die Gitterstäbe, und drückte ihr seinen nassen, nach Bier und Tabak stinkenden Mund auf die Lippen. Seine Zunge schoss hervor und strich grob über ihre Zähne.

Er betastete ihre Brust, kniff zu, versuchte ihre Warzen durch das Hemd zu ertasten, während sie den Kopf von ihm wegdrehte, ausspuckte und laut aufschrie.

»Was, zum Teufel, machst du da?«, rief der Missionar und ließ die Axt fallen. Er kam zum Fenster gerannt.

Doch bevor er Tom wegziehen konnte, packte Mary Beth die Hand, die ihre Brust befummelte, und riss sie mit aller Kraft nach unten. Sie rammte Toms Unterarm auf die spitzen Glasscharten, die aus dem Fensterrahmen ragten. Er schrie auf vor Schmerz und Schreck, ließ sie los und taumelte zurück.

Mary Beth wischte sich den Mund ab und lief vom Fenster weg, ins Zimmer.

Der Missionar schrie Tom an. »Scheiße noch mal, warum hast du das gemacht?«

Schlag ihn, dachte Mary Beth. Verpass ihm eine mit der Axt. Er ist verrückt. Übergib ihn ebenfalls der Polizei.

Tom hörte nicht zu. Er hielt seinen blutigen Arm und untersuchte den Schnitt. »Herrgott, Herrgott noch mal…«

»Ich hab dir doch *gesagt*, du sollst dich gedulden«, herrschte ihn der Missionar an. »In fünf Minuten wär sie draußen gewesen, und in 'ner halben Stunde hätten wir sie bei dir daheim flachgelegt. Jetzt haben wir den Schlamassel.«

Flachgelegt…

Es dauerte einen Moment, bis Mary Beth die ganze Tragweite dieser Bemerkung begriff – sie hatten die Polizei überhaupt nicht verständigt, niemand kam, um sie zu retten.

»Mann, schau dir das an. Schau!« Tom hielt sein aufgeschlitztes Handgelenk hoch, sodass das Blut den ganzen Arm hinablief.

»Scheiße«, grummelte der Missionar. »Das müssen wir nähen lassen, du Blödmann. Warum hast du nicht gewartet? Komm schon, wir lassen es verarzten.«

Mary Beth sah, wie Tom hinaus auf die Wiese torkelte. Drei Meter vor dem Fenster blieb er stehen. »Du Dreckstück! Bereite dich schon mal drauf vor. Wir kommen wieder.« Er blickte zu Boden, ging in die Hocke und war einen Moment lang verschwunden. Dann richtete er sich wieder auf, hatte einen Stein, etwa so groß wie eine Orange, in der heilen Hand. Er schmiss ihn durch die Gitterstäbe. Mary Beth torkelte zurück, als er ins Zimmer flog und sie um Haaresbreite verfehlte. Schluchzend sank sie auf das Sofa.

Und wieder hörte sie Toms Ruf, als sie auf den Wald zuliefen. »Bereite dich schon mal drauf vor!«

Sie waren in Harris Tomels Haus, einem im Kolonialstil errichteten Gebäude mit fünf Schlafzimmern, das auf einem stattlichen, grasüberwucherten Grundstück stand, an dem der Mann nie einen Handgriff getan hatte. Tomels Rasenpflege beschränkte sich darauf, dass er seinen F-250 im Vorgarten parkte und seinen Suburban hinter dem Haus.

Er machte das, weil er sozusagen der Musterknabe in ihrem Dreierbund war, mehr Pullover als Karohemden besaß und sich ein bisschen mehr ins Zeug legen musste, um als echter Kerl durchzugehen. Klar doch, er hatte im Bundesgefängnis gesessen, aber das war wegen ein paar mieser Hochstapeleien drüben in Raleigh gewesen, wo er Aktien von Firmen verkauft hatte, die den Nachteil hatten, dass es sie nicht gab. Er konnte hervorragend schießen, aber Culbeau hatte noch nie erlebt, dass er allein auf jemanden losging, von Mann zu Mann, jedenfalls auf niemand, der nicht gefesselt war. Außerdem dachte Tomel zu viel nach, verschwendete zu viel Zeit auf seine Klamotten. Bestellte immer den feinen Schnaps, sogar drüben bei Eddie's.

Im Gegensatz zu Culbeau, der seine Einliegerwohnung tadellos pflegte, und auch zu O'Sarian, der fortwährend Kellnerinnen abschleppte, die seinen Wohnwagen in Schuss hielten, ließ Tomel Haus und Garten einfach verkommen. Vermutlich, so nahm Culbeau an, wollte er dadurch Eindruck schinden.

Aber das war Tomels Angelegenheit, und die drei Männer waren nicht deswegen hier in diesem Haus mit dem verlotterten Grundstück und dem Rasenschmuck auf Rädern, um sich über Gartengestaltung zu unterhalten. Sie waren nur aus einem Grund hier – weil Tomel die Waffensammlung geerbt hatte, die alle anderen Waffensammlungen in den Schatten stellte, als sein Vater am Neujahrsmorgen beim Eisfischen in den Spivy Pond gefallen und erst im Frühjahr wieder aufgetaucht war.

Sie standen in dem holzgetäfelten Herrenzimmer und musterten die Waffenschränke mit dem gleichen Blick, mit dem Culbeau und O'Sarian vor zwanzig Jahren vor dem Bonbonregal in Peterson's Drugstore an der Maple Street gestanden und sich überlegt hatten, was sie klauen sollten.

O'Sarian suchte sich den schwarzen Colt AR-15 raus, die zivile Version des M-16, weil er ständig und immer wieder über Vietnam lamentierte und sich jeden Kriegsfilm anschaute, den er finden konnte.

Tomel nahm die herrliche Browning-Schrotflinte mit den Intarsien, auf die Culbeau mindestens ebenso scharf war wie auf jede Frau im ganzen Bezirk, auch wenn er persönlich eine Büchse vorzog und lieber aus dreihundert Metern Entfernung einen Hirsch zur Strecke brachte, als eine Ente vom Himmel zu holen. Er selbst entschied sich heute für Tomels schmucke Winchester .30–06 mit dem überdimensionalen Zielfernrohr.

Sie nahmen reichlich Munition, Wasser, Culbeaus Handy und Proviant. Schwarzgebrannten selbstverständlich auch.

Außerdem Schlafsäcke. Obwohl keiner von ihnen damit rechnete, dass die Jagd allzu lange dauern würde.

... Vierundzwanzig

Grimmig rollte Lincoln Rhyme in das demontierte forensische Labor im Verwaltungsgebäude des Paquenoke County.

Lucy Kerr und Mason Germain standen neben dem Glasfibertisch, auf dem zuvor die Mikroskope aufgebaut gewesen waren. Sie hatten die Arme verschränkt, und als Thom und Rhyme hereinkamen, betrachteten sie den Ermittler und seinen Betreuer mit einer Mischung aus Verachtung und Argwohn.

»Wie, zum Teufel, konnte sie so was tun?«, fragte Mason. »Was hat sie sich dabei gedacht?«

Doch das waren nur zwei von vielen Fragen, und was Sachs genau getan hatte, ließ sich noch nicht beantworten. Daher fragte Rhyme lediglich: »Wurde jemand verletzt?«

»Nein«, sagte Lucy. »Aber Nathan war ganz schön mitgenommen, nachdem sie ihm den Revolver ins Gesicht gehalten hat. Den *wir* ihr auch noch gegeben haben.«

Rhyme bemühte sich, nach außen hin so ruhig wie möglich zu wirken, doch insgeheim hatte er eine Heidenangst um Sachs. Lincoln Rhyme traute Spuren mehr als allem anderen, und in diesem Fall wiesen die Spuren eindeutig darauf hin, dass Garrett Hanlon ein Kidnapper und ein Mörder war. Sachs, die sich von wohlberechneten Äußerlichkeiten hatte täuschen lassen, schwebte in ebenso großer Gefahr wie Mary Beth oder Lydia.

Jim Bell betrat den Raum.

»Hat sie einen Wagen genommen?«, fragte Rhyme.

»Ich glaube nicht«, sagte Bell. »Ich hab mich erkundigt. Bis jetzt vermissen wir keinen.«

Bell schaute auf die Karte, die noch an der Wand hing. »Aus dem Gebiet rauszukommen, ohne dass einen jemand sieht, ist nicht so einfach. Lauter Moor und Morast, nicht viele Straßen. Ich –«

»Besorg ein paar Hunde, Jim«, sagte Lucy. »Irv Wanner hält zwei Bluthunde für die Staatspolizei. Ruf Captain Dexter in Elizabeth City an und lass dir Irvs Nummer geben. Er wird sie aufspüren.«

»Gute Idee«, sagte Bell. »Wir –«

»Ich möchte Ihnen etwas vorschlagen«, unterbrach ihn Rhyme.

Mason lachte kurz auf.

»Was?«, fragte Bell.

»Ich mache Ihnen ein Angebot.«

»Ich lass mich auf nichts ein«, erwiderte Bell. »Sie ist eine flüchtige Straftäterin, und bewaffnet obendrein.«

»Sie wird auf niemanden schießen«, sagte Thom.

»Amelia ist davon überzeugt, dass es keine andere Möglichkeit gibt, Mary Beth zu finden«, fuhr Rhyme fort. »Deswegen hat sie das getan. Sie sind zu dem Ort unterwegs, an dem sie festgehalten wird.«

»Spielt keine Rolle«, sagte Bell. »Man darf keinen Mörder aus dem Gefängnis befreien.«

»Lassen Sie mir vierundzwanzig Stunden Zeit, ehe Sie die Staatspolizei verständigen. Ich werde sie finden. Wir können uns etwas einfallen lassen, was die Anklage angeht. Aber wenn Staatspolizisten und Hunde hinzugezogen werden, das wissen wir doch alle, dann läuft alles streng nach Vorschrift, und das heißt, dass wahrscheinlich Menschen zu Schaden kommen.«

»Das ist ja ein tolles Angebot, Lincoln«, sagte Bell. »Ihre Freundin holt unseren Gefangenen –«

»Ohne mich wäre er nicht Ihr Gefangener. Allein hätten Sie ihn niemals gefunden.«

»Kommt nicht in Frage«, sagte Mason. »Wir verschwenden bloß unsere Zeit, und die setzen sich immer weiter ab, während wir hier dumm rumreden. Ich hätte gute Lust, jeden Mann in der Stadt auf sie anzusetzen. Die ganze Bande zum Dienst zu verpflichten. Wie Henry Davett gesagt hat. Gewehre ausgeben und –«

»Wenn wir Ihnen vierundzwanzig Stunden Zeit lassen«, unterbrach ihn Bell, an Rhyme gewandt, »was springt dabei für uns raus?«

»Ich bleibe hier und helfe Ihnen bei der Suche nach Mary Beth. Egal, wie lange es dauert.«

»Die Operation, Lincoln …«, sagte Thom.

»Pfeif auf die Operation«, brummte er, obwohl ihn dabei die schiere Verzweiflung packte. Er wusste, wie ausgelastet Dr. Weaver war. Wenn er den vereinbarten Termin verpasste, würde er sich wieder auf die Warteliste setzen lassen müssen. Dann ging ihm kurz durch den Kopf, dass Sachs es möglicherweise auch aus diesem Grund getan haben könnte – um ihn von der Operation abzuhalten. Um ein paar Tage Zeit zu schinden und ihm die Gelegenheit zu geben, seine Meinung zu ändern. Doch er verdrängte den Gedanken, herrschte sich selbst an: Finde sie, rette sie. Bevor auch sie Garrett zum Opfer fällt.

Hundertsiebenunddreißig Mal gestochen.

»Wir haben es hier aber auch mit einem gewissen – wie würden Sie sagen? –, einem Interessenkonflikt zu tun, nicht wahr?«, sagte Lucy.

»Genau«, sagte Mason. »Woher sollen wir wissen, dass Sie uns nicht weiß der Teufel wohin schicken, damit sie davonkommt?«

»Weil Amelia sich irrt«, erwiderte Rhyme geduldig. »Garrett *ist* ein Mörder, und er hat sie nur benutzt, um aus dem Gefängnis auszubrechen. Sobald er sie nicht mehr braucht, wird er sie töten.«

Bell schritt einen Moment lang auf und ab und blickte auf die Karte. »Okay, wir machen's so, Lincoln. Sie kriegen Ihre vierundzwanzig Stunden.«

Mason seufzte. »Und wie, zum Teufel, wollen Sie sie in dieser Wildnis finden?« Er deutete auf die Karte. »Wollen Sie sie etwa einfach anrufen und fragen, wo sie ist?«

»Genau das habe ich vor. Thom, lass die Geräte wieder aufbauen. Und jemand soll Ben Kerr zurückholen.«

Lucy Kerr stand in dem Büro nebenan und telefonierte.

»Staatspolizei North Carolina in Elizabeth City«, meldete sich eine muntere Frauenstimme. »Womit kann ich Ihnen helfen?«

»Verbinden Sie mich mit Detective Gregg.«

»Einen Moment bitte.«

»Hallo?«, ertönte kurz darauf eine Männerstimme.

»Pete, ich bin's, Lucy Kerr aus Tanner's Corner.«

»Hey, Lucy, wie läuft's? Was ist mit den vermissten Mädchen?«

»Haben wir alles im Griff«, sagte sie ruhig, obwohl sie vor Wut kochte, weil Bell darauf bestanden hatte, dass sie sich genau an die Worte hielt, die Rhyme ihr vorgegeben hatte. »Aber wir haben ein anderes Anliegen, eine Kleinigkeit.«

Eine Kleinigkeit…

»Was braucht ihr denn? Ein paar Mann Verstärkung?«

»Nein, bloß eine Fangschaltung für ein Mobiltelefon.«

»Habt ihr eine Vollmacht?«

»Der Gerichtsschreiber faxt sie euch gerade rüber.«

»Geben Sie mir die Telefon- und die Seriennummer.«

Sie gab ihm beides durch.

»Wie ist die Vorwahl, zwo-eins-zwo?«

»Es ist eine New Yorker Nummer. Der Teilnehmer ist derzeit hier unterwegs.«

»Kein Problem«, sagte Gregg. »Wollt ihr einen Mitschnitt von dem Gespräch?«

»Bloß den Aufenthaltsort.«

Und freies Schussfeld…

»Wann… Moment. Hier ist das Fax…« Er verstummte kurz, während er es las. »Ach, bloß eine vermisste Person?«

»Ja, mehr nicht«, sagte sie widerwillig.

»Ihr seid euch aber darüber im Klaren, dass so was ziemlich kostspielig ist. Wir müssen euch das in Rechnung stellen.«

»Ist mir klar.«

»Okay, bleiben Sie dran, ich ruf meine Techniker an.« Ein leises Klicken.

Lucy setzte sich auf den Schreibtisch, ließ die Schultern hängen, beugte und streckte die Finger ihrer linken Hand, die von der jahrelangen Gartenarbeit rau und gerötet waren, musterte die Narbe, die sie sich an dem Spanndraht um einen Mulchballen zugezogen hatte, und die Einbuchtung an ihrem Ringfinger, wo sie fünf Jahre lang ihren Ehering getragen hatte.

Beugen, strecken.

Während sie das Spiel der Adern und Muskeln unter der Haut betrachtete, wurde Lucy mit einem Mal etwas bewusst. Dass Amelia Sachs' Verhalten eine Wut in ihr entfacht hatte, die stärker war als alles, was sie je empfunden hatte.

Als man an ihr herumschnitt, hatte sie sich geschämt und war sich dann elend und verloren vorgekommen. Als ihr Mann sie verließ, hatte sie sich die Schuld gegeben und sich in ihr Schicksal gefügt. Und selbst als sie schließlich sauer wurde über all das, was man ihr antat, richtig böse, war ihre Wut eher verhalten gewesen – wie glimmende Kohle, die zwar Hitze ausstrahlt, aber niemals aufflammt.

Doch aus irgendeinem Grund, den sie selbst nicht recht verstand, hatte es diese Polizistin aus New York fertig gebracht, sie zur Weißglut zu treiben – sie hätte vor lauter Wut aus der Haut fahren und über sie herfallen können wie diese Hornissen über Ed Schaeffer.

Sie kochte vor Wut, weil sie sich hintergangen fühlte, sie, Lucy Kerr, die in ihrem Leben noch keiner Menschenseele absichtlich etwas zu Leide getan hatte, die Pflanzen liebte, die ihrem Mann eine gute Ehefrau gewesen war, eine tüchtige Tochter, auf die ihre Eltern stolz sein konnten, eine getreue Schwester, eine gute Polizistin, eine Frau, die nur ein bisschen Freude im Leben haben wollte, so wie alle anderen Menschen – was ihr aber anscheinend nicht vergönnt war.

Keine Scham oder Schuldgefühle mehr, keine Schicksalsergebenheit oder Sorge.

Nur noch blanker Zorn – weil sie in ihrem Leben so oft im Stich gelassen und verraten worden war. Von ihrem Körper, von ihrem Mann, von Gott.

Und jetzt von Amelia Sachs.

»Hallo, Lucy?«, fragte Pete aus Elizabeth City. »Sind Sie noch da?«

»Ja, ich bin dran.«

»Sie … ist alles in Ordnung? Sie klingen so komisch.«

Sie räusperte sich. »Bestens. Seid ihr so weit?«

»Ihr könnt loslegen. Wann kommt der Anruf?«

Lucy schaute in das andere Zimmer. »Alles klar?«, rief sie.

Rhyme nickte.

»Jeden Moment«, sagte sie ins Telefon.

»Bleiben Sie dran«, sagte Gregg. »Ich verbinde.«

Bitte mach, dass es funktioniert, dachte Lucy. Bitte …

Und dann ergänzte sie das Gebet um einen weiteren Wunsch. Und bitte, lieber Gott, gib mir freie Schussbahn auf meinen Judas.

Thom setzte Rhyme den Kopfhörer auf. Dann tippte der Betreuer eine Nummer ein.

Wenn Sachs' Telefon abgestellt war, würde es nur dreimal klingeln, und dann würde sich die munter trällernde Stimme der Mailbox melden.

Es klingelte einmal … zweimal …

»Hallo?«

Rhyme meinte noch nie so erleichtert gewesen zu sein wie jetzt, als er ihre Stimme hörte. »Sachs, ist alles in Ordnung?«

Kurzes Schweigen. »Mir fehlt nichts.«

Er sah Lucy Kerr im Zimmer nebenan mit finsterer Miene nicken.

»Hör mir zu, Sachs. Hör mir zu. Ich weiß, warum du das getan hast, aber du musst dich stellen. Du … bist du noch dran?«

»Ich bin dran, Rhyme.«

»Ich weiß, was du vorhast. Garrett hat sich bereit erklärt, dich zu Mary Beth zu bringen.«

»Richtig.«

»Du darfst ihm nicht trauen«, sagte Rhyme. (Genauso wenig wie mir, dachte er verzweifelt. Er sah, wie Lucy mit dem Zeigefinger einen Kreis beschrieb, was so viel hieß wie hinhalten.) »Ich habe mit Jim Bell eine Abmachung getroffen. Wenn du ihn zurückbringst, lassen sie sich bei der Anklage gegen dich etwas einfallen. Die Staatspolizei ist noch nicht eingeschaltet. Und ich bleibe so lange hier, bis Mary Beth gefunden ist. Ich habe die Operation verschoben.«

Er schloss einen Moment lang die Augen, von bohrendem Schuldgefühl geplagt. Aber er hatte keine andere Wahl. Er malte sich aus, wie die Frau in Blackwater Landing gestorben war oder Deputy Ed Schaeffer … Stellte sich vor, wie die Hornissen über Amelias Körper schwärmten. Er musste sie verraten, um sie zu retten.

»Garrett ist unschuldig, Rhyme. Ich weiß es. Ich konnte nicht zulassen, dass er in die Strafanstalt kommt. Die bringen ihn dort um.«

»Dann sorgen wir dafür, dass er irgendwo anders inhaftiert wird. Und wir nehmen uns die Spuren noch mal vor. Wir werden *weitere* Spuren finden. Wir machen das gemeinsam. Du und ich. Das sagen wir doch immer, Sachs, stimmt's? Du und ich … Immer wieder du und ich. Es gibt *nichts*, was wir nicht finden können.«

Wieder kurzes Schweigen. »Garrett hat niemand, der ihm beisteht. Er ist ganz allein, Rhyme.«

»Wir können ihn beschützen.«

»Du kannst niemand vor einer ganzen Stadt beschützen, Lincoln.«

»Keine Vornamen«, sagte Rhyme. »Das bringt Unglück, weißt du noch?«

»Die ganze Sache ist ein einziges Unglück.«

»Bitte, Sachs...«

»Manchmal muss man sich einfach auf sein Gefühl verlassen.«

»Na, wer gibt denn nun Lehrsätze zum Besten?« Er rang sich ein Lachen ab – teils, um sie zu beruhigen. Teils seinetwegen.

Leise Störgeräusche.

Komm heim, Sachs, dachte er. Bitte! Noch können wir etwas retten. Dein Leben hängt an einem seidenen Faden, der ebenso dünn ist wie der Nervenstrang in meinem Hals – die einzige Faser, die noch funktioniert.

Und es ist mir genauso teuer.

»Garrett sagt, dass wir bis heute Abend oder morgen früh zu Mary Beth gelangen können. Ich melde mich bei dir, wenn wir sie haben«, sagte sie.

»Sachs, leg noch nicht auf. Eins noch. Lass mich noch eines sagen.«

»Was?«

»Egal, was du von Garrett hältst, trau ihm nicht. Du hältst ihn für unschuldig. Aber du musst einfach einsehen, dass er es möglicherweise nicht ist. Du weißt doch, wie wir bei der Tatortarbeit vorgehen, Sachs.«

»Unvoreingenommen«, zitierte sie die Regel. »Ohne vorgefasste Meinung. Alle Möglichkeiten in Betracht ziehen.«

»Richtig. Versprich mir, dass du stets daran denkst.«

»Er trägt Handschellen, Rhyme.«

»Belass es dabei. Und sieh zu, dass er nicht an deine Waffe rankommt.«

»Wird gemacht. Ich melde mich, wenn wir Mary Beth haben.«

»Sachs –«

Die Verbindung war unterbrochen.

»Verdammt«, murmelte Rhyme. Er schloss die Augen, versuchte wütend den Kopfhörer abzuschütteln. Thom langte hin und nahm ihm das Gerät ab. Dann strich er mit einer Bürste Rhymes dunkle Haare glatt.

Lucy legte im Nebenraum den Hörer auf und kam herein. Rhyme konnte an ihre Miene erkennen, dass die Fangschaltung nicht funktioniert hatte.

»Pete sagt, sie befinden sich irgendwo im Umkreis von drei Meilen um das Stadtzentrum von Tanner's Corner.«

»Genauer kriegen sie das nicht hin?«, brummte Mason.

»Wenn sie noch fünf Minuten länger drangeblieben wäre, hätten sie sie fast bis auf den Meter genau orten können«, sagte Lucy.

Bell musterte die Karte. »Okay, drei Meilen außerhalb vom Stadtzentrum.«

»Wäre es möglich, dass er nach Blackwater Landing unterwegs ist?«, fragte Rhyme.

»Nein«, sagte Bell. »Wir wissen, dass er zu den Outer Banks will, und Blackwater Landing liegt in der entgegengesetzten Richtung.«

»Wie kommt man am besten zu den Outer Banks?«, fragte der Kriminalist.

»Zu Fuß schaffen sie das nicht«, sagte Bell und trat vor die Karte. »Sie brauchen ein Auto oder ein Boot. Es gibt zwei Möglichkeiten. Sie könnten sich auf der Route 112 in Richtung Süden halten, bis zur Route 17. Auf der gelangen sie nach Elizabeth City, wo sie sich entweder ein Boot besorgen oder weiter auf der 17 bleiben könnten, bis runter zur 158 und zur Küste. Oder sie nehmen die Harper Road… Mason, du nimmst Frank Sturgis und Trey mit und fährst rüber zur 112. Baut bei Belmont eine Straßensperre auf.«

Rhyme stellte fest, dass das laut Karte bei Planquadrat M-10 war.

»Lucy, du und Jesse nehmt die Harper runter zur Millerton Road«, fuhr der Sheriff fort. »Dort geht ihr in Stellung.« Das war bei Planquadrat H-14.

Bell rief seinen Schwager ins Zimmer. »Steve, du kümmerst dich um den Funkverkehr und gibst jedem ein Walkie-Talkie, der noch keins hat.«

»Klar, Jim.«

»Sagt jedem Bescheid, dass Garrett einen von unseren Sträflingsoveralls trägt. Sie sind blau. Was hat Ihr Mädchen an? Ich kann mich nicht mehr dran erinnern.«

»Sie ist nicht mein Mädchen«, sagte Rhyme.

»'tschuldigung.«

»Jeans, ein schwarzes T-Shirt«, antwortete Rhyme.

»Hat sie einen Hut auf?«

»Nein.«

Lucy und Mason stürmten zur Tür.

Damit waren Bell, Rhyme und Thom unter sich.

Der Sheriff rief bei der Staatspolizei an und sagte dem Detective, der ihnen bei der Fangschaltung geholfen hatte, dass jemand weiterhin die Frequenz überwachen sollte, weil die vermisste Person sich womöglich später noch mal melden werde.

Rhyme bemerkte, wie Bell stockte. Er warf ihm einen kurzen Blick zu und sagte dann ins Telefon: »Danke für das Angebot, Pete. Aber bislang handelt sich's nur um eine vermisste Person. Nichts Ernstes.«

Er legte auf. Brummte vor sich hin. »Nichts Ernstes. Herr im Himmel…«

Eine Viertelstunde später kam Ben Kerr in das Büro. Allem Anschein nach freute er sich, dass er wieder da sein durfte, obwohl er sichtlich verstört ob der Neuigkeiten war, die seine Rückkehr erforderlich machten.

Er und Thom packten gemeinsam die forensischen Geräte der Staatspolizei aus, während Rhyme auf die Karte und die Spurentabellen an der Wand starrte.

FUNDE AM EIGENTLICH TATORT –
BLACKWATER LANDING
Kleenex mit Blutspuren
Kalksteinstaub
Nitrate
Phosphat
Ammoniak
Waschmittel
Camphen

Funde am sekundären Tatort – Garretts Zimmer
Stinktiersekret
Abgerissene Kiefernnadeln
Zeichnungen von Insekten
Bilder von Mary Beth und Familienfoto
Bücher über Insekten
Angelschnur
Geld
Unbekannter Schlüssel
Kerosin
Ammoniak
Nitrate
Camphen

Funde am sekundären Tatort – Steinbruch
Alter Getreidesack – Aufdruck unleserlich
Mais – Futtermittel und Saatgut?
Brandflecken auf dem Sack
Deer-Park-Wasser
Planters-Käsecracker

Funde am sekundären Tatort – Mühle
Karte von den Outer Banks
Sand von der Meeresküste
Laubreste – Eiche/Ahorn

Als Rhyme die letzte Tabelle betrachtete, wurde ihm klar, wie wenig Spuren Sachs in der Mühle gefunden hatte. Das ist immer der Haken, wenn man an einem Fundort vermeintlich offensichtliche Hinweise entdeckt – wie zum Beispiel die Karte und den Sand. Unwillkürlich lässt die Aufmerksamkeit nach, und man sucht weniger sorgfältig. Jetzt wünschte er, sie hätten mehr Spuren von diesem Ereignisort.

Dann fiel Rhyme etwas ein. Lydia hatte gesagt, dass Garrett sich in der Mühle umgezogen hatte, als der Suchtrupp angerückt war. Warum? Doch nur aus einem Grund – weil er sich darüber im Klaren war, dass man anhand der Kleidung, die er versteckt hatte, erkennen konnte, wo er Mary Beth festhielt. Er warf einen Blick zu Bell. »Sagten Sie vorhin, dass Garrett einen Häftlingsoverall trägt?«

»Ganz recht.«

»Wurde die Kleidung verwahrt, die er bei der Festnahme trug?«

»Die müsste drüben im Gefängnis sein.«

»Könnten Sie die herbringen lassen?«

»Die Kleidung? Sofort.«

»Man soll sie in eine Papiertüte packen«, befahl Rhyme. »Und unbedingt zusammengefaltet lassen.«

Der Sheriff rief im Gefängnis an und befahl dem Deputy, sie zu bringen. Aus der einseitigen Unterhaltung schloss Rhyme, dass der Deputy heilfroh war, etwas dazu beitragen zu können, dass man die Frau fand, die ihn gefesselt und blamiert hatte.

Rhyme musterte die Karte von der Ostküste. Sie konnten die Suche auf alte Häuser beschränken – wegen der Camphenlampen – und auf solche, die ein Stück abseits vom eigentlichen Strand lagen – wegen der Ahorn- und Eichenlaubspuren. Dennoch war die schiere Größe dieses Gebiets entmutigend. Hunderte von Meilen.

Bells Telefon klingelte. Er meldete sich, sprach etwa eine Minute lang und legte dann auf. Ging zur Karte. »Die Straßensperren stehen. Garrett und Amelia könnten sich hier landeinwärts halten, um sie zu umgehen« – er tippte auf Planquadrat M-10 –, »aber Mason und Frank können von ihrem Standort aus das Gelände hier überblicken und müssten sie eigentlich sehen.«

»Was ist das für eine Eisenbahnstrecke, südlich der Stadt?«, fragte Rhyme.

»Auf der werden keine Personen befördert. Dort fahren nur Güterzüge, und die verkehren nicht nach festem Fahrplan. Aber sie könnten darauf entlangmarschieren. Deswegen hab ich die Sperre bei Belmont errichten lassen. Jede Wette, dass sie sich in die Richtung halten. Garrett könnte sich meiner Meinung nach auch eine Weile im Naturschutzgebiet bei Manitou Falls verstecken – wo er doch so viel für Käfer und Natur und das ganze Zeug übrig hat. Vermutlich treibt er sich dort ziemlich oft rum.« Bell tippte auf Planquadrat T-10.

»Was ist mit dem Flugplatz?«, fragte Farr.

Bell wandte sich an Rhyme. »Kann sie ein Flugzeug kurzschließen?«

»Nein, sie kann nicht fliegen.«

Rhyme bemerkte eine Eintragung auf der Karte. »Was ist das für ein Militärstützpunkt?«, fragte er.

»Dort wurden in den sechziger und siebziger Jahren Waffen gelagert. Ist seit Jahren dicht. Aber dort gibt's überall Tunnel und Bunker. Wir bräuchten zwei Dutzend Männer, um dort alles abzusuchen, und vermutlich würde er trotzdem ein Schlupfloch finden, in dem er sich verstecken kann.«

»Wird er bewacht?«

»Nicht mehr.«

»Was ist das da, dieses viereckige Areal? Bei Planquadrat E-5 und E-6?«

»Das? Wahrscheinlich der alte Vergnügungspark«, sagte Bell und schaute zu Farr und Ben.

»Genau«, sagte Ben. »Mein Bruder und ich sind da früher immer hingegangen, als ich noch ein Kind war. Wie hieß er doch gleich? Indian Ridge oder so ähnlich.«

Bell nickte. »Es war ein nachgebautes Indianerdorf. Hat vor ein paar Jahren zugemacht – aus Besuchermangel. Williamsburg und Six Flags waren viel beliebter. Kein schlechtes Versteck, aber es liegt in der entgegengesetzten Richtung von den Outer Banks. Da geht Garrett vermutlich nicht hin.«

Bell deutete auf Planquadrat H-14. »Hier is Lucy. Und Garrett und Amelia müssen in der Gegend auf der Harper Road bleiben. Sobald sie die Straße verlassen, geraten sie in Sumpfland, und dort ist alles voller Lehm. Da wären sie tagelang unterwegs – wenn sie's überleben, was vermutlich nicht der Fall ist. Also… wir sollten meiner Meinung nach einfach abwarten, was passiert.«

Rhyme nickte geistesabwesend, während er den Blick von einem markanten Punkt des Paquenoke County zum anderen wandern ließ – fast so ziellos wie seine Freundin, die aufgeregte Fliege, die inzwischen entflogen war.

... Fünfundzwanzig

Garrett Hanlon führte Amelia eine breite Asphaltstraße entlang. Sie liefen jetzt langsamer als zuvor, waren erschöpft und von der Hitze ausgelaugt.

Irgendwie kam ihr die Gegend bekannt vor, und schließlich wurde ihr klar, dass sie sich auf der Canal Road befanden – der Straße, auf der sie heute Morgen von der Bezirksverwaltung zu den beiden Tatorten in Blackwater Landing gefahren waren. Vor sich konnte sie die dunklen Fluten des Paquenoke sehen. Auf der anderen Seite des Kanals standen die großen, prachtvollen Häuser, auf die sie Lucy angesprochen hatte.

Sie blickte sich um. »Ich kapier's nicht. Das ist doch die wichtigste Verbindungsstrecke in der Stadt. Wieso sind hier keine Straßensperren?«

»Die denken, wir gehen in eine andere Richtung. Sie haben die Straßensperren weiter südlich und im Osten aufgebaut.«

»Woher willst du das wissen?«

»Die halten mich für beknackt«, antwortete Garrett. »Die denken, ich wäre blöd. Wenn man anders ist, meinen die Leute das halt. Bin ich aber nicht.«

»Aber du bringst mich doch zu Mary Beth?«

»Klar. Aber nicht auf dem Weg, den die vermuten.«

Einmal mehr beunruhigten sie Garretts Zuversicht und seine Gewieftheit, doch sie konzentrierte sich wieder auf die Straße und ging schweigend neben ihm weiter. Nach zwanzig Minuten waren sie etwa eine halbe Meile von der Kreuzung entfernt, an der die Canal Road auf die Route 112 stieß – dort, wo Billy Stail getötet worden war.

»Horchen Sie!«, flüsterte er und hielt sie mit seinen gefesselten Händen am Arm fest.

Sie spitzte die Ohren, hörte aber nichts.

»In die Büsche.« Sie verließen die Straße und drückten sich zwischen ein paar kratzige Stechpalmen.

»Was ist los?«, fragte sie.

»Schhhh.«

Im nächsten Moment tauchte hinter ihnen ein großer Tieflader auf.

»Der ist von der Fabrik«, flüsterte er. »Von der da vorn.«

Davett Industries stand auf dem Lastwagen. Sie kannte den Namen irgendwoher – richtig, so hieß der Mann, der ihnen bei den Spuren geholfen hatte. Als er vorbei war, kehrten sie auf die Straße zurück.

»Wie hast du den gehört?«

»Ach, man muss ständig aufpassen. Wie die Nachtfalter.«

»Die Nachtfalter? Was meinst du damit?«

»Nachtfalter sind ziemlich klasse. Sie nehmen irgendwie Ultraschallwellen wahr. Sie haben so eine Art Radarspürgerät. Wenn eine Fledermaus ihren Ultraschallton aussendet, klappen Nachtfalter die Flügel zusammen, lassen sich zu Boden fallen und verstecken sich. Magnet- und Stromfelder genauso – Insekten können sie spüren. Sachen, die wir irgendwie gar nicht merken. Wissen Sie, dass man manche Insekten mit Radiowellen anlocken kann? Vertreiben kann man sie damit auch, kommt auf die Frequenz an.« Er verstummte, wandte den Kopf, blieb wie angewurzelt stehen. Dann schaute er wieder zu ihr. »Man muss ständig horchen. Sonst kann sich jemand an einen ranschleichen.«

»Wer?«, fragte sie verunsichert.

»Ach, eigentlich alle, wissen Sie.« Dann deutete er mit dem Kopf nach vorn, in Richtung Blackwater Landing und zum Paquenoke. »In zehn Minuten sind wir in Sicherheit. Dann finden sie uns nie mehr.«

Sie fragte sich, was Garrett zu erwarten hatte, wenn sie Mary Beth fanden und nach Tanner's Corner zurückkehrten. Man würde ihm nach wie vor mehrere Straftaten zur Last legen. Aber wenn Mary Beth seine Aussage bezüglich des eigentlichen Mörders – des Mannes mit der braunen Latzhose – bestätigte, sah der Staatsanwalt vielleicht ein, dass Garrett sie nur zu ihrem eigenen Wohl entführt hatte. Die Verteidigung anderer wurde von jeder Strafkammer im ganzen Land als Rechtfertigungsgrund anerkannt. Und vermutlich würde er die Anklage fallen lassen.

Und wer *war* dieser Mann mit der Latzhose? Wieso trieb er sich bei Blackwater Landing im Wald herum? War er derjenige, der auch die anderen Anwohner umgebracht hatte, die dort in den letzten paar Jahren zu Tode gekommen waren, und versuchte er Garrett die Schuld in die Schuhe zu schieben? Hatte *er* den kleinen Todd Wilkes so eingeschüchtert, dass er sich umbrachte? Gab es tatsächlich einen Drogenring, dem Billy Stail angehört hatte? Sie wusste, dass man auf dem Land ebenso sehr mit Drogen zu kämpfen hatte wie in der Großstadt.

Dann kam ihr noch ein anderer Gedanke – dass Garrett Billy Stails Mörder identifizieren konnte, den Mann mit der Latzhose. Und der hatte mittlerweile wohl gehört, dass Garrett geflohen war, und suchte ihn jetzt, und sie ebenfalls. Um sie zum Schweigen zu bringen. Vielleicht sollten sie –

Garrett erstarrte plötzlich, blickte beunruhigt auf. Fuhr herum.

»Was ist?«, flüsterte sie.

»Ein Auto, fährt ziemlich schnell.«

»Wo?«

»Schhh.«

Hinter ihnen blinkte ein Licht auf.

Man muss ständig horchen. Sonst kann sich jemand an einen ranschleichen.

»Nein!«, rief Garrett erschrocken und zog sie in das hohe Schilf.

Zwei Streifenwagen des Paquenoke County rasten die Canal Road entlang. Sie konnte nicht erkennen, wer den ersten fuhr, aber der Deputy auf dem Beifahrersitz – der schwarze Deputy, der die Schiefertafel für Rhyme aufgestellt hatte – suchte mit zusammengekniffenen Augen den Wald ab. Er hatte eine Schrotflinte in der Hand. Lucy Kerr fuhr den zweiten Wagen. Jesse Corn saß neben ihr.

Garrett und Sachs lagen flach am Boden, im Bartgras verborgen.

Nachtfalter klappen die Flügel zusammen und lassen sich zu Boden fallen…

Die beiden Autos preschten vorbei und bremsten an der Einmündung der Canal Road in die Route 112 jäh ab. Sie blieben quer auf der Straße stehen, sodass beide Fahrspuren blockiert waren. Dann stiegen die Deputys aus, die Waffen im Anschlag.

»Eine Straßensperre«, murmelte sie. »Verflucht.«

»Nein, nein, nein«, flüsterte Garrett fassungslos. »Die sollten doch denken, dass wir in die *andere* Richtung gehen – nach Osten. So war das doch gedacht!«

Ein Personenwagen fuhr an ihnen vorbei und bremste vor der Kreuzung ab. Lucy hielt das Auto an und befragte den Fahrer. Dann musste er aussteigen und den Kofferraum aufmachen, den sie sorgfältig durchsuchten.

Garrett kauerte im dichten Gras. »Wie, zum Teufel, sind die draufgekommen, dass wir in diese Richtung unterwegs sind?«, flüsterte er. »Wie bloß?«

Weil sie Lincoln Rhyme haben, dachte Sachs.

»Sie haben noch nichts gesehen, Lincoln«, teilte ihm Jim Bell mit.

»Amelia und Garrett laufen bestimmt nicht mitten auf der Canal Road entlang«, erwiderte Rhyme gereizt. »Sie sind im Gebüsch. Halten sich bedeckt.«

»Die Straßensperre steht, und sie durchsuchen jedes Auto«, sagte Jim Bell. »Auch wenn sie die Fahrer kennen.«

Rhyme blickte erneut auf die Karte an der Wand. »Und es gibt keinen anderen Weg, auf dem sie von Tanner's Corner nach Westen gelangen können?«

»Vom Gefängnis aus gibt's nur einen Weg durch das Moor zur Route 112, und das ist die Canal Road.« Doch Bell klang unsicher. »Ich muss allerdings sagen, dass das ein großes Risiko ist, Lincoln – alle Mann in Blackwater Landing einzusetzen. Wenn sie wirklich Richtung Osten unterwegs sind, zu den Outer Banks, kommen sie jetzt an uns vorbei, und wir finden sie niemals. Also, ich finde diese Idee von Ihnen ja ein bisschen weit hergeholt.«

Doch Rhyme glaubte, dass er Recht hatte. Als er vorhin zwanzig Minuten lang die Karte betrachtet und den Weg verfolgt hatte, den der Junge mit Lydia eingeschlagen hatte – die Strecke, die zum Great Dismal Swamp führte, aber ansonsten nirgendwo hin –, hatte er sich auch Gedanken über Lydias Entführung gemacht. Ihm war eingefallen, was Sachs ihm mitgeteilt hatte, als sie heute Morgen draußen im Gelände gewesen waren und Garretts Spur verfolgt hatten.

Lucy sagt, es wäre Unsinn, wenn Garrett sich in diese Richtung hält.

Worauf er sich eine Frage gestellt hatte, die bislang noch niemand zufrieden stellend hatte beantworten können. Warum hatte Garrett eigentlich Lydia Johansson entführt? Um sie zu töten, weil er ein Ersatzopfer brauchte, hatte Dr. Penny gemeint. Doch erwiesenermaßen hatte er sie nicht getötet, obwohl er eine Menge Zeit und Gelegenheit dazu gehabt hätte. Vergewaltigt hatte er sie auch nicht. Und es lag auch kein anderes Motiv für die Entführung vor. Sie kannten sich kaum, sie hatte ihn nie gehänselt, er war ihr nicht nachgestiegen, und sie war nicht dabei gewesen, als Billy Stail ermordet wurde. Welchen Grund könnte er gehabt haben?

Dann war ihm eingefallen, dass Garrett Lydia bereitwillig mitgeteilt hatte, Mary Beth werde auf den Outer Banks festgehalten – dass sie gern dort wäre und nicht gerettet werden müsste. Warum hatte er das aus freien Stücken preisgegeben? Dazu die Spuren in der Mühle – der Meersand, die Karte von den Outer Banks. Lucy hatte sie laut Sachs ohne große Mühe gefunden. Zu leicht. Es handelte sich, so hatte er entschieden, um fingierte Spuren, wie forensische Wissenschaftler Funde bezeichnen, die bewusst hinterlassen wurden, um die Ermittler irrezuführen.

»Wir sind reingelegt worden!«, hatte Rhyme grimmig ausgerufen.

»Was meinen Sie damit?«, hatte Ben gefragt.

»Er hat uns ausgetrickst«, hatte der Ermittler gesagt. Ein sechzehnjähriger Junge hatte sie zum Narren gehalten. Von Anfang an. Rhyme hatte erklärt, dass Garrett absichtlich einen Schuh am Tatort abgestreift habe, als er Lydia kidnappte. Er hatte Kalksteinstaub hineingekippt, damit jeder, der sich in der Gegend auskannte – Davett zum Beispiel – sofort an den Steinbruch dachte, wo er die anderen Spuren hinterlassen hatte, beispielsweise den versengten Sack mit dem Mais. Die wiederum hatten zu der Mühle geführt.

Der Suchtrupp *sollte* Lydia finden, ebenso wie die übrigen fingierten Spuren – um sie davon zu überzeugen, dass Mary Beth in einem Haus auf den Outer Banks festgehalten wurde.

Was natürlich bedeutete, dass sie in der entgegengesetzten Richtung zu finden war – westlich von Tanner's Corner.

Garretts Plan war raffiniert, aber er hatte einen Fehler – als er davon ausging, dass der Suchtrupp mehrere Tage brauchen würde, um Lydia zu finden (deshalb hatte er die vielen Lebensmittel für sie hinterlassen). Bis dahin hatte er längst bei Mary Beth sein wollen, im eigentlichen Versteck, während die Verfolger die Outer Banks abkämmten.

Und deshalb hatte Rhyme Bell gefragt, was die beste Verbindung von Tanner's Corner nach Westen sei. »Von Blackwater Landing«, hatte der Sheriff geantwortet. »Die Route 112.« Und Rhyme hatte Lucy und die anderen Deputys auf schnellstem Weg dorthin beordert.

Es bestand durchaus die Möglichkeit, dass Garrett und Sachs die Kreuzung bereits passiert hatten und weiter nach Westen unterwegs waren. Doch Rhyme hatte die Entfernung berechnet und glaubte nicht, dass sie zu Fuß – zumal sie in Deckung bleiben mussten – in so kurzer Zeit so weit gekommen waren.

Jetzt meldete sich Lucy von der Straßensperre. Thom stellte den Anruf auf das Lautsprechertelefon durch. Die Polizistin war zweifellos noch misstrauisch und fragte sich, auf wessen Seite Rhyme eigentlich stand. »Ich sehe hier nirgendwo eine Spur von ihnen«, sagte sie skeptisch, »und wir haben jedes Auto kontrolliert, das durchgekommen ist. Sind Sie sich Ihrer Sache völlig sicher?«

»Ja«, erklärte er. »Ich bin mir sicher.«

»Wollen wir hoffen, dass Sie Recht haben«, sagte sie lediglich, ohne eine Wort darüber zu verlieren, was sie von dieser selbstherrlichen Erwiderung hielt. »Sonst haben wir hier einen Riesenschlamassel.«

Kurz darauf klingelte Bells Telefon. Er hörte kurz zu. Schaute zu Rhyme. »Drei weitere Deputys sind gerade an der Canal Road eingetroffen, etwa eine Meile südlich von der Route 112. Sie kämmen die Gegend zu Fuß in Richtung Norden ab, auf Lucy und die anderen zu, und versuchen Garrett und Sachs in die Enge zu treiben.« Er hörte wieder eine Weile zu. Warf Rhyme einen Blick zu, wandte sich wieder ab und sagte dann: »Ja, sie ist bewaffnet... und ich hab gehört, dass sie ziemlich gut schießen kann.«

Sachs und Garrett kauerten im Gestrüpp und beobachteten die Straßensperre, vor der ein Personenwagen nach dem anderen angehalten wurde.

Dann ertönte hinter ihnen ein Geräusch, das Sachs auch ohne

Nachtfaltergehör auf Anhieb erkannte: Sirenen. Wieder sahen sie Blinklichter, die von Süden auf sie zukamen. Ein zweiter Streifenwagen hielt mitten auf der Canal Road an, und drei Deputys, ebenfalls mit Schrotflinten bewaffnet, stiegen aus. Langsam rückten sie durch das Gestrüpp vor, genau auf Garrett und Sachs zu. In zehn Minuten mussten sie auf das Schilfdickicht stoßen, in dem sich die Flüchtigen versteckten.

Garrett sah sie gespannt an.

»Was ist?«, fragte sie.

Er warf einen Blick auf ihre Waffe.

»Wollen Sie die nicht benutzen?«

Sie starrte ihn erschrocken an. »Nein. Natürlich nicht.«

Garrett deutete mit dem Kopf auf die Straßensperre. »*Die* schon.«

»Niemand wird einen Schuss abgeben!«, zischte sie, entsetzt darüber, dass er überhaupt auf den Gedanken kam. Sie drehte sich um, schaute in den Wald. Der Boden war sumpfig und unwegsam – da kam man nicht durch, ohne gesehen oder gehört zu werden. Vor ihnen ragte ein Maschendrahtzaun auf, der das Firmengelände der Davett Industries umgab. Durch das Gitternetz sah sie etliche Autos, die auf dem Parkplatz standen.

Amelia Sachs war ein Jahr im Streifendienst auf der Straße gewesen und hatte dabei allerhand gelernt. Und weil sie sich außerdem einigermaßen mit Autos auskannte, konnte sie in weniger als dreißig Sekunden jedes Fahrzeug knacken und kurzschließen.

Aber selbst wenn sie einen Wagen klaute – wie sollten sie vom Werksgelände herunterkommen? Das Tor kam nicht in Frage, denn dann waren sie wieder auf der Canal Road und mussten durch die Straßensperre. Ob sie sich ein geländegängiges Fahrzeug oder einen Pick-up besorgen und irgendwo ungesehen durch den Zaun brechen könnten, um sich so zur Route 112 durchzuschlagen? Das Gelände rund um Blackwater Landing war unwegsam – voller Bodenwellen, hinter denen tiefe Sumpflöcher lauerten. Kamen sie da durch, ohne dass sie einen Unfall baute und sie alle beide umbrachte?

Die Deputys waren nur mehr zweihundert Meter von ihnen entfernt und rückten näher.

Sie mussten etwas unternehmen, jetzt oder nie. Und nach Sachs'

Meinung gab es nur eine Möglichkeit. »Komm schon, Garrett. Wir müssen über den Zaun.«

Tief geduckt schlichen sie zu dem Parkplatz.

»Wollen Sie etwa ein Auto nehmen?«, fragte er, als ihm klar wurde, wohin der Weg führte.

Sachs warf einen Blick zurück. Der Deputy war knapp hundert Meter hinter ihnen.

»Ich mag keine Autos«, fuhr Garrett fort. »Sie machen mir Angst.«

Doch sie achtete nicht auf ihn. Ihr gingen die Worte durch den Kopf, die er vorhin gesagt hatte.

Nachtfalter klappen die Flügel zusammen und lassen sich zu Boden fallen.

»Wo sind sie jetzt?«, wollte Rhyme wissen. »Die Deputys, die das Gelände abkämmen?«

Bell gab die Frage per Telefon weiter, hörte kurz zu und tippte dann auf die Karte – etwa in der Mitte von Planquadrat G–10. »Sie sind kurz vor dieser Stelle hier. Das ist das Fabriktor von Davetts Firma. Sie haben noch etwa achtzig, hundert Meter in Richtung Norden vor sich.«

»Können Amelia und Garrett die Fabrik östlich umgehen?«

»Nein, Davetts Gelände ist ringsum eingezäumt. Dahinter liegt tiefster Sumpf. Und wenn sie nach Westen ausgewichen wären, hätten sie durch den Kanal schwimmen müssen, und das Ufer ist so steil, dass sie wahrscheinlich nicht rausgekommen wären. Außerdem gibt's dort nirgendwo Deckung. Lucy und Trey hätten sie mit Sicherheit gesehn.«

Das Warten fiel so schwer. Rhyme wusste, dass Sachs in diesem Moment wieder an sich herumzupfte, sich blutig kratzte – um die innere Unruhe im Zaum zu halten, die dunkle Begleiterscheinung ihrer Energie, ihrer Gaben. Eine selbstzerstörerische Angewohnheit, gewiss, aber wie er sie darum beneidete! Vor dem Unfall war Rhyme immer auf und ab gegangen oder durch die Gegend gelaufen, um sich abzureagieren. Jetzt konnte er lediglich auf die Karte starren und sich den Kopf darüber zerbrechen, wie groß die Gefahr war, in der sie schwebte.

Eine Sekretärin steckte den Kopf durch die Tür.

»Sheriff Bell, die Staatspolizei auf Anschluss Nummer zwo.«

Jim Bell ging in sein Büro auf der anderen Seite des Flurs und nahm den Anruf entgegen. Er war ein paar Minuten lang am Telefon und kam dann forschen Schrittes zurück. »Wir haben sie!«, rief er aufgeregt. »Sie haben ihr Handy angepeilt. Sie sind auf der Route 112 unterwegs, in Richtung Westen. Sie haben die Straßensperre umgangen.«

»Wie das?«, fragte Rhyme.

»Anscheinend haben sie sich auf Davetts Parkplatz geschlichen, haben dort einen Laster oder Geländewagen gestohlen und sind dann eine Weile querfeldein gefahren, bis sie wieder auf die Schnellstraße gestoßen sind. Mann o Mann, da gehört was dazu.«

Das sieht meiner Amelia ähnlich, dachte Rhyme. Die Frau kann buchstäblich die Wand hoch fahren…

»Sie hat offenbar vor, das Auto abzustoßen und sich ein anderes zu besorgen«, fuhr Bell fort.

»Woher wollen Sie das wissen?«

»Sie telefoniert mit einer Mietwagenfirma in Hobeth Falls. Lucy und die anderen verfolgen sie, ohne Sirenen. Wir vernehmen gerade Davetts Leute, um festzustellen, welches Auto fehlt. Aber wenn sie noch ein bisschen länger dranbleibt, brauchen wir gar keine Beschreibung. Noch fünf Minuten, dann haben sie die Techniker genau geortet.«

Lincoln Rhyme musterte die Karte, obwohl er sie mittlerweile in- und auswendig kannte. Er seufzte. »Viel Glück«, murmelte er schließlich.

Aber ob er damit die Jäger oder die Gejagten meinte, hätte er beim besten Willen nicht sagen können.

... Sechsundzwanzig

Lucy Kerr jagte den Crown Victoria auf achtzig Sachen hoch.

Du bist also eine flotte Fahrerin, Amelia.

Na dann, ich auch.

Sie rasten die Route 112 entlang, hatten die blau-weiß-roten Blinklichter auf dem Wagendach eingeschaltet. Die Sirene indes nicht. Jesse Corn saß neben ihr und sprach gerade mit Pete Gregg von der Staatspolizei in Elizabeth City. Trey Williams und Ned Spoto fuhren in dem Streifenwagen unmittelbar hinter ihnen. Mason Germain und Frank Sturgis – ein ruhiger Mann, der unlängst Großvater geworden war – waren im dritten Wagen.

»Wo sind sie jetzt?«, fragte Lucy.

Jesse erkundigte sich bei der Staatspolizei und nickte, als er die Antwort erhielt. »Nur fünf Meilen entfernt. Sie sind von der Schnellstraße abgebogen und fahren in Richtung Süden.«

Bitte, betete Lucy einmal mehr, bleib am Telefon, bloß noch eine Minute.

Sie drückte das Gaspedal bis zum Anschlag durch.

Du bist eine flotte Fahrerin, Amelia. Ich auch.

Du kannst gut schießen.

Aber ich schieße auch nicht schlecht. Ich geb bloß nicht so damit an wie du, mit diesem Getue von wegen schnell ziehen, aber ich hatte mein Leben lang mit Schusswaffen zu tun.

Und sie musste daran denken, wie sie jeden Schuss Munition im Haus eingesammelt und in den trüben Fluten des Blackwater Canal versenkt hatte, als Buddy sie verließ. Aus lauter Angst, dass sie eines Nachts aufwachen und sich beim Anblick des leeren Bettes neben ihr den öligen Lauf ihres Dienstrevolvers in den Mund schieben und sich ins Jenseits befördern könnte – wo sie nach Ansicht ihres Mannes und allem Anschein nach auch von Natur aus hingehörte.

Dreieinhalb Monate lang war Lucy mit ungeladener Dienstwaffe auf Streife gegangen, hatte Schwarzbrenner, selbst ernannte Söldner und große, rotzfreche Teenager, die bis zur Besinnungslosigkeit vollgedröhnt waren, festgenommen. Und mit allen war sie spielend fertig geworden, durch puren Bluff.

Dann war sie eines Morgens aufgewacht wie aus einem Fiebertraum, war zu Shakey's Hardware gegangen und hatte sich eine Schachtel .357er Winchester-Patronen gekauft. (»Himmel, Lucy, der Bezirk muss ja ärmer dran sein, als ich gedacht habe, wenn du dir schon deine Munition selber kaufen musst.«) Abschließend war sie nach Hause zurückgekehrt, hatte ihre Waffe geladen und seither immer darauf geachtet, dass sie schussbereit war.

Für sie war das ein wichtiger Schritt. Der geladene Revolver war ein Symbol ihres Lebensmuts.

Amelia, ich habe dich an den düstersten Stunden meines Daseins teilhaben lassen. Ich habe dir von der Operation erzählt – dem großen schwarzen Loch in meinem Leben. Ich habe dir erzählt, dass ich ein bisschen schüchtern bin, was Männer angeht. Wie sehr ich Kinder mag. Ich habe dir beigestanden, als Sean O'Sarian sich deinen Revolver geschnappt hat. Ich habe mich entschuldigt, als ich mich geirrt habe und du Recht hattest.

Ich habe dir vertraut. Ich –

Sie spürte eine Hand auf der Schulter. Blickte zu Jesse Corn. Er lächelte ihr zaghaft zu. »Da vorn ist eine Kurve«, sagte er. »Ich möchte da ganz gern heil durchkommen.«

Lucy atmete tief durch, lehnte sich zurück, ließ die Schulter sinken und fasste das Lenkrad lockerer. Nahm den Fuß vom Gas.

Trotzdem hatte sie immer noch fünfundsechzig Sachen drauf, als sie die von Jesse angesprochene Kurve nahm, die mit vierzig Meilen pro Stunde ausgeschildert war.

»Hundert Meter vor uns«, flüsterte Jesse Corn.

Sie waren inzwischen ausgestiegen, alle Mann, und sammelten sich um Mason Germain und Lucy Kerr.

Die Staatspolizei konnte Amelias Handysignal mittlerweile nicht mehr empfangen, aber zuvor war es immer von der gleichen Stelle ausgegangen, sodass man es punktgenau hatte anpeilen können – dort, wo sie jetzt alle hinschauten: zu einer Scheune, rund fünfzehn Meter neben einem Haus, das mitten im Wald stand, etwa eine Meile abseits der Route 112. *Westlich* von Tanner's Corner, stellte Lucy fest. Genau wie Lincoln Rhyme es vorausgesagt hatte.

»Ihr glaubt doch nicht etwa, dass Mary Beth da drin ist?«, fragte Frank Sturgis und strich sich über den gelblich gesprenkelten Schnurrbart. »Ich meine, von hier aus sind's höchstens sieben Meilen in die Stadt. Ich käme mir ganz schön blöd vor, wenn er das Mädel direkt vor unserer Nase versteckt hat.«

»Nö, die warten bloß ab, bis wir vorbei sind«, sagte Mason. »Dann fahren sie nach Hobeth Falls und nehmen sich einen Mietwagen.«

»Jedenfalls«, sagte Jesse, »wohnt hier jemand.« Er gab die Adresse über Funk durch und erkundigte sich. »Ein gewisser Peter Hallburton. Kennt den jemand?«

»Ich glaub schon«, sagte Trey Williams. »Ein Ehepaar. Haben meines Wissens nichts mit Garrett zu schaffen.«

»Haben sie Kinder?«

Trey zuckte die Achseln. »Könnte sein. So weit ich mich entsinnen kann, waren bei einem Fußballspiel letztes Jahr…«

»Es sind Sommerferien. Die Kinder könnten daheim sein«, brummte Frank. »Womöglich hat Garrett sie als Geiseln genommen.«

»Schon möglich«, sagte Lucy. »Aber als man das Handysignal erfasst hat, ging es von der Scheune aus, nicht vom Haus. Inzwischen könnten sie natürlich rübergegangen sein, aber ich weiß nicht… Ich kann mir nicht recht vorstellen, dass sie Geiseln nehmen. Ich glaube, Mason hat Recht. Die wollen sich hier bloß verstecken, bis sie der Meinung sind, dass sie unbehelligt nach Hobeth Falls gelangen und sich den Mietwagen nehmen können.«

»Und was machen wir nun?«, fragte Frank. »Wollen wir die Zufahrt mit unserem Streifenwagen abriegeln?«

»Wenn wir hier vorfahren, kriegen die das mit«, sagte Jesse.

Lucy nickte. »Meiner Meinung nach sollten wir zu Fuß auf die Scheune vorrücken – von zwei Seiten, so schnell wie möglich.«

»Ich hab CS-Gas dabei«, sagte Mason. CS-38, ein überaus wirkungsvolles Kampfgas, wurde normalerweise in der Sheriff-Dienststelle unter Verschluss gehalten. Bell hatte keines ausgegeben, daher fragte sich Lucy, wie Mason da herangekommen war.

»Nein, nein«, wandte Jesse ein. »Dann drehen sie womöglich durch.«

Lucy war davon überzeugt, dass dies die geringste seiner Sorgen war. Er wollte bloß nicht, dass seine neue Herzallerliebste das giftige Gas abbekam. Trotzdem pflichtete sie ihm bei, weil keiner von ihnen eine Gasmaske dabei hatte und Kampfstoffe auch nach hinten losgehen konnten. »Kein Gas«, sagte sie. »Ich übernehme die Vorderseite. Trey, du gehst –«

»Nein«, erwiderte Mason ruhig und entschieden. »Ich übernehme die Vorderseite.«

Lucy zögerte einen Moment. »Okay«, sagte sie dann. »Ich übernehme die rechte Tür. Trey und Frank, ihr geht nach hinten und auf die andere Seite.« Sie wandte sich an Jesse. »Du und Ned, ihr zwei behaltet das Haus im Auge, und zwar vorne und hinten. Das da.«

»Schon klar«, sagte Jesse.

»Und die Fenster«, wies Mason Ned an. »Nicht dass uns einer von hinten ins Visier nimmt.«

»Wenn sie rausfahren«, sagte Lucy, »zielt ihr auf die Reifen oder auf den Motorblock, wenn ihr ein großes Kaliber habt, so wie Frank. Schießt nicht auf Garrett oder Amelia, wenn es nicht unbedingt notwendig ist. Ihr kennt ja alle die Dienstvorschriften.« Sie sah dabei vor allem Mason an, dachte daran, wie er bei der Mühle hinterrücks das Feuer eröffnet hatte. Doch der Deputy hörte ihr anscheinend nicht zu. Sie meldete sich über Walkie-Talkie bei Jim Bell und teilte ihm mit, dass sie die Scheune demnächst stürmen wollten.

»Ich hab einen Krankenwagen angefordert«, sagte er.

»Wir sind doch kein Spezialeinsatzkommando«, protestierte Jesse, der den Funkspruch mitbekommen hatte. »Wir müssen verdammt vorsichtig sein, bevor wir schießen.«

Lucy stellte das Funkgerät aus. Sie nickte zu dem Gebäude hin. »Los, schwärmen wir aus.«

Geduckt rannten sie los, jede Deckung nutzend, die ihnen die Eichen und Kiefern rundum boten. Sie blickte unverwandt auf die dunklen Fenster der Scheune. Zweimal meinte sie dort eine Bewegung zu sehen. Aber sie war sich nicht ganz sicher – vielleicht hatte sie es sich nur eingebildet, als sie voranstürmte, womöglich spiegelten sich dort bloß die Bäume und die Wolken. Sie hielt kurz inne, nahm die Waffe in die linke Hand, wischte sich die rechte ab. Fasste sie wieder mit der Schusshand.

Die Deputys sammelten sich auf der Rückseite, wo es keine Fenster gab. So was, dachte Lucy, habe ich noch nie gemacht.

Wir sind doch kein Spezialeinsatzkommando…

Aber selbstverständlich, Jesse – was denn sonst?

Lieber Gott, gib mir freie Schussbahn auf meinen Judas.

Eine fette Libelle umschwirrte sie. Sie wischte sie mit der linken Hand weg, doch sie kehrte zurück, umschwärmte sie weiter – so als ob Garrett dieses Viehzeug ausgeschickt hätte, um sie abzulenken.

Blödsinn, sagte sie sich. Schlug wieder wütend nach dem Tier.

Der Insektensammler…

Diesmal ist was fällig, dachte Lucy – und sie meinte damit beide Flüchtigen.

»Ich sag gar nichts«, sagte Mason. »Ich geh einfach rein. Wenn du hörst, wie ich die Tür eintrete, Lucy, kommst du von der Seite.«

Sie nickte. Und obwohl sie sich Sorgen machte, dass Mason zu übereifrig sein könnte, obwohl sie sich wünschte, Amelia Sachs zu erwischen, war sie dennoch froh, dass sie die Last der Verantwortung nicht allein tragen musste.

»Ich will mich erst davon überzeugen, ob die Seitentür offen ist«, flüsterte sie.

Sie verteilten sich und gingen in Stellung. Lucy huschte geduckt unter einem Fenster vorbei zur Seitentür. Sie stand einen Spalt offen. Sie nickte Mason zu, der an der Ecke wartete und sie im Blick hatte. Er nickte zurück und hielt alle zehn Finger hoch, was vermutlich hieß, dass sie die Sekunden bis zum Eindringen mitzählen sollte, und verschwand dann.

Zehn, neun, acht…

Sie wandte sich zur Tür, sog den mit Benzin- und Öldämpfen durchsetzten Geruch nach modrigem Holz ein, der aus der Scheune drang. Sie lauschte. Hörte, wie etwas tickte – der abkühlende Motor des Fahrzeugs, das Amelia gestohlen hatte.

Fünf, vier, drei…

Fertig, sagte sie sich.

Dann ertönte ein lautes Krachen von der Vorderseite des Gebäudes, als Mason die Tür eintrat. »Polizei!«, rief er. »Keine Bewegung!«

Los, dachte sie.

Lucy trat die Seitentür auf. Doch sie bewegte sich nur ein paar Zentimeter – stieß dann gegen einen großen Rasentraktor, der unmittelbar dahinter stand, und ging nicht weiter auf. Sie rammte mit der Schulter dagegen, doch die Tür gab nicht nach.

»Mist«, flüsterte sie und rannte zur Vorderseite der Scheune.

Bevor sie um die Ecke bog, hörte sie Masons lauten Ruf. »Herrgott«.

Dann fiel ein Schuss.

Und kurz darauf ein zweiter.

»Was geht da vor?«, wollte Rhyme wissen.

Bell war am Telefon. »Okay«, sagte er unsicher. Etwas an seiner Haltung beunruhigte Rhyme – der Sheriff hatte das Telefon ans Ohr gedrückt, den anderen Arm abgewinkelt und die Faust geballt. Er nickte, während er zuhörte. Blickte dann zu Rhyme. »Dort sind Schüsse gefallen.«

»Schüsse?«

»Mason und Lucy sind in die Scheune rein. Jesse hat gesagt, es sind zwei Schüsse gefallen.« Er blickte auf. »Schickt den Krankenwagen rüber zum Haus der Hallburtons«, rief er ins Nebenzimmer. »Badger Hollow Road, an der Route 112.«

»Ist schon unterwegs«, rief Steve Farr zurück.

Rhyme drückte den Kopf an die Nackenstütze des Rollstuhls. Warf einen Blick auf Thom, der nichts sagte.

Wer hatte geschossen? Wer war getroffen worden?

Ach, Sachs …

»Nun schau schon nach, Jesse«, sagte Bell mit scharfer Stimme. »Hat's jemand erwischt? Was, zum Teufel, geht da vor?«

»Ist mit Amelia alles in Ordnung?«, rief Rhyme.

»In einer Minute wissen wir's«, sagte Bell.

Doch es kam ihm vor wie Tage.

Schließlich straffte sich Bell wieder, als Jesse oder jemand anders ans Telefon kam. Er nickte. »Herrgott, er hat *was* gemacht?« Er hörte wieder einen Moment lang zu, wandte sich dann an Rhyme, der ihn aufgeregt anschaute. »Alles in Ordnung. Niemand verletzt. Mason hat die Scheunentür eingetreten und ein paar Latzhosen an der Wand hängen sehen. Ein Rechen, eine Schaufel oder irgendwas anderes war davor. Es war ziemlich dunkel. Er hat gedacht, es wäre Garrett mit einer Waffe. Hat zweimal geschossen. Das ist alles.«

»Amelia ist unversehrt?«

»Die waren gar nicht dort. Bloß der Pick-up, den sie gestohlen haben, stand drin. Garrett und Amelia müssen im Haus gewesen sein, aber vermutlich haben sie die Schüsse gehört und sich in den Wald verzogen. Allzu weit können sie nicht gekommen sein. Ich kenn das Grundstück – rundum nichts als Sumpf.«

»Ich möchte, dass Mason abgezogen wird«, sagte Rhyme aufgebracht. »Das war kein Irrtum – er hat absichtlich geschossen. Ich habe Sie darauf hingewiesen, dass er zu hitzköpfig ist.«

Bell war offensichtlich einverstanden. »Jesse«, sagte er ins Telefon, »gib mir Mason.« Er schwieg einen Moment. »Mason, was, zum Teufel, soll das Ganze?... Warum hast du geschossen? ...Na ja, und was ist, wenn Pete Hallburton dort gestanden hätte? Oder seine Frau oder ein Kind?... Ist mir egal. Du kommst sofort hierher. Das ist ein Befehl... Na, dann lass *sie* das Haus durchsuchen. Setz dich in deinen Streifenwagen und komm zurück... Ich sag's dir nicht noch mal. Ich –«

»Scheiße«. Bell legte auf. Kurz darauf klingelte das Telefon erneut. »Lucy, was gibt's?...« Der Sheriff hörte zu, runzelte die Stirn, schaute zu Boden. Er ging auf und ab. »Ach, du lieber Gott... Bist du sicher?« Er nickte. »Okay, bleib dort«, sagte er dann. »Ich ruf zurück.« Er legte auf.

»Was ist passiert?«

Bell schüttelte den Kopf. »Ich glaub's nicht. Wir sind reingelegt worden. Sie hat uns an der Nase rumgeführt, Ihre Freundin.«

»Was?«

»Pete Hallburton ist daheim«, sagte Bell. »In seinem Haus. Lucy und Jesse haben gerade mit ihm geredet. Seine Frau hat Spätschicht, arbeitet von drei bis elf drüben in Davetts Firma. Sie hat ihr Abendbrot vergessen, und er hat's ihr vor einer halben Stunde vorbeigebracht und ist wieder heimgefahren.«

»*Er* ist heimgefahren? Haben sich Amelia und Garrett im Kofferraum versteckt?«

Bell seufzte missmutig. »Er hat einen Pick-up. Da kann man sich nicht verstecken. Jedenfalls nicht die zwei. Aber für ihr Handy war massenhaft Platz. Hinter der Kühlbox auf der Ladefläche.«

Rhyme lachte gallig auf. »Sie hat bei der Mietwagenfirma angerufen, wurde auf Warteschleife gestellt und hat das Telefon auf dem Lastwagen versteckt.«

»Genau«, grummelte Bell.

»Weißt du noch, Lincoln«, sagte Thom. »Sie hat heute Morgen bei dem Autoverleih angerufen. Sie war sauer, weil man sie so lange warten ließ.«

»Sie hat *gewusst*, dass wir das Telefon angepeilt haben«, sagte Bell. »Die haben abgewartet, bis Lucy und die anderen Streifenwagen von der Canal Road weggefahren sind, und sind dann einfach mir nichts, dir nichts weitermarschiert.« Er blickte auf die Karte. »Sie haben vierzig Minuten Vorsprung. Die können wer weiß wo sein.«

... Siebenundzwanzig

Nachdem die Straßensperre aufgehoben war und sich die Streifenwagen auf der Route 112 entfernt hatten, rannten Garrett und Sachs zum Ende der Canal Road und überquerten die Schnellstraße.

Sie umgingen die beiden Tatorte in Blackwater Landing, wandten sich dann nach links, folgten dem Paquenoke und marschierten flotten Schrittes durch das Unterholz und den Eichenwald.

Nach etwa einer halben Meile stießen sie auf einen Nebenfluss des Paquenoke. Umgehen konnten sie ihn nicht, und Sachs hatte keine Lust, durch das dunkle Wasser zu schwimmen, auf dem Insekten, schleimiger Schaum und Müll trieben.

Doch Garrett hatte vorgesorgt. Er deutete mit seinen gefesselten Händen auf eine Stelle am Ufer. »Das Boot.«

»Ein Boot? Wo?«

»Da, da.« Wieder deutete er hin.

Sie kniff die Augen zusammen und erkannte mit Mühe und Not die Umrisse eines kleinen Bootes. Es war mit Zweigen und Blättern abgedeckt. Garrett ging hin, machte sich ans Werk, so gut es mit Handschellen ging, und zog das Laub weg, unter dem das Boot versteckt war. Sachs half ihm.

»Tarnung«, sagte er stolz. »Hab ich von den Insekten gelernt. In Frankreich gibt es eine kleine Grille – Truxalis heißt sie. Die ist einfach klasse – sie ändert im Sommer dreimal ihre Farbe, um sich an die unterschiedlichen Grüntöne des Grases anzupassen. Räuber können sie kaum sehen.«

Nun ja, Sachs hatte sich die ungewöhnlichen Kenntnisse des Jungen über die Welt der Insekten ebenfalls zu Nutze gemacht. Als Garrett sich über Nachtfalter ausgelassen hatte – ihre Fähigkeit, elektromagnetische Wellen und Funksignale zu empfangen –, war ihr klar geworden, dass Rhyme selbstverständlich einen Peilsender auf ihr Handy angesetzt hatte. Ihr war eingefallen, dass sie an diesem Morgen von der Piedmont-Carolina Car Rental ewig lange auf Warteschleife geschaltet worden war. Dann hatte sie sich auf den Parkplatz der Davett Industries geschlichen, hatte bei der Mietwagenfirma angerufen und das Telefon, aus dem endloses Gedudel kam, auf die Ladefläche eines leeren Pick-up gelegt, der mit laufendem Motor vor dem Angestellteneingang des Gebäudes gestanden hatte.

Der Trick hatte offenbar funktioniert. Die Deputys waren hinter dem Laster hergefahren, als er das Fabrikgelände verließ.

»Und das Ammoniak?«, fragte Sachs Garrett, während sie das Boot freilegte. »Und die Grube mit dem Hornissennest? Hast du das auch von den Insekten gelernt?«

»Ja«, sagte er.

»Du wolltest niemand was tun, nicht wahr?«

»Nein, nein, die Ameisenlöwengrube war nur dazu da, um euch zu erschrecken, um euch aufzuhalten. Ich hab absichtlich ein leeres Nest reingelegt. Ammoniak sollte mich warnen, wenn ihr anrückt. Genauso machen das die Insekten. Gerüche sind für die irgendwie so eine Art Frühwarnanlage.« Seine roten, wässrigen Augen strahlten sonderbar, fast so, als bewunderte er sie. »Das war ziemlich klasse, wie Sie mich in der Mühle aufgestöbert haben. Ich hätte eigentlich nie gedacht, dass Sie so schnell dort hinkommen.«

»Und du hast in der Mühle falsche Spuren gelegt – die Karte und den Sand –, um uns in die Irre zu führen.«

»Ja, ich hab's Ihnen doch gesagt – Insekten sind schlau. Müssen sie auch sein.«

Sie entfernten die letzten Zweige von dem verwitterten Boot. Es war dunkelgrau gestrichen, etwa drei Meter lang und hatte einen Außenbordmotor. Ein Dutzend große, fünf Liter fassende Plastikflaschen mit Mineralwasser und eine Kühlbox standen am Boden. Sachs riss eine Flasche auf und nahm ein paar Schlucke. Sie reichte die Flasche Garrett, der ebenfalls daraus trank. Dann öffnete er die Kühlbox. Darin befanden sich Kartons mit Crackern und Chips. Er musterte sie sorgfältig und überzeugte sich davon, das noch alles vorhanden und unversehrt war. Dann nickte er und stieg ins Boot.

Sachs setzte sich ihm gegenüber hin, mit dem Rücken zum Bug. Er schenkte ihr ein wissendes Grinsen, so als erkenne er, dass sie ihm nicht genug traute, um ihm den Rücken zuzukehren, und zog das Starterseil. Spuckend sprang der Motor an. Er stieß das Boot vom Ufer ab, und wie zwei moderne Huckleberry Finns fuhren sie flussabwärts.

Jetzt ist es so weit, dachte Sachs. Jetzt heißt es harte Bandagen anlegen.

Ein Ausdruck, den ihr Vater gebraucht hatte. Der schneidige Mann mit den tiefen Geheimratsecken, der den Großteil seines Lebens Streifenpolizist in Brooklyn und Manhattan gewesen war, hatte ein ernstes Gespräch mit seiner Tochter geführt, als sie ihm mitgeteilt hatte, dass sie ihren Beruf als Model aufgeben und zur Polizei gehen wollte. Er hatte voll und ganz hinter ihrer Entscheidung gestanden, hatte ihr aber ein paar Ratschläge mit auf den Weg gegeben. »Amie, über eins musst du dir im Klaren sein. Manchmal ist es der totale Stress, manchmal kannst du was ausrichten, manchmal ist es langweilig. Und manchmal, nicht allzu oft, Gott sei Dank, musst du harte Bandagen anlegen. Farbe bekennen. Du bist auf dich allein angewiesen, ohne dass dir einer hilft. Und damit meine ich nicht nur gegenüber Straftätern. Manchmal musst du dich auch gegen deinen Boss stellen. Manchmal gegen *dessen* Boss. Oder auch deine Kollegen. Wenn du ein Cop werden willst, musst du bereit sein, es allein durchzustehen. Da führt kein Weg daran vorbei.«

»Ich komme schon damit klar, Paps.«

»Ganz mein Mädchen. Los, wir machen eine Spritztour, mein Schatz.«

Sachs hatte sich in ihrem ganzen Leben noch nie so allein gefühlt wie jetzt, als sie in diesem morschen Boot saß, das von einem wunderlichen jungen Mann gesteuert wurde.

Harte Bandagen anlegen … Farbe bekennen.

»Schauen Sie, dort«, sagte Garrett rasch und deutete auf irgendein Insekt. »Das ist mein Lieblingstier. Der Rückenschwimmer. Er fliegt irgendwie unter Wasser.« Sein Gesicht strahlte vor Begeisterung. »Das kann er wirklich! Hey, das wär doch ziemlich toll, nicht? Unter Wasser fliegen. Ich mag Wasser. Es fühlt sich gut an.« Das Lächeln verflog, und er rieb sich den Arm. »Dieser verfluchte Giftsumach … Ich hab das immerzu. Es juckt manchmal fürchterlich.«

Sie schlängelten sich durch kleine Buchten, um Inseln, Wurzelstöcke und graue, halb versunkene Bäume, kehrten aber immer wieder auf Westkurs zurück, auf die sinkende Sonne zu.

Ein Gedanke ging Sachs durch den Kopf, wie der Nachhall von etwas, was ihr früher eingefallen war, in der Zelle des Jungen, kurz bevor sie ihn aus dem Gefängnis geholt hatte. Wenn Garrett ein aufgetanktes Boot voller Proviant versteckt hatte, hatte er erwartet, dass er irgendwie aus dem Gefängnis entkommen würde. Und ihre Rolle dabei war Teil eines raffinierten, wohl durchdachten Plans.

»Egal, was du von Garrett hältst, trau ihm nicht. Du hältst ihn für unschuldig. Aber du musst einfach einsehen, dass er es möglicherweise nicht ist. Du weißt doch, wie wir bei der Tatortarbeit vorgehen, Sachs.«

»Unvoreingenommen. Ohne vorgefasste Meinung. Alle Möglichkeiten in Betracht ziehend.«

Doch dann blickte sie einmal mehr zu dem Jungen. Mit strahlenden Augen saß er da, blickte aufgekratzt mal hierhin, mal dorthin, während er das Boot durch die Fahrrinnen lotste, wirkte ganz und gar nicht wie ein flüchtiger Verbrecher, sondern eher wie ein begeisterter Teenager auf Campingtour, zufrieden mit sich und der Welt und darauf gespannt, was ihn hinter der nächsten Flussbiegung erwartete.

»Sie ist gut, Lincoln«, sagte Ben, der damit den Trick mit dem Handy meinte.

Selbstverständlich ist sie gut, dachte Rhyme. Und fügte hinzu: Sie ist genauso gut wie ich. Obwohl er sehr zu seinem Unmut eingestehen musste – wenn auch nur sich selbst –, dass sie diesmal *besser* gewesen war.

Rhyme war wütend auf sich, weil er es nicht vorausgesehen hatte. Das ist kein Spiel, dachte er, keine Übung – so wie die Lektionen, bei denen er sie manchmal bewusst herausforderte, wenn sie einen Tatort abschritt oder wenn sie in seinem Labor in New York Spuren auswerteten. Sie war in Lebensgefahr. Vermutlich blieben ihr nur mehr ein paar Stunden, bis Garrett über sie herfiel oder sie umbrachte. Er durfte sich keinen weiteren Schnitzer leisten.

Ein Deputy tauchte mit einer Einkaufstüte von Food Lion in der

Tür auf. Sie enthielt Garretts Kleidung, die er im Gefängnis hatte ausziehen müssen.

»Gut!«, sagte Rhyme. »Legt eine Tabelle an, irgendwer. Thom, Ben… legt eine Tabelle an. ›Funde am sekundären Tatort – Mühle‹. Ben, schreiben Sie, schreiben Sie schon!«

»Aber wir haben doch schon eine«, sagte Ben und deutete auf die Schiefertafel.

»Nein, nein«, blaffte Rhyme. »Löschen Sie die. Die Spuren waren fingiert. Garrett hat sie absichtlich hinterlassen, um uns in die Irre zu führen. Genau wie mit dem Kalksteinstaub in dem Schuh, den er zurückgelassen hat, als er sich Lydia schnappte. Wenn wir an seiner Kleidung Spuren finden« – er nickte zu der Tüte hin –, »werden wir feststellen können, wo Mary Beth *wirklich* ist.«

»Wenn wir Glück haben«, sagte Bell.

Nein, dachte Rhyme, wenn wir geschickt sind. »Schneiden Sie ein Stück Stoff aus seiner Hose«, sagte er zu Ben, »dicht über den Aufschlägen, und geben Sie es in den Chromatographen.«

Bell ging hinaus, um mit Steve Farr zu besprechen, wie sie an Sonderfrequenzen für ihre Funkgeräte gelangen könnten, ohne dass die Staatspolizei Wind davon bekam, was gespielt wurde. Denn darauf hatte Rhyme bestanden.

Jetzt warteten Rhyme und Ben auf die Ergebnisse der chromatographischen Untersuchung. »Was haben wir sonst noch?«, fragte Rhyme unterdessen. Nickte zu der Kleidung hin.

»Braune Farbflecken an Garretts Hose«, berichtete Ben, während er sie musterte. »Dunkelbraun. Sehen ziemlich frisch aus.«

»Braun«, wiederholte Rhyme und untersuchte sie. »Welche Farbe hat das Haus von Garretts Pflegeeltern?«

»Weiß ich nicht«, erwiderte Ben.

»Ich habe nicht *erwartet*, dass Sie über jede Kleinigkeit in Tanner's Corner Bescheid wissen«, knurrte Rhyme. »Ich meinte damit: Rufen Sie an.«

»Ach so.« Ben suchte die Nummer in der Akte heraus und rief an. Er sprach kurz mit jemandem und legte dann auf. »Das ist vielleicht ein kratzbürstiger Herr… Garretts Pflegevater. Jedenfalls, ihr Haus ist weiß, und auf dem ganzen Grundstück gibt es nichts, was dunkelbraun gestrichen ist.«

»Also handelt es sich vermutlich um die Farbe des Hauses, zu dem er sie gebracht hat.«

»Gibt es irgendwo eine Farbdatenbank, anhand derer wir sie vergleichen könnten?«, fragte der Hüne.

»Gute Idee«, entgegnete Rhyme. »Aber die Antwort lautet nein. Ich habe eine in New York, aber die nützt uns hier nichts. Und in der Datenbank des FBI sind nur Autolacke erfasst. Aber machen Sie weiter. Was ist mit den Taschen, ist da irgendwas drin? Ziehen Sie –«

Doch Ben streifte bereits die Latexhandschuhe über. »Wollten Sie das sagen?«

»Ja«, grummelte Rhyme.

»Er kann es nicht ausstehen, wenn man ihm zuvorkommt«, feixte Thom.

»Dann muss ich das öfter versuchen«, sagte Ben. »Ah, hier ist irgendwas.« Mit zusammengekniffenen Augen musterte Rhyme mehrere kleine Gegenstände, die der junge Mann aus Garretts Hosentasche gefischt hatte.

»Was ist das?«

Ben schnupperte daran. »Käse und Brot.«

»Noch mehr Nahrungsmittel. Wie die Cracker und –«

Ben lachte lauthals.

Rhyme runzelte die Stirn. »Was ist daran so komisch?«

»Nahrung ist das schon – aber nicht für Garrett.«

»Was meinen Sie damit?«

»Haben Sie schon mal geangelt?«, fragte Ben.

»Nein, ich habe noch nie geangelt«, knurrte Rhyme. »Wenn man Lust auf Fisch hat, kauft man sich welchen, bereitet ihn zu und isst ihn. Was, zum Teufel, haben Käsebrote mit Fischen zu tun?«

»Die stammen nicht von einem Käsebrot«, erklärte Ben. »Das sind Stinkbälle. Fischköder. Man verknetet Brot und Käse miteinander und lässt sie gut durchziehen. Die nimmt man, wenn man mit der Angel auf Grundfische geht. Da drauf stehen sie. Welse zum Beispiel. Je stinkiger, desto besser.«

Rhyme zog die Augenbrauen hoch. »Ah, na *das* hilft uns weiter.«

Ben untersuchte die Hosenaufschläge. Bürstete ein paar Brösel auf eine Abonnementkarte für die Illustrierte *People* und betrachtete sie unter dem Mikroskop. »Nichts Besonderes«, sagte er. »Bis auf ein paar Partikel. Irgendwas Weißes.«

»Lassen Sie mal sehen.«

Der Zoologe trug das große Bausch-&-Lomb-Mikroskop zu Rhyme, der durch die Okulare schaute. »Na schön, gut. Das sind Papierfasern.«

»Wirklich?«, fragte Ben.

»Das ist ganz *offensichtlich* Papier. Was sollte es denn sonst sein? Und zwar saugfähiges Papier. Habe aber keine Ahnung, woher es stammt. Nun denn, der Schmutz ist sehr interessant. Können Sie mir etwas mehr besorgen? Aus den Aufschlägen?«

»Ich werd's versuchen.«

Ben schnitt den Faden durch, mit dem der Aufschlag angenäht war, und klappte ihn herunter. Er bürstete noch mehr Schmutzreste auf die Karte.

»Unters Mikroskop«, befahl Rhyme.

Der Student bereitete einen Objektträger vor und schob ihn auf den Tisch des Stereomikroskops, das er wieder mit ruhiger Hand hielt, damit Rhyme durch die Okulare blicken konnte. »Das ist Lehm. Und zwar eine ganze *Menge*. Feldspathaltiges Gestein, vermutlich Granit. Und – was ist das? Ah, Torfmoos.«

»Woher wissen Sie das alles?«, fragte Ben sichtlich beeindruckt.

»Ich weiß es eben.« Rhyme hatte weder Zeit noch Lust, sich lang und breit darüber auszulassen, dass sich ein Kriminalist mit den Naturwissenschaften ebenso gut auskennen muss wie mit den Verbrechen. »Was war sonst noch in den Aufschlägen?«, fragte er. »Was ist *das?*« Er deutete mit dem Kopf auf etwas, das auf der Abokarte lag. »Dieses kleine, weißlich-grüne Ding?«

»Das stammt von einer Pflanze«, sagte Ben. »Aber das ist nicht mein Fachgebiet. Ich habe zwar Meeresbotanik studiert, aber es war nicht mein Lieblingsfach. Ich hab's mehr mit Lebewesen, die abhauen können, wenn man sie einsammeln will. Kommt mir irgendwie fairer vor.«

»Beschreiben Sie es«, befahl Rhyme.

Ben musterte es mit der Lupe. »Ein rötlicher Stiel mit einem Tropfen Flüssigkeit am einen Ende. Wirkt klebrig. Eine weiße, glockenförmige Blüte hängt dran… Wenn ich raten müsste –«

»Müssen Sie«, blaffte Rhyme. »Und zwar schnell.«

»Ich bin mir ziemlich sicher, dass es von einem Sonnentau stammt.«

»Was, zum Teufel, ist das? Klingt wie ein Erfrischungsgetränk.«

»Das sind Fleisch fressende Pflanzen«, sagte Ben. »Wie die Venusfliegenfalle. Ernähren sich von Insekten. Sie sind faszinierend. Als Kind habe ich davor gesessen und sie stundenlang beobachtet. Wie die ihre Beute verzehren, das ist –«

»Faszinierend«, wiederholte Rhyme spöttisch. »Ihre Essgewohnheiten interessieren mich nicht. Wo kommen sie *vor*? Das wäre für mich *faszinierend*.«

»Ach, überall in der Gegend.«

Rhyme furchte die Stirn. »Nutzlos. Mist. Na schön, geben Sie eine Probe von dem Schmutz in den Chromatographen, sobald er die Stoffprobe ausgewertet hat.« Dann blickte er auf Garretts T-Shirt, das ausgebreitet auf dem Tisch lag. »Was sind das für Flecken?«

Auf dem Hemd waren mehrere rote Kleckse. Ben musterte sie eingehend und zuckte die Achseln, schüttelte den Kopf.

Rhyme verzog die schmalen Lippen zu einem schiefen Grinsen. »Wie wär's mit einer Kostprobe?«

Ohne zu zögern, nahm Ben das T-Shirt und leckte an einem kleinen Fleck.

»Guter Mann!«, rief Rhyme.

Ben zog eine Augenbraue hoch. »Ich hab gedacht, das wäre die übliche Methode.«

»Niemals, auf keinen Fall hätte ich so was getan«, erwiderte Rhyme.

»Das nehm ich Ihnen nicht ab«, sagte Ben. Er leckte ein weiteres Mal daran. »Fruchtsaft, glaube ich. Aber die Geschmacksrichtung kann ich nicht feststellen.«

»Okay, trag das auf der Liste ein, Thom.« Rhyme deutete mit dem Kopf auf den Chromatographen. »Warten wir ab, bis wir die Ergebnisse von der Farbe an der Hose haben, und danach untersuchen wir den Schmutz aus den Aufschlägen.«

Bald darauf erfuhren sie, welche Substanzen im Stoff von Garretts Hose und in dem Schmutz aus den Aufschlägen enthalten waren: Zucker, erneut Camphen, Alkohol, Kerosin und Hefe. Eine ganze Menge Kerosin. Thom hatte alles auf der Tabelle eingetragen, die sie nun alle drei betrachteten.

FUNDE AM SEKUNDÄRNEN TATORT –
MÜHLE
Braune Farbe an Hose
Sonnentau
Lehm
Torfmoos
Fruchtsaft
Papierfasern
Stinkball – Fischköder
Zucker
Camphen
Alkohol
Kerosin
Hefe

Was hat das alles zu bedeuten?, fragte sich Rhyme. Es waren zu viele Hinweise. Er konnte keinerlei Zusammenhang erkennen. Stammte der Zucker vom Fruchtsaft oder von einem Ort, an dem der Junge sich aufgehalten hatte? Hatte er das Kerosin *gekauft*, oder hatte er sich nur auf einer Tankstelle oder in einer Scheune versteckt, wo welches gelagert wurde? Alkohol war in über dreitausend alltäglichen Erzeugnissen für Haushalt und Industrie enthalten – vom Lösungsmittel bis zum Aftershave. Die Hefe stammte zweifellos aus der Mühle, wo Getreide gemahlen wurde.

Nach ein paar Minuten fiel Rhymes Blick auf eine andere Tabelle.

FUNDE AM SEKÜNDÄREN TATORT –
GARRETS ZIMMER
Stinktiersekret
Abgerissene Kiefernadeln
Zeichnungen von Insekten
Bilder von Mary Beth und Familienfoto
Bücher über Insekten
Angelschnur
Geld
Unbekannter Schlüssel

Kerosin
Ammoniak
Nitrate
Camphen

Dann fiel ihm etwas ein, was Sachs erwähnt hatte, als sie das Zimmer des Jungen durchsucht hatte.

»Ben, könnten Sie das Notizheft dort aufschlagen, Garretts Notizheft? Ich möchte nochmal einen Blick reinwerfen.«

»Soll ich's in das Umblättergerät einspannen?«

»Nein, blättern Sie es nur mal kurz durch«, befahl ihm Rhyme.

Die linkischen Insektenzeichnungen huschten vorbei: ein Rückenschwimmer, eine Wasserspinne, ein Wasserläufer.

Und wieder fiel ihm etwas ein, was Sachs ihm berichtet hatte: dass sämtliche Gläser, in denen er seine Insekten sammelte, Wasser enthielten, bis auf das Glas mit den Wespen – sein Safe. »Es sind lauter Wassertiere.«

Ben nickte. »Allem Anschein nach.«

»Irgendwas reizt ihn am Wasser«, sagte Rhyme versonnen. Er blickte zu Ben. »Und diese Köder? Die sind für Fische, die sich am Grund herumtreiben, sagten Sie.«

»Die Stinkbälle? Ganz recht.«

»Für Salz- oder Süßwasser?«

»Na ja, für Süßwasser. Natürlich.«

»Und das Kerosin – damit werden Bootsmotoren angetrieben, stimmt's?«

»Leichtöl«, sagte Ben. »Kleine Außenborder schon.«

»Was halten Sie davon?«, sagte Rhyme. »Er fährt mit einem Boot auf dem Paquenoke nach Westen.«

»Könnte gut sein, Lincoln«, erwiderte Ben. »Und ich wette, wir haben deswegen so viel Kerosin gefunden, weil er so oft aufgetankt hat – weil er ständig zwischen Tanner's Corner und dem Haus, wo er Mary Beth festhält, hin und her gefahren ist.«

»Kein schlechter Gedanke. Rufen Sie Jim Bell, ja?«

Ein paar Minuten später kehrte Bell zurück, worauf Rhyme ihm seine Meinung darlegte.

»Die Wasserkäfer haben Sie auf die Idee gebracht, was?«, sagte Bell.

Rhyme nickte. »Wenn wir uns mit Insekten auskennen, lernen wir auch Garrett Hanlon kennen.«

»Das ist auch nicht verrückter als alles andere, was ich mir heute schon habe anhören müssen«, sagte Jim Bell.

»Haben Sie ein Polizeiboot?«, fragte Rhyme.

»Nein. Aber das nützt uns sowieso nicht viel. Sie kennen den Paquo nicht. Auf der Karte sieht er aus wie jeder andere Fluss – mit ganz normalen Ufern und so. Aber er hat tausende von Buchten und Nebenläufen, die sich im Moor verzweigen und wieder zurückfließen. Wenn Garrett mit dem Boot unterwegs ist, bleibt er bestimmt nicht auf dem Hauptarm. Da geb ich Ihnen Brief und Siegel drauf. Den finden wir nie und nimmer.«

Rhyme verfolgte den Lauf des Paquenoke in Richtung Westen. »Wenn er Vorräte zu dem Haus geschafft hat, in dem er Mary Beth festhält, ist es vermutlich nicht weit vom Fluss entfernt. Wie weit muss er nach Westen fahren, bis er in eine Gegend kommt, die halbwegs bewohnbar wäre?«

»Da hat er einiges vor sich. Sehen Sie!« Bell deutete auf ein Areal rund um Planquadrat C–7. »Hier sind wir nördlich des Paquo – dort lebt niemand. Südlich vom Fluss ist die Gegend ziemlich dicht besiedelt. Dort würde man ihn mit Sicherheit sehen.«

»Also mindestens zehn Meilen weiter westlich?«

»Genau«, sagte Bell.

»Diese Brücke da?« Rhyme deutete mit dem Kopf auf die Karte. Blickte auf Planquadrat E–8.

»Die Hobeth Bridge?«

»Wie sieht die Auffahrt aus? Führt da der Highway drüber?«

»Einfach aufgeschüttet. Aber mit allerhand Erde. Die Brücke ist zirka fünfzehn Meter hoch, und entsprechend lang sind die Rampen hüben und drüben. Moment mal… Meinen Sie etwa, dass Garrett auf den Hauptarm zurück muss, damit er unter der Brücke durchkommt?«

»Richtig. Weil man beim Bau der Auffahrten vermutlich sämtliche Nebenarme zu beiden Seiten zugeschüttet hat.«

Bell nickte. »Ja. Leuchtet mir ein.«

»Schicken Sie Lucy und die anderen dorthin. Zu der Brücke. Und Sie, Ben, rufen diesen Mann an – diesen Henry Davett. Sagen Sie, es tut uns Leid, aber wir bräuchten ihn noch mal.«

WSJD…

Beim Gedanken an Davett stieß Rhyme ein stummes Gebet aus – allerdings richtete er es nicht an irgendeine Gottheit. Es galt Amelia. Ach, Sachs, sei vorsichtig. Es ist nur eine Frage der Zeit, bis Garrett dir mit irgendeiner Ausflucht kommt, damit du ihm die Handschellen abnimmst. Dann lockt er dich zu einer abgelegenen Stelle. Sieht zu, dass er irgendwie an deine Waffe rankommt… Lass dich nicht einlullen, trau ihm nicht über den Weg, Sachs. Sei auf der Hut. Er ist so geduldig wie eine Gottesanbeterin.

... Achtundzwanzig

Wie ein erfahrener Flusslotse, der sich in dem Labyrinth der Wasserläufe bestens auskannte, steuerte Garrett das Boot durch scheinbar ausweglose Buchten und fand doch immer wieder Seitenarme, schmale Rinnsale manchmal nur, die sie stetig nach Westen führten.

Er wies Sachs auf Fischotter, Bisamratten und Biber hin – Anblicke, die jeden Naturfreund begeistert hätten, doch Sachs ließen sie kalt. Ihr Interesse an wilden Tieren beschränkte sich auf die Ratten, Tauben und Eichhörnchen der Großstadt – und auch das nur insofern, als sie für sie und Rhyme bei ihrer forensischen Arbeit nützlich waren.

»Sehen Sie, dort!«, rief er.

»Wo?«

Er deutete auf etwas, das sie nicht sehen konnte. Starrte auf eine Stelle in der Nähe des Ufers und war völlig versunken in das Schauspiel, das dort allem Anschein nach geboten wurde. Sachs konnte lediglich eine Art Käfer erkennen, der über das Wasser flitzte.

»Wasserläufer«, erklärte er ihr und setzte sich dann wieder auf, als sie daran vorbei glitten. Mit ernster Miene schaute er sie an. »Insekten sind irgendwie viel wichtiger als wir. Ich meine, was unseren Planeten angeht. Ich hab irgendwo gelesen, wenn alle Menschen von heute auf morgen verschwinden würden, würde die Welt einfach weiter bestehen. Aber wenn alle *Insekten* weg wären, gäb's schon bald kein Leben mehr – innerhalb von einer Generation. Die Pflanzen würden sterben, dann die Tiere, und die Erde würde sich wieder in einen großen, öden Felsbrocken verwandeln.«

Trotz seiner jungenhaften Ausdrucksweise sprach Garrett überzeugend wie ein Professor und eindringlich wie ein Wanderprediger. »Na klar, einige Insekten gehen uns auf den Geist«, fuhr er fort. »Aber das sind bloß ein paar wenige, ein, zwei Prozent oder so.« Mit funkelnden Augen blickte er sie an. »Und was diejenigen angeht, die Getreide und Obst und so Sachen fressen, na ja«, sagte er stolz, »ich hab da eine Idee. Ist ziemlich klasse. Ich will eine spezielle Art Goldaugen züchten, um die Schädlinge zu dezimieren, anstatt Gift einzusetzen – damit die nützlichen Insekten und anderen Tiere nicht sterben. Das Goldauge eignet sich dazu am besten. So was hat noch niemand gemacht.«

»Meinst du, du schaffst das, Garrett?«

»Ich weiß noch nicht genau, wie. Aber ich werd's lernen.«

Sie besann sich auf etwas, was sie in seinem Buch gelesen hatte, den von Edward O. Wilson geprägten Begriff Biofilie – die Zuneigung, die Menschen für andere Lebensformen auf der Erde aufbringen. Und während sie seinen Geschichten zuhörte – alle ein Beweis für seine Naturliebe und sein Wissen –, ging ihr vor allem ein Gedanke immer wieder durch den Kopf: Jemand, der sich so für andere Lebewesen begeisterte und sie auf seine sonderbare Art liebte, konnte unmöglich ein Vergewaltiger und Mörder sein.

Amelia Sachs klammerte sich an diesen Gedanken und schöpfte daraus neuen Mut, während sie auf dem Paquenoke dahin fuhren, fort von dem leidgeprüften Städtchen Tanner's Corner, auf der Flucht vor Lucy Kerr und dem geheimnisvollen Mann mit der braunen Latzhose.

Und auch vor Lincoln Rhyme. Seiner bevorstehenden Operation und den schrecklichen Folgen, die sie für sie beide nach sich ziehen könnte.

Das schmale Boot glitt durch die Nebenflüsse, deren Wasser jetzt nicht mehr schwarz war, sondern golden das Licht der tief stehenden Sonne widerspiegelte – getarnt wie die französische Grille, von der Garrett ihr erzählt hatte. Schließlich steuerte der Junge aus den Seitenläufen wieder auf den Hauptarm des Flusses, wobei er sich dicht am Ufer hielt. Sachs blickte nach hinten, nach Osten, um festzustellen, ob sie von Polizeibooten verfolgt wurden. Sie sah nichts außer einem großen Frachtkahn der Davett Industries, der flussaufwärts fuhr – fort von ihnen. Garrett nahm das Gas zurück und lenkte das Boot in eine kleine Bucht. Er spähte durch die überhängenden Zweige einer Weide nach Westen, zu einer Brücke, die den Paquenoke überspannte.

»Da müssen wir drunter durch«, sagte er. »Wir kommen nicht außen herum.« Er musterte das Bauwerk. »Sehen Sie jemand?«

Sachs blickte hin. Sie sah ein paar Lichter blinken. »Schon möglich. Ich kann's aber nicht genau feststellen. Die Sonne blendet zu sehr.«

»Dort könnten uns die Arschlöcher abpassen«, sagte er unruhig. »Ich mach mir immer Sorgen wegen der Brücke. Dort kann man gesehen werden.«

Immer?

Garrett ließ das Boot am Ufer auflaufen und stellte den Motor ab. Er stieg aus und löste einen Bolzen, an dem der Motor aufgehängt war, nahm ihn ab und versteckte ihn mitsamt dem Benzintank im Gras.

»Was hast du vor?«, fragte sie.

»Wir dürfen uns nicht entdecken lassen.«

Garrett lud die Kühlbox und die Wasserflaschen aus und band die Ruder mit zwei öligen Seilstücken an den Sitzbänken fest. Er goss ein halbes Dutzend Flaschen aus, schraubte sie wieder zu und legte sie in das Boot. Er deutete mit dem Kopf auf die Flaschen. »Schade um das Wasser. Mary Beth hat keines. Sie braucht bestimmt welches. Aber ich kann ihr etwas aus dem Weiher bei der Hütte holen.« Dann watete er in den Fluss und packte die Seitenwand des Bootes. »Helfen Sie mir«, sagte er. »Wir müssen es umkippen.«

»Versenken wir es etwa?«

»Nein. Wir drehen's bloß um. Wir packen die Flaschen drunter. Damit es treibt.«

»Umgekehrt?«

»Klar.«

Sachs begriff, was Garrett im Sinn hatte. Er wollte, dass sie unter das Boot krochen und sich an der Brücke vorbei treiben ließen. Von oben dürfte der dunkle, tief im Wasser liegende Rumpf so gut wie nicht zu sehen sein. Sobald sie die Brücke passiert hatten, konnten sie das Boot wieder aufrichten und die restliche Strecke bis zu Mary Beths Versteck rudern.

Er öffnete die Kühlbox und holte eine Plastiktüte heraus. »Da können wir die Sachen reinpacken, die nicht nass werden sollen.« Er steckte sein Buch, *Die Welt im Kleinen,* hinein. Sachs legte ihre Brieftasche und den Revolver dazu. Dann steckte sie ihr T-Shirt in die Jeans und schob die Tüte vorn in ihr Hemd.

»Können Sie mir die Handschellen abnehmen?«, fragte Garrett. Er hielt ihr die Hände hin.

Sie zögerte.

»Ich will nicht ertrinken«, sagte er und schaute sie mit flehendem Blick an.

Ich hab Angst. Er soll aufhören!

»Ich stell nichts an. Ich versprech's.«

Widerwillig fischte Sachs den Schlüssel aus ihrer Hosentasche und löste die Handschellen.

Die Weapemeoc, ein Indianerstamm, der einst in dem Gebiet lebte, das dem heutigen North Carolina entspricht, gehörten sprachlich zum Volk der Algonquin und waren mit den Powhatan, den Chowan und den Pamlico verwandt, die im mittleren Abschnitt der Atlantikküste der Vereinigten Staaten siedelten.

Sie waren ausgezeichnete Bauern und wurden von anderen amerikanischen Ureinwohnern ihrer Fischfangkünste wegen beneidet. Sie waren überaus friedfertig und hatten wenig für Waffen übrig. Vor dreihundert Jahren schrieb der britische Wissenschaftler Thomas Harriot: »Bei den Waffen, welche sie besitzen, handelt es sich um Zierbogen, die aus dem Holz der Zaubernuss gefertigt sind, und Pfeile aus Schilfrohr. Zu ihrer Verteidigung tragen sie nichts als Schilde aus Borke und mitunter einen Harnisch aus Stöcken, welche mit Fäden verflochten sind.«

Doch die britischen Kolonisten schafften es, ein kriegerisches Volk aus ihnen zu machen, indem sie ihnen mit dem Zorn Gottes drohten, wenn sie sich nicht augenblicklich zum Christentum bekehren ließen, die Grippe und die Windpocken einschleppten, die große Teile der Bevölkerung dahinrafften, Nahrungsmittel und Unterkunft von ihnen forderten, weil sie zu faul waren, selbst dafür zu sorgen, und mit Wingina einen der beliebtesten Häuptlinge des Stammes töteten, weil er nach Überzeugung der Kolonisten – ein Irrtum, wie sich herausstellte – einen Angriff auf die britische Siedlung plante.

Statt Jesus Christus als Herrn und Heiland in ihre Herzen zu schließen, schworen die Indianer zur Entrüstung der Kolonisten ihren eigenen Gottheiten – Geistern, die sie Manitous nannten – die Treue und erklärten den Briten den Krieg, den sie (jedenfalls laut der historischen Erkenntnisse der jungen Mary Beth McConnell) mit dem Überfall auf die Kolonie von Roanoke eröffneten.

Nachdem die Siedler geflohen waren, betrachteten die Stammesmitglieder – die mit britischen Verstärkungen rechneten – das Kriegshandwerk mit neuen Augen und benutzten Kupfer, das bisher nur für Zierrat verwendet worden war, zur Herstellung von Waffen. Pfeilspitzen aus Metall sind viel schärfer als die aus Feuerstein gefertigten und zudem leichter herzustellen. Doch ein Pfeil, der mit einem einfachen Holzbogen abgeschossen wird, dringt normalerweise – und ganz im Gegensatz zu den Bildern, die man im Kino sieht –, nicht allzutief ein und ist nur selten tödlich. Wollten die Krieger der Weapemeoc einen verwundeten Gegner erledigen, so verpassten sie ihm den Gnadenstreich – einen Schlag auf den Kopf, ausgeführt mit Streitkolben, die der Stamm mit viel Geschick herzustellen lernte.

Ein Streitkolben ist nichts weiter als ein großer, abgerundeter Stein, der in das gespaltene Ende eines Stockes gesteckt und mittels eines Lederriemens befestigt wird. Er ist eine überaus wirkungsvolle Waffe, und der, den Mary Beth auf Grund ihrer archäologischen Kenntnisse vom Brauchtum der amerikanischen Ureinwohner anfertigte, war mit Sicherheit ebenso tödlich wie jene, die – ihrer Ansicht nach – die Schädel der Siedler von Roanoke zerschmettert hatten, als sie sich an den Gestaden des Paquenoke an einem Ort, der heute Blackwater Landing genannt wurde, zum letzten Gefecht stellten.

Sie hatte ihren aus zwei geschwungenen Querstreben des alten Esstisches in der Hütte hergestellt. Den Stein, den sie verwendete, hatte Tom, der Freund des Missionars, nach ihr geworfen. Sie klemmte ihn zwischen die beiden Streben und band ihn mit langen Stoffresten fest, die sie aus ihrem Jeanshemd gerissen hatte. Die Waffe war schwer – gut zwei, drei Kilo –, aber nicht zu schwer für Mary Beth, die bei ihren Ausgrabungen immer wieder fünfzehn bis zwanzig Kilogramm wiegende Felsbrocken heben musste.

Sie erhob sich jetzt vom Bett und schwang ein paar Mal ihre Waffe, erfreut über die Kraft, die ihr die Keule verlieh. Dann nahm sie ein Geräusch wahr, ein leises, unstetes Sirren – die Insekten in den Gläsern. Sie musste an Garretts widerwärtige Angewohnheit denken, mit den Nägeln zu schnipsen. Sie erschauderte und hob zitternd vor Zorn die Keule, um sie auf das erstbeste Glas herabsausen zu lassen.

Doch dann hielt sie inne. Sie konnte die Insekten nicht ausstehen, aber ihr Unmut galt eigentlich gar nicht ihnen. Auf Garrett war sie wütend. Sie ließ die Gläser in Ruhe, ging zur Tür und schlug mit dem Streitkolben mehrere Male darauf ein – dicht neben dem Schloss. Die Tür gab nicht nach. Na ja, das hatte sie auch nicht erwartet. Aber immerhin hatte sie sich davon überzeugen können, dass der Stein gut befestigt war. Er war nicht verrutscht.

Natürlich würde ihr die Keule nicht viel nützen, wenn der Missionar und Tom mit einer Schusswaffe zurückkehrten. Aber sie war fest entschlossen, den Streitkolben hinter ihrem Rücken zu verstecken, wenn sie eindrangen, und dem ersten, der nach ihr griff, den Schädel einzuschlagen. Der andere brachte sie dann wahrscheinlich um, aber sie hatte zumindest einen mitgenommen. (Genau so, stellte sie sich vor, war Virginia Dare gestorben.)

Mary Beth setzte sich hin und schaute aus dem Fenster, auf die tief stehende Sonne und die Bäume, zwischen denen sie den Missionar zum ersten Mal gesehen hatte.

Wieso war ihr so sonderbar zu Mute? Aus Angst, nahm sie an.

Doch dann stellte sie fest, dass sie überhaupt keine Angst hatte. Sie war ungeduldig. Sie wollte, dass ihre Feinde zurückkehrten.

Mary Beth nahm den Streitkolben und legte ihn über den Schoß.

Bereite dich schon mal darauf vor, hatte Tom ihr zugerufen.

Nun, das hatte sie getan.

»Da ist ein Boot.«

Lucy spähte durch das stachlige Laub eines Lorbeerbaums, der unweit der Hobeth Bridge am Ufer stand. Sie hatte die Hand auf der Waffe liegen.

»Wo?«, fragte sie Jesse Corn.

»Dort.« Er deutete flussaufwärts.

Sie sah einen undeutlichen Schatten auf dem Wasser, etwa eine halbe Meile entfernt. Mitten in der Strömung.

»Was für ein Boot meinst du?«, fragte sie. »Ich seh kein –«

»Nein, schau hin. Es treibt kieloben.«

»Ich kann kaum was erkennen«, sagte sie. »Du hast gute Augen.«

»Sind sie das?«, fragte Trey.

»Was ist passiert? Ist es gekentert?«

»Nein«, sagte Jesse Corn, »die sind da drunter.«

Lucy kniff die Augen zusammen. »Woher willst du das wissen?«

»Ist bloß so ein Gefühl«, sagte er.

»Kriegen die da denn genug Luft?«, fragte Trey.

»Klar«, erwiderte Jesse. »Es liegt hoch im Wasser. Wir haben das früher immer mit unserem Kanu auf dem Bambert Lake gemacht. Als Kinder. Wenn wir U-Boot gespielt haben.«

»Was machen wir nun?«, sagte Lucy. »Wir brauchen ein Boot oder irgendwas, um an sie ranzukommen.« Sie blickte sich um.

Ned schnallte seinen Waffengurt ab und reichte ihn Jesse Corn. »Ach verflucht, ich schwimm einfach raus und schubs es zum Ufer.«

»Kannst du so weit schwimmen?«, fragte sie.

Ihr Kollege zog die Stiefel aus. »Ich bin schon zig Mal durch den Fluss geschwommen.«

»Wir geben dir Feuerschutz«, sagte Lucy.

»Die sind unter Wasser«, sagte Jesse. »Ich würde mir nicht groß Gedanken darüber machen, dass die schießen könnten.«

»Ein bisschen Fett auf die Patronen, dann halten sie unter Wasser wochenlang«, wandte Trey ein.

»Amelia wird nicht schießen«, sagte Jesse Corn, der diese Judasbraut auch noch verteidigte.

»Aber wir gehen kein Risiko ein«, sagte Lucy. Dann wandte sie sich an Ned. »Dreh es nicht um. Schwimm einfach raus und stoß es hierher. Trey, du gehst mit deiner Schrotflinte da rüber, zu der Weide. Jesse und ich beziehen da drüben am Ufer Stellung. Wenn irgendwas passiert, können wir sie ins Kreuzfeuer nehmen.«

Vorsichtig, barfuß und mit bloßem Oberkörper lief Ned über die steinige Böschung zum schlammigen Ufer hinab. Argwöhnisch schaute er sich um – wegen der Schlangen, vermutete Lucy – und ließ sich dann in die Fluten gleiten. Im Bruststil, den Kopf über Wasser, schwamm er so leise wie möglich auf das Boot zu. Lucy zog ihren Smith & Wesson. Spannte den Hahn. Warf einen Blick auf Jesse Corn, der beklommen auf ihre Waffe schaute. Trey stand neben einem Baum und hatte den Lauf der Schrotflinte in die Luft gerichtet. Er bemerkte ihren gespannten Revolver und lud die Remington durch.

Das Boot war zehn Meter von ihnen entfernt, etwa in der Mitte des Flusses.

Ned war ein guter Schwimmer und schloss rasch auf.

Der Schuss war laut, und er fiel ganz in der Nähe. Lucy fuhr hoch, als etwa anderthalb Meter neben Ned das Wasser aufspritzte.

»O nein!«, rief sie und brachte ihre Waffe in Anschlag, hielt Ausschau nach dem Schützen.

»Wo, wo?«, schrie Trey und fasste die Schrotflinte fester.

Ned tauchte unter.

Ein weiterer Schuss. Wieder spritzte das Wasser auf. Trey senkte die Schrotflinte und nahm das Boot unter Beschuss. Ballerte wild drauf los. Die großkalibrige Waffe hatte keine Magazinsperre; sie war mit sieben Patronen geladen. In Sekundenschnelle hatte der Deputy alle abgefeuert, traf mit jedem Schuss das Boot, sodass Holzsplitter durch die Luft flogen und Wasserfontänen aufstiegen.

»Nein!«, schrie Jesse. »Da sind Menschen drunter!«

»Woher kommen die Schüsse?«, rief Lucy. »Unter dem Boot hervor? Von der anderen Seite? Ich kann's nicht erkennen. Wo *sind* die?«

»Wo is Ned?«, fragte Trey. »Hat's ihn erwischt? Wo ist Ned?«

»Weiß ich nicht«, schrie Lucy mit überschnappender Stimme. »Ich kann ihn nicht sehen.«

Trey lud nach und legte erneut auf das Boot an.

»Nein!«, befahl Lucy. »Nicht schießen. Gib mir Feuerschutz!«

Sie rannte die Böschung hinab und watete ins Wasser. Plötzlich hörte sie jemand aufkeuchen, und dann tauchte Ned würgend und spuckend dicht am Ufer auf. »Hilf mir!« Er war in heller Panik, schaute sich ständig um, während er aus dem Wasser krabbelte.

Jesse und Trey richteten ihre Waffen auf das andere Ufer und stiegen langsam die Böschung hinab. Jesse blickte bestürzt auf das zersiebte Boot – auf die schrecklichen, ausgezackten Löcher im Rumpf.

Lucy steckte ihre Waffe ins Holster, watete zu Ned, packte ihn am Arm und zerrte ihn ans Ufer. Er war blass und schlapp, völlig ausgepumpt, weil er buchstäblich bis zum letzten Atemzug unter Wasser geblieben war.

»Wo sind sie?«, fragte er keuchend und hustend.

»Keine Ahnung«, sagte sie und zog ihn in ein Gebüsch. Er sank zu Boden, wälzte sich auf die Seite, spie und würgte. Sie musterte ihn genau. Er war nicht getroffen worden.

Kurz darauf stießen Trey und Jesse zu ihnen, beide tief geduckt, den Blick auf die andere Seite des Flusses gerichtet, auf der Suche nach den Angreifern.

Ned war immer noch am Würgen. »Dreckwasser. Schmeckt wie Scheiße.«

Das Boot, das mittlerweile halb untergetaucht war, trieb langsam auf sie zu.

»Sie sind tot«, flüsterte Jesse Corn, der wie gebannt darauf starrte. »Ganz bestimmt.«

Das Boot kam näher. Jesse nahm seinen Waffengurt ab und wollte zum Ufer laufen.

»Nein«, sagte Lucy, die Augen auf das andere Ufer gerichtet. »Lass es zu uns kommen.«

... Neunundzwanzig

Das gekenterte Boot trieb auf eine entwurzelte Zeder zu, die in den Fluss hinaus ragte, und blieb daran hängen.

Die Deputys warteten eine Weile. Der zerschossene Rumpf schaukelte in die Strömung, doch ansonsten rührte sich nichts. Das Wasser war rot gefärbt, doch Lucy konnte nicht erkennen, ob das Blut war oder nur der Glutschein der untergehenden Sonne, der sich dort spiegelte.

Bleich und betroffen blickte Jesse zu Lucy, die ihm zunickte. Die drei anderen Deputys richteten ihre Waffen auf das Boot, als Jesse hinauswatete und es umdrehte.

Die Überreste von etlichen zerfetzten Wasserflaschen tauchten auf und trieben langsam flussabwärts. Niemand war darunter.

»Was ist da passiert?«, fragte Jesse. »Ich kapier's nicht.«

»Verflucht«, brummte Ned grimmig. »Die haben uns aufgelauert. Das war ein hundsgemeiner Hinterhalt.«

Lucy hätte nie geglaubt, dass ihre Wut noch heftiger, noch verzehrender werden könnte. Doch jetzt kochte sie regelrecht, stand wie unter Starkstrom. Ned hatte Recht. Amelia hatte das Boot als Lockköder benutzt, so wie Nathan Groomer seine Holzenten, und ihnen vom anderen Ufer aus aufgelauert.

»Nein«, versetzte Jesse. »So was würde sie nicht machen. Wenn sie geschossen hat, dann bloß, um uns zu erschrecken. Amelia kann mit Waffen umgehen. Sie hätte Ned getroffen, wenn sie gewollt hätte.«

»Verdammt noch mal, Jesse, wach endlich auf, ja?«, blaffte Lucy ihn an. »Ein Schuss aus dem Hinterhalt, aus voller Deckung? So was geht immer mal daneben, egal, wie gut man schießen kann. Und auf dem Wasser? Ned hätte einen Querschläger abkriegen können. Oder er verliert die Nerven und schwimmt genau in die Schussbahn.«

Dazu fiel Jesse Corn nichts mehr ein. Er rieb sich das Gesicht und starrte zum anderen Ufer.

»Okay, wir machen jetzt Folgendes.« Lucy sprach einen Ton tiefer als sonst. »Es ist schon ziemlich spät. Wir rücken so weit vor, wie wir können, solange es noch halbwegs hell ist. Dann lassen wir uns von Jim Proviant und Campingausrüstung bringen. Wir schlagen hier draußen unser Lager auf. Außerdem gehen wir ab sofort davon aus, dass sie auf uns schießen, und dementsprechend verhalten wir uns. Los, überqueren wir die Brücke und suchen drüben ihre Spur. Sind alle Mann bereit?«

Ned und Trey bestätigten. Jesse Corn starrte noch einen Moment auf das zerschossene Boot und nickte dann langsam.

»Dann mal los.«

Die vier Deputys marschierten über die fünfzig Meter breite Brücke, auf der es nirgendwo Deckung gab – aber nicht gemeinsam. Sie hielten Abstand zueinander, damit allenfalls einer getroffen wurde, falls Amelia Sachs sie wieder unter Beschuss nehmen sollte, und die anderen das Feuer erwidern könnten. Trey hatte diese Taktik vorgeschlagen, weil er so was Ähnliches mal in einem Film über den Zweiten Weltkrieg gesehen hatte, und da er auf die Idee gekommen war, wollte er auch die Spitze übernehmen. Doch diese Position wolle Lucy unbedingt selbst haben.

»Du hättest ihn um ein Haar erwischt.«

»Niemals«, sagte Harris Tomel.

Doch Culbeau ließ nicht locker. »*Erschreck* sie, hab ich gesagt. Weißt du eigentlich, in was für einer Scheiße wir gesessen hätten, wenn du Ned getroffen hättest?«

»Ich weiß, was ich mache, Rich. Ein bisschen Hirn kannst du mir schon zutrauen, okay?«

Verfluchter Streber, dachte Culbeau.

Die drei Männer befanden sich am Nordufer des Paquo und marschierten auf einem Pfad am Fluss entlang.

Genau genommen war Culbeau zwar stinksauer, weil Tomel zu knapp vorbei gezielt hatte, aber andererseits war er auch davon überzeugt, dass die Schüsse ihren Zweck erfüllt hatten. Lucy und die anderen Deputys waren jetzt garantiert aufgeschreckt wie eine Herde Schafe und rückten ab sofort schön langsam vor.

Außerdem hatte die Schießerei noch etwas anderes bewirkt, was auch nicht schlecht war – Sean O'Sarian hatte Angst und hielt zur Abwechslung mal den Mund.

Sie marschierten weiter. »Weißt du, ob der Junge in die Richtung gegangen ist?«, fragte Tomel Culbeau zwanzig Minuten später.

»Ja.«

»Aber du hast keine Ahnung, wo er hinwill.«

»Selbstverständlich nicht«, sagte Culbeau. »Sonst könnten wir ja gleich dorthin, nicht wahr?«

Komm schon, Streber. Benutz deinen Grips.

»Aber –«

»Keine Sorge. Die finden wir schon.«

»Kann ich ein bisschen Wasser kriegen?«, fragte O'Sarian.

»Wasser? Du willst Wasser?«

»Ja, genau das will ich«, sagte O'Sarian selbstgefällig.

Culbeau warf ihm einen argwöhnischen Blick zu und reichte ihm eine Flasche. Er hatte noch nie erlebt, dass der dürre Kerl etwas anderes soff als Bier, Whiskey oder Schwarzgebrannten. Er trank sie aus, wischte sich den Mund und das sommersprossige Gesicht ab und warf die Flasche weg.

Culbeau seufzte. »Hey, Sean, bist du sicher, dass du irgendwas am Weg liegen lassen willst, auf dem deine Fingerabdrücke sind?«, fragte er spöttisch.

»Oh, stimmt.« Der schmächtige Mann huschte ins Gebüsch und sammelte die Flasche ein. »Tut mir Leid.«

Tut mir Leid? Sean O'Sarian entschuldigte sich? Culbeau starrte ihn einen Moment lang ungläubig an, dann winkte er sie mit einem kurzen Kopfnicken weiter.

Sie kamen zu einer Flussbiegung, und da sie sich auf einer Anhöhe befanden, konnten sie meilenweit stromabwärts blicken.

»He, schau mal, da vorn«, sagte Tomel. »Da ist ein Haus. Wetten, dass der Junge und der Rotschopf dorthin unterwegs sind?«

Culbeau blickte durch das Zielfernrohr seines Jagdgewehrs. Etwa zwei Meilen vor ihnen stand ein Ferienhaus mit spitzem Giebel unten im Tal, dicht am Fluss. Es war genau das richtige Versteck, in dem der Junge und die Bullenbraut unterkriechen könnten. Er nickte. »Wetten, dass? Nichts wie hin.«

Unterhalb der Hobeth Bridge biegt der Paquenoke scharf nach Norden ab.

Er ist hier ziemlich seicht, vor allem in Ufernähe, und auf den Schlammbänken haben sich haufenweise Treibholz, allerlei Grünzeug und Müll angesammelt.

Wie führerlose Kähne trieben zwei menschliche Gestalten im Wasser dahin, verpassten die Biegung und wurden von der Strömung auf die Abfallhaufen zugetragen.

Amelia Sachs ließ die Plastikflasche los – ihre provisorische Schwimmhilfe –, streckte den Arm aus und griff mit runzliger Hand nach einem Zweig. Dann wurde ihr klar, dass sie sich nicht besonders schlau anstellte, da ihre Taschen voller Steine waren, die sie als Ballast benutzt hatte und die sie immer wieder in das trübe Wasser zurückzogen. Doch als sie die Beine ausstreckte, stellte sie fest, dass der Fluss nur rund einen Meter zwanzig tief war. Einen Moment lang stand sie unsicher da, dann watete sie voran. Kurz darauf tauchte Garrett neben ihr auf und half ihr aus dem Wasser.

Sie krochen eine leichte Böschung hinauf, durch ein dichtes Gestrüpp und ließen sich auf einer grasüberwucherten Lichtung zu Boden sinken. Dort blieben sie ein paar Minuten liegen, bis sie wieder bei Atem waren. Sie zog die Plastiktüte aus ihrem T-Shirt. Sie hatte ein bisschen geleckt, aber das Wasser hatte keinen großen Schaden angerichtet. Sie reichte ihm sein Insektenbuch, klappte die Trommel ihres Revolvers heraus und legte ihn dann zum Trocknen in das stoppelige gelbe Gras.

Sie hatte sich geirrt, was Garretts Plan anging. Sie hatten zwar die leeren Wasserflaschen unter das umgekippte Boot geschoben, damit es Auftrieb bekam, doch dann hatten sie es mitten in den Fluss geschoben, ohne sich darunter zu verstecken. Er hatte ihr aufgetragen, sich die Taschen voller Steine zu packen, und hatte dann das Gleiche getan. Anschließend waren sie etwa fünfzehn Meter flussabwärts gerannt, am Boot vorbei, und hatten sich ins Wasser gleiten lassen, jeder mit einer halb vollen Flasche, die sie als Schwimmer benutzten. Garrett hatte ihr gezeigt, wie sie den Kopf zurücklegen musste. Durch die Steine wurde sie nach unten gezogen, sodass nur ihre Gesichter über Wasser waren. Dann hatten sie sich vor dem Boot von der Strömung flussabwärts treiben lassen.

»Die Wasserspinne macht das so«, hatte er ihr erzählt. »Wie ein

Taucher. Hat ihre eigene Atemluft dabei.« Er hatte das angeblich schon etliche Male gemacht, wenn er »abhauen« musste, doch wie zuvor hatte er sich nicht näher darüber ausgelassen, wieso er geflüchtet war und vor wem. Wenn keine Polizei auf der Brücke sei, hatte er erklärt, könnten sie einfach zum Boot schwimmen, es an Land ziehen, ausschöpfen und weiterrudern. Falls aber Deputys auf der Brücke seien, würden die nur auf das Boot achten und Garrett und Amelia, die davor flussabwärts trieben, nicht bemerken. Sobald sie unter der Brücke hindurch wären, könnten sie ans Ufer schwimmen und ihren Weg zu Fuß fortsetzen.

Nun ja, insoweit hatte er Recht gehabt – sie waren unbemerkt unter der Brücke hindurch gekommen. Aber Sachs war immer noch erschrocken über das, was danach passiert war – ohne jeden Anlass hatten die Deputys das Feuer eröffnet und Schuss um Schuss auf das umgekippte Boot abgegeben.

Garrett war ebenfalls schwer erschüttert »Die haben gedacht, wir wären da drunter«, flüsterte er. »Die Drecksäcke wollten uns umbringen.«

Sachs sagte nichts.

»Ich hab ein paar schlimme Sachen angestellt… aber ich bin keine *Phymata.*«

»Was ist das?«

»Eine Raubwanze. Liegt auf der Lauer und tötet. Genau das wollen die auch mit uns machen. Uns einfach erschießen. Uns überhaupt keine Chance lassen.«

Ach, Lincoln, dachte sie, was ist das bloß für ein Schlamassel? Wieso habe ich das gemacht? Ich sollte mich jetzt stellen. Hier auf die Deputys warten, mich ergeben. Nach Tanner's Corner zurückkehren und zusehen, ob ich die Sache wieder einrenken kann.

Doch dann schaute sie zu Garrett, der sich die Arme um den Leib geschlungen hatte und vor Angst zitterte. Und sie wusste, dass sie jetzt nicht umkehren konnte. Sie musste weitermachen, diesen Irrsinn bis zum Ende durchziehen.

Harte Bandagen…

»Wohin gehen wir jetzt?«

»Sehen Sie das Haus da?«

Ein braunes Gebäude mit spitzem Giebel.

»Ist Mary Beth dort?«

»Nö, aber die Leute dort haben ein kleines Elektroboot, das wir uns ausborgen können. Außerdem können wir uns abtrocknen und was zu essen auftreiben.«

Nun ja, was zählte schon ein Einbruchdiebstahl nach all dem, was sie sich heute schon aufs Kerbholz geladen hatte.

Garrett ergriff unvermittelt ihren Revolver. Sie erstarrte, schaute auf die blauschwarze Waffe. Mit Kennerblick betrachtete er die Trommel, in der sechs Schuss steckten. Er ließ sie einrasten und wog die Waffe mit einer Selbstverständlichkeit in der Hand, die sie beunruhigte.

Egal, was du von Garrett hältst, trau ihm nicht…

Er warf ihr einen Blick zu und grinste. Dann reichte er ihr die Waffe mit dem Griff voran. »Hier lang.« Er deutete mit dem Kopf auf einen Pfad.

Sie steckte die Waffe wieder ins Holster. Ihr Herz raste vor Schreck.

Sie gingen auf das Haus zu. »Steht es leer?«, fragte Sachs und nickte zu dem Gebäude hinüber.

»Zur Zeit ist niemand da.« Garrett hielt inne und blickte zurück. »Die sind jetzt stinksauer, die Deputys«, murmelte er kurz darauf. »Und sie sind hinter uns her. Mit ihren Knarren und all dem Zeug. Mist.« Er drehte sich um und führte sie den Pfad entlang zum Haus. Er schwieg ein paar Minuten. »Wissen Sie was, Amelia?«

»Was?«

»Ich hab gerade an diesen Falter gedacht – das Nachtpfauenauge.«

»Was ist damit?«, fragte sie geistesabwesend. Sie hatte immer noch die donnernden Schüsse der Schrotflinte im Ohr, die ihr und dem Jungen gegolten hatten. Lucy Kerr hatte sie umbringen wollen. Der Nachhall dieser Schüsse übertönte alles, was ihr durch den Kopf ging.

»Die Zeichnung auf ihren Flügeln«, erklärte ihr Garrett. »Wenn sie die aufklappen, sieht es genauso aus wie die Augen von einem Tier. Ich meine, das ist ziemlich Klasse – da ist sogar ein weißer Punkt in der Ecke, wie wenn sich das Licht auf einer Pupille spiegelt. Wenn Vögel das sehen, denken sie, es ist ein Fuchs oder eine Katze, und schrecken davor zurück.«

»Können denn die Vögel nicht riechen, dass es kein Säugetier ist, sondern ein Falter?«, fragte sie zerstreut.

Er schaute sie einen Moment lang an, als wollte er feststellen, ob das scherzhaft gemeint war. »Vögel können nicht riechen«, sagte er, als hätte sie ihn eben gefragt, ob die Erde eine Scheibe sei. Er blickte wieder zurück, flussaufwärts. »Wir müssen sie aufhalten. Was glauben Sie, wie dicht die uns auf den Fersen sind?«

»Ganz dicht«, sagte sie.

Mit ihren Knarren und all dem Zeug.

»Sie sind es.«

Rich Culbeau blickte auf die Fußstapfen im Uferschlamm. »Die Spur ist höchstens zehn, fünfzehn Minuten alt.«

»Und sie sind zu dem Haus unterwegs«, sagte Tomel.

Vorsichtig rückten sie auf dem Pfad vor.

O'Sarian benahm sich nach wie vor normal. Was in seinem Fall regelrecht sonderbar war. Richtig unheimlich. Er hatte sich nicht einen Schluck Schwarzgebrannten hinter die Binde gegossen, hatte nicht rumgeblödelt, hatte nicht mal geredet – und Sean war die schlimmste Plaudertasche von ganz Tanner's Corner. Die Schießerei am Fluss hatte ihn wirklich mitgenommen. Jetzt, als sie durch den Wald marschierten, riss er beim geringsten Geräusch in den Büschen den Lauf des schwarzen Gewehrs herum. »Habt ihr den Nigger schießen sehen?«, sagte er schließlich. »Der muss in knapp einer Minute mindestens zehn Kugeln in das Boot gejagt haben.«

»Es war Schrot«, erwiderte Harris Tomel.

Doch statt ihm Kontra zu geben oder mit seinem Wissen über Waffen herumzuprotzen (und sich aufzuführen wie ein Arschloch der besonderen Art, was er ja auch war), sagte O'Sarian nur: »Ach, Rehposten. Richtig. Hätte ich mir denken können.« Und er nickte wie ein Schulkind, das gerade etwas Neues und Interessantes gelernt hat.

Sie näherten sich dem Haus. Sieht nicht schlecht aus, dachte Culbeau. Ein Ferienhaus vermutlich – gehört wahrscheinlich irgendeinem Anwalt oder Doktor aus Raleigh oder Winston-Salem. Eine prima Jagdhütte, die Bar gut bestückt, hübsche Schlafzimmer, eine Kühltruhe fürs Wild.

»Hey, Harris«, sagte O'Sarian.

Culbeau hatte noch nie erlebt, dass er jemanden mit Vornamen ansprach.

»Was?«

»Schießt das Ding hoch oder tief?« Er hielt das Colt-Gewehr hoch.

Tomel warf Culbeau einen kurzen Blick zu. Vermutlich fragte auch er sich, wo O'Sarian seine vorlaute Art gelassen hatte.

»Der Erste sitzt punktgenau, aber beim Rückschlag wandert es höher, als du's gewohnt bist. Halt bei den nächsten Schüssen tiefer.«

»Weil der Kolben aus Plastik ist?«, fragte O'Sarian. »Und damit leichter als Holz?«

»Genau.«

Er nickte wieder, diesmal noch ernster als zuvor. »Danke.«

Danke?

Dann kamen sie aus dem Wald und sahen, dass das Haus auf einer weiten Lichtung stand – im Umkreis von mindestens fünfzig Metern wuchsen weder Baum noch Strauch, hinter denen sie hätten in Deckung gehen können. Das letzte Stück könnte heikel werden.

»Glaubst du, die sind da drin?«, fragte Tomel, der unruhig seine herrliche Schrotflinte befingerte.

»Ich weiß nicht – Moment, runter!«

Die drei Männer kauerten sich rasch auf den Boden.

»Ich hab unten irgendwas gesehen. Am linken Fenster.« Culbeau blickte durch das Zielfernrohr des Jagdgewehrs. »Irgendjemand läuft da rum. Im Erdgeschoss. Ich kann's nicht genau erkennen, wegen der Jalousie. Aber da ist eindeutig jemand drin.« Er suchte die anderen Fenster ab. »Scheiße!«, zischte er erschrocken und warf sich zu Boden.

»Was denn?«, fragte O'Sarian aufgeregt, brachte sein Gewehr in Anschlag und fuhr herum.

»Runter! Einer von denen hat ein Gewehr mit Zielfernrohr. Sie haben uns genau im Visier. Vom oberen Fenster aus. Verdammt.«

»Muss die Braut sein«, sagte Tomel. »Der Junge ist viel zu schwuchtelig. Der weiß ja nicht mal, wo die Kugeln rauskommen.«

»Elendes Dreckstück«, murmelte Culbeau. O'Sarian verzog sich hinter einen Baum, das Dschungelkampfgewehr dicht an die Backe gedrückt.

»Von dort aus kann sie auf das ganze Gelände feuern«, sagte Culbeau.

»Wollen wir warten, bis es dunkel wird?«, fragte Tomel.

»Ach, und was ist mit dem flachbrüstigen Weib und den andern Deputys hinter uns? Ich glaub nicht, dass das hinhaut, Harris, oder?«

»Was ist, kannst du sie von hier aus treffen?« Tomel deutete mit dem Kopf auf das Fenster.

»Wahrscheinlich«, sagte Culbeau seufzend. Er wollte Tomel gerade zusammenstauchen, als sich O'Sarian mit geradezu unheimlich normalem Tonfall zu Wort meldete. »Aber wenn Rich schießt, hören es Lucy und die anderen. Meiner Meinung nach sollten wir sie seitlich fassen. Ums Haus rumgehen und zusehen, dass wir reinkommen. Da drin macht ein Schuss viel weniger Krach.«

Genau das hatte Culbeau gerade sagen wollen.

»Das dauert mindestens eine halbe Stunde«, blaffte Tomel, der vermutlich sauer war, weil O'Sarian vor ihm darauf gekommen war.

Der benahm sich nicht nur vernünftig – er lief regelrecht zu Bestform auf. Er entsicherte sein Gewehr und schaute mit zusammengekniffenen Augen zu dem Haus. »Also, ich würde sagen, wir müssten es in weniger als einer halben Stunde schaffen. Was meinst *du,* Rich?«

... Dreißig

Steve Farr führte Henry Davett in das Labor. Der Geschäftsmann dankte Farr, der daraufhin wieder wegging, und nickte Rhyme zu.

Wie schon zuvor betrachtete er Rhymes Zustand überhaupt nicht. Den vermochte dieses Verhalten diesmal allerdings nicht zu trösten. Zu sehr setzte ihm die Sorge um Sachs zu. Immer wieder hörte er Jim Bells Worte.

Normalerweise hat man vierundzwanzig Stunden Zeit, um das Opfer zu finden – danach betrachtet es der Kidnapper nicht mehr als menschliches Wesen und zögert nicht, es zu töten.

Diese Faustregel, die sich ursprünglich auf Lydia und Mary Beth bezogen hatte, galt jetzt auch für Amelia Sachs. Mit einem Unterschied – Rhyme glaubte, dass Sachs möglicherweise weit weniger als vierundzwanzig Stunden blieben.

»Ich dachte, Sie hätten den Jungen geschnappt. Jedenfalls habe ich das gehört.«

»Er ist uns entwischt«, sagte Ben.

»Nein!« Davett runzelte die Stirn.

»Klar«, warf Ben ein. »Ist aus dem Gefängnis ausgebrochen, wie in alten Zeiten.«

Rhyme mischte sich ein. »Ich habe weitere Spuren, weiß aber nicht, was ich davon halten soll. Ich hatte gehofft, dass Sie uns vielleicht noch mal weiterhelfen können.«

Der Geschäftsmann nahm Platz. »Ich tue, was ich kann.«

Ein kurzer Blick auf das WSJD an seiner Krawattenklammer.

Rhyme deutete mit dem Kopf auf die Schiefertafel. »Könnten Sie mal einen Blick darauf werfen? Auf die Tabelle rechts außen.«

»Die Mühle – hat er sich etwa *dort* aufgehalten? In der alten Mühle nordöstlich von der Stadt?«

»Ganz recht.«

»Die kenn ich.« Unwirsch verzog Davett das Gesicht. »Daran hätte ich denken sollen.«

Begriffe wie »hätte sollen« hatten im Vokabular eines Kriminalisten nichts verloren. »Man kann in diesem Gewerbe unmöglich an alles denken«, sagte Rhyme. »Aber wenn Sie einen Blick auf die Tabelle werfen würden. Kommt Ihnen da irgendetwas bekannt vor?«

Davett las sie genau.

FUNDE AM SEKUNDÄREN TATORT –
MÜHLE
Braune Farbe an Hose
Sonnentau
Lehm
Torfmoos
Fruchtsaft
Papierfasern
Zucker
Camphen
Alkohol
Kerosin
Hefe

»Das ist ja das reinste Rätselraten«, sagte er verwirrt, während er die Liste musterte.

»Daraus besteht mein Beruf«, sagte Rhyme.

»Inwieweit darf ich Mutmaßungen anstellen?«

»So viel Sie wollen«, erwiderte Rhyme.

»Na schön«, sagte Davett. Er dachte einen Moment lang nach. »Eine Carolina-Bay«, sagte er dann.

»Was ist das?«, fragte Rhyme.

»Eine geologische Besonderheit, die man an der ganzen Ostküste findet. Hauptsächlich allerdings in Carolina. Im nördlichen wie im südlichen Teil. Im Grunde genommen handelt es sich um ovale Teiche, etwa einen bis anderthalb Meter tief. Süßwasser. Manche sind knapp einen halben Hektar groß, andere bis zu hundert Hektar. Der Grund besteht meistens aus Lehm und Torf. Und genau das steht dort auf der Tabelle.«

»Aber Lehmerde und Torf – das kommt hier doch überall vor«, sagte Ben.

»Das schon«, erwiderte Davett. »Und wenn Sie nur diese beiden Sachen gefunden hätten, wüsste ich auch nicht weiter. Aber Sie haben noch etwas anderes gefunden. Sehen Sie, das Besondere an der Carolina-Bay ist, dass dort Fleisch fressende Pflanzen wachsen. Rund um diese Gewässer sieht man hunderte von Venusfliegenfallen, Sonnentau und Kannenpflanzen – vermutlich deswegen, weil die Tümpel eine Brutstätte für allerlei Insekten sind. Wenn Sie Sonnentau und dazu Lehmerde und vertorftes Moos gefunden haben, dann hat sich der Junge ohne Zweifel eine Zeit lang an einer Carolina-Bay rumgetrieben.«

»Gut«, sagte Rhyme. Warf dann einen Blick auf die Karte. »Was bedeutet dieses ›Bay‹? Dass es sich um eine Art Bucht handelt?«

»Nein, das bezieht sich auf die Lorbeerbäume – ›Bay-Trees‹ sagen wir dazu –, die rund um diese Weiher wachsen. Allerlei Sagen ranken sich darum. Die ersten Siedler glaubten, es handle sich um die Spuren von Seeungeheuern oder um Hexenwerk. Ein paar Jahre lang meinte man, dort hätten Meteoriten eingeschlagen. Aber eigentlich sind es nur flache Mulden, die von Wind und Wasser ausgehobelt wurden.«

»Beschränken die sich hier auf eine bestimmte Gegend?«, fragte Rhyme in der Hoffnung, die Suche eingrenzen zu können.

»Mehr oder weniger.« Davett stand auf und trat vor die Karte. Er fuhr mit dem Zeigefinger rund um ein riesiges Gebiet westlich von Tanner's Corner. Von Planquadrat B-2 bis Planquadrat E-2, von F-13 bis B-12. »Hier sind die meisten, in dieser Gegend, kurz bevor es in die Berge geht.«

Rhyme verlor den Mut. Das Gebiet, das Davett angezeigt hatte, umfasste siebzig bis achtzig Quadratmeilen.

Davett sah Rhymes Miene. »Ich wünschte, ich könnte Ihnen weiterhelfen«, sagte er.

»Nein, nein, ich bin Ihnen sehr zu Dank verpflichtet. Es *wird* mir weiterhelfen. Wir müssen nur den anderen Hinweisen nachgehen, dann kommen wir der Sache schon näher.«

Der Geschäftsmann blickte auf die Tabelle. »Zucker, Fruchtsaft, Kerosin ...« Er schüttelte den Kopf. »Sie haben einen schwierigen Beruf, Mr. Rhyme.«

»Das hier«, erklärte Rhyme, »sind die allerschwersten Fälle. Wenn man keinerlei Hinweise hat, kann man einfach Mutmaßungen anstellen. Wenn man jede Menge hat, findet man normalerweise ziemlich rasch des Rätsels Lösung. Aber wenn man nur ein paar hat, so wie hier…« Rhyme ließ den Satz verklingen.

»Wir haben uns in den Hinweisen verheddert«, murmelte Ben.

Rhyme wandte sich zu ihm um. »Genau, Ben. Ganz genau.«

»Ich muss nach Hause«, sagte Davett. »Meine Familie erwartet mich.« Er zückte eine Visitenkarte und schrieb eine Telefonnummer darauf. »Sie können mich jederzeit anrufen.«

Rhyme dankte ihm einmal mehr und wandte sich dann der Spurentabelle zu.

In den Hinweisen verheddert…

Rich Culbeau leckte das Blut von seinem Arm, den er sich an einem Brombeerstrauch aufgerissen hatte. Spie an einen Baum.

Zwanzig Minuten lang hatten sie sich durch das Unterholz kämpfen müssen, bis sie endlich neben dem Haus waren, ohne dass die Braut mit dem Scharfschützengewehr sie bemerkte. Sogar Harris Tomel, der ansonsten immer wie aus dem Ei gepellt aussah, war blutig, zerschrammt und voller Staub.

Sean O'Sarian, der neuerdings so anders war, ruhig und nachdenklich und irgendwie, na ja, *vernünftig*, war droben am Pfad in Stellung gegangen, flach am Boden, sein schwarzes Gewehr im Anschlag wie weiland in Khe Sanh, bereit, Lucy und die ganze Vietcong-Bande mit ein paar Schüssen über ihre Köpfe hinweg aufzuhalten, falls sie beim Haus auftauchen sollten.

»Bist du bereit?«, fragte Culbeau Tomel, worauf dieser nickte.

Culbeau schob vorsichtig den Riegel an der Seitentür zurück und stieß sie nach innen auf. Brachte das Gewehr in Anschlag. Tomel hielt sich hinter ihm. Sie waren alle beide nervös, da sie genau wussten, dass ihnen die Rothaarige irgendwo im Haus mit einem Jagdgewehr auflauerte, mit dem sie garantiert umgehen konnte.

»Hörst du was?«, flüsterte Culbeau.

»Bloß Musik.« Es waren Rockballaden – das gleiche Zeug, das sich Culbeau immer anhörte, weil er Countrymusik nicht ausstehen konnte.

Langsam schlichen die beiden Männer durch den schummrigen Flur. Blieben stehen. Vor ihnen war die Küche. Dort hatte Culbeau jemanden herumlaufen sehen – vermutlich den Jungen –, als er durch das Zielfernrohr auf das Haus geblickt hatte. Er deutete mit dem Kopf auf die Tür.

»Wir stürmen beide rein. Ziel auf ihre Beine oder auf die Knie. Wir dürfen ihn nicht umbringen – er muss uns verraten, wo Mary Beth steckt.«

»Gilt das auch für die Frau?«

Culbeau dachte einen Moment lang nach. »Ja, warum nicht? Wir sollten sie vielleicht noch eine Weile am Leben lassen. Du weißt ja, wozu.«

Tomel nickte.

»Eins, zwei … drei.«

Sie stürmten in die Küche und hätten fast auf den Wetteransager auf dem Großbildfernseher geschossen. Sie gingen in die Hocke und fuhren herum, suchten den Jungen und die Frau. Sahen sie nirgendwo. Dann schaute Culbeau auf den Fernseher. Ihm wurde klar, dass der nicht hierher gehörte. Jemand hatte ihn aus dem Wohnzimmer in die Küche gerollt und vor dem Herd aufgestellt, mit dem Bildschirm zum Fenster.

Culbeau spähte durch die Jalousien. »Mist. Die haben den Fernseher hier aufgestellt, damit wir ihn von der anderen Seite der Lichtung aus sehen, vom Pfad aus. Und glauben, da wär jemand im Haus.« Er stieg die Treppe hinauf, zwei Stufen auf einmal nehmend.

»Warte«, rief Tomel. »Sie ist da droben. Mit der Knarre.«

Aber natürlich war der Rotschopf überhaupt nicht da oben. Culbeau trat die Tür zum Schlafzimmer auf, wo er den Gewehrlauf und das auf sie gerichtete Zielfernrohr gesehen hatte, und fand nun in etwa das vor, was er erwartet hatte: ein dünnes Stück Rohr, auf dem mit Klebeband eine Corona-Flasche befestigt war.

»*Das* also ist die Knarre mit Zielfernrohr«, sagte er angewidert. »Herr im Himmel. Die haben das zusammengebastelt, um uns zu bluffen. Verdammt, das hat uns eine halbe Stunde gekostet. Und die verfluchten Deputys sind wahrscheinlich in fünf Minuten da. Wir müssen weg hier.«

Er stürmte am Tomel vorbei. Der sagte nur: »Ziemlich schlau von der …«, doch als er Culbeaus Blick sah, brachte er den Satz lieber nicht zu Ende.

Die Batterie ging zur Neige, und der kleine Elektromotor setzte aus.

Der schmale Kahn, den sie aus dem Ferienhaus gestohlen hatten, trieb in der Strömung des Paquenoke durch den öligen Dunst, der über dem Fluss hing. Der Abend dämmerte. Das Wasser war nicht mehr golden, sondern grau und düster.

Garrett Hanlon nahm ein Paddel vom Boden des Bootes und ruderte in Richtung Ufer. »Wir müssen irgendwo landen«, sagte er. »Bevor es völlig dunkel wird.«

Amelia Sachs stellte fest, dass sich die Landschaft verändert hatte. Der Wald war lichter geworden, und große, moorige Tümpel breiteten sich bis an den Fluss aus. Der Junge hatte Recht – wenn sie einen falschen Seitenarm erwischten, landeten sie mitten im undurchdringlichen Sumpf.

»Hey, was ist los?«, fragte er, als er ihre bedrückte Miene sah.

»Ich bin verflucht weit von Brooklyn weg.«

»Ist das in New York?«

»Richtig«, sagte sie.

Er schnipste mit den Nägeln. »Und es macht Ihnen zu schaffen, dass Sie nicht dort sind?«

»Aber wie.«

»So was macht Insekten die größte Angst«, sagte er, während er das Ufer ansteuerte.

»Was?«

»Irgendwie ist das irre. Arbeiten macht ihnen nichts aus, Kämpfen auch nicht. Aber an einem unbekannten Ort flippen sie völlig aus. Selbst wenn es dort total sicher ist. Sie können es nicht leiden, sie wissen nicht, was sie machen sollen.«

Okay, dachte Sachs, vermutlich bin ich also ein Insekt. Sie zog Lincolns Formulierung vor: wie ein Fisch auf dem Trockenen.

»Man kann sofort erkennen, wenn ein Insekt aufgeregt ist. Es putzt dann immerzu seine Fühler … Insekten sieht man an den Fühlern an, wie ihnen zu Mute ist. So wie uns am Gesicht. Mit dem Unterschied«, fügte er rätselhaft hinzu, »dass *sie* einem nichts vormachen. So wie wir.« Er lachte auf – ein sonderbarer Ton, den sie noch nicht gehört hatte.

Er ließ sich über die Bordwand ins Wasser gleiten und zog das Boot an Land. Sachs stieg aus. Er führte sie durch den Wald und schien trotz Dunkelheit und sinkender Dämmerung genau zu wissen, wohin er gehen musste, obwohl sie nirgendwo einen Pfad erkennen konnte.

»Woher weißt du den Weg?«, fragte sie.

»Ich glaube, ich bin wie die Monarchen. Ich kann mich ziemlich gut orientieren.«

»Die Monarchen?«

»Sie wissen schon, die Schmetterlinge. Sie ziehen tausend Meilen weit und wissen genau, wohin sie müssen. Das ist richtig fantastisch – sie orientieren sich an der Sonne und ändern irgendwie automatisch den Kurs, je nachdem, wo sie am Horizont steht. Oh, und wenn es bedeckt oder dunkel ist, benutzen sie einen anderen Sinn, den sie noch haben – sie können das Magnetfeld der Erde spüren.«

Wenn eine Fledermaus ihren Ultraschallton aussendet, klappen Nachtfalter die Flügel zusammen, lassen sich zu Boden fallen und verstecken sich.

Sie lächelte über die Begeisterung, mit der er seinen Vortrag hielt, doch plötzlich blieb sie stehen und ging in die Hocke. »Schau«, flüsterte sie. »Dort! Da ist ein Licht.«

Ein schwacher Lichtschein spiegelte sich auf einem schlammigen Teich. Ein unheimlicher gelber Schein, wie von einer verglimmenden Laterne.

Doch Garrett lachte nur.

Fragend schaute sie ihn an.

»Bloß ein Geist«, sagte er.

»Was?«, fragte sie.

»Das ist die Frau aus dem Sumpf. Ein Indianermädchen, das in der Nacht vor seiner Hochzeit gestorben ist. Ihr Geist geht immer noch im Dismal Swamp um und sucht nach dem Mann, den sie heiraten wollte. Wir sind zwar nicht im Great Dismal, aber er ist ganz in der Nähe.« Er deutete mit dem Kopf auf das glimmende Licht. »In Wirklichkeit ist das Elmsfeuer – faulige Schwämme, die im Dunkeln glühen.«

Sie mochte das Licht nicht. Es erinnerte sie an das mulmige Gefühl, das sie an dem Morgen gehabt hatte, als sie nach Tanner's Corner gefahren waren und den kleinen Sarg auf dem Friedhof gesehen hatten.

»Ich mag den Sumpf nicht, ob mit oder ohne Geister«, sagte Sachs.

»Ja?«, sagte Garrett. »Vielleicht kommt das noch. Eines Tages.«

Er führte sie einen Weg entlang, und zehn Minuten später bog er in eine kurze, überwachsene Auffahrt ein. Ein alter Wohnwagen stand auf einer Lichtung. In der Dämmerung konnte sie ihn deutlich sehen, aber er wirkte ziemlich heruntergekommen, zur Seite geneigt, verrostet, mit platten Reifen und von Efeu und Moos überwuchert.

»Ist das deiner?«

»Na ja, da wohnt seit Jahren keiner mehr, daher nehm ich an, dass es meiner ist. Ich hab einen Schlüssel, aber der liegt daheim. Ich konnte ihn nicht mehr holen.« Er umrundete den Wagen und hebelte ein Fenster auf der Seite auf, stemmte sich hoch und schob sich hindurch. Im nächsten Moment ging die Tür auf.

Sie trat ein. Garrett durchwühlte einen Schrank in der winzigen Küche. Er fand ein paar Streichhölzer und zündete eine Propangaslaterne an. Sie strahlte einen warmen, gelblichen Lichtschein aus. Er öffnete einen weiteren Schrank und spähte hinein.

»Ich hatte ein paar Doritos, aber die haben sich die Mäuse geholt.« Er holte eine Tupperdose heraus und musterte sie. »Glatt durchgenagt. Mist. Aber ich hab Makkaroni. Von Farmer John. Die sind gut. Ich ess sie ständig. Und ein paar Bohnen auch.« Er fing an, die Dosen zu öffnen, während sich Sachs im Wohnwagen umsah. Ein paar Stühle, ein Tisch. Im Schlafzimmer bemerkte sie eine schmuddelige Matratze. Eine dicke Matte und ein Kissen lagen am Wohnzimmerboden. Der ganze Wohnwagen kündete von bitterer Armut: kaputte Türen und Geräte, Einschusslöcher in den Wänden, die Fenster zerbrochen, der Teppichboden verschmutzt und voller Flecken. Als Streifenpolizistin in New York hatte sie viele solcher Unterkünfte gesehen – aber immer von außen. Jetzt war das hier vorübergehend *ihre* Bleibe.

Lucys Worte von heute Morgen fielen ihr wieder ein.

Nördlich des Paquo hält sich niemand mehr an die Regeln. Hier heißt es bloß noch, die oder wir. Hier kann's passieren, dass man jemand niederschießt, ohne ihm auch nur seine Rechte vorzulesen, und das geht völlig in Ordnung.

Und sie musste an die donnernden Schüsse der Schrotflinte denken, die ihr und Garrett gegolten hatten.

Der Junge hängte ein paar schmuddelige Stofffetzen vor das Fenster, damit von draußen niemand den Lichtschein sah. Er ging kurz hinaus und kehrte dann mit einer rostigen Tasse zurück, die vermutlich mit Regenwasser gefüllt war. Er hielt sie ihr hin. Sie schüttelte den Kopf. »Ich komme mir vor, als hätte ich den halben Paquenoke getrunken.«

»Das hier ist besser.«

»Ganz bestimmt. Trotzdem passe ich.«

Er trank die Tasse aus und rührte dann das Essen um, das er auf dem kleinen Propangaskocher wärmte. Mit leiser Stimme sang er dabei eine schaurige Melodie: *»Farmer John, Farmer John. Frisch auf den Tisch von Farmer John …«*

Es war nur ein Reklamespruch, aber der Singsang war unheimlich, und sie war heilfroh, als er damit aufhörte.

Sachs wollte das Essen zunächst ablehnen, doch dann wurde ihr mit einem Mal bewusst, wie ausgehungert sie war. Garrett goss den Inhalt des Topfes in zwei Schalen und reichte ihr einen Löffel. Sie spuckte auf das Besteck und wischte es an ihrem T-Shirt ab. Ein paar Minuten aßen sie schweigend.

Sachs nahm ein Geräusch draußen wahr, einen heiseren, schrillen Laut. »Was ist das?«, fragte sie. »Zikaden?«

»Ja«, sagte er. »Bloß die Männchen machen dieses Geräusch. Nur die Männchen. Machen den ganzen Lärm mit kleinen Membranen an ihrem Leib.« Er kniff die Augen zusammen, dachte einen Moment lang nach. »Sie führen ein total irres Leben … Die Larven graben sich im Boden ein und bleiben dort siebzehn Jahre lang, bis die Nymphen schlüpfen. Dann kommen sie raus und klettern auf einen Baum. Ihre Haut platzt am Rücken auf, und die erwachsenen Tiere krabbeln raus. All die Jahre sind sie unter der Erde, verstecken sich einfach, bis sie rauskriechen und mit einem Mal erwachsen sind.«

»Wieso magst du Insekten so, Garrett?«, fragte Sachs.

Er zögerte. »Weiß ich nicht. Einfach so.«

»Hast du nicht mal drüber nachgedacht?«

Er hörte auf zu essen. Kratzte einen der Striemen, die vom Giftsumach herrührten. »Ich glaube, ich hab angefangen, mich dafür zu interessieren, nachdem meine Eltern gestorben sind. Damals war ich ziemlich unglücklich. Mir war oft so komisch zu Mute, im Kopf vor allem. So durcheinander und, ich weiß nicht recht, einfach irgendwie anders. Die Psychologen in der Schule haben gesagt, das käm daher, weil Mami und Papi und meine Schwester tot wären, und sie haben mir erklärt, dass ich mich irgendwie mehr anstrengen müsste, drüber wegzukommen. Aber ich konnte nicht. Ich hab mich gefühlt, wie wenn ich gar nicht mehr richtig da wär. Mir war alles egal. Ich hab bloß noch im Bett gelegen, bin in den Sumpf oder in den Wald gegangen und hab gelesen. Ein Jahr lang hab ich nichts anderes gemacht. Irgendwie hab ich kaum jemand gesehen. Wurde bloß von einem Pflegeheim zum andern gereicht… Aber dann hab ich was Schlaues gelesen. In dem Buch da.«

Er schlug *Die Welt im Kleinen* auf und suchte die Seite. Er zeigte sie ihr. Er hatte den Absatz unter der Überschrift »Merkmale eines gesunden Lebewesens« eingekreist. Sachs überflog ihn, las etliche der acht, neun dort aufgeführten Punkte.

– Ein gesundes Lebewesen will wachsen und sich weiterentwickeln.
– Ein gesundes Lebewesen will überleben.
– Ein gesundes Lebewesen will sich an seine Umwelt anpassen.

»Ich hab das gelesen«, sagte Garrett, »und es war wie eine Erleuchtung, wow, so könnte ich sein. Ich könnte wieder gesund und normal sein. Ich hab mich total bemüht, die Regeln zu befolgen, die da standen. Und hinterher ging es mir besser. Daher nehm ich an, dass ich mich ihnen irgendwie verbunden gefühlt habe – den Insekten, mein ich.«

Ein Moskito landete auf ihrem Arm. Sie lachte. »Aber sie saugen auch dein Blut.« Sie erschlug ihn. »Hab ihn.«

»Sie«, berichtigte Garrett. »Bloß die Weibchen saugen Blut. Die Männchen trinken Nektar.«

»Wirklich?«

Er nickte, schwieg dann einen Moment. Schaute auf den Blutstropfen auf ihrem Arm. »Insekten gehen nie weg.«

»Was meinst du damit?«

Er suchte eine andere Stelle in dem Buch und las laut vor: »›Wenn man irgendwelche Lebewesen als unsterblich bezeichnen kann, dann sind es die Insekten, die die Erde bereits viele Millionen Jahre vor den Säugetieren bevölkerten und auch noch da sein werden, wenn alles intelligente Leben längst vergangen ist.‹« Garrett legte das Buch hin und blickte zu ihr auf. »Sehen Sie, die Sache ist die – wenn man eines totmacht, gibt es immer noch eine ganze Menge. Wenn meine Mami und mein Papi und meine Schwester Insekten gewesen wären, gäb's immer noch andere, die genauso sind wie sie, und ich wäre nicht allein.«

»Hast du keine Freunde?«

Garrett zuckte die Achseln. »Mary Beth. Sie ist irgendwie die Einzige.«

»Du magst sie wirklich, stimmt's?«

»Total gern. Sie hat mich vor dem Jungen gerettet, der was Beschissenes mit mir machen wollte. Und außerdem … ich meine, sie *redet* mit mir …« Er dachte einen Moment nach. »Ich glaube, *das* mag ich so an ihr. Das Reden. Ich hab gedacht, dass sie womöglich, in ein paar Jahren vielleicht, also wenn ich älter bin, mit mir ausgeht. Wir könnten die gleichen Sachen machen wie andere Leute auch. Ins Kino gehen. Oder zum Picknick. Ich hab sie mal beim Picknick beobachtet. Sie war mit ihrer Mutter und ein paar Freunden unterwegs. Es hat ihnen Spaß gemacht. Ich hab sie stundenlang angesehen. Ich hab einfach unter einem Stechpalmenstrauch gesessen, mit Doritos und ein bisschen Wasser, und hab so getan, als wäre ich bei ihnen. Waren Sie schon mal picknicken?«

»Na klar.«

»Mit meiner Familie hab ich das oft gemacht. Ich meine, mit meiner richtigen Familie. Hat mir gefallen. Mami und Kaye haben den Tisch gedeckt und auf dem kleinen Grill von K-Mart Sachen zubereitet. Papi und ich haben unsere Schuhe und die Socken ausgezogen, haben uns ins Wasser gestellt und geangelt. Ich kann mich noch genau daran erinnern, wie sich der Schlamm angefühlt hat und das kalte Wasser.«

Sachs fragte sich, ob er deswegen Wasser und Wasserinsekten so gern mochte. »Und du hast gedacht, dass du mit Mary Beth picknicken gehen könntest.«

»Weiß nicht. Kann sein.« Dann schüttelte er den Kopf und warf ihr ein trauriges Lächeln zu. »Wohl nicht. Mary Beth ist hübsch und schlau und ein paar Jahre älter als ich. Die wird bei jemand landen, der gut aussieht und klug ist. Aber vielleicht können wir Freunde bleiben, sie und ich. Aber auch wenn nicht – eigentlich geht's mir bloß darum, dass ihr nichts passiert. Sie wird bei mir bleiben, bis es wieder sicher ist. Oder bis Sie und Ihr Freund, der Mann in dem Rollstuhl, über den alle geredet haben, ihr helfen, damit sie irgendwo hin kann, wo sie in Sicherheit ist.« Er schaute aus dem Fenster und verstummte.

»Vor dem Mann mit der Latzhose?«, fragte sie.

Er antwortete nicht gleich, nickte dann. »Ja. Genau.«

»Ich hole mir etwas Wasser«, sagte Sachs.

»Warten Sie«, sagte er. Er nahm ein paar trockene Blätter von einem kurzen Zweig ab, der auf dem Küchenbüffet lag, sagte ihr, sie solle damit ihre bloßen Arme, den Hals und das Gesicht einreiben. »Zitronenblätter«, erklärte er. »Hält die Mücken fern. Sie müssen sie nicht mehr totschlagen.«

Sachs nahm die Tasse. Sie ging hinaus, schaute in die Regenwassertonne. Sie war mit einem feinen Fliegendraht abgedeckt. Sie hob ihn hoch, füllte die Tasse und trank. Das Wasser war allem Anschein nach frisch. Sie lauschte dem Zirpen und Schwirren der Insekten.

Oder bis Sie und Ihr Freund, der Mann in dem Rollstuhl, über den alle geredet haben, ihr helfen, damit sie irgendwo hin kann, wo sie in Sicherheit ist.

Eins ums andere Mal ging ihr der Satz durch den Kopf.

Der Mann in dem Rollstuhl, der Mann in dem Rollstuhl.

Sie kehrte in den Wohnwagen zurück. Stellte die Tasse ab. Blickte sich dann in dem kleinen Wohnraum um. »Garrett, würdest du mir einen Gefallen tun?«

»Ich glaub schon.«

»Vertraust du mir?«

»Ich glaub schon.«

»Setz dich da drüben hin.«

Er schaute sie einen Moment lang an, stand dann auf und ging zu dem alten Lehnsessel, zu dem sie hinnickte. Sachs ging quer durch den kleinen Raum und ergriff einen der Rattanstühle in der

Ecke. Sie trug ihn zu dem Jungen und stellte ihn vor ihm auf den Boden.

»Garrett, weißt du noch, was Dr. Penny dir im Gefängnis gesagt hat? Als es um den leeren Stuhl ging?«

»Dass ich mit ihm reden soll?«, fragte er und schaute ihn mit unsicherem Blick an. Er nickte. »Das Spiel.«

»Genau. Ich möchte, dass du es noch einmal machst, ja?«

Er zögerte, wischte sich die Hände an den Hosenbeinen ab. Starrte einen Moment lang auf den Stuhl. »Ich glaub schon«, sagte er schließlich.

… Einunddreißig

Amelia Sachs dachte an den Vernehmungsraum und an die Sitzung mit den Psychologen.

Sie hatte den Jungen durch den venezianischen Spiegel genau beobachten können. Sie erinnerte sich daran, wie der Arzt versucht hatte, ihn dazu zu bringen, dass er sich vorstellte, Mary Beth säße auf dem Stuhl, dass Garrett jedoch zu ihr nichts hatte sagen wollen, wohl aber zu jemand anderem. Sie hatte seinen Gesichtsausdruck gesehen, sein Verlangen, die Enttäuschung – und auch seinen Unmut, glaubte sie –, als der Doktor ihm seinen Wunsch verwehrt hatte.

Ach, Rhyme, ich kann verstehen, dass dir Spuren, handfeste Fakten lieber sind. Dass wir uns nicht auf diese schwammigen Sachen verlassen dürfen – auf Worte, Mienenspiel und Tränen, auf den Blick, mit dem uns jemand anschaut, wenn wir ihm gegenüber sitzen und uns seine Geschichten anhören … Aber das heißt noch lange nicht, dass die Geschichten *niemals* stimmen. Ich glaube, dass hinter Garrett Hanlon mehr steckt, als uns die Spuren verraten.

»Schau auf den Stuhl«, sagte sie. »Wer soll dort sitzen? Wen möchtest du dir vorstellen?«

Er schüttelte den Kopf. »Weiß ich nicht.«

Sie schob den Stuhl näher. Lächelte ihm ermutigend zu. »Sag's mir. Nur zu. Ein Mädchen? Jemand aus der Schule?«

Wieder schüttelte er den Kopf.

»Sag's mir.«

»Na ja, ich weiß nicht. Vielleicht …« Er stockte. »Vielleicht meinen Vater«, stieß er hervor.

Sachs dachte bestürzt und aufgebracht an Hal Babbages kalte Augen und seine ungehobelte Art. Sie nahm an, dass Garrett ihm eine Menge zu sagen hatte.

»Bloß deinen Vater? Oder ihn und Mrs. Babbage?«

»Nein, nein, den doch nicht. Ich meine, meinen richtigen Vater.«

»Deinen richtigen Vater?«

Garrett nickte. Er war aufgeregt, nervös. Schnippte hektisch mit den Fingernägeln.

Insekten sieht man an den Fühlern an, wie ihnen zu Mute ist...

Als sie seine aufgewühlte, erregte Miene sah, stellte Sachs betroffen fest, dass sie keine Ahnung hatte, was sie da eigentlich tat. Sicherlich gab es allerhand Methoden, die die Psychologen anwendeten, um ihre Patienten im Laufe der Therapie aus der Reserve zu locken, sie zu führen, aber auch vor seelischen Schäden zu schützen. Machte sie bei Garrett möglicherweise alles nur noch schlimmer? Gab sie ihm den letzten Anstoß dazu, dass er tatsächlich gewalttätig wurde und sich oder jemand anderem etwas antat? Nichtsdestotrotz, sie wollte es versuchen. Sachs' Spitzname bei der New Yorker Polizei lautete P. T. – die »Plattfußtochter«, das Kind eines Streifenpolizisten –, und sie war eindeutig nach ihrem alten Herrn geraten. Hatte seine Leidenschaft für Autos geerbt, seine Liebe für die Polizeiarbeit, die Unduldsamkeit, was jeglichen Unsinn anging, und vor allem sein Einfühlungsvermögen, das man als Cop auf der Straße brauchte. Lincoln Rhyme hatte ihr vorgeworfen, sie lege zu viel Wert auf die menschliche Seite, und sie davor gewarnt, dass dies noch einmal ihr Untergang sein werde. Er lobte ihre kriminalistische Begabung, doch im Grunde ihres Herzens, auch wenn sie durchaus die Gaben zu einer guten forensischen Wissenschaftlerin besaß, hielt sie es wie ihr Vater – die besten Hinweise bekam man, wenn man den Menschen ins Herz blickte.

Garretts Blick wanderte zum Fenster, wo irgendwelche Viecher selbstmörderisch gegen den Fliegendraht schwärmten.

»Wie hieß dein Vater?«, fragte Sachs.

»Stuart. Stu.«

»Wie hast *du* ihn genannt?«

»Meistens ›Papi‹. Manchmal auch ›Sir‹.« Garrett lächelte traurig. »Wenn ich irgendwas angestellt hatte und gedacht hab, ich sollte mich lieber gut benehmen.«

»Seid ihr miteinander zurechtgekommen?«

»Besser als die meisten meiner Freunde mit ihren Vätern. Die sind teilweise verprügelt worden, und ihre Väter haben sie dauernd angebrüllt. Sie wissen schon: ›Warum hast du am Tor vorbeigeschossen?‹, ›Warum sieht dein Zimmer wie ein Saustall aus?‹, ›Wieso hast du deine Hausaufgaben noch nicht gemacht?‹ Aber mein Vater war immer gut zu mir. Bis ...« Seine Stimme verklang.

»Nur zu.«

»Ich weiß nicht.« Wieder zuckte er die Achseln.

Sachs ließ nicht locker. »Bis was, Garrett?«

Schweigen.

»Sag schon.«

»Ich will's aber nicht sagen. Es ist zu blöd.«

»Na gut, *mir* brauchst du's auch nicht zu sagen. Sag's *ihm*, deinem Vater.« Sie nickte zu dem Stuhl hin. »Da ist dein Vater, genau vor dir. Du brauchst ihn dir nur vorzustellen.« Der Junge rückte ein Stück vor, starrte auf den Stuhl, fast als wäre ihm bange. »Dort sitzt Stu Hanlon. Rede mit ihm.«

Einen Moment lang blickte der Junge so sehnsüchtig auf den Stuhl, dass Sachs am liebsten geweint hätte. Sie war sich darüber im Klaren, dass sich hier etwas Wichtiges anbahnte, und hatte Angst, dass er davor zurückschrecken könnte. »Erzähl mir von ihm«, versuchte sie es erneut. »Erzähl mir, wie er ausgesehen hat. Was für Sachen er anhatte.«

Der Junge stockte kurz. »Er war groß und ziemlich dünn«, sagte er dann. »Er hatte dunkle Haare, die immer hochgestanden haben, wenn sie frisch geschnitten waren. Hinterher hat er sich immer ein paar Tage lang irgendwelches Zeug reingeschmiert, das gut gerochen hat. Er hat immer ordentliche Sachen getragen. Ich glaube, er hatte überhaupt keine Jeans. Hat immer schicke Hemden angehabt, Sie wissen schon. Und Hosen mit Aufschlägen.« Sachs erinnerte sich wieder daran, dass ihr das bei der Durchsuchung seines Zimmers aufgefallen war – dass der Junge keine Jeans hatte, nur Hosen mit Aufschlägen. Garrett lächelte zaghaft. »Er hat immer ein Zehncentstück an seinem Hosenbein runterrutschen lassen und versucht, es in seinem Hosenaufschlag aufzufangen, und wenn es dort gelandet ist, durften ich oder meine Schwester es rausfischen. Es war unser Spiel. Zu Weihnachten hat er Silberdollars mitgebracht, und die hat er auch an seinem Hosenbein runterrutschen lassen und sie uns dann geschenkt.«

Der Silberdollar im Wespenglas, dachte Sachs.

»Hatte er irgendwelche Hobbys? Hat er Sport getrieben?«

»Er hat gern gelesen. Er hat uns oft in Büchereien mitgenommen und uns vorgelesen. Über Geschichte und andere Länder. Und allerlei Sachen über die Natur. Ach, und er ist Angeln gegangen. Fast jedes Wochenende.«

»Na gut, nun stell dir vor, er sitzt dort auf dem leeren Stuhl, und er hat seine hübsche Hose an und ein gutes Hemd. Und er liest ein Buch. Alles klar?«

»Ich glaub schon.«

»Er legt das Buch hin –«

»Nein, erst markiert er die Seite, die er gerade gelesen hat. Er hatte massenhaft Lesezeichen. Er hat sie gesammelt, denke ich. Meine Schwester und ich haben ihm eines zu Weihnachten geschenkt, vor dem Unfall.«

»Na schön, er legt ein Lesezeichen ein und schlägt das Buch zu. Er schaut dich an. Jetzt hast du Gelegenheit, ihm etwas zu sagen. Was möchtest du ihn denn wissen lassen?«

Er zuckte die Achseln, schüttelte den Kopf. Blickte sich gehetzt um.

Doch Sachs ließ nicht locker.

Harte Bandagen…

»Stellen wir uns doch mal was ganz Bestimmtes vor«, sagte sie, »irgendwas, worüber du mit ihm reden möchtest. Einen Vorfall. Irgendwas, was dir zu schaffen macht. Fällt dir da was ein?«

Mein Vater war immer gut zu mir. Bis…

Der Junge knetete seine Hände, rieb sie aneinander, schnipste mit den Nägeln.

»Sag's ihm, Garrett.«

»Okay, da gibt's schon was.«

»Was?«

»Na, an dem Abend… an dem Abend, wo sie gestorben sind.«

Sachs erschauerte. War sich bewusst, dass sie sich hier vermutlich auf allerhand einließ. Einen Moment überlegte sie, ob sie einen Rückzieher machen sollte. Aber Rückzieher entsprachen nicht ihrer Art, und so machte sie auch jetzt keinen. »Was war an diesem Abend? Möchtest du mit deinem Vater über irgendwas reden, was da vorgefallen ist?«

Er nickte. »Sehen Sie, die haben im Auto gesessen und wollten losfahren, zum Abendessen. Es war ein Mittwoch. Und mittwochs sind wir zu Bennigan's gefahren. Ich war scharf auf die Hühnerflügel. Ich hab dort immer Hühnerflügel mit Pommes und dazu eine Cola gekriegt. Und Kaye, meine Schwester, hat Zwiebelringe bestellt, und die Pommes und die Zwiebelringe haben wir uns dann immelt geteilt, und manchmal haben wir mit der Ketchupflasche Muster auf unsere Teller gemalt, weil man sie so zusammendrücken konnte.«

Sein Gesicht war blass und eingefallen. Unendlich betrübt, dachte Sachs. Sie bemühte sich, ihre Gefühle zu unterdrücken. »Was fällt dir zu diesem Abend ein?«

»Es war vor dem Haus. Draußen auf der Auffahrt. Sie waren alle schon im Auto. Papi und Mami und meine Schwester. Sie wollten essen gehen. Und« – er schluckte – »und sie wollten ohne mich losfahren.«

»Ehrlich?«

Er nickte. »Ich bin zu spät heimgekommen. Ich hab mich im Wald rumgetrieben, bei Blackwater Landing. Und irgendwie hab ich nicht auf die Zeit geachtet. Ich bin gerannt, mindestens eine halbe Meile oder so. Aber mein Vater hat mich nicht reingelassen. Er muss sauer gewesen sein, weil ich zu spät dran war. Ich wollte unbedingt rein ins Auto. Es war kalt draußen. Ich weiß noch genau, dass ich gezittert habe und dass sie auch gezittert haben. Ich weiß noch, dass die Fenster voller Reif waren. Aber sie haben mich nicht einsteigen lassen.«

»Vielleicht hat dich dein Vater nicht gesehen. Wegen dem Reif.«

»Nein, er hat mich gesehen. Ich war direkt neben ihm, auf der Fahrerseite. Ich hab ans Fenster geklopft, aber er hat die Tür nicht aufgemacht. Er hat bloß ein finsteres Gesicht gezogen und mich angeschrien. Und ich hab dauernd gedacht, er ist sauer auf mich, und mir ist kalt, und ich krieg meine Hühnerflügel mit Pommes frites nicht. Und dass ich nicht mit den andern essen gehen kann.« Tränen liefen ihm über die Wangen.

Sachs hätte ihn am liebsten in die Arme geschlossen, doch sie blieb, wo sie war. »Erzähl weiter.« Sie nickte zu dem leeren Stuhl hin. »Rede mit deinem Vater. Was willst du ihm sagen?«

Er schaute sie an, doch sie deutete auf den Stuhl. Schließlich wandte sich Garrett ihm zu. »Mir ist so kalt«, sagte er mit gepresster Stimme. »Mir ist kalt, und ich will in das Auto. Wieso will er mich nicht reinlassen?«

»Nein, sag's *ihm*. Stell dir vor, dass er da sitzt.«

Genau so drängte Rhyme sie, wenn sie sich bei der Tatortarbeit in den Täter hineinversetzen sollte. Es war furchtbar quälend, und so spürte sie nun auch die ganze Angst, die der Junge empfand. Dennoch ließ sie nicht locker. »Sag's ihm – sag es deinem Vater.«

Unsicher blickte Garrett auf den alten Stuhl. Er beugte sich vor. »Ich…«

»Mach schon, Garrett«, flüsterte Sachs. »Es ist okay. Ich pass auf dich auf. Sag's ihm.«

»Ich wollte doch bloß mit euch zu Bennigan's!«, rief er schluchzend. »Das war alles. Mit euch essen gehen, wir alle zusammen. Ich wollte doch bloß mit. Wieso hast du mich nicht in das Auto gelassen? Du hast mich kommen sehen, aber du hast die Tür verriegelt. So spät war ich doch gar nicht dran!« Dann wurde Garrett wütend. »Du hast mich ausgesperrt! Du warst sauer auf mich, aber das war nicht gerecht. So schlimm ist es auch wieder nicht, wenn man zu spät kommt. Ich muss irgendwas anderes angestellt haben, sonst wärst du nicht so sauer gewesen. Aber was? Wieso hast du mich nicht mitgenommen? Sag mir doch, was ich gemacht habe.« Er brachte kaum noch einen Ton hervor. »Komm zurück und sag's mir. Komm zurück! Ich will es wissen. Was habe ich gemacht? Sag's mir, sag's mir.«

Schluchzend sprang er auf, trat mit aller Kraft gegen den leeren Stuhl. Er flog quer durch den Raum und kippte um. Er packte ihn, schrie wie wild und schmetterte ihn immer wieder auf den Boden. Sachs zuckte unwillkürlich zurück, erschrak über den Wutanfall, den sie ausgelöst hatte. Wieder und immer wieder schlug er mit dem Stuhl auf den Boden ein, bis nur noch ein Haufen zertrümmertes Holz und zerfetztes Rattangeflecht übrig waren. Schließlich sank Garrett zu Boden, schlang sich zitternd und schluchzend die Arme um den Leib. Sachs stand auf und zog ihn an sich.

Nach einer Weile hörte er auf zu weinen. Er stand auf, wischte sich das Gesicht an den Ärmeln ab.

»Garrett«, flüsterte sie.

Doch er schüttelte den Kopf. »Ich muss raus«, sagte er. Stieß die Tür auf und stürmte hinaus.

Sie saß einen Moment lang da und überlegte sich, was sie tun sollte. Sachs war hundemüde, aber sie dachte nicht daran, sich auf die Matte zu legen, die er für sie liegen gelassen hatte, und zu schlafen. Sie blies die Laterne aus, nahm die Stofffetzen von den Fenstern und setzte sich in den muffigen Lehnsessel. Sie beugte sich vor, roch den durchdringenden Duft der Zitronenblätter und betrachtete die Silhouette des Jungen, der vornüber gekrümmt auf einem Baumstumpf saß und wie gebannt auf die Glühwürmchen starrte, die rundum im Wald tanzten.

... Zweiunddreißig

»Das glaube ich nicht«, murmelte Lincoln Rhyme.

Er hatte gerade mit der wütenden Lucy Kerr gesprochen und erfahren, dass Sachs unter der Hobeth Bridge mehrere Schüsse auf einen Deputy abgegeben hatte.

»Das glaube ich nicht«, wiederholte er flüsternd, an Thom gewandt.

Der Betreuer war ein Meister im Umgang mit körperlichen Gebrechen und seelischen Schäden, die aus körperlichen Gebrechen erwuchsen. Doch das hier war etwas anderes, viel schlimmer, und dazu fiel ihm nur ein: »Es war eine Verwechslung. Muss es sein. Amelia würde so was nicht tun.«

»Nein, *nie*«, flüsterte Rhyme. Diesmal wandte er sich an Ben. »Auf keinen Fall. Nicht einmal, um sie einzuschüchtern.« Er sagte sich, dass sie *niemals* auf einen Kollegen schießen würde, nicht einmal, um ihn abzuschrecken. Doch er musste auch daran denken, was Menschen aus schierer Verzweiflung fertig brachten. An die aberwitzigsten Risiken, die sie eingingen. (Ach, Sachs, warum musst du nur so impulsiv und stur sein? Warum musst du mir so ähnlich sein?)

Bell war in seinem Büro auf der anderen Seite des Flurs. Rhyme konnte hören, wie er am Telefon Süßholz raspelte. Vermutlich waren Frau und Familie des Sheriffs nicht daran gewöhnt, dass er spätabends noch nicht zu Hause war – wahrscheinlich erforderte der Polizeidienst in einer Stadt wie Tanner's Corner normalerweise nicht so viel Zeitaufwand wie im Fall Garrett Hanlon.

Ben Kerr saß mit verschränkten Armen neben einem Mikroskop. Er blickte auf die Karte. Im Gegensatz zum Sheriff hatte er nicht zu Hause angerufen, und Rhyme fragte sich, ob er eine Frau oder Freundin hatte oder ob er sein Leben ganz und gar der Wissenschaft und den Geheimnissen der Meere gewidmet hatte.

Der Sheriff legte auf. Er kam wieder in das Labor. »Ist Ihnen noch was eingefallen, Lincoln?«

Rhyme deutete mit dem Kopf auf die Spurentabelle.

Funde am sekundären Tatort
Mühle
Braune Farbe an Hose
Sonnentau
Lehm
Torfmoos
Fruchtsaft
Papierfasern
Stinkball – Fischköder
Zucker
Camphen
Alkohol
Kerosin
Hefe

Er ging noch einmal alles durch, was sie über das Haus wussten, in dem Mary Beth festgehalten wurde. »In der Nähe oder auf dem Weg dorthin befindet sich eine Carolina-Bay. Etwa die Hälfte aller angestrichenen Stellen in den Insektenbüchern handeln von Tarnung, und die braune Farbe an seiner Hose hat den gleichen Ton wie Baumrinde, daher liegt es vermutlich in einem Wald oder in der Nähe eines Waldes. Die Camphenlampen stammen aus dem neunzehnten Jahrhundert, daher muss es sich um ein altes Haus handeln, vermutlich aus viktorianischer Zeit. Aber die übrigen Spuren helfen uns nicht viel weiter. Die Hefe dürfte aus der Mühle stammen. Die Papierfasern könnten von sonst woher stammen. Der Fruchtsaft und der Zucker? Von Nahrungsmitteln oder Getränken, die Garrett mitgenommen hat. Ich kann einfach nicht –«

Das Telefon klingelte.

Rhyme stupste mit dem linken Ringfinger die elektronische Steuerung an und nahm den Anruf entgegen.

»Hallo?«, sagte er in das mit Lautsprecher versehene Telefon.

»Lincoln?«

Er erkannte Mel Coopers leise, erschöpft klingende Stimme.

»Was hast du für mich, Mel? Ich brauche ein paar gute Nachrichten.«

»Ich hoffe, sie sind gut. Es geht um den Schlüssel, den ihr gefunden habt. Wir haben die ganze Nacht lang in Herstellerkatalogen und Datenbanken herumgesucht. Zu guter Letzt haben wir ihn aufgespürt.«

»Wozu gehört er?«

»Zu einem Wohnwagen, hergestellt von der McPherson Deluxe Mobile Home Company. Die Wohnwagen wurden von 1946 bis Anfang der siebziger Jahre gebaut. Die Firma existiert nicht mehr, aber laut Katalog gehört der Schlüssel mit der vorliegenden Seriennummer zu einem im Jahr 69 hergestellten Wohnwagen.«

»Irgendeine Beschreibung?«

»In dem Katalog waren keine Bilder.«

»Verflucht. Sag mir, stellt man diese Dinger irgendwo ab, etwa in Trailerparks, und wohnt darin, oder fährt man damit herum, in Urlaub zum Beispiel?«

»Man wohnt darin, würde ich meinen. Er ist zweieinhalb Meter breit und sechs Meter lang. Mit so was kutschiert man nicht in der Gegend herum. Jedenfalls haben sie keinen Motor. Man muss sie schleppen.«

»Danke, Mel. Leg dich schlafen.«

Rhyme stellte das Telefon ab. »Was halten Sie davon, Jim? Gibt es hier in der Gegend irgendwelche Wohnwagenparks?«

Der Sheriff wirkte unsicher. »Es gibt zwei, an der Route 17 und der Route 158. Aber die sind nicht mal annähernd in der Gegend, in der Garrett und Amelia unterwegs sind. Und sie sind überlaufen. Dort kann man sich schwer verstecken. Soll ich jemand hinschicken und sie überprüfen lassen?«

»Wie weit sind sie entfernt?«

»Siebzig, achtzig Meilen.«

»Nein. Garrett hat vermutlich irgendwo in den Wäldern einen verlassenen Wohnwagen gefunden und ihn übernommen.« Rhyme warf einen Blick auf die Karte. Und er steht irgendwo in dieser hundert Quadratmeilen großen Wildnis, dachte er.

Und noch weitere Fragen beschäftigten ihn. Hatte sich Garrett der Handschellen entledigen können? Hatte er Sachs' Waffe? War sie gerade am Einschlafen, nicht mehr auf der Hut, während Garrett nur auf den Moment wartete, bis sie eingenickt war? Dann aufstand, zu ihr kroch, mit einem Stein oder einem Hornissennest…

Tiefe Beklommenheit erfasste ihn, und er reckte den Kopf,

hörte einen Knochen schnappen. Er erstarrte, machte sich einmal mehr Sorgen wegen der scheußlichen Kontraktionen, die gelegentlich die Muskeln peinigten, die mit den noch intakten Nerven verbunden waren. Er empfand es als himmelschreiende Ungerechtigkeit, dass man auf Grund derselben Verletzung, durch die fast der ganze Körper taub war, ausgerechnet an den Stellen, an denen man noch etwas fühlen konnte, von quälenden Krämpfen heimgesucht wurde.

Diesmal hatte er keine Schmerzen, aber Thom bemerkte die besorgte Miene seines Chefs.

»Lincoln«, sagte der Betreuer, »jetzt ist Schluss... Ich messe jetzt deinen Blutdruck, und dann gehst du zu Bett. Kein Widerwort.«

»Na schön, Thom, na schön. Aber erst müssen wir noch einen Anruf erledigen.«

»Schau mal, wie spät es ist... Wer ist denn jetzt noch wach?«

»Es geht nicht darum, wer noch wach ist«, sagte Rhyme mürrisch. »Es geht darum, wer bald wach sein wird.«

Mitternacht im Sumpf.

Das Summen der Insekten. Die flinken Schatten der Fledermäuse. Ab und zu ein Eulenruf. Das eisige Licht des Monds.

Lucy und die anderen Deputys marschierten vier Meilen bis zur Route 30, wo sie ein Wohnmobil erwartete. Bell hatte seine Beziehungen spielen lassen und das Fahrzeug bei Fred Fishers Caravan-Verleih »requiriert«. Steve Farr hatte es hierher gefahren, damit der Suchtrupp über Nacht ein Dach über dem Kopf hatte.

Sie stiegen in die enge Unterkunft. Jesse, Trey und Ned verschlangen gierig die Roastbeefsandwiches, die Farr mitgebracht hatte. Lucy trank eine Flasche Wasser, verzichtete aber auf das Essen. Farr und Bell – gepriesen seien sie – hatten außerdem saubere Uniformen für den Suchtrupp aufgetrieben.

Sie rief in der Dienststelle an und teilte Jim Bell mit, dass sie die beiden Gesuchten bis zu einem Ferienhaus verfolgt hatten, in das eingebrochen worden war. »Die haben anscheinend vor dem Fernseher gesessen, ob du's glaubst oder nicht.«

Doch es war zu dunkel gewesen, um die Spur weiter zu verfolgen, daher hatten sie beschlossen, bis zur Morgendämmerung zu warten und die Suche dann wieder aufzunehmen.

Lucy nahm die frischen Sachen und verzog sich ins Badezimmer. Sie stellte sich in die winzige Duschkabine und ließ den dünnen Wasserstrahl über ihren Körper laufen. Sie wusch sich erst die Haare, das Gesicht und den Hals, strich dann zaghaft, so wie immer, über ihre flache Brust, spürte die Narbenwülste, und wurde dann wieder sicherer, als sie sich Bauch und Beine schrubbte.

Wieder fragte sie sich, weshalb sie so eine Abneigung gegen Silikonimplantate oder eine operative Brustrekonstruktion hatte, bei der man, so hatte ihr der Arzt erklärt, Fettgewebe aus Schenkeln und Hüfte entnahm und damit neue Brüste aufbaute. Selbst die Brustwarzen konnte man wiederherstellen – oder auftätowieren.

Weil es Betrug ist, sagte sie sich. Weil es nicht echt ist.

Wozu also der ganze Aufwand?

Aber schau dir andererseits Lincoln Rhyme an, dachte Lucy. Er ist nur noch ein halber Mensch. Seine Arme und Beine sind bloße Anhängsel – er ist auf einen Rollstuhl und einen Pfleger angewiesen. Doch beim Gedanken an Rhyme kam ihr auch Amelia Sachs in den Sinn, und wieder kochte die Wut in ihr hoch. Sie verdrängte diese Gedanken, trocknete sich ab und zog ein T-Shirt an, dachte geistesabwesend an die Schublade mit den BHs in der Kommode, die im Gästezimmer ihres Hauses stand – und erinnerte sich wieder, dass sie sie schon seit zwei Jahren wegwerfen wollte. Aber aus irgendeinem Grund hatte sie es nie getan. Dann schlüpfte sie in ihre Uniformbluse und die Hose. Sie trat aus dem Badezimmer. Jesse beendete gerade ein Telefongespräch.

»Gibt's irgendwas?«

»Nein«, sagte er. »Jim und Mr. Rhyme sind immer noch mit den Spuren beschäftigt.«

Lucy schüttelte den Kopf, als Jesse ihr etwas zu essen anbot, setzte sich dann an den Tisch und zog ihren Dienstrevolver aus dem Holster.« »Steve?«, sagte sie zu Farr.

Der junge Mann mit dem Bürstenhaarschnitt blickte von der Zeitung auf, die er gerade las, und zog eine Augenbraue hoch.

»Hast du mir gebracht, worum ich dich gebeten habe?«

»O ja.« Er griff in das Handschuhfach und reichte ihr eine gelbgrüne Schachtel mit Remington-Patronen. Sie nahm die Rundkopfgeschosse aus Trommel und Schnellladern und ersetzte sie durch die neuen Patronen – Hohlspitzgeschosse, die viel mehr Aufhaltekraft besaßen und weitaus schwerere Gewebeschäden anrichteten, wenn sie einen Menschen trafen.

Jesse Corn beobachtete sie genau, und sie wusste, dass er sie darauf ansprechen würde, doch es dauerte einen Moment. »Amelia ist nicht gefährlich«, sagte er schließlich leise, als wären die Worte nur für sie bestimmt.

Lucy legte die Waffe hin und schaute ihm in die Augen. »Jesse, jeder hat gesagt, Mary Beth wäre am Meer, aber dann stellt sich raus, dass sie sich in der entgegengesetzten Richtung befindet. Jeder hat gesagt, Garrett wär bloß ein dummer Junge, aber er ist verschlagen wie eine Schlange und hat uns ein paar Mal reingelegt. Wir dürfen uns auf überhaupt nichts mehr verlassen. Vielleicht hat Garrett irgendwo ein Waffenlager und überlegt sich schon, wie er uns in die Falle locken und auf die eine oder andere Art ausschalten kann.«

»Aber Amelia ist bei ihm. Sie würde das nicht zulassen.«

»Amelia ist eine verdammte Verräterin, der wir nicht über den Weg trauen dürfen. Schau, Jesse, ich habe deinen Gesichtsausdruck gesehen, als du festgestellt hast, dass sie nicht unter dem Boot war. Du warst erleichtert. Ich weiß, dass du sie magst und insgeheim hoffst, dass sie dich auch mag... Nein, nein, lass mich ausreden. Aber sie hat einen Mörder aus dem Gefängnis befreit. Und wenn du an Stelle von Ned da draußen auf dem Fluss gewesen wärst, hätte Amelia auch auf dich geschossen, ohne mit der Wimper zu zucken.«

Er wollte ihr widersprechen, doch der kalte Blick, mit dem sie ihn bedachte, brachte ihn zum Schweigen.

»In jemanden wie sie verknallt man sich leicht«, fuhr Lucy fort. »Sie ist hübsch, und sie kommt von anderswo her, aus einer Stadt, die uns völlig fremd ist... Aber sie hat keine Ahnung, was hier los ist. Sie hat keine Ahnung, was mit Garrett ist. Du kennst ihn – du weißt, dass er ein schlimmer Kerl ist und nur aus reinem Glück noch nicht lebenslänglich hinter Gittern sitzt.«

»Ich *weiß*, dass Garrett gefährlich ist. Da gibt's nichts dagegen einzuwenden. Mir geht es um Amelia.«

»Und *mir* geht's vor allem um uns und um alle anderen Menschen in Blackwater Landing, die der Junge möglicherweise umzubringen gedenkt, wenn er uns entkommt. Was dank Amelia Sachs durchaus der Fall sein könnte. Nun ja, ich muss jedenfalls wissen, ob ich auf dich zählen kann. Wenn nicht, kannst du heimgehen, und wir lassen uns von Jim jemand anderen schicken.«

Jesse warf einen Blick auf die Patronenschachtel. Wandte sich dann wieder ihr zu. »Das kannst du, Lucy. Du kannst auf mich zählen.«

»Gut. Und wehe, du meinst das nicht ernst. Weil ich sie nämlich im ersten Morgengrauen aufspüren und zurückbringen werde. Hoffentlich lebend, aber ich sag's dir gleich, das ist jetzt nicht mehr zwingend nötig.«

Mary Beth saß allein in der Hütte. Sie war erschöpft, hatte aber zugleich Angst davor einzuschlafen.

Und hörte überall Geräusche.

Das Sofa kam nicht mehr in Frage. Sie befürchtete, dass sie sich hinlegen und einschlafen könnte, wenn sie dort sitzen blieb – um dann aufzuwachen und festzustellen, dass der Missionar und Tom sie durch das Fenster angafften, jeden Moment die Tür aufbrechen könnten. Deshalb hockte sie jetzt auf einem Esszimmerstuhl, der hart und unbequem war.

Geräusche…

Auf dem Dach, auf der Veranda, im Wald.

Sie wusste nicht, wie spät es war. Sie traute sich nicht einmal die Zifferblattbeleuchtung ihrer Armbanduhr einzuschalten – aus Angst, der schwache Schein könnte ihre Angreifer anlocken.

Erschöpft. Zu müde, um darüber nachzudenken, wieso ihr so etwas widerfahren war, wie sie es hätte verhindern können.

Keine gute Tat bleibt ungestraft…

Sie starrte auf die Wiese vor der Hütte, die jetzt in tiefe Dunkelheit getaucht war. Das Fenster kam ihr vor wie der Schlüssel zu ihrem Schicksal. Wer tauchte dort auf, wer schlich zuerst durch das hohe Gras? Ihre Mörder oder ihre Retter?

Sie lauschte.

Was war *das* für ein Geräusch? Ein Zweig, der über eine Borke scharrte? Ein angerissenes Streichholz?

Was war das für ein Licht dort im Wald? Ein Glühwürmchen oder der Schein eines Lagerfeuers?

Und diese Bewegung da. War das ein Reh, das einen Luchs gewittert hatte und die Flucht ergriff? Oder saßen der Missionar und sein Freund irgendwo da draußen am Feuer, tranken Bier und aßen irgendwas, um dann loszuziehen, quer durch den Wald, und sich anderweitig gütlich zu tun?

Mary Beth McConnell hatte keine Ahnung. In dieser Nacht wurde ihr wieder einmal die ganze Ungewissheit des Daseins bewusst.

Du findest die Überreste uralter Siedler und fragst dich trotzdem, ob deine ganze Theorie auf tönernen Füßen steht.

Dein Vater ist an Krebs gestorben – nach langem, kläglichem Dahinsiechen gestorben, nach Aussage der Ärzte unvermeidlich. Aber trotzdem fragt man sich: Vielleicht hätte es nicht sein müssen.

Da draußen im Wald sind zwei Männer, die dich vergewaltigen und umbringen wollen.

Aber vielleicht auch nicht.

Vielleicht hatten sie aufgegeben. Vielleicht hatten sie sich mit Schwarzgebranntem besinnungslos gesoffen. Oder sie hatten auf einmal Angst vor den Folgen bekommen und begnügten sich lieber mit ihren fetten Weibern oder ihren schwieligen Händen, weil das sicherer war, einfacher als das, was sie mit ihr vorhatten.

Bei dir daheim flachgelegt…

Ein lauter Knall hallte durch die Nacht. Sie fuhr auf. Ein Schuss. Allem Anschein nach von dort, wo sie den Feuerschein gesehen hatte. Kurz darauf fiel ein zweiter Schuss. Diesmal näher.

Sie atmete tief durch, bezähmte die aufflackernde Furcht und ergriff ihren Streitkolben. Wollte nicht durch das dunkle Fenster blicken und konnte sich doch nicht davon losreißen. Hatte Angst davor, dass Toms feistes Gesicht im Fensterrahmen auftauchen, sie angrinsen könnte. *Wir kommen wieder…*

Ein scharfer Wind war aufgekommen, unter dem sich die Bäume bogen, die Sträucher und das Gras.

Sie meinte ein raues Lachen zu hören, von einem Mann, doch das Geräusch ging im Heulen des Windes unter, das sich anhörte wie der Ruf eines Geisterwesens der Weapemeoc.

Sie glaubte jemanden rufen zu hören, eine Männerstimme. »Bereite dich schon mal drauf vor, bereite dich schon mal drauf vor…«

Aber vielleicht auch nicht.

»Hast du die Schüsse gehört?«, fragte Rich Culbeau Harris Tomel.

Sie saßen um ein verglimmendes Lagerfeuer. Sie waren unruhig und nicht annähernd so betrunken wie sonst, wenn sie auf die Jagd gingen, weit weniger sogar, als ihnen recht war. Der Schwarzgebrannte dröhnte einfach nicht richtig rein.

»Faustfeuerwaffe«, sagte Tomel. »Großes Kaliber. Zehn Millimeter, vielleicht auch vierundvierziger oder fünfundvierziger Automatik.«

»Quatsch«, sagte Culbeau. »Man kann nicht feststellen, ob es eine Automatik ist oder nicht.«

»Kann man wohl«, belehrte ihn Tomel. »Ein Revolver ist lauter – weil nämlich Trommel und Lauf nicht fest abschließen. Ist doch logisch.«

»Quatsch«, wiederholte Culbeau. »Wie weit entfernt?«, fragte er dann.

»Feuchte Luft. Bei Nacht… Schätzungsweise vier, fünf Meilen.« Tomel seufzte. »Ich will die Sache endlich hinter mich bringen.«

»Klar«, versetzte Culbeau. »In Tanner's Corner war's einfacher. Jetzt wird's allmählich haarig.«

»Verfluchte Viecher«, sagte Tomel und erschlug eine Mücke.

»Auf was könnte man denn um die Zeit noch schießen wollen? Es ist fast eins.«

»Auf einen Waschbären, der im Müll rumkramt, auf einen Schwarzbär, der ins Zelt rein will, auf einen Mann, der die Frau von jemand anderem bumst.«

Culbeau nickte. »Schau – Sean schläft. Der kann überall und jederzeit pennen.«

»Weil er diese Scheißmedikamente nimmt.«

»Ach ja? Hab ich nicht gewusst.«

»Deswegen schläft er doch ständig. Er benimmt sich komisch, findest du nicht?«, fragte Tomel und warf dem dürren Mann einen Blick zu, als betrachtete er eine gefährliche schlafende Schlange.

»Mir hat er besser gefallen, als man nicht genau wusste, wie man mit ihm dran ist. Jetzt, wo er ständig so ernst ist, macht er mir eine Höllenangst. Wie der die Knarre hält, als ob's sein Schwanz wär.«

»Da hast du Recht«, murmelte Tomel und starrte eine Zeit lang in den düsteren Wald. Er seufzte auf. »Hey, hast du das Mückenspray da?«, sagte er dann. »Die fressen mich bei lebendigem Leib. Und reich mir mal die Flasche rüber, wenn du schon dabei bist.«

Amelia Sachs schlug die Augen auf, als sie die Schüsse hörte.

Sie blickte in das Schlafzimmer des Wohnwagens, wo Garrett auf der Matratze lag. Er hatte offenbar nichts mitbekommen.

Ein weiterer Schuss.

Wieso ballert jemand so spät in der Gegend herum?, fragte sie sich.

Die Schüsse erinnerten sie wieder an den Vorfall auf dem Fluss – als Lucy und die anderen auf das Boot gefeuert hatten, weil sie meinten, Sachs und Garrett hätten sich darunter versteckt. Nur zu deutlich hatte sie die Wasserfontänen vor Augen, die unter den Schrotladungen aufgespritzt waren.

Sie spitzte die Ohren, hörte aber keine weiteren Schüsse. Hörte nichts als den Wind. Und die Zikaden natürlich.

Sie führen ein total irres Leben... Die Larven graben sich im Boden ein und bleiben dort irgendwie siebzehn Jahre lang, bis die Nymphen ausschlüpfen... All die Jahre sind sie unter der Erde, verstecken sich einfach, bis sie rauskommen und mit einem Mal erwachsen sind.«

Doch bald darauf war sie wieder mit den Gedanken beschäftigt, die ihr durch den Kopf gegangen waren, bevor sie die Schüsse gehört hatte.

Amelia Sachs hatte an einen leeren Stuhl gedacht.

Nicht an Dr. Pennys Therapieversuche. Auch nicht an das, was Garrett ihr über seinen Vater und diesen schrecklichen Abend vor fünf Jahren erzählt hatte. Nein, sie dachte an einen anderen Stuhl – an Lincoln Rhymes Rollstuhl, den roten Storm Arrow.

Deswegen waren sie schließlich überhaupt hier in North Carolina. Weil Rhyme alles aufs Spiel setzen wollte – sein Leben, seine Gesundheit, so weit man davon sprechen konnte, und ihr gemeinsames Leben –, damit er vielleicht eines Tages aus dem Rollstuhl steigen konnte. Ihn einfach stehen lassen konnte, leer.

Und jetzt, in diesem heruntergekommenen Wohnwagen, als sie von allen Seiten verfolgt und wahrhaft allein war, Farbe bekennen und harte Bandagen anlegen musste, gestand Amelia Sachs sich ein, was sie so daran bedrückte, dass Rhyme sich dieser Operation unbedingt unterziehen wollte. Natürlich sorgte sie sich darum, dass er den Ärzten unter dem Messer wegsterben könnte. Dass sich sein Zustand durch die Operation verschlechtern könnte. Oder dass sich gar nichts änderte und er noch tiefer in seinen Depressionen versank.

Doch das bereitete ihr noch die geringste Angst. Deswegen unternahm sie nicht alles, was in ihrer Macht stand, um ihn von der Operation abzuhalten. Nein, nein – am allermeisten schreckte sie der Gedanke, dass die Operation erfolgreich verlaufen könnte.

Ach, Rhyme, verstehst du das denn nicht? Ich will nicht, dass du dich veränderst. Ich liebe dich so, wie du bist. Was soll denn aus uns werden, wenn du genauso bist wie jeder andere?

»Immer nur du und ich, Sachs«, sagst du. Aber dieses Du und Ich beruht doch darauf, wie wir jetzt sind. Ich mit meinen blutigen Nägeln und dem Drang, mich zu bewegen, ständig zu bewegen, in Schwung zu bleiben… Und du mit deinem kaputten Körper und dem erstklassigen Verstand, der dich schneller und weiter trägt, als ich mit meinem hochgetunten und tiefgelegten Camaro jemals kommen kann.

Dieser Verstand ist es doch, der mich mehr fesselt als jeder noch so leidenschaftliche Liebhaber.

Und wenn du wieder *normal* wärst? Wenn du deine Arme und Beine wieder gebrauchen könntest, was würde dann aus mir werden? Wozu bräuchtest du mich noch? Mich, eine Streifenpolizistin, die zufällig kriminalistisch begabt ist? Du wirst eine andere Frau kennen lernen, die dich wieder über den Tisch ziehen wird, so wie früher – eine weitere Ehefrau, die nur an sich denkt, eine weitere verheiratete Geliebte –, und du wirst dich von mir zurückziehen, so wie Lucy Kerrs Mann sie nach *ihrer* Operation verlassen hat.

Ich mag dich so, wie du bist…

Sie erschauerte regelrecht, als ihr klar wurde, wie selbstsüchtig dieser Gedanke war. Dennoch konnte sie ihn nicht ableugnen.

Bleib auf deinem Stuhl sitzen, Rhyme! Ich möchte nicht, dass er leer vor mir steht… Ich möchte mit dir leben, so wie immer. Ich möchte Kinder mit dir haben, Kinder, die dich genau so kennen lernen, wie du bist.

Amelia Sachs stellte fest, dass sie fortwährend an die dunkle Decke starrte. Sie schloss die Augen. Doch es dauerte noch eine Stunde, bis sie der Wind und der eintönige Singsang der Zikaden endlich in den Schlaf wiegten.

... Dreiunddreißig

Sachs wurde kurz nach Anbruch der Morgendämmerung durch einen Summton geweckt, der in ihrem Traum von Heuschrecken verursacht wurde – aber wie sich herausstellte, war es der Wecker ihrer Casio-Armbanduhr.

Ihr ganzer Körper tat weh, weil sie trotz ihrer Arthritis auf einer dünnen Matte auf dem vernieteten Blechboden geschlafen hatte.

Aber sie war seltsam heiter und gelöst. Die Strahlen der noch tief stehenden Sonne fielen durch die Fenster des Wohnwagens, und sie betrachtete das als ein gutes Vorzeichen. Heute würden sie zu Mary Beth McConnells Versteck gelangen und mit ihr nach Tanner's Corner zurückkehren. Sie würde Garretts Geschichte bestätigen, und Jim Bell und Lucy Kerr könnten die Suche nach dem wahren Mörder aufnehmen – dem Mann mit der braunen Latzhose.

Sie sah, wie Garrett im Schlafzimmer die Augen aufschlug und sich auf der durchgelegenen Matratze aufrichtete. Mit seinen langen Fingern strich er sich die zerzausten Haare zurecht. Er sieht aus wie jeder andere Teenager früh am Morgen, dachte sie. Schlaksig, linkisch und verschlafen. Dabei, sich anzuziehen, mit dem Bus zur Schule zu fahren und sich mit seinen Freunden zu treffen, im Unterricht neue Sachen zu lernen, mit Mädchen zu flirten, Fußball zu spielen. Während sie ihn beobachtete, als er benommen nach seinem Hemd suchte, fiel ihr auf, wie dürr er war, und sie hätte ihm am liebsten etwas Anständiges zu essen gegeben – Haferflocken, Milch, Obst –, seine Kleidung gewaschen, dafür gesorgt, dass er sich duschte. So wäre es, dachte sie, wenn du selber Kinder hättest. Dir nicht nur ein paar Stunden den Nachwuchs deiner Freunde ausleihst – zum Beispiel dein Patenkind, Amys Tochter –, sondern Tag für Tag für sie da sein musst, wenn sie aufwachen, ihre schlampigen Zimmer und ihre Bockigkeit ertragen musst, wenn sie in die Pubertät kommen, ihnen etwas zu essen zubereiten, Kleidung kaufen, dich mit ihnen streiten, für sie sorgen musst. Der Fixpunkt ihres Lebens bist.

»Morgen.« Sie lächelte.

Er lächelte ebenfalls. »Wir müssen los«, sagte er. »Müssen zu Mary Beth. Ich war sowieso schon zu lange weg. Bestimmt ist sie total verängstigt. Und durstig.«

Sachs rappelte sich mit wackligen Beinen auf.

Er blickte auf seine Brust, auf die roten Flecken vom Giftsumach, und wirkte verlegen. Rasch zog er sein Hemd an. »Ich geh kurz raus, was erledigen. Außerdem will ich ein paar leere Hornissennester hier in der Gegend hinterlassen. Hält sie vielleicht auf – wenn sie vorbeikommen.« Garrett ging hinaus, kam aber kurz darauf wieder zurück. Er stellte eine Tasse Wasser auf den Tisch neben ihr. »Das ist für Sie«, sagte er schüchtern. Dann ging er wieder.

Sie trank es aus. Sehnte sich nach einer Zahnbürste und einer Dusche. Vielleicht, wenn sie zu –

»Er ist es!«, zischte eine Männerstimme.

Sachs erstarrte, blickte aus dem Fenster. Sie sah nichts. Doch dann hörte sie wieder das gepresste Flüstern in dem hohen Gestrüpp neben dem Wohnwagen. »Ich hab ihn im Visier. Ich hab freies Schussfeld.«

Die Stimme kam ihr bekannt vor. Sie klang so ähnlich wie die von Culbeaus Freund, diesem Sean O'Sarian. Dem Dürren. Die drei Ganoven hatten sie gefunden – sie wollten den Jungen umbringen oder foltern, bis er ihnen verriet, wo Mary Beth war, damit sie die Belohnung kassieren konnten.

Garrett hatte nichts gehört. Sachs konnte ihn sehen – er war etwa zehn Meter entfernt, legte gerade ein leeres Hornissennest auf den Weg. Sie hörte Äste im Unterholz knacken, als jemand auf die Lichtung vorrückte, wo der Junge war.

Sie ergriff ihren Smith & Wesson und trat leise hinaus. Sie ging in die Hocke, winkte Garrett verzweifelt zu. Er sah sie nicht.

Das Knacken im Unterholz kam näher.

»Garrett«, flüsterte sie.

Er drehte sich um, sah, dass Sachs ihn zu sich winkte. Er runzelte die Stirn, als er ihren drängenden Blick sah. Dann schaute er nach links, ins Gestrüpp, und sie sah, wie er erschrocken das Gesicht verzog. Abwehrend streckte er die Hände aus. »Tut mir nichts«, schrie er. »Tut mir nichts, tut mir nichts!«

Sachs krümmte den Finger um den Abzug, spannte den Hahn und zielte auf das Gestrüpp.

Es ging alles so schnell …

Garrett warf sich vor Angst bäuchlings zu Boden, schrie laut auf. »Nicht, nicht!«

Amelia hob den Revolver, stützte ihn mit beiden Händen ab, hatte den Abzug am Druckpunkt, wartete auf ein Ziel …

Der Mann brach durch das Gestrüpp und stürmte auf die Lichtung, er hatte die Waffe auf Garrett angelegt …

Im gleichen Moment kam Deputy Ned Spoto unmittelbar neben Sachs um die Ecke des Wohnwagens, blinzelte verdutzt und sprang mit ausgestreckten Armen auf sie zu. Erschrocken torkelte Sachs von ihm weg. Ihre Waffe ging los, bäumte sich in ihrer Hand auf.

Und durch die dünne Rauchwolke, die aus der Mündung aufstieg, sah sie, wie die Kugel dreißig Meter weiter in die Stirn des Mannes einschlug, der im Gestrüpp gewesen war – es war gar nicht Sean O'Sarian, sondern Jesse Corn. Ein schwarzer Punkt tauchte über dem Auge des jungen Deputy auf, sein Kopf flog zurück, und eine grässliche rosarote Dunstwolke verpuffte hinter ihm. Lautlos stürzte er zu Boden.

Sachs keuchte auf, starrte auf die Gestalt, die noch einmal zuckte und dann reglos liegen blieb. Sie war außer Atem. Sank auf die Knie, ließ die Waffe fallen.

»Ach du lieber Gott«, stieß Ned aus, der ebenso verstört auf den Leichnam starrte. Ehe sich der Deputy wieder gefasst hatte und seine Waffe ziehen konnte, stürmte Garrett auf ihn zu. Der Junge schnappte sich Sachs' Revolver und richtete ihn auf Neds Kopf, nahm dann die Waffe des Deputy und schleuderte sie ins Gestrüpp.

»Hinlegen!«, herrschte Garrett ihn an. »Auf den Bauch!«

»Sie haben ihn umgebracht, Sie haben ihn umgebracht«, murmelte Ned eins ums andere Mal.

»Sofort!«

Ned, dem die Tränen über die braun gebrannten Wangen liefen, tat, wie ihm geheißen.

»Jesse!«, rief Lucy Kerr ganz in der Nähe. »Wo bist du? Wer hat da geschossen?«

»Nein, nein, nein…«, stöhnte Sachs. Schaute wie gebannt auf das viele Blut, das aus dem zerschmetterten Schädel des toten Deputy quoll.

Garrett Hanlon blickte auf Jesses Leiche. Dann darüber hinweg – dorthin, wo sich Schritte näherten. Er legte den Arm um Sachs. »Wir müssen weg.«

Als sie nicht antwortete, als sie nur benommen vor sich hin starrte – auf den toten Deputy, mit dem auch ihr Leben ruiniert war –, half Garrett ihr auf, ergriff dann ihre Hand und zog sie mit sich fort. Sie verschwanden im Wald.

VIERTER TEIL

Hornissennest

...Vierunddreißig

Was ist jetzt da draußen los?, fragte sich Lincoln Rhyme unruhig.

Vor einer Stunde, um halb sechs Uhr morgens, hatte er endlich einen Anruf von einem ziemlich verschnupften Beamten aus dem Haus- und Grundsteueramt des Staates North Carolina erhalten. Der Mann war um halb zwei geweckt und damit beauftragt worden, festzustellen, ob für irgendein Grundstück, auf dem laut Eintragung ein McPherson-Wohnwagen stand, die fälligen Steuern nicht bezahlt worden waren. Rhyme hatte zuerst nachgeprüft, ob Garretts Eltern einen besessen hatten, und dann – als er erfahren hatte, dass dies nicht der Fall war – den Schluss gezogen, dass es sich um einen verlassenen Wohnwagen handeln musste, wenn ihn der Junge als Unterschlupf benutzte. Und wenn er verlassen war, hatte der Besitzer sicher auch die Steuern nicht gezahlt.

Der stellvertretende Abteilungsleiter teilte ihm mit, dass es zwei in Frage kommende Grundstücke im Staat gebe. Das eine, drüben im Westen, nahe der Blue Ridge gelegen, sei unter Vorbehalt, wegen der zu tilgenden Steuerschuld, an ein Ehepaar verkauft worden, das derzeit dort wohne. Im anderen Fall handle es sich um ein Stück Land im Paquenoke County, das weder den Zeitaufwand noch die Kosten für eine Vollstreckung wert sei. Er hatte Rhyme die Adresse durchgegeben – demnach lag es an einem Landpostweg etwa eine halbe Meile vom Paquenoke entfernt. Planquadrat C–6 auf der Karte.

Rhyme hatte Lucy und die anderen angerufen und sie dort hingeschickt. Sie wollten im ersten Tageslicht anrücken, den Wohnwagen umstellen und Garrett und Amelia zum Aufgeben überreden, falls sie sich darin aufhalten sollten.

Rhyme hatte nichts mehr von ihnen gehört, seit sie den Wohnwagen entdeckt hatten und sich ihm langsam nähern wollten.

Thom, der wenig erfreut darüber war, dass sein Boss so gut wie überhaupt nicht geschlafen hatte, schickte Ben aus dem Zimmer und führte dann das übliche Morgenzeremoniell durch. Die heiligen Handlungen: Blase und Darm entleeren, Zähne putzen, Blutdruck messen.

»Er ist zu hoch«, sagte er, als er den Blutdruckmesser beiseite legte. Bei einem Querschnittsgelähmten kann zu hoher Blutdruck eine Dysregulation auslösen, und dies wiederum kann zu einem Schlaganfall führen. Doch Rhyme beachtete ihn gar nicht. Er stand unter Volldampf. Er wollte Amelia unbedingt finden. Er wollte –

Rhyme blickte auf. Jim Bell kam mit verstörter Miene durch die Tür. Ben, nicht minder aufgeregt, folgte ihm auf dem Fuß.

»Was ist passiert?«, fragte Rhyme. »Ist sie unversehrt? Ist Amelia –«

»Sie hat Jesse umgebracht«, sagte Bell im Flüsterton. »Hat ihm in den Kopf geschossen.«

Thom erstarrte. Blickte zu Rhyme. »Er wollte Garrett gerade festnehmen«, fuhr der Sheriff fort. »Sie hat ihn erschossen. Sie sind abgehauen.«

»Nein, das kann nicht sein«, flüsterte Rhyme. »Das muss ein Irrtum sein. Jemand anders hat es getan.«

Doch Bell schüttelte den Kopf. »Nein. Ned Spoto war dabei. Er hat alles gesehen... Ich sag ja gar nicht, dass sie's vorsätzlich gemacht hat – Ned wollte sie sich schnappen, und dabei ging ihre Waffe los –, aber ein Tötungsdelikt ist es trotzdem.«

O mein Gott...

Amelia... Polizistin der zweiten Generation, die Tochter des Streifenpolizisten. Und jetzt hatte sie einen Kollegen getötet. Das schlimmste Verbrechen, das ein Polizist begehen konnte.

»Die Sache ist jetzt ein paar Nummern zu groß für uns. Ich muss die Staatspolizei einschalten.«

»Moment mal, Jim«, sagte Rhyme mit eindringlicher Stimme. »Bitte... Sie ist nun verzweifelt, völlig verschreckt. Garrett auch. Wenn Sie jetzt die Staatspolizei hinzuziehen, werden noch mehr Menschen verletzt. Die werden sofort auf die beiden schießen.«

»Na ja, allem Anschein nach sollten sie auch auf die beiden schießen«, versetzte Bell wütend. »Und es sieht so aus, als ob sie das von Anfang an hätten machen sollen.«

»Ich werde sie finden. Ich bin kurz davor.« Rhyme deutete mit dem Kopf auf die Spurentabellen und die Karte.

»Ich hab ihnen schon eine Chance gegeben. Sehen Sie sich an, was dabei rausgekommen ist.«

»Ich werde sie finden und zur Aufgabe bewegen. Ich weiß, dass ich das schaffe. Ich –«

Bell wurde jählings beiseite gedrängt, als ein weiterer Mann in das Zimmer stürmte. Es war Mason Germain. »Du elender Dreckskerl!«, schrie er und wollte sich auf Rhyme stürzen. Thom vertrat ihm den Weg, doch der Deputy schubste den schmächtigen Betreuer kurzerhand weg. Er fiel zu Boden. Mason packte Rhyme am Hemd. »Du elender Krüppel! Du kommst hierher und veranstaltest deine miesen –«

»Mason!« Bell wollte auf ihn losgehen, doch der Deputy schubste ihn erneut beiseite.

»– veranstaltest deine miesen kleinen Spielchen – deine Rätselratereien. Und wegen dir ist jetzt ein guter Mann tot!« Rhyme nahm den durchdringenden Geruch des Aftershaves wahr, als der Deputy mit der Faust ausholte. Der Ermittler zuckte zurück und wandte das Gesicht ab.

»Ich bring dich um. Ich hau –« Doch Masons Stimme erstarb, als sich ein mächtiger Arm um seine Brust schlang und ihn hochhob.

Ben Kerr schleppte den Deputy von Rhyme weg.

»Kerr, verdammt noch mal, lass mich los!«, japste Mason. »Du Arschloch! Du bist verhaftet!«

»Beruhigen Sie sich, Deputy«, sagte der Hüne bedächtig.

Mason wollte zur Waffe greifen, doch Ben umklammerte mit der anderen Hand seinen Unterarm. Er schaute zu Bell, der einen Moment lang wartete und dann nickte. Ben ließ den Deputy los, worauf dieser einen Schritt zurücktrat und sich mit funkelnden Augen an Bell wandte. »Ich zieh jetzt los und such die Frau, und ich –«

»Du machst gar nichts, Mason«, sagte Bell. »Wenn du weiter in dieser Dienststelle arbeiten willst, tust du, was ich dir sage. Wir gehen die Sache auf meine Art an. Du bleibst hier im Büro. Hast du verstanden?«

»Verflucht, Jim. Die –«

»Hast du mich verstanden?«

»Ja, Himmel noch mal.« Er stürmte aus dem Labor.

»Alles in Ordnung?«, fragte Bell Rhyme.

Rhyme nickte.

»Und Sie?« Er blickte zu Thom.

»Mir geht's gut.« Der Betreuer zog Rhymes Hemd zurecht. Und trotz aller Einwände von Seiten des Ermittlers maß er noch einmal seinen Blutdruck. »Unverändert. Zu hoch, aber nicht gefährlich.«

Der Sheriff schüttelte den Kopf. »Ich muss Jesses Eltern Bescheid sagen. Herrgott, mach ich das ungern.« Er ging zum Fenster und starrte hinaus. »Erst Ed, jetzt Jesse. In was für einen Albtraum sind wir da bloß reingeraten?«

»Bitte, Jim«, sagte Rhyme. »Lassen Sie mich die Suche fortsetzen und geben Sie mir Gelegenheit, mit ihr zu sprechen. Sonst wird alles nur noch schlimmer. Das wissen Sie doch genau. Dann werden noch mehr Menschen umkommen.«

Bell seufzte. Warf einen Blick auf die Karte. »Sie haben zwanzig Minuten Vorsprung. Glauben Sie, Sie können sie finden?«

»Ja«, antwortete Rhyme. »Ich kann sie finden.«

»Diese Richtung«, sagte Sean O'Sarian. »Ganz sicher.«

Rich Culbeau, der gerade an eine Kiefer pinkelte, schaute nach Westen, in die Richtung, in die der Dürre deutete – dorthin, wo sie vor einer Viertelstunde einen Schuss und lautes Geschrei gehört hatten.

Culbeau zog seinen Hosenstall zu. »Was ist da drüben?«, fragte er.

»Sumpf, ein paar alte Häuser«, antwortete Harris Tomel, der auf seinen Jagdtouren vermutlich schon jeden Quadratmeter im ganzen Bezirk abgegrast hatte. »Ansonsten nicht viel. Hab dort vor einem Monat einen Wolf gesehen.« Die Wölfe waren angeblich ausgerottet gewesen, kehrten aber gerade wieder zurück.

»Im Ernst?«, sagte Culbeau. Er hatte noch nie einen gesehen, obwohl er schon immer scharf drauf gewesen war.

»Hast du ihn geschossen?«, fragte O'Sarian.

»Die schießt man nicht«, erwiderte Tomel.

»Sie sind geschützt«, fügte Culbeau hinzu.

»Na und?«

Und Culbeau stellte fest, dass ihm dazu nichts einfiel.

Sie warteten noch ein paar Minuten, hörten aber weder weitere

Schüsse noch Schreie. »Machen wir lieber weiter«, sagte Culbeau und deutete in die Richtung, aus der die Schüsse gekommen waren.

»Von mir aus«, meinte O'Sarian und nahm einen Zug aus der Wasserflasche.

»Heiß ist's heute wieder«, warf Tomel ein und schaute auf die tief stehende, aber nichtsdestoweniger glühende Sonne.

»Heiß ist's jeden Tag«, grummelte Culbeau. Er nahm sein Gewehr und zog den Pfad entlang. Seine beiden Gefolgsleute trotteten hinter ihm her.

Dong.

Mary Beth riss die Augen auf, fuhr aus dem Tiefschlaf hoch.

Dong.

»Hey, Mary Beth«, ertönte eine muntere Männerstimme. Wie wenn ein Erwachsener mit einem Kind spricht. Verschlafen dachte sie: Das ist mein Vater! Wieso ist er nicht im Krankenhaus? Er ist nicht in der Verfassung, Holz zu hacken. Ich muss ihn wieder zu Bett bringen. Hat er seine Medikamente genommen?

Moment!

Benommen, mit pochendem Schädel setzte sie sich auf. Sie war auf dem Esszimmerstuhl eingeschlafen.

Dong.

Moment. Das ist nicht mein Vater. Er ist tot… Es ist Jim Bell. …

Dong.

»Mariiiiiii Beheth…«

Sie schrak auf, als sie das feixende Gesicht am Fenster sah. Es war Tom.

Ein weiterer Schlag an der Tür, als der Missionar mit seiner Axt auf das Holz eindrosch.

Tom beugte sich herein, blinzelte in das Zwielicht. »Wo bist du?«

Wie gelähmt starrte sie ihn an.

»Ach, hey, da bist du ja«, rief Tom. »Mann, du bist ja noch hübscher, als ich's in Erinnerung hatte.« Er hielt sein Handgelenk hoch und zeigte ihr den dicken Verband. »Ich hab einen halben Liter Blut verloren, und zwar wegen dir. Dafür hab ich ja wohl was gut.«

Dong.

»Ich verrat dir was, Schätzchen«, sagte er. »Als ich letzte Nacht eingeschlafen bin, hab ich daran gedacht, wie sich deine Titten angefühlt haben. Besten Dank für die süßen Träume.«

Dong.

Diesmal drang die Axt durch die Tür. Tom verzog sich vom Fenster und gesellte sich zu seinem Freund.

»Mach weiter, Junge«, rief er ihm aufmunternd zu. »Gleich hast du's geschafft.«

Dong.

... Fünfunddreißig

Jetzt sorgte er sich vor allem darum, dass sie sich etwas antun könnte.

Seit er Amelia Sachs kannte, hatte Rhyme mit ansehen müssen, wie sie sich mit der Hand in die Haare fuhr und die Kopfhaut blutig kratzte. Er hatte mit angesehen, wie sie Nägel kaute und an den Fingerkuppen zupfte. Er hatte miterlebt, wie sie hundertfünfzig Meilen die Stunde gefahren war. Er wusste nicht genau, was sie dazu trieb, aber aus irgendeinem Grund stand Amelia Sachs ständig unter Hochspannung.

Jetzt, nachdem das passiert war, jetzt, da sie jemanden getötet hatte, könnte diese innere Unruhe zu einer Kurzschlusshandlung führen. Nach dem Unfall, bei dem Rhyme zum Krüppel geworden war, hatte ihm Terry Dobyns, der Psychologe der New Yorker Polizei, erklärt, dass er sicher irgendwann an Selbstmord denken werde. Doch nicht die Niedergeschlagenheit ob seiner Verfassung werde der Auslöser sein, Depressionen dämpften eher den dazu nötigen Antrieb. Die Hauptursache für einen Selbstmord sei immer eine tödliche Mischung aus Hoffnungslosigkeit, Angst und heller Panik.

Und genau so war Amelia Sachs wahrscheinlich in diesem Moment zu Mute – gejagt, von ihrer inneren Stimme irregeleitet.

Du musst sie finden, dachte er. Und zwar schnell.

Aber wo war sie? Doch darauf fiel ihm noch immer keine Antwort ein.

Er blickte wieder auf die Tabelle. Keinerlei Spuren aus dem Wohnwagen. Lucy und die anderen Deputys hatten ihn kurz durchsucht – zu schnell natürlich. Das Jagdfieber hatte sie gepackt – selbst Rhyme, der sich nicht von der Stelle rühren konnte, verspürte es oftmals –, und sie wollten sich unbedingt auf die Fährte der Feindin heften, die ihren Freund getötet hatte.

Die einzigen Hinweise auf Mary Beths Aufenthaltsort – zu dem Garrett und Sachs jetzt unterwegs waren – standen vor seinen Augen. Aber sie waren ihm ein Rätsel – die sonderbarsten Spuren, die ihm jemals untergekommen waren.

Funde am sekundären Tatort –
Mühle

Braune Farbe an Hose
Sonnentau
Lehm
Torfmoos
Fruchtsaft
Papierfasern
Stinkball – Fischköder
Zucker
Camphen
Alkohol
Kerosin
Hefe

Wir brauchen mehr Spuren! Er haderte mit sich selbst.

Aber wir haben keine gottverdammten Spuren mehr.

Seinerzeit, kurz nach dem Unfall, als er sein Schicksal nicht hatte annehmen wollen, hatte er schier übermenschliche Willenskraft aufgeboten, um seine Glieder wieder zu bewegen. Alle möglichen Geschichten waren ihm durch den Kopf gegangen – dass Menschen ein Auto anheben konnten, wenn ihr Kind darunter lag, oder unglaublich schnell laufen, wenn sie dringender Hilfe bedurften. Doch schlussendlich hatte er sich damit abgefunden, dass er über derartige Kräfte nicht mehr verfügte.

Aber eine Kraft war ihm geblieben – die Kraft seines Geistes.

Denk nach! Du bist auf deinen Verstand angewiesen und auf die Spuren, die du vorliegen hast. Die Spuren werden sich nicht ändern.

Folglich musst du umdenken.

Na schön, fangen wir von vorn an. Er nahm sich sämtliche Tabellen noch einmal vor. Der Schlüssel gehörte zu dem Wohnwagen. Die Hefe stammt vermutlich aus der Mühle. Der Zucker von irgendwelchen Nahrungsmitteln oder dem Fruchtsaft. Das Camphen von einer alten Lampe. Die Farbe stammt von dem Haus, in dem Mary Beth festgehalten wird. Das Kerosin vom Boot. Der Alkohol könnte von wer weiß woher kommen. Und der

Schmutz in den Hosenaufschlägen? Der gab auch keine genaueren Anhaltspunkte, und außerdem –

Moment… der Schmutz.

Rhyme entsann sich, dass er und Ben gestern Morgen die Schmutzproben von den Schuhen und Bodenmatten aus den Autos der Bezirksbediensteten im Dichtegradienten untersucht hatten. Er hatte Thom und Ben befohlen, jedes Reagenzglas zu fotografieren und auf der Rückseite der Polaroids zu vermerken, von welchem Angestellten die Probe stammte.

»Ben?«

»Was ist?«

»Überprüfen Sie den Schmutz, den Sie in den Aufschlägen von Garretts Hose aus der Mühle gefunden haben, im Dichtegradienten.«

»Ergebnisse liegen vor«, sagte der junge Mann, nachdem sich der Schmutz im Reagenzglas abgelagert hatte.

»Vergleichen Sie sie mit den Bildern der Proben, die Sie gestern Morgen genommen haben.«

»Gut, gut.« Der junge Zoologe nickte, sichtlich beeindruckt von der Idee. Er blätterte die Polaroids durch, hielt inne. »Ich habe eine Entsprechung!«, sagte er. »Die hier ist fast identisch.«

Der Student hielt mit seiner Meinung mittlerweile nicht mehr hinter dem Berg, wie Rhyme erfreut feststellte. Und er kniff auch nicht mehr.

»Von wessen Schuhen stammt sie?«

Ben warf einen Blick auf die Anmerkung auf der Rückseite der Polaroidaufnahme. »Frank Heller. Er ist beim Bauamt beschäftigt.«

»Ist er noch da?«

»Ich sehe nach.« Ben verschwand. Kurz darauf kehrte er zurück, begleitet von einem korpulenten Mann, der ein kurzärmliges weißes Hemd trug. Er beäugte Rhyme unsicher. »Sie sind der Mann, für den wir gestern unsere Schuhe auskratzen mussten.« Er lachte, doch es klang so, als wäre ihm nicht ganz wohl in seiner Haut.

»Frank, wir brauchen noch mal Ihre Hilfe«, erklärte Rhyme. »Der Schmutz an Ihren Schuhen stimmt teilweise mit dem Schmutz überein, den wir an der Kleidung des Verdächtigen gefunden haben.«

»Dem Jungen, der die Mädchen entführt hat?«, murmelte Frank mit rotem Gesicht und schuldbewusster Miene.

»Richtig. Was bedeuten könnte – das ist ziemlich weit hergeholt, aber es *könnte* sein –, dass er das Mädchen möglicherweise im Umkreis von zwei, drei Meilen um Ihren Wohnort festhält. Könnten Sie mir auf der Karte zeigen, wo genau das ist?«

»Ich stehe aber doch wohl nicht unter Verdacht, oder?«, sagte er.

»Nein, Frank. Ganz und gar nicht.«

»Weil ich nämlich Leute kenne, die für mich bürgen. Ich bin jeden Abend mit meiner Frau zusammen. Wir schauen fern. *Riskant!* und *Glücksrad*. Regelmäßig. Danach WWF. Manchmal kommt ihr Bruder vorbei. Ich meine, der schuldet mir zwar Geld, aber der stünde auch zu mir, wenn's nicht so wäre.«

»Ist schon gut«, beruhigte ihn Ben. »Wir wollen bloß wissen, wo Sie wohnen. Auf der Karte dort.«

»Hier.« Er trat zur Wand und deutete auf die Stelle. Planquadrat D–3. Das war nördlich des Paquenoke – nördlich des Wohnwagens, bei dem Jesse getötet worden war. In diese Gegend waren etliche schmale Straßen, aber keine Städte eingezeichnet.

»Wie sieht die Gegend dort aus?«

»Hauptsächlich Wälder und Wiesen.«

»Fällt Ihnen etwas ein, wo man möglicherweise eine Entführte verstecken könnte?«

Frank schien ernsthaft nachzudenken. »Auf Anhieb nicht, nein.«

Rhyme sagte: »Darf ich Ihnen eine Frage stellen?«

»Zusätzlich zu denen, die Sie schon gestellt haben?«

»Ja.«

»Ich glaub schon.«

»Wissen Sie, was eine Carolina-Bay ist?«

»Klar. Weiß doch jeder. Sind durch Meteoriten entstanden. Vor langer Zeit. Als die Dinosaurier ausgestorben sind.«

»Gibt es in Ihrer Nähe welche?«

»Na klar.«

Darauf hatte Rhyme gehofft.

»Ungefähr hundert Stück.«

Damit wiederum zerstob seine Hoffnung.

Den Kopf zurückgelehnt, die Augen geschlossen, ging er die Spurentabellen noch einmal in Gedanken durch.

Jim Bell und Mason Germain waren wieder im Labor, dazu Thom und Ben, doch Lincoln Rhyme beachtete sie nicht. Er war in seiner eigenen Welt – einer geordneten Welt, in der es nur die reine Wissenschaft, die Spuren und logisches Denken gab, in der seine Behinderung keine Rolle spielte, zu der seine Gefühle für Amelia Sachs und der Schrecken über das, was sie getan hatte, keinen Zugang hatten. Er hatte die Spuren so deutlich vor Augen, als ob er auf die Tabellen starrte. Genau genommen konnte er sie mit geschlossenen Augen sogar besser sehen.

Farbe, Zucker, Hefe, Schmutz, Camphen, Farbe, Schmutz, Zucker… Hefe… Hefe…

Ein Gedanke ging ihm durch den Kopf, entglitt ihm wieder. Komm zurück, komm zurück, komm zurück…

Ja! Da war er wieder.

Rhyme schlug die Augen auf. Er schaute in die leere Ecke des Zimmers. Bell verfolgte seinen Blick.

»Was ist los, Lincoln?«

»Gibt es hier eine Kaffeemaschine?«

»Kaffee?«, fragte Thom entrüstet. »Kein Koffein. Nicht bei dem Blutdruck, den –«

»Nein, ich will keine Tasse Kaffee, verdammt noch mal! Ich will einen Kaffeefilter.«

»Einen Filter? Ich besorge einen.« Bell verschwand und kehrte kurz darauf zurück.

»Geben Sie ihn Ben«, befahl Rhyme. Dann wandte er sich an den Studenten. »Stellen Sie fest, ob die Papierfasern von dem Filter mit denen übereinstimmen, die wir an Garretts Kleidung aus der Mühle gefunden haben.«

Ben kratzte ein paar Fasern auf einen Objektträger. Er blickte durch die Okulare des Vergleichsmikroskops, regelte die Schärfe und stellte den Tisch so ein, dass die beiden Proben im Gesichtsfeld unmittelbar nebeneinander lagen.

»Die Farbe ist ein bisschen anders, Lincoln, aber von der Beschaffenheit und der Größe her ähneln sich die Fasern ziemlich.«

»Gut«, sagte Rhyme, der den Blick jetzt auf das T-Shirt mit den Flecken gerichtet hatte.

»Der Saft«, sagte er zu Ben, »der Fruchtsaft auf dem T-Shirt. Kosten Sie ihn noch mal. Schmeckt er leicht säuerlich? Oder eher herb?«

Ben leckte daran. »Ein bisschen vielleicht. Schwer zu sagen.«

Rhyme ließ den Blick zur Karte schweifen, stellte sich vor, wie Lucy und die anderen irgendwo in dieser grünen Wildnis an Sachs heranpirschten, bereit zu schießen. Oder dass Garrett Sachs' Waffe hatte und auf sie richtete.

Oder dass *sie* sich die Waffe an den Kopf hielt und abdrückte.

»Jim«, sagte er. »Sie müssen mir etwas besorgen. Eine Vergleichsprobe.«

»Okay. Wo?« Er holte seine Schlüssel aus der Hosentasche.

»Oh, dazu brauchen Sie keinen Wagen.«

Viele Bilder gingen Lucy durch den Kopf: Jesse Corn an seinem ersten Tag in der Sheriff-Dienststelle, die zur Uniform gehörenden Schuhe auf Hochglanz poliert, aber mit zwei verschiedenen Socken – er hatte sich vor Tagesanbruch angezogen, damit er auch bestimmt nicht zu spät kam.

Jesse Corn, der sich hinter einen Streifenwagen duckte, Schulter an Schulter mit ihr, während Barton Snell – mit PCP zugedröhnt und völlig von Sinnen – blindwütig auf die Deputys schoss. Jesse mit seiner lockeren Art und seinen witzigen Sprüchen war es schließlich gewesen, der den großen Kerl dazu bewegt hatte, die Winchester niederzulegen.

Jesse Corn, wie er an seinem freien Tag stolz mit seinem neuen kirschroten Ford-Pick-up zur Bezirksverwaltung gefahren und mit ein paar Kindern auf der Ladefläche auf dem Parkplatz hin und her kutschiert war. »Juhuuuu«, hatten sie wie aus einem Mund geschrien, wenn er über die Schwellen zur Geschwindigkeitsbeschränkung gerollt war.

Diese Gedanken – und ein gutes Dutzend andere – beschäftigten sie jetzt, als sie, Ned und Trey sich durch einen weiten Eichenwald arbeiteten. Jim Bell hatte ihnen befohlen, beim Wohnwagen zu warten, und gesagt, er werde Steve Farr, Frank und Mason losschicken, damit sie die Verfolgung übernahmen. Er wollte, dass sie und die beiden anderen Deputys zur Dienststelle zurückkehrten. Aber sie hatten sich nicht darauf eingelassen. Sie hatten Jesses Leiche so behutsam wie möglich in den Wohnwagen gebracht und ihn mit einem Laken zugedeckt. Dann hatte sie Jim mitgeteilt, dass sie die Flüchtigen weiter verfolgen wollten und nichts auf der Welt sie daran hindern könne.

Garrett und Amelia legten ein tüchtiges Tempo vor und gaben sich keinerlei Mühe, ihre Spuren zu verwischen. Sie liefen einen Pfad entlang, der an das Sumpfland grenzte. Der Boden war weich, sodass man ihre Fußabdrücke deutlich sehen konnte. Lucy fiel etwas ein, was Amelia Lincoln Rhyme berichtet hatte, als sie die Fußspuren am Tatort in Blackwater Landing untersucht hatte – Billy Stail hatte Zehen und Ballen belastet, was wiederum hieß, dass er auf Garrett zugerannt war, um Mary Beth zu retten. Genau das Gleiche fiel Lucy jetzt auf, als sie die Abdrücke der beiden Menschen musterte, die sie verfolgten. Sie rannten.

Und daher wandte sich Lucy jetzt an ihre beiden Kollegen. »Legen wir einen Zahn zu«, sagte sie. Und trotz der Hitze und ihrer Erschöpfung trabten sie gemeinsam weiter.

Eine Meile eilten sie so voran, bis der Boden trockener wurde und sie keine Fußspuren mehr erkennen konnten. Dann endete der Pfad auf einer weiten, grasbewachsenen Lichtung, und sie hatten keine Ahnung, welche Richtung die Verfolgten eingeschlagen hatten.

»Verdammt«, murmelte Lucy keuchend und um Atem ringend, wütend, weil sie die Spur verloren hatten. »Gottverdammt!«

Sie kämmten die ganze Lichtung ab, untersuchten jeden Quadratmeter Boden, fanden aber weder einen Pfad noch irgendeinen anderen Hinweis darauf, wohin Garrett und Amelia gegangen sein könnten.

»Was machen wir nun?«, fragte Ned.

»Bescheid sagen und warten«, erwiderte sie. Sie lehnte sich an einen Baum, fing die Wasserflasche, die Trey ihr zuwarf, und trank sie aus.

Und die Erinnerungen kehrten zurück.

Jesse Corn, wie er schüchtern seine schimmernde silberne Pistole herumgezeigt hatte, mit der er bei den NRY-Wettkämpfen antreten wollte. Jesse Corn, wie er seine Eltern zur First Baptist Church an der Locust Street begleitete.

Wieder und wieder gingen ihr diese Bilder durch den Kopf. Sie schmerzten und schürten ihre Wut noch mehr. Doch Lucy machte keinerlei Anstalten, sie zu verdrängen. Sie wollte nicht, dass ihr Zorn sich legte, sie wollte unerbittlich sein, wenn sie Amelia Sachs fanden.

Quietschend ging die Tür ein paar Zentimeter weit auf.

»Mary Beth«, trällerte Tom. »Komm jetzt raus, komm raus zum Spielen.«

Er und der Missionar tuschelten miteinander. Dann meldete sich Tom wieder. »Komm schon, komm raus, Schätzchen. Mach dir's nicht unnötig schwer. Wir tun dir nichts. Wir haben dich gestern doch bloß ein bisschen aufgezogen.«

Sie stand aufrecht an der Wand, hinter der Tür. Sagte kein Wort. Hielt den Streitkolben mit beiden Händen fest.

Mit quietschenden Angeln ging die Tür ein Stück weiter auf. Ein Schatten fiel auf den Boden. Tom trat vorsichtig ein.

»Wo ist sie?«, flüsterte der Missionar von der Veranda aus.

»Dort ist ein Keller«, sagte Tom. »Ich wette, sie ist da unten.«

»Na ja, dann hol sie raus, und nichts wie weg. Mir gefällt's hier nicht.«

Tom trat einen weiteren Schritt vor. Er hatte ein langes Jagdmesser in der Hand.

Mary Beth kannte sich mit Indianern aus und wusste, mit welcher Einstellung sie Krieg führten. Und eine der Grundregeln lautete: Wenn die Verhandlungen gescheitert sind, gibt es kein Geplänkel und keine Drohgebärden mehr – man schlägt mit aller Kraft zu. Der Zweck einer Schlacht ist es nicht, den Gegner zu unterwerfen, eine Erklärung abzugeben oder ihn zurechtzuweisen. Es geht nur noch darum, ihn zu vernichten.

Und so trat sie ruhig hinter der Tür hervor, schrie wie ein indianischer Geist und schwang die Keule mit beiden Händen, während Tom entsetzt und mit weit aufgerissenen Augen herumfuhr.

»Pass auf!«, schrie der Missionar.

Aber Tom hatte keine Chance. Der Streitkolben erwischte ihn genau vor dem Ohr, zerschmetterte seinen Unterkiefer und hätte ihm fast die Luftröhre zerquetscht. Er ließ das Messer fallen, griff sich an den Hals und sank würgend und röchelnd auf die Knie. Er kroch hinaus.

»Hihf… hihf mih«, japste er.

Doch niemand kam ihm zu Hilfe – der Missionar bückte sich kurzerhand, packte ihn am Kragen, zerrte ihn von der Veranda und ließ ihn zu Boden fallen, wo er liegen blieb, die Hände vor das zerschmetterte Gesicht geschlagen, wie Mary Beth vom Fenster aus sehen konnte. »Du Arschloch«, herrschte der Missionar seinen Freund an. Dann zog er einen Revolver aus der Gesäßtasche. Mary Beth schlug die Tür zu, stellte sich wieder dahinter, wischte sich die schweißnassen Hände ab und fasste den Streitkolben fester. Sie hörte das zweifache Klicken, als er die Waffe spannte.

»Mary Beth, ich hab hier eine Knarre, und du kannst dir wahrscheinlich denken, dass ich sie unter diesen Umständen ohne weiteres benutze. Komm einfach raus. Wenn nicht, schieß ich rein und treff dich womöglich.«

Sie kauerte sich dicht an die Wand hinter der Tür, wartete auf den Schuss.

Doch er drückte nicht ab. Es war ein Trick – er trat mit aller Kraft gegen die Tür, die weit aufflog und gegen sie prallte, sodass sie einen Moment lang benommen war. Doch als er reinkommen wollte, trat sie ebenso heftig dagegen wie er. Er hatte nicht mit weiterem Widerstand gerechnet und verlor das Gleichgewicht, als ihn der schwere Holzflügel an der Schulter erwischte. Mary Beth trat ihm entgegen und holte mit dem Streitkolben nach dem einzigen Ziel aus, das sie erreichen konnte – sein Ellbogen. Doch im gleichen Augenblick ließ er sich fallen, sodass sie ihn verfehlte. Durch den Schwung entglitt die Keule ihren schweißnassen Händen und schlitterte über den Boden.

Halt dich nicht damit auf! Lauf einfach davon! Mary Beth sprang an dem Missionar vorbei, bevor er sich aufrappeln und schießen konnte, und stürmte durch die Tür.

Endlich!

Endlich war sie aus diesem Höllenloch heraus!

Sie rannte nach links, auf den Pfad zu, auf dem ihr Entführer sie vor zwei Tagen hergebracht hatte, dem Pfad, der an einer großen Carolina-Bay vorbeiführte. An der Ecke der Hütte angelangt, wandte sie sich in Richtung Weiher.

Und rannte Garrett Hanlon mitten in die Arme.

»Nein!«, schrie sie. »Nein!«

Der Junge schaute sie mit wildem Blick an. Er hatte eine Waffe in der Hand. »Wie bist du da rausgekommen? Wie?« Er packte sie am Handgelenk.

»Lass mich los!« Sie versuchte sich loszureißen, doch er hielt sie eisern fest.

Eine grimmig wirkende Frau war bei ihm, hübsch, mit langen roten Haaren. Ihre Kleidung war schmutzig, genau wie Garretts. Die Frau schwieg, schaute sie nur mit stumpfem Blick an. Sie zeigte keinerlei Reaktion, als das Mädchen plötzlich vor ihnen auftauchte. Wirkte wie betäubt.

»Gottverdammt«, ertönte die Stimme des Missionars. »Du Dreckstück!« Er kam um die Ecke und stieß auf Garrett, der den Revolver auf sein Gesicht richtete. »Wer sind Sie?«, schrie der Junge. »Was machen Sie in meinem Haus? Was haben Sie mit Mary Beth gemacht?«

»Sie hat uns angefallen! Schau dir meinen Freund an. Schau dir –«

»Werfen Sie die weg«, herrschte Garrett ihn an. Deutete mit dem Kopf auf die Waffe des Mannes. »Werfen Sie sie weg, sonst bring ich Sie um. Ich tu's. Ich schieße Ihnen den Schädel weg!«

Der Missionar schaute dem Jungen ins Gesicht, dann auf die Waffe. Garrett spannte den Hahn. »Herrgott...« Der Missionar warf den Revolver ins Gras.

»Und jetzt fort mit euch! Los.«

Der Missionar wich zurück, half Tom auf die Beine und torkelte dann mit ihm auf die Bäume zu.

Garrett ging zur Tür der Hütte und zog Mary Beth mit sich. »Rein ins Haus! Wir müssen rein. Sie sind hinter uns her. Sie dürfen uns nicht sehen. Wir verstecken uns im Keller. Schau, was die mit den Schlössern gemacht haben! Die haben meine Tür kaputtgeschlagen!«

»Nein, Garrett!«, stieß Mary Beth mit heiserer Stimme aus. »Ich geh da nicht mehr rein.«

Aber er zerrte sie wortlos in die Hütte. Die schweigsame Frau mit den roten Haaren kam unsicheren Schrittes hinter ihnen her. Garrett stieß die Tür zu und blickte mit bestürzter Miene auf das zertrümmerte Holz, die kaputten Schlösser. »Nein!«, schrie er, als er die Scherben am Boden sah – die Trümmer des Glases, in dem der Dinosaurierkäfer gewesen war.

Mary Beth, die entsetzt darüber war, dass sich der Junge über den entflogenen Käfer offenbar mehr aufregte als über alles andere, ging zu Garrett hin und versetzte ihm eine Ohrfeige. Verdutzt kniff er die Augen zusammen und torkelte zurück. »Du Dreckskerl!«, schrie sie. »Die hätten mich umbringen können.«

Der Junge war sichtlich betroffen. »Tut mir Leid!« Seine Stimme schnappte über. »Ich hab nicht gewusst, dass die da sind. Ich hab gedacht, hier in der Gegend wär niemand. Ich wollte dich nicht so lang allein lassen. Ich bin verhaftet worden.«

Er schob ein paar Holzsplitter unter die Tür und verkeilte sie.

»Verhaftet?«, fragte Mary Beth. »Und was machst du dann hier?«

Endlich ergriff die Rothaarige das Wort. »Ich habe ihn aus dem Gefängnis geholt«, sagte sie mit undeutlicher Stimme. »Damit wir zu Ihnen gehen und Sie zurückbringen können. Und damit Sie seine Geschichte von dem Mann mit der Latzhose bestätigen können.«

»Was für ein Mann?«, fragte Mary Beth verwirrt.

»In Blackwater Landing. Der Mann mit der braunen Latzhose, derjenige, der Billy Stail umgebracht hat.«

»Aber…« Sie schüttelte den Kopf. »*Garrett* hat Billy umgebracht. Er hat ihn mit der Schaufel erschlagen. Ich hab's gesehen. Es ist vor meinen Augen passiert. Danach hat er mich entführt.«

Mary Beth hatte noch nie in ihrem Leben, noch bei keinem Menschen, einen solchen Gesichtsausdruck gesehen. Völlig fassungslos und bestürzt. Die Rothaarige wollte sich an Garrett wenden, doch dann bemerkte sie etwas: die Dosen mit den Obst- und Gemüsekonserven von Farmer John. Langsam, fast schlafwandlerisch, ging sie zu dem Tisch und nahm eine in die Hand. Starrte auf das Bild am Etikett – ein fröhlicher blonder Farmer, der eine braune Latzhose und ein weißes Hemd trug.

»Du hast dir das ausgedacht«, sagte sie flüsternd zu Garrett und hielt die Dose hoch. »Da war gar kein anderer Mann. Du hast mich angelogen.«

Flink wie ein Grashüpfer trat Garrett vor und zog ein Paar

Handschellen vom Gürtel der Rothaarigen. Er legte sie ihr an und ließ sie einschnappen.

»Tut mir Leid, Amelia«, sagte er. »Aber wenn ich Ihnen die Wahrheit gesagt hätte, hätten Sie mich niemals rausgeholt. Es war die einzige Möglichkeit. Ich musste doch wieder hierher. Ich musste doch wieder zu Mary Beth.«

... Sechsunddreißig

FUNDE AM SEKUNDÄREN TATORT
MÜHLE
Braune Farbe an Hose
Sonnentau
Lehm
Torfmoos
Fruchtsaft
Papierfasern
Stinkball – Fischköder
Zucker
Camphen
Alkohol
Kerosin
Hefe

Unentwegt musterte Lincoln Rhyme die Spurentabelle. Von oben nach unten, von unten nach oben.

Und wieder von vorn.

Warum, zum Teufel, ist der verfluchte Chromatograph so langsam?, fragte er sich.

Jim Bell und Mason Germain saßen schweigend um ihn herum. Lucy hatte vor ein paar Minuten angerufen und mitgeteilt, dass sie die Spur verloren hatten und nördlich des Wohnwagens auf weitere Anweisungen warten wollten – bei Planquadrat C-5.

Der Chromatograph rumpelte, worauf sich alle lautlos dem Gerät zuwandten.

Langsam verstrichen die Minuten, bis Ben schließlich das Schweigen brach. »In der Schule hat man mich so genannt. Was Sie sich vermutlich schon gedacht haben.«

Rhyme blickte zu ihm.

»›Big Ben‹. Wie die Turmuhr in England. Vermutlich haben Sie sich das schon gefragt.«

»Habe ich nicht. In der Schule, sagen Sie?«

Er nickte. »In der Highschool. Ich war schon mit sechzehn über eins neunzig groß und hundertzehn Kilo schwer. Die haben sich mächtig über mich lustig gemacht. ›Big Ben‹. Dazu andere Spitznamen. Deswegen habe ich mich nie so recht wohl in meiner Haut gefühlt. Vielleicht hab ich mich deshalb am Anfang Ihnen gegenüber irgendwie komisch benommen.«

»Die anderen haben Ihnen ziemlich zugesetzt, was?«, fragte Rhyme, der die Entschuldigung einerseits zur Kenntnis nahm, sich andererseits aber nicht darauf einlassen wollte.

»Allerdings. Bis ich mit dem Ringen angefangen habe, in die Schulmannschaft kam und Darryl Tennison in drei Komma zwei Sekunden am Boden hatte. Und er hat noch viel länger gebraucht, bis er wieder bei Puste war.«

»Ich habe oft den Turnunterricht geschwänzt«, erzählte Rhyme. »Ich habe Atteste von meinen Ärzten gefälscht, Entschuldigungen von meinen Eltern – und zwar ziemlich gut, möchte ich meinen –, und habe mich ins naturwissenschaftliche Labor geschlichen.«

»Das haben Sie gemacht?«

»Mindestens zwei Mal die Woche.«

»Und dort haben Sie Experimente durchgeführt?«

»Ich habe viel gelesen, mit den Geräten herumgespielt... Und ein paar Mal habe ich mit Sonja Metzger herumgespielt.«

Thom und Ben lachten.

Doch Sonja, seine erste Freundin, erinnerte ihn wieder an Amelia Sachs, und damit mochte er sich derzeit nicht auseinander setzen.

»Okay«, sagte Ben. »Wir sind so weit.« Auf dem Computerbildschirm tauchten die Untersuchungsergebnisse der Vergleichsprobe auf, die Rhyme sich von Jim Bell hatte besorgen lassen. Der hünenhafte junge Mann nickte. »Hier haben wir's: Die Lösung besteht aus fünfundfünfzig Prozent Alkohol. Dazu Wasser und allerhand Mineralien.«

»Brunnenwasser«, sagte Rhyme.

»Höchstwahrscheinlich. Und daneben«, fuhr der Student fort, »geringe Mengen von Formaldehyd, Phenol, Fructose, Dextrose und Zellulose.«

»Das genügt mir«, erklärte Rhyme. Und er dachte: Der Fisch ist zwar immer noch auf dem Trockenen, aber allmählich wächst ihm eine Lunge. »Ich habe einen Fehler begangen«, sagte er, an Bell und Mason gewandt. »Einen schweren. Ich habe die Hefe gesehen und ging davon aus, dass sie aus der Mühle stammt, und nicht etwa von dem Ort, an dem Garrett Mary Beth festhält. Aber warum sollte man in einer *Mühle* Hefe lagern? So was findet man nur in einer Bäckerei… oder« – mit hochgezogener Augenbraue wandte er sich an Bell – »an einem Ort, an dem so was gebraut wird.« Er deutete mit dem Kopf auf die Flasche, die auf dem Tisch stand. Sie enthielt die Flüssigkeit, die Bell auf Rhymes Bitte hin aus dem Keller der Sheriff-Dienststelle geholt hatte. Es handelte sich um 60-prozentigen Schwarzgebrannten – aus einer der Saftflaschen, die ein Deputy weggebracht hatte, als Rhyme die Asservatenkammer übernommen und zum Labor umfunktioniert hatte. Das war die Probe, die Ben soeben im Chromatographen untersucht hatte.

»Zucker und Hefe«, fuhr der Ermittler fort. »Diese Zutaten sind in Schnaps enthalten. Und die Zellulose in dieser Ladung Schwarzgebranntem da«, erklärte Rhyme weiter, während er auf den Monitor blickte, »stammt vermutlich von den Papierfasern – ich nehme an, dass man Schwarzgebrannten bei der Herstellung filtern muss.«

»Richtig«, bestätigte Bell. »Und die meisten Schwarzbrenner benutzen dazu ganz normale Kaffeefilter.«

»Genau solche Fasern haben wir an Garretts Kleidung gefunden. Und die Dextrose und die Fructose – Traubenzucker und Fruchtzucker, Zuckerverbindungen, die in Obst enthalten sind – stammen von den Fruchtsaftresten, die in der Flasche zurückgeblieben waren. Ben sagt, der Geschmack sei säuerlich herb – wie Preiselbeersaft. Und Sie haben mir erklärt, Jim, dass diese Behältnisse bei Schwarzbrennern besonders beliebt sind. Stimmt's?«

»Ocean Spray.«

»Folglich«, fasste Rhyme zusammen, »hält Garrett Mary Beth in einer Schwarzbrennerhütte fest – vermutlich in einer, die seit der letzten Razzia verlassen ist.«

»Was für eine Razzia?«, fragte Mason.

»Nun ja, es verhält sich so wie mit dem Wohnwagen«, erwiderte Rhyme kurz und knapp, weil er es nicht ausstehen konnte, wenn er Offenkundiges immer wieder lang und breit erklären musste.

»Wenn Garrett Mary Beth dort versteckt, muss die Hütte verlassen sein. Und was ist der einzige Grund dafür, eine funktionstüchtige Destille aufzugeben?«

»Die Steuerfahnder haben sie ausgehoben«, erwiderte Bell.

»Richtig«, sagte Rhyme. »Gehen Sie ans Telefon und stellen Sie den Standort einer jeden Destille fest, die in den letzten zwei Jahren aufgeflogen ist. Es muss sich um ein Gebäude aus dem neunzehnten Jahrhundert handeln, das in einem Gehölz steht und braun gestrichen ist – was indes nicht der Fall gewesen sein muss, als man dort eine Razzia durchführte. Es ist vier, fünf Meilen von Frank Hellers Wohnort entfernt und liegt an einer Carolina-Bay, oder aber man muss um ein solches Gewässer herumgehen, um vom Paquo aus dorthin zu gelangen.«

Bell ging hinaus, um bei der Steuerfahndung anzurufen.

»Das ist ziemlich gut, Lincoln«, sagte Ben. Sogar Mason Germain war sichtlich beeindruckt.

Kurz darauf kam Bell wieder in den Raum gestürmt. »Ich hab's!« Er musterte den Zettel, den er in der Hand hielt, und fuhr mit dem Finger über die Karte, bis er auf Planquadrat B-4 stieß. Er kreiste die Stelle ein. »Genau hier. Der Chef der Steuerfahndung hat gesagt, es war ein Großeinsatz. Sie haben die Razzia vor einem Jahr durchgeführt und die Destille ausgehoben. Einer seiner Agenten hat die Hütte vor zwei, drei Monaten überprüft und dabei bemerkt, dass jemand sie braun gestrichen hat. Deshalb hat er sie sich näher angeschaut, um festzustellen, ob sie wieder benutzt wird. Aber er hat gesagt, sie wär verlassen, deshalb hat er sich nicht weiter darum gekümmert. Ach, und sie ist etwa zwanzig Meter von einer ziemlich großen Carolina-Bay entfernt.«

»Gibt es eine Möglichkeit, mit dem Wagen dorthin zu gelangen?«, fragte Rhyme.

»Muss wohl so sein«, erwiderte Bell. »Alle Destillen sind in Straßennähe – damit man die Zutaten hinschaffen und den Schwarzgebrannten wegbringen kann.«

Rhyme nickte. »Ich muss eine Stunde mit ihr allein sein«, sagte er entschieden. »Um sie zur Aufgabe zu bewegen. Ich weiß, dass ich das schaffe.«

»Das ist riskant, Lincoln.«

»Ich brauche diese Stunde«, beharrte Rhyme und sah Bell fest in die Augen.

»Okay«, sagte Bell schließlich. »Aber wenn Garrett diesmal entkommt, wird er auf Gedeih und Verderb gejagt.«

»Das ist mir klar. Meinen Sie, mit meinem Bus kann man dort hinfahren?«

»Die Straßen sind nicht gut, aber –«

»Ich bringe dich hin«, sagte Thom entschlossen. »Wie auch immer, aber ich bringe dich hin.«

Nachdem Rhyme aus dem Gebäude der Bezirksverwaltung gerollt war, wartete Mason Germain noch fünf Minuten, bis er sah, dass Bell in sein Büro zurückkehrte. Dann trat er hinaus auf den Korridor, passte auf, dass ihn keiner bemerkte, und begab sich zum Ausgang des Gebäudes.

In der Bezirksverwaltung gab es dutzende Telefone, die Mason hätte benutzen können, stattdessen aber stürmte er hinaus in die Hitze und ging raschen Schrittes über den Platz zu einer Reihe Münzfernsprecher auf dem Gehsteig. Er griff in die Hosentasche und holte ein paar Münzen heraus. Er blickte sich um, und als er sich davon überzeugt hatte, dass niemand in der Nähe war, warf er sie ein, schaute auf die Nummer, die er auf einem Zettel stehen hatte, und gab die Ziffern ein.

Farmer John, Farmer John. Frisch auf den Tisch von Farmer John…
Farmer John, Farmer John. Frisch auf den Tisch von Farmer John…

Während Amelia Sachs auf die Dosen vor ihr starrte, von denen ihr ein Dutzend in Latzhosen gekleidete Farmer mit spöttischem Lächeln entgegenstrahlten, ging ihr immer wieder dieses dämliche Reklamelied durch den Kopf, diese Hymne auf ihre Dummheit.

Die Jesse Corn das Leben gekostet hatte. Und ihres ruiniert.

Nur undeutlich nahm sie die Hütte wahr, in der sie jetzt saß, eine Gefangene des Jungen, für den sie ihr Leben aufs Spiel gesetzt hatte. Und den wütenden Wortwechsel zwischen Garrett und Mary Beth.

Sie hatte nur immer wieder den kleinen schwarzen Punkt auf Jesses Stirn vor Augen.

Und hörte lediglich den albernen Singsang. *Farmer John… Farmer John…*

Dann wurde Sachs mit einem Mal etwas klar: Ab und zu war Lincoln Rhyme geistig abwesend. Er unterhielt sich unter Umständen mit einem, aber seine Worte waren nichts sagend, er lächelte vielleicht, aber das war aufgesetzt, er hörte einem anscheinend zu, nahm aber kein Wort wahr. In solchen Momenten, das wusste sie, dachte er an den Tod. Er überlegte dann, ob er sich mit jemandem von einer Sterbehilfegruppe wie der Lethe Society in Verbindung setzen sollte, jemandem, der ihm beistehen könnte. Oder überlegte sich vielleicht sogar – wie es manche Schwerstbehinderte getan hatten –, ob er einen Berufskiller engagieren sollte. (Rhyme, der an der Festnahme und Überführung zahlreicher Mitglieder des organisierten Verbrechens mitgewirkt hatte, verfügte offenkundig über die entsprechenden Beziehungen. Genau genommen gab es vermutlich ein paar ehrenwerte Herrschaften, die den Auftrag mit Freuden und umsonst erledigen würden.)

Aber bis zu diesem Augenblick – da ihr Leben ebenso zerstört war wie Rhymes, nein, schlimmer noch – hatte sie immer gedacht, seine Einstellung wäre falsch. Jetzt jedoch verstand sie, wie ihm zu Mute war.

»Nein!«, rief Garrett, sprang auf, blickte zum Fenster und spitzte die Ohren.

Man muss ständig horchen. Sonst kann sich jemand an einen ranschleichen.

Dann hörte es auch Sachs. Ein Auto, das sich langsam näherte.

»Sie haben uns gefunden!«, schrie der Junge und griff zum Revolver. Er rannte zum Fenster und starrte hinaus. Er war sichtlich verwirrt. »Was ist das?«, flüsterte er.

Eine Tür wurde zugeschlagen. Danach herrschte eine Zeit lang Stille.

Bis sie die Stimme hörte. »Sachs? Ich bin's.«

Ein leichtes Lächeln spielte um ihren Mund. Niemand auf der Welt hätte hierher gefunden, außer Lincoln Rhyme.

»Sachs, bist du da?«

»Nein!«, flüsterte Garrett. »Sagen Sie nichts!«

Ohne auf ihn zu achten, stand Sachs auf und ging zu dem zerbrochenen Fenster. Dort, auf dem holprigen, unbefestigten Fußweg vor der Hütte, stand der schwarze Rollx-Bus. Rhyme, der im Storm Arrow saß, hatte sein Gefährt nah an das Gebäude gesteuert – so weit er konnte, bis ihn ein Erdhaufen neben der Veranda aufgehalten hatte.

»Hallo, Rhyme«, sagte sie.

»Still!«, zischte der Junge.

»Kann ich mit dir reden?«, rief Rhyme.

Was soll das noch?, dachte sie. Dennoch sagte sie: »Ja.«

Sie ging zur Tür. »Mach auf«, sagte sie zu Garrett. »Ich will raus.«

»Nein, das ist ein Trick«, erwiderte der Junge. »Die fallen über –«

»Mach die Tür auf, Garrett«, sagte sie entschlossen und starrte ihn durchdringend an. Er blickte sich um. Dann bückte er sich und zog die Keile unter der Tür hervor. Die Handschellen an ihren steifen Gelenken klingelten wie Schlittenglocken, als sie die Tür öffnete.

»Er hat es getan, Rhyme«, sagte sie, als sie sich vor ihm auf der Verandatreppe niederließ. »Er hat Billy umgebracht… Ich habe mich geirrt. Total geirrt.«

Der Ermittler schloss die Augen. Wie furchtbar muss ihr zu Mute sein, dachte er. Er musterte sie genau, das bleiche Gesicht, den versteinerten Blick. »Ist Mary Beth okay?«, fragte er.

»Es geht ihr gut. Sie hat Angst, aber ansonsten fehlt ihr nichts.«

»Sie hat ihn dabei gesehen?«

Sachs nickte.

»Es gab keinen Mann mit einer Latzhose?«, fragte er.

»Nein. Garrett hat sich das ausgedacht. Damit ich ihn heraushole. Er hatte alles von Anfang an geplant. Er wollte uns in die Irre führen, zu den Outer Banks. Er hatte ein Boot versteckt, mit Proviant. Er hatte vorgesorgt, falls die Deputys anrücken. Hatte sogar einen sicheren Unterschlupf – den Wohnwagen, den du gefunden hast. Durch den Schlüssel, stimmt's? Den ich in dem Wespenglas gefunden habe? Dadurch hast du uns aufgespürt.«

»Es war der Schlüssel«, bestätigte Rhyme.

»Daran hätte ich denken müssen. Wir hätten woanders übernachten sollen.«

Er sah, dass sie Handschellen trug, und bemerkte Garrett, der am Fenster stand und wütend herausstarrte, eine Schusswaffe in der Hand. Damit handelte es sich um eine Geiselnahme – Garrett würde nicht freiwillig herauskommen. Höchste Zeit, das FBI zu verständigen. Rhyme hatte einen Freund, Arthur Potter, jetzt im Ruhestand, aber dennoch der beste Verhandlungsführer bei Geiselnahmen, den die Bundespolizei je gehabt hatte. Er wohnte in Washington D.C. und konnte in ein paar Stunden hier sein.

Er wandte sich wieder an Sachs. »Und Jesse Corn?«

Sie schüttelte den Kopf. »Ich wusste nicht, dass er es war, Rhyme. Ich dachte, es wäre einer von Culbeaus Freunden. Ein Deputy hat sich auf mich gestürzt, und meine Waffe ging los. Aber es war meine Schuld – ich habe mit ungesicherter Waffe ein nicht eindeutig identifiziertes Ziel erfasst. Ich habe gegen Regel Nummer eins verstoßen.«

»Ich werde dir den besten Anwalt im ganzen Land besorgen.«

»Das spielt doch keine Rolle mehr.«

»Es spielt durchaus eine Rolle, Sachs. Eine große sogar. Wir werden uns etwas einfallen lassen.«

Sie schüttelte den Kopf. »Dazu fällt uns nichts ein, Rhyme. Es ist ein Tötungsdelikt. Ein eindeutiger Fall.« Dann blickte sie auf, an ihm vorbei. Runzelte die Stirn. Stand auf. »Was –?«

Plötzlich ertönte eine Frauenstimme. »Bleiben Sie, wo Sie sind! Amelia, Sie sind festgenommen.«

Rhyme versuchte sich umzudrehen, aber er konnte den Kopf nicht weit genug wenden. Er blies in die Strohhalmsteuerung und setzte im Halbkreis zurück. Er sah Lucy Kerr und zwei andere Deputys, die geduckt aus dem Wald auf sie zurannten. Sie hatten die Waffen gezogen und ließen die Fenster der Hütte nicht aus den Augen. Die beiden Männer suchten hinter Bäumen Deckung. Aber Lucy lief beherzt auf Rhyme, Thom und Sachs zu, den Revolver auf Sachs' Brust gerichtet.

Wie hatte der Suchtrupp die Hütte gefunden? Hatten sie den Bus gehört? Hatte Lucy Garretts Spur wieder gefunden?

Oder hatte Bell seine Zusage nicht eingehalten und ihnen Bescheid gegeben?

Lucy ging geradewegs zu Sachs und versetzte ihr einen heftigen Fausthieb, der die Polizistin am Kinn traf. Sachs keuchte vor Schmerz kurz auf und wich zurück. Sie sagte nichts.

»Nein!«, rief Rhyme. Thom trat vor, doch Lucy packte Sachs am Arm. »Ist Mary Beth da drin?«

»Ja.« Blut tropfte von ihrem Kinn.

»Ist sie okay?«

Ein Nicken.

Lucy blickte zum Fenster der Hütte. »Hat er Ihre Waffe?«

»Ja.«

»Herrgott.« Lucy wandte sich zu den anderen Deputys um. »Ned, Trey, er ist da drin. Und er ist bewaffnet«, rief sie. »Ich rate Ihnen, in Deckung zu gehen«, blaffte sie Rhyme an. Dann zerrte sie Sachs grob hinter den Bus, auf die Seite, die der Hütte abgewandt war.

Rhyme fuhr hinter den Frauen her, begleitet von Thom, der den Rollstuhl auf dem unebenen Boden abstützte.

Lucy drehte sich zu Sachs um, packte sie am Arm. »Er war's, oder? Mary Beth hat's Ihnen erzählt, stimmt's? Garrett hat Billy umgebracht.«

Sachs blickte zu Boden. »Ja...«, sagte sie schließlich. »Es tut mir Leid. Ich –«

»Damit ist hier niemandem gedient, am allerwenigsten Jesse Corn... Hat Garrett noch andere Waffen da drin?«

»Ich weiß es nicht. Ich habe keine gesehen.«

Lucy wandte sich der Hütte zu. »Garrett«, rief sie. »Kannst du mich hören? Ich bin's, Lucy Kerr. Ich möchte, dass du die Waffe niederlegst und rauskommst, mit den Händen auf dem Kopf. Und zwar sofort, okay?«

Keine Antwort, nur die Tür wurde zugeknallt. Kurz darauf hallten leise Hammerschläge über die Lichtung, als Garrett die Tür entweder vernagelte oder verkeilte. Lucy zückte ihr Handy und wollte eine Nummer wählen.

»Hey, Deputy«, unterbrach sie eine Männerstimme. »Braucht ihr Hilfe?«

Lucy drehte sich um. »O nein«, murmelte sie.

Rhyme drehte sich ebenfalls nach der Stimme um. Ein großer Mann mit Pferdeschwanz und einem Jagdgewehr in der Hand marschierte durch das Gras auf sie zu.

»Culbeau«, blaffte sie ihn an. »Ich bin hier im Einsatz und kann dich dabei nicht gebrauchen. Hau bloß ab, mach, dass du wegkommst.« Dann bemerkte sie einen weiteren Mann, der langsam auf die Hütte zukam. Er war mit einem schwarzen Sturmgewehr bewaffnet und erkundete aufmerksam und mit zusammengekniffenen Augen das Gelände. »Ist das Sean?«, fragte Lucy.

»Ja«, sagte Culbeau. »Und Harris Tomel ist da drüben.«

Tomel ging auf den großen afroamerikanischen Deputy zu. Sie plauderten zwanglos miteinander, wie zwei alte Freunde.

Culbeau ließ nicht locker. »Wenn der Junge in der Hütte ist, könnt ihr vielleicht doch ein bisschen Hilfe gebrauchen. Was sollen wir machen?«

»Das ist Sache der Polizei, Rich. Ihr drei verzieht euch jetzt. Und zwar sofort. Trey!«, rief sie dem schwarzen Deputy zu. »Jag sie weg.«

Ned, der dritte Deputy, ging auf Lucy und Culbeau zu. »Rich«, rief er, »es gibt keine Belohnung mehr. Schmink sie dir ab und –«

Der Schuss aus Culbeaus schwerem Jagdgewehr schlug mitten in Neds Brust ein und schleuderte ihn rücklings zu Boden. Trey starrte auf Harris Tomel, der nur noch ein paar Meter entfernt war. Beide schauten einander erschrocken an und rührten sich einen Moment lang nicht vom Fleck.

Dann stieß Sean O'Sarian ein lautes Hyänengeheul aus, legte das Sturmgewehr an und jagte Trey drei Kugeln in den Rücken. Unter schrillem Gelächter tauchte er im Gelände unter.

»Nein!«, schrie Lucy und richtete ihren Revolver auf Culbeau, doch als sie abdrückte, war der Mann längst in dem hohen Gras, das rings um die Hütte wucherte, in Deckung gegangen.

... Siebenunddreißig

Rhyme wollte sich unwillkürlich zu Boden werfen, aber er blieb natürlich aufrecht in seinem Rollstuhl sitzen. Kugeln schlugen in den Bus ein – genau dort, wo Sachs und Lucy, die jetzt flach am Boden lagen, eben noch gestanden hatten. Thom hatte sich hingekniet und versuchte den schweren Storm Arrow, der im weichen Boden stecken geblieben war, wieder flott zu bekommen.

»Lincoln!«, schrie Sachs.

»Alles okay! Los! Geht auf die andere Seite des Busses. In Deckung.«

»Aber dort kann uns Garrett ins Visier nehmen«, sagte Lucy.

»Verflucht, der schießt aber nicht auf uns!«, herrschte Sachs sie an.

Ein weiterer Schuss aus der Schrotflinte ging um Haaresbreite vorbei – die Kugeln prasselten auf die Veranda hinter ihnen. Thom schaltete den Rollstuhl auf Leerlauf und schob ihn mit voller Kraft auf die der Hütte zugewandte Seite des Busses. »Zieh den Kopf ein«, sagte Rhyme zu seinem Betreuer, der sich nicht um die Kugel scherte, die an ihnen vorbeischwirrte und ein Seitenfenster des Fahrzeugs zertrümmerte.

Lucy und Sachs gingen ebenfalls zwischen Hütte und Bus in Deckung.

»Warum, zum Teufel, machen die das?«, rief Lucy. Sie gab mehrere Schüsse ab, worauf sich O'Sarian und Tomel schleunigst in Deckung warfen. Rhyme konnte Culbeau nirgendwo sehen, aber er wusste, dass er irgendwo unmittelbar vor ihnen sein musste. Das Gewehr, mit dem er bewaffnet war, hatte eine hohe Durchschlagskraft und war mit einem Zielfernrohr bestückt.

»Nehmen Sie mir die Handschellen ab, und geben Sie mir die Waffe«, rief Sachs.

»Geben Sie sie ihr«, sagte Rhyme. »Sie kann besser schießen als Sie.«

»Kommt nicht in Frage!« Die Polizistin schüttelte ob dieser Zumutung ungläubig den Kopf. Weitere Kugeln schlugen in den Bus ein, rissen Holzsplitter aus der Veranda.

»Verflucht, die haben Gewehre!«, brüllte Sachs. »Da können Sie nicht mithalten. Geben Sie mir die Waffe!«

Lucy legte den Kopf an das Blech und starrte wie benommen auf die Deputys, die tot im Gras lagen. »Was geht hier bloß vor?«, murmelte sie weinend. »Was ist da los?«

Allzu lange konnten sie in ihrer Deckung – hinter dem Bus – nicht mehr ausharren. Er schützte sie zwar vor Culbeaus Jagdgewehr, aber die beiden anderen konnten ihnen in die Flanke fallen. In ein paar Minuten würden sie das Kreuzfeuer eröffnen.

Lucy gab zwei weitere Schüsse ab – ins Gras, dorthin, wo kurz zuvor die Schrotflinte losgegangen war.

»Verschwenden Sie Ihre Munition nicht«, herrschte Sachs sie an. »Warten Sie, bis Sie ein Ziel erfasst haben. Sonst –«

»Halt die Fresse«, fauchte Lucy. Sie klopfte ihre Taschen ab. »Ich hab das verfluchte Telefon verloren.«

»Lincoln«, sagte Thom. »Ich nehme dich aus dem Stuhl. Du könntest sonst getroffen werden.«

Rhyme nickte. Der Betreuer löste die Haltegurte, schlang die Arme um Rhymes Brust, zog ihn heraus und ließ ihn zu Boden gleiten. Rhyme versuchte den Kopf zu heben, weil er sehen wollte, was los war, aber prompt bekam er einen Muskelkrampf im Nacken – eine dieser gnadenlosen Kontraktionen – und musste sich zurücksinken lassen, bis der Schmerz nachließ. Noch nie war er sich so hilflos vorgekommen wie in diesem Augenblick.

Weitere Schüsse. Und wieder das irre Lachen von diesem O'Sarian. »Hey, Messer-Lady, wo bist du?«

»Die haben uns gleich in der Zange«, murmelte Lucy.

»Wie viel Schuss?«, fragte Sachs.

»Ich hab noch drei in der Trommel. Und einen Schnelllader.«

»Mit sechs Schuss?«

»Ja.«

Eine Kugel schlug in die Rückenlehne des Storms Arrow und warf ihn um. Eine Staubwolke stieg rundum auf.

Lucy schoss auf O'Sarian, verfehlte ihn aber, dem schrillen Gekicher und dem Feuerstoß nach zu schließen, den er auf sie abgab.

Spätestens nach diesen Schüssen wussten sie aber auch, dass sie demnächst von beiden Seiten ins Kreuzfeuer geraten würden.

Hier also sollten sie sterben, zusammengeschossen werden, hier in dieser düsteren Senke, eingeklemmt zwischen Bus und Hütte. Rhyme fragte sich, wie es sich wohl anfühlen mochte, wenn die Kugeln in seinen Leib einschlugen. Schmerz würde er natürlich nicht empfinden, nicht einmal den Aufprall der Kugeln auf sein taubes Fleisch. Er warf einen Blick auf Sachs, die ihn mit hoffnungsloser Miene anschaute.

Du und ich, Sachs…

Dann starrte er zur Vorderseite der Hütte.

»Schau«, rief er.

Lucy und Sachs folgten seinem Blick.

Garrett hatte die Tür geöffnet.

»Nichts wie rein«, sagte Sachs.

»Sind Sie verrückt?«, rief Lucy. »Garrett hält doch zu *denen*. Die stecken alle unter einer Decke.«

»Nein«, sagte Rhyme. »Er hätte jederzeit vom Fenster aus auf uns schießen können. Er hat es nicht getan.«

Zwei weitere Schüsse, knapp vorbei. Ein Rascheln im Gestrüpp, ganz in der Nähe. Lucy hob den Revolver.

»Nichts verschwenden!«, warnte Sachs. Doch Lucy richtete sich auf und gab zwei Schüsse ab. Ein Stein kullerte heraus, den einer der Männer in das Gestrüpp geworfen hatte, um sie abzulenken. Im nächsten Moment ging Tomels Schrotflinte los, und Lucy warf sich gerade noch rechtzeitig zur Seite, sodass der Schuss, der sie im Rücken treffen sollte, knapp vorbei ging und die Kugeln lediglich das Blech des Busses durchsiebten.

»Mist«, rief sie. Warf die leeren Hülsen aus und lud rasch nach.

»Rein«, sagte Rhyme. »Sofort.«

Lucy nickte. »Okay.«

»Im Huckepack«, befahl Rhyme. Eine Haltung, die für einen Querschnittsgelähmten denkbar schlecht war, weil dadurch Körperteile belastet wurden, die keinerlei Belastung gewohnt waren – aber auf diese Weise ging es schneller, und Thom war nicht so lange den Schüssen ausgesetzt. Außerdem gab er Thom dadurch mit seinem Körper Deckung.

»Nein«, sagte Thom.

»Mach schon, Thom. Keine Widerrede.«

»Ich geb euch Feuerschutz«, drängte Lucy. »Ihr drei geht rein. Seid ihr bereit?«

Sachs nickte. Thom hob Rhyme hoch, nahm ihn in die Arme wie ein kleines Kind.

»Thom –«, begehrte Rhyme auf.

»Sei still, Lincoln«, schnappte der Betreuer. »Hier geht's nach meinem Willen.«

»Los«, rief Lucy.

Rhyme war nahezu taub von den Schüssen, die ringsum fielen. Alles verschwamm vor seinen Augen, als sie die Treppe hinaufrannten, auf die Hütte zu.

Etliche Kugeln schlugen neben ihnen ins Holz, als sie hineinstürmten. Kurz darauf hechtete auch Lucy herein und schlug die Tür zu. Thom setzte Rhyme behutsam auf dem Sofa ab.

Rhyme sah eine völlig verschreckte junge Frau, die auf einem Stuhl saß und ihn anstarrte. Mary Beth McConnell.

Garrett Hanlon hockte nur da, das Gesicht rot und fleckig, die Augen weit aufgerissen, schnipste hektisch mit den Fingernägeln und hatte den Revolver unbeholfen in der anderen Hand, als Lucy die Waffe auf sein Gesicht richtete.

»Gib mir die Waffe!«, rief sie. »Sofort!«

Er zuckte zusammen und reichte sie ihr augenblicklich. Sie schob sie in ihren Gürtel und rief irgendwas. Rhyme nahm nicht wahr, worum es ging – er starrte auf den Jungen, sah seinen fassungslosen, furchtsamen Blick, die Kinderaugen. Und er dachte: Ich kann verstehen, weshalb du das getan hast, Sachs. Weshalb du ihm geglaubt hast. Weshalb du ihn retten musstest.

Ich kann es verstehen …

»Alles gut gegangen?«, rief er.

»Bestens«, sagte Sachs.

Lucy nickte.

»Eigentlich«, sagte Thom beinahe entschuldigend, »nicht so recht.«

Er hob die Hand und ließ sie das Einschussloch an seinem flachen Bauch sehen. Dann sank der Betreuer zusammen, fiel auf die Knie und zerriss dabei die Hose, die er heute Morgen noch so sorgfältig gebügelt hatte.

... Achtunddreißig

Die Wunde untersuchen, feststellen, ob eine Schlagader getroffen war, die Blutung stillen. Wenn möglich überprüfen, ob der Verletzte einen Schock erlitten hat.

Amelia Sachs, die in New York an einem Erste-Hilfe-Grundkurs für Streifenpolizisten teilgenommen hatte, beugte sich über Thom und betrachtete die Wunde.

Der Betreuer lag auf dem Rücken, war bei Bewusstsein, aber sehr blass und schwitzte heftig. Sie presste eine Hand auf die Wunde.

»Nehmen Sie mir die Handschellen ab!«, schrie sie. »Ich kann mich so nicht um ihn kümmern.«

»Nein«, sagte Lucy.

»Herrgott«, murmelte Sachs und untersuchte Thoms Bauch, so gut sie es mit den Fesseln konnte.

»Wie geht's dir, Thom?«, rief Rhyme. »Rede mit uns.«

»Es fühlt sich taub an... Es fühlt sich... Es ist komisch...« Er verdrehte die Augen und verlor die Besinnung.

Über ihren Köpfen krachte es. Eine Kugel schlug durch die Wand. Gefolgt von einem dumpfen Schlag, als eine Ladung Schrotkugeln die Tür traf. Garrett reichte Sachs ein Bündel Papiertaschentücher. Sie drückte sie auf das Loch in Thoms Bauch. Sie schlug ihm sacht ins Gesicht. Er reagierte nicht.

»Ist er am Leben?«, fragte Rhyme verzweifelt.

»Er atmet. Flach zwar, aber er atmet. Die Austrittswunde ist nicht so schlimm, aber ich weiß nicht, was für innere Verletzungen er hat.«

Lucy schaute kurz aus dem Fenster, duckte sich. »Warum machen die das?«

»Jim sagte mir, dass sie Schwarzgebrannten herstellen«, sagte Rhyme. »Vielleicht hatten sie ein Auge auf die Hütte geworfen und wollten nicht, dass man sie findet. Möglicherweise haben sie hier in der Nähe auch ein Drogenlabor.«

»Vor ihnen waren zwei Männer hier – sie haben versucht, hier einzudringen«, berichtete Mary Beth. »Sie haben gesagt, sie vernichten Marihuanafelder, aber ich glaube eher, dass sie welches anbauen. Womöglich machen die alle gemeinsame Sache.«

»Wo ist Bell?«, fragte Lucy. »Und Mason?«

»Er wird in einer halben Stunde hier sein«, sagte Rhyme.

Lucy schüttelte bestürzt den Kopf. Wieder schaute sie aus dem Fenster. Sie erstarrte, hatte anscheinend ein Ziel ausgemacht. Sie hob den Revolver, legte rasch an.

Zu rasch.

»Nein, lassen Sie mich!«, schrie Sachs.

Doch Lucy drückte zwei Mal ab. Ihre Miene verriet ihnen, dass sie vorbeigeschossen hatte. Sie kniff die Augen zusammen. »Sean hat gerade einen Kanister gefunden. Einen roten Kanister. Was ist da drin, Garrett? Benzin?« Der Junge kauerte am Boden, vor Angst erstarrt. »Garrett! Rede mit mir!«

Er drehte sich zu ihr um.

»Der rote Kanister? Was ist da drin?«

»Kerosin. Für das Boot.«

»Verflucht«, murmelte Lucy. »Die wollen uns ausräuchern.«

»Mist«, schrie Garrett. Er ging auf die Knie und starrte Lucy verzweifelt an.

Sachs war anscheinend die Einzige, die wusste, was er vorhatte. »Nein, Garrett, nicht –«

Ohne auf sie zu achten, riss der Junge die Tür auf und stürmte hinaus auf die Veranda, warf sich zu Boden und huschte geduckt weiter. Kugeln schlugen hinter und neben ihm ein. Sachs hatte keine Ahnung, ob er getroffen worden war.

Danach herrschte Stille. Die Männer schoben sich mit dem Kerosin näher an die Hütte heran.

Sachs blickte sich in dem Zimmer um. Es hing voller Staub, den die Kugeln aufgewirbelt hatten. Sie sah:

Mary Beth, die die Arme um den Leib geschlungen hatte und weinte.

Lucy, in deren Augen der blanke Hass stand, die ihre Waffe überprüfte.

Thom, der langsam verblutete.

Lincoln Rhyme, der auf dem Rücken lag und schwer atmete.

Du und ich…

»Wir müssen raus«, sagte sie so gefasst wie möglich zu Lucy. »Wir müssen sie aufhalten. Wir zwei.«

»Die sind zu dritt, sie haben Gewehre.«

»Sie wollen die Hütte anzünden. Und uns entweder bei lebendigem Leib verbrennen oder zusammenschießen, wenn wir rauskommen. Uns bleibt nichts anderes übrig. Nehmen Sie mir die Handschellen ab.« Sie streckte die Arme aus. »Sie müssen es machen.«

»Wie kann ich Ihnen trauen?«, flüsterte Lucy. »Sie haben uns am Fluss einen Hinterhalt gelegt.«

»Einen Hinterhalt?«, fragte Sachs. »Was reden Sie da?«

Lucy schaute sie finster an. »Was ich da rede? Sie haben das Boot als Lockköder benutzt und auf Ned geschossen, als er rausgeschwommen ist, um es zu holen.«

»Quatsch! *Sie* dachten, wir wären unter dem Boot, und haben auf *uns* geschossen.«

»Erst nachdem Sie ...« Dann verstummte Lucy und nickte wissend.

»*Die* waren das«, sagte Sachs zu der Polizistin. »Culbeau und die anderen. Einer von denen hat zuerst geschossen. Um euch einen Schreck einzujagen vermutlich, und um euch aufzuhalten.«

»Und wir haben gedacht, Sie wären das.«

Sachs hielt ihr die Hände hin. »Wir haben keine andere Wahl.«

Die Polizistin musterte Sachs eingehend, griff dann langsam in ihre Hosentasche und holte den Schlüssel heraus. Sie nahm ihr die verchromten Fesseln ab. Sachs rieb ihre Handgelenke. »Wie sieht's mit der Munition aus?«

»Ich hab noch vier Schuss.«

»In meinem sind fünf«, sagte Sachs, die sich von Lucy ihren langläufigen Smith & Wesson geben ließ und die Trommel überprüfte.

Sachs blickte auf Thom. Mary Beth trat vor. »Ich kümmere mich um ihn.«

»Nur eins«, sagte Sachs. »Er ist schwul. Er hat sich testen lassen, aber ...«

»Spielt keine Rolle«, erwiderte die junge Frau. »Ich passe auf. Gehen Sie.«

»Sachs«, sagte Rhyme. »Ich ...«

»Später, Rhyme. Dafür ist jetzt keine Zeit.« Sachs schob sich zur Tür, blickte kurz hinaus, erkundete das Gelände, hielt Ausschau nach Deckung und günstigen Schusspositionen. Jetzt, da sie die Hände frei hatte und die schwere Waffe spürte, fasste sie neue Zuversicht. Das war ihre Welt: Waffen und Tempo. Sie durfte nur nicht an Lincoln Rhyme und seine Operation denken, an den toten Jesse Corn, an Garrett Hanlon und seine Hinterlist, geschweige denn daran, was sie erwartete, wenn sie aus diesem fürchterlichen Schlamassel herauskamen.

Wenn du in Schwung bist, kriegt dich keiner…

»Wir stürmen aus der Tür«, sagte sie zu Lucy. »Sie laufen nach links, hinter den Bus, aber *nicht* stehen bleiben, egal, was passiert. Bleiben Sie in Bewegung, bis Sie im Gras sind. Ich laufe nach rechts – zu dem Baum da drüben. Wenn wir im hohen Gras sind, halten wir uns bedeckt und rücken vor, auf den Wald zu, umgehen sie seitlich.«

»Die sehen uns aber, wenn wir aus der Tür kommen.«

»Sie *sollen* uns auch sehen. Wir wollen ihnen klar machen, dass wir zwei irgendwo da draußen im Gras sind. Dadurch werden sie nervös und blicken sich ständig um. Schießen Sie nicht, solange Sie kein klares, eindeutiges Ziel haben. Haben Sie das kapiert? Ja?«

»Ich hab's kapiert.«

Sachs ergriff mit der linken Hand den Türknauf. Sie ging auf Blickkontakt mit Lucy.

Einer von ihnen – O'Sarian, begleitet von Tomel – schleppte den Kerosinkanister zur Hütte, ohne auf die Tür zu achten. Daher konnte keiner von beiden rechtzeitig die Waffe anlegen und einen gezielten Schuss abgeben, als die beiden Frauen herausstürmten, ausschwärmten und zur nächstbesten Deckung rannten.

Culbeau – der ein Stück weiter hinten war, damit er die Front und die Seite der Hütte im Blick hatte – hatte offenbar auch nicht damit gerechnet, dass jemand herauskam, denn als sein Jagdgewehr losdonnerte, warfen sich sowohl Sachs als auch Lucy bereits ins hohe Gras, das rings um die Hütte wucherte.

O'Sarian und Tomel verschwanden ebenfalls im Gras. »Ihr habt sie rausgelassen«, rief Culbeau. »Scheiße, was macht ihr da?« Er gab einen weiteren Schuss auf Sachs ab, die flach am Boden lag – und als sie wieder aufblickte, hatte sich Culbeau ebenfalls ins Gras gehechtet.

Drei tödliche Schlangen, die da draußen vor ihnen waren. Und kein Hinweis darauf, wo sie stecken könnten.

»Nach rechts«, rief Culbeau.

»Wohin?«, meldete sich einer der anderen. Ihrer Meinung nach war es Tomel.

»Ich glaub … Moment.«

Danach Stille.

Sachs kroch auf die Stelle zu, wo sie kurz zuvor Tomel und O'Sarian gesehen hatte. Sie konnte nur etwas Rotes erkennen, hielt sich aber in die Richtung. Der heiße Wind drückte das Gras beiseite, und sie sah, dass es der Kerosinkanister war. Sie schob sich ein paar Schritte näher, und als der Wind ihr wieder zu Hilfe kam, zielte sie tief und jagte eine Kugel in den Boden des Kanisters. Er ruckelte kurz und verströmte eine klare Flüssigkeit.

»Scheiße«, rief einer der Männer, worauf sie ein Rascheln im Gras hörte, als er sich, wie sie annahm, schleunigst von dem Kanister entfernte, obwohl er kein Feuer fing.

Wieder Geraschel, Schritte.

Aber woher kamen sie?

Dann sah Sachs draußen im Gelände, etwa fünfzehn Meter entfernt, etwas aufblinken. Ganz in der Nähe der Stelle, wo Culbeau gewesen war, und ihr wurde klar, dass es vermutlich das Zielfernrohr oder das Verschlussstück seiner schweren Büchse war. Vorsichtig hob sie den Kopf und ging auf Blickkontakt mit Lucy, deutete auf sich und dann auf das Blinken. Die Polizistin nickte und deutete dann auf die Seite. Sachs nickte.

Doch als Lucy geduckt durch das hohe Gras auf der linken Seite der Hütte lief, stand O'Sarian auf, lachte wieder wie ein Wahnsinniger und eröffnete mit seinem Colt das Feuer. Trocken hallten die Schüsse im Gelände wider. Einen Moment gab Lucy ein deutliches Ziel ab, und nur weil O'Sarian zu ungeduldig war, verfehlte er sie. Die Polizistin hechtete zu Boden, als rundum Erdfontänen aufspritzten, richtete sich dann auf und gab einen Schuss auf ihn ab, traf ihn beinahe, worauf sich der kleine Mann in Deckung warf und ein lautes Johlen ausstieß. »Nicht schlecht, Baby!«, rief er.

Sachs rückte wieder vor, auf Culbeaus Stellung zu. Sie hörte weitere Schüsse. Das Knallen eines Revolvers, dann den trockenen Feuerstoß des Sturmgewehrs, danach das ohrenbetäubende Krachen der Schrotflinte.

Einen Moment fürchtete sie, Lucy könnte getroffen worden sein, doch kurz darauf hörte sie ihre Stimme. »Amelia, er kommt auf Sie zu.«

Schwere Schritte im Gras. Stille. Rascheln.

Wer? Und wo war er? Sie bekam es mit der Angst zu tun und blickte sich benommen um.

Alles ruhig. Dann eine Männerstimme, die irgendetwas Unverständliches rief.

Die Schritte entfernten sich.

Wieder teilte der Wind das Gras, und Sachs sah Culbeaus Zielfernrohr funkeln. Er war fast genau vor ihr, fünfzehn Meter entfernt, auf einer Bodenwelle – eine günstige Schussposition. Er konnte jederzeit aus dem Gras aufspringen und mit seiner schweren Büchse das ganze Gelände bestreichen. Sie kroch schneller voran, ging davon aus, dass er mit dem Zielfernrohr Lucy anvisierte – oder durch das Fenster der Hütte Rhyme und Mary Beth aufs Korn nahm.

Schneller, schneller!

Sie sprang auf und rannte geduckt weiter. Culbeau war immer noch gut zehn Meter entfernt.

Aber Sean O'Sarian war weit näher – wie Sachs feststellen musste, als sie über die Lichtung rannte und über ihn stolperte. Er keuchte auf, als sie neben ihm stürzte und auf den Rücken fiel. Er roch nach Schnaps und Schweiß.

Mit irrem Blick schaute er sie an; er wirkte wie von Sinnen.

Im nächsten Moment hob Sachs den Revolver, und er legte das Colt-Gewehr auf sie an. Sie warf sich nach hinten, ins Gras, und beide drückten gleichzeitig ab. Sie spürte das Mündungsfeuer, als er sein Magazin leer schoss, doch alle drei Kugeln gingen vorbei. Sie hatte nur einmal abgedrückt und ihn ebenfalls verfehlt. Als sie sich auf den Bauch wälzte und nach ihm umschaute, sprang er johlend durch das Gras davon.

Lass dir die Gelegenheit nicht entgehen, sagte sie sich. Und lief Gefahr, von Culbeau getroffen zu werden, als sie sich aus dem

Gras aufrichtete und auf O'Sarian zielte. Doch bevor sie abdrücken konnte, stand Lucy auf und gab einen Schuss auf ihn ab, als er direkt auf sie zulief. Der Mann riss den Kopf hoch und fasste sich an die Brust. Lachte wieder. Dann drehte er sich um die eigene Achse und fiel ins Gras.

Lucy stand der Schreck ins Gesicht geschrieben, und Sachs fragte sich, ob dies das erste Mal war, dass sie in Ausübung ihres Dienstes jemanden tötete. Dann warf sich die Polizistin wieder zu Boden. Im nächsten Moment zerfetzten mehrere Schrotladungen das Gras – genau dort, wo Lucy eben noch gestanden hatte.

Sachs kroch weiter auf Culbeau zu, und sie rückte so schnell wie möglich vor. Wahrscheinlich wusste er jetzt, wo sich Lucy befand, und wenn sie wieder aufstand, hatte er sie genau im Visier.

Fünf Meter, dann nur noch drei.

Wieder blinkte das Zielfernrohr auf, eine Idee greller diesmal, und Sachs duckte sich. Drückte sich an den Boden und wartete auf den Schuss. Aber offenbar hatte er sie nicht gesehen. Als kein Schuss fiel, robbte sie weiter, hielt sich leicht nach rechts, um ihn von der Seite zu fassen. Sie schwitzte, und ihre arthritischen Gelenke taten höllisch weh.

Noch anderthalb Meter.

Jetzt.

Ihre Schussposition war denkbar schlecht. Da Culbeau auf einer Bodenwelle in Stellung gegangen war, musste sie sich rechts von ihm aus dem Gras rollen und aufstehen, damit sie ihn überhaupt ins Ziel fassen konnte. Es gab keinerlei Deckung. Wenn sie ihn nicht auf Anhieb erwischte, hatte er sie genau im Ziel. Und selbst wenn sie ihn traf, hatte Tomel etliche Sekunden lang Zeit, die Schrotflinte auf sie zu richten.

Aber ihr blieb nichts anderes übrig.

Wenn du in Schwung bleibst…

Die Waffe hoch, Druck auf den Abzug.

Tief durchatmen.

…kriegt dich keiner.

Los!

Sie warf sich nach vorn, rollte sich ab. Stützte sich auf ein Knie, brachte die Waffe in Anschlag.

Und keuchte bestürzt auf.

Culbeaus »Gewehr« bestand aus einem alten Rohr von einer Destille, und das Zielfernrohr war eine zerbrochene Flasche, die er darauf befestigt hatte. Genau der gleiche Trick, den sie und Garrett in dem Ferienhaus am Paquenoke angewandt hatten.

Reingelegt ...

Ein Rascheln im Gras, ganz in der Nähe. Ein Schritt. Amelia Sachs ließ sich zu Boden fallen wie ein Nachtfalter.

Die Schritte näherten sich der Hütte, schwere Schritte – erst durch das Gras, dann auf der Erde, dann auf der Holztreppe, die auf die Veranda vor der Hütte führte. Langsam. Aber Rhyme fand, dass sie eher gelassen als vorsichtig klangen. Was wiederum hieß, dass sich derjenige, der da nahte, seiner Sache sicher war. Und daher gefährlich.

Lincoln versuchte mühsam den Kopf von der Sofalehne hochzuheben, konnte aber nicht erkennen, wer da nahte.

Die Dielen knarrten, und Rich Culbeau, ein schweres Gewehr in der Hand, sah herein.

Wieder packte ihn die helle Panik. War Sachs in Ordnung? Oder war sie von einem der zahllosen Schüsse, die er gehört hatte, getroffen worden? Lag sie jetzt irgendwo verletzt da draußen in dem staubigen Gelände? Oder war sie tot?

Culbeau warf einen Blick auf Rhyme und Thom und kam zu dem Schluss, dass sie keine Gefahr darstellten. Trotzdem blieb er in der Tür stehen. »Wo ist Mary Beth?«, fragte er Rhyme.

Rhyme blickte ihm in die Augen. »Ich weiß es nicht«, sagte er. »Sie ist hinausgelaufen, um Hilfe zu holen. Vor etwa fünf Minuten.«

Culbeau schaute sich in dem Raum um, dann fiel sein Blick auf die Kellertür.

»Weshalb tun Sie das?«, fragte Rhyme rasch. »Worauf sind Sie aus?«

»Rausgerannt ist sie also, was? Ich hab sie aber nicht rausrennen sehen.« Culbeau trat in die Hütte, den Blick auf die Kellertür gerichtet. Dann deutete er mit dem Kopf nach hinten, hinaus auf die Wiese. »Die hätten euch nicht allein lassen sollen. Das war ein Fehler.« Er musterte Rhyme von oben bis unten. »Was ist mit Ihnen passiert?«

»Ich wurde bei einem Unfall verletzt.«

»Sie sind der Kerl aus New York, über den alle geredet haben. Sie sind derjenige, der rausgekriegt hat, dass sie hier steckt. Können Sie sich wirklich nicht bewegen?«

»Nein.«

Culbeau lachte kurz auf, verwundert, als hätte er einen Fisch gefangen, den er noch nie gesehen hatte.

Rhymes Blick schweifte zur Kellertür, dann wieder zu Culbeau.

»Sie stecken hier schwer im Schlamassel«, sagte der große Mann. »Mehr, als Sie sich vorstellen können.«

Rhyme gab keine Antwort, und schließlich trat Culbeau weiter vor, richtete sein Gewehr mit einer Hand auf die Kellertür. »Mary Beth ist also weg, was?«

»Sie ist hinausgelaufen. Was haben Sie vor?«, fragte Rhyme.

»Sie ist da drunten, nicht wahr?«, sagte Culbeau. Er zog die Tür hoch und schoss, lud durch, schoss erneut. Noch dreimal. Dann spähte er in das dunkle, rauchverhangene Loch hinab und lud nach.

In diesem Moment trat Mary Beth hinter der Tür hervor, wo sie auf der Lauer gelegen hatte, und schwang ihre primitive Keule. Sie kniff entschlossen die Augen zusammen, holte weit aus. Die Waffe traf Culbeau seitlich am Kopf, riss ihm ein Stück vom Ohr ab. Das Gewehr entglitt seinen Händen und schlitterte über die Kellertreppe hinab in die Dunkelheit. Aber er war nicht schwer verletzt – er holte kurz mit seiner mächtigen Faust aus und erwischte Mary Beth an der Brust. Sie keuchte auf und ging zu Boden, bekam keine Luft mehr. Wimmernd lag sie auf der Seite.

Culbeau fasste sich ans Ohr und betrachtete seine blutigen Finger. Dann blickte er auf die junge Frau. Er zog ein Taschenmesser aus dem Lederfutteral an seinem Gürtel und klappte es auf. Griff in ihr braunes Haar und zerrte ihren Kopf zurück, entblößte die weiße Kehle.

Sie packte sein Handgelenk und versuchte es wegzudrücken. Aber er war viel kräftiger, und die dunkle Klinge kam immer näher.

»Halt«, herrschte ihn jemand von der Tür aus an. Garrett Hanlon stand in der Hütte. Er hatte einen großen, grauen Stein in der

Hand. Er ging auf Culbeau zu. »Lassen Sie sie los. Und dann raus mit Ihnen.«

Culbeau ließ Mary Beths Haare los – ihr Kopf sank zu Boden. Der große Mann trat einen Schritt zurück. Er fasste sich wieder ans Ohr, zuckte zusammen. »Hey, Junge, willst du mir etwa dumm kommen?«

»Machen Sie schon, los, raus.«

Culbeau lachte kalt. »Was willst du denn hier? Ich bin gut doppelt so schwer wie du. Und ich hab ein Messer. Du hast bloß den Stein. Na los, komm her. Ich misch dich auf. Bringen wir's hinter uns.«

Garrett schnipste zweimal mit den Fingernägeln. Er ging in die Knie wie ein Ringer, und rückte langsam vor. Grimmig und entschlossen, mit einer Miene, die fast unheimlich wirkte. Er tat ein paarmal so, als wollte er den Stein werfen, und Culbeau duckte sich, wich zurück. Dann lachte der große Mann auf, musterte seinen Gegner geringschätzig und kam vermutlich zu dem Schluss, dass der Junge ihm nicht viel anhaben konnte. Er stürzte sich auf ihn und stieß mit dem Messer nach Garretts Bauch. Der Junge sprang zurück und entging knapp der Klinge. Doch Garrett hatte sich verschätzt. Er prallte gegen die Wand und ging benommen in die Hocke.

Culbeau wischte sich die Hände an den Hosenbeinen ab und griff lässig zum Messer. Ungerührt musterte er Garrett wie ein Stück Wild, das er erlegen musste.

Dann tat sich etwas am Boden – eine kurze Bewegung, kaum wahrnehmbar. Mary Beth, die immer noch da lag, ergriff ihren Streitkolben und hieb damit auf Culbeaus Knöchel ein. Er schrie auf, drehte sich zu ihr um und hob das Messer. Doch Garrett stürzte sich auf ihn, warf sich auf seine Schultern. Culbeau fiel vornüber und rutschte auf den Knien die Kellertreppe hinab. Auf halber Höhe fand er wieder Halt. »Du kleiner Scheißer«, knurrte er.

Rhyme sah, wie Culbeau in dem dunklen Keller nach seinem Gewehr tastete. »Garrett! Er sucht seine Waffe!«

Der Junge ging langsam auf das Kellerloch zu und hob den Stein. Doch er warf ihn nicht. Was macht er da? fragte sich Rhyme. Er sah, wie Garrett ein zusammengeknülltes Stück Stoff aus einem Loch an der Unterseite zog und zu Culbeau hinabblickte. »Das ist kein Stein«, sagte er. Und als die ersten gelbschwarz gestreiften Leiber aus dem Loch schwärmten, warf er Culbeau das Nest ins Gesicht und schlug die Kellertür zu. Legte den Riegel vor und trat zurück.

Zwei Kugeln durchschlugen das Holz der Kellertür und bohrten sich in die Decke.

Doch danach fiel kein Schuss mehr. Normalerweise, dachte Rhyme, hätte Culbeau mehr als nur zweimal abdrücken müssen.

Aber andererseits hätte er auch erwartet, dass die Schreie, die aus dem Keller drangen, länger andauern würden.

Harris Tomel wusste, dass es höchste Zeit war, sich abzusetzen, zurück nach Tanner's Corner.

O'Sarian war tot – okay, kein großer Verlust –, und Culbeau war zur Hütte gegangen, um sich die anderen vorzuknöpfen. Daher musste sich Tomel um Lucy kümmern. Doch es war ihm egal. Er schämte sich immer noch zutiefst, dass er gekniffen hatte, als Trey Williams vor ihm stand, und dass es dieser durchgeknallte kleine Scheißer, dieser O'Sarian gewesen war, der ihm das Leben gerettet hatte.

Na ja, noch mal würde er nicht wie angewurzelt stehen bleiben.

Dann sah er ein gutes Stück entfernt, neben einem Baum, etwas Braunes. Er schaute genauer hin. Genau, dort – durch die Astgabel konnte er Lucy Kerrs braune Uniformbluse erkennen.

Mit seiner zweitausend Dollar teuren Schrotflinte pirschte er sich ein bisschen näher heran. Es war kein leichter Schuss – allzu groß war das Ziel nicht, das sich ihm bot. Bloß ein Teil ihrer Brust war durch die Astgabel zu sehen. Mit einem Gewehr ganz schwer zu treffen. Aber mit einer Schrotflinte durchaus machbar. Er steckte den Chokeaufsatz auf die Mündung, damit die Kugeln weiter streuten und er sie garantiert erwischte.

Er stand rasch auf, richtete das Korn auf die Bluse und drückte ab.

Ein gewaltiger Rückschlag. Dann schaute er mit zusammengekniffenen Augen nach, ob er sein Ziel getroffen hatte.

Ach, du lieber Heiland… Nicht schon wieder! Die Bluse schwebte in der Luft – von der Wucht der Kugeln hochgerissen.

Sie hatte sie in den Baum gehängt, um ihn zum Schießen zu verleiten, damit er seinen Standort preisgab.

»Keine Bewegung, Harris«, ertönte Lucys Stimme hinter ihm. »Es ist vorbei.»

»Das war nicht schlecht«, sagte er. »Du hast mich getäuscht.« Er wandte sich zu ihr um, hielt die Browning in Hüfthöhe, sodass sie, durch das Gras verdeckt, auf ihre Brust gerichtet war. Sie hatte ein weißes T-Shirt an.

»Wirf die Waffe weg«, befahl sie.

»Schon geschehen«, sagte er.

Er rührte sich nicht.

»Lass deine Hände sehen. Hoch damit. Sofort, Harris. Letzte Warnung.«

»Schau, Lucy ...«

Das Gras war fast anderthalb Meter hoch. Er könnte sich zu Boden werfen, schießen und sie von den Beinen holen. Sie dann aus nächster Nähe erledigen. Riskant war es dennoch. Ein, zwei Schuss könnte sie vielleicht trotzdem noch abgeben.

Da fiel ihm etwas auf – der Blick, mit dem sie ihn musterte. Ein unsicherer Blick. Und er hatte den Eindruck, dass sie ihre Waffe allzu drohend auf ihn gerichtet hatte.

Sie bluffte.

»Dir ist die Munition ausgegangen«, sagte Tomel grinsend.

Keine Antwort, aber ihre Miene bestätigte es. Er hob die Schrotflinte mit beiden Händen und legte auf sie an. Mit hoffnungslosem Blick schaute sie zu ihm her.

»Aber *mir* nicht«, ertönte eine Stimme neben ihm. Der Rotschopf! Er musterte sie. Sie ist eine Frau, sagte er sich. Die zögert bestimmt. Ich kann sie vorher kriegen. Er riss die Waffe herum.

Der Revolver in ihrer Hand bäumte sich auf, und das Letzte, was Tomel spürte, war ein brennender Schlag an die Schläfe.

Lucy Kerr sah, wie Mary Beth auf die Veranda getorkelt kam und ihnen zurief, dass Culbeau tot war. Rhyme und Garrett seien aber unversehrt.

Amelia Sachs nickte und ging dann zu Sean O'Sarian. Lucy nahm sich Harris Tomel vor. Sie bückte sich und ergriff mit zitternden Händen die Browning-Schrotflinte. Eigentlich, dachte sie, müsste mir davor grauen, einem Toten die Waffe zu entwinden, eine so wunderbare Waffe zudem, gleichzeitig aber will ich sie unbedingt haben. Sie fragte sich, ob sie noch geladen war.

Das ließ sich leicht feststellen. Sie lud einmal durch – vergeudete damit zwar eine Patrone, überzeugte sich zugleich aber auch davon, dass eine neue in der Kammer war.

Rund fünfzehn Meter weiter beugte sich Sachs über O'Sarian und durchsuchte ihn, den Revolver auf die Leiche gerichtet. Lucy fragte sich, weshalb sie sich die Mühe machte, aber vermutlich, stellte sie spöttisch fest, handelte es sich mal wieder um die übliche Vorgehensweise.

Sie suchte ihre Bluse und zog sie wieder an. Sie war zwar von Schrotkugeln zerfetzt, aber in dem engen T-Shirt genierte sie sich zu sehr. Lucy stand neben dem Baum, schwer atmend wegen der Hitze, und betrachtete Sachs' Rücken.

Nur noch Zorn – weil ich in meinem Leben so oft im Stich gelassen und verraten worden bin. Von meinem Körper, von meinem Mann, von Gott.

Und jetzt von Amelia Sachs.

Sie warf einen Blick nach hinten, dorthin, wo Harris Tomel lag. Von da aus hätte er Amelias Rücken genau im Visier haben können. So ließe sich die Sache jederzeit erklären – Tomel hatte sich im hohen Gras versteckt, war aufgestanden und hatte Sachs mit seiner Schrotflinte erschossen. Danach hatte sich Lucy Sachs' Waffe geschnappt und Tomel getötet. Niemand würde je erfahren, dass es anders gewesen war – außer ihr und vielleicht dem Geist von Jesse Corn.

Lucy hob die Schrotflinte, die sich so leicht anfühlte wie die Blüte eines Rittersporns. Schmiegte die Wange an das glatte, wohlriechende Holz, musste daran denken, wie sie seinerzeit, kurz nach der Brustamputation, ihr Gesicht an die verchromten Gitterstäbe des Krankenhausbettes gedrückt hatte. Sie richtete den blanken Lauf auf das schwarze T-Shirt der Frau, zielte genau auf ihr Rückgrat. Sie würde schmerzlos sterben. Und schnell.

Genauso schnell wie Jesse Corn.

Hier ging es um nichts als schlichte Vergeltung – um Schuld und Sühne.

Lieber Gott, gib mir freie Schussbahn auf meinen Judas.

Lucy blickte sich um. Keine Zeugen.

Sie legte den Finger um den Abzug, krümmte ihn.

Kniff die Augen zusammen und richtete das Korn mit ruhiger Hand aus, denn sie war kräftig, dank der jahrelangen Gartenarbeit und weil sie sämtliche Arbeiten, die im Haus anfielen, selber erledigen musste – ganz allein. Zielte mitten auf Amelia Sachs' Rücken.

Der heiße Wind strich durch das Gras rundum. Sie musste an Buddy denken, an ihren Arzt, an ihr Haus und den Garten.

Lucy senkte die Waffe.

Sie leerte das Magazin, stützte den gepolsterten Kolben auf die Hüfte, sodass die Mündung nach oben gerichtet war, und ging zu dem Bus, der vor der Hütte stand. Sie legte die Flinte auf den Boden, suchte ihr Handy und rief die Staatspolizei an.

Der Rettungshubschrauber traf zuerst ein, und die Sanitäter luden Thom sofort ein und flogen ihn zum Klinikum. Einer blieb zurück und kümmerte sich um Lincoln Rhyme, dessen Blutdruck gefährlich hoch war.

Die Staatspolizisten, die ein paar Minuten später mit einem zweiten Hubschrauber eintrafen, nahmen Amelia Sachs zuerst fest, fesselten ihr die Hände auf den Rücken und ließen sie auf dem heißen, blanken Boden vor der Hütte liegen, während sie hineinstürmten, um Garrett Hanlon zu verhaften und ihm seine Rechte vorzulesen.

... Neununddreißig

Thom kam mit dem Leben davon.

»Die Kugel?«, hatte der Arzt in der Notaufnahme des Universitätsklinikums in Avery trocken erwidert. »Die ist durchmarschiert. Hat nichts Wichtiges getroffen.« Doch der Betreuer war mindestens ein, zwei Monate lang nicht dienstfähig.

Ben Kerr hatte sich freiwillig dazu bereit erklärt, die Vorlesungen sausen zu lassen und noch ein paar Tage in Tanner's Corner zu bleiben, um Rhyme zur Hand zu gehen. »Eigentlich verdienen Sie meinen Beistand ja nicht, Lincoln«, hatte der Hüne gegrummelt. »Verflucht, Sie räumen nicht mal Ihren eigenen Dreck weg.«

Da ihm bei Behindertenwitzen nach wie vor nicht recht wohl zu Mute war, hatte er einen kurzen Blick auf Rhyme geworfen, ob derlei Frotzeleien noch zulässig waren. Die säuerliche Miene des Ermittlers hatte ihm bestätigt, dass dies der Fall war. Aber Rhyme hatte entgegnet, er wisse das Angebot zwar zu schätzen, doch die Pflege und Betreuung eines Querschnittsgelähmten sei eine langwierige und heikle Aufgabe. Und eine undankbare zudem – wenn der Patient Lincoln Rhyme hieß. Und daher wollte Dr. Cheryl Weaver dafür sorgen, dass man Rhyme einen ausgebildeten Pfleger vom Klinikum zur Verfügung stellte.

»Aber bleiben Sie in der Nähe, Ben«, sagte er. »Könnte sein, dass ich Sie noch brauche. Die meisten Pfleger halten nur ein paar Tage durch.«

Was das Verfahren gegen Amelia Sachs anging, so sah es schlecht für sie aus. Die ballistischen Untersuchungen hatten ergeben, dass die Kugel, die Jesse Corn getötet hatte, aus ihrer Waffe stammte. Ned Spoto war zwar tot, doch Lucy Kerr hatte in ihrer Aussage berichtet, wie Ned ihr den Vorfall geschildert hatte. Bryan McGuire hatte bereits angekündigt, dass er die Todesstrafe beantragen werde. Der stets gutmütige Jesse Corn war in der Stadt überaus beliebt gewesen, und da er bei der Festnahme des Insektensammlers ums Leben gekommen war, wurde in der Bevölkerung der Ruf nach einer schweren Bestrafung laut.

Jim Bell und die Staatspolizei hatten nach möglichen Gründen dafür gesucht, weshalb Culbeau und seine Freunde Rhyme und die Deputys angegriffen hatten. Ein Ermittler aus Raleigh hatte in ihren Häusern zehntausende von Dollar in bar gefunden. »Mehr Geld, als man mit Schwarzgebranntem machen kann«, hatte der Fahnder erklärt. Um dann Mary Beths Verdacht zu wiederholen. »Die Hütte muss in der Nähe einer Marihuanaplantage stehen – vermutlich haben die drei sie gemeinsam mit den beiden Männern angelegt, die Mary Beth überfallen haben. Garrett muss ihnen ins Gehege gekommen sein.«

Jetzt, einen Tag nach den schrecklichen Ereignissen bei der Schwarzbrennerhütte, saß Rhyme in seinem Storm Arrow – fahrtüchtig trotz des hässlichen Einschusslochs – in dem provisorischen Labor und wartete darauf, dass sein neuer Pfleger eintraf. Missmutig brütete er über Sachs' Schicksal nach, als ein Schatten durch die Tür fiel.

Er blickte auf und sah Mary Beth McConnell. Sie trat in das Zimmer. »Mr. Rhyme.«

Einmal mehr fiel ihm auf, wie hübsch sie war, wie selbstbewusst sie wirkte, wie aufgeschlossen und freundlich. Er konnte verstehen, weshalb Garrett so in sie vernarrt war. »Was macht Ihr Kopf?« Er nickte zu dem Verband an ihrer Schläfe.

»Das gibt eine ziemlich sehenswerte Narbe. In Zukunft werde ich mir die Haare wohl nicht mehr oft aus dem Gesicht kämmen. Ansonsten fehlt mir aber nichts.«

Rhyme war wie alle anderen auch erleichtert gewesen, als er erfuhr, dass Garrett Mary Beth nicht vergewaltigt hatte. Er hatte die Wahrheit gesagt, was das blutige Taschentuch anging: Garrett hatte sie im Keller der Hütte überrascht, worauf sie erschrocken hochgefahren war und sich den Kopf an einem niedrigen Balken aufgeschlagen hatte. Er war sichtlich erregt gewesen, schon wahr, aber das war bei dem Hormonstau, den ein Sechzehnjähriger durchmachte, nichts Ungewöhnliches, jedenfalls hatte er nicht Hand an sie gelegt, außer dass er sie vorsichtig die Treppe hochgetragen und ihre Wunde gereinigt und verbunden hatte. Er hatte sich lang und breit dafür entschuldigt, dass sie sich verletzt hatte.

»Ich wollte mich bloß bei Ihnen bedanken«, sagte die junge Frau jetzt zu Rhyme. »Ich weiß nicht, was ohne Sie aus mir geworden wäre. Die Sache mit Ihrer Freundin, dieser Polizistin, tut mir Leid. Wenn sie nicht gewesen wäre, wär ich jetzt tot, da bin ich mir sicher. Diese Männer wollten mich… na ja, Sie können es sich schon denken. Richten Sie ihr bitte meinen Dank aus.«

»Mach ich«, erwiderte Rhyme. »Wären Sie bereit, mir eine Frage zu beantworten?«

»Welche?«

»Ich weiß, dass Sie bei Jim Bell bereits eine Aussage gemacht haben, aber bislang kann ich nur aus den Spuren schließen, was in Blackwater Landing vorgefallen ist. Und manche davon sind nicht unbedingt eindeutig. Könnten Sie es mir schildern?«

»Klar… Ich war drunten am Fluss, ein paar Funde säubern, und als ich aufgeblickt habe, war Garrett da. Ich war sauer. Ich wollte nicht gestört werden. Jedes Mal, wenn er mich irgendwo gesehen hat, ist er einfach hergekommen und hat ein Gespräch angefangen, als ob wir dick befreundet wären.

An diesem Morgen war er aufgeregt. Er hat allerlei merkwürdige Sachen gesagt, zum Beispiel: ›Du solltest nicht allein hierher kommen, es ist zu gefährlich, in Blackwater Landing sterben die Leute.‹ Und dergleichen mehr. Er hat mich schier wahnsinnig gemacht. Ich habe ihm gesagt, er solle mich in Ruhe lassen. Ich müsse arbeiten. Er hat mich an der Hand gepackt und wollte mich wegzerren. Da kommt Billy Stail aus dem Wald und schreit: ›Du Dreckskerl‹, oder so was Ähnliches, und er drischt mit einer Schaufel auf Garrett ein, aber er hat sie Billy abgenommen und *ihn* erschlagen. Dann hat er mich wieder gepackt, hat mich zu dem Boot gezerrt und zu der Hütte gebracht.«

»Seit wann belästigt Garrett Sie schon?«

Mary Beth lachte. »Belästigt? Nein, nein. Ich wette, Sie haben mit meiner Mutter geredet. Ich war vor etwa einem halben Jahr in der Innenstadt, als ihn ein paar Jungs von der Highschool in die Mangel nehmen wollten. Ich hab sie verjagt. Dadurch wurde ich wohl seine Freundin. Er ist mir oft nachgestiegen, aber das war alles. Hat mich von weitem angeschmachtet, so in der Art. Ich war davon überzeugt, dass er harmlos ist.« Ihr Lächeln verging. »Bis neulich dann.« Mary Beth blickte auf ihre Uhr. »Ich muss los. Aber ich wollte Sie was fragen – und das ist der andere Grund, weshalb ich hier bin. Dürfte ich vielleicht die übrigen Knochen mitnehmen, wenn Sie sie nicht mehr als Beweismittel brauchen?«

Rhyme, der aus dem Fenster blickte und in Gedanken schon wieder mit Amelia Sachs beschäftigt war, wandte sich langsam zu Mary Beth um.

»Was für Knochen?«, fragte er.

»Die von Blackwater Landing. Wo Garrett mich entführt hat.«

Rhyme schüttelte den Kopf. »Was meinen Sie damit?«

Mary Beth legte besorgt die Stirn in Falten. »Die Knochen – das waren Funde, die ich dort gemacht habe. Ich wollte gerade die restlichen ausgraben, als Garrett mich entführt hat. Sie sind sehr wichtig… Sie wollen doch nicht etwa sagen, dass sie verloren gegangen sind?«

»Niemand hat am Tatort irgendwelche Knochen sichergestellt«, sagte Rhyme. »Im Untersuchungsbericht werden keine erwähnt.«

Sie schüttelte den Kopf. »Nein, nein… Sie *können* doch nicht einfach weg sein!«

»Was denn für Knochen?«

»Ich habe die Überreste von einigen verschollenen Kolonisten von Roanoke gefunden. Aus dem späten sechzehnten Jahrhundert.«

Rhymes Geschichtskenntnisse beschränkten sich weitgehend auf New York. »Damit kenne ich mich nicht aus.«

Doch als sie ihm von den Siedlern auf Roanoke berichtete, die eines Tages spurlos verschwunden waren, nickte er. »Ich meine mich zu erinnern, dass ich in der Schule etwas davon gehört habe. Warum glauben Sie, dass es sich um deren Überreste handelt?«

»Die Knochen waren sehr alt und verwittert, und außerdem befanden sie sich nicht an einer indianischen Grabstätte oder auf einem Friedhof aus der Kolonialzeit. Sie lagen einfach unter der Erde, ohne jeden Hinweis. So sind Krieger mit den Leichen ihrer Feinde verfahren. Hier…« Sie öffnete ihren Rucksack. »Ein paar hatte ich schon eingepackt, bevor Garrett mich weggeschafft hat.« Sie holte etliche in Plastikfolie gewickelte Stücke heraus, alle geschwärzt und vermodert. Rhyme erkannte eine Speiche, einen Teil von einem Schulterblatt, ein Hüftbein und ein mehrere Zentimeter langes Stück vom Oberschenkelknochen.

»Dort lagen noch viel mehr«, sagte sie. »Das ist einer der größten Funde in der Geschichte der amerikanischen Archäologie. Sie sind ungeheuer wertvoll. Ich *muss* sie wieder finden.«

Rhyme starrte auf die Speiche – einer der beiden Unterarmknochen. Im nächsten Moment blickte er auf.

»Könnten Sie vielleicht zur Sheriff-Dienststelle gehen, einfach den Gang entlang? Fragen Sie nach Lucy Kerr und schicken Sie sie kurz zu mir.«

»Geht's dabei um die Knochen?«, fragte sie.

»Könnte gut sein.«

Der Ausdruck stammte von Amelia Sachs' Vater – »Wenn du in Schwung bleibst, kriegt dich keiner.«

Der Spruch hatte mehrere Bedeutungen. Vor allem aber war er Ausdruck einer Grundhaltung, die Vater und Tochter teilten. Beide schwärmten für schnelle Autos, mochten den Polizeidienst auf der Straße, hatten Angst vor geschlossenen Räumen und einem sinn- und ziellosen Leben.

Aber jetzt *hatte* man sie gekriegt.

Ein für alle Mal.

Und ihre geliebten Autos, ihr geliebtes Dasein als Polizistin, ihr Leben mit Lincoln, ihre Zukunft, die Kinder, die sie haben wollte – all das war zerstört.

Sachs wurde im Gefängnis wie eine Aussätzige behandelt. Die Deputys, die ihr Essen und Kaffee in die Zelle brachten, sprachen kein Wort mit ihr, bedachten sie nur mit kalten Blicken. Rhyme wollte einen Anwalt aus New York einfliegen lassen, aber wie die meisten Polizisten kannte sich Sachs im Strafrecht fast ebenso gut aus wie ein Anwalt. Sie wusste, dass ihr Leben, jedenfalls so, wie sie es bisher gewohnt war, vorüber war, egal, auf welchen Kuhhandel sich der Nothelfer aus Manhattan und der Bezirksstaatsanwalt des Paquenoke County einigten. Amelia Sachs kam sich vor wie betäubt, fast so empfindungslos wie Lincoln Rhyme.

Irgendein Insekt marschierte zielstrebig über den Boden, von einer Wand zur anderen. Was trieb es dazu? Die Suche nach Nahrung, einem Partner zur Paarung, einem Unterschlupf?

Wenn alle Menschen von heute auf morgen verschwinden würden, würde die Welt einfach weiterbestehen. Aber wenn alle Insekten weg wären, gäb's schon bald kein Leben mehr – inner-

halb von einer Generation. Die Pflanzen würden sterben, dann die Tiere, und die Erde würde sich wieder in einen großen, öden Felsbrocken verwandeln.

Die Tür zum Büro wurde aufgerissen. Ein Deputy, den sie nicht kannte, stand dort. »Ein Anruf für Sie.« Er öffnete die Zellentür, legte ihr Fesseln an und führte sie zu einem kleinen Metalltisch, auf dem ein Telefon stand. Vermutlich meine Mutter, dachte sie. Rhyme hatte sie anrufen und ihr Bescheid sagen wollen. Vielleicht war es auch Amy, ihre beste Freundin aus New York.

Doch als sie mit klirrenden Ketten den Hörer ergriff, hörte sie Lincoln Rhymes Stimme. »Wie ist es da drin, Sachs? Kühl?«

»Es geht so«, murmelte sie.

»Der Anwalt trifft heute Abend ein. Er ist gut. Er ist seit über zwanzig Jahren Strafverteidiger. Er hat einen mutmaßlichen Einbrecher herausgepaukt, den *ich* überführt habe. Wenn jemand so was schafft, kannst du davon ausgehen, dass er gut ist.«

»Komm schon, Rhyme. Wozu die ganze Mühe? Ich bin eine Zugereiste, die einen Mörder aus dem Gefängnis befreit und einen hiesigen Polizisten getötet hat. Schlimmer geht's doch gar nicht.«

»Über deinen Fall reden wir später. Ich muss dich etwas anderes fragen. Du hast zwei Tage mit Garrett zugebracht. Habt ihr euch über irgendetwas unterhalten?«

»Na klar.«

»Worüber?«

»Weiß ich nicht. Über Insekten. Die Wälder, den Sumpf.« Wieso fragte er sie danach? »Ich kann mich nicht mehr genau erinnern.«

»Du *musst* dich daran erinnern. Du musst mir genau berichten, was er alles gesagt hat.«

»Wozu die Mühe, Rhyme?«, wiederholte sie.

»Komm schon, Sachs. Tu einem alten Krüppel den Gefallen, ja?«

... Vierzig

Lincoln Rhyme saß allein in dem provisorischen Labor und betrachtete die Spurentabellen.

FUNDE AM EIGENTLICHEN TATORT –
BLACKWATER LANDING
Kleenex mit Blutspuren
Kalksteinstaub
Nitrate
Phosphat
Ammoniak
Waschmittel
Camphen

FUNDE AM SEKUNDÄREN TATORT –
GARRETTS ZIMMER
Stinktiersekret
Abgerissene Kiefernnadeln
Zeichnungen von Insekten
Bilder von Mary Beth und Familienfoto
Bücher über Insekten
Angelschnur
Geld
Unbekannter Schlüssel
Kerosin
Ammoniak
Nitrate
Camphen

FUNDE AM SEKUNDÄREN TATORT –
STEINBRUCH
Alter Getreidesack – Aufdruck unleserlich
Mais – Futtermittel und Saatgut?
Brandflecken auf dem Sack

Deer-Park-Wasser
Planters-Käsecracker

FUNDE AM SEKUNDÄREN TATORT –
MÜHLE
Braune Farbe an Hose
Sonnentau
Lehm
Torfmoos
Fruchtsaft
Papierfasern
Stinkball – Fischköder
Zucker
Camphen
Alkohol
Kerosin
Hefe

Dann musterte er die Karte, verfolgte den Lauf des Paquenoke, der vom Great Dismal Swamp aus durch Blackwater Landing floss und sich dann nach Westen wand.

Dort war ein Knick im steifen Papier der Karte, ein Falz, den er gern glatt gestrichen hätte, der ihn störte – wie ein Juckreiz.

Daraus besteht nun seit ein paar Jahren mein Leben, dachte Lincoln Rhyme – ständige Juckreize, ohne dass man sich kratzen kann.

Aber vielleicht bin ich bald dazu in der Lage. Wenn Dr. Weaver an mir herumschnippelt und mich mit ihren Zaubertränken und Junghaizellen voll pumpt… vielleicht kann ich dann wieder mit der Hand über eine Karte fahren und kleine Falten glätten.

Eigentlich eine unnötige Bewegung, eigentlich unsinnig. Aber was für ein Triumph das wäre.

Draußen ertönten Schritte. Stiefel, dem Klang nach zu schließen. Mit harten Lederabsätzen. Auf Grund der langen Abstände zwischen den Schritten musste es ein großer Mann sein. Hoffentlich Jim Bell, dachte Rhyme, und der war es auch.

Rhyme blies sorgfältig in die Strohhalmsteuerung und wandte sich von der Wand ab.

»Lincoln«, sagte der Sheriff. »Was gibt's? Nathan hat gesagt, es wäre dringend.«

»Kommen Sie rein. Schließen Sie die Tür. Aber zunächst mal – ist jemand im Flur?«

Bell quittierte die Geheimnistuerei mit einem knappen Lächeln, schaute aber trotzdem nach. »Keiner da.«

Roland, sein Cousin, dachte Rhyme, hätte noch irgendeinen typischen Südstaatenausdruck nachgeschoben. »Leer wie eine Kirche am Zahltag« zum Beispiel war einer der Sprüche, den er von dem New Yorker Bell von Zeit zu Zeit gehört hatte.

Der Sheriff schlug die Tür zu und ging zum Tisch, lehnte sich dagegen, verschränkte die Arme. Rhyme wandte sich wieder der Karte zu. »Auf unserer Karte ist der Dismal Swamp Canal nicht verzeichnet, der ist weiter nordöstlich, nicht wahr?«

»Der Kanal? Nein, der ist da nicht drauf.«

»Wissen Sie näher darüber Bescheid?«, fragte Rhyme.

»Eigentlich nicht«, erwiderte Bell pflichtschuldig. Er kannte Rhyme erst seit kurzem, spürte aber genau, wann er mit offenen Karten spielen musste.

»Ich habe ein paar Erkundigungen eingeholt«, sagte Rhyme und nickte zum Telefon hin. »Der Dismal Swamp Canal ist ein Teilstück des Intracoastal Waterway. Wissen Sie, dass man mit einem Boot von Norfolk, Virginia, bis nach Miami fahren kann, immer parallel zur Küste, ohne aufs offene Meer zu müssen?«

»Klar. Jedes Kind in Carolina kennt den Intracoastal. Ich persönlich bin nie drauf gefahren. Hab nicht viel fürs Wasser übrig. Ich bin schon seekrank geworden, als ich mir *Titanic* angeschaut hab.«

»Zwölf Jahre dauerte es, bis man ihn ausgehoben hatte. Er ist zweiundzwanzig Meilen lang. Alles von Hand gegraben. Erstaunlich, finden Sie nicht? ... Nur ruhig, Jim. Ich will auf etwas Bestimmtes hinaus. Ich versprech's Ihnen. Werfen Sie mal einen Blick auf diese gerade Linie da oben, die von Tanner's Corner zum Paquenoke führt. Von Planquadrat G-11 bis Planquadrat G-10.«

»Sie meinen, auf *unseren* Kanal? Den Blackwater Canal?«

»Richtig. Nun denn, mit einem Boot könnte man darauf zum Paquo gelangen, danach zum Great Dismal und –«

Die Schritte, die diesmal nahten, waren nicht halb so laut wie

Bells und durch die geschlossene Tür fast nicht zu hören, bis sie unversehens aufgerissen wurde. Rhyme verstummte schlagartig.

Mason Germain stand in der Tür. Er warf Rhyme einen kurzen Blick zu, wandte sich dann an seinen Vorgesetzten. »Hab mich schon gewundert, wo du steckst, Jim. Wir müssen uns in Elizabeth City melden. Captain Dexter hat noch ein paar Fragen zu den Vorfällen bei der Schwarzbrennerhütte.«

»Ich unterhalte mich gerade mit Lincoln. Wir haben darüber geredet, was –«

Doch Rhyme fiel ihm rasch ins Wort. »Sagen Sie, Mason, könnten Sie uns vielleicht einen Moment allein lassen?«

Mason blickte von einem zum andern. Er nickte bedächtig. »Die möchten dich so schnell wie möglich sprechen, Jim.« Er ging, ehe Bell etwas erwidern konnte.

»Ist er weg?«, fragte Rhyme.

Wieder schaute Bell auf den Flur, nickte dann. »Was soll das Ganze, Lincoln?«

»Könnten Sie kurz aus dem Fenster gucken? Sichergehen, dass Mason weg ist? Ach, und die Tür würde ich lieber wieder schließen.«

Bell tat, wie ihm geheißen. Dann ging er zum Fenster und schaute hinaus. »Ja. Er geht die Straße rauf. Was soll das Ganze …?« Er hob die Hände und ließ den Satz unvollendet.

»Wie gut kennen Sie Mason?«

»So gut wie die meisten meiner Deputys. Warum?«

»Weil er Garrett Hanlons Familie ermordet hat.«

»*Was?*« Bell wollte zunächst lächeln, verkniff es sich aber rasch. »Mason?«

»Mason«, sagte Rhyme.

»Aber warum, um alles auf der Welt?«

»Weil Henry Davett ihn dazu angeheuert hat.«

»Moment mal«, sagte Bell. »Da komm ich nicht ganz mit.«

»Ich kann es noch nicht beweisen. Aber ich bin davon überzeugt.«

»Henry? Was hat der denn damit zu tun?«

»Alles dreht sich um Blackwater Landing«, sagte Rhyme. Er wandte sich der Karte zu, schlug seinen belehrenden Tonfall an.

»Nun denn, der Grund, weshalb man im achtzehnten Jahrhundert all diese Kanäle ausgehoben hat, war der, dass man über zuverlässige Verkehrsverbindungen verfügen wollte, denn die Straßen waren zu schlecht. Doch durch den Ausbau der Straßen und des Schienennetzes kam die Schifffahrt auf diesen Wasserwegen weitgehend zum Erliegen.«

»Wie haben Sie das alles rausgefunden?«

»Über die Historische Gesellschaft in Raleigh. Ich habe dort mit einer bezaubernden Dame gesprochen, Julie DeVere hieß sie. Sie erzählte mir, dass der Blackwater Canal kurz nach dem Bürgerkrieg stillgelegt wurde. Und hundertdreißig Jahre lang nicht mehr genutzt. Bis Henry Davett wieder Frachtkähne darauf verkehren ließ.«

Bell nickte. »Das war vor etwa fünf Jahren.«

»Eine Frage«, hakte Rhyme nach. »Haben Sie sich nicht gewundert, weshalb Davett ihn wieder nutzte?«

Der Sheriff schüttelte den Kopf. »Ein paar von uns haben sich damals Sorgen gemacht, dass Kinder rausschwimmen, unter einen Kahn geraten und ertrinken könnten, aber nachdem nie was passiert ist, hat sich niemand mehr damit beschäftigt. Aber jetzt, wo Sie's erwähnen – ich habe keine Ahnung, *warum* er den Kanal wieder nutzt. Zumal ständig Lastwagen bei ihm ein- und ausfahren. Und mit dem Laster ist man im Nu in Norfolk.«

Rhyme deutete mit dem Kopf auf die Spurentabelle. »Da haben wir die Erklärung. Der Stoff, den ich nicht richtig einzuordnen wusste – das Camphen.«

»Das Zeug, das man früher in Laternen verbrannt hat?«

Rhyme schüttelte den Kopf, verzog das Gesicht. »Nein. Ich habe mich geirrt. Es stimmt schon, man hat Camphen in Laternen verbrannt. Aber man hat es noch zu etwas anderem benutzt. Man kann es auch zu Toxaphen verarbeiten.«

»Was ist das?«

»Eines der gefährlichsten Pestizide, die es gibt. Es wurde früher hauptsächlich im Süden der Vereinigten Staaten eingesetzt – bis es in den Achtzigerjahren von der Umweltschutzbehörde allgemein verboten wurde, von ein paar wenigen Ausnahmen abgesehen.« Rhyme schüttelte unwirsch den Kopf. »Da ich davon ausging, dass Toxaphen nicht mehr hergestellt werden darf, habe ich überhaupt nicht an Pestizide gedacht, sondern von vornherein angenommen, dass das Camphen von einer alten Laterne stammen muss. Aber wir haben nirgendwo eine alte Laterne gefunden. Ich hatte mich festgefahren und wusste nicht mehr weiter. Keine alten Lampen? Danach hätte ich die Liste durchgehen und nach Insektenvertilgungsmitteln suchen müssen. Und als ich das endlich tat – heute Morgen –, fand ich heraus, woher das Camphen stammt.«

Bell nickte gespannt. »Und zwar?«

»Es kommt *überall* vor«, sagte Rhyme. »Ich habe Lucy Wasser- und Bodenproben rund um Tanner's Corner nehmen lassen. Hier ist alles mit Toxaphen verseucht – das Wasser, das Land. Ich hätte darauf achten müssen, was Sachs mir berichtete, als sie auf der Suche nach Garrett war. Sie sah riesige Flächen Ödland. Sie dachte, das läge am sauren Regen. Aber es war das Toxaphen. Die höchste Konzentration findet sich im Umkreis von etwa zwei Meilen rund um Davetts Fabrik – in Blackwater Landing und am Kanal. Die Asphalt- und Dachpappenproduktion dient ihm als Tarnung für die Herstellung von Toxaphen.«

»Aber Sie haben doch gesagt, es wär verboten.«

»Ich habe einen FBI-Agenten angerufen, einen Freund von mir, und der wiederum hat bei der Umweltbehörde nachgefragt. Es ist nicht vollkommen verboten – Farmer dürfen es in Notfällen verwenden. Aber damit macht Davett nicht seine Millionen. Der Typ von der Umweltbehörde hatte eine andere Erklärung – den so genannten ›Kreislauf des Gifts‹.«

»Das klingt nicht gut.«

»Ist es auch nicht. Toxaphen ist hier bei uns verboten, aber das Verbot in den USA bezieht sich nur auf den *Einsatz*. Es darf sehr wohl hier hergestellt und ins Ausland verkauft werden.«

»Und *dort* darf es verwendet werden?«

»In den meisten Ländern der Dritten Welt und Lateinamerikas ist es erlaubt. Und damit wären wir beim Kreislauf: Diese Länder sprühen Nahrungsmittel mit Pestiziden ein und schicken sie in die USA. Die Lebensmittelkontrolle untersucht nur einen kleinen Prozentsatz der importierten Obst- und Gemüseerzeugnisse, sodass nach wie vor zahlreiche Menschen in den Vereinigten Staaten von dem Gift abbekommen, obwohl der Stoff hier verboten ist.«

Bell lachte bitter auf. »Und Davett kann ihn nicht auf der Straße befördern, weil viele Städte und Bezirke keine Gifttransporte durchlassen. Und in den Frachtpapieren seiner Laster muss die Ladung aufgeführt sein. Von dem Schaden für das Ansehen seiner Firma gar nicht zu sprechen, wenn rauskommt, was er da treibt.«

»Genau«, sagte Rhyme nickend. »Daher hat er den Kanal wieder eröffnet und das Toxaphen auf dem Intracoastal Waterway nach Norfolk befördert, wo es auf ausländische Schiffe verladen wird. Es gab nur eine Schwierigkeit – als der Kanal im achtzehnten Jahrhundert stillgelegt wurde, verkaufte man den Grund und Boden rundum an Privatleute. Die Menschen, deren Häuser am Kanal lagen, hatten das Recht, darüber zu bestimmen, wer ihn nutzen darf.«

»Also hat Davett ihnen Geld gegeben«, sagte Bell, »damit sie ihm ihren Anteil am Kanal verpachten.« Er nickte, als wäre ihm mit einem Mal alles klar. »Und er muss ihnen eine Menge Geld dafür bezahlt haben – man muss sich bloß mal ansehen, wie groß die Häuser in Blackwater Landing sind. Und dann die schmucken Pick-ups, die Mercedes und die Lexus, die die Leute hier in der Gegend fahren. Aber was hat das mit Mason und Garretts Familie zu tun?«

»Das Grundstück von Garretts Vater lag am Kanal. Aber er wollte seine Nutzungsrechte nicht abtreten. Daher hat Davett oder jemand aus seiner Firma Mason angeheuert, damit er Garretts Vater zum Verkauf überredet, und als er sich nicht darauf einließ, suchte sich Mason irgendwelches einheimische Gesocks, das ihm half, Garretts Familie zu beseitigen – Culbeau, Tomel und O'Sarian. Danach, so nehme ich an, bestach Davett den Testamentsvollstrecker, damit er ihm das Grundstück verkaufte.«

»Aber Garretts Familie ist bei einem Unfall ums Leben gekommen. Einem Autounfall. Ich hab den Bericht mit eigenen Augen gesehen.«

»War Mason der zuständige Sachbearbeiter?«

»Ich weiß es nicht mehr, könnte aber sein«, räumte Bell ein. Mit einem bewundernden Lächeln schaute er Rhyme an. »Wie, um alles auf der Welt, haben Sie das rausgekriegt?«

»Ah, das war einfach – weil es im Juli keinen Raureif gibt. Jedenfalls nicht in North Carolina.«

»Raureif?«

»Ich habe mit Amelia gesprochen. Garrett hat ihr erzählt, dass an dem Abend, an dem seine Familie umkam, Reif an dem Wagen gewesen sei und seine Eltern und seine Schwester vor Kälte gezittert hätten. Aber der Unfall hat sich im Juli ereignet. Mir fiel ein, dass ich den Artikel in der Akte gesehen hatte – das Bild von Garrett und seiner Familie. Er trug ein T-Shirt, und auf dem Bild waren sie anlässlich der Feiern zum vierten Juli abgebildet. In der Bildunterschrift hieß es, das Foto sei eine Woche vor dem tödlichen Unfall seiner Eltern aufgenommen worden.«

»Was redet der Junge denn da? Reif, vor Kälte zittern?«

»Mason und Culbeau haben eine Ladung von Davetts Toxaphen benutzt, um die Familie zu töten. Ich habe mit meiner Ärztin im Klinikum gesprochen. Sie sagt, bei einer neurotoxischen Vergiftung kommt es in Extremfällen zu Krämpfen am ganzen Körper. Das ist das Zittern, das Garrett sah. Bei dem Reif handelte es sich vermutlich um Dämpfe oder Rückstände der Chemikalie in dem Wagen.«

»Warum hat er niemand was davon erzählt, wenn er's gesehen hat?«

»Ich habe der Ärztin den Jungen beschrieben. Und sie sagte, es klinge so, als ob er an diesem Abend ebenfalls vergiftet worden sei. Gerade so viel, dass er an einer Überempfindlichkeit gegen chemische Stoffe leidet. Gedächtnisverlust, Hirnschäden, heftige Reaktionen auf andere Chemikalien in Luft und Wasser. Können Sie sich an die Pusteln auf seiner Haut erinnern?«

»Klar.«

»Garrett meint, es käme vom Giftsumach, aber das stimmt nicht. Die Ärztin hat mir erklärt, dass Hautausschläge ein typisches Symptom einer solchen Überempfindlichkeit gegen Chemikalien seien. Sie brechen aus, wenn man geringen Mengen bestimmter Stoffe ausgesetzt ist, die bei niemand anderem eine Wirkung zeigen würden. Selbst Seife oder Parfüm kann solche Hautausschläge auslösen.«

»Das leuchtet mir ein«, sagte Bell. Dann runzelte er die Stirn. »Aber wenn Sie keine handfesten Beweise haben«, fügte er hinzu, »ist das alles reine Spekulation.«

»Oh, ich sollte vielleicht noch erwähnen« – Rhyme konnte sich ein leichtes Lächeln nicht verkneifen, denn Bescheidenheit war eine Tugend, von der er noch nie viel gehalten hatte – »dass ich ein paar handfeste Beweise habe. Ich habe die skelettierten Leichen von Garretts Angehörigen gefunden.«

... Einundvierzig

Im Albemarle Manor Hotel, einen Straßenzug vom Gefängnis des Paquenoke County entfernt, wartete Mason Germain nicht erst auf den Fahrstuhl, sondern stieg die mit einem fadenscheinigen braunen Teppich belegte Treppe empor.

Er fand Zimmer Nummer 201 und klopfte.

»Es ist offen«, meldete sich eine Stimme.

Mason stieß langsam die Tür zu dem rosaroten, von der Nachmittagssonne in orangefarbenes Licht getauchten Zimmer auf. Es war so heiß, dass es fast wehtat. Er konnte sich nicht vorstellen, dass es der Bewohner so haben wollte, daher nahm er an, dass der Mann, der am Tisch saß, entweder zu faul war, die Klimaanlage anzustellen, oder so blöde, dass er nicht wusste, wie sie funktionierte. Was ihn in Masons Augen umso verdächtiger machte.

Der Afroamerikaner, hager und mit besonders dunkler Hautfarbe, trug einen zerknitterten schwarzen Anzug, der in Tanner's Corner völlig fehl am Platz wirkte. Mach die Leute nur auf dich aufmerksam, warum auch nicht?, dachte Mason verächtlich. Kam sich wohl vor wie Malcolm X.

»Sind Sie Germain?«, fragte der Mann.

»Ja.«

Der Mann hatte die Füße auf dem Sessel gegenüber liegen, und als er die Hand unter dem *Charlotte Observer* hervorzog, hielt er eine schwere automatische Pistole in den langen Fingern.

»Damit ist eine meiner Fragen beantwortet«, sagte Mason. »Ob Sie eine Waffe haben oder nicht.«

»Und die andere?«, fragte der Mann in dem Anzug.

»Ob Sie damit umgehen können.«

Der Mann sagte nichts, sondern strich mit einem kurzen Bleistift sorgfältig die Stelle in dem Zeitungsartikel an, die er gerade gelesen hatte. Er wirkte wie ein Drittklässler, der sich mit dem Abc abmüht.

Wortlos musterte Mason ihn, spürte dann einen Schweißtropfen, der ihm übers Gesicht rann und ihn zur Raserei trieb. Ohne den Mann um Erlaubnis zu fragen, ging Mason ins Badezimmer, schnappte sich ein Handtuch, wischte sich damit das Gesicht ab und warf es auf den Boden.

Der Mann stieß ein Lachen aus, das genauso aufreizend war wie der Schweißtropfen. »Ich habe den Eindruck«, sagte er, »dass Sie Leute wie mich nicht besonders mögen.«

»Nein, ich glaub nicht«, antworte Mason. »Aber wenn Sie wissen, was Sie tun, kommt's nicht darauf an, was ich mag und was nicht.«

»Vollkommen richtig«, sagte der Mann ungerührt. »Also, reden Sie mit mir. Ich will nicht länger hier bleiben, als ich muss.«

»Folgendes«, sagte Mason. »Rhyme redet gerade darüber in der Bezirksverwaltung mit Bell. Und diese Amelia Sachs, die sitzt im Gefängnis droben an der Straße.«

»Wo gehen wir zuerst hin?«

»Zu der Frau«, sagte Mason, ohne zu zögern.

»Dann tun wir das«, erwiderte der Mann, als ob er auf die Idee gekommen wäre. Er steckte die Waffe weg, legte die Zeitung auf die Kommode und sagte so höflich, dass Mason glaubte, er wollte ihn necken: »Nach Ihnen.« Und deutete auf die Tür.

»Die Leichen der Hanlons?«, fragte Jim Bell Rhyme. »Wo sind sie?«

»Da drüben«, sagte Rhyme. Er deutete mit dem Kopf auf den Haufen Knochen, die in Mary Beths Rucksack gewesen waren. »*Das* ist der Fund, den Mary Beth in Blackwater Landing gemacht hat«, sagte der Ermittler. »Sie dachte, es wären die Gebeine der Überlebenden der verschollenen Kolonie. Aber ich musste ihr mitteilen, dass sie so alt nicht sind. Sie wirken zwar vermodert, aber das kommt daher, dass sie teilweise verbrannt sind. Ich habe mich viel mit forensischer Anthropologie beschäftigt und deshalb gleich erkannt, dass sie nur etwa fünf Jahre unter der Erde waren – und genauso lang ist es her, dass Garretts Familie getötet wurde. Die Knochen stammen von einem Mann, circa Ende dreißig, einer etwa gleichaltrigen Frau, die Kinder geboren hat, und einem ungefähr zehnjährigen Mädchen. Das trifft genau auf Garretts Familie zu.«

Bell schaute ihn an. »Ich kapier's nicht.«

»Das Grundstück von Garretts Familie lag in Blackwater Landing, vom Fluss aus gesehen jenseits der Route 112. Mason und Culbeau vergifteten die Familie, verbrannten und begruben dann die Leichen und schoben ihren Wagen in den Fluss. Davett bestach den Gerichtsmediziner, damit er einen falschen Totenschein ausstellte, und schmierte einen Leichenbestatter, der daraufhin vorgab, die sterblichen Überreste zu verbrennen. Die Gräber sind garantiert leer. Mary Beth muss irgendjemandem gegenüber erwähnt haben, dass sie die Knochen gefunden hat, und Mason bekam davon Wind. Er gab Billy Stail Geld und beauftragte ihn, nach Blackwater Landing zu gehen, sie umzubringen und die Beweise zu entwenden – die Knochen.«

»*Was?* Billy?«

»Aber zufällig war Garrett da und behielt Mary Beth im Auge. Er hatte Recht, wissen Sie – Blackwater Landing *ist* gefährlich. Dort *sind* Menschen gestorben – diese anderen Todesfälle in den letzten paar Jahren. Nur dass es nicht Garrett war, der sie getötet hat. Es waren Mason und Culbeau. Sie wurden ermordet, weil sie durch das Toxaphen krank wurden und nach der Ursache fragten. Jeder in der Stadt wusste über den Insektensammler Bescheid, daher brachten Mason oder Culbeau das eine Mädchen – diese Meg Blanchard – mit einem Hornissennest um, damit es so aussah, als wäre er der Mörder. Den anderen zogen sie eins über den Schädel und warfen sie in den Kanal, wo sie ertranken. Die Menschen, die nicht nach der Ursache ihrer Krankheit fragten – Mary Beths Vater zum Beispiel oder Lucy Kerr –, behelligten sie nicht.«

»Aber Garretts Fingerabdrücke waren doch auf der Schaufel … der Mordwaffe.«

»Ah, die Schaufel«, sagte Rhyme versonnen. »Mit dieser Schaufel hat es etwas sehr Interessantes auf sich. Ich habe mich erneut vertan … Darauf befanden sich nur die Fingerabdrücke von zwei Menschen.«

»Ganz recht, die von Billy und Garrett.«

»Aber wo waren die von Mary Beth?«, fragte Rhyme.

Bell zog die Augen zusammen. Er nickte. »Richtig. Von ihr waren keine drauf.«

»Weil es nicht *ihre* Schaufel war. Mason gab sie Billy mit, als er ihn nach Blackwater Landing schickte – natürlich nachdem er seine Abdrücke abgewischt hatte. Ich habe Mary Beth danach gefragt. Sie sagte, Billy hätte sie dabeigehabt, als er aus dem Unterholz kam. Mason dachte sich vermutlich, sie gäbe die perfekte Mordwaffe ab – weil Mary Beth als Archäologin wahrscheinlich eine Schaufel mitgenommen hatte. Nun ja, Billy begibt sich nach Blackwater Landing und stellt fest, dass Garrett bei ihr ist. Er denkt sich, er bringt den Insektenjungen ebenfalls um. Aber Garrett nimmt Billy die Schaufel ab und schlägt damit auf ihn ein. Er dachte, er hätte ihn getötet. Hat er aber nicht.«

»Garrett hat Billy nicht umgebracht?«

»Nein, nein… Er hat ihn nur ein, zwei Mal getroffen. Hat ihn bewusstlos geschlagen, aber nicht ernsthaft verletzt. Dann brachte Garrett Mary Beth weg und nahm sie mit zu der Schwarzbrennerhütte. Mason war zuerst am Tatort. Das hat er zugegeben.«

»Ganz recht. Er hat die Meldung entgegengenommen.«

»Ein ziemlicher Zufall, dass er gerade in der Nähe war, finden Sie nicht?«, fragte Rhyme.

»Ich glaub schon. Seinerzeit hab ich nicht weiter darüber nachgedacht.«

»Mason fand Billy. Er ergriff die Schaufel – mit den Latexhandschuhen, die er trug – und schlug damit auf den Jungen ein, bis er tot war.«

»Woher wollen Sie das wissen?«

»Auf Grund der Anordnung der Latexabdrücke. Ich habe Ben den Stiel vor einer Stunde mit dem Polilight untersuchen lassen. Mason hielt die Schaufel wie einen Baseballschläger. So fasst man eine vermeintliche Tatwaffe nicht an. Und er wechselte ein paarmal den Griff, damit er besser Schwung holen konnte. Als Sachs den Tatort untersuchte, sagte sie, die Blutspritzer deuteten darauf hin, dass Billy zunächst am Kopf getroffen und niedergeschlagen worden sei. Aber er sei noch am Leben gewesen. Bis Mason ihn mit der Schaufel am Hals traf.«

Bell blickte mit fahler Miene aus dem Fenster. »Warum sollte Mason Billy umbringen?«

»Vermutlich dachte er, Billy könnte die Nerven verlieren und auspacken. Vielleicht war der Junge auch bei Bewusstsein, als Mason hinkam, und sagte, dass er die Nase voll habe und aussteigen wolle.«

»Deshalb wollten Sie also, dass Mason geht… vor ein paar Minuten. Ich hab mich schon *gefragt,* was das soll. Und wie wollen wir das alles beweisen, Lincoln?«

»Ich habe die Latexabdrücke auf der Schaufel. Ich habe die Knochen, die eine hohe Toxaphenkonzentration aufweisen. Ich will einen Taucher herkommen und im Paquenoke nach dem Wagen der Hanlons suchen lassen. Einige Spuren dürften erhalten geblieben sein – auch nach fünf Jahren. Danach sollten wir Billys Elternhaus durchsuchen und feststellen, ob sich dort Bargeld befindet, das man bis zu Mason zurückverfolgen kann. Und Masons Haus werden wir ebenfalls durchsuchen. Es wird ein schwerer Fall werden.« Rhyme lächelte leicht. »Aber ich bin gut, Jim. Ich schaffe es.« Dann hörte er auf zu lächeln. »Aber wenn Mason sich nicht zu einer Aussage gegen Henry Davett bewegen lässt, wird es schwer werden, *ihm* etwas nachzuweisen. Das da ist alles, was ich habe.« Rhyme deutete mit dem Kopf auf eine Musterflasche aus Plastik, die etwa einen Viertelliter einer klaren Flüssigkeit enthielt.

»Was ist das?«

»Reines Toxaphen. Lucy hat vor einer halben Stunde in Davetts Lagerhaus eine Probe besorgt. Sie sagt, dort lagern mindestens vierzigtausend Liter von dem Zeug. Wenn wir nachweisen können, dass die Chemikalie, mit der Garretts Familie getötet wurde, die gleiche Zusammensetzung aufweist wie die in der Flasche, können wir den Staatsanwalt vielleicht dazu überreden, Anklage gegen Davett zu erheben.«

»Aber Davett hat uns doch geholfen, Garrett zu finden.«

»Natürlich. Es war doch in seinem eigenen Interesse, dass der Junge – und auch Mary Beth – so schnell wie möglich gefunden werden. *Davett* war es doch, dem am allermeisten an ihrem Tod gelegen war.«

»Mason«, murmelte Bell Kopf schüttelnd. »Ich kenn ihn schon seit Jahren… Meinen Sie, er ahnt was?«

»Sie sind der Einzige, dem ich Bescheid gesagt habe. Ich habe es nicht einmal Lucy berichtet – ich habe sie nur ein bisschen Laufarbeit erledigen lassen. Ich hatte Angst, das jemand mithören könnte und Mason oder Davett Wind davon bekommen könnten. Diese Stadt, Jim, ist das reinste Hornissennest. Ich weiß nicht, wem ich trauen kann.«

Bell seufzte. »Weshalb sind Sie sich so sicher, dass es Mason war?«

»Weil Culbeau und seine Freunde bei der Schwarzbrennerhütte aufgetaucht sind, kurz nachdem wir herausfanden, wo sie sich befindet. Und Mason war der Einzige, der das wusste … außer mir, Ihnen und Ben. Er muss Culbeau angerufen und ihm mitgeteilt haben, wo die Hütte liegt. Daher … Kommen Sie, wir rufen die Staatspolizei an, lassen sie einen Taucher herschicken und suchen den Fluss rund um Blackwater Landing ab. Außerdem sollten wir uns Durchsuchungsbefehle für Billys und Masons Haus besorgen.«

Rhyme sah, wie Bell nickte. Doch statt sich ans Telefon zu begeben, trat er ans Fenster und schloss es. Dann ging er zur Tür, öffnete sie, schaute hinaus und zog sie wieder zu.

Er legte den Riegel vor.

»Jim, was machen Sie da?«

Bell zögerte, dann trat er einen Schritt auf Rhyme zu.

Der Ermittler schaute dem Sheriff in die Augen und klemmte sich rasch die Strohhalmsteuerung zwischen die Zähne. Er blies hinein, worauf sich der Rollstuhl vorwärts bewegte. Doch Bell trat hinter ihn und riss das Batteriekabel heraus. Der Storm Arrow rollte noch ein paar Zentimeter weiter und blieb dann stehen.

»Jim«, flüsterte er. »Sie etwa auch?«

»Ganz recht.«

Rhyme schloss die Augen. »Nein, nein«, flüsterte er. Er ließ den Kopf sinken. Aber nur ein paar Millimeter. Wie die meisten großen Männer neigte Lincoln Rhyme im Falle einer Niederlage zu eher knappen Gesten.

FÜNFTER TEIL

Die Stadt ohne Kinder

... Zweiundvierzig

Mason Germain und der mürrische Schwarze gingen langsam durch die Gasse neben dem Gefängnis von Tanner's Corner.

Der Mann schwitzte und schlug gereizt nach einer Stechmücke. Er grummelte etwas und wischte sich mit seiner langen Hand über die kurzen krausen Haare.

Mason verkniff sich die bissige Bemerkung, die ihm auf der Zunge lag.

Der Mann war groß, und wenn er sich auf die Zehenspitzen stellte, konnte er in das Gefängnisfenster schauen. Mason bemerkte, dass er schwarze Stiefeletten trug – aus glänzendem Lackleder –, wofür der Deputy den Ortsfremden aus irgendeinem Grund noch mehr verachtete. Er fragte sich, wie viele Menschen er schon erschossen hatte.

»Sie ist da drin«, sagte der Mann. »Sie ist allein.«

»Wir verwahren Garrett auf der anderen Seite.«

»Sie gehen vorne rein. Kann jemand hinten raus?«

»Ich bin Deputy, klar? Ich hab einen Schlüssel. Ich kann aufsperren«, sagte er mit abfälligem Unterton. Fragte sich einmal mehr, ob der Kerl halbwegs Hirn hatte.

Der gab ihm ebenso spitz Kontra. »Ich hab ja bloß gefragt, ob hinten eine *Tür* ist. Was ich nicht weiß, weil ich noch nie in diesem verkommenen Kaff gewesen bin.«

»Ach so. Ja, da ist 'ne Tür.«

»Tja, dann mal los.«

Mason stellte fest, dass der Mann die Waffe in der Hand hielt, ohne dass er gesehen hatte, wie er sie zog.

Sachs saß auf der Pritsche in ihrer Zelle und verfolgte wie gebannt eine herumschwirrende Fliege.

Was für eine Art ist das?, fragte sie sich. Garrett hätte es auf Anhieb gewusst. Er war das reinste Lexikon. Dann fiel ihr etwas ein: Irgendwann kommt der Augenblick, da ein Kind auf einem bestimmten Gebiet mehr weiß als seine Eltern. Es musste etwas

Wunderbares sein, erhebend, wenn einem bewusst wurde, dass man dieses Wesen erzeugt hatte, das einen nun übertrumpfte. Aber auch beschämend.

Eine Erfahrung, die sie nun nie mehr machen würde.

Wieder einmal musste sie an ihren Vater denken. Er hatte Straftaten *verhindert.* Hatte in all den Jahren im Dienst niemals von der Schusswaffe Gebrauch gemacht. So stolz er auf seine Tochter gewesen war – ihre Begeisterung für Schusswaffen hatte ihm stets Sorgen gemacht. »Schieß als Letztes«, hatte er sie oft ermahnt.

Ach, Jesse… Was soll ich dir denn sagen?

Nichts natürlich. Kein Wort. Du bist tot.

Sie meinte einen Schatten draußen vor dem Gefängnisfenster zu sehen. Doch sie achtete nicht darauf, befasste sich wieder mit Rhyme.

Du und ich, dachte sie. *Du und ich.*

Und sie entsann sich, wie sie vor ein paar Monaten gemeinsam auf dem wuchtigen Clinitron-Bett in seinem Stadthaus in Manhattan gelegen und sich Baz Luhrmans stilvolle Inszenierung von *Romeo und Julia* angesehen hatten, eine moderne, in Miami angesiedelte Version. Wenn man mit Rhyme zusammen war, setzte man sich ständig mit dem Tod auseinander, und als sie sich die letzten Szenen des Films angeschaut hatte, war Amelia Sachs klar geworden, dass es ihr und Rhyme genauso erging wie den Personen in Shakespeares Drama – auch ihre Liebe stand in gewisser Weise unter einem Unstern. Und ein weiterer Gedanke war ihr durch den Kopf gegangen – dass sie beide gemeinsam sterben würden.

Sie hatte sich nicht getraut, Lincoln Rhyme, den Verstandesmenschen, der keinen Funken Sentimentalität im Leib hatte, diese Gedanken mitzuteilen. Aber die Vorstellung hatte sie seither nicht mehr losgelassen, und aus irgendeinem Grund war sie ihr ein großer Trost.

Doch jetzt konnte sie sich nicht einmal mehr an diesem absonderlichen Gedanken aufrichten. Nein, jetzt – und das hatte sie sich selbst eingebrockt – waren sie im Leben ebenso voneinander getrennt wie im Tod. Sie –

Die Tür zum Zellentrakt wurde aufgerissen, und ein junger Deputy kam herein. Sie kannte ihn. Es war Steve Farr, Jim Bells Schwager.

»Hallo«, rief er.

Sachs nickte. Dann fiel ihr zweierlei auf. Erstens, dass er eine Rolex trug, für die ein gewöhnlicher Polizist in North Carolina normalerweise ein halbes Jahresgehalt hinlegen musste.

Und zweitens hatte er seine Dienstwaffe umgeschnallt und die Holsterklappe nicht geschlossen.

Trotz des Schildes draußen an der Tür zum Haftbereich:

VOR BETRETEN DES ZELLENTRAKTS SÄMTLICHE WAFFEN INS SCHLIESSFACH LEGEN.

»Wie geht's Ihnen?«, fragte Farr.

Sie schaute ihn an, zeigte keinerlei Regung.

»Ihnen hat's heute wohl die Sprache verschlagen, was? Tja, Miss, ich hab eine gute Nachricht für Sie. Sie sind frei, Sie kommen raus.« Er zupfte an einem seiner abstehenden Ohren.

»Frei? Raus?«

Er zückte seine Schlüssel.

»Ja. Die sind zu dem Schluss gekommen, dass sich der Schuss unabsichtlich gelöst hat. Sie können gehen.«

Sie musterte seine Miene. Er wandte den Blick ab.

»Wo ist die entsprechende Verfügung?«

»Was für eine Verfügung?«, fragte Farr.

»Ohne eine von der Staatsanwaltschaft unterzeichnete Verfügung, wonach das Verfahren eingestellt ist, darf niemand, dem eine Straftat zur Last gelegt wird, aus der Haft entlassen werden.«

Farr schloss die Zellentür auf und trat zurück. Hatte die Hand über dem Revolvergriff. »Ach, so halten Sie das vielleicht in der Großstadt. Hier bei uns geht's viel lockerer zu. Ich weiß, was man uns nachsagt – dass wir im Süden ein bisschen langsamer sind. Aber das stimmt nicht, eigentlich sind wir praktischer.«

Sachs blieb sitzen. »Darf ich fragen, wieso Sie im Zellentrakt Ihre Waffe tragen?«

»Ach, die da?« Er tippte an seine Waffe. »Wir nehmen das nicht so hundertprozentig genau. Nun kommen Sie schon. Sie können gehen. Normalerweise sind die Leute nicht mehr zu halten, wenn sie so was hören.« Er deutete mit dem Kopf zur Rückseite des Gefängnisses.

»Durch die Hintertür?«, fragte sie.

»Klar.«

»Sie dürfen einem flüchtenden Häftling nicht in den Rücken schießen. Das ist Mord.«

Er nickte gelassen.

Wie hatten sie es arrangiert?, fragte sie sich. Stand draußen jemand anderer bereit, der sie erschießen sollte? Vermutlich. Farr zieht sich die eigene Waffe über den Schädel und schreit um Hilfe. Gibt einen Schuss an die Decke ab. Und draußen steht jemand – ein »besorgter« Bürger vielleicht, der behauptet, er hätte den Lärm gehört und angenommen, Sachs wäre bewaffnet – und erschießt sie.

Sie rührte sich nicht.

»Nun stehen Sie schon auf und verziehen sich nach draußen.« Farr zog seinen Revolver.

Langsam stand sie auf.

Du und ich, Rhyme…

»Sie waren ziemlich dicht dran, Lincoln«, sagte Jim Bell. »Haben die Sache zu neunzig Prozent gelöst«, fügte er nach kurzem Nachdenken hinzu. »Und nach meiner Erfahrung im Polizeidienst ist das ein guter Prozentsatz. Pech, dass ich zu den zehn Prozent gehöre, wo Sie daneben gelegen haben.«

Bell stellte die Klimaanlage an. Da das Fenster geschlossen war, heizte sich das Zimmer augenblicklich auf. Rhyme spürte, wie ihm der Schweiß auf die Stirn trat. Sein Atem ging mühsamer.

»Zwei Familien am Blackwater Canal wollten Mr. Davetts Kähnen keine Durchfahrterlaubnis erteilen«, fuhr der Sheriff fort.

Ein hochachtungsvolles *Mister* Davett, stellte Rhyme fest.

»Daher hat der Chef seines Wachdiensts ein paar von uns eingespannt, damit wir die Sache regeln. Wir haben ein langes Gespräch mit den Conklins geführt, worauf die sich schließlich einverstanden erklärt haben. Aber Garretts Vater hätte nie zugestimmt. Wir wollten, dass es aussieht wie ein Autounfall, deshalb haben wir uns einen Kanister von dem Scheißzeug besorgt.« Er deutete mit dem Kopf auf die Flasche, die am Tisch stand. »Wir wollten sie betäuben. Wir haben gewusst, dass die ganze Familie mittwochs immer gemeinsam zum Abendessen ausgeht. Wir haben das Gift in die Autolüftung gekippt und uns im Wald versteckt. Sie sind eingestiegen, und Garretts Vater hat die Klimaanlage angeschaltet. Das Zeug ist nur so über sie drübergespritzt. Wir hatten zu viel genommen –«

Wieder warf er einen Blick auf die Flasche. »Das da reicht doppelt und dreifach, wenn man jemand umbringen will.« Er dachte nach, runzelte die Stirn, als er sich wieder daran erinnerte. »Alle drei, Vater, Mutter und Tochter, haben gezuckt und gezappelt und Krämpfe gekriegt. War schlimm anzusehen. Garrett war nicht im Auto, aber er kam angerannt und hat gemerkt, was da vor sich ging. Er wollte rein, konnte aber nicht. Trotzdem hat er eine tüchtige Portion von dem Zeug abgekriegt, und mit einem Mal hat er sich aufgeführt, als ob er nicht mehr recht bei Trost wär. Er ist einfach in den Wald getorkelt, bevor wir ihn uns schnappen konnten. Und als er wieder auftauchte – ein, zwei Wochen später –, konnte er sich an nichts mehr erinnern. Vermutlich wegen der Chemikaliensache, die Sie vorhin erwähnt haben. Daher haben wir ihn vorerst in Ruhe gelassen – wär zu verdächtig gewesen, wenn's kurz nach seiner Familie auch ihn erwischt hätte.

Wie's dann weiterging, haben Sie ja schon rausgekriegt. Wir haben die Leichen verbrannt und in Blackwater Landing vergraben. Dem Leichenbeschauer hunderttausend Dollar für einen frisierten Totenschein zugesteckt. Und wenn wieder mal jemand irgendwelche komischen Fragen gestellt hat, weil er Krebs gekriegt hat, haben sich Culbeau und die anderen darum gekümmert.«

»Diese Beerdigung, die wir gesehen haben, als wir hier ankamen. Sie haben den Jungen umgebracht, richtig?«

»Todd Wilkes?«, sagte Bell. »Nein. Der hat sich selber umgebracht.«

»Aber nur, weil er durch das Toxaphen krank geworden war, stimmt's? Was hatte er denn? Krebs? Einen Leberschaden? Einen Hirnschaden?«

»Kann schon sein. Ich weiß es nicht.« Doch die Miene des Sheriffs verriet, dass er es sehr wohl wusste.

»Aber Garrett hatte damit nichts zu tun, oder?«

»Nein.«

»Was hat es mit diesen Männern bei der Schwarzbrennerhütte auf sich? Den beiden, die über Mary Beth herfallen wollten?«

Wieder nickte Bell, diesmal eine Idee grimmiger. »Tom Boston und Lott Cooper. Die waren auch mit von der Partie – die haben das Giftzeug von Davett draußen in den Bergen ausprobiert, wo die Gegend nicht so dicht besiedelt ist. Sie haben gewusst, dass wir Mary Beth suchen, aber als Lott sie gefunden hat, hat er sich wahrscheinlich gedacht, dass sie sich erst ein bisschen mit ihr amüsieren könnten, bevor er mir Bescheid sagt. Und noch was, ja. Wir haben Billy Stail damit beauftragt, dass er sie umbringt, aber Garrett war schneller.«

»Und Sie brauchten meine Hilfe, um sie zu finden. Nicht etwa, um sie zu retten – sondern weil Sie sie umbringen und die Beweise vernichten wollten, die sie möglicherweise gefunden hatte.«

»Nachdem Sie Garrett aufgespürt haben und wir ihn hinter Schloss und Riegel hatten, hab ich die Hintertür vom Gefängnis offen gelassen, damit Culbeau und seine zwei Kumpel ihn sich vornehmen und sozusagen dazu überreden, dass er uns verrät, wo Mary Beth steckt. Aber Ihre Freundin kam uns dazwischen und hat ihn rausgeholt, eh wir ihn in die Finger bekommen haben.«

»Und als ich auf diese Hütte gestoßen bin«, sagte Rhyme, »haben Sie Culbeau und die anderen verständigt. Sie haben sie dorthin geschickt, damit sie uns töten.«

»Tut mir Leid … es ist der reinste Albtraum geworden. Ich hab das alles nicht gewollt, aber … so ist es nun mal.«

»Ein Hornissennest …«

»O ja, in dieser Stadt gibt's schon ein paar Hornissen.«

Rhyme schüttelte den Kopf. »Sagen Sie mir, sind die schicken Autos, die großen Häuser und all das Geld es wirklich wert, dass man eine ganze Stadt zu Grunde richtet? Sehen Sie sich doch mal um, Bell. Neulich auf dem Friedhof wurde ein Kind begraben, aber kein anderes Kind nahm an der Beerdigung teil. Amelia ist bereits aufgefallen, dass es in der Stadt so gut wie keinen Nachwuchs gibt. Wissen Sie, warum? Weil die Menschen hier nicht mehr fortpflanzungsfähig sind.«

»Wenn man sich mit dem Teufel einlässt, kann's haarig werden«, sagte Bell kurz angebunden. »Aber wenn Sie mich fragen, ist das ganze Leben nichts weiter als ein Kuhhandel.« Er musterte Rhyme eine Zeit lang, ging dann zu dem Tisch. Er zog Latexhandschuhe an und griff zu der Flasche. Trat einen Schritt auf Rhyme zu und schraubte sie langsam auf.

Steve Farr drückte Amelia den Lauf seines Revolvers in den Rücken und zerrte sie zur Hintertür des Gefängnisses.

Grundfalsch, dachte sie, man darf die Waffe nicht aufsetzen. Denn dadurch konnte sie sich wehren – sie wusste genau, wo die Waffe war, und konnte sie mit dem Ellbogen wegstoßen, sobald sie hinaustraten. Und wenn sie Glück hatte, ließ Farr den Revolver vielleicht fallen, und sie konnte sich losreißen und wegrennen. Nur bis zur Main Street, denn dort wagte er wahrscheinlich nicht mehr, auf sie zu schießen – dort gab es möglicherweise Zeugen.

Er öffnete die Hintertür.

Heißer Sonnenschein fiel in das staubige Gefängnis. Sie kniff die Augen zusammen. Eine Fliege summte um ihren Kopf herum.

Solange Farr unmittelbar neben ihr stand, ihr die Waffe gegen den Leib drückte, hatte sie eine Chance …

»Was nun?«, fragte sie.

»Sie sind frei«, sagte er grinsend und zuckte die Achseln. Sie spannte die Muskeln an, bereitete sich zum Angriff vor, hatte sich alles genau überlegt. Doch dann trat er unverhofft einen Schritt zurück und schubste sie hinaus auf die dürre Brache hinter dem Zellentrakt. Er blieb im Gefängnis, außer Reichweite.

Ganz in der Nähe, hinter einem hohen Gebüsch, meinte sie ein vertrautes Geräusch zu hören. Dort spannte jemand einen Revolverhahn.

»Nur zu«, sagte Farr. »Nun hauen Sie schon ab.«

Wieder musste sie an *Romeo und Julia* denken.

Und an den wunderschönen Friedhof droben auf dem Hügel oberhalb von Tanner's Corner, an dem sie vorbeigefahren waren – es kam ihr so vor, als ob es eine halbe Ewigkeit her sei.

Ach, Rhyme …

Die Fliege schwirrte um ihr Gesicht. Sie fegte sie unwillkürlich weg und lief hinaus in das verkümmerte Gras.

»Meinen Sie nicht«, sagte Rhyme zu Bell, »dass jemand Verdacht schöpft, wenn ich auf diese Weise sterbe? Mit eigenen Händen kann ich die Flasche wohl kaum aufschrauben.«

»Sie sind einfach an den Tisch gestoßen«, erwiderte der Sheriff. »Der Deckel war nicht zu. Das Zeug ist auf Sie gespritzt. Ich hab Hilfe geholt, konnte Sie aber nicht mehr rechtzeitig retten.«

»Amelia wird Ihnen das nicht abnehmen. Und Lucy auch nicht.«

»Ihre Freundin wird uns nicht mehr allzu lang Ärger machen. Und Lucy? Womöglich wird sie wieder krank – und diesmal kann man ihr vielleicht nichts mehr wegschneiden, damit sie davonkommt.«

Bell zögerte einen Moment, trat dann einen weiteren Schritt vor und schüttete Rhyme die Flüssigkeit über Mund und Nase. Ein Großteil ergoss sich auf seine Hemdbrust.

Der Sheriff ließ die Flasche in Rhymes Schoß fallen, wich rasch zurück und hielt sich ein Taschentuch vor den Mund.

Rhyme riss den Kopf zurück, öffnete unwillkürlich den Mund, sodass ein paar Tropfen in seinen Schlund rannen. Er keuchte, würgte.

Bell streifte die Handschuhe ab und steckte sie in die Hosentasche. Er wartete einen Moment, musterte Rhyme seelenruhig und ging dann gemächlich zur Tür, schob den Riegel zurück und riss sie auf. »Hier ist ein Unfall passiert!«, rief er. »Schnell, ich brauch Hilfe!« Er ging hinaus auf den Flur. »Ich brauch –«

Lucy Kerr stand unmittelbar vor ihm, den Revolver auf seine Brust gerichtet.

»Herrgott, Lucy!«

»Das reicht, Jim. Rühr dich nicht von der Stelle.«

Der Sheriff wich einen Schritt zurück. Nathan, der Deputy, der so gut schießen konnte, trat hinter Bell und zog dessen Waffe aus dem Holster. Dann stieß ein weiterer Mann hinzu – ein großer Mann mit braunem Anzug und weißem Hemd.

Ben kam ebenfalls angerannt und stürmte sofort zu Rhyme, ohne die anderen zu beachten, und wischte dem Ermittler mit einem Papiertuch das Gesicht ab.

Der Sheriff starrte Lucy und die anderen an. »Nein, ihr müsst das verstehen! Es war ein Unfall! Die Giftflasche ist umgekippt. Ihr müsst doch –«

Rhyme spie auf den Boden und prustete, als ihm die scharfen Dämpfe in die Nase stiegen. »Könnten Sie ein bisschen höher wischen?«, sagte er zu Ben. »Da, an der Wange. Sonst kriege ich die Flüssigkeit noch in die Augen. Besten Dank.«

»Klar, Lincoln.«

»Ich wollte doch Hilfe holen!«, sagte Bell. »Das Zeug ist umgekippt! Ich –«

Der Mann im Anzug löste ein Paar Handschellen von seinem Gürtel und legte sie dem Sheriff an. »James Bell«, sagte er. »Ich bin Detective Hugo Branch von der Staatspolizei von North Carolina. Sie sind verhaftet.« Branch warf Rhyme einen säuerlichen Blick zu. »Ich hab Ihnen doch *gesagt,* dass er Ihnen das Mittel übers Hemd kippt. Wir hätten das Gerät woanders anbringen sollen.«

»Aber Sie haben doch genügend auf Band?«

»Ach, jede Menge. Darum geht's nicht. Es geht darum, dass so ein Sender viel Geld kostet.«

»Stellen Sie ihn mir in Rechnung«, versetzte Rhyme bissig, als Branch ihm das Hemd aufknöpfte und das Klebeband abzog, mit dem Mikrofon und Sender angebracht waren.

»Das war eine Falle«, flüsterte Bell.

Ganz recht...

»Aber das Gift...«

»Ach, das ist kein Toxaphen«, sagte Rhyme. »Bloß ein bisschen Schwarzgebrannter. Aus der Flasche, die wir untersucht haben. Übrigens, Ben, falls noch was übrig ist, könnte ich jetzt einen Schluck gebrauchen. Und wenn vielleicht jemand die Klimaanlage wieder einschalten könnte?«

Aufgepasst, nach links halten und losrennen, was das Zeug hält. Vielleicht werde ich getroffen, aber wenn ich Glück habe, komme ich davon.

Wenn du in Schwung bleibst, kriegt dich keiner...

Amelia Sachs trat drei Schritte auf das Gras hinaus.

Fertig...

Los...

Im gleichen Moment ertönte hinter ihr, im Gefängnis, eine Männerstimme. »Halt, Steve! Lass die Waffe fallen. Auf der Stelle! Ich sag's dir nicht noch mal!«

Sachs fuhr herum und sah Mason Germain, dessen Waffe auf den Kopf des erschrockenen jungen Mannes gerichtet war, der mit feuerroten Ohren dastand. Farr ging in die Hocke und legte den Revolver auf den Boden. Mason war im Nu bei ihm und legte ihm Handschellen an.

Draußen raschelten Blätter, dann waren Schritte zu hören. Sachs, benommen von der Hitze und der Aufregung, wandte sich der Wiese zu und sah, wie ein hagerer Schwarzer aus dem Gestrüpp stieg und eine schwere Browning einsteckte.

»Fred!«, rief sie.

FBI-Agent Fred Dellray, der in seinem schwarzen Anzug fürchterlich schwitzte, kam auf sie zu und wischte pikiert an seinem Ärmel herum. »Hey, Amelia. Gott, hier drunten ist es viel zu heiß. Ich kann dieses Kaff einfach nicht leiden. Und schau dir den Anzug an. Voller Dreck, oder was weiß ich. Was ist das für ein Zeug, Blütenstaub? So was gibt's bei uns in Manhattan nicht. Schau dir den Ärmel an!«

»Was machen Sie denn hier?«, fragte sie verständnislos.

»Was meinen Sie denn? Lincoln wusste nicht genau, wem er trauen kann und wem nicht, deshalb hat er mich herkommen lassen und mir Deputy Germain zugeteilt, damit wir ein Auge auf Sie haben. Hat sich gedacht, er könnte vielleicht ein bisschen Unterstützung gebrauchen, als er eingesehen hat, dass er Jim Bell und seiner Sippschaft nicht über den Weg trauen kann.«

»*Bell?*«, flüsterte sie.

»Lincoln meint, dass er das Ganze angezettelt hat. Nimmt ihn sich gerade vor. Sieht aber so aus, als ob er Recht hätte, wenn der da sein Schwager ist.« Dellray deutete mit dem Kopf auf Steve Farr.

»Er hätte mich um ein Haar erledigt«, sagte Sachs.

Der schlaksige Agent kicherte. »Nicht einen Moment lang, auch nicht den klitzekleinsten, hätte Ihnen was passieren können. Ich hab den Kerl ins Visier genommen, sobald er die Zellentür aufgeschlossen hat, genau zwischen die großen Ohren. Wenn der auch nur schief geguckt hätte, wär er mausetot gewesen.«

Dellray bemerkte, dass Mason ihn argwöhnisch musterte. Er lachte und sagte zu Sachs: »Unser Freund von der hiesigen Gendarmerie mag mich und meinesgleichen nicht besonders. Hat er mir gesagt.«

»Moment«, wandte Mason ein. »Ich hab doch nur gemeint –«

»Sie haben Bundespolizisten gemeint, jede Wette«, sagte Dellray spöttisch.

Der Deputy schüttelte den Kopf. »Nordstaatler hab ich gemeint«, versetzte er mürrisch.

»Stimmt«, bestätigte Sachs, »die kann er nicht leiden.«

Sachs und Dellray lachten. Mason indes verzog keine Miene. Aber nicht auf Grund kultureller Differenzen. Er wandte sich an Sachs. »So leid's mir tut, aber ich muss Sie in Ihre Zelle zurückbringen. Sie sind nach wie vor in Haft.«

Sachs lächelte nicht mehr. Sie warf einen Blick auf die Sonnenstrahlen, die auf dem dürren gelben Gras tanzten. Atmete noch einmal tief durch, obwohl die Luft hier draußen sengend heiß war, dann noch einmal. Danach drehte sie sich um und ging zurück in den düsteren Zellentrakt.

... Dreiundvierzig

»*Sie* haben Billy getötet, nicht wahr?«, fragte Rhyme Jim Bell.

Doch der Sheriff sagte kein Wort.

»Der Tatort war anderthalb Stunden lang ungesichert«, fuhr der Ermittler fort. »Sicher, Mason war offiziell der erste Mann vor Ort. Aber *Sie* waren vor ihm da. Billy hatte sich nicht mehr gemeldet und Ihnen bestätigt, dass Mary Beth tot war, daher haben Sie sich Sorgen gemacht, sind nach Blackwater Landing gefahren und haben entdeckt, dass sie weg war und Billy verletzt. Billy berichtete Ihnen, dass sich Garrett mit dem Mädchen abgesetzt hatte. Daraufhin zogen Sie die Latexhandschuhe an, nahmen die Schaufel und brachten ihn um.«

Der Sheriff verlor zum ersten Mal die Fassung. »Warum haben Sie *mich* verdächtigt?«, fragte er wütend.

»Ursprünglich *habe* ich gedacht, es wäre Mason – nur wir drei und Ben wussten von der Schwarzbrennerhütte. Ich nahm an, er hätte Culbeau angerufen und ihn dorthin geschickt. Aber dann fragte ich Lucy und erfuhr, dass Mason *sie* angerufen und zu der Hütte geschickt hatte – um sicherzugehen, dass Amelia und Garrett nicht noch mal davonkommen. Daraufhin habe ich nachgedacht, und mir wurde bewusst, dass Mason bei der Mühle versucht hatte, Garrett zu erschießen. Jeder, der in diese Sache verwickelt war, musste aber ein Interesse daran haben, dass er am Leben blieb – so wie Sie, damit er Sie zu Mary Beth führen konnte. Ich habe Masons finanzielle Situation überprüft und dabei festgestellt, dass er ein billiges Haus hat und bei MasterCard und Visa tief in der Kreide steht. *Ihn* hatte niemand geschmiert. Im Gegensatz zu Ihnen und Ihrem Schwager, Bell. Sie haben ein vierhunderttausend Dollar teures Haus und einen Haufen Geld auf der Bank. Und Steve Farr besitzt ein Haus im Wert von dreihundertneunzigtausend Dollar und ein Boot, das hundertachtzigtausend Dollar gekostet hat. Wir werden uns eine gerichtliche Vollmacht zur Durchsuchung Ihrer Bankschließfächer besorgen. Mal sehen, was wir dort noch alles finden.«

Rhyme setzte nach. »Ich habe mich ein bisschen gewundert, weshalb Mason so begierig darauf war, Garrett dingfest zu machen, aber er hatte einen guten Grund dafür. Er erklärte mir, dass er ziemlich verschnupft gewesen war, als Sie Sheriff wurden – er konnte nicht ganz begreifen, warum, da er größere Erfolge und mehr Dienstjahre vorweisen konnte. Er dachte, wenn er den Insektensammler festnähme, würde ihn der Bezirksverwaltungsausschuss nach Ablauf Ihrer Amtszeit sicherlich zum Sheriff ernennen.«

»Sie haben mir was vorgespielt«, stieß Bell aus. »Ich dachte, Sie glauben bloß an Spuren.«

Rhyme ließ sich selten auf Wortgefechte mit seinen Opfern ein. Geplänkel waren sinnlos, es sei denn, sie dienten als Seelentrost, doch bislang hatte Lincoln Rhyme keinerlei Beweise entdeckt, die auf Sitz oder Beschaffenheit der Seele schließen ließen. Dennoch sagte er zu Bell: »Ich hätte Spuren vorgezogen. Aber manchmal muss man improvisieren. Ich bin im Grunde genommen gar nicht die Primadonna, für die mich alle halten.«

Der Storm Arrow passte nicht in Amelia Sachs' Zelle.

»Kein Zugang für Krüppel?«, murrte Rhyme. »Das ist ein Verstoß gegen das Behindertenschutzgesetz.«

Sie nahm an, dass er sie mit seiner Meckerei aufmuntern wollte, ihr zeigen wollte, dass er wie gewohnt schlechte Laune hatte. Aber sie sagte nichts.

Wegen der Schwierigkeiten mit dem Rollstuhl schlug Mason Germain vor, dass sie sich in den Vernehmungsraum begeben sollten. Sachs schlurfte herein. Sie trug Hand- und Fußfesseln, auf denen der Deputy bestanden hatte (immerhin war ihr schon einmal die Flucht gelungen).

Der Anwalt aus New York war mittlerweile eingetroffen. Es war der grauhaarige Solomon Geberth. Als Mitglied der Anwaltskammern von New York, Massachusetts und des District of Columbia durfte er nur mit einer von der Gerichtsbarkeit des Staates North Carolina erteilten Ausnahmegenehmigung tätig werden – und ausschließlich in der Strafsache Sachs. Seltsamerweise wirkte er mit seinem hübschen, ebenmäßigen Gesicht und dem geschniegelten Auftreten eher wie ein vornehmer Anwalt aus dem Süden, wie eine Figur aus einem Roman von John Grisham, nicht aber wie ein streitbarer Strafverteidiger aus Manhattan. Seine gepflegten Haare glitzerten vor Gel, und sein italienischer Anzug wies trotz der hohen Luftfeuchtigkeit in Tanner's Corner keine Knitterfalte auf.

Lincoln Rhyme saß zwischen Sachs und ihrem Anwalt. Sie legte die Hand auf die Armlehne seines beschädigten Rollstuhls.

»Man hat eigens einen Staatsanwalt aus Raleigh eingesetzt«, erklärte Geberth. »Da der Sheriff und der Gerichtsmediziner sich haben kaufen lassen, hat man, glaube ich, McGuire nicht recht getraut. Jedenfalls hat er sich die Beweislage angesehen und beschlossen, die Anklage gegen Garrett fallen zu lassen.«

Sachs blickte auf. »Das hat er getan?«

»Garrett hat zugegeben, dass er den Jungen geschlagen hat, diesen Billy«, sagte Geberth. »Und dass er *dachte,* er hätte ihn getötet. Aber Lincoln hatte Recht: Bell hat den Jungen umgebracht. Man hätte ihn wegen Körperverletzung anklagen können, aber er hat doch eindeutig in Notwehr gehandelt. Und der andere Deputy, dieser Ed Schaeffer? Man kam zu dem Schluss, dass er bei einem Unfall zu Tode kam.«

»Was ist mit der Entführung von Lydia Johansson?«, fragte Rhyme.

»Als ihr klar wurde, dass Garrett nie vorhatte, ihr etwas anzutun, beschloss sie, die Anzeige zurückzuziehen. Mary Beth desgleichen. Ihre Mutter wollte sie davon abhalten, aber Sie hätten mal hören sollen, was das Mädchen ihr erzählt hat. Bei *dem* Gespräch sind ganz schön die Fetzen geflogen, das sage ich Ihnen.«

»Dann ist Garrett also frei?«, fragte Sachs, den Blick zu Boden gerichtet.

»Er wird in ein paar Minuten entlassen«, erklärte ihr Geberth. Dann kam er zum Thema. »Okay, die Lage sieht folgendermaßen aus, Amelia: Die Staatsanwaltschaft steht auf dem Standpunkt, dass Sie an der Befreiung eines Gefangenen mitwirkten, der auf Grund hinreichender Verdachtsmomente festgenommen worden war, auch wenn er letztlich nicht schuldig ist, und dass Sie bei der Durchführung dieser Tat einen Polizisten getötet haben. Der Staatsanwalt wird Sie wegen Mordes anklagen und vorsichtshalber die üblichen minder schweren Anklagepunkte ins Spiel bringen: Totschlag, Totschlag in einem minder schweren Fall, fahrlässige Tötung sowie schwere Körperverletzung mit Todesfolge.«

»Mord?«, blaffte Rhyme. »Es liegt kein Vorsatz vor – es war ein Unfall! Herrgott noch mal.«

»Genau das werde ich versuchen, vor Gericht darzulegen«, sagte Geberth. »Dass der Deputy, der Sie ergreifen wollte, zumindest teilweise der unmittelbare Auslöser des Schusses war. Aber ich versichere Ihnen, dass die andere Seite einen Schuldspruch wegen eines Tötungsdelikts durchsetzen wird. Auf Grund der Sachlage gibt es daran überhaupt keinen Zweifel.«

»Wie stehen die Chancen auf einen Freispruch?«, fragte Rhyme.

»Schlecht. Zehn, höchstens fünfzehn Prozent. Tut mir Leid, aber ich muss Ihnen empfehlen, sich schuldig zu bekennen.«

Es traf sie wie ein Schlag in die Brust. Sie schloss die Augen, und als sie ausatmete, hatte sie das Gefühl, als wären sämtliche Lebensgeister von ihr gewichen.

»Herrgott«, murmelte Rhyme.

Sachs musste an Nick denken, ihren ehemaligen Freund. Als er wegen Raubes und Bestechlichkeit festgenommen worden war, hatte er sich geweigert, sich schuldig zu bekennen, und es auf eine Gerichtsverhandlung ankommen lassen. »Es ist so, wie dein alter Herr gesagt hat«, hatte er ihr erklärt. »Wenn du in Schwung bleibst, kriegen sie dich nicht. Hier geht's um alles oder nichts.«

Die Geschworenen brauchten ganze achtzehn Minuten, um ihn schuldig zu sprechen. Er saß immer noch in New York im Gefängnis.

Sie schaute auf Geberths ebenmäßige Züge. »Was bietet der Staatsanwalt an, wenn ich mich schuldig bekenne?«, fragte sie.

»Noch nichts. Aber vermutlich gibt er sich mit Totschlag zufrieden – wenn Sie zu einer hohen Freiheitsstrafe verurteilt werden. Acht bis zehn Jahre, nehme ich an. Ich muss Sie allerdings darauf hinweisen, dass dies in North Carolina hart sein wird. Hier gibt's keine Landerholungsheime.«

»Dagegen steht eine fünfzehnprozentige Chance auf einen Freispruch«, brummte Rhyme.

»Das stimmt«, sagte Geberth. »Aber Sie müssen sich darüber im Klaren sein, Amelia«, fügte er dann hinzu, »dass es in diesem Fall keine Wunder geben wird. Wenn wir es auf einen Prozess ankommen lassen, wird der Staatsanwalt darauf hinweisen, dass Sie Polizistin von Beruf sind und hervorragend mit der Waffe umgehen können, sodass es schwer werden wird, die Geschworenen davon zu überzeugen, dass der tödliche Schuss aus Versehen fiel.«

Nördlich des Paquo hält sich niemand mehr an die normalen Regeln. Hier heißt es bloß noch, die oder wir. Es kann passieren, dass man jemand niederschießt, ohne ihm auch nur seine Rechte vorzulesen, und das geht völlig in Ordnung.

»Und dann«, sagte der Anwalt, »könnte es passieren, das man Sie wegen Mordes verurteilt und für fünfundzwanzig Jahre hinter Gitter schickt.«

»Oder gleich hinrichtet«, murmelte sie.

»Ja, das wäre auch möglich. Ich kann das nicht ausschließen.«

Aus irgendeinem Grund hatte sie in diesem Moment die Wanderfalken vor Augen, die draußen vor dem Fenster von Lincoln Rhymes Stadthaus in Manhattan nisteten: das Männchen, das Weibchen und das Jungtier. »Und wie lange sitze ich ein, wenn ich mich wegen Totschlags in einem minder schweren Fall schuldig bekenne?«, sagte sie.

»Vermutlich sechs, sieben Jahre. Ohne Bewährung.«

Du und ich, Rhyme.

Sie atmete tief durch. »Ich bekenne mich schuldig.«

»Sachs –«, setzte Rhyme an.

Doch sie wandte sich an Geberth und wiederholte: »Ich bekenne mich schuldig.«

Der Anwalt erhob sich. Er nickte. »Ich rufe den Staatsanwalt sofort an. Mal sehen, ob er darauf eingeht. Ich sage Ihnen Bescheid, sobald ich etwas höre.« Er nickte Rhyme kurz zu und verließ den Raum.

Mason warf einen Blick auf Sachs' Gesicht. Er stand auf und ging mit laut klackenden Stiefeln zur Tür. »Ich lass euch zwei ein paar Minuten allein. Sie muss ich ja nicht durchsuchen, oder, Lincoln?«

Rhyme lächelte matt. »Ich bin unbewaffnet, Mason.«

Die Tür fiel ins Schloss.

»Was für ein Schlamassel, Lincoln.«

»Nix da, Sachs. Keine Vornamen.«

»Wieso nicht?«, fragte sie spöttisch, fast flüsternd. »Weil's Unglück bringt?«

»Vielleicht.«

»Du bist nicht abergläubisch. Jedenfalls sagst du das immer.«

Tanner's Corner … Die Stadt ohne Kinder.

»Ich hätte auf dich hören sollen«, sagte er. »Du hattest Recht, was Garrett anging. Ich habe mich geirrt. Ich habe mir die Spuren angesehen und sie völlig falsch gedeutet.«

»Aber ich habe nicht *gewusst,* dass ich Recht hatte. Ich habe gar nichts gewusst. Ich hatte nur so eine Ahnung und habe daraufhin gehandelt.«

»Was auch geschieht, Sachs«, sagte Rhyme, »ich gehe nicht weg.« Er deutete mit dem Kopf auf den Storm Arrow und lachte. »Allzu weit käme ich ohnehin nicht, selbst wenn ich wollte. Du sitzt eine Zeit lang ein, und ich werde da sein, wenn du wieder rauskommst.«

»Worte, Rhyme«, sagte sie. »Nur Worte … Mein Vater hat auch gesagt, er geht nicht weg. Das war eine Woche, bevor ihn der Krebs umgebracht hat.«

»Ich bin zu störrisch, um zu sterben.«

Aber du bist nicht zu störrisch, um dich kurieren zu lassen, dachte sie, um jemand anderen kennen zu lernen. Um weiterzuziehen und mich zurückzulassen.

Die Tür zum Vernehmungsraum ging auf. Garrett stand auf der Schwelle, hinter ihm Mason. Der Junge, der jetzt keine Fesseln mehr trug, hatte die hohlen Hände vor der Brust zusammengelegt.

»Hey«, begrüßte sie Garrett. »Sehen Sie mal, was ich gefunden hab. War in meiner Zelle.« Er öffnete die Hände, und ein kleines Insekt flog heraus. »Das ist ein Schwärmer. Die stöbern gern in Baldrianblüten herum. In geschlossenen Räumen sieht man sie kaum. Ziemlich klasse.«

Sie lächelte leicht, freute sich über seine Begeisterung. »Garrett, ich möchte, dass du dir über eines im Klaren bist.«

Er kam näher, blickte auf sie herab.

»Weißt du noch, was du in dem Wohnwagen gesagt hast? Als du mit deinem Vater auf dem leeren Stuhl geredet hast?«

Er nickte unsicher.

»Du hast gesagt, wie schlimm es für dich war, dass er dich an diesem Abend nicht ins Auto lassen wollte.«

»Ich erinnere mich.«

»Aber du weißt doch, wieso er dich nicht reingelassen hat ... Er wollte dir das Leben retten. Er hat gewusst, dass Gift im Auto war und dass sie alle sterben würden. Wenn du eingestiegen wärst, wärst du ebenfalls gestorben. Und das wollte er nicht.«

»Ich glaube, das ist mir schon klar«, sagte er. Er klang unsicher. Vermutlich, dachte Sachs, ist es alles andere als einfach, wenn man die eigene Geschichte neu schreiben muss.

»Vergiss es nicht.«

»Bestimmt nicht.«

Sachs blickte auf den kleinen beigefarbenen Schwärmer, der im Vernehmungsraum herumflog. »Hast du irgendwas in meiner Zelle hinterlassen? Damit ich Gesellschaft habe?«

»Ja, hab ich. Zwei Glückskäfer – Marienkäfer heißen sie eigentlich. Außerdem einen Grashüpfer und eine Schwebfliege. Klasse, wie die fliegen. Man kann ihnen stundenlang zusehen.« Er stockte. »Mir tut's irgendwie Leid, dass ich Sie angelogen hab. Die Sache ist die – wenn ich's nicht getan hätte, wär ich niemals rausgekommen und hätte Mary Beth nicht retten können.«

»Ist schon gut, Garrett.«

Er schaute zu Mason. »Kann ich jetzt gehen?«

»Ja.«

Er ging zur Tür, drehte sich noch einmal um. »Ich schau wieder vorbei und treib mich draußen rum. Wenn's Ihnen Recht ist.«

»Das wäre schön.«

Er spazierte hinaus, und durch die offene Tür konnte Sachs sehen, wie er zu einem Geländewagen ging. Es war Lucys Auto. Sachs sah, wie sie ausstieg und ihm die Tür aufhielt – wie eine Mutter, die ihren Sohn vom Fußballtraining abholt. Dann fiel die Gefängnistür ins Schloss.

»Sachs –«, setzte Rhyme an. Doch sie schüttelte den Kopf und schlurfte zurück zu ihrer Zelle. Sie wollte weg von Rhyme, weg von dem Insektenjungen, weg aus der Stadt ohne Kinder. Sie wollte allein sein mit ihren düsteren Gedanken.

Und bald war sie es.

Ein Stück außerhalb von Tanner's Corner führt die Route 112, die an dieser Stelle noch zweispurig ist, in einer Kurve am Paquenoke vorbei. Unmittelbar neben dem Bankett wachsen dichtes Ravennagras, Schilf, Indigo und hohe Akelei, deren unverwechselbare rote Blüten wie Flaggen leuchten.

Die Pflanzen bilden ein natürliches Versteck, das vor allem bei den Deputys des Paquenoke County beliebt ist. Sie sitzen dort in ihren Streifenwagen, trinken Eistee, hören Radio und warten, bis ihre Radargeräte anzeigen, dass jemand mit 54 Meilen pro Stunde oder mehr vorbeigefahren ist. Dann jagen sie auf die Schnellstraße, verfolgen den verdutzten Raser und bessern die Bezirkskasse um weitere hundert Dollar auf.

Als an diesem Tag, einem Sonntag, ein schwarzer Lexus SUV an dieser Stelle vorbeifuhr, zeigte das Radargerät auf Lucy Kerrs Armaturenbrett zulässige vierundvierzig Meilen pro Stunde an. Doch sie legte den Gang ein, schaltete das Blinklicht an und raste hinter dem allradgetriebenen Fahrzeug her.

Sie hängte sich dicht hinter den Lexus und musterte den Wagen genau. Sie hatte sich schon vor langem angewöhnt, in den Rückspiegel der Autos zu blicken, die sie anhalten wollte. Man schaut dem Fahrer in die Augen und bekommt ein ziemlich gutes Gespür dafür, ob er sich außer Geschwindigkeitsübertretung oder einem kaputten Rücklicht womöglich noch weitere Vergehen hat zu Schulden kommen lassen. Drogen, gestohlene Waffen, Alkohol. Man bekommt ein Gespür dafür, wie gefährlich es werden könnte, wenn man ihn anhält. Jetzt sah sie, wie der Mann vor ihr in den Rückspiegel blickte und sie ohne jedes Schuldbewusstsein, ohne jede Sorge betrachtete.

Ein selbstsicherer, unverzagter Blick…

Was ihre Wut nur noch mehr schürte, sodass sie tief durchatmen musste, um sich zu beherrschen.

Der schwere Wagen rollte aufs Bankett, und Lucy hielt hinter ihm an. Laut Vorschrift hätte sie die Nummer durchgeben und sich erkundigen müssen, ob gegen den Fahrer etwas vorlag und ob er die Kfz-Steuer bezahlt hatte, doch damit hielt sich Lucy nicht auf. Die Auskunft der Kraftfahrzeugzulassungsstelle interessierte sie nicht im Geringsten. Mit zitternden Händen öffnete sie die Tür und stieg aus.

Jetzt blickte der Fahrer in den Seitenspiegel, musterte sie weiterhin ungerührt. Er wirkte lediglich etwas verdutzt, vermutlich weil er feststellte, dass sie keine Uniform trug – nur Jeans und ein Arbeitshemd –, aber ihre Waffe umgeschnallt hatte. Weshalb hielt eine Polizistin außer Dienst einen Wagen an, der nicht zu schnell gefahren war?

Henry Davett ließ sein Fenster herunter.

Lucy Kerr schaute hinein, an Davett vorbei. Neben ihm saß eine Frau, etwa Anfang fünfzig, deren trockene, mit viel Spray behandelte Haare darauf hindeuteten, dass sie sie häufig im Schönheitssalon waschen ließ. Sie trug Diamanten am Handgelenk, an den Ohren und an der Brust. Hinten saß ein halbwüchsiges Mädchen und wühlte in einer Schachtel voller CDs herum, genoss vermutlich in Gedanken die Musik, die ihr Vater sie im Auto nicht hören ließ.

»Officer Kerr«, sagte Davett, »worum geht es?«

Doch sie sah ihm an den Augen an, die sie jetzt nicht mehr im Spiegel vor sich hatte, dass er genau wusste, worum es ging.

Und dennoch wirkte er genauso beherrscht und bar jeden Schuldbewusstseins wie vorhin, als er das kreisende Blinklicht auf ihrem Crown Victoria bemerkt hatte.

Sie konnte ihre Wut kaum noch bezähmen. »Steigen Sie aus, Davett«, herrschte sie ihn an.

»Schatz, was hast du gemacht?«

»Officer, was soll das Ganze?«, fragte Davett und seufzte.

»Raus. Sofort.« Lucy griff hinein und entriegelte die Tür.

»Darf sie das, Schatz? Darf sie –«

»Halt den Mund, Edna.«

»Na gut. Entschuldige.«

Lucy riss die Tür auf. Davett löste den Sicherheitsgurt und trat auf das Bankett.

Ein Tieflader donnerte vorbei und hüllte sie in eine Staubwolke ein. Angewidert betrachtete Davett den grauen Carolina-Lehm, der sich auf seinem blauen Blazer ablagerte. »Meine Familie und ich kommen zu spät zum Gottesdienst, und ich glaube nicht –«

Sie nahm ihn am Arm und zog ihn vom Bankett weg, in den Schatten zwischen dem Wildreis und den Rohrkolben, dorthin, wo ein schmaler Wasserlauf, ein Zufluss des Paquenoke, neben der Straße vorbeiführte.

»Was soll das Ganze?«, wiederholte er entrüstet.

»Ich weiß über alles Bescheid.«

»Aha, Officer Kerr. Sie wissen also über *alles* Bescheid. Worüber denn zum Beispiel?«

»Über das Gift, die Morde, den Kanal… «

»Ich hatte niemals auch nur das Geringste mit Jim Bell oder irgendjemand anderem in Tanner's Corner zu schaffen«, erwiderte Davett. »Wenn ein paar verrückte Dummköpfe, die bei mir angestellt waren, ein paar andere verrückte Dummköpfe dazu angestiftet haben, etwas Unrechtes zu tun, ist das nicht meine Schuld. Und falls es tatsächlich so gewesen sein sollte, bin ich jederzeit bereit, den Behörden meine volle Unterstützung zu gewähren.«

Doch Lucy ließ sich durch die aalglatte Antwort nicht bremsen. »Sie werden ebenso einfahren wie Bell und sein Schwager«, knurrte sie.

»Selbstverständlich nicht. Niemand kann mir auch nur das geringste Verbrechen nachweisen. Es gibt keine Zeugen. Keine schwarzen Konten, keinerlei Geldüberweisungen, nicht den geringsten Beweis dafür, dass ich mir etwas habe zu Schulden kommen lassen. Ich bin Fabrikant, ich stelle petrochemische Erzeugnisse her – Reinigungsmittel, Asphalt und das eine oder andere Pestizid.«

»Verbotene Pestizide.«

»Falsch«, versetzte er. »Die Bundesumweltbehörde lässt den Einsatz von Toxaphen in bestimmen Fällen zu. Und in den meisten Ländern der Dritten Welt ist es nicht verboten. Lesen Sie mal nach, Deputy – wenn es keine Pestizide gäbe, würden jedes Jahr hunderttausende von Menschen an Malaria, Enzephalitis und Hungersnot sterben und –«

»– und jeder, der damit in Berührung kommt, kriegt Krebs, bringt missbildete Kinder zur Welt, leidet an einem Leberschaden und –«

Davett zuckte die Achseln. »Zeigen Sie mir die Studien, Deputy Kerr. Zeigen Sie mir die Untersuchungen, die das beweisen.«

»Wenn es so harmlos ist, wieso transportieren Sie es dann nicht per Lastwagen? Warum setzen Sie Frachtkähne ein?«

»Weil ich es sonst nicht zum nächsten Hafen schaffen könnte – weil ein paar Bezirke und Städte Probleme machen und die Beförderung gewisser Stoffe, von denen sie nicht die geringste Ahnung haben, in ihrem Einzugsbereich verboten haben. Und weil ich nicht die Zeit dazu hatte, mir ein paar Lobbyisten zu kaufen, die dafür sorgen, dass die Gesetze geändert werden.«

»Nun, die Bundesumweltbehörde ist bestimmt scharf darauf zu erfahren, was Sie hier so alles treiben.«

»Oh, bitte sehr«, versetzte er höhnisch. »Die Bundesumweltbehörde. Die können Sie ruhig herschicken. *Falls* die überhaupt dazu kommen, meinem Betrieb einen Besuch abzustatten, werden sie feststellen, dass die Belastung durch das Toxaphen in und um Tanner's Corner die zulässigen Grenzwerte nicht überschreitet.«

»Kann schon sein, dass die Schadstoffbelastung des Wassers allein nicht die zulässigen Grenzwerte überschreitet, auch nicht die Luftverschmutzung allein oder die Rückstände in dem Obst und Gemüse, das wir hier anbauen... Aber was ist, wenn alles zusammenkommt? Wenn ein Kind zum Beispiel daheim aus dem Brunnen trinkt, auf dem Rasen rumtollt, einen Apfel vom Baum pflückt und –«

Er zuckte die Achseln. »Die Rechtslage ist eindeutig. Wenn Ihnen das nicht passt, müssen Sie sich an den Abgeordneten Ihres Wahlkreises wenden.«

Sie packte ihn am Revers. »Sie begreifen nicht, worum es geht. Sie werden im Gefängnis landen.«

Er riss sich von ihr los. »Nein, *Sie* begreifen nicht, worum es geht, Officer. Davon verstehen Sie nichts. Ich hingegen kenne mich sehr, sehr gut aus. Ich mache keine Fehler.« Er warf einen Blick auf seine Uhr. »Ich muss jetzt weiter.«

Davett ging zu dem Lexus, strich sich über die schütteren Haare, die ohnehin dunkel vor Schweiß und klatschnass an seinem Schädel klebten.

Er stieg in sein Auto und schlug die Tür zu.

Lucy ging zu ihm, als er den Motor anließ. »Moment«, sagte sie.

Davett blickte sie an. Doch die Polizistin achtete nicht auf ihn. Sie schaute die beiden Beifahrerinnen an. »Ich will euch mal zeigen, was euer Henry angerichtet hat.« Sie riss ihr Hemd auf. Die beiden Frauen starrten auf die rosaroten Narben links und rechts auf ihrer Brust, dort, wo einst ihr Busen gewesen war.

»Ach, herrjeh«, murmelte Davett und wandte sich ab.

»Papa… «, flüsterte das Mädchen erschrocken. Ihre Mutter starrte nur sprachlos vor sich hin.

»Sie haben doch gesagt, Sie machen keine Fehler, Davett… Irrtum, den hier haben Sie gemacht.«

Der Fabrikant legte den Gang ein, setzte den Blinker, drehte sich nach hinten um und fuhr vorsichtig auf die Schnellstraße.

Lucy stand einen Moment lang da und schaute dem Lexus hinterher. Dann griff sie in ihre Hosentasche, holte ein paar Sicherheitsnadeln heraus und heftete damit ihr Hemd zusammen. Sie lehnte sich an ihr Auto, kämpfte eine Zeit lang mit den Tränen, blickte dann zu Boden und bemerkte eine kleine rosarote Pflanze, die unmittelbar am Straßenrand wuchs. Sie kniff die Augen zusammen. Es war ein Frauenschuh, eine Orchideenart. Die Blüte sah aus wie ein kleiner Pantoffel. Die Pflanze kam in Paquenoke County nur selten vor, und eine so schöne hatte sie noch nie gesehen. Mit ihrem Eiskratzer hatte sie das Gewächs in fünf Minuten ausgegraben und in einen großen 7-Eleven-Becher eingetopft, nachdem sie die Limonade für die Pracht und Herrlichkeit ihres Gartens geopfert hatte.

... Vierundvierzig

Auf der Tafel, die an der Wand des Gerichtsgebäudes hing, wurde erklärt, dass der Name des Staates von *Carolus* stammte, dem lateinischen Namen für Karl. König Karl II. war es gewesen, der das Landrecht zur Ansiedlung der Kolonie erteilt hatte.

Carolina ...

Amelia Sachs hatte angenommen, der Staat wäre nach Caroline benannt, irgendeiner Königin oder Prinzessin. Sie war in Brooklyn geboren und aufgewachsen, kannte sich mit Königshäusern nicht aus und interessierte sich auch nicht dafür.

Jetzt saß sie, nach wie vor in Handschellen, zwischen zwei Wärtern auf einer Bank im Gerichtsgebäude. Der rote Ziegelbau mit den Marmorböden und dem dunklen Mahagoni war alt. Strenge Männer in schwarzen Anzügen, Richter oder Gouverneure, vermutete sie, blickten von den Ölgemälden auf sie herab, als wüssten sie, dass sie schuldig war. Eine Klimaanlage gab es anscheinend nicht, aber dank der Baukunst des achtzehnten Jahrhunderts sorgte ein steter Luftzug für angenehme Kühle in dem dunklen Gemäuer.

Fred Dellray schlenderte zu ihr. »Hallöchen – möchten Sie einen Kaffee oder irgendwas anderes?«

Der Wärter zur Linken kam bis zu »Sie dürfen nicht mit –«, dann sah er die Ausweiskarte des Justizministeriums und verkniff sich den Spruch.

»Nein, Fred. Wo ist Lincoln?«

Es war fast halb zehn.

»Keine Ahnung. Sie kennen den Mann doch – manchmal taucht er einfach auf. Für jemand, der nicht gehen kann, kommt er mehr rum als manch anderer, den ich kenne.«

Lucy und Garrett waren auch nicht da.

Sol Geberth, der einen prachtvoll aussehenden grauen Anzug trug, kam zu ihr her. Der Wärter zur Rechten rutschte beiseite und ließ den Anwalt Platz nehmen. »Hallo, Fred«, sagte der Anwalt zu dem Agenten.

Dellray nickte, wenn auch kühl, und Sachs schloss daraus, dass es ihm genauso ergangen war wie Rhyme – vermutlich hatte der Verteidiger für Verdächtige, die der Agent festgenommen hatte, einen Freispruch erwirkt.

»Die Sache steht«, sagte Geberth zu Sachs. »Der Staatsanwalt ist mit Totschlag in einem minder schweren Fall einverstanden – keine weiteren Anklagepunkte. Fünf Jahre. Ohne Bewährung.«

Fünf Jahre…

»Es gibt da noch einen Punkt, an den ich gestern nicht gedacht habe«, fuhr der Anwalt fort.

»Und zwar?«, fragte sie und versuchte an seiner Miene abzuschätzen, welch neues Unheil ihr da drohte.

»Das Problem ist, dass Sie Polizistin sind.«

»Was hat denn das damit zu tun?«

»Für die da drin sind Sie ein Ordnungshüter«, sagte Dellray, bevor der Anwalt dazu kam.

»Im *Gefängnis*«, erklärte der Agent, als sie es immer noch nicht kapierte. »Die müssen Sie isolieren. Sonst überleben Sie keine Woche. Das wird hart, Amelia. Das wird scheußlich hart.«

»Aber niemand weiß, dass ich Polizistin bin.«

Dellray lachte leise. »Die wissen alles, was es über Sie zu wissen gibt, bevor Sie Ihren Overall und das Bettzeug kriegen.«

»Ich habe hier unten niemand festgenommen. Wieso sollten die sich darum kümmern, dass ich Polizistin bin?«

»Es ist vollkommen egal, woher Sie kommen«, sagte Dellray und sah zu Geberth, der zustimmend nickte. »Die können Sie auf keinen Fall in den normalen Vollzug nehmen.«

»Dann läuft es also auf fünf Jahre Einzelhaft hinaus.«

»Ich fürchte, ja«, sagte Geberth.

Sie schloss die Augen, spürte, wie ihr übel wurde.

Fünf Jahre ohne Auslauf, fünf Jahre Klaustrophobie, Albträume…

Und wie konnte sie als Exsträfling auch nur daran denken, Mutter zu werden? Die Verzweiflung schnürte ihr schier die Kehle zu.

»Und?«, fragte der Anwalt. »Wie sieht es aus?«

Sachs öffnete die Augen. »Ich bekenne mich schuldig.«

Der Saal war überfüllt. Sachs sah Mason Germain, dazu ein paar andere Deputys. Ein verbittertes Paar mit roten Augen, vermutlich Jesse Corns Eltern, saß in der ersten Reihe. Sie wollte etwas zu ihnen sagen, doch ihr verächtlicher Blick brachte sie zum Schweigen. Sie bemerkte nur zwei freundliche Gesichter: Mary Beth McConnell und eine korpulente Frau, vermutlich ihre Mutter. Lucy Kerr war nirgendwo zu sehen. Lincoln Rhyme auch nicht. Sie nahm an, dass er es nicht übers Herz brachte zuzusehen, wie sie in Ketten abgeführt wurde. Nun ja, das war ihr recht – sie wollte *ihn* unter diesen Umständen auch nicht sehen.

Der Gerichtsdiener führte sie zum Tisch der Verteidigung. Er ließ ihre Fußfesseln an. Sol Geberth setzte sich neben sie.

Sie erhoben sich, als der Richter, ein drahtiger Mann in einer weiten schwarzen Robe, eintrat und auf der hohen Bank Platz nahm. Er musterte ein paar Minuten lang die Unterlagen und redete mit dem Protokollführer. Schließlich nickte er, worauf der Schriftführer ausrief: »Im Namen des Volkes verhandelt der Staat North Carolina gegen Amelia Sachs.«

Der Richter nickte dem Anklagevertreter aus Raleigh zu, einem großen Mann mit Silberhaar, der sich daraufhin erhob. »Euer Ehren, die Angeklagte und die Staatsanwaltschaft sind dahingehend übereingekommen, dass die Angeklagte sich für schuldig am Tod von Deputy Jesse Randolph Corn bekennt. Die Staatsanwaltschaft verzichtet auf weitere Anklagepunkte und empfiehlt, wegen Totschlags in einem minder schweren Fall eine Freiheitsstrafe von fünf Jahren zu verhängen, ohne Möglichkeit einer Strafaussetzung zur Bewährung oder einer vorzeitigen Freilassung.«

»Miss Sachs, haben Sie diese Übereinkunft mit Ihrem Anwalt besprochen?«

»Ja, Euer Ehren.«

»Und er hat Ihnen gesagt, dass Sie das Recht haben, abzulehnen und auf einer Hauptverhandlung zu bestehen?«

»Ja.«

»Und Sie sind sich bewusst, dass Sie sich im Falle der Annahme eines Tötungsdeliktes für schuldig bekennen?«

»Ja.«

»Sie treffen diese Entscheidung aus freien Stücken?«

Sie dachte an ihren Vater, an Nick. Und an Lincoln Rhyme. »Ja, so ist es.«

»Sehr schön. Wie lautete Ihre Erklärung zu der gegen Sie vorgebrachten Anklage wegen Totschlags in einem minder schweren Fall?«

»Schuldig, Euer Ehren.«

»In Anbetracht der Empfehlung der Staatsanwaltschaft wird das Schuldbekenntnis festgestellt, und ich verurteile Sie hiermit zu –«

Die mit rotem Leder gepolsterte Doppeltür, die auf den Korridor führte, flog nach innen auf, und mit hohem Winseln rollte Lincoln Rhymes Storm Arrow herein. Ein Gerichtsdiener hatte ihm die Tür öffnen wollen, doch Rhyme hatte es allem Anschein nach eilig und rammte sie einfach auf, sodass der eine Flügel an die Wand knallte. Lucy Kerr war hinter ihm.

Der Richter blickte auf, bereit, den Eindringling zu tadeln. Als er den Rollstuhl sah, unterwarf er sich – wie die meisten Menschen – dem Gebot der Höflichkeit, das Rhyme so verabscheute, und sagte nichts. Er wandte sich wieder an Sachs. »Ich verurteile Sie hiermit zu fünf Jahren –«

»Verzeihen Sie, Euer Ehren, sagte Rhyme. »Ich muss kurz mit der Angeklagten und ihrem Verteidiger sprechen.«

»Nun«, grollte der Richter, »wir sind mitten in einem Verfahren. Sie können irgendwann in nächster Zeit mit ihr sprechen.«

»Bei allem Respekt, Euer Ehren«, erwiderte Rhyme, »aber ich muss *jetzt* mit ihr sprechen.« Auch er grollte, aber viel lauter als der Richter.

Wieder im Gerichtssaal, genau wie in alten Zeiten.

Die meisten Menschen meinen, die Aufgabe eines Kriminalisten bestünde nur darin, Spuren zu finden und auszuwerten. Aber als Lincoln Rhyme Leiter der forensischen Abteilung der New Yorker Polizei gewesen war, hatte er fast ebenso viel Zeit mit Aussagen vor Gericht zugebracht wie im Labor. Er war ein guter sachverständiger Zeuge. (Blaine, seine Exgemahlin, hatte oftmals festgestellt, dass er es vorzog, vor Menschen *aufzutreten* – sie eingeschlossen –, statt sich mit ihnen auseinander zu setzen.)

Vorsichtig steuerte Rhyme zu dem Geländer, das die Tische der

Anklagevertretung und der Verteidigung vom Zuschauerraum des Gerichtssaals trennte. Er schaute kurz zu Amelia Sachs, und der Anblick brach ihm fast das Herz. In den drei Tagen, die sie im Gefängnis saß, hatte sie eine Menge Gewicht verloren, und ihr Gesicht war fahl. Die roten Haare waren ungewaschen und zu einem strammen Dutt hochgerafft – so wie sie sie an Tatorten trug, damit die Spitzen keine Spuren verwischten. Dadurch wirkte ihr ansonsten so schönes Gesicht streng und abgespannt.

Geberth ging zu Rhyme und kauerte sich neben ihn. Der Ermittler sprach ein paar Minuten mit ihm. Schließlich nickte Geberth und richtete sich wieder auf. »Euer Ehren, mir ist bewusst, dass es bei dieser Sitzung nur um die Höhe des Strafmaßes bei einem Schuldbekenntnis der Angeklagten geht. Aber ich möchte einen ungewöhnlichen Antrag stellen. Es gibt ein paar neue Erkenntnisse, die erst jetzt ans Licht –«

»Die dürfen Sie in der Hauptverhandlung zur Sprache bringen«, versetzte der Richter, »falls Ihre Mandantin sich entschließen sollte, die Übereinkunft mit der Staatsanwaltschaft abzulehnen.«

»Ich will keinen Antrag zur Beweisaufnahme an das hohe Gericht stellen. Ich möchte diese neuen Erkenntnisse der *Staatsanwaltschaft* unterbreiten und feststellen, ob mein werter Kollege bereit ist, sie in Erwägung zu ziehen.«

»Zu welchem Zweck?«

»Möglicherweise hat dies Auswirkungen auf die Anschuldigungen gegen meine Mandantin. Was wiederum dazu beitragen könnte«, fügte Geberth keck hinzu, »dass die Bürde der Verantwortung, die Euer Ehren zu tragen haben, etwas weniger beschwerlich sein wird.«

Der Richter verdrehte die Augen, um kundzutun, dass man in diesen Breitengraden keinen Wert auf die schlauen Sprüche eines gewieften Yankees legte. Dennoch wandte er sich dem Anklagevertreter zu. »Nun?«, fragte er.

»Was für Erkenntnisse sind das?«, fragte der Staatsanwalt Geberth. »Ein neuer Zeuge?«

Rhyme konnte sich nicht beherrschen. »Nein«, sagte er. »Handfeste Beweise.«

»Sind Sie dieser Lincoln Rhyme, von dem ich ständig höre?«, fragte der Richter.

Als ob es *zwei* verkrüppelte Ermittler gäbe, die in diesem Staat ihr Handwerk ausübten.

»Ja, der bin ich.«

»Wo sind diese Beweise?«, fragte der Anklagevertreter.

»In meinem Gewahrsam, in der Sheriff-Dienststelle des Bezirks Paquenoke«, sagte Lucy Kerr.

»Sind Sie bereit, unter Eid auszusagen?«, fragte der Richter Rhyme.

»Selbstverständlich.«

»Ist die Staatsanwaltschaft damit einverstanden?«, fragte der Richter den Anklagevertreter.

»Jawohl, Euer Ehren, aber wenn es sich hier nur um reine Taktik handelt, oder wenn sich herausstellen sollte, dass die Beweise bedeutungslos sind, werde ich Mr. Rhyme wegen unzulässiger Verzögerung eines laufenden Verfahrens belangen.«

Der Richter dachte einen Moment lang nach. »Für das Protokoll«, sagte er dann. »Dies ist kein Bestandteil des laufenden Verfahrens. Das Gericht lässt lediglich eine eidesstattliche Aussage zur Beurteilung der vorliegenden Anklage zu. Die Befragung erfolgt gemäß der Strafprozessordnung des Staates North Carolina. Vereidigen Sie den Zeugen.«

Rhyme fuhr vor die Richterbank. »Nein, ich kann die rechte Hand nicht heben«, sagte er, als der mit der Bibel bewehrte Protokollführer unsicher auf ihn zukam. Dann sagte er den Spruch auf. »Ich schwöre hiermit bei allem, was mir heilig ist, dass die Aussage, die ich machen werde, der Wahrheit entspricht.« Er versuchte, auf Blickkontakt mit Sachs zu gehen, doch sie starrte auf das verblichene Fliesenmosaik am Boden des Gerichtssaals.

Geberth schlenderte zu ihm. »Mr. Rhyme, würden Sie bitte Ihren Namen, Ihren Wohnsitz und Ihren Beruf nennen.«

»Lincoln Rhyme, Central Park West Nummer 345, New York City. Ich bin Kriminalist.«

»Forensischer Wissenschaftler also, ist das richtig?«

»Ein bisschen *mehr*, aber meine Tätigkeit beruht zum Großteil auf forensischer Wissenschaft.«

»Und woher kennen Sie die Angeklagte, Amelia Sachs?«

»Sie ist meine Assistentin und war Mitarbeiterin bei einer Reihe von Kriminalfällen.«

»Und was hat Sie nach Tanner's Corner verschlagen?«

»Wir wollten Sheriff James Bell von der Sheriff-Dienststelle des Bezirks Paquenoke unterstützen. Den Mord an Billy Stail und die Entführung von Lydia Johansson und Mary Beth McConnell untersuchen.«

»Nun, Mr. Rhyme«, fragte Geberth, »Sie sagen, Sie hätten neue Beweise, die für diesen Fall von Bedeutung sind?«

»Ja, so ist es.«

»Was sind das für Beweise?«

»Nachdem wir in Erfahrung gebracht hatten, dass Billy Stail sich nach Blackwater Landing begeben hatte, um Mary Beth McConnell zu töten, begann ich darüber nachzudenken, warum er das getan haben könnte. Und ich kam zu dem Schluss, dass man ihn für diesen Mord bezahlt hat. Er –«

»Wie kamen Sie darauf, dass man ihn bezahlt hat?«

»Das ist doch offensichtlich«, knurrte Rhyme. Für belanglose Fragen hatte er nichts übrig, und außerdem hielt sich Geberth nicht an die Marschroute.

»Wenn Sie es uns vielleicht trotzdem darlegen könnten.«

»Billy hatte keinerlei Beziehung oder gar ein Verhältnis mit Mary Beth. Er hatte nichts mit der Ermordung von Garrett Hanlons Familie zu tun. Folglich hatte er keinen Anlass, sie zu töten, es sei denn, man bot ihm einen finanziellen Anreiz.«

»Weiter.«

»Derjenige, der ihn gedungen hatte«, fuhr Rhyme fort, »hatte ihm natürlich keinen Scheck ausgestellt, sondern ihm Bargeld gegeben. Daher begab sich Deputy Kerr zu Billy Stails Elternhaus, wo man ihr die Erlaubnis erteilte, sein Zimmer zu durchsuchen. Sie fand zehntausend Dollar, die unter der Matratze versteckt waren.«

»Was für eine Bewandtnis hat –«

»Warum lassen Sie mich die Geschichte nicht einfach zu Ende bringen?«, fragte Rhyme den Anwalt.

»Gute Idee, Mr. Rhyme«, sagte der Richter. »Meiner Meinung nach hat die Verteidigung nun genügend Vorarbeit erbracht.«

»Mit Hilfe von Deputy Kerr habe ich die Papillarleistenbilder – die *Fingerabdrücke* also – auf den obersten und untersten Scheinen der Geldbündel untersucht. Ich fand insgesamt einundsechzig latente Fingerabdrücke. Zumeist von Billy, aber zwei Abdrücke stammten, wie sich herausstellen sollte, von jemandem, der in diesen Fall verwickelt ist. Deputy Kerr besorgte sich einen Durchsuchungsbefehl für das Haus der betreffenden Person.«

»Haben Sie das ebenfalls durchsucht?«, fragte der Richter.

»Nein, ich nicht«, erwiderte er mit erzwungener Geduld. »Es war für mich nicht *zugänglich*. Aber ich leitete die Durchsuchung, die von Deputy Kerr durchgeführt wurde. In diesem Haus fand sie eine Rechnung für eine Schaufel, die mit der Mordwaffe identisch ist, sowie dreiundachtzigtausend Dollar in bar, mit den gleichen Gummiringen zusammengehalten wie die Geldbündel in Billy Stails Elternhaus.«

Rhyme, der große Auftritte stets genoss, hatte sich das Beste bis zum Schluss aufgehoben. »Außerdem fand Deputy Kerr in der Grillgrube hinter dem Anwesen Knochenreste. Bei diesen Knochen handelt es sich nachweislich um die Gebeine von Garrett Hanlons Angehörigen.«

»Wessen Haus war das?«

»Deputy Jesse Corn hat dort gewohnt.«

Im Zuschauerraum ertönte lautes Stimmengewirr. Der Staatsanwalt tat ungerührt, doch er richtete sich kurz auf, scharrte mit den Füßen und tuschelte mit seinen Kollegen – vermutlich beratschlagten sie, welche Konsequenzen sich aus dieser Aussage ergaben. Jesses Eltern schauten sich verstört an, seine Mutter schüttelte den Kopf und fing an zu weinen.

»Was genau wollen Sie damit andeuten?«, fragte der Richter.

Das ist doch offensichtlich, dachte Rhyme, doch er verkniff sich jede bissige Bemerkung gegenüber dem Richter. »Euer Ehren«, sagte er, »Jesse Corn war ein Mittäter. Er war dabei, als Jim Bell und Steve Farr vor fünf Jahren Garretts Familie auslöschten, und er war auch unlängst beteiligt, als Mary Beth beseitigt werden sollte.«

O ja, in dieser Stadt gibt's schon ein paar Hornissen.

Der Richter lehnte sich zurück. »Damit habe ich nichts zu schaffen. Das müssen Sie beide unter sich ausfechten.« Er nickte erst Geberth zu, dann dem Staatsanwalt. »Sie haben fünf Minuten Zeit. Danach bekennt sie sich entweder schuldig, oder ich stelle die Kautionssumme fest und setze einen Termin für die Hauptverhandlung an.«

»Trotzdem hat sie Jesse Corn getötet«, sagte der Staatsanwalt zu Geberth. »Selbst wenn Corn ein Mittäter gewesen sein sollte, bedeutet das noch lange nicht, dass sie ihn töten durfte, ohne sich dafür verantworten zu müssen.«

Diesmal verdrehte der Nordstaatler die Augen. »Ach, kommen Sie«, blaffte Geberth, als wäre der Staatsanwalt ein begriffsstutziger Jurastudent. »Das bedeutet nicht mehr und nicht weniger, als dass Corn keinerlei polizeiliche Befugnisse besaß, als er Garrett Hanlon festnehmen wollte, dass er ein Krimineller war, ein Straftäter, zudem bewaffnet und gefährlich. Jim Bell hat gestanden, dass sie den Jungen foltern wollten, bis er ihnen den Aufenthaltsort von Mary Beth verraten hätte. Sobald sie sie gefunden hätten, wäre Jesse Corn Culbeau und seinen Jungs zu Hilfe geeilt, um Lucy und die anderen Deputys zu beseitigen.«

Der Richter blickte bedächtig von links nach rechts, um diesen wirklich außergewöhnlichen Schlagabtausch zu verfolgen.

Der Staatsanwalt: »Ich kann nur auf die Straftat verweisen, um die es hier geht. Ob Jesse Corn jemanden beseitigen wollte oder nicht, spielt dabei überhaupt keine Rolle.«

Geberth schüttelte nur den Kopf. Er wandte sich an einen Gerichtsreporter. »Wir unterbrechen die Zeugenaussage. Aber das behalten Sie bitte für sich.« Dann drehte er sich zu dem Staatsanwalt um. »Wozu das ganze Verfahren? Corn war ein Mörder.«

Rhyme mischte sich ein und sprach den Anklagevertreter an. »Was versprechen Sie sich denn von einem Prozess, in dem wir den Geschworenen klar machen werden, dass es sich bei dem so genannten Opfer um einen korrupten Cop handelte, der einen unschuldigen Jungen foltern wollte, damit er eine junge Frau finden und sie ermorden konnte?«

»So was wollen Sie sich doch nicht ans Bein binden«, hakte Geberth nach. »Sie haben doch Bell, Sie haben seinen Schwager, den Leichenbeschauer ...«

Ehe der Anklagevertreter erneut etwas einwenden konnte, blickte Rhyme zu ihm auf und sagte leise: »Ich helfe Ihnen.«

»Wie bitte?«, fragte der Staatsanwalt.

»Sie wissen doch, wer hinter all dem steckt, nicht wahr? Ihnen ist doch klar, wer die halbe Bevölkerung von Tanner's Corner umbringt.«

»Henry Davett«, sagte der Staatsanwalt. »Ich habe die Akten und Aussagen gelesen.«

»Und was können Sie ihm nachweisen?«, fragte Rhyme.

»Gar nichts. Es gibt keine Beweise. Keinerlei Verbindung zwischen ihm und Bell oder irgendjemand anderem in der Stadt. Dazu hat er Mittelsmänner benutzt, und die halten entweder dicht, oder wir kriegen sie nicht zu fassen.«

»Aber wollen Sie ihn denn nicht drankriegen«, fragte Rhyme, »bevor noch mehr Menschen an Krebs sterben? Bevor noch mehr Kinder krank werden und sich das Leben nehmen? Bevor noch mehr Säuglinge mit Schäden zur Welt kommen?«

»Selbstverständlich will ich das.«

»Dann brauchen Sie mich. Sie werden im ganzen Staat keinen Ermittler finden, der Davett zu Fall bringen kann. Ich kann es.« Rhyme warf einen Blick zu Sachs. Er sah, dass sie Tränen in den Augen hatte. Er wusste, dass ihr nur ein Gedanke durch den Kopf ging, ob man sie nun ins Gefängnis schickte oder nicht – sie hatte keinen Unschuldigen getötet.

Der Staatsanwalt seufzte tief auf. Dann nickte er. Rasch, so als hätte er Angst, er könnte seine Meinung ändern, sagte er: »Abgemacht.« Er blickte zur Richterbank. »Euer Ehren, in der Strafsache Sachs zieht die Staatsanwaltschaft sämtliche Anschuldigungen zurück.«

»Dann wird so entschieden«, sagte der Richter gelangweilt. »Die Angeklagte ist hiermit frei. Nächster Fall.« Er machte sich nicht einmal die Mühe, mit dem Hammer aufzuschlagen.

… Fünfundvierzig

»Ich wusste nicht, ob du kommst«, sagte Lincoln Rhyme.

Er war tatsächlich überrascht.

»Ich war mir auch nicht ganz sicher«, erwiderte Sachs.

Sie waren in seinem Krankenzimmer im Klinikum von Avery.

»Ich war gerade oben im fünften Stock und habe Thom besucht«, sagte er. »Das ist ziemlich seltsam – *ich* kann mich besser bewegen als er.«

»Wie geht's ihm?«

»Er wird wieder gesund werden. In ein, zwei Tagen müsste er rauskommen. Ich habe ihm gesagt, dass er die Physiotherapie künftig aus einem neuen Blickwinkel sehen wird. Er hat nicht gelacht.«

Eine freundliche Guatemaltekin – die derzeitige Pflegerin – saß in der Ecke und strickte einen gelb-roten Schal. Sie schien Rhymes Launen auszuhalten, auch wenn das seiner Meinung nach nur daher kam, dass sie nicht genügend Englisch verstand, um seine Sticheleien und Beleidigungen würdigen zu können.

»Weißt du, Sachs«, sagte Rhyme, »als ich hörte, dass du Garrett aus dem Gefängnis befreit hast, hatte ich fast geglaubt, du hättest das nur getan, um mir Gelegenheit zu geben, noch einmal über die Operation nachzudenken.«

Ein Lächeln spielte um ihre Lippen. »Vielleicht ging's auch ein bisschen darum.«

»Und jetzt bist du also hier, um es mir auszureden.«

Sie erhob sich vom Stuhl und ging zum Fenster. »Hübsche Aussicht.«

»Friedlich, nicht wahr? Ein Garten mit Springbrunnen. Pflanzen. Weiß allerdings nicht, was für welche.«

»Lucy könnte es dir sagen. Sie kennt sich mit Pflanzen genauso gut aus wie Garrett mit seinen Käfern. Entschuldigung, *Insekten*. Käfer sind nur eine Sorte Insekten … Nein, Rhyme, ich bin nicht hier, um es dir auszureden. Ich bin hier, weil ich jetzt bei dir sein will, und später, wenn du im Aufwachraum wieder zu dir kommst.«

»Ein Sinneswandel?«

Sie wandte sich ihm zu. »Als Garrett und ich auf der Flucht waren, hat er mir etwas erzählt, das er in seinem Buch gelesen hat. *Die Welt im Kleinen*.«

»Ich habe große Hochachtung vor Mistkäfern, seit ich es gelesen habe«, sagte Rhyme.

»Da stand etwas drin, was er mir gezeigt hat, ein Absatz, in dem die Merkmale eines Lebewesens aufgelistet waren. Unter anderem hieß es da, dass ein gesundes Lebewesen wachsen und sich an seine Umwelt anpassen will. Mir ist klar geworden, dass du das tun musst, Rhyme – dich der Operation unterziehen. Ich darf mich da nicht einmischen.«

»Ich weiß, dass ich dadurch nicht geheilt werde, Sachs«, sagte er. »Aber worum geht es denn in unserem Gewerbe? Es sind die kleinen Triumphe. Wir finden hier eine Faser, dort einen Teilabdruck, ein paar Sandkörner, die vielleicht zum Haus des Mörders führen. Das ist alles, worauf ich hier aus bin – eine leichte Verbesserung meines Zustands. Ich werde nicht aus diesem Stuhl steigen, das weiß ich. Aber ich brauche einen kleinen Triumph.«

Vielleicht die Möglichkeit, tatsächlich deine Hand zu halten.

Sie bückte sich, küsste ihn und setzte sich dann auf das Bett.

»Was ist das für ein Blick, Sachs? Du kommst mir ein bisschen kokett vor.«

»Es geht um den Absatz in diesem Buch.«

»Aha.«

»Da war noch ein anderes Merkmal aufgeführt.«

»Als da wäre?«, fragte er.

»Alle Lebewesen wollen, dass ihre Art weiter besteht.«

»Rieche ich da nicht einen weiteren Kuhhandel?«, knurrte er. »Irgendeine Abmachung?«

»Vielleicht können wir über ein paar Sachen reden, wenn wir wieder in New York sind«, sagte sie.

Eine Schwester tauchte in der Tür auf. »Ich muss Sie zur Vorbereitung bringen, Mr. Rhyme. Sind Sie so weit?«

«Oh, aber sicher bin ich so weit…« Er wandte sich an Sachs. »Klar, wir werden reden.«

Sie küsste ihn erneut und drückte seine linke Hand, in deren Ringfinger er zumindest ein bisschen Gefühl hatte.

Die beiden Frauen saßen nebeneinander im einfallenden Sonnenlicht.

Zwei Papptassen mit sehr schlechtem Automatenkaffee standen vor ihnen auf dem orangeroten Tisch, der mit braunen Brandflecken aus jener Zeit übersät war, als man in Krankenhäusern noch rauchen durfte.

Amelia Sachs warf einen Blick zu Lucy Kerr, die vornübergebeugt dasaß, mit gefalteten Händen, bedrückt.

»Was ist los?«, fragte Sachs.

»Die Onkologie ist da drüben, im Flügel nebenan. Ich bin dort monatelang gewesen. Vor und nach der Operation.« Lucy schüttelte den Kopf. »Ich hab das noch nie jemandem erzählt, aber nachdem Buddy mich verlassen hatte, war ich an Thanksgiving hier. Hab mich bloß hier rumgetrieben. Hab mit den Schwestern Kaffee getrunken und Tunfischsandwiches gegessen. Ist das nicht ein Ding? Ich hätte meine Eltern und Verwandten in Raleigh besuchen und mit ihnen Truthahn essen können. Oder meine Schwester und ihren Mann in Martinsville – Bens Eltern. Aber ich wollte dort sein, wo ich mich daheim gefühlt habe. Und das war mit Sicherheit nicht bei mir zu Hause.«

»Als mein Vater todkrank war, haben meine Mutter und ich drei Feiertage im Krankenhaus zugebracht«, sagte Sachs. »Thanksgiving, Weihnachten und Neujahr. Paps hat noch darüber gewitzelt. Er hat gesagt, wir müssten uns rechtzeitig für Ostern anmelden. Aber so lange hat er nicht mehr gelebt.«

»Ist Ihre Mutter noch am Leben?«

»O ja. Die ist besserer Gesundheit als ich. Ich habe Paps' Arthritis geerbt. Nur in Schüben.« Beinahe hätte Sachs einen Scherz darüber gemacht, dass sie deswegen so gut schießen konnte – damit sie Straftätern nicht hinterherrennen musste. Aber dann musste sie an Jesse Corn denken, sah wieder den schwarzen Punkt auf seiner Stirn, als die Kugel einschlug, und hielt den Mund.

»Er wird schon wieder«, sagte Lucy. »Ich meine Lincoln.«

»Nein, ich weiß es nicht«, entgegnete Sachs.

»Ich hab da so ein Gefühl. Wenn man so viel durchgemacht hat wie ich – in Krankenhäusern, meine ich –, kriegt man ein gewisses Gespür für so was.«

»Besten Dank«, sagte Sachs.

»Was meinen Sie, wie lange es dauert?«, fragte Lucy.

Eine Ewigkeit …

»Vier Stunden, hat Dr. Weaver gesagt.«

Von weitem hörten sie den blechernen, gestelzten Dialog einer Fernsehserie. Eine Durchsage für einen Arzt. Eine Glocke. Ein Lachen.

Jemand ging an ihnen vorbei, hielt dann inne.

»Hallo, die Damen.«

»Lydia«, sagte Lucy lächelnd. »Wie geht es Ihnen?«

Lydia Johansson. Sachs hatte sie zunächst nicht erkannt, da sie einen grünen Kittel samt Haube trug. Ihr fiel ein, dass die Frau hier als Schwester arbeitete.

»Haben Sie's schon gehört?«, fragte Lucy. »Dass Jim und Steve festgenommen worden sind? Wer hätte das gedacht?«

»Wirklich unglaublich«, sagte Lydia. »Die ganze Stadt redet darüber. Haben Sie einen Termin in der Onkologie?«, fragte sie dann Lucy.

»Nein. Mr. Rhyme wird heute operiert. An der Wirbelsäule. Wir drücken ihm die Daumen.«

»Na ja, dann wünsch ich ihm alles Gute«, sagte Lydia zu Sachs.

»Vielen Dank.«

Die dicke junge Frau ging weiter den Flur entlang, winkte und verschwand hinter einer Tür.

»Liebes Mädchen«, sagte Sachs.

»Können Sie sich vorstellen, was die leisten muss, als Schwester in der Onkologie? Als ich operiert wurde, war sie jeden Tag auf Station. Und immer so fröhlich. Die hat mehr Mumm als ich.«

Doch Sachs war in Gedanken weit weg. Sie schaute auf die Uhr. Elf Uhr morgens. Die Operation müsste jeden Moment beginnen.

Er versuchte sich möglichst gut zu benehmen.

Die Anästhesieschwester erklärte ihm allerlei Sachen, und Lincoln Rhyme nickte brav, aber man hatte ihm bereits Valium gegeben, sodass er kaum auf ihre Worte achtete.

Am liebsten hätte er der Frau gesagt, sie solle still sein und einfach weitermachen, aber er nahm an, dass man lieber höflich zu den Menschen sein sollte, die einem gleich den Hals aufschneiden wollten.

»Wirklich?«, sagte er, als sie kurz schwieg. »Ist ja interessant.« Er hatte keine Ahnung, was sie ihm gerade erzählt hatte.

Dann kam ein Pfleger und rollte ihn vom Vorbereitungsraum in den eigentlichen OP.

Zwei Schwestern verfrachteten ihn von der Bahre auf den Operationstisch. Eine ging zum anderen Ende des Zimmers und nahm allerlei Instrumente aus dem Autoklav.

Der Operationssaal war bei weitem nicht so streng, wie er gedacht hatte. Natürlich waren da die üblichen grünen Kacheln, die Apparaturen aus Edelstahl, die Instrumente, die Schläuche. Aber auch allerhand Pappkartons. Und ein Kassettenrecorder. Er wollte schon fragen, welche Musik geboten wurde, doch dann fiel ihm ein, dass er sich keine Gedanken um die Untermalung machen musste, da er ohnehin eingeschläfert wurde.

»Das ist ziemlich komisch«, murmelte er benommen einer Schwester zu, die neben ihm stand. Sie drehte sich um. Er konnte nur ihre Augen über dem Mundschutz sehen.

»Was denn?«, fragte sie.

»Man operiert mich an der einzigen Stelle, an der ich Narkose brauche. Den Blinddarm könnte man mir ohne rausschneiden.«

»Wirklich komisch, Mr. Rhyme.«

Er lachte kurz auf, dachte: Sie kennt mich also.

Nachdenklich, wenn auch leicht benebelt, starrte er zur Decke. Lincoln Rhyme unterteilte die Menschen in zwei Kategorien: Einerseits diejenigen, die den Weg genossen, zum anderen die, denen es auf das Ziel ankam. Er gehörte von Haus aus zu den Letzteren – Antworten auf kriminalistische Fragen zu finden war sein Ziel, und auf Lösungen zu stoßen bereitete ihm weitaus mehr Vergnügen als die Suche danach. Doch nun, da er auf dem Rücken lag und die Chromhaube der Operationslampe betrachtete, empfand er das genaue Gegenteil. Nur zu gern hätte er diesen Zustand weiter ausgekostet – schwerelos und schwebend, zwischen Hoffnung und Erwarten.

Die Anästhesistin, eine Inderin, kam herein und führte eine Nadel in seinen Arm ein, bereitete eine Injektionslösung vor und setzte sie auf den mit der Nadel verbundenen Schlauch auf. Sie stellte sich sehr geschickt an.

»Sind Sie bereit zu einem Nickerchen?«, fragte sie mit einem leichten, melodiösen Akzent.

»So bereit wie nur möglich«, nuschelte er.

»Wenn ich Ihnen das hier einspritze, werde ich Sie darum bitten, von hundert rückwärts zu zählen. Sie werden weg sein, ehe Sie sich versehen.«

»Wo steht der Rekord?«, fragte Rhyme scherzhaft.

»Beim Abzählen? Ein Mann, der viel schwerer als Sie war, ist mal bis neunundsiebzig gekommen, bevor er einschlief.«

»Ich will sehen, ob ich bis fünfundsiebzig komme.«

»Wenn Sie das schaffen, wird dieser OP nach Ihnen benannt«, erwiderte sie ungerührt.

Er sah zu, als sie eine mit klarer Flüssigkeit gefüllte Ampulle in den Schlauch einspritzte. Sie wandte sich ab und schaute auf den Monitor. Rhyme fing an zu zählen. »Einhundert, neunundneunzig, achtundneunzig, siebenundneunzig...«

Die andere Schwester, die ihn namentlich angesprochen hatte, kauerte sich neben ihn. »Hallo.«

Ein seltsamer Unterton.

Er warf ihr einen Blick zu.

»Ich bin Lydia Johansson. Erinnern Sie sich noch an mich?«, fuhr sie fort. »Jim Bell hat mich gebeten, Ihnen Lebewohl zu sagen«, fügte sie raunend hinzu, bevor er etwas erwidern konnte.

»Nein!«, murmelte er.

»Ist schon gut«, sagte die Anästhesistin, den Blick auf den Monitor gewandt. »Ganz ruhig. Alles läuft bestens.«

»Haben Sie sich nicht gefragt, wie Jim und Steve Farr von den Krebspatienten erfahren haben?«, flüsterte Lydia ihm ins Ohr.

»Nein! Aufhören!«

»Ich habe Jim ihre Namen genannt, damit Culbeau dafür sorgen konnte, dass sie einen Unfall hatten. Jim Bell ist mein Freund. Wir gehen schon seit Jahren miteinander. Er hat mich nach Blackwater Landing geschickt, nachdem Mary Beth entführt worden ist. Ich bin an dem Morgen hingegangen, um Blumen niederzulegen und mich ein bisschen dort rumzutreiben, falls Garrett auftauchen sollte. Ich sollte mit ihm reden und ihn hinhalten, damit Jesse und Ed Schaeffer ihn sich schnappen konnten – Ed war auch einer von uns. Danach wollten wir ihn dazu zwingen, dass er uns verrät, wo Mary Beth steckt. Aber niemand hat daran gedacht, dass er *mich* ebenfalls entführt.«

O ja, in dieser Stadt gibt's schon ein paar Hornissen…

»Halt!«, rief Rhyme. Doch er brachte kaum mehr als ein Nuscheln hervor.

»Schon fünfzehn Sekunden«, sagte die Anästhesistin. »Vielleicht brechen Sie diesen Rekord ja doch noch. Zählen Sie mit? Ich höre Sie nicht zählen.«

»Ich bleibe bei Ihnen«, sagte Lydia und streichelte Rhymes Stirn. »Bei einer Operation kann allerhand schief gehen, wissen Sie. Ein Knick im Sauerstoffschlauch, ein falsches Narkotikum. Wer weiß? Sie könnten dabei umkommen, vielleicht auch ins Koma fallen. Aber aussagen werden Sie mit Sicherheit nicht.«

»Moment«, japste Rhyme. »Moment!«

»Ha«, sagte die Anästhesistin lachend, ohne den Blick vom Monitor zu wenden. »Zwanzig Sekunden. Ich glaube, Sie schaffen es, Mr. Rhyme.«

»Nein, das glaube ich nicht«, flüsterte Lydia und stand langsam auf, als der Operationssaal vor Rhymes Augen erst grau und dann schwarz wurde.

... Sechsundvierzig

Das hier ist wirklich einer der schönsten Flecken auf der Welt, dachte Amelia Sachs.

Für einen Friedhof.

Von dem auf der Kuppe eines sanften Hügels gelegenen Tanner's Corner Memorial Garden hatte man freie Sicht auf den Paquenoke, der sich in ein paar Meilen Entfernung dahinwand. Von hier, vom Friedhof selbst, war der Ausblick noch reizvoller als von der Straße aus, wo sie ihn auf der Herfahrt von Avery zum ersten Mal genossen hatte.

Sie blinzelte in die Sonne und bemerkte die glitzernden Fluten des Blackwater Canal, der in den Fluss mündete. Von hier aus wirkte sogar das dunkle, verschmutzte Wasser, das so viel Leid über die Leute hier gebracht hatte, malerisch und verlockend.

Sie stand in einer kleinen Gruppe von Menschen, die sich um ein offenes Grab scharten. Ein Totengräber ließ gerade eine Urne in die offene Grube hinab. Lucy Kerr hielt sich neben Amelia Sachs. Garrett Hanlon stand bei ihnen. Auf der anderen Seite des Grabes stand Mason Germain, daneben Thom, wie immer in tadellos gebügelter Hose und Hemd, der sich auf einen Stock stützte. Er hatte eine kesse Krawatte mit einem schrillen roten Muster umgebunden, die trotz des traurigen Anlasses durchaus passend wirkte.

Fred Dellray, in einem schwarzen Anzug, war ebenfalls anwesend, stand aber etwas abseits, allein und in Gedanken versunken – so als sänne er über einen Absatz in einem der Philosophiebücher nach, die er so gern las. Er hätte einen Prediger abgeben können, wenn er ein weißes Hemd getragen hätte, statt des limonengrünen mit den gelben Tupfen.

Tatsächlich waltete hier kein Pfarrer seines Amtes, obwohl dies ein bibelfester Landstrich war, in dem es vermutlich ein Dutzend Geistliche gab, die allzeit für ein Begräbnis bereit standen. Der Leiter der städtischen Leichenhalle warf den versammelten Trauergästen einen Blick zu und fragte, ob jemand etwas sagen wollte. Und während sich noch alle fragend nach einem Freiwilligen umblickten, griff Garrett in seine weite Hose und zückte sein zerfleddertes Buch mit dem Titel *Die Welt im Kleinen*.

Mit stockender Stimme las er daraus vor: »›Oftmals begegnet man Menschen, die spöttisch darauf verweisen, dass es keine göttliche Macht gäbe, doch solcher Hohn wird wahrlich auf eine schwere Probe gestellt, wenn wir Einblick in die Welt der Insekten nehmen, die mit so vielen wunderbaren Eigenschaften ausgestattet sind – deren Flügel so zart sind, dass man kaum meinen mag, man hätte es mit lebender Materie zu tun, deren Leiber nicht ein Milligramm Übergewicht aufweisen, die Sinnesorgane besitzen, mit denen sie die Windgeschwindigkeit bis auf den Bruchteil eines Meters pro Sekunde messen können, Gehwerkzeuge, die so tritt- und standfest sind, dass Ingenieure Roboter nach ihrem Vorbild konstruieren, und was am allerwichtigsten ist, eine so erstaunliche Fähigkeit zum Überleben, dass sie sich trotz aller Gefahren zu behaupten wissen, trotz aller Nachstellungen durch den Menschen, durch Räuber und trotz aller Unwägbarkeiten der Elemente. In Augenblicken der Verzweiflung können wir uns diese wunderbaren Wesen mit ihrer Findigkeit und Beharrlichkeit vor Augen führen und darin Trost, neue Kraft und einen verloren gewähnten Glauben wieder finden.‹«

Garrett blickte auf, schlug das Buch zu. Schnipste nervös mit den Fingernägeln. Er schaute zu Sachs und fragte: »Möchten Sie noch was sagen?«

Doch sie schüttelte lediglich den Kopf.

Niemand sprach ein Wort, und nach ein paar Minuten wandten sich alle vom Grab ab und zogen auf einem verschlungenen Weg den Hang hinauf. Noch ehe sie oben an der Kuppe angelangt waren, hinter der ein Picknickplatz angelegt war, waren bereits die Totengräber am Werk und schütteten mit einem kleinen Bagger die Grube zu.

Lincoln Rhymes Worte kamen ihr in den Sinn.

Der Friedhof ist nicht schlecht. Hätte nichts dagegen, an so einem Ort beerdigt zu werden…

Sie blieb stehen, wischte sich den Schweiß vom Gesicht und atmete tief durch – die Hitze hier in North Carolina war nach wie vor gnadenlos. Garrett allerdings schien die Temperatur überhaupt nicht wahrzunehmen. Er rannte an ihr vorbei, lief zu Lucys Bronco und lud die Einkaufstüten aus.

Nicht unbedingt der richtige Zeitpunkt oder der rechte Ort für ein Picknick, dachte Sachs, aber vermutlich kann man auch mit Hühnersalat und Wassermelone einen würdigen Leichenschmaus zum Gedenken der Toten begehen.

Dazu natürlich Scotch. Sachs durchwühlte etliche Tüten, bis sie endlich die Flasche mit dem achtzehn Jahre alten Macallan fand. Mit einem leisen Ploppen zog sie den Korken.

»Ah, mein Lieblingston«, sagte Lincoln Rhyme.

Vorsichtig rollte er über den abschüssigen Rasen zu ihr. Der Hang, an dem das Grab lag, war zu steil für den Storm Arrow, deshalb hatte er hier oben gewartet. Er hatte von der Hügelkuppe aus zugesehen, wie sie die Asche der Gebeine bestatteten, die Mary Beth in Blackwater Landing gefunden hatte – die sterblichen Überreste von Garretts Familie.

Sachs goss einen Schuss in Rhymes Glas, das mit einem Strohhalm versehen war, dann schenkte sie sich einen Schluck ein. Alle anderen tranken Bier.

»Schwarzgebrannter ist wahrhaft abscheulich, Sachs«, sagte er. »Meide ihn um jeden Preis. Der hier ist weitaus besser.«

Sachs blickte sich um. »Wo ist die Frau aus dem Krankenhaus? Deine Pflegerin?«

»Mrs. Ruiz?«, grummelte Rhyme. »Ein hoffnungsloser Fall. Sie hat aufgehört. Hat mich einfach sitzen lassen.«

»Aufgehört?«, sagte Thom. »Du hast sie zum Irrsinn getrieben. Du hättest sie ebenso gut feuern können.«

»Ich war lammfromm«, versetzte Rhyme.

»Was macht deine Temperatur?«, fragte Thom.

»Die ist bestens«, knurrte er. »Wie steht's mit *deiner*?«

»Vermutlich etwas hoch, aber *ich* muss auch nicht auf meinen Blutdruck achten.«

»Nein, du hast nur ein Loch im Leib.«

»Trotzdem«, hakte der Betreuer nach. »Du solltest –«

»Ich habe gesagt, es geht mir bestens.«

» – ein bisschen weiter in den Schatten gehen.«

Rhyme hob zu einem kurzen Zeter und Mordio wegen des

unebenen Bodens an, steuerte sein Gefährt aber schließlich in den Schatten eines Baumes.

Garrett baute inzwischen Speisen, Getränke und Servietten auf einer Bank unter dem Baum auf.

»Wie geht's dir?«, fragte Sachs flüsternd, an Rhyme gewandt. »Und bevor du mich auch noch anknurrst – ich meine damit nicht die Hitze.«

Er zuckte die Achseln – was eine Art *stilles* Knurren war und so viel heißen sollte wie: Mir geht's gut.

Aber es ging ihm nicht gut. Er hing an einem Nervenstimulator, der Stromstöße in sein Zwerchfell jagte, damit seine Lunge nicht versagte. Er hasste dieses Gerät – hatte es vor ein paar Jahren hinter sich gelassen –, aber derzeit war er fraglos darauf angewiesen. Denn vor zwei Tagen hätte ihm Lydia Johannson auf dem Operationstisch um ein Haar ein für alle Mal das Lebenslicht ausgedreht.

Wäre da nicht Sachs gewesen, die draußen im Wartezimmer gesessen hatte. Nachdem Lydia ihr und Lucy ein letztes Mal zugewinkt hatte, war ihr aufgefallen, dass die Schwester durch eine Tür mit der Aufschrift NEUROCHIRURGIE verschwunden war. »Haben Sie nicht gesagt, dass sie in der Onkologie arbeitet?«, hatte Sachs gefragt.

»Tut sie auch.«

»Was hat sie dann da drin zu suchen?«

»Vielleicht will sie Lincoln alles Gute wünschen«, hatte Lucy eingewandt.

Doch Sachs hatte das nicht recht eingeleuchtet – eine Krankenschwester stattete einem Patienten, der auf eine schwere Operation vorbereitet wurde, nicht einfach mir nichts, dir nichts einen Besuch ab.

Dann war ihr ein Gedanke gekommen. Lydia dürfte vermutlich eine der Ersten gewesen sein, die davon erfahren hatte, wenn bei einem Einwohner von Tanner's Corner wieder einmal Krebs festgestellt worden war. Und danach war ihr eingefallen, dass Bell von irgendjemandem einen Tipp bezüglich dieser Krebspatienten bekommen hatte – drei Menschen aus Blackwater Landing, die daraufhin von Culbeau und seinen Freunden umgebracht worden waren. Wer aber wusste besser über so etwas Bescheid als eine Schwester auf der Krebsstation? Das war zwar weit hergeholt, aber Sachs wies Lucy dennoch darauf hin, worauf die ihr Handy zückte und eine dringende Anfrage an die zuständige Telefongesellschaft richtete. Deren Sicherheitsdienst ging kurz die Auflistung der von Jim Bells Telefon aus geführten Gespräche durch und stellte fest, dass er und Lydia etliche hundert Mal miteinander telefoniert hatten.

»Sie will ihn umbringen!«, hatte Sachs geschrien. Worauf die beiden Frauen, eine mit gezückter Waffe, in den Operationssaal gestürmt waren – so wie in *Emergency Room*, wenn es mal wieder um alles geht –, als Dr. Weaver gerade zum ersten Schnitt ansetzen wollte.

Lydia hatte die Nerven verloren und beim Versuch zu entkommen – oder weil sie Jim Bells Auftrag ausführen wollte – den Sauerstoffschlauch aus Rhymes Kehle gerissen, bevor die beiden Frauen sie überwältigen konnten. Wegen des Schocks und der Betäubungsmittel hatte Rhymes Lungentätigkeit ausgesetzt. Dr. Weaver hatte ihn wiederbelebt, aber hinterher war seine Atmung beeinträchtigt gewesen, sodass er wieder auf den Stimulator angewiesen war.

Was an sich schon schlimm genug war. Aber darüber hinaus hatte Dr. Weaver ihm sehr zu seinem Unmut erklärt, dass sie ihn frühestens in einem halben Jahr unters Messer nehmen könnte – wenn sich seine Atemtätigkeit bis dahin wieder völlig erholt hätte. Er hatte auf der Operation bestanden, doch die Chirurgin erwies sich als ebenso stur wie er.

Sachs trank einen Schluck Scotch.

»Hast du Roland Bell von seinem Cousin erzählt?«, fragte Rhyme.

Sie nickte. »Hat ihn schwer getroffen. Er hat gesagt, Jim wäre das schwarze Schaf der Familie, aber so was hätte er ihm niemals zugetraut. Die Nachricht hat ihn ziemlich mitgenommen.« Sie blickte nach Nordosten. »Schau«, sagte sie. »Da draußen. Weißt du, was das ist?«

Er versuchte ihrem Blick zu folgen. »Wohin schweift dein Blick?«, fragte Rhyme. »Auf den Horizont? Auf eine Wolke? Ein Flugzeug? Klär mich auf, Sachs.«

»Auf den Sumpf, den Great Dismal Swamp. Dort ist der Lake Drummond.«

»Faszinierend«, sagte er spöttisch.

»Dort wimmelt es von Geistern«, fügte sie wie eine Reiseführerin hinzu.

Lucy kam zu ihnen und goss sich einen Schuss Scotch in einen Pappbecher. Trank einen Schluck. Verzog dann das Gesicht. »Das is ja scheußlich. Schmeckt wie Seife.« Sie machte ein Heineken auf.

»Der kostet achtzig Dollar die Flasche«, sagte Rhyme.

»Dann eben wie teure Seife.«

Sachs betrachtete Garrett, der sich eine Hand voll Tortillachips in den Mund steckte und dann hinaus ins Gras rannte. »Schon was vom Bezirk gehört?«, fragte Amelia.

»Wegen der Pflegschaft?«, fragte Lucy. Dann schüttelte sie den Kopf. »Wurde abgelehnt. Nicht, weil ich allein stehend bin. Sie stoßen sich an meinem Beruf. Weil ich Polizistin bin. Wegen der Überstunden.«

»Was wissen *die* denn?«, knurrte Rhyme.

»Es kommt nicht darauf an, was sie wissen«, sagte sie. »Wichtig ist, was sie tun. Garrett kommt zu einer Familie droben in Hobeth. Anständige Leute. Ich habe sie ziemlich gründlich überprüft.«

Sachs zweifelte nicht daran.

»Aber wir unternehmen kommendes Wochenende eine Wanderung.«

Garrett streifte ganz in der Nähe durchs Gras und hielt Ausschau nach Tieren für seine Sammlung.

Als Sachs sich umdrehte, sah sie, dass Rhyme sie beobachtet hatte, während sie den Jungen betrachtete.

»Was ist?«, fragte sie und runzelte die Stirn, als sie seine verschmitzte Miene sah.

»Wenn du etwas zu einem leeren Stuhl sagen müsstest, Sachs, was wäre das wohl?«

Sie zögerte einen Moment. »Ich glaube, das behalte ich vorerst lieber für mich, Rhyme.«

Plötzlich lachte Garrett laut auf und rannte los. Er jagte hinter einem Insekt her, das arglos und ohne seinen Verfolger wahrzunehmen, durch die staubige Luft schwirrte. Der Junge holte es ein, griff mit ausgestreckten Armen nach seiner Beute und fiel dann zu Boden. Im nächsten Moment war er wieder auf den Beinen, schaute in seine hohlen Hände und kehrte langsam zu den Picknickbänken zurück.

»Ratet mal, was ich gefunden habe«, rief er.

»Komm, zeig es uns«, sagte Amelia Sachs. »Ich möchte es sehen.«

Anmerkung des Autors

Die Bewohner von North Carolina werden mir hoffentlich vergeben, dass ich die Geographie und das Bildungswesen ihres Staates leicht verändert und meinen Zwecken angepasst habe. Falls es ihnen ein Trost ist, so sei ihnen hiermit versichert, dass ich dies in größter Hochachtung für den Staat getan habe, der die besten Basketballmannschaften im ganzen Land besitzt.